KB161886

葛飾北齋畫

大望

대망 11 도쿠가와 이에야스

야마오카 소하치/박재희 옮김

도쿠가와 이에야스
대망11/차례

한 번뿐인 인생

스미노쿠라 요이치가 찾아온 목적은 단지 정보를 알리기 위해서……만이 아닌 것 같았다. 그는 벌써 한 가지 결론을 내리고 있었다. 신교국과 구교국 양쪽과 국교를 유지하고 발전시키기 위해서는 국내 일체화의 태세를 더욱 튼튼히 해둘 필요가 있다, 그렇지 않으면 구교국 쪽은 오사카성을 거점으로 자신들의 세력 만회를 꾀하리라……는 것이었다. 아니, 그 이상의 대책을 그는 말하고 있었다. 서둘러 히데요리를 오사카성에서 다른 곳으로 옮겨 구교국 쪽이 그리기 시작한 꿈을 깨뜨려놓지 않으면 안 된다는 것이다.

"결국 그대는 이 고에쓰에게 무엇을 바라는 건가?"

돌아갈 무렵 한 번 물어보니 스미노쿠라는 터무니없이 큰소리로 웃으며 말했다.

"허 참, 고에쓰 님답습니다. 하하하……이 나라를 등에 짊어진 분은 오고쇼님이지, 스미노쿠라 요이치가 아닙니다."

그 대답으로 고에쓰는 스미노쿠라가 무슨 생각으로 찾아왔는지 알 수 있을 것 같았다.

'나에게 슨푸로 가서 오고쇼를 만나라는 것이구나……'

스미노쿠라는 이미 오사카의 중신들에게 스스로 무슨 충고를 하고 온 것이리라.

고에쓰는 짐짓 고개를 갸우뚱한 채 스미노쿠라를 전송하고 거실로 돌아와 잠자코 조케이의 찻잔을 집어들었다. 그러나 이미 찻잔을 감상하는 얼굴이 아니었다. 손으로는 줄곧 찻잔을 어루만지면서 시선은 허공을 노려보고 있었다.

'그러나저러나 많이 변했어……'

전에는 교토, 오사카에서 사카이에 걸친 대상인은 모두 다이코 편이라 해도 과언이 아니었다. 처음부터 이에야스 편에서 일해 온 자는 자야와 고에쓰뿐이었다. 자신의 번영을 보장해 주는 이는 히데요시……라고 믿으며 조금도 의심하지 않았다. 그런데 드디어 관허무역선으로 저마다 교역에 나서게 되자 잠시 동안에 완전히 바뀌고 말았다. 난리를 싫어해서만은 아닌 듯하다. 대상인의 주판알 굴리는 방식이 의리와 취미와 이익과의 사이에서 미묘한 변화를 나타낸 것이다. 그렇기로서니 다이코의 외아들을 오사카에서 내보내라는 의견이 상인 쪽에서 나오리라고는 꿈에도 생각지 못했다. 너무나 잔혹한 그 정체가 드러나 보인 것 같아 얼마쯤 밉고 노엽게 여겨지기도 했다.

'그렇구나……오사카가 그런 대접을 받기 시작했구나……'

고에쓰는 벌떡 일어섰다. 그리고 선반 위의 자루에서 다시 두 개의 찻잔 상자를 꺼내, 손에 들었던 조케이의 그것과 비교해 보았다. 초대 조지로, 제2대 조케이, 그리고 아직 젊은 제3대 논코의 순서로 찻잔을 나란히 놓고 조용히 바라보았다.

"과연 찻잔에도 시대의 추이는 여실히 나타나는군……."

어디까지나 소박하고 중후한 조지로. 허리가 좀 잘록할 뿐 편안히 앉은 모습이 제3대 논코에게는 이미 없다. 그 대신 산뜻한 칼솜씨며 세련된 기교의 날카로움이 빛난다.

그때 어머니 묘슈가 오미쓰의 방문을 알려왔다.

"어머, 아저씨는 역시 풍류인이시군요…… 다회 준비라도……?"

묘슈를 따라 들어온 오미쓰는 3개의 찻잔 가운데 가장 젊은 논코의 작품에 눈길이 갔다. 그러고 보니 오미쓰도 나야 쇼안에서부터 헤아려 3대 째……3대의 눈에는 역시 3대의 기교가 가장 눈에 들어오는 모양이다. 고에쓰는 말없이 그 3대의 것 하나만 남기고 나머지 2개는 상자 안에 넣었다.

"한 잔 끓여줄까?"

"감사합니다. 아저씨 솜씨도 정말 오랜만이군요."

"오미쓰, 지금 몇 살이지?"

"호호……나이는 벌써 잊었습니다."

고에쓰는 차 통 뚜껑을 열며 남의 일처럼 말했다.

"그래? 내가 잘못했군. 내가 그대에게 잔인한 일을 부탁했는지도 모르지. 그러나 내가 그런 부탁이라도 하지 않으면 그대와 자야 사이가 멀어진다……고 내 스스로 양심을 얼버무리고는 있지만."

"아저씨."

"그 일은 조사해 왔겠지?"

"예, 나가사키에서 일어난 포르투갈 선박 사건은 어쩐지 슨푸로 불꽃이 튄 모양이에요."

"뭐, 불꽃이 슨푸까지……?"

"예, 자야 님이 포섭하고 있는 탐색꾼이 모두 조사해 줬어요. 그 사람과 저는 배로 후시미까지 함께 왔지요."

"호."

"아무래도 불붙이는 역할을 오쿠보 나가야스가 자청한 모양이에요."

고에쓰는 무슨 말을 들어도 놀라지 않겠다는 조용한 태도였다.

"그렇다면 오고쇼님 부재중에?"

"예. 그 오고쇼님도 슨푸로 돌아가시고 아리마 하루노부 님 또한 배로 슨푸에……벌써 도착했는지 모릅니다."

"그렇다면 언젠가는 모든 일이 훤히……드러나게 되는 건가?"

"그렇지만 불붙인 자는 결코 화상을 입지 않으리라……는 것도 그 사람의 의견이에요."

"그런가?"

따른 차를 오미쓰 앞에 놓고 고에쓰는 자세를 바로 했다.

"아저씨, 일기일회(一期一會)라는 말이 있지요?"

"그래, 한 번뿐인 인생. 소에키 님이 즐겨 하시던 말이었지."

오미쓰는 맛있게 차를 들고 나서 말했다.

"차 맛이 좋습니다."

그리고 고개 숙인 뒤 문득 마음을 바꿔 내뱉듯 말해버렸다.

"오코 님은 이미 이 세상에 계시지 않는 것 같습니다."

"역시……그렇군."

"그래도 나가야스는 화상 입지 않았습니다. 불을 붙이는 자는 조심성이 많지요."

"오미쓰, 어머니며 집안 식구들에게 그 일은 비밀로, 알겠나?"

"예……불붙인 자도 아직 죽었다고는 하지 않는 모양입니다…… 높은 계곡 위에 설치한 두 개의 밧줄이 끊어져 앉아 있던 사람들이 모두 천 길 아래 골짜기로…… 하지만 시체를 찾을 수 없으니 행방불명이라고 한대요."

오미쓰도 애써 태연한 듯 말을 끝냈다.

"그래……그렇다면 그 작은 상자는 역시 오코의 유물이었군."

찻잔을 당기며 망연한 얼굴이 되었다. 오미쓰는 물 끓는 소리에 조용히 귀 기울이는 모습으로 다시 화제를 옮겨갔다.

"일기일회……인생의 허무함은 세월이 아무리 바뀌어도 변하지 않는 것일까요."

고에쓰는 일부러 그 말에 대답하지 않았다. 오미쓰의 말이 만일 전국 세상에나 태평한 세상에나 같은 죽음이 기다리고 있다……는 뜻이라면 쉽사리 긍정할 수 있는 일이 아니었다. 사람의 일생은 분명 허무하다. 그렇다 해서 싸움터의 죽음과 자연스러운 죽음을 혼동하는 것은 좋지 않다고 여겼기 때문이었다.

오미쓰는 전혀 다른 생각을 하고 있었던 듯 차분히 말했다.

"저는 이따금 인간을 이해할 수 없을 때가 있어요. 인간을 알 수 없으니 저 자신도 알 수가 없습니다. 자기가 살기 위해 남을 괴롭힌다…… 아니, 자기가 살려는 것은 누군가 다른 사람을 괴롭히거나 죽인다는 약속……이라는 생각이 자꾸만 들어요."

고에쓰는 강경하게 가로막았다.

"안 돼, 그런 생각은! 그렇게 되면 자기주장이 없어져. 자기를 살리고 더불어 남도 살리는……그런 지혜가 없으면 인간이 아니야."

"아저씨는 인간에게 그런 지혜가 정말로 있다고 생각하세요? 만약 있다고 한다면 어째서 오쿠보 나가야스가 오코 님을……."

'죽였을까요'라고 말하려다가 그 말이 온당치 못함을 깨달았으리라……오미쓰는 문득 말을 끊고 시선을 돌렸다.

고에쓰는 울상을 지은 채 웃었다. 오미쓰의 의혹이 뼈아픈 반응으로 가슴을 찔러왔기 때문이었다.

"사람의 삶은 분명 그대가 말한 대로 얼마쯤 남의 희생 없이는 성립되지 않는지도 모르지."

"제게는 그 희생이 너무나 큰 것 같아요…… 그러니 나가야스를 진심으로 미워할 수가 없습니다. 악인을 미워할 수 없다……면 이 세상이 맑게 갤 날은 오지 않는다는 것을 알면서도……."

고에쓰는 다시 한번 황급히 손을 저었다.

"그건 안 돼! 오미쓰의 그 망집은……그렇게 되면 인간은 무간(無間)지옥의 악귀가 되지."

말하면서 고에쓰는 다시금 자기를 위해 차를 따랐다. 오미쓰의 술회에 답해주면서 좀 더 자세한 사정을 듣고 싶었다. 그렇지 않으면 고에쓰 자신 앞으로의 행동을 정할 수 없었다.

'무엇 때문에 오미쓰를 괴롭히며 이것저것 사정을 조사시켰던가……?'

그것은 그대로 고에쓰의 생활방식과 관계되는 중요한 일이었다.

"오미쓰는 지금 올바른 신앙의 입구에 서 있어."

"어머나, 망집에 사로잡혀 있는 제가요?"

"그래. 비록 나가야스가 오코를 살해한 악인이라 할지라도 미워할 수 없다……는 것은 내 몸에도 같은 죄가 있다고 돌이켜보는 선한 마음이 있기 때문이야……."

"어머……."

"그 반성이 없는 사람은 사람 모습을 하고 있어도 신불에게 합장할 수 없는, 인연 없는 사람…… 알겠나? 오미쓰가 일기일회라는 말을 했으니……나도 말하지 않을 수 없군…… 오미쓰……본디 신불은 합장하지 않는 자에게는 은총을 내리지 않는 법이야. 합장은 내 몸의 죄를 두려워하고 내 몸의 불결을 사죄하는 마음이니까."

고에쓰는 쏘는 듯한 시선으로 오미쓰를 지켜보기 시작했다.

"내 몸의 죄를 두려워하고 내 몸의 불결을 사죄하는 마음…… 그것이 없는 이는 사람이면서 사람이 아니야. 자기 일신의 목적만 오래도록 쫓는……것은 모습은 사람이지만, 사람이라 부르지 않고 마귀라고 하지. 마귀는 어떤 모습으로 목적을 이루든 그것은 선업이 아니고 귀업(鬼業)이므로 반드시 오래가지 못해."

오미쓰는 깜짝 놀란 듯 고에쓰를 물끄러미 바라보았다. 어쩌면 고에쓰의 반응이 기대 이상으로 강하여 놀랐는지도 모른다.

"그렇다고 마귀를 미워하기만 해서는 결코 퇴치할 수 없지. 신불의 보호가 없이는 말이야."

"신불의……?"

"저런, 그런 눈으로 신불을 찾는 게 아니야. 신불은 허공에 계시지 않아. 그대의 가슴속 깊이…… 그 합장하는 마음 저편에 계시지."

"합장하는 마음 저편에……."

"그렇지! 내 몸의 죄를 생각하고, 내 몸의 불결을 사죄하는 선한 마음 너머에……그리고 그 합장으로 인간은 참된 신앙을 얻게 돼. 신앙을 얻게 되면 반드시 몇 가지 맹세가 생기는데……그 맹세를 실천하면서 신불의 가르침을 받들어 살아가야만 비로소 귀신을 쫓는 힘을 얻게 되는 거야."

오미쓰는 고에쓰도 어떤 의미에서는 하나의 귀신이 아닌가 하고 생각했다. 그만큼 한결같이 정의를 쫓으려는 자를 달리 보지 못했기 때문이었다.

순간 고에쓰도 그런 자신을 깨달은 모양이었다.

"하하……나도 귀신이라……고 말하고 싶은 눈이로군. 하지만 나는 귀신이 아니야. 나는 벌써 그대가 걸은 길을 지나 신앙의 문으로 들어섰어. 그리고 거기서 니치렌 대사를 만났다고 할까. 만나뵙게 되면 대사님은 여러 가지 지시를 하시지. 이건 보살행, 이건 귀업, 이건 해도 좋고 이건 안 된다고…… 그러므로 그대도 자신감을 가지고 지금 눈앞에 있는 신앙의 문을 들어서면 되는 거야. 그대가 이거야말로 내가 들어가야 할 문……이라고 생각되는 문 말이야. 그 문을 들어서면 비로소 일기일회의 참된 마음 자세를 절로 맛볼 수 있지……."

"……."

"자, 이 이야기는 이 정도로 해놓고, 그럼, 오쿠보 나가야스의 행적을 한 번 더 도마 위에 올려볼까? 그대는 나가야스가 포르투갈 선박 사건에 불을 붙이고 나섰다……고 분명히 말했지?"

"예, 그리고 불을 붙인 자는 화상을 입지 않는다고 했습니다."

"그 뜻은? 나가야스 님이 귀업, 귀행(鬼行)의 사람이라면 반드시 큰 화상을 입을 것이라고 나는 말하고 있는 거야."

오미쓰는 또 잠시 생각에 잠겼다. 듣고 보니 분명 그렇게 되는 것 같았다. 그러나 오미쓰가 마쓰주로에게서 받은 보고는 달랐다.

"이야기가 조금 이상하게 됐군. 그러나 화상을 입는 자는 반드시 불을 붙인 자⋯⋯이건 고에쓰의 움직이지 않는 신념이야. 내 몸의 야심이나 욕심 때문에 불장난한다면⋯⋯야심이나 욕심을 위해 흉기를 휘두르는 자와 같은 상처를 반드시 입는다⋯⋯ 그 인과응보의 이치는 그대도 곧 알게 될 날이 있을 거야. 그리고 나가야스 이야기인데⋯⋯."

고에쓰는 한마디 한마디를 곰곰이 씹는 듯이 말하고, 세 번째로 이야기를 처음으로 되돌렸다.

"불 지르는 일을 도맡으면서도 어째서 화상 입지 않을 거라고 그자가 말했을까?"

"예, 그것은 남보다 꾀가 곱절이나 있기 때문이겠지요."

"호, 그 꾀는 하찮은 꾀이리라고 나는 생각하는데⋯⋯ 그건 그렇고 우선 어떤 점에서 꾀가 있다는 거지?"

"네, 포르투갈 선박 사건⋯⋯을 내버려 두면 언젠가 불꽃이 자기 몸으로 날아온다⋯⋯고 보고 재빨리 아리마 님과, 아리마 님한테서 금은을 갈취한 오카모토 다이하치라는 자를 자기 집에 가두어 재판한다는 빈틈없는 준비를 해놓고 있답니다."

"음⋯⋯그러면 자신이 관련된 범죄만은 오고쇼에게 누설되지 않는단 말이지?"

"그뿐 아니라 그 오카모토 다이하치인가 하는 자를 잡아둔 일로 반대파인 혼다 마사즈미의 입도 봉할 수 있게 된다⋯⋯는 계산을 하고 불을 붙이러 나섰으니 아마 그의 뜻대로 될 것⋯⋯이라고 자야 님 염탐꾼은 말했습니다."

"그의 뜻대로⋯⋯라면 아리마 님은 어떻게 된다는 건가?"

"아마도 무장으로서 있을 수 없는 막대한 금액의 뇌물을 주었으니 우선 영지를 몰수당하고 감금될 거라고⋯⋯."

"그 금은을 갈취했다는 오카모토라는 자는⋯⋯?"

"나가야스의 마음먹기에 따라 화형이든 책형이든 마음대로라더군요."

"혼다 님의 약점은?"

"그런 악당을 거느리고도 그 범행을 모르고 있었다……는 것만으로도 충분히 나가야스에게 머리를 들 수 없게 될 거라고……."

고에쓰는 간단히 머리를 흔들었다.

"깊이 생각한 것 같아도 역시 아직 모자라는군. 귀신은 귀신이지만 미련한 귀신이야. 그도 그럴 것이 혼다 마사즈미와 오쿠보 나가야스의 직분상 차이를 잊고 있어."

"직분상 차이……?"

고에쓰는 매우 자신만만하게 말했다.

"그렇지. 혼다 마사즈미는 지금 오고쇼님을 측근에서 모시고 있지만 오쿠보 나가야스는 곳곳으로 뛰어다녀야 인정받는 금광감독관이며 영지행정관이야. 귀신이 없는 동안 혼다 님에게 당하게 될걸. 긁어 부스럼을 만드는 미련한 소행이란 바로 이걸 두고 하는 말, 그런 것은 다인들이 결코 좋아하지 않는 잔재주야."

"그럼, 불붙인 자는 역시 머지않아 화상을 입을까요?"

"이건 내가 예언하는 게 아니야. 니치렌 대사의 가르침 가운데 분명히 있어. 일부러 자신의 야심을 위해 적을 만드는……악업을 짓는 미련하고 어리석은 자가 번영하는 세상은 암흑 또 암흑……그래……그렇다면 오코는 정말로 살해되었는지도 모르겠군."

그러고 보니 고에쓰의 눈이 벌겋게 젖어 있었다.

오미쓰도 한동안 말없이 좁은 뜰을 바라보았다. 후시미 행정관 고보리 엔슈(小堀遠州)가 보내왔다는 등롱에 비스듬히 햇살이 비치고 있었다.

"아저씨, 저도 오코 님은 분명 살해되었을 거라고 생각합니다…… 그런데도 오쿠보 나가야스를 미워할 수 없다느니 해서…… 죄송합니다."

그 말에는 대답하지 않고 고에쓰는 다시 조용히 찻잔을 닦기 시작했다. 지난날의 오코의 모습을 망막 속에 그리면서 추억을 더듬는 것이라고 오미쓰는 생각했다.

"아저씨, 차라리 제가 자야 님에게 말해 볼까요?"

"무엇을……자야 님에게 말한다는 거냐?"

"스스로 악역을 맡고 나선 오쿠보 나가야스의 속셈을 말입니다."

"그거라면 그대에게 말해 준 염탐꾼이 말하겠지."

"아니, 그런 사정을 일단 오고쇼님에게 말씀드리는 게 어떨까……하고."

고에쓰는 또 곧바로 가로막았다.

"그건 안 돼. 나도 그대도 걱정하고 있다면 자야 님은 대뜸 그것을 오고쇼에게 귀띔할 거야…… 하지만 그렇게 되면 이 야릇한 사건에 자야까지 말려들 염려가 있어…… 그러면 소동은 더욱 커지게 되지."

고에쓰는 거기서 잠시 웃어 보였다. 오미쓰가 너무 골똘히 생각하지 않도록 달래는 미소인 것 같았다.

"오미쓰, 이 모든 일은 역시 그대 가슴에 묻어두는 게 좋겠어."

"그래도……괜찮겠습니까?"

"의논한다면 아직 젊은 자야보다 먼저 만나야 할 분이 있어."

"그건……?"

"교토 행정장관 이타쿠라 님이야. 이타쿠라 님이라면 이 고에쓰에게도 절친하게 대해 주시니 남몰래 좌담 끝에 내비칠 수 있겠지. 그대는 그때까지 모르는 척하는 게 좋겠군."

"……네."

"이건 작은 문제가 아닌 것 같아. 이 일로 오고쇼님 진영이 두 조각날지도 모르니까…… 알겠나, 만일 오고쇼와 쇼군의 측근이 오쿠보 다다치카파와 혼다 마사즈미 부자파의 둘로 나뉘어 싸우기 시작하게 된다면 그야말로 천하만민의 큰 화근이야."

"정말……."

"다이코 전하 밑에서 이시다파와 무장파가 서로 싸워 마침내 세키가하라 대란을 일으킨 것이 어제의 교훈……이런 때는 오로지 신중하게 생각하며 움직여야 해."

고에쓰는 절반쯤 자신에게 타이르듯 말하면서도 역시 가만히 있을 수 없는 기분이었다. 일어날 수 있는 온갖 일이 일어날 순서를 밟아 싹트고 있는 것 같았다.

'차라리 내가 직접 오쿠보 나가야스를 만나봐야 할 일이 아닐까……?'

아니, 역시 그 전에 이타쿠라 가쓰시게를 만나야 할 일인지도 모른다…….

오미쓰는 고에쓰가 진지하게 생각하기 시작했음을 알고 살며시 자리에서 일어났다.

"참, 아저씨, 저는 할머니와 이야기하고 오겠어요. 아직 선물도 끌러 놓지 않았어요."

고에쓰는 다시 한동안 두 손을 무릎 위에 놓고 생각에 잠겼다.

'오코가 살해되었다……'

그렇다면 작은 상자에 써 남긴 그녀의 수기는 정신이 혼란해진 자의 망상이 아니다.

'오쿠보 나가야스는 자기 입장에 어떤 위험을 느끼고 몹시 허우적거리고 있다……'

오코는 수기 속에 그 원인으로서 3가지 불안을 기록해 남겼다. 그 한 가지는 다른 작은 상자에 넣어 봉했다는 연판장, 그리고 그밖에 모아둔 황금의 처리와 다테 마사무네에 대한 경계심을 열거하고 있었다. 어쩌면 마사무네가 나가야스를 경계하기 시작한 원인은 오쿠보 다다치카와 혼다 마사즈미 부자의 대립에 있었던 것이 아닐까……?

만약 그렇다면 이것은 또 하나의 불길한 구름이 낮게 깔리기 시작하는 게 된다. 고에쓰는 무슨 생각을 했는지 갑자기 일어나 방안을 한 바퀴 휙 돌았다. 가만히 있을 수가 없었다. 뭔가 마음에 걸리는 일에 부딪힌 눈빛이었다. 그는 황급히 옆방으로 들어가 불전에 향을 피워 올렸다. 아마 그것은 죽은 것으로 생각되는 오코에 대한 공양임이 틀림없다.

그리고 다시 거실로 돌아오자 봉당에 나란히 벗어두었던 짚신을 신고 그대로 집 밖으로 나갔다. 어떠한 경우에도 반드시 행선지를 알리고 가는 고지식한 고에쓰로서는 보기 드문 일이었다. 네거리로 나가자 가마꾼을 불러 행선지를 말하며 서둘러 가마 안에 들어가 앉았다.

"호리카와(掘河)의 교토 행정장관 저택으로."

'그렇다, 사태는 이미 내 손이 미치지 않는 데까지 진전되었는지도 모른다.'

자야의 첩자가 오미쓰에게 보고하러 올 때까지는 상당한 시일이 걸렸다.

이에야스가 니조 저택에서 에도로 돌아간 지 두 달 가까이 흘렀다…

오사카성을 방문한 비스카이노 장군의 이야기도 물론 이타쿠라 가쓰시게의 귀에 들어갔을 것이다. 물어보고 싶은 일이 산더미처럼 있었다.

고에쓰는 온몸에 땀을 흘리며 교토 행정장관 저택에 다다랐다. 이때 이타쿠라 가쓰시게는 외출했다가 돌아와 거실에서 쉬고 있던 참인지 평상복 차림으로 마루에 서서 마루 밑까지 끌어들인 연못의 잉어에게 먹이를 주고 있었다.

"오, 도쿠유사이(德有齋) 님. 자, 마루 끝이 시원하니 이리로 오시오."

안내해 온 젊은 무사를 시켜 방석을 내오게 하고 자기도 기둥에 기대어 앉았다.

"도쿠유사이라시니 황송합니다. 지금까지처럼 고에쓰라고 불러주십시오."

"천만에, 그렇지 않소. 그대는 내 마음의 스승, 나는 평소에 그대의 입정안국 정신을 어떻게 활용할까 고심하고 있는 못난 제자요. 그런데 무슨 급한 용건이라도……."

여유 있는 모습으로 내놓는 질문에 고에쓰는 황급히 이마의 땀을 훔쳤다.

"비스카이노 장군이라는 자가 오사카성에 갔던 모양이지요?"

"호, 벌써 도쿠유사이 님 귀에도 들어갔소?"

"스미노쿠라 님이 찾아와서…… 요즘 슨푸에 뭐 달라진 일이 없습니까?"

고에쓰가 다그치듯 묻자 이타쿠라 가쓰시게는 문득 어두운 표정을 지으며 연못의 잉어에게로 시선을 돌렸다.

고에쓰는 평소의 감각대로 '뭔가 있었구나!' 생각하며 단칼에 베듯이 밀고 나갔다.

"실은…… 오쿠보 나가야스 님에게 일하러 가 있던 집안 여자한테서 너무 오랫동안 소식이 없어 이쪽에서 사람을 보내 알아보았지요. 그런데 그자가 묘하게 마음에 걸리는 말을 듣고 돌아왔기에 오랫동안 뵙지 못한 사죄 겸 문안이나 여쭈려고……."

"잘 오셨소. 그런데 묘하게 마음에 걸리는 일……이란?"

가쓰시게는 그제야 시선을 제자리로 돌리며 손에 쥔 하얀 부채를 천천히 무릎 위에 세웠다.

"오쿠보 나가야스 님이 무슨 재판을 한다며 슨푸에서 매우 바쁘셨다고 하던데……."

그러자 가쓰시게는 곧 대답했다.

"그 사건이라면 결말이 났소."

"예, 결말이 나다니요?"

"오카모토 다이하치 사건 말이지요? 다이하치는 몹쓸 놈이어서 아베강 강변에서 화형에 처해졌소."

"음, 그렇다면 그 재판은 역시 오쿠보 나가야스 님이……?"

가쓰시게는 고개를 끄덕였다. 그리고 생각을 가다듬은 듯 웃는 얼굴이 되어 말했다.

"뒷맛이 좋지 않은 일이오. 이 일이 원인되어 혼다 부자와 오쿠보 다다치카 님 사이가 나빠지지 않았으면 좋겠는데……."

"그럼, 역시 나가야스 님이 스스로 나서서 불을 붙였군요?"

"사건의 발단은, 아리마 하루노부에게서 혼다 마사즈미 님에게로 뜻하지 않은 문의가 온 일이었소…… 그때는 이미 빼도 박도 못하도록 나가야스가 오카모토 다이하치를 잡아놓고 있어서…… 다이하치는 마사즈미의 부하, 살려줄 마음은 있었겠지만 어쩔 수 없었겠지. 완전히 표면에 드러나 버려 다이하치는 화형, 하루노부는 나가야스에게 연금되는 것으로 결정되어, 나가야스는 벌써 슨푸의 저택에서 철수했을 거요."

이타쿠라 가쓰시게는 그 문제를 더 건드리기 싫은 듯 말머리를 돌렸다.

"그런데 그 집안 여자는 건재하던가요?"

고에쓰는 대답이 없었다. 오코의 생사는 사사로운 일, 그가 가쓰시게를 방문하는 것은 언제나 한 시민의 사명이라는 다른 목적이 있기 때문이었다.

"이타쿠라 님, 오쿠보 나가야스 님이 요즘 지나치게 초조해하고 있다……고 생각지 않으십니까?"

"지나치게 초조해한다…… 그럴지도 모르지요."

"저는 그 나가야스 님의 초조감과, 비스카이노 장군인가 하는 자가 오사카성에서 한 방자한 말이 혹시라도 어딘가에서 결부된다면……하는 생각이 문득 든 순간 가만히 있을 수가 없더군요."

"호……."

"나가야스 님은 사소한 보복이나 원한으로 움직이는 인품이 아니며, 자신의 출세를 방해하는 것을 좋아하지 않는 대신 남을 방해하지도 않고, 사람들과 함께 기뻐하며 함께 번영하기를 원하는 천성적으로 쾌활한 성품으로 보고 있습니다.

그런데 요즘 본디의 성품과 다른, 마음에 걸리는 일만 하는 것은 무슨 까닭일까요?"

"본디의 성품과 다르다니?"

"어째서 일부러 혼다 님 부자를 적으로 돌리는 일을 하지 않으면 안 되는지? 어째서 저희 집안 여자를 행방불명으로 만들지 않으면 안 되는지? 어째서 연판장을 감추지 않으면 안 되는지……?"

고에쓰는 찌르는 듯한 눈빛을 보이며 하나하나 열거해 갔다. 이타쿠라 가쓰시게도 설득력 있는 말재주로는 누구에게 지지 않는 명수였으나 고에쓰는 그 이상이었다. 그의 말에는 칼날 같은 날카로움이 있고, 그것이 잔인하리만큼 상대의 가슴을 찔렀다.

"이타쿠라 님도 구교 선교사들이 높이 우러러보는 분입니다. 그들이 본국에 보내는 통신에는 매번 교토 지사(知事) 이타쿠라 님이라고 씌어 있다더군요. 그러한 분에게 설교 같은 말을 드려서 죄송하지만, 쇼군의 측근에 파벌이 생겨 둘로 나뉘고 거기에 남만, 홍모의 세력다툼까지 엉킨다면 에도와 오사카가 갈라지는 건 시간문제 아닐까요? 아니, 그렇게 되면 큰일이므로, 실례의 말씀이지만 오고쇼님께서 이타쿠라 님을 교토 행정장관으로 임명하여 줄곧 이곳에 두신 게 아니겠습니까?"

"이것 참, 놀랍소. 사실 그러하오."

"그걸 알고 계신다면 역시 오쿠보 나가야스의 이번 일에 좀 더 마음을 쓰셔도 좋을 듯한데 어떻습니까?"

"그럴지도 모르겠소. 그러나 이건 슨푸에서 일어난 사건, 나 같은 교토 행정장관으로는 해결할 수 없는 일일지도 모르겠군."

"참으로 주제넘은 말씀이라 죄송하오나, 오쿠보 나가야스 님이 분수도 모르고…… 이건 좀 지나친 말일지 모르지만 분수에 어울리지 않게 혼다 부자에게 도전할 작정을 한……그 원인을 누군가 밝히지 않는다면 큰 화근이 되지 않을까요? 이번 일에는 비록 혼다 부자가 가만히 있더라도 곧 이에 대해 보복하게 되고 또 그 보복으로 나가야스가 일을 꾸민다……면 벌써 측근은 완전히 두 조각…… 거기다 만일……불길한 말을 해서 죄송합니다마는 오고쇼님께서 돌아가시는 일이 잇따라 일어난다면 대체 누가 이 찢어진 것을 꿰맬 수 있을까요? 혼다 마사노부 님은 쇼군의 사부와도 같은 고문, 오쿠보 나가야스 님은 쇼군 동생의 보호자 역입니다. 이들이 저마다 자기 뜻하는 방향으로 나간다면 둘은커녕 사분오열의 난세가 되지 않을까 하고 온몸에 소름이 끼칩니다."

상대가 너무나 열심이므로 이타쿠라 가쓰시게는 얼마쯤 질린 모양이었다.

"알겠소! 그렇게까지 염려하는 데 가만히 있는 건 무성의한 일이겠지. 실은 나에게도 전혀 생각이 없는 것은 아니오."

"역시……그러시겠지요."

"실은 나도 마음속으로 그 일을 염려하여 나루세, 안도 등과 상의한 다음 나가야스의 신변을 남몰래 살피고 있었소. 뭐니뭐니해도 혼다 부자는 대대로 내려오는 가신, 나가야스는 오쿠보 성을 부르고는 있지만 신참자, 만일 이 둘이 격돌하는 일이 생긴다면 나가야스를 눌러야 하오. 그래서 이번에 일부러 아리마 하루노부를 나가야스에게 맡긴 거요. 사실 이것은 어떻게든 싸움을 피하기 위해 혼다 마사즈미가 자청한 일……."

"옛, 그럼 마사즈미 님이?"

"그렇소. 대대로 내려오는 가신이 참지 않으면 결속이 무너지게 되오. 저마다 제멋대로 나가면 미카와 이래의 긍지가 어떻게 되겠소?…… 이제 납득되셨소?"

그때 젊은 무사가 찬물에 보리 미숫가루를 타서 내왔다. 두 사람은 잠시 그것을 마셨다.

"도쿠유사이 님."

"……예."

"소에키 님이 자주 말씀하신 일기일회 말이오."

여기서도 그 말이 나왔으므로 고에쓰는 저도 모르게 눈이 휘둥그레졌다.

"그 일기일회라는 말이 무슨……?"

"그 말……생각하면 할수록 깊은 맛이 있지요."

"옳은 말씀입니다, 실은 저도 그것을 생각하고 있던 참이었습니다."

"그런데 그 참뜻을 일상생활에 적용하고 있는 사람이 몇이나 있을까요?"

거기까지 말하고 가쓰시게는 문득 입을 다물었다. 나머지는 고에쓰 자신이 생각해 음미해 보라는 뜻이리라.

'놀라운 분이다……'

그 생각을 하면서 고에쓰는 그런 가쓰시게의 화술에 몰입했다. 인생……이란 순간순간의 누적에 지나지 않는다. 그 순간순간의 만남을 소중히 한다…… 아니, 순간의 만남에 진정을 다 해 접촉하려는 다도의 마음이야말로 인생 그 자체를 충실하게 하는, 진실한 지적이었다.

'바로 여기에 인생의 의의가 있다…….'

행복도 충실도 평화도 영광도…… 아니, 때로 그밖에는 출세의 길마저 없다고 해도 틀림없으리라.

"모두들 입으로는 차를 음미하면서도 그 마음은 음미하지 못하고 있소. 일기일회의 진심을."

"나는……."

잠시 사이를 둔 뒤 가쓰시게가 말했다.

"때때로 내 주변에서 손꼽아 헤아려보지요. 지금 그런 마음으로 사는 분은 우선 오고쇼님, 그리고 도쿠유사이 님…… 자기를 잊고 일하는 동안 절로 그 마음에 젖어 드는 사람도 없지 않습니다. 하지만 비바람과 눈과 꽃도 다 알고 행하는 그 일에 무한한 기쁨을 바치고 있는 사람은 매우 적지요."

"그런 걸 어찌 저 같은 사람이……."

"그렇지 않소. 실은 오고쇼님이 행하시는 나날의 염불…… 아마 잠시라도 자신의 마음에서 정성의 그림자를 놓치지 않으려는 수양이라고 짐작하나 벌써 6만 번 가운데 거의 2만 번 넘게 쓰셨다더군요. 오고쇼님은 종이 위에 염불을 하시고, 고에쓰 님은 땅에다 발로……모두 한 번뿐인 인생이라 두 번 다시 오지 않을 시간의 흐름 속에 참다운 삶을 새기고 계시지요. 이 가쓰시게, 실은 두 분을 살아 있는 스승으로 삼고 있소. 앞으로 생각나는 것이 있으면 가르쳐주시기 부탁하오."

가쓰시게는 미소지으며 가슴을 두드렸다.

"나카야스에 대한 충고는 잊지 않겠소."

고에쓰는 불현듯 소리 내 울고 싶어졌다. 이런 감상은 결코 가벼운 감정의 물결이 아니었다. 이 무한한 공간과 무한한 시간 속에서 자기와 가쓰시게가 같은 시대, 같은 장소에 함께 살고 있다는 불가사의함…….

그것이 무섭게 실감 되는 감동이었다.

"일기일회……."

입속으로 중얼거리던 고에쓰는 황급히 입술을 깨물며 웃었다.

그로부터 한 시간쯤 지나 고에쓰는 교토 행정장관 저택을 나왔다. 자신의 발이 오미쓰가 기다리는 자기 집으로 향하지 않고 스미노쿠라 요이치의 집을 향하고 있는 것을 알고 고에쓰는 깜짝 놀랐다.

스미노쿠라 요이치는 본명이 요시다 요이치(吉田興一)로, 굳이 따지면 고에쓰의 서예제자였다. 그런데 어느덧 서도에서 벗어나 다도 교류를 통해 취미를 함께 하는 친구처럼, 스승처럼 되었다. 어쩌면 세상에서는 그를 자야와 마찬가지로 고에쓰의 풍류 후원자로 보고 있는지도 모르지만……

그 스미노쿠라의 말이 지금 묘하게도 차갑게 고에쓰의 가슴에 걸렸다. 스미노쿠라는 평화를 위해 도요토미 가문을 빨리 오사카성에서 내보내야 한다고 했다…… 그 말과 뜻밖에도 오늘 몇 번이나 화제에 오른 '일기일회'의 마음이 작은 충돌의 소용돌이를 일으키는 듯했다.

'스미노쿠라에게 그런 말을 하게 한 죄는 나에게 있다……'

솔직히 말해 고에쓰는 좋고 싫은 감정이 뚜렷한 사람이었다. 그리고 사실 극단적으로 다이코를 싫어했으며, 심복한 무장은 이에야스뿐…… 따라서 이에야스를 좋아하는 마음이 반대로 다이코를 더욱 싫어하게 한 면도 없지 않아 있었다. 그러나 오늘은 그것이 몹시 마음을 괴롭혔다.

'나는 아직 마음이 인색한 사나이다.'

이 광대한 우주의 몇억 년, 몇십억 년인지 모르는 무한한 시간의 흐름 속에서 같은 시대 같은 장소에 우연히 함께 태어난 사람끼리……서로 미워하고 미움받고, 싫어하고 배척받는 것은 얼마나 부끄럽고 옹졸한 일인가……?

'일기일회의 다도의 마음을 잊고 있는 것은 바로 나 자신이었다……'

그 영향으로 스미노쿠라 요이치가 아주 간단하게 히데요리를 오사카에서 내쫓아야 한다는 등 결정적인 말을 입에 담은 것만 같았다.

"스미노쿠라, 내가 잘못했어. 세상일은 그리 간단하지 않아……"

비록 그것이 옳다 할지라도 희생을 무릅쓰면서까지 단행해야 할 일은 아니다. 만나기 힘든 세상에서 같은 시대에 서로 만난 사람들은 남을 위해서나 자신을 위해서나 서로 진심을 다 하는……것이 드높은 지혜인 듯하다.

"나는 결코 히데요리 님을 오사카에 두어야 한다고 말하려는 게 아니네. 다만 냉정하게 내쫓아도 된다는 무책임한 방관자여서는 안 된다고 반성한 거야. 스미노쿠라, 부탁일세. 그대 쪽에는 내가 미치지 못하는 연줄도 있을 터…… 어떻게 하면 전란이 일어나지 않고 히데요리 님이 순순히 오사카성에서 나갈 수 있겠는지…… 큰마음으로 모두를 위해 생각해 주지 않겠나."

오늘의 고에쓰는, 그 말을 하지 않고 집으로 돌아가는 건 아무래도 불성실한 일 같았다. 이타쿠라 가쓰시게에게서 '나의 스승……'이라고 잔뜩 칭찬을 받은 탓인지도 모른다.

지금쯤 슨푸에서 부지런히 '나무아미타불'을 쓰느라 붓을 놀리고 있을 이에야스의 모습을 생각하자, 그 또한 한 걸음 한 걸음 대지에 '나무아미타불'의 참된 실천을 새기지 않고는 못견딜 심정이었다.

"그렇다, 이것도 일기일회…… 스미노쿠라에게 머리 숙여 부탁하자. 가련한 히데요리 님을 위해 지혜를 기울여 달라고."

서릿발 같은 반골(叛骨)

　다테 마사무네가 아사쿠사 병원에서 선교사 소텔로를 정식으로 자기 집에 초청하여 설교를 듣겠다고 말한 것은 그 해(케이초 17년(1612)) 11월 첫 무렵이었다.

　자기 딸인 마쓰다이라 다다테루 부인이 이를 열심히 권했기 때문……만은 아니었다. 에도성에 갔을 때 히데타다가 놀라운 듯한 말이 계기가 되었다.

　"오고쇼님은 잠시도 쉬지 않으시고 염불을 정서하셔서 벌써 6만 번의 반을 쓰셨답니다."

　이 해에는 봄부터 너무도 많은 사람들이 죽었다. 그러고 보니 올해는 정월부터 거의 잇따라 마사무네에게 부고가 전해졌다고 할 만큼 끊일 사이 없었다.

　유라 구니시게(由良國繁) 1월 3일.

　시마즈 요시히사 1월 21일.

　총포수 이나토미 이치무(稻富一夢) 2월 6일.

　야마시나 도키쓰네(山科言經) 2월 27일.

　그리고 이에야스가 교토로 올라가 없는 동안에도 부고가 잇따랐다.

　혼다 야스시게 3월 23일.

　호조 우지카쓰 3월 24일.

　그리고 고토히토 친왕(고미즈노오(後水尾) 천황)의 즉위식을 앞두고 4월 2일에는 아사노 나가마사가 숨졌다. 향년 65살.

　'이로써 오사카 쪽의 소중한 나무 하나가 말라 쓰러졌구나……'

그런 생각을 하며 마사무네는 이에야스의 양녀와 아들 다다무네(忠宗)의 혼담을 서둘러 4월 끝 무렵에 인연 맺게 했다. 그러자 또 이어 죽음의 신이 날뛰었다.

사나다 마사유키 6월 4일.

호리오 요시하루 6월 17일.

가토 기요마사 6월 24일…….

사나다, 호리오, 가토의 잇따른 사망 소식을 듣고 마사무네도 그만 소름이 끼치는 느낌이었다. 자신의 생명에 대한 공포뿐만이 아니었다. 역시 도요토미 가문의 운명을 암울하게 연상시키는 충격이었다.

바로 얼마 전 일생일대의 멋을 부린다고 나고야의 성 공사 때 무거운 돌을 옮기는 목도의 선두에 섰던 그 기요마사의 가슴까지 내려온 수염이 사라져버렸다…….

아니, 그보다도 아사노, 사나다, 호리오, 가토도 말하자면 진심으로 오사카를 사랑하던 자, 지위와 생각의 차이는 있었지만 모두 강건한 일대의 인물들…… 그들이 마치 서로 경쟁이라도 하듯 이 세상을 떠난 일은 무엇을 암시하는 것일까?

사나다 마사유키는 68살, 호리오 요시하루는 69살이니 천수를 누렸다고 할 수 있다. 그러나 가토 기요마사는 이제 53살이 아니었던가…….

이어서 도쿠나가 도시마사가 7월 10일에 죽고, 그들을 자주 진찰하고 치료해주던 의사 마나세 쇼린(曲直瀨正琳)도 역시 8월 9일에 죽었다…… 그의 나이는 겨우 47살…….

이어서 오쿠보 다다치카의 아들인 다다쓰네(忠常)가 32살의 젊은 나이에 죽었다. 이 때문에 다다치카는 실의에 빠져 인생이 노여워 요즘은 좀처럼 등성도 하지 않는다던가.

그러나 다테 마사무네가 일부러 소텔로를 불러 설교를 들으려 마음먹은 데는 그러한 무상(無常)의 바람을 느꼈기 때문만이 아닌 것은 말할 나위도 없었다…….

마사무네는 소텔로가 오자 수행자들을 별실에 나누어 들게 한 뒤 가신들에게 접대케 하고 소텔로 한 사람만 자기 거실로 안내시켰다.

"소텔로 님, 처음 뵙겠소. 마사무네요. 기억해 두시오."

소텔로는 잠시 멍한 얼굴로 쏘아보았다. 물론 두 사람이 정식으로 만난 것은 그날이 처음이었지만 이미 여러 번 대면한 적 있었다. 눈빛이 다른 측실의 병 때문에 10번 이상 만났던 것이다.

잠시 뒤 소텔로는 침을 삼키고 고개를 끄덕였다.

"알겠습니다. 잘 기억하겠습니다."

그러자 우스워졌다. 이미 마사무네는 소텔로가 보내준 빵 제조법을 배워 매사냥 때 그것을 사용하고 있다고 들었기 때문이었다.

"소텔로 님, 큰 실수를 저질렀군요. 비스카이노 장군의 배를 좌초시켰다고요?"

"예, 그건……."

"변명은 필요 없소. 쇼군께서 매우 노여워하고 계시오. 물론 그대의 속셈을 알고 화내신 것…… 그대는 어째서 나에게 말하지 않았소?"

소텔로의 얼굴이 갑자기 굳어졌다. 아마도 그는 아직 이 일을 마사무네에게 상의할 필요가 없다고 생각했음이 분명하다. 분명 배는 비스카이노에게 협박당해 소텔로가 일부러 좌초시킨 것이었다. 탄로 나지 않고 끝난다면 그런 무의미한 사건은 아무에게도 말하고 싶지 않았다.

적어도 멕시코의 사령관으로서 스페인의 대왕과 총독 대리를 겸해 사례차 온 비스카이노 장군. 그가 사실은 황금섬 탐색이 목적인 탐욕스러운 모험가라는 부끄러운 사실을 되도록 감추고 싶었기 때문이다.

"그럼……그 일을 쇼군께서……."

"내 질문에 대답하시오. 어째서 나에게 미리 이야기하지 않았나 말이오."

"비스카이노의 심사가 너무나 비열해 부끄러웠기 때문입니다."

"그대가 이 사건을 내게 의논하지 않아 끌 수 없는 큰 불길로 번져가고 있다는 걸 아오?"

"예? 그……그……그건 전혀."

"그렇겠지. 그렇지 않다면 이쪽에서 부르기 전에 그대 쪽에서 벌써 달려왔을 거야."

거실 안에는 큰 칼을 받쳐든 소년 하나뿐, 달리 듣는 자는 아무도 없었다. 마사무네의 태도는 난폭했고 목소리도 방약무인하게 고함치는 소리였다.

"잘 들으시오, 소텔로 님. 나는 그대의 설교를 들으려는 뜻은 전혀 없소. 다만 듣는 척해야 할 정도로 큰일이 되어버렸소. 그건 그대와 나의 교제를 잘 아는 자가 또 한 사람 쇼군 쪽에 있기 때문이오."

"그분은?"

마사무네는 씹어뱉듯 말했다.

"오쿠보 나가야스요! 그대는 설마 히라도에 네덜란드와 영국의 상관이 생긴 것을 모르지 않겠지. 아니, 그 상관원들이 쇼군이며 오고쇼에게 무슨 말을 하고 있는지도 설마 모르지는 않겠지."

소텔로는 차츰 침착을 되찾았다. 평소의 거만한 표정으로 돌아가 고개를 끄덕였다. 물론 히라도에 진출한 네덜란드 인이며 영국인들에 대해 모를 리 없었다. 포르투갈이며 스페인 선교사들이 입을 모아 그들을 비난하고 있듯 그들 역시 구교 선교사들은 모두 펠리페 대왕의 침략 전초병이라고 고하고 있음이 분명했다.

"그 일을 잘 알므로 오히려 비스카이노 장군에 대해 말하기 어려웠던 것입니다."

"잘 안다고?"

"예, 알고 있습니다."

갑자기 마사무네는 팔걸이를 치면서 호통쳤다.

"모르고 있소! 비스카이노가 그 뒤 뭘 하고 있는지 아시오? 새 선박을 건조할 때까지 귀국 연기를 허락해 달라고 청원해 놓고 안진에게서 배를 빌려 에도만을 측량하기 시작했단 말이오."

"그것은 모두 그의 천박한 보물찾기라고……"

"시끄럽소! 황금섬이란 본디 없는 것이니 내버려 두라는 말이겠지……그런데 그 사실을 네덜란드인이 주워듣고 장군에게 뭐라고 보고한 줄 아오. 유럽에서는 다른 나라의, 더욱이 군인에게 자기 나라의 바다와 해안 측량을 허락하는 일이 결코 없다. 그런 일을 허락하면 곧바로 침략당하기 때문이다……아니, 비스카이노가 측량을 시작한 것은 바로, 스페인 왕에게 일본 침략의 야심이 있으며 배 정박 장소를 미리 탐지하고 있다는 증거, 그들을 곧 체포하지 않으면 큰일 날 거라고 했단 말이오."

소텔로는 그제야 얼굴이 새파래졌다. 그러나 그 정도로 당황하여 앞뒤 분별을 잃어버릴 소텔로가 아니었다.

그는 일단 부정부터 했다.

"그건 뜻밖이군요. 비스카이노 장군의 인품에 대해서는 제가 미리 말씀드렸습니다. 그에게 그렇듯 큰 야심이 있을 리 없습니다. 그렇지요…… 만일 그 증거를 보여달라고 하신다면 제가 그 측량도를 빼앗아 쇼군께 바쳐도 좋습니다. 언젠가 쇼군께서도 연안의 해도(海圖)가 필요하실 겁니다. 그렇다면 이건 오히려 쇼군을 위해서도……."

마사무네가 다시 가로막았다.

"닥치시오. 그런 잔재주는 이미 통하지 않소. 소텔로는 비스카이노와 짜고 일부러 배를 좌초시켜 일본 근해의 측량을 도운 내버려 둘 수 없는 괘씸한 자. 빨리 체포해 규명하라는 험악한 공기…… 그것을 이 마사무네가 가까스로 누르고 온 거요. 그래도 그대는 놀라지 않는단 말이오."

"아니, 소텔로를 체포하라고……?"

"그렇소. 다른 선교사는 어떻든 소텔로는 방심할 수 없다, 비스카이노는 스페인의 사절이므로 쉽사리 손댈 수 없지만 소텔로는 체포하여 실토케 하라……고 되리라는 것을 그대는 여태껏 깨닫지 못했단 말이오?"

격렬한 어조로 힐문 당하자 소텔로는 비로소 입을 다물었다. 아마도 그 역시 앞뒤 사정이 그토록 자기에게 불리하게 되어나가리라고는 생각지도 못했음이 틀림없다. 입가의 근육이 씰룩씰룩 경련하기 시작했다.

소텔로가 사태의 중요성을 깨달았음을 알고 다테 마사무네는 말을 거두었다. 소텔로는 지혜가 여간아닌 사람이다. 생각하게 해두면 반드시 살아날 길을 찾을 해결책을 짜낼 사나이라고 마사무네는 여겼다.

소텔로는 푸른 눈동자를 날카롭게 빛내며 중얼거렸다.

"음……그렇다면 이건 오쿠보 일당과 혼다 부자의 정치싸움에 휘말려 든 셈이군요."

마사무네는 짤막하게 대답했다.

"그렇소. 나가야스가 혼다 마사즈미 수하의 포교 오카모토 다이하치를 화형에 처한 것은 알고 있겠지."

"그건 이미……."

"아리마 하루노부도 영지를 몰수당한 뒤 나가야스에게 연금……모든 일이 혼다 부자에게 불리하게 되었소. 그리고 그대는 그 나가야스와 절친하오. 혼다 부자의 미움이 미친다 해도 어쩔 수 없소."

"그건 벌써……."

"알고 있었다면 어째서 여태껏 내버려 두었소? 나가야스와 절친한 소텔로는 비스카이노와 한마음으로 그의 귀국선을 일부러 좌초시켜 일본에 머물게 하여 유럽에서는 결코 허락하지 않는 타국 연안의 측량을 그에게 시키고 있다……."

"음."

"뿐만 아니라, 파손된 배를 일부러 사카이 항구에 대고 비스카이노와 함께 오사카성의 히데요리를 방문해 여차할 때는 언제든 펠리페 대왕이 대함대를 파견하여 히데요리를 편들 거라고 큰소리치게 했다……."

"저……그것까지 벌써 쇼군의 귀에……."

"안 들어갈 것 같소? 오사카성에는 도요토미 가문 사람과 도쿠가와 가문 사람이 반반이오."

소텔로는 얼굴을 옆으로 홱 돌렸다. 거기까지 알려졌다면 일이 쉽사리 끝나지 않으리라는 것을 깨달은 모양이다. 그것을 안 이상 마사무네의 생각은 별도로 하고 그 자신의 방위책을 강구해야만 했다.

"천천히 생각해 보는 게 좋을 거요. 알겠소, 오카모토 다이하치 사건으로 혼다 부자는 세상의 오해를 적잖이 받아 불리한 입장에 있소. 아무튼 다이하치가 갈취한 은이 너무 많거든. 과연 다이하치 혼자 썼을까……? 이런 세상의 의혹이 혼다 부자로서는 견딜 수 없는 일 아니겠소……."

"……."

"그래서 나가야스와 친숙한 그대를 체포하여 그대 입을 통해 이런 말을 듣고 싶어한다……알겠소, 비스카이노를 일본에 붙들어놓고 측량을 시킨 것도, 히데요리를 만나게 한 것도 모두 나가야스의 머리에서 나온 것. 저는 부탁받고 별생각 없이……."

소텔로는 그 정도의 힐문에 간단히 손들 인물이 아니었다.

"마사무네 님, 귀하의 말씀을 듣고 보니 이건 이 가문으로서도 중대한 사건이군요. 아무튼 그 오쿠보 나가야스 님은 저 이상으로 귀하와 친교가 있지요. 아니, 귀하의 소중한 사위의 집정이기도 하고요. 만약 나가야스 님이 이 일은 마사무네 님이며 다다테루 님과도 충분히 상의한 끝에……했다고 말한다면 어떻게 될까요……? 저는 귀하의 지시에 따르고 싶습니다."

은근히 마사무네를 물고 늘어졌다. 마사무네가 이렇듯 자신을 불러낸 이상 그에게 어떤 종류의 생각이 있을 것……이라고 소텔로는 배짱을 굳힌 모양이다. 그렇다면 먼저 의견을 말하는 사람은 소텔로가 아니라 마사무네 쪽이어야 했다. 마사무네의 의견을 우선 냉정하게 분석해 모자라는 데가 있으면 소텔로의 지혜를 더하는 것이다…….

"쫓기는 새가 품속에 날아들면 사냥꾼도 이를 쏘지 않는다……는 속담이 일본에 있지요. 소텔로는 바로 그 가련한 궁조(窮鳥)입니다. 사실인즉 비스카이노가 오사카성으로 괴상한 방문을 할 때는 저도 난처했습니다. 얼마나 미련한 자와 동행이 되었는가…… 그 때문에 나의 고생도 수포로 돌아갈 게 아닌가 하고……그러나 저 황금에 홀린 어릿광대와는 통하지 않았습니다. 득의만면하여 사방에 마구 나팔을 불어 젖혔지요. 과연 이 일과 측량을 결부시켜 문책하면 우리에게 일본 점령의 의도가 있다고 오해해도 변명할 방도가 없습니다. 마사무네 님, 가련한 새를 살려주십시오."

마사무네는 입술을 일그러뜨리며 혀를 찼다. 처음부터 구원의 길이 꽉 막혀 있다고 보았으면 물론 마사무네도 이렇게 나설 리 없었다. 그에게는 타고난 반항적인 기질과 어떤 경우에도 화를 복으로 바꿀 자신감이 있었다.

"난처한 사람이로군."

마사무네는 불쑥 말하며 한숨을 뱉어냈다. 그리고는 엄숙하게 말했다.

"아무튼 탄원서를 쓰시오. 무엇보다도 비스카이노가 그대를 협박하여 난처하다는 점과 그의 정체를 호소하는 거요. 그는 표면상 스페인의 사절이므로 아무리 나쁘게 말해도 일이 귀찮게 될 것을 꺼려 체포할 우려는 없소. 하루빨리 그를 일본에서 추방해 달라고 정중하게 청원하는 거요."

"음……."

"그가 오사카성을 구경하겠다고 우겨 할 수 없이 동반했더니 이러이러한 불미스러운 말을 했습니다, 이런 인물을 일본에 오래 머물게 하면 저희 선교사 모두들의 입장이 헤아릴 수 없이 난처해집니다. 그의 측량은 황금섬이 목적이지만 그 측량도가 다른 나라에 넘어가면 일본에 불리하니 쇼군께 헌상하도록 하겠습니다, 그리고 저는 일본의 국은에 더욱 보답하기 위해 큰 선박을 건조하여 교역 발전에 미력을 다하고자 합니다……라고."

"그러면 그것을 마사무네 님이 쇼군에게 전해 주시겠습니까?"

"그럴 수밖에 없겠지. 그리고 나도 곁들어 조언하겠소. 소텔로야말로 일본을 위해 없어서는 안 될 귀중한 성자라고 생각하니 비스카이노나 오쿠보 나가야스 따위와 같은 눈으로 보시지 마시라고."

"저, 오쿠보 나가야스 따위와……?"

"그렇소. 혼다 부자가 탐탁치 않게 생각하는 것은 나가야스와 다다치카요. 그들과 어쩔 수 없이 교제하지만 진심으로 친한 지기(知己)는 아닌 듯 보이지 않으면 가련한 새가 겨냥을 벗어날 수 없잖소."

마사무네는 다시 침통한 표정이 되어 생각에 잠겼다. 아직도 뭔가 마음에 걸리는 일이 있는 모양이다.

'소텔로 문제는 우리 가문으로서 결코 무관한 문제가 아니다.'

다시 한번 마사무네는 처음부터 사건의 순서를 좇아보았다. 소텔로가 좌초시킨 배가 실은 수리불능일 만큼 크게 파손되지는 않았다……는 사실이 어떻게 쇼군 히데타다의 귀에 들어갔을까? 그것이 마사무네로서는 기분 나쁘게 생각되었다. 마사무네 자신은 비스카이노가 소텔로를 협박했고, 소텔로는 그 일을 거절할 경우 일본의 대사제라는 지위에 오르려는 야심에 방해될 것을 우려하여 이에 복종했다고 여겼다…… 그러나 그것은 어디까지나 해상의 사건으로 뭍에 있는 자에게 누설될 까닭이 없는 일이었다.

그런데 쇼군이 알고 있었다.

"소텔로라는 자는 방심할 수 없는 괴한인 모양이야. 입으로는 일본의 교역을 넓히기 위해 멕시코뿐 아니라 스페인과 로마까지도 심부름하겠다……는 따위의 말을 하면서 실은 일본을 떠날 마음이 없는 것 같아."

그 말을 들었을 때 마사무네는 소름이 오싹 끼쳤다. 분명히 그렇다……고 마사무네도 보고 있었다. 소텔로는 사실 일본에 정착하고 싶어한다, 모든 교도들의 위대한 지배자로서…….

"그 배는 수리도 못 할 만큼 파손되어 있지는 않다고 하오…… 그것을 일부러 사카이 앞바다에서 침몰시켰다더군. 더욱이 그 뒤 오사카성의 히데요리 님을 방문했으니…… 마사무네 님도 조심하시는 게 좋을 거요."

쇼군 히데타다로부터 그런 주의를 받았다는 사실은 히데타다가 벌써 다테 가문과 소텔로의 관계를 잘 알고 있다는 증거였다. 아무튼 소텔로는 마쓰다이라 가문에 드나들며 다다테루 부인의 사부가 되었다. 게다가 오쿠보 나가야스와 친교 맺고 마사무네와도 만나는 줄 여기고 있을지 모른다.

히데타다의 말에 마사무네는 태연히 대답했다.

"그럼, 소텔로를 내 집에 초청하여 설교를 듣는다는 구실로 슬그머니 그의 야심을 살펴보기로 하겠습니다."

따라서 오늘 이렇듯 마사무네와 소텔로가 대면하고 있는 일은 쇼군도 알고 있는 사항이었다.

"소텔로 님, 그 탄원에 대한 일은 그 정도면 되었고, 또 한 가지 이해되지 않는 게 아직 남았소. 그대는 설마 이 마사무네를 속일 작정은 아니겠지요?"

"당치도 않은 말씀, 제가 왜 마사무네 님을."

"그럼, 묻겠소…… 배가 그리 크게 파손되지 않았다는 사실을 쇼군이 어떻게 알고 있소? 누구에게 그 사실을 확인시켰다고 생각하오?"

소텔로는 천천히 고개를 갸우뚱거렸다.

"어쩌면……저희들이 오사카에 가 있는 동안 사카이의 선원들이 가까이 가서 확인한 게 아닐까요……."

"타지 못할 만큼 크게 파손되었다면 어째서 사카이에 도착할 무렵 침몰시키지 않았소."

가벼운 말투였으나 질문받은 소텔로의 표정은 미묘한 그림자를 보이며 흐려졌다.

"무슨 일에나 사려 깊기로 나보다 뛰어난 그대가 바로 침몰시키지 않은 데는 이유가 있겠지. 그것을 이야기해 보시오."

소텔로는 한동안 시선을 다른 곳으로 보내며 침묵했다. 뭔가 몹시 말하기 어려운 사정이 숨어 있음이 분명하다……고 마사무네는 보았다.

잠시 사이를 두고 소텔로는 살며시 사방을 둘러보았다.

"실은……그 배를 도저히 침몰시킬 수 없는 사정이 있었습니다."

마사무네는 점잖게 되물었다.

"침몰시킨 수 없는 사정이……그대에게?"

"예……슬그머니 다른 곳으로 옮겨 그대로 쓸 수 있도록…… 아니, 그렇게 해달라고 제게 은밀히 말한 사람이 있습니다."

"호……그게 대체 누구요?"

"그것도……말씀드려야 합니까?"

"아니, 그것은 그대의 자유요. 다만 내게 말할 수 없다면……나의 협력에 자연히 한계가 생기게 되지. 뭐 그것뿐이오."

소텔로는 두 손을 앞으로 내밀고 참으로 난처한 듯 그 손을 맞잡았다.

"말씀드리지요. 그것은 마사무네 님의 귀한 사위 다다테루 님과 연고 있는 분입니다."

"음, 그렇다면 그것도 오쿠보 나가야스란 말이오?"

"……예, 저는 나가야스 님에게 비스카이노 장군에게 협박받은 사실을 고백했습니다. 그 무렵 부탁받았던 겁니다."

마사무네는 슬그머니 다가앉듯 팔걸이를 앞으로 내밀었다.

"나가야스가 무슨 목적으로 그런 부탁을 한 것 같소?"

"그건 다다테루 님을 받들어 세계의 바다로 진출하기 위해서……라고."

"다다테루 님을 받들다니?"

"쇼군가에서는 무슨 일이든 오고쇼님 의견에 따라 움직입니다. 그러나 오고쇼님도 이제 나이가 나이인만큼 언제 돌아가실지 모릅니다. 그때 다다테루 님을 받들어……."

어지간한 다테 마사무네도 그 뒤는 들을 수 없었다. 그렇다면 이에야스의 죽음을 기다려 쇼군 형제가 어쩔 수 없는 갈등 속으로 뛰어드는 셈이 된다.

"그만하면 알겠소. 그러나 그렇듯 중대한 부탁을 받았으면서 왜 그 뒤 오사카에서 돌아가자 곧 배를 태워버렸소?"

"그것은 오사카성 안에서 비스카이노가 너무 방자한 말을 했기 때문입니다. 이소텔로로서는 오사카와 에도를 싸우게 하거나 쇼군과 동생을 다투게 할 마음이 추호도 없습니다. 그러나 나가야스 님에게 배를 넘긴 사실이 알려지면 그런 뜻이 있었다고 해석해도 해명할 방법이 없습니다."

마사무네는 마음 놓고 크게 두세 번 고개를 끄덕였다. 어쩌면 그것이 소텔로의 본심일지도 모른다. 교권은 수중에 넣고 싶지만 일본을 다시 전쟁으로 몰아가고 싶을 리 없었다.

"그렇다면 그대는 오사카성에서 에도와 오사카 사이에 어쩌면 싸움이 벌어질지도 모른다고 느꼈군."

소텔로는 다시 사방을 살피며 둘러보았다.

"그렇습니다. 만일 교묘한 선동자가 나타난다면……아니, 선동자가 들어갈 여지가 상당히 있다……는 생각이 들어 황급히 배를 침몰시킨 것입니다."

마사무네는 고개를 끄덕이는 대신 이번에는 정원으로 눈길을 옮겼다. 밖에는 어느덧 찬비가 내리고 있었다. 마사무네는 묘하게도 씁쓸한 웃음이 솟아올랐다. 그의 눈으로 봐서 참으로 감탄할 만한 '야심'을 가진 사람은 아무도 없는 모양이었다.

'모두들 얼마쯤 어리석은 호인인 거야…….'

소텔로의 수법도 다 읽어냈고, 오쿠보 나가야스에게는 마사무네 쪽에서 경계하여 멀리 하지 않으면 안 될 만큼 경솔한 면이 있었다. 그 오쿠보 나가야스며 나가야스의 배후에 있는 오쿠보 다다치카가 왠지 혼다 부자를 의심하고 있다는 것뿐, 아리마 하루노부 사건도 오카모토 다이하치 사건도 조금도 가닥을 잡을 수 없었다.

'오사카를 교묘하게 선동하는 자가 있다면 정말 싸움이 벌어질까……?'

소텔로의 말 중에서 얼마쯤 관심을 끈 것은 그일 뿐이었다. 경계해야 할 것은, 소텔로까지 이에야스가 죽은 뒤 쇼군과 다다테루 형제의 싸움을 있을 수 있는 일로 생각한다는 점이었다. 그것은 나가야스의 꿈이 미친 영향으로, 마사무네의 재량에 따라 얼마든지 다룰 수 있는 일이었다.

'누군가 한 번 확실하게 소동의 씨앗을 뿌려주지 않을까……?'

마사무네의 경우는 혼아미 고에쓰와 전혀 생각이 달랐다. 자기가 나서서 가볍게 움직여 꼬리를 내보일 정도로 어리석지 않다. 그러나 남이 꾸며내는 소동이라면 재미있을 거라고 생각한다. 물론 그 속에 뛰어들어도 자기만은 손해 보지 않는 헤엄을 쳐 보이겠다는 자부와 기대가 있었다.

솔직히 말하면 소텔로에게서 자백을 받아낸 마사무네는 실망했다. 작은 가시는 몇 개 꽂혀 있으나 그 이상의 아무것도 아닌 듯싶었다.

'참된 평화시대를 건설할 생각이라면 좀 더 사나운 풍파에 거침없이 부딪쳐 보는 게 좋다…….'

주안상이 나왔다.

"좀 추워졌는걸. 일본식으로 뱃속부터 덥혀볼까?"

마사무네는 소텔로에게 커다란 붉은 잔을 건네고 자신이 먼저 시음했다. 시음하면서 또 우스운 생각이 들었다. 사람이 모두 작아지고 어디를 보나 호인뿐이라면 시음할 필요가 없는 세상이 되겠지.

'그것이 평화로운 세상이라면 평화란 얼마나 따분하고 멋없을까.'

"마사무네 님은 오사카와 에도가 싸우지 않을 거라고 보십니까?"

"글쎄, 어지간한 멍청이가 나타나지 않는 한 그렇게 되지 않겠지. 싸움이란 대개 쌍방이 서로 이길 줄 여길 때 일어나는 법이니까."

"저는 그렇게만 생각하지 않습니다. 그래서 황급히 배를 침몰시킨 것입니다."

"하하……오사카에서도 대등한 싸움을 할 수 있다……는 생각을 하는 자가 있었단 말이오?"

"예……절반 이상이 그렇게 생각하는 모양입니다. 그러므로 거기에 네덜란드니, 스페인이니 하며 저마다 선동자가 나타난다면 이건……."

"그만 됐소. 그렇게는 안 되오. 되지 않아. 쇼군에게는 내가 한 번 더 중재하겠으니 아까 말한 탄원서를 잊지 말도록……."

내뱉듯 말한 마사무네는 불쾌함을 감추기 위해 상 위의 젓가락을 집어들었다.

'이것으로 다시 무사평온을 유지할 수 있게 되었어. 오고쇼는 정말 운 좋은 분이군…….'

다테 마사무네가 아사쿠사 병원의 성자(聖者) 소텔로를 일부러 저택에 청해 설교를 들었다는 소문은 곧 에도 안에 퍼졌다. 아니, 에도에 있는 영주들 저택에서 전국으로 퍼졌음이 분명했다.

다테 마사무네는 그가 본텐마루(梵天丸)로 불리던 6살 때부터 도야마(遠山) 가쿠한 사(覺範寺)의 고사이 선사(虎哉禪師) 밑에서 자라 그의 가르침으로 완성된 호방한 무장으로 알려져 있었기 때문이다.

이 고사이 선사는 미노의 마바세(馬馳)에서 태어났으며, 같은 미노 출신인 명승 가이센(快川)의 제자이다. 가이센은 고슈의 게이린사(惠林寺)에서 오다 군에 의해 절이 불탈 때 이렇게 외쳤다고 한다.

"그 불, 한 번 시원하게 잘 탄다."

그리고 불 속에 뛰어들어 그즈음의 무장들을 놀라게 한 일이 있었다. 고사이 선사는 그 가이센 스님에게 양육되어 20살 넘었을 때 벌써 소년대사라는 소리를 들었을 만큼 준재였다.

다테 마사무네의 아버지 데루무네(輝宗)는 정실 모가미(最上) 부인과의 사이에 맏아들이 태어나자, 본텐마루라는 불교식 이름을 지어주고 그때부터 승려 중에서 그 교육자를 찾았다.

마사무네가 6살 되던 겐키 3년(1572)에 요네자와(米沢) 근교의 시후쿠(資福)사로 초빙되어 마사무네의 스승이 된 고사이 선사……는 그때부터 줄곧 마사무네의 스승으로 이미 82살이 되어 있다. 6살이던 마사무네가 45살이 되었으니 39년에 걸친 사제관계로, 이 일 또한 세상에서 모르는 자가 없었다. 그런 마사무네가 예수교 설교를 듣기 시작했다……고 하니 큰 화제가 되지 않을 수 없었다.

어떤 자는 이것을 딸 다다테루 부인의 영향으로 보았고, 또 어떤 자는 오쿠보 다다치카의 권유를 받아 입신(入信)한 게 아닐까 소문을 퍼뜨리기도 했다. 물론 이것을 신앙상의 문제로 보지 않는 견해도 없지 않았다. 마사무네는 세상에 흔한 선승(禪僧) 이상 가는 무장이다. 목적은 신앙에 있는 게 아니고 드디어 다테 마사무네도 예수교를 이용하여 해외무역에 나서지 않을까 하는 상당히 심술궂은 견해였다. 그리하여 세평이 두 가지로 나누어지면 반드시 그 중간을 취하는 자도 나타난다. 이 일은 다다테루 부인의 영향도 있을 것이고 오쿠보 다다치카며 나가야스의 권고도 있었을지 모른다. 그러나 그것만으로 간단히 종교를 바꿀 사람 같지는 않으니 물론 '이용'도 계산에 넣었으리라고…….

그때 또 한 가지 다른 소문이 떠돌기 시작했다. 그것은 소텔로가 곧 막부에 체포되어 사형에 처해질 거라는 소문이었다. 이쪽은 꽤 소문이 거칠었다.

소텔로는 자진해 비스카이노의 배에 탔으면서도 부주의하게 항해를 그르쳐 조난당했고 끝내 배를 침몰시켜 버렸다. 그래서 쇼군 히데타다는 화가 머리끝까지 났다.

"……터무니없이 큰소리만 치는 자"

주위 사람들이 여러모로 중재하고 있지만 아무래도 그냥 가라앉을 것 같지 않다. 그러므로 근간에 체포될 것……이라는 섬뜩한 소문이었다.

소문이란 고금을 통해 실로 야릇한 힘으로 인심을 마구 휘젓는 괴물이다. 어떤 때는 이것이 뜻밖에 바른 여론의 근원이 되기도 하지만 어떤 경우에는 걷잡을 수 없는 폭동이나 폭력의 원인도 된다.

아사쿠사 병원의 성자 소텔로가 체포된다는 말을 듣자 에도의 빈민들이 병원 주위에 떼지어 모여들었다. 만일 포졸이 소텔로를 체포하러 간다면 포졸과 군중 사이에 싸움이 벌어질 것이다……이 반란 같은 소동은 결코 아사쿠사만으로 그치지 않으리라. 일본 전국 각지에 흩어져 있는 예수교 신자들이 이에 호응해 언젠가의 잇코 신도 반란보다 더한 수습하기 힘든 전국적인 대소동으로 발전할 게 분명했다. 이미 간다(神田)의 한 빈민촌에서는 이 풍문을 기회로 한 번 더 세상에 나가겠다며 세키가하라의 잔당인 듯싶은 떠돌이무사가 큰 칼을 메고 행방을 감추었다.

"그러면 나도 알고 있어. 아침마다 해를 향하여 손뼉 치면서 '천하대란, 천하대란' 하며 빌던 자야."

어디까지가 진실이고 어디까지가 조작인지 알 수 없었다. 그 때문에 시 행정관 쓰치야 요시마사(土屋由政)는 감시하는 염탐꾼을 시중에 내보내고 있다고 한다…….

그런 어느 날 다테 마사무네가 등성하여 본성의 작은 서원에서 쇼군 히데타다와 회담했다. 히데타다는 마사무네에게 아버지의 전우로서, 동생 다다테루의 장인으로서 충분히 경의를 나타내며 말씨도 무척 공손했다.

"그렇다면 소텔로는 큰일은 저지르지 못할 사람으로 보셨는지요?"

옆에는 혼다 마사노부도, 도이 도시카쓰도 없었다. 그 대신 신변 보호를 위해서인지 야규 무네노리가 혼자 담담한 얼굴로 입구에 앉아 마당의 겨울 풍경을 바라보고 있었다.

"탄원서에 있는 바와 같이 소텔로는 비스카이노의 협박에 난처해하고 있는 정도인 것 같습니다."

"그러나 오쿠보 다다치카에게도 비스카이노를 데려갔다는 말을 들었소만."

"그 일 역시 간청받아 어쩔 수 없이 동행한 게 아닌가 합니다."

"음."

쇼군은 영주들 중에서도 원로인 그에게 깍듯이 말했으나 감정은 내보이지 않았다. 냉정하고 예의 바르게, 그러나 결코 흉금을 터놓고 대하지 않았다. 한마디 한마디 충분히 음미하고 되씹은 다음 생각을 옮겨갔다.

'빈틈없는 사람······.'

마사무네는 그 모습에 이따금 감탄하기도 하고 우스워지기도 했다.

"실은 요즘 오쿠보 다다치카가 전혀 등성하지 않소."

"어디 몸이라도······."

묻다가 마사무네는 문득 생각났다.

"역시 맏아드님 다다쓰네 님을 잃어······낙심하고 계신 게 아닐까요?"

"예, 나도 그렇게 생각하오. 다다쓰네도 열렬한 예수교도라고 들었소."

또다시 생각이 빗나가게 되자 마사무네는 저도 모르게 섬뜩한 생각이 들었다.

'쇼군은 무슨 말을 하려는 것일까······?'

마사무네는 다시 화제를 오쿠보 다다치카에게로 돌렸다.

"다다쓰네 님은 분명 32살이라고 들었습니다만······32살이면 남자로서 한창나이, 아버지 입장에서는 견딜 수 없는 타격이겠지요."

히데타다는 냉정하게 말을 이었다.

"그러니 마음에 걸리오. 예수교도인 소텔로는 다른 신앙은 모두 사교라고 한답니다."

"그건······그렇겠군요."

"사람은 강하고도 약하오. 자식의 죽음을 사교 탓이라고 여긴다면 마음이 흔들릴지도 모르지요."

"황송하오나 소텔로는 그렇듯 인간의 사소한 약점을 찌르지는 않으리라고 생각합니다."

히데타다는 고개를 갸우뚱하며 말했다.

"만일 다다치카의 방자한 태도와 각지의 예수교 반란소문이 일치된다······ 결국 오쿠보 다다치카도 실은 예수교 반란에 동조할 마음으로 최근에 출사하지 않는다······고 선동하는 자가 있다면 어떻게 되겠소?"

이 말에 마사무네는 일부러 내뱉듯 대꾸했다.

"그렇다면 출사하도록 엄히 분부하셔야지요."

히데타다는 몇 번이나 희미하게 고개를 끄덕였다.

"그럼, 소텔로에 관한 처리는?"

"쇼군 의견부터 먼저 듣고 싶습니다."

히데타다는 다시 화제를 돌렸다.

"실은……오와리 이누야마 성주 히라이와 시치노스케가 이 해를 넘기지 못할 거라고……오고쇼께서 그 일로 몹시 기분 좋지 않으시답니다."

"히라이와 님이……라면 노쇠하신 탓이겠지요."

"그렇습니다. 올해 70살이라던가……."

"노쇠하지만 먼저 죽는 것은 불충……그래서 오고쇼님 마음이 좋지 않으신 겁니까?"

"그렇지요……."

실은 그 무렵 히라이와 시치노스케는 새로 쌓은 두 번째 나고야성에서 이미 죽은 뒤였다. 이에야스가 볼모로 슨푸에 있던 다케치요 시절부터 고락을 함께 해온 시치노스케는 이에야스의 장남이며 히데타다에게 형인 노부야스를 길렀고, 또다시 고로타마루의 사부로 이누야마 성을 얻은 도쿠가와 가문의 중신이다.

그런 만큼 히데타다는 일부러 아베 마사유키(阿部正之)를 나고야로 보내 문병하게 했다. 그 문병 중에 시치노스케는 숨졌으나 죽은 장소가 새로 세운 나고야 성 안이었다는 일로 문제가 하나 남았다. 평생을 도쿠가와 가문에 바쳐온 이 노인은 잠시라도 새 나고야성과 그 성주인 고로타마루…… 그때 이미 종3품 우근위중장참의(右近衛中將參議)가 되어 있었는데, 그 곁을 떠나고 싶지 않았던 것이리라. 끝내 거성인 이누야마 성으로 돌아가지 않고 죽었다. 물론 장례는 아직 지내지 않았다.

그 이야기를 들은 이에야스는 몹시 불쾌해했다. 이런 일이 있을 줄 알고 측근 중에서 나루세 마사나리와 다케코시 마사노부 두 사람을 중신으로 미리 보내두었다. 정 때문에 노쇠한 몸으로 나고야에 있을 게 아니라 당연히 이누야마 성으로 돌아가 당당하게 죽어야 한다는 것이 이에야스의 생각이었다.

'시치노스케놈, 노망이 들어서…….'

히데타다는 그 일과 오쿠보 다다치카의 태만을 저울질하며 마사무네에게 묘한 질문을 던진 것 같았다…….

마사무네는 일부러 질문의 과녁을 피해 웃으며 말했다.

"오고쇼도 꽤 무리한 말씀을 하시는군요…… 70살이라면 천수인 것을, 죽지 말라고 한다고 해서……."

그러나 히데타다는 웃지 않았다. 끝까지 신중하게 무언가 마사무네에게 이해시키려는 것 같았다.

"아무리 노쇠했다지만 죽음을 눈앞에 두고 정신이 흐려지는 건 단련이 부족해서라고 하시더군요."

"하하……그런 심하신 말씀을. 하기야 가이센 스님은 불조차 시원하다고 하시며 앉은 채 분사하셨지요. 저의 스승 고사이 스님도 같은 말씀을 하시면서 이 마사무네를 꾸짖었습니다만……."

"마사무네 님, 히데타다는 오고쇼님의 말씀이 무리하다고 생각지 않소."

"그러시겠지요."

"천하를 맡을 만한 자가 단련이 부족해서는 안 된다, 그러므로 이 히데타다도 만일의 경우 언제 목숨을 잃어도 후회 없을 만큼 늘 준비하고 있어야 한다는 생각이오."

"황송합니다. 그런 자세가 있으니 쇼군이시지요."

"그런데 소텔로에 관해서는……."

히데타다는 그렇게 말하고 다시 옷깃을 여몄다.

"역시 일단 잡아들이는 게 좋을 것 같습니다만."

마사무네는 흠칫했다. 히데타다는 그가 생각했던 것보다 한층 빈틈없는 성격을 드러내는 듯한 느낌이었다.

"쇼군께서 그렇게 생각하신다면 마사무네로서 무슨 이의가 있겠습니까?"

"그렇게 딱 잘라버리면 사려 깊지 못하다고 비웃음 사겠지요. 실제로 마사무네 님처럼 노련하신 분께서 이렇듯 탄원서까지 전하시는 걸 보면……거기에 그만한 이유가 있다고 해야 하지 않겠소?"

마사무네는 겨드랑이 밑에 땀이 흐르는 걸 느꼈다. 히데타다의 반응은 생각보다 날카로웠다. 이렇게 되면 마사무네도 좀 더 사나운 본성을 드러내어 대할 수밖에 없다.

"하하……그렇다면 쇼군께서는 마사무네가 탄원서를 중재하는 것을 구명운동이라고 받아들이시는군요."

"그렇지는 않소. 소텔로는 남만인이오. 남만인의 습성은 사실 내가 잘 모르지요. 그래서 체포한 뒤에 이런저런 터무니없는 소리를 들어 세상을 시끄럽게 하는 일이 없어야겠다는 생각에서요."

"그러고 보면 소텔로는 제 사위 마쓰다이라 다다테루의 내전에도 출입하고 또 오쿠보 다다치카며 오쿠보 나가야스에게도 설교하러 다닌다고 들었습니다. 그러므로 어쩌면 구명을 위해 이상한 소리를 할지도 모르겠군요."

"마사무네 님."

"예."

"나는 지금 그런 세평을 문제 삼으려는 게 아니오."

"호."

"마사무네 님에게 소텔로를 구명하려는 생각이 있으신지 어떤지 알고 싶소."

다시 한 대 맞은 꼴이 되어 마사무네의 외눈이 황망하게 번뜩였다. 불쾌했다. 하는 말마다 조리가 분명하다. 그럴수록 더 불쾌했다.

'큰 그릇은 아니군. 그저 하찮은 관리의 날카로움에 불과하다.'

마사무네는 일부러 윗몸을 앞으로 내밀었다.

"그건 좀 묘한 말씀 같습니다. 어쩐지 이야기가 거꾸로인 느낌입니다."

"그럴까요……?"

"거꾸로지요. 이 마사무네는 젊을 때부터 오고쇼를 따랐고, 지금은 이중으로 친척. 그 인연을 망각하는 자가 아닙니다."

"무슨 말씀을……그렇기 때문에 이렇듯 나도 속속들이……."

마사무네가 이번에는 목청을 돋워 말했다.

"쇼군! 어째서 소텔로를 체포할 테니 그 뒤에 구명하라든가 구명해서는 안 된다든가 확실히 말씀하시지 않습니까?"

"예……?"

"마사무네는 쇼군과 일심동체, 쇼군의 생각대로 행동할 것입니다. 쇼군은 제 주군이십니다."

"……."

"어찌 이 마사무네 따위를 꺼리십니까? 마사무네가 이 탄원서를 중재한 것은 세상일을 조금이라도 널리 알려드리고 싶은 생각에서였습니다. 경우에 따라서는 도둑에게도 할 말이 있다고 했습니다…… 어쨌든 측근의 의견만 듣고 있으면 시야가 좁아집니다. 이것은 오고쇼께서 잠시도 잊지 않으시던 교훈…… 그러므로 결단은 언제나 쇼군께서 내리실 일, 저는 그 명령을 받들어 그릇됨이 없도록 하는 게 소임이며 제 분수라고 생각합니다."

히데타다는 희미하게 고개를 끄덕이며 눈을 감았다.

마사무네는 마음속으로 다시 초조해졌다.

'이 하찮은 관리 같은 놈……이제 더 이상 강하게 밀고 나가면 안 된다……'

그러면 자신이 상대에게 느끼는 불쾌감이 그대로 히데타다에게 전해지게 된다.

잠시 뒤 히데타다는 눈을 떴다.

"그런가요…… 그럼, 이렇게 합시다. 소텔로는 일단 체포해야 하오. 적어도 오고쇼며 내 명령으로 내준 배를 일부러 침몰시켰으니까요. 아니, 일부러 한 일이 아닌 과실이었다……해도 일단 밝혀야 할 일입니다."

"물론입니다."

"그래서 체포는 하지만 조사는 하지 않겠소."

"호."

"쓸데없는 말을 지껄이게 하는 건 무의미한 일, 그러므로 마사무네 님이 곧 구명을 청원해 주시오."

"구명을……알겠습니다."

"그러면 다름 아닌 마사무네 님의 청원이니 그를 일단 마사무네 님에게 맡기겠소. 그러나 물론 에도에 머물 수는 없소."

"그렇겠지요."

"그러니 소텔로를 그대로 영지로 옮겨주시오."

그건 마사무네가 처음부터 생각하고 있던 것과 똑같은 조처였다…….

'이 하찮은 관리놈이 실컷 끌고 다니더니 결국 이쪽 생각대로 하는군……'

마사무네는 과장스럽게 그 자리에 넙죽 엎드렸다.

"훌륭하신 결단! 마사무네, 크게 탄복했습니다."

말이란 참으로 묘한 것이었다. 상대가 만일 이에야스였다면 마사무네도 이렇듯 속이 들여다보이는 인사는 하지 못했을 것이다. 말 가운데 서로 상대의 역량이 잘 드러나기 때문이었다. 그러나 상대도 안 되게 미숙한 자…… 아니, 미숙하기까지는 않더라도 자기와 아직 격차가 크다……고 생각될 때는 마음에 없는 소리도 태연히 할 수 있는 모양이다.

'어차피 알지도 못할 텐데…….'

이러한 멸시가 사람을 거짓말쟁이로 만드는 것이다. 세상에서는 이것을 '손바닥 위에서 가지고 논다'고 말하는지도 모른다.

히데타다는 마음 놓이는지 보일락말락 한숨 쉬었다. 소텔로를 구명해 인수하라는 말을 할 때까지 어지간히 신경 썼기 때문이리라.

"그럼, 도이 도시카쓰에게 명해 그렇게 하도록 하겠으니 잘 부탁하오."

"잘 알겠습니다. 결코 쇼군의 심려를 헛되게 하지 않겠습니다. 소텔로를 영지로 인수해 그가 침몰시킨 배보다 몇 배나 되는 배를 만들게 하겠습니다."

"오, 그렇게 해서 속죄시키시려고요?"

"예, 사람의 능력을 썩히는 건 손해이니 조선 책임자인 무카이 쇼겐(向井將監)과 상의하여 반드시 쇼군의 선박에 훌륭한 군선을 보낼 수 있도록 활용 방안을 강구하겠습니다."

"참으로 좋은 생각이오."

히데타다는 또다시 쉽사리 마사무네의 덫에 걸려들었다. 요즘 쇼군의 막료들은 영주들이 만드는 '거선'에 공연히 신경을 곤두세우고 있었다. 그래서 마사무네는 재빠르게 쇼군으로부터 거선 건조 승인을 받아낸 셈이었으나, 히데타다는 깨닫지 못하는 모양이었다.

"쇼군, 쇼군께서는 소텔로가 늘 일본에 남고 싶어 획책하던 그 참뜻을 아십니까?"

"일본이 지금의 세계에서 보기 드물게 평화로운 나라가 되었기 때문이라는 말씀이오?"

"아닙니다, 그렇지 않습니다. 그는 일본과 명나라를 포함하여 아시아 전체의 대주교가 되고 싶어 합니다."

"대주교……?"

"예, 예수교의 대종사(大宗師)라고 할까요? 그 본산이 로마에 있는 모양입니다."

"아하."

"그래서 쇼군께서 찬성해 주신다면 또 한 가지 이 마사무네가 소텔로를 써먹을 방법을 연구할까 합니다."

"군선 건조 외에 써먹을 길이 있다는 거요?"

"예! 그를 일본의 사자로 로마에 파견하는 겁니다…… 아마 그도 적극적으로 찬성할 것입니다. 일본 땅에서 잔재주부리느니 대본산으로 직접 가서 대주교의 인가를 얻을 수 있을 테니까…… 물론 그것은 그의 이득이고, 주군의 이득은 따로 있습니다. 유럽에서 로마까지 일본의 교역권을 넓히는 거지요. 상당한 인물을 딸려주기만 한다면 소텔로는 충분히 만리창파를 넘나들게 하며 써먹을 길이 있을 거라고 생각합니다."

태연하게 말하고 마사무네는 갑자기 생각난 듯 말머리를 돌렸다.

"오, 너무 오래 지체했습니다. 벌써 오후 4시, 정무에 지장이 많으실 테니 이만 물러가겠습니다."

그리고 다시 한번 정중히 두 손을 짚고 절했다.

쐐기벌레의 목숨

게이초 18년(1613) 봄이 되자 오쿠보 나가야스는 문득 자신의 건강에 위기를 느끼게 되었다. 지난해의 사건과, 주위 사람들의 잇따른 죽음으로 그토록 자신만만하던 나가야스도 술기운과는 다른 현기증을 느끼기 시작한 것이다.

오카모토 다이하치를 아베강 강변에서 화형했을 때 나가야스는 생명의 위기 따위와는 전혀 인연이 없는 듯 기고만장했었다. 그런데 자신에게 맡겨진 아리마 하루노부에게 할복명령이 내린 뒤부터 왠지 모르게 자신감이 흔들리는 게 느껴졌다.

아리마 하루노부는 이제 46살이었다. 나가야스는 일단 자기가 맡았다가 기회를 보아 다시 한번 세상에 내보낼 생각이었다. 세상에서 뭐라든 오쿠보 다다치카는 아직 만만치 않은 실력을 지니고 있었다. 결코 혼다 부자의 세력에 밀려 사라질 존재가 아니다…… 물론 그 밖에 자신에 대한 이에야스의 신임……이라는 자신감도 작용하고 있었다.

그런데 다이하치가 처형된 지 두어 달쯤 지났을 때 느닷없이 '할복'이 결정되어 말할 여지도 없이 아리마 하루노부는 처형되어 버렸다.

바로 그 뒤를 이어 젊은 시절부터 아는 사이였던 고노에 사키히사 공이 77살로, 또 이에야스의 사위 가모 히데유키(蒲生秀行)가 겨우 30살에 잇따라 세상 떠났다. 고노에 공은 나가야스가 어릿광대였던 때부터 신분과 처지를 초월하여 교분 맺은 상대로 77살이나 된 만큼 충격이 그리 크지 않았다. 그런데 30살 나이의,

게다가 이에야스의 사위인 히데유키의 죽음까지 겹치고 보니 아무래도 기분 좋지 않았다.

'죽음은 늙은이나 젊은이나 차별 두지 않는구나……'

문득 그런 것을 느꼈을 때 오기마치 스에히데(正親町季秀)가 죽고 다시 오토모 요시노리(大友義乘), 나이토 노부나리(內藤信成) 등 친교 맺고 있던 자들이 줄줄이 세상 떠났다.

게이초 18년이 되어 죽음의 신은 또다시 그의 주위로 손을 뻗쳐오기 시작했다. 정월 25일에 처가 일족인 이케다 데루마사가 50살로 죽고, 그와 직무상으로 특히 관계 깊었던 아마노 야스카게(天野康景)가 2월 중순께 세상을 버렸다. 전 간토 행정관이며 인척 벌인 아오야마 다다나리(青山忠成)가 잇따라 죽고, 오사카의 고이데 요시마사(小出吉政)도 49살로 죽었다는 소식이 있었다. 그러니 아무리 불사신 같은 나가야스도 자신의 나이를 생각하지 않을 수 없었다.

'그래, 나도 벌써 65살이다……!'

세상에서 그를 60대로 보는 사람은 거의 없었다. 그러나 나이로 보아서는 이제 저승사자가 찾아올 때가 되어 있었다.

그날 나가야스는 뜰의 벚나무에 달라붙은 쐐기벌레를 불태우고 있었다.

젊은 시녀 셋에게 기름 적신 헝겊을 끝에 붙들어 맨 대나무 꼬챙이를 들려 직접 앞장서서 쐐기벌레를 찾아다녔다. 그리고 아직 어린 벌레 덩어리를 발견하고 거기에 불을 붙였을 때 문득 오코의 일이 생각났다.

'오코의 뼈는 지금쯤 어느 강바닥에 가라앉았을까……?'

그렇게 생각한 순간 현기증을 느꼈다.

"아……."

한 시녀가 불붙은 대꼬챙이를 내던지고 나가야스의 몸을 부축했다. 나가야스는 왼손으로 벚나무 둥치를 짚고 몸을 기대면서 꾸짖었다.

"위험하다! 그런 데다 던져 불이라도 나면 어쩌려고 그러느냐?"

그러나 시녀는 선뜻 나가야스에게서 손을 떼려 하지 않았다.

"누구 없어요? 주인님이……."

그러나 나가야스는 눈을 부릅뜨며 제지했다.

"쉿, 큰소리 낼 것 없다. 내가 어떻다고 그러느냐?"

시녀들이 황급히 달려들어 불붙은 땅바닥을 밟아 끄고, 나가야스 옆에 모였다. 나가야스는 그때 벚나무 둥치에 윗몸을 기댄 채 눈을 감고 있었다.

"대수롭지 않은 현기증에 모두들 왜 이렇게 떠들어댈까……?"

자신은 아직 건강하다고 여겼는데 여자들 눈에는 몹시 위태하게 보인 것일까…….

"이제 되었어. 어째서 그렇듯 큰소리를 지르나? 내가 더 깜짝 놀라지 않느냐."

여자들은 얼굴을 마주 쳐다보며 의논이라도 한 듯 한숨을 내쉬었다.

"나는 아직 건강하다. 젊을 때부터 산을 쏘다녀 단련된 몸이야. 어느 젊은 친구들과는 다르게 자라났지. 행여 다음에 또 이런 일이 있더라도 함부로 큰소리로 사람을 불러서는 안 된다. 부르고 싶을 때는 내가 명하겠다."

여인들은 또 얼굴을 마주 보며 묘한 시선을 교환했다.

"걱정되느냐? 왜 그래, 무슨 일이야?"

"……예."

조금 떨어진 곳에 웅크리고 앉았던 여자가 대답했다.

"요즘 이 언저리에 귀신이 나타난다고 합니다."

"뭐라고, 귀신……? 하하하……지금은 벌건 대낮이다. 쓸데없는 소리 마라."

"……예."

"그런데 대체 누가 그런 것을 봤다더냐?"

그러자 다시 한 시녀가 머뭇거리면서 얼굴을 들었다.

"저도 봤습니다."

"호, 너는 이케다 마님의 시녀였지? 대낮에 분명 봤단 말이냐?"

"아닙니다, 황혼 무렵이었습니다. 이 나무 가까이에 서서 저를 손짓해 불렀습니다."

"그 귀신이 말이냐……하하……그게 대체 누구의 유령이더냐?"

"그게……."

그 시녀는 잠시 입속으로 우물거리다가 대답했다.

"오코 부인인 것 같았습니다."

"뭐, 오코……."

순간 나가야스의 입술이 대번에 새하얗게 질렸다.

"그대들이 밤늦도록 잠자지 않는 바람에 헛것을 본 거다. 그만 돌아가자."

시녀의 부축을 받으며 걷기 시작한 나가야스는 이상하게도 두 다리가 휘청거리는 느낌이 들었다. 여인들의 귀신이야기를 믿을 만큼 분별없는 나가야스가 아니었다. 그러나 자신이 조금 전에 문득 떠올린 여자와 여인들이 본 유령이 같은 오코였다는 것은 뭐라 말할 수 없는 불쾌한 여운을 남겼다.

'만일 사람에게 넋이 있다면 오코 같은 여자는 귀신이 되어 나타날지도 모른다……'

어쨌든 쐐기벌레 잡기는 일단 멈추고, 부축을 받아 거실로 들어가면서 나가야스는 그런 느낌이 들었다.

"그래, 오코라면 나타나 주었으면 좋겠군. 말동무가 없어서 심심하던 참이니."

어깨 밑에서 시녀가 물었다.

"예, 뭐라고 하셨습니까?"

"내, 내가 뭐라고 했느냐?"

"네, 말동무로 누군가를 부르라고 말씀하셨어요……"

"아, 그런 말을 했나? 좋아, 불러다오. 내가 잘 공양해 주지. 내 공양이 아니고는 성불하지 못하는 여자인지도 모른다."

순간 시녀는 온몸이 굳어졌다.

"저……오코 부인을……부르라고 하셨습니까?"

"그래, 그렇다. 반혼향(返魂香)이라는 것이 있지. 그걸 태우면 귀신이 나온다던데……"

"어머……그런 향이 어……어……어디 있습니까?"

"하하……있다면 벌써 내가 태웠을 거야. 그런 것은 없어. 없으니 귀신도 나오지 않는다."

그런 말을 한 뒤 나가야스는 다시 시녀 귀에 대고 속삭였다.

"알겠나? 그런 말은 하는 게 아니야."

"……예."

"귀신이 나왔다는 이야기도, 내가 쓰러질 뻔했다는 이야기도."

시녀는 조심조심 마루로 나가야스를 부축해 올린 뒤 팔걸이 앞에 가만히 앉혔다.

"자리를 펼까요?"

"무엇 때문에?"

"그래도 좀 쉬셔야……."

"난 병자가 아니다. 자, 내가 여기서 보고 있을 테니 한 번 더 벌레를 태울 준비를 해라. 해가 어지간히 기울었지만 벌레란 하루 사이에도 부쩍 자란다."

"예……."

"불조심해라. 쐐기벌레의 원혼이 저택을 태웠다……는 비웃음을 사서야 하겠느냐?"

나가야스는 새삼스럽게 벌레를 걱정하는 자신이 좀 우스워졌다. 어쩌면 이것이 바로 기묘한 '고집'의 발로인지도 모른다. 한번 시작한 일은 끝까지 물러서지 않는다…… 그것이 나가야스의 기질이었으나 쐐기벌레 따위에 집착할 필요는 없었다.

여자들은 나가야스의 몸에 별 이상이 없는 걸 알자, 시키는 대로 한 번 껐던 헝겊에 다시 불을 붙여 뜰로 나갔다. 나가야스에게는 그 불이 아까보다 훨씬 더 선명하게 보이기 시작했다. 그만큼 뜰이 어두워진 탓인지도 모른다.

"굉장한 구경거리구나."

화재 염려만 없다면 밤이 된 뒤 이런 벌레잡이를 시키는 것도 정녕 꼴불견만은 아닌 성싶었다. 저택 안에서는 아무래도 위험할 테니 집 밖 매화숲에서 해보기로 할까…… 새빨간 불을 켜들고 여기저기 나무 사이를 누비며 다니는 여자들 모습이 처절한 느낌이 들 정도로 아름다웠다…….

그렇게 생각한 순간 기분 나쁜 냄새가 왈칵 나가야스의 코를 찔렀다. 벌레 타는 냄새였다. 나가야스는 곧 이와 비슷한 냄새를 기억해 냈다. 오카모토 다이하치가 화형당할 때의 냄새였다…….

나가야스는 고개를 흔들었다. 코를 누르려고 손을 들다가 그만두었다.

"뭐, 이 정도 냄새로……."

오카모토 다이하치는 쐐기벌레 같은 자라고 생각했다. 그런 자를 태운 게 뭐 잘못인가……오쿠보 나가야스는 언제나 바르게……언제나 당당하게 걸어왔다.

'이 나이가 되어 후회를 남길 만큼 적당히 살아온 내가 아니야.'

그때 집 안에 있던 시녀가 차 대신 탕약을 받쳐들고 나왔다.

"드시지요."

"누가 가져가라고 했느냐?"

"작은나리와 마님입니다."

"뭐, 마님……난 병자가 아니다. 마님에게는 이리 오지 말라고 일러라."

부인은 이케다 데루마사의 일족으로 혼간사 겐뇨 스님의 중신 이케다 요리타쓰의 딸이었다. 그런 사람이 무슨 바람이 들었는지 열렬한 예수교 신자가 되었다. 물론 장남 도주로의 생모는 아니다. 훨씬 뒤에 나가야스가 출세하고 나서 맞은 아내로, 용모는 아름다웠으나 첫째도 둘째도 천주님만 찾으니 도저히 나가야스의 술 상대가 될 만한 여인이 아니었다.

자식은 어린 것이 둘 있었다. 그 부인이 세례를 권유하면 이렇게 물리쳤다.

"죽어서 염할 때나 해다오."

요즘은 그것도 귀찮아 가까이 오지 못하게 했다. 그 부인이 아들 도주로와 줄곧 나가야스의 건강을 염려하고 있다……는 것인데, 이들도 남자와 여자. 그리고 나이는 나가야스보다 그 두 모자가 훨씬 더 어울렸다. 경우에 따라서는 어머니와 아들이라는 감정과 다른 마음으로 서로 가까이하고 있는지도 모른다.

'며느리가 좀 무른 편이야.'

도주로의 아내는 나가야스가 출세의 발판으로 삼기 위해 신슈 후카시 성주 이시카와 야스나가의 딸을 오쿠보 다다치카의 중매로 맞이했다. 이시카와 가즈마사의 손녀였다. 며느리도 지금은 시어머니의 권고로 열렬한 예수교 신자……자기가 순진한 만큼 시어머니도 순결한 신앙인으로 믿고 있는 눈치였다.

나가야스는 시녀가 두고 간 탕약을 마시며 얼굴을 찌푸렸다. 기껏해야 이질풀이 아닌가.

"나를 어지간히 뱃속 나쁜 사람으로 알고 있군."

나가야스는 한 모금 마시고 나서 그 자리에 놓고 뜨락을 흘끗 내다보면서 낮게 신음을 냈다.

"음, 분명 오코다! 오코, 그런 데 서서 뭘 하고 있나?"

정신이 들고 보니 뜰은 완전히 저물어 칠흑 같은 어둠의 장막이 펼쳐져 있었다. 이젠 아무도 벌레를 태우고 있지 않았다.

'어느새 이렇게 되었는가?'

어쩌면 헝겊 조각에 적신 기름이 다 탔기 때문에 모두 물러갔는지도 모른다…….

"오코, 이리로 오라고 한 말을 못 들었나?"

그 어둠 속에 오코가 서 있는 곳만 어렴풋이 밝았다. 뒤쪽 나무둥치가 잿빛으로 보였다.

"오, 정말 나타났군. 난 그대가 나타나기를 기다리고 있었어……좋아, 그럼, 내 쪽에서 마중 나가지."

나가야스는 팔걸이에 손을 짚고 일어나려다 털썩 앞으로 쓰러졌다. 그러나 자신은 쓰러지는 것을 의식하지 못했다…….

나가야스의 몸은 팔걸이에 배를 댄 채 둘로 꺾였고 낮은 신음소리가 계속되었다. 그러나 그의 맥박은 아직 뛰었고 의지와 기억도 활동을 계속하고 있었다. 영혼에 만일 빛이 있다면 그의 몸이 둘로 꺾였을 때 그것만은 아무 저항도 받지 않고 둥둥 육체를 떠나 뜰 밖으로 나가는 게 보였으리라.

"오코, 그대는 어디서 죽었지?"

오코는 대답이 없었다. 대답하는 대신 손을 내밀어 나가야스의 손을 잡았다. 차지도 않고 따뜻하지도 않은 바람 같은 손이었다.

"그대는 늘 웃지 않는 여자였어…… 그렇지? 기쁠수록 웃지 않는 여자."

나가야스는 오코에게 손을 잡히자 그대로 조용히 잔디 위를 걷기 시작했다. 사방은 차츰 푸른 기운 도는 잿빛이 되었다.

'어딘가에 달이 떴을까?'

나가야스는 문득 생각했지만 사방이 너무 고요해 그저 생각뿐 입은 열지 않았다.

오코가 걸으면서 별안간 입을 열었다.

"쐐기벌레를 굉장히 많이 죽였군요."

"그래, 쐐기벌레라는 놈은 내버려 두면 모처럼 자란 푸른 잎을 다 망쳐놓으니까."

나가야스는 코를 벌름거려 보았지만 그때는 아무 냄새도 나지 않았다.

"대체 어디로 가는 거지?"

"구로카와 골짜기로."

"구로카와 골짜기……라면 그대가 떨어진 곳?"

"아니, 떠밀린 곳이지요."

"그래, 내 쪽에서 말하면 떨어진 곳…… 그대 쪽에서 말하면 떠밀린 곳."

"지금부터 여행이 길어질 거예요."

"길어도 좋아. 그대가 있으니까."

"저는 도중에 사라질 텐데요."

"도중에……도중이라니, 거기가 어딘데?"

"구로카와 골짜기에서 벌레처럼 태워졌지요."

"아, 그 강에 떠내려온 시체 말인가? 그 속에 그대도 섞여 있었군그래."

"그리고 불태워진 뒤 묻혔지요. 검은 진달래꽃 밑에……"

"그럼, 그대는 줄곧 거기에 있었나?"

"예, 거기서 잠자라고 묻혔지요. 그러니 거기서부터는 나리 혼자……"

"오코, 여긴 끝없는 잿빛 잔디로군, 혹시……이건……"

"호호……이제 아셨군요. 이것이 황천길이에요. 아주아주 먼 길."

나가야스는 갑자기 오코의 손을 뿌리쳤다.

"게 누구 없느냐! 오코가 죽음의 사자가 되었어. 오코가 나를 데리러 왔단 말이다."

그때 나가야스의 육체는 황급히 달려온 사람들에 의해 하얀 침구 속에 눕혀진 뒤였다. 세 의원이 맥을 짚고 눈꺼풀을 뒤집어보며 진찰했다.

머리맡에 장남 도주로가 도자기 같은 표정으로 앉았고, 그 뒤에서 부인이 눈을 감은 채 가슴에 십자를 긋고 있었다.

"뇌일혈입니다. 유감이오나 중태입니다."

의원의 말이 채 끝나기도 전에 도주로가 날카로운 소리로 부르짖었다.

"아버님! 아버님!"

사람이 삶에서 죽음으로 여행할 때 어떤 길을 걷고 무엇을 보는지 살아 있는 동안에는 알 수 없다. 그러나 그 여행길에서 아주 잠깐 되돌아오는 경우가 있다. 그런 사람들의 술회에는 한 가지 공통되는 것이 있다. 그것은 묘하게도 호젓한 광야를 걷는다는 것이었다. 그러나 그 광야에 가득한 빛은 사람에 따라 다른 듯하다. 어떤 사람은 그저 잿빛이었다고 하고, 어떤 사람은 끝없는 초록색이었다고 한다. 또 어떤 사람은 연보랏빛으로 가득했다고도 한다. 무슨 목적으로 어디에 가는 것일까? 그 생각을 했다는 사람의 이야기는 아직 들은 적이 없다. 무엇 때문에 이런 광야에 왔을까…… 문득 그런 생각을 했을 때 누군가 뒤에서 자기를 부른다…… 그래서 급히 되돌아보니 다시 한번 이승으로 돌아와 있었다……는 것이 이런 경험을 가진 사람들의 일치된 이야기이다.

나가야스도 그랬다.

"아버님, 아버님!"

부르고 있는 것이 도주로인지 둘째 아들 게키인지, 아니면 아오야마 나리시게(靑山成重)에게 양자로 보낸 셋째아들이었는지 잘 알 수 없었다. 어쨌든 그는 한번 떠났던 여행에서 다시 돌아와 있었다.

의사의 말이 들려왔다.

"아, 정신 차리셨습니다."

"내가 어쨌다는 거냐, 이렇게 모두 모여서?"

나가야스는 오코의 손을 뿌리치고 돌아온 것은 벌써 잊고 있었다. 몹시 긴박한 방안 공기가 수상해 물어보려 했지만 그때는 이미 뜻대로 입을 놀릴 수 없게 되어 있었다. 언젠가 뇌일혈 흉내를 내며 구로카와 골짜기의 비밀을 감춘 오쿠보 나가야스가 이번에는 정말 뇌일혈로 쓰러진 것이다. 어쩌면 언젠가는 이 병으로 목숨잃을 것이라는 잠재의식이 전에 그런 흉내를 내게 했는지도 모른다.

말을 못 하게 된 줄 알자 나가야스는 몸부림치면서 뭔가 호소하려 했다. 손짓하려는 것이라고 도주로는 생각했다. 그래서 얼른 두 손을 꺼내주었으나 그 손은 이미 애처롭게 떨기만 할 뿐 움직이지 않았다.

"오쿠보 나가야스가 또다시 발작을 일으켜 쓰러졌다."

그런 전갈이 에도의 마쓰다이라 다다테루 저택에 도착한 것은 그다음 날……4월 21일이었다. 그때 다다테루는 에치고의 후쿠시마성에 가고 없었다.

에도에서 곧 에치고로 사자가 달려갔다. 가문의 일 가운데 나가야스 외에는 모르는 일이 여러 가지 있었기 때문이다. 물론 나가야스 자신은 그런 일을 알 까닭이 없었다. 입이 봉해졌고 필담도 할 수 없게 된 나가야스는 하루도 못 되어 다시 혼수상태에 빠져들었다. 혼수상태에 들자 취기와 피곤으로 녹초가 되어 잠들었을 때처럼 무섭게 코를 골기 시작했다.

"아버님……아버님……."

마쓰다이라 가문뿐 아니라 오쿠보 가문에서도 물어두어야 할 일이 산더미처럼 있었다. 그리하여 세 아들이 차례로 불러보았지만 나가야스의 의식은 좀처럼 돌아오지 않았다……

나가야스에게는 여기저기 산속의 저택에 남겨둔 어린 자식까지 합하면 7남 2녀……라고 장남인 도주로가 알 뿐 사실은 몇 명이나 되는지 정확히 짐작도 못하고 있다. 나가야스가 쌓은 10리총처럼 가는 곳마다 여자가 있고 가는 곳마다 씨를 뿌렸으니 아마 그 곱절에 가까운 수가 아닐까……

그래서 그 일만이라도 어떻게든 물어보려 했으나 그것도 불가능했다. 나가야스는 그때부터 나흘 낮 사흘 밤 코를 골며 삶에 대한 무서운 집념을 보이더니 25일 해 질 무렵 코 고는 것을 멈추었다. 코 고는 것을 멈춘 게 아니라 심장이 멎어 자연히 코 고는 것도 멎은 듯하다.

"임종입니다."

말하지 않아도 누구나 알 수 있는 임종이었다. 머리맡에는 7남 2녀 중에서 5남 1녀가 모였고 부인과 소실 둘, 시녀 12명이 함께 자리했으나 그리 우는 사람은 없었다. 사흘 낮 사흘 밤의 간호로 임종은 시간문제……를 사람은 이미 다 울었기 때문이리라.

도주로와 게키도 그저 망연할 따름이었다. 망연하다고 하면 참으로 나가야스의 생애처럼 망연케 하는 삶도 없었다.

이케다 요리타쓰의 딸인 부인과 두 소실뿐이면 좋겠지만 숨을 거둘 때 모인 12명의 시녀 가운데 몇 사람에게 나가야스의 손이 닿았는지 이것도 도주로로서는 짐작되지 않았다. 어쩌면 12사람 모두 저마다 기억이 있어 왔는지도 모른다. 무엇보다 난처한 일은 하나부터 열까지 아들에게 일체 말하지 않고 모두 초인적인 정력으로 해치워, 도주로와 게키는 교우 관계마저도 거의 분명하게 모르고 있다는 것이었다.

아무튼 맨 먼저 마쓰다이라 가문과 오쿠보 다다치카에게 알렸다. 그러나 그밖에 누구에게 알려야 좋을지 도저히 짐작도 할 수 없었다.

그러는 동안 여자들 사이에서 나가야스의 나이가 문제 되기 시작했다.

"아무튼 69살까지 사셨으니……"

누군가가 탄식 섞어 말한 게 그 시작이었다. 다른 한 사람이 바로잡아 말했다.

"69살이 아닙니다. 65살입니다."

"둘 다 틀렸습니다. 대감께서 제게 확실히 말씀하셨습니다. 58살입니다."

도주로와 게키는 어이없어 잠시 입을 다물고 있었다. 58살에서 69살까지 취하면 아마도 내키는 대로 여인들을 놀려먹은 모양이었다.

"아니요, 58살이 틀림없습니다. 너무 젊으면 총감독관으로서 영주들에게 얕보이므로 65살이라고 한다며 직접 말씀하셨으니까."

도주로와 게키는 어쨌든 병풍을 거꾸로 치고 유해의 머리를 북쪽으로 옮기도록 지시하고 별실로 들어갔다.

게키가 불쑥 말했다.

"지금쯤 어디로 가고 계시는지……."

"뒤처리를 해야. 마쓰다이라 가문과 오쿠보의 본가는 알고 있으니 다음은 어디에 알릴까?"

"우선 친척들에게 알려야겠지요. 신슈의 이시카와 가문, 비젠의 이케다 가문……그렇지, 슨푸에는……."

거기까지 말하고 게키는 흠칫 놀라는 얼굴이 되었다. 그리고 다시 말했다.

"만사 제쳐놓고 슨푸에 맨 먼저 보고해야 하지 않을까?"

게키의 아내는 오카야마에 있는 이케다 데루마사의 셋째딸이다. 이케다 데루마사는 그해 11월 25일 한 걸음 앞서 50살의 나이에 죽어 아직 상중이었다. 그 이케다 가문에 '부고'를 보내야지 생각하다가 게키는 문득 슨푸의 오고쇼가 떠오른 것이다.

데루마사는 이에야스의 사위이다. 그러니 그의 아내는……당연히 외할아버지인 이에야스를 생각하는 게 순서였다.

장남 도주로가 망설임 끝에 작은 목소리로 말했다.

"역시 우선 쇼군께 보고한 뒤에 시작하는 게 좋지 않을까?"

"아니, 그렇지 않소. 오고쇼님이 계셨으므로 아버님도 출세……만사 제쳐놓고 오고쇼님께 맨 먼저 보고하지 않으면 안 되지요."

"그럴까……그럼, 누구를 보내지? 나는 상주라 외출하지 못하고."

"그건 저도 마찬가지이니 핫토리에게 부탁하는 게 어떻겠소?"

"그래, 핫토리 마사시게(服部正重)에게 부탁하자."

핫토리 마사시게는 이가 패의 우두머리인 핫토리의 둘째 아들이다. 나가야스는 그에게 빈틈없이 맏딸을 출가시켜 두었다. 말할 것도 없이 그다운 계산에서였으며 온 일본의 정보를 정확하게 파악하고 행동하기 위해 이러한 친척이 필요했던 것이다.

핫토리 마사시게의 아내는 에도에서 이틀 전에 도착해 있었다. 그녀는 아버지가 숨을 거둘 때 간병의 피로 때문에 안쪽의 한 방에서 쉬고 있었다. 게키는 곧 그 방으로 누이를 찾아가 자형인 마사시게에게 슨푸로 가주도록 말해 달라고 부탁했다.

물론 이의가 있을 리 없다. 수행해 왔던 걸음 잘 걷는 젊은 무사가 그날 밤 안으로 하치오지를 떠났다. 오쿠보 형제는 당연히 이 인선에 마음 놓았다. 그러나 그들은 아버지의 생각과 너무 동떨어진 곳에 있었다. 여기서는 마쓰다이라 다다테루에게 사자를 정해 보내 달라고 하는 것이 옳았다.

마쓰다이라 다다테루의 생모 자아 부인은 이때도 이에야스 옆에서 신변의 잡일을 맡고 있었다. 우선 마쓰다이라 가문에서 자아 부인을 통해 알렸더라면 이에야스의 귀에 그 죽음만이 온전하게 보고되었으리라. 그런데 그렇게 하지 않고 사위 핫토리를 골라버린 것이다. 이 사위는 여느 사위가 아니었다. 온 일본의 평판에 날카롭게 귀를 곤두세우고 어떤 사건이든 냄새 맡으려 하는 핫토리 일당의 한 사람이었다. 그는 이 사자 역할을 거절하지 않았다. 그러나 전혀 다른 경계망을 펴는 일도 잊지 않았다. 오쿠보 나가야스에 대한 세상의 평판이 그리 좋지 않았기 때문이다.

"그래, 드디어 돌아가셨는가?"

죽고 나면 당연히 혼다 부자의 공격이 개시되리라…… 그렇게 될 때 나가야스의 사위인 자신의 입장은 어떻게 될 것인가?

핫토리 마사시게는 오쿠보 다다치카와 혼다 부자 사이의 불화원인을 다른 각도에서 보고 있었다. 그것은 쇼군 히데타다가 후계자로 결정될 때의 일이었다. 혼다 부자는 지금의 쇼군 히데타다를 밀고 오쿠보 다다치카는 에치젠의 히데야스를 밀었다. 그때부터 둘 사이에 원한이 싹트기 시작했다…….

핫토리 마사시게는 그렇게 생각하는 인물이었다.

활화산

핫토리 마사시게는 26일에 에도를 떠나 28일 밤 슨푸에 도착했다. 그는 이에야스 앞으로 나가기 전에 혼다 마사즈미의 저택부터 찾아갔다.

"밤이 늦었으나 중요한 볼일로, 핫토리 마사나리의 차남이 뵙고자 왔다고 여쭈어주시오."

그렇게 청하자 벌써 잠자리에 들었던 듯 마사즈미는 잠옷 위에 겉옷을 걸치고 자기 방으로 들게 했다. 물론 사람을 물러나게 하고서였다.

"분명 마사시게라고 했지?"

"예……."

마사시게는 잔잔한 웃음을 지으며 질문을 던졌다.

"핫토리 아들놈이 무슨 볼일로 왔는지는 아시겠지요?"

혼다 마사즈미는 잠시 불쾌한 듯 미간을 찌푸리며 작은 목소리로 말했다.

"그대의 장인이 돌아가셨나?"

"그렇습니다. 맨 먼저 마사즈미 님께 알려드려야 한다고 생각하여……."

"나가야스도 액운이 많은 자야."

"그 말씀은……?"

"핫토리 일당에서 비젠의 이케다까지 인척으로 만들어놓고 유언 한마디 남기지 못하고 세상 떠나다니."

"그 일에 대한 나가야스 님에 대한 좋지 않은 평판도 들으셨겠지요?"

"좋지 않은 평판……이라나?"

"교토 행정장관님이 나가야스 님 소행에 몹시 불안감을 가지고 계셨다던데요."

"아, 그거라면 알고 있지."

마사즈미는 가볍게 말하고 보일락말락 웃어 보였다.

"그대도 사위이므로 몹시 마음 쓰이는 모양이군."

"예, 핫토리 일당에게 충성은 있어도 인척들에 대한 의리는 없습니다."

"그런가……아니, 그럴 테지. 그래서 묻는데, 나가야스가 많은 금은을 감추고 횡령했다는 세상의 평판……을 그대는 어떻게 생각하나?"

"그 일은 벌써 오고쇼님 귀에 들어가 있겠지요."

"들어가 있지 않으면 지워버리고 싶다……고 생각하는가?"

"아니오, 그 소문은 저도 들었습니다. 그러나 그 은닉장소를 도무지 알 수 없습니다. 저택 안인지, 아니면 어딘가 광산에 있는 집인지."

"그건 곳곳이리라……는 소문이 있네."

"소문이 사실일까요?"

사이를 두지 않고 마사시게가 물고 늘어지자 마사즈미는 또 보일 듯 말 듯 입술을 일그러뜨리며 웃었다.

"마사시게, 그건 내 쪽에서 묻고 싶은 말이야. 이야기가 거꾸로 되었는데."

"……예, 아니, 죄송합니다. 실은 그 일에 대해 교토 행정장관께서 무슨 정보를 가지고 계신 것 같습니다. 일부러 그 일을……."

"이타쿠라 가쓰시게가 말인가?"

"예, 분명하지는 않지만 그 금은 외에 연판장이 있는지도 모른다고……."

"하하……."

"왜 웃으십니까?"

"거기까지 알고 있다면 아내와 이혼하는 게 좋지 않겠나? 핫토리 가문의 충성을 의심하는 자는 아무도 없어."

마사즈미는 진지한 얼굴이 되어 시선을 다른 곳으로 돌렸다.

마사시게는 엉겁결에 배에 힘을 주었다.

'이로써 모든 게 분명해졌다…….'

오쿠보 나가야스의 죽음을 이미 혼다 마사즈미에게 먼저 알린 자가 누군가 있는지도 모른다. 없다 하더라도 아무튼 졸도로 쓰러져 다시 일어날 수 없게 되었다는 일만은 확실히 알고 있는 것이리라. 그뿐 아니라 마사즈미는 이미 오쿠보 나가야스에게 부정이 있다는 풍문을 믿고 이에 대해 손쓰려고 결심한 모양이었다.

'그렇기로서니 서둘러 아내와 이혼하라니 이 얼마나 뜨끔한 말인가……'

이건 이미 부정 횡령의 사실이 있을지 모른다……는 정도의 일이 아니었다. 있는 것으로 결정하고 다치지 않도록 사전에 조치해 두는 게 좋다는 충고를 받은 셈이 된다.

마사시게는 저도 모르게 신음을 내고 말았다.

"음."

마사즈미가 다시 가볍게 말했다.

"알겠는가? 핫토리 일당들을 다치게 하고 싶지 않아. 그리고 다치는 사람이 생기게 해서는 결코 좋은 일도 아니고."

"……예."

"오고쇼님은 연세가 많으시니 마사즈미가 이쯤에서 처리해 드려야 해. 나가야스는 아주 발칙한 자였어."

핫토리 마사시게는 숨이 막힐 것 같았다. 혼다 마사즈미는 그가 예상하던 것보다 몇 배나 강한 원한을 마음속에 품고 있었던 모양이다. 아니, 그것은 결코 마사즈미의 사사로운 원한이 아니었다. 그에게는 그의 신념이 있고 그 신념 앞에 서면 오쿠보 나가야스는 용납할 수 없는 인물이었음이 분명하다.

"이건 그대가 일부러 알려주는 호의가 고마워서 하는 말이니, 그런 줄 알고 말을 내지는 말게."

"예."

"그대 혼자 알고 있으면서 일이 되도록 궁리해야 해. 안 되는 일은 천하 없어도 안 되는 일이니까."

"잘 알고 있습니다."

"나가야스는 옳지 않은 교역에까지 이리저리 손을 뻗치고 있었어. 이 일은 오고쇼님께서도 알고 계시네…… 나보다 한술 더 뜨려 하는군 하시며 쓸쓸하게 웃으시더군."

"그렇다면 그 아리마 하루노부의……"

"그렇지. 남몰래 연락해서 오고쇼님이 가장 싫어하시는 물건을 팔아 큰돈을 벌려고 했어."

"그럼, 금은과 무기 따위를."

마사시게가 성급하게 묻자 마사즈미는 그 말에는 직접 대답하지 않았다.

"그뿐만이 아니야. 질이 좋지 않은 선교사 등과 왕래하고 또 예수교 영주들을 꼬드겨 무언가 도모하고 있었어. 아니, 그뿐이라면 그냥 보아넘길 수 있으나 가신들 사이에 파벌을 만들어 이를 갈라놓으려 했던 일은 버려둘 수 없지. 다이코 생전의 이시다 미쓰나리처럼 해로운 존재가 될지도 모르니까."

마사시게는 잠시 고개를 갸우뚱했으나 곧바로 정색하고 고개를 끄덕였다. 다이코 생전의 이시다 미쓰나리……혼다 마사즈미야말로 맨 먼저 미쓰나리를 떠올리게 하는 인물로 생각되었기 때문이다.

"알겠나? 그대의 입장이 서도록 조언해 주는 것이니. 정신 차려 듣게."

마사즈미는 한 번 더 다짐 둔 뒤 손을 내밀어 손수 촛불 심지를 잘랐다. 핫토리 마사시게는 무엇엔가 홀린 듯 한무릎 다가앉았다.

"그대는 속히 하치오지로 돌아가 부녀자들이 되도록 목숨을 건질 수 있도록 손쓰는 데 협력을 아끼지 않아야 하네."

마사시게는 벌써 거기까지 결정되었구나 하고 침을 삼켰다.

"자식들은 구원받지 못하겠지만 여자들과 아이들에게까지는 죄가 미치지 않을 것이야…… 물론 그것도 그대들의 협력 여하에 달렸지만……."

"……예."

"다른 가문에 출가한 자는 이혼시킨 뒤 그 가문에 저마다 맡기고…… 어린이들은 광산이나 교토 행정장관 저택으로 슬그머니 피하게 할 수 있겠지. 물론 나도 뒤에서 돕겠네. 그러나 거기에는 그대의 수고가 필요해."

솔직히 말해 그 말을 들었을 때 마사시게는 그 뜻을 아직 잘 알 수 없었다.

"그 일에 제 수고가……?"

"그렇네. 알았으면 오늘 밤은 여기서 자도록 하게. 내일 아침 일찍, 그대로부터 보고가 있었다고 오고쇼님께 말씀드려 두겠네. 먼 길에 수고했어…… 생각은 가는 도중에 하고 찬밥이라도 들고 쉬도록 하게."

마사즈미는 손뼉 쳐 젊은 무사를 불러 그를 별실로 안내하게 했다.

마사시게가 혼다 마사즈미의 말뜻을 확실히 이해한 것은 별실에서 늦은 저녁 상을 받아 식사를 마친 뒤였다.

"앗! 그렇구나……."

그는 깔아 놓은 이부자리 속으로 들어가다 말고 불현듯 그 말의 수수께끼를 깨달았다.

"그래, 그거야……."

적어도 수사나 정보 일에서 명령자의 뜻을 추측하는 것은 금물이었다. 아무리 불쾌한 의도에서 나온 일일지라도 순순히 복종할 수밖에 없기 때문이다. 그러나 자신에게 명령된 일의 성질만은 확실히 파악하고 있지 않으면 헛수고는 고사하고 목이 달아나는 결과가 올 수도 있다.

'그래……나더러 장인이 저지른 부정의 증거를 찾으라는 것이구나.'

그러면 아녀자들에게 되도록 동정을 베풀어주겠다는 말인 것 같았다. 그것을 깨닫자 어지간한 마사시게도 잠을 이룰 수 없었다. 우선 하치오지로 돌아가 아내에게 전후 사정을 말해 주자, 이혼한 것처럼 꾸며 저택 안에 남몰래 숨겨둘 수 있겠지. 그러나 도주로며 게키 이하 하치오지에 사는 아들 7명은 살려줄 수 없을지 모른다. 나가야스는 모든 경우에 대비하여 자기마저 사위로 삼았다. 그 사위가 이제 와서 장인을 잡아넣을 증거를 찾아야 하게 되다니……전쟁이 없어져도 사람과 사람 사이의 싸움은 어쩌면 없어지지 않는 모양이다.

과연 혼다 마사즈미는 오쿠보 나가야스라는 정적을 어떤 죄명으로 공략하려는지? 그의 말은 이미 심상치 않았다. 이미 죽어버린 사람이니 할복으로는 아프지도 가렵지도 않으리라. 그러나 자식을 추방하는 정도로 끝낼 생각이라면 자기에게 아내와 이혼하라고 할 리 없었다.

'아무래도 피비린내가 나게 될 모양이다…….'

사실 죄명이나 증거 같은 것은 마음만 먹으면 얼마든지 주워 모을 수 있다…… 날이 뿌옇게 샐 때까지 마사시게는 끝내 잠을 이루지 못했다.

마사시게가 일어났을 때 마사즈미는 이미 등성한 뒤였다. 아직 물어볼 말이 산 더미 같았으나 더 이상 출발을 늦추면 마사즈미에게 의심받게 될지도 모른다.

마사즈미에게 들은 대로 이런저런 생각은 가는 도중에 하기로 하고, 마사시게는 그대로 하치오지를 향해 출발했다.

한편 혼다 마사즈미가 이른 아침에 등성하여 이에야스에게 오쿠보 나가야스의 사망소식을 알리자 이에야스의 미간이 흐려졌다.

"자, 향을 피워라."

그리고 입속으로 염불을 외면서 글씨 쓰던 붓을 놓고 마사즈미를 향해 똑바로 앉았다.

"상속문제에 대해서는 아무 말도 없었나?"

"예."

마사즈미는 있는 그대로 대답했다.

"사람을 물리쳐주십시오."

"응? 이곳에는 자아와 시녀밖에 없는데……?"

이에야스는 말하다가 고개를 끄덕였다.

"모두 잠시 자리를 비워라. 마사즈미 님이 중요한 일이 있으신 모양이야."

요즘 이에야스는 의식적으로 사람들 앞에서 마사즈미에게 님자를 붙이기도 하고 경어를 쓰기도 했다. 근신이나 시녀들은 우스운 듯 머리 숙였지만 이에야스는 매우 진지했다.

언젠가 자기가 세상 떠난 뒤 최고원로로서 영주들을 대하게 될 마사즈미에게 무게를 실어주려고 하는 것도 뒷날을 위한 준비의 하나인 모양이었다. 그러고 보면 마사즈미에 대한 이에야스의 신뢰는 이례적이었다. 지금도 그 아버지인 마사노부에게는 때때로 '너'니 '마사노부'니 하고 막 부르는 일이 있으나 마사즈미에게는 그런 일이 없었다.

그런 점에서 다이코가 늘그막에 무슨 일에서나 이시다 미쓰나리를 찾던 것과 흡사했다. 어쩌면 미쓰나리의 전철을 밟지 않기 위해 말씨 하나에도 스스로 경계하고 있다고 할 수 있었다.

"핫토리 마사시게가 뭐라고 하던가?"

두 사람만 남자 평소의 말투로 되돌아갔다.

"오고쇼님, 이것은 이타쿠라 님과 나루세와 안도도 모두 염려하고 있던 일로 오쿠보 나가야스에 대한 평판이 너무 좋지 않습니다."

이에야스는 여전히 마땅치 않은 표정이었다.

"그래서……? 무언가 증거라도 있단 말인가?"

"아직 증거는 없습니다. 그러나 이타쿠라 님에게 혼아미 고에쓰가 묘한 걸 가져 온 모양입니다."

"뭐, 고에쓰가……?"

"예, 그것은 교토의 화공 소타쓰라는 자의 그림과 비슷한 가을 화초 그림을 그리고 초록빛 보석을 박은 작은 상자라고 합니다."

"허……그 작은 상자가 어떻게 되었다는 거냐?"

"그 작은 상자 속에 나가야스의 소실이 쓴 괴상한 문서가 숨겨져 있었답니다."

"또 묘한 게 나왔군. 그 문서라는 것이 나가야스의 부정과 관계있다는 말인가?"

"예, 그것과 똑같은 상자가 나가야스에게 또 하나 있는데, 그 속에 무서운 연판장이 밀봉되어 있을 거라고."

"연판장……무슨 연판장?"

이에야스가 묻자 혼다 마사즈미는 지체 없이 대답했다.

"마쓰다이라 다다테루 님이 오사카의 히데요리 님을 비롯하여 예수교 영주들과 도모해 쇼군님에게 대적……하는 일을 위한 연판장이라고 그 소실이 기록했답니다."

사건이 사건이니만큼 마사즈미는 필요 이상으로 담담한 투로 말했다. 그러나 아무리 담담한 모습을 꾸며도 이에야스가 놀라지 않을 리 없었다. 놀란 뒤 어떻게 될 것인지 마사즈미로서도 참으로 무시무시한 예상이 안 드는 바도 아니었다.

홍모인이 선사한 시계가 서류선반 앞에서 땡땡땡 울리기 시작했다. 그 소리가 끝나기를 기다려 이에야스는 입을 열었다.

"마사즈미."

"예."

"한 번 더 천천히 말해 보아라. 내가 좀 귀가 먹었는지도 모르겠다."

"예……마쓰다이라 다다테루 님이 오사카의 히데요리 님을 비롯한 예수교 영주들과 도모해 쇼군님에게 대적……하는 일을 위한 연판장이 또 하나 초록상자에 봉합되어 하치오지의 저택 어딘가에 숨겨져 있다……고 씌어 있다는 말입니다."

"마쓰다이라 다다테루가……."

이에야스는 거기까지 말하고 팔걸이에 가만히 몸을 기댔다.

"그 연판장에 서명한 자들의 이름은?"

"거기까지는 모르겠습니다. 아직 발견되지 않았기 때문에."

"음. 그 이상의 것은 그 서면에도 씌어 있지 않단 말이지?"

"그렇습니다."

"그런데 마사즈미, 그대는……이타쿠라와 안도와 나루세도 이미 알고 있다고 말했지. 그래서……그 서면의 진위를 조사해 볼 필요가 있다……는 이야기인가."

"너무 엄청난 소문이므로."

"나가야스가 다다테루를 선동해 반란을 꾀하고 있었다……면 과연 예삿일이 아니야. 그런데 이 일을 마사무네는 모른단 말인가?"

"거기까지는 아직……."

"그래, 아직 뜬소문에 지나지 않은 거로군…… 쇼군 쪽은 어떤가, 도이 도시카 쓰는 알고 있는가……?"

"아직 전혀 이야기하지 않았습니다. 또한 이야기해서 좋은 일도 아닙니다. 어쩌면 아니 땐 굴뚝에서 피어오르는 연기……일지도 모르니까요."

"음……."

"나가야스는 상당히 많은 적을 만들었습니다. 어쩌면 그것을 쓴 소실이 사사로운 원한으로 광증이 나서 터무니없는 말을 쓴 건지도 모릅니다."

"음."

"오쿠보 나가야스는 금광감독관이라는 직책을 구실로 돈을 물 쓰듯 했으며, 여인들을 광산촌에 데려가 눈 뜨고 볼 수 없는 난행을 저질렀다……는 소문이었으니 여인들의 사사로운 원한도 있었으리라 생각됩니다."

그리고 마사즈미는 더욱 담담하게 말을 이어나갔다.

"게다가 지난번 할복을 명령받은 아리마 하루노부가 실은 나가야스의 비밀청탁으로 무기를 비롯하여 금은을 실어냈다는 부정도 고백했으니까요."

"마사즈미!"

"예."

"그대는 언제부터 그렇게 말을 돌려서 하는 버릇이 생겼나?"

이에야스의 말투가 갑자기 엄하게 바뀌었다.

"어째서 하치오지의 저택을 조사하고 싶다고 분명하게 말하지 않는 거냐? 그대는 나가야스를 용서할 수 없는 자라고 마음속으로 정해 놓고 있지 않은가?"

좀처럼 드문 이에야스의 꾸지람을 듣고도 혼다 마사즈미는 여느 때처럼 죄스러워하지 않았다. 선뜻 이에야스를 향해 윗몸을 똑바로 세웠다.

"당치도 않은 말씀입니다! 저는 본디 오쿠보 나가야스와 사이좋지 않다고 소문난 자입니다."

"그래서 말을 빙빙 돌려대는가? 그래 가지고 어떻게 천하의 후견인이 될 수 있다고 생각하나?"

"그러므로 말을 돌리는 것입니다. 조금이라도 사사로운 증오심이 들어가면 이 마사즈미의 말은 참언이 됩니다. 그렇게 되면 큰일이므로 오고쇼님께서 올바른 판단을 내리시도록 돌리는 것입니다…… 저는 나가야스의 저택을 조사할 생각 같은 건 없었습니다. 따라서 오고쇼님 분부시라면 앞으로 일체 나가야스에 대한 이야기를 입에 담지 않겠습니다."

이에야스는 얼굴을 붉히고 소리 질렀다.

"무엄하구나! 스스로를 속이는 경거망동은 하지 마라! 물러가라! 물러가서 다음 명령을 기다려라."

순간 마사즈미의 눈썹이 곤두섰다. 그러나 말로는 나타내지 않았다.

"예."

한무릎 물러나 엎드리더니 얼굴빛이 창백한 채 그대로 그 자리를 물러나려 했다.

"기다렷."

이에야스는 몸을 부들부들 떨었다. 아마 세키가하라 이래로 누구에게도 보이지 않았던 격렬한 감정의 노출이었으리라.

한동안 엎드린 마사즈미를 노려보다가 이에야스는 말했다.

"좋아, 물러가라. 물러가도 좋다."

그리고 마사즈미가 물러가자, 책상 위에 쓰고 있던 6만 번의 '나무아미타불'이라는 글씨를 다시 한참 동안 야릇한 표정으로 들여다보았다.

"자아를 불러라."

그렇게 말한 것은 그로부터 반 시간이나 지나서였다. 아마 그동안 마사즈미나 나가야스의 일만 생각한 게 아닌 모양이다. 다다테루, 히데요리……센히메, 요도 마님……아니, 다다테루를 낳은 자아 부인까지 이모저모로 생각했음이 틀림없었다.

"부르셨습니까?"

자아 부인이 들어왔을 때 이에야스는 금방이라도 울 것 같은 얼굴로 등을 구부리고 있었다.

"누구든 심부름시켜서 라잔(羅山 ; 하야시 도 숲의 법명) 선생과 에도에서 와 있는 야규 무네노리를 불러다오."

"라잔 선생과 무네노리 님을……?"

"그래. 젊은이들의 의견을 들어보자, 마음을 비우고. 그렇다고 나에게 생각이 없는 건 아니지만."

"뭔가 마음에 걸리시는 일이라도……?"

"그대에게 말해야 소용없는 일이야. 염려할 것 없어."

그런 다음 또 불쑥 덧붙였다.

"나가야스 놈은 이때 죽은 게 다행인지도 모르지."

이에야스도 오쿠보 다다치카와 혼다 부자의 반목을 어렴풋이 알고 있었다. 그리고 그 반목의 직접적인 원인은 다다치카보다 오히려 다다치카가 내세운 나가야스에게 있다는 것도 잘 알았다.

'나가야스 놈, 얼마쯤은 부정을 저질렀겠지……'

금광사업이라는 것 자체가 일종의 청부사업으로 그렇게 하지 않으면 광맥을 은폐할 우려가 있다고 생각해 보고도 모르는 척하고 있었는데, 그것이 결백한 성품의 마사즈미에게 도저히 용서할 수 없는 부정으로 여겨진 모양이다.

자아 부인의 부름을 받고 하야시 도슌이 나타났을 때 이에야스는 벌써 여느 때의 그로 돌아와 있었다.

도슌이 에도로부터 슨푸로 이주를 명령받은 것은 지난해 12월 9일로, 이것도 이에야스가 자신이 죽은 뒤의 일에 대비하려는 계획의 하나였다. 무법이 날뛰던 난세의 습관이 차츰 달라져가고 있으나 아직 인륜의 길이 확립되어 널리 침투되었다고는 할 수 없었다.

"이 세상을 바로잡는 것은 교학(敎學)……."

그 필요성을 알면서도 어떤 구상으로 교육의 터전을 넓혀가는가 하는 복안은 아직 충분치 못했다. 그래서 자기 곁에 불러 아침저녁으로 그 상담 상대로 삼을 생각이었기 때문에 이번 일에 대한 도슌의 의견을 물어보려는 게 분명했다. 그러나 도슌이 나타나자 생각이 변했다.

'이건 어디까지나 정치문제…….'

그런 생각도 들고 이런 소동은 되도록 밖으로 새나가게 하고 싶지 않기도 했다. 그리하여 각 번(藩)에 하나씩 학교를 세웠으면……하는 도슌의 의견만 듣고 그대로 돌려보냈다.

그러나 다음에 불러온 야규 무네노리와는 두 시간 가까이 밀담을 나누었다.

"무네노리, 실은 오쿠보 나가야스가 죽었어."

무네노리는 이미 그 이야기를 들은 모양인지 복잡한 눈길로 목례했다.

"나가야스에 대한 평판이 그리 좋지 않아서 마사즈미 님이 가택을 조사하고 싶다는데."

"그래서……허락하셨습니까?"

"아니, 나무라주었어. 그가 손대면 혼다 부자와 오쿠보 다다치카의 싸움으로 보이게 될 거야."

"그렇군요……."

"지금 가문에 당파 싸움이 일어난다면 그야말로 뒷일이 걱정이지."

"그럼, 조사를 그만두시겠습니까?"

이에야스는 느릿느릿 고개를 저었다.

"이쯤 되면 그럴 수도 없어. 아무튼 다다테루와 히데요리의 이름까지 올라 있는 실정이야. 진위는 아직 전혀 알 수 없지만 그냥 내버려 둘 수 없어. 그래서 그대에게 부탁하려는 거야."

"예."

"알겠나, 마사즈미에게는 조사시킬 수 없어. 시 행정관도 마찬가지고. 그러니 내가 직접 조사해야지. 풍문이 과연 사실인지, 거짓인지…… 그대 손으로 극비리에 염탐해 주었으면 하네."

그로부터 이에야스는 마사즈미가 한 말을 하나하나 무네노리에게 들려주었다. 야규 무네노리는 이에야스가 무슨 말을 해도 놀라지 않았다. 지금 그의 표면상 직책은 '쇼군의 무술사범'이었다. 물론 이에야스의 눈에 들어 히데타다에게 붙여

졌으며, 그 예민한 두뇌의 활동은 검술보다 한층 더 무게가 있었다.

그 무네노리가 놀라지 않는 것을 보면 어쩌면 이런 풍문이 이미 쇼군의 귀에까지 들어가 있는지도 모른다는 생각이 들었다. 만일 그렇다면 이에야스의 입장은 더욱 괴로워지게 될 것이다. 다다테루와 나가야스……라면 다테 마사무네도 무관하지 않을 텐데, 이들의 분에 넘치는 행동과 풍문을 히데타다는 태연히 듣고만 있었던 게 된다.

'모든 것을 아버님께 맡기고…….'

그렇다면 이에야스로서는 지금이야말로 과감한 해결책을 단행하지 않으면 안 될 것 같았다. 일단 용건을 끝낸 이에야스는 슬며시 무네노리의 속을 떠보았다.

"쇼군은 무슨 풍문을 들은 것 같지 않던가?"

무심한 듯한 질문이었으나 그 한마디에 무네노리의 표정이 잠시 긴장했다.

"예, 다테 마사무네 님으로부터 소텔로의 구명 요청이 있었을 때……."

"그래? 어느 정도로 이야기가 오갔나?"

"예, 나가야스와 소텔로는 서로 친교가 있었던 것 같지만 쌍방이 상대를 그리 신뢰하지 않은 듯하다고……쇼군께서 말씀하셨습니다."

"음……쌍방이 서로 믿지 못했다고?"

"죄송합니다만 그 이상은 저도 들을 기회가 없었습니다."

"하하……여전히 조심성많군, 그대는……좋아 좋아, 그 이상 듣지 않은 게 다행이지. 쇼군에게는 내가 한 자 적어 보내겠네. 백지상태에서 일체 편견을 갖지 말고 어디까지나 그대 생각대로 수사해 주게. 단……."

이에야스는 고개를 갸우뚱하며 말을 이었다.

"혼아미 고에쓰, 자야 시로지로, 그리고 참고를 위해 교토 행정장관, 후시미 행정관, 그리고 이시카와 조잔(石川丈山) 등과 넌지시 접촉해도 좋겠군. 그러나 이건 어디까지나 비밀이야. 지금 천하를 소란케 해서는 그야말로 모든 일이 물거품으로 돌아간다."

무네노리는 그 말만으로도 이에야스의 마음을 충분히 짐작한 모양이었다. 얼마쯤 굳어진 표정으로 간단하게 대답한 뒤 절했다.

"됐어, 술을 한 잔 주지. 실없는 소문이 세상에 퍼지기 전에 부탁하네."

한 번 더 다짐 둔 이에야스는 자아 부인을 불러 주안상을 내오게 했다. 문제가 묘하게 되어 이에야스는 부인의 시선을 피하는 듯했다. 무네노리는 거북스러웠다. 부인에게서 태어난 여섯째아들 마쓰다이라 다다테루가 기묘한 일로 풍문의 중심 인물이 되었으니 이에야스로서도 견디기 힘드리라.

아무튼 이 풍문은 고의든 우연이든 인정의 기미를 짓밟으며 이에야스의 늘그 막을 크게 뒤흔들게 될 얄궂은 일이었다.

사실 에치젠의 히데야스가 죽었을 무렵에도 이와 비슷한 풍문이 일부에서 일 어났었다. 그러한 파란은 화제로서 세상 사람들의 흥미를 더할 나위 없이 돋우 는 면이 있기 때문인지도 모른다…….

그때는 히데야스가 이에야스의 밀명으로 독살되었다는 소문이었다. 이유는 이 에야스의 뜻에 반대하여 지나치게 히데요리 편을 들기 때문……이라는 어처구니 없는 것이었다. 히데야스는 알려진 바와 같이 소년시절에 히데요시의 양자가 되 어 그 뒤 유키 가문을 계승했다. 따라서 히데요시의 외아들 히데요리는 히데야스 에게 의동생이 된다. 그리하여 그가 사사건건 의동생 편을 들어 도쿠가와 일문의 이단자로서 이에야스에게 주목받고 있었다는 것이다. 어쩌면 히데야스의 가신 중 에 그러한 피해망상을 품은 자가 있었는지도 모른다.

야규 무네노리는 쓸모없는 풍문이라며 일소에 부치고 잊어버렸다. 그런데 이 일은 그보다 더욱 악질적이고 더욱 철저하게 구상된 것이었다.

'한바탕 소란이 벌어질지도 모르겠구나…….'

무네노리는 어쩐지 으스스 소름이 끼쳐옴을 느끼며 자아 부인의 잔을 받았다.

야규(柳生) 병법의 뿌리

야규 무네노리는 그날 밤 안에 에도로 돌아갔다.

세키가하라 싸움을 전후하여 이에야스 곁에서 중요한 때 연락관으로 일해 온 무네노리는 이에야스가 생각하는 바를 속속들이 잘 알고 있었다. 물론 이에야스도 그를 믿었고 그 역시 이에야스를 존경했다. 다만 나루세 마사나리며 안도 나오쓰구의 충성심과 그의 존경은 좀 성격이 다른 면이 있었다. 나루세와 안도는 어디까지나 이에야스의 뛰어난 '가신'이었으나 그는 '가신'이 되고 싶지는 않았다.

그런 의미에서 냉정한 비판자가 되기 위해 지난날에도 그랬고 지금도 그렇게 노력하고 있다. 이것은 그의 아버지 세키슈사이의 '무도(無刀)의 검(劍)'이라는 비원에 그 근원이 있었다. 무도의 검이란 불살(不殺)의 대승검(大乘劍)을 말한다. 이것은 늘 대우주와 더불어 있으며 결코 그때그때의 권력자에게 아부하거나 섬기는 게 아니었다. 따라서 '쇼군의 수련담당'은 가신이 아니라 '사범'이어야 한다는 긍지와 자계(自戒)를 지니고 있었다.

그러나 안타깝게도 지금 세상에서 그 생각을 정면으로 내세우고 살 수는 없다. 만일 그 신념을 입에 담게 된다면 오만불손하고 용서할 수 없는 자로서 팔방에 적을 갖게 될 뿐이기 때문이다.

그는 야규 가문 3000석의 옛 영지를 물려받은 뒤 그 뒤로는 일체 영지를 더 받아들이지 않았다.

"이것만 있으면 살아가는 데 부족하지 않습니다."

그것을 단순한 사양으로 알고 히데타다는 하다못해 조금이라도 받아들이라고 했다. 그때 무네노리는 웃으며 대답했다.

"그렇게 되면 오고쇼님의 가르침에 어긋납니다."

재물뿐 아니라 목숨에 이르기까지 이 세상의 모든 건 신불께서 맡기신 것……이라는 불교의 참뜻을 내세운 대답이었으나 처음에는 히데타다에게 통하지 않았다.

그러나 이 일이 이에야스의 귀에 들어가자 이에야스는 무릎을 치며 감탄했다고 한다.

"야규 무네노리는 스승 될 자격이 있다."

그 무네노리가 이에야스로부터 비밀리에 사건을 조사하라는 부탁을 또 받은 것이다…… 거기에는 물론 그만한 이유가 있다. 고가, 이가 무리는 말할 나위도 없고 천하의 영주 가운데 야규의 병법 제자가 몇 명이라도 없는 곳이 없어 종교에 비유한다면 야규 무네요시를 교주로 모시는 선종(禪宗)의 일파라 해도 좋을 만큼 뿌리를 뻗고 있기 때문이었다.

무네노리는 에도성 문 가까이에 배당받은 집으로 돌아오자, 우선 일족 가운데 에도에 있는 자들을 모아 밀담을 나누었다.

센다이에서는 맏형 요시카쓰(嚴勝)의 셋째 아들 곤에몬(權右衛門)이 사범으로 일하므로 그에게 연락하도록 명하고, 비슈에 사범으로 간 도시요시(利嚴)에게도 연락했다. 비젠의 이케다 가문에도 역시 형 도쿠사이(德齊)가 몸을 의탁하고 있기 때문에 정보망을 폈으며, 도시요시가 잠시 몸담은 일이 있던 히고의 가토 가문에도 손을 뻗쳤다.

그리고 그 자신이 나가야스의 조문이라는 명분으로 말을 타고 하치오지로 향한 것은 4월 30일이었다.

하치오지의 진막에 도착하자 맨 먼저 그를 마중한 것은 나가야스의 사위 핫토리 마사시게였다. 마사시게는 얼굴빛이 밝지 못했다. 이가 무리 우두머리인 핫토리 가문과 야규 가문은 인연없는 사이가 아니었다. 핫토리 일족 또한 야규 무네요시를 스승의 예로 대하며 정보 수집에 있어 서로 통하는 사이였다. 게다가 마사시게는 무네노리의 기량과 신망을 잘 알고 있었고, 무네노리 쪽에서도 역시 마사시게의 인물됨을 훤히 알았다.

마사시게의 안내로 영전에 나아가 그곳에 늘어앉은 도주로 이하 집안사람들과 인사를 나누는 동안, 핫토리 마사시게는 머리 숙인 채 몸을 떨고 있는 것 같았다. 유해는 잘 보존되었는지 상당한 더위인데도 냄새가 느껴지지 않았다.

'마사시게는 검시에 대비해 조심하고 있구나.'

그런 생각을 하자 야규 무네노리도 도주로 옆으로 나란히 앉아 있는 어린아이들의 얼굴을 보기 괴로웠다.

'꽤 도움 됐던 나가야스였는데……'

그런데 이렇듯 안타까운 처지에 빠진 것은 아주 조금 부족했던 마음 자세 때문……이라고 무네노리는 생각했다. 그리고 보니 무네노리와 나가야스는 전혀 반대의 길을 걸어왔다. 나가야스는 꿈과 야심을 누르지 못하고 아무튼 일본을 물질적으로 풍요하게 했으며 자신도 한밑천 차지했다. 무네노리는 반대로 정신면의 개발을 지향하며 물욕을 엄격히 누르고 살아왔다.

'죽고 나면 어떠한 재물도 나가야스의 것이 아닌데……'

절을 마치자 곧 마사시게가 다가와 안내를 자청했다.

"별실에서 휴식을"

마사시게는 야규 무네노리가 무엇 때문에 왔는지 벌써 민감하게 눈치챈 모양이었다. 별실에서 마주 앉자 마사시게 쪽에서 대뜸 입을 열었다.

"야규 님, 교토의 바람에 대해 들으셨습니까?"

"교토의 바람……이라니요?"

"나가야스 님이 돌아가시자 교토에 당장 폭풍우가 휘몰아치다니……묘한 일입니다."

그리고 마사시게는 시녀가 내온 다과를 받아 무네노리 앞에 놓았다.

"교토에서 예수교 신자들이 동요하기 시작했답니다."

"그런 소식이 벌써……?"

"예, 나가야스 님이 쓰러지신……것을 안 순간부터 여기저기 알아보았지요……이 소동은 왠지 심상하게 끝날 것 같지 않습니다."

"허……"

무네노리는 조용히 대꾸하면서 마사시게가 무슨 말을 하려는지 어렴풋이 눈치챘다.

"왜 하필 교토에서 소란을……?"

"구교 신자들이 결국 지주를 잃어버렸으니 앞으로는 미우라 안진의 독무대……머지않아 포르투갈, 스페인의 선교사들이 일본에서 추방당하리라 보고 오사카 성에 들어가게 해달라고 떠들어대는 것 같습니다."

"허, 일이 묘하게 됐군."

"거기에는 그럴 만한 원인이 있는 모양입니다. 이걸 보십시오."

마사시게가 꺼내놓은 것은 무네노리도 들은 적 있는 그 연판장이었다. 원본은 아니고 사본이었다. 무네노리의 얼굴빛이 달라졌다.

'원본은 어떻게 되었을까……?'

연판장 사본이 있다는 것은 곧 작은 초록상자가 마사시게에 의해 저택 안 어디에선가 발견되었다고 해석해야 했다. 무네노리는 숨이 막히는 것 같은 답답함을 느끼면서 그 연판장을 훑어보았다.

"일본을 세계 으뜸가는 나라로 만들기 위해, 유지들이 다음과 같이 연판한다."

나가야스의 필적으로 서두에 기록된 것은 단지 그뿐이었다. 물론 엄청난 막부 전복의 음모일 리 없었다. 오쿠보 나가야스가 그의 장기인 허풍스러운 궤변을 늘어놓는 데 끌려들어 교역에 곁눈질하던 자들이 장난삼아 이름을 나란히 올렸는지도 모른다. 그러나 그러한 사정을 전혀 모르는 이들의 눈에는 대체 어떻게 비칠 것인지……?

맨 먼저 마쓰다이라 다다테루가 서명하고 다음에 오쿠보 다다치카의 이름이 있었다. 발안자가 오쿠보 나가야스이므로 이들 이름이 있는 것은 전혀 이상할 게 없다. 하지만 그다음부터의 서명은 보는 이에 따라 참으로 심상치 않은 의미를 느끼게 할 만했다. 에치젠의 유키 히데야스, 오사카의 도요토미 히데요리, 이어서 이케다 데루마사, 마에다 도시나가의 이름이 있고, 죽은 고바야카와 히데아키, 아사노 요시나가, 가토 기요마사에서 후쿠시마 마사노리로 이어져 있었다. 아리마 하루노부의 이름도 있고 나가야스와 인척이 된 이시카와 야스나가의 이름도 있었다. 오쿠보 다다스케, 사토미 다다요리(里見忠賴), 도미타 노부타카, 다카하시 모토타네(高橋元種), 이시카와 가즈노리(石川數矩), 사노 마사쓰나(佐野政綱) 등의 이름 사이에 오다 우라쿠, 오노 하루나가, 가타기리 가쓰모토 등 히데요리 측근의 사람들로부터 가가에 얹혀 지내는 다카야마 우콘, 고니시 조안 등의 이름도 섞여 있었다.

그 사이에 공경, 승려, 선교사로부터 거상의 이름도 띄엄띄엄 보였으니 만일 오쿠보 나가야스를 진정으로 알고 있는 자가 보았다면 아마 웃음을 터뜨렸을지도 모른다. 이건 음모라기보다 오쿠보 나가야스라는 쾌활하고 멋을 좋아하는 사내의 '교우록'임을 알 수 있을 것이기 때문이다.

그런데 난처하게도 입장을 조금 바꾸어 보면 참으로 괴상한 의미를 갖게 된다. 그도 그럴 것이 이 서명 가운데 세상에서 확실하게 인정하는 혼다 부자 지지자며 쇼군 히데타다, 오고쇼 이에야스 등의 쟁쟁한 측근 이름은 한 사람도 없었다. 그것도 야규 무네노리는 잘 이해할 수 있었다. 요컨대 그들은 모두 고지식한 사람들이어서 자수성가한 나가야스의 허풍 따위에 눈살을 찌푸리므로……나가야스 쪽에서 잘 알고 아예 가까이하지 않았던 것이리라. 그러나 풍문은 바로 그 허점을 교묘히 찔렀다. 아마 혼다 부자가 이것을 본다면 '나가야스가 우리를 쓰러뜨리려고……'라고 볼 수밖에 없는 이름들이었다.

무네노리는 연판장을 말면서 가장 마음에 걸리는 일에 대해 언급했다.

"이건 사본이군. 마사시게 님, 원본을 보고 싶은데?"

마사시게는 당연한 일인 듯 대답했다.

"예, 그건 벌써 이 집에 없습니다. 슨푸의 혼다 마사즈미 님에게 제출했습니다."

"뭐, 벌써 슨푸에 제출했다고?"

혹시 그렇게 되지 않을까 무네노리가 염려하고 있던 불안과 예감이 적중하고 말았다.

마사시게는 그 말에도 담담하게 대답했다.

"야규 님, 이해해 주십시오. 이처럼 위태로운 물건은 저 따위가 마음대로 가지고 있어선 안 될 것 같았습니다. 더욱이 저는 사위이므로……."

"마사시게 님……설마 이 사본을 다른 사람에게는 아직 보여주지 않았겠지요?"

핫토리 마사시게는 그 말에도 역시 조용히 고개를 흔들었다.

"저는 쇼군님 가신이므로……."

"그럼. 쇼군께도……?"

"물론입니다. 원본은 슨푸로, 사본 한 통은 쇼군께……그밖에는 물론 누설하지 않았습니다."

무네노리는 저도 모르게 크게 탄식했다.

'늦었구나!'

슨푸로 보낸 것은 극비리에 오고쇼의 손에 넘어갈 것이다. 이에야스는 사건 처리의 복안이 설 때까지 누구에게도 발설하지 말라고 엄하게 명할 게 틀림없다. 그러나 사본이 에도에 제출되었다면 사정은 완전히 달라진다. 히데타다는 그 고지식한 성미로 미루어 당연히 아버지가 딸려준 혼다 마사노부며 도이 도시카쓰에게 보여 선후책을 의논해야 한다……고 생각할 게 틀림없었다. 그리고 중신 협의 결과 에도 쪽에서 슨푸로 사자가 달려갈 것이다.

"오고쇼의 지시를."

그렇게 되면 이에야스의 입장도 완전히 바뀌어 혼자 마음속에 담아둘 수 없게 된다.

"에도에도 벌써. 그랬군요……."

그러나 마사시게는 전혀 다른 일을 생각하고 있는 것 같았다.

"이 연판장 은닉처로 안내할까요? 실로 그곳에 뜻밖의 것이 있습니다."

"뜻밖의 것이라니……?"

"금광입니다. 정말 놀랐지요. 마루 밑이 온통 황금으로 가득합니다."

"음."

"귀하는 오고쇼님께서 직접 보내셨으니 하나하나 부정을 보고하시고, 저는 에도로 돌아가 근신……."

마사시게는 이미 자기 입으로 '부정'이라는 말을 하고도 전혀 부자연스러움을 느끼지 않는 모양이었다. 무리도 아니었다. 핫토리 마사시게의 기량에 비해 이 사건은 너무나 크고 난해했다.

무네노리는 비로소 엄격하게 마사시게의 말을 눌렀다.

"그건 안 되지요. 나는 다만 조문객으로 온 사람, 일이 이쯤 됐다면 어떤 처분이 내릴 때까지 귀하가 이곳에서 감시를 맡아야 할 거요."

"그렇다면 야규 님께서는 지금부터……."

"우선 에도로 가리다. 그리고 그대의 처지와 고충을 쇼군께 잘 보고드리고 슨푸로 가겠소……어쨌든 일이 참으로 난처하게 됐군."

그러자 마사시게는 다시 생각난 듯 불길한 질문을 던졌다.

"야규 님, 만일 긴키의 예수교도들이 오사카성으로 구원을 청하며 몰려든다면 어떻게 될까요?"

솔직히 말해 야규 무네노리는 핫토리 마사시게의 상상이 어째서 이토록 오사카로 비약하는지 그 이유를 아직 잘 알 수 없었다. 그러나 거기에는 그럴 만한 큰 이유가 있었다…….

나가야스의 정실이 열렬한 구교 신자였다는 사실은 이미 말한 대로다. 그 감화를 받아서인지 이시카와 야스나가의 딸인 장남 도주로의 아내, 이케다 데루마사의 셋째딸인 차남 게키의 아내, 핫토리 마사시게의 아내인 나가야스의 장녀 모두 굳은 신앙으로 이어져 지금은 하치오지가 전국에 산재한 신자들의 사실상 중심지가 되어 있었다.

"하치오지와 관계 맺으면 히데요시 시절처럼 박해당하지 않을 것이다."

물론 나가야스의 세력에 의지하려는 헛된 소망이었던 것 같다. 나가야스라면 미우라 안진이 아무리 홍모인이 신봉하는 신교 편을 든다고 하더라도 이에야스의 신뢰를 살려서 비호해 주리라고……남자들이 마에다 가문의 객장(客將)으로 있는 다카야마 우콘이며 고니시 조안에게 마음 주듯 여인들은 무슨 일에나 하치오지에 의지하며 연락하고 있었던 모양이다. 그것을 핫토리 마사시게는 잘 알고 있었다. 그래서 나가야스의 죽음을 알면 다음에 올 탄압이 두려워 긴키 지방 신자들이 오사카성에 의지할 수밖에 없을 거라고 보는데, 무네노리는 그 사실을 알지 못했다.

"마사시게 님은 어찌 그렇듯 가볍게 오사카 이름을 입에 올리는 거요?"

"왜냐하면 남만인과 홍모인의 불신이 나가야스 님에 의해 완화되고 있었는데, 이제 그 둑이 터지고 말았으니……."

말하고 핫토리 마사시게는 입술을 일그러뜨리며 쓴웃음 지었다.

"얄궂은 일이지요. 나가야스 님의 지나친 여색이 이 가문의 여인들을 열렬한 예수교 신자로 만들고, 그 여자들의 신앙이 신자들의 폭발을 누르는 둑이 되어 있었으니까요."

"이상한 말을 하시는군. 그럼, 오쿠보 나가야스가 죽었다…… 이를테면 둑이 터졌으니 신자들이 폭발할 것이라고 보는 거요?"

"예, 그렇게 되지 않는다면 다행이지요."

"더욱 알 수 없는 말을……."

무네노리는 얼마쯤 흥분된 어조로 말하려다가 삼갔다. 지금 여기서 마사시게를 문책하는 것은 잔인……한 일이라고 반성했기 때문이다. 그러나 그대로 듣고 흘려버릴 수도 없는 일이었다. 오쿠보 나가야스의 죽음이 예수교 신자 사이에 그만큼 큰 의미를 갖는다면 그 부정과 횡령을 이유로 유족을 처벌할 경우 대체 뒷일이 어떻게 될 것인가……?

'이러다가 홍모인인 미우라 안진의 음모로 착각하여 더욱 폭발의 힘이 커질 것 아닌가……?'

핫토리 마사시게의 생각은 아마 그런 데까지는 미치지 않는 듯 보였다.

"마사시게 님, 그렇다면 그대는 이 가문 여인들에게 온 신자들의 편지 같은 것을 조사했겠군요."

"물론입니다, 실은 그것도 연판장 사본과 함께 쇼군께."

역시 마사시게의 처사는 일일이 무네노리의 생각과 반대로 가고 있었다.

무네노리는 애써 시치미떼며 물었다.

"마지막으로 한두 가지 더 물어보고 나는 에도로 가겠소. 귀하는 신속하게 여인들 편지까지 쇼군께 넘겼소. 그리하여 만일 오쿠보 나가야스의 부정을 감출 길 없게 되어 유족을 모두 극형에 처함이 마땅……하다고 결정되었을 때 구명하지 않으시겠소?"

핫토리 마사시게는 얼굴이 새파래져 대답했다.

"……예, 제 손이 미칠 수 있는 사건이 아닙니다."

"하기는."

사위 마사시게가 장인의 부정을 이미 확고부동한 것으로 믿고 있음을 확인하자 무네노리는 화제를 바꾸었다.

"이 문제에 대해 다테 마사무네 님이 협조해 주실 거라고 생각지 않소? 마사무네 님은 소텔로마저 구명하여 영지로 데려갔는데……."

"그 일도 가망 없지 않을까요?"

"이유는?"

"그 연판장에는 다테 님 서명이 없습니다. 처음부터 다테 님은 나가야스 님을 소홀하게 여기고 있었다……아니, 경원시했던 것 같으니까요."

"역시, 마사무네 님은 신중한 분이니까."

"게다가 다테 님은 당분간 영지를 떠나시지 않으리라고 생각합니다."

"어째서 그럴까?"

"소텔로를 데려간 것도, 그곳에서 비스카이노 장군을 환대한 것도 모두 오늘을 대비한 경계심…… 제게는 그렇게 여겨집니다."

"호……."

"지금 그 영지 안 모노군(桃生郡)의 오카쓰(雄勝) 해변에서 쇼군의 선박책임자 무카이 쇼겐과 협력하여 목수 800명, 철공(鐵工) 700명에 인부 3000명을 모아 배를 만들고 있습니다. 그건 이 사건이 완전히 해결될 때까지 에도에 오지 않을 구실이 될 수 있습니다."

"그렇다면 귀하는 장인 오쿠보 나가야스에게 마쓰다이라 다다테루를 받들어 쇼군에게 반역할 생각이 과연 있었다고 여기오, 없었다고 여기오?"

태연하게 사건의 핵심을 찌르자 핫토리는 얼른 말했다.

"그건 쇼군께서 판단하실 일, 저는 판단의 자료가 될 증거만 수집할 뿐입니다."

무네노리는 크게 고개를 끄덕였다.

"알겠소. 귀하는 그 증거를 이미 에도에 제출했으니 그로써 충분한 답이 된 것 같군. 그럼, 이만 실례하겠소."

"아무쪼록 잘 부탁합니다."

"알겠소."

말하고 일어서면서 불쑥 한마디 수수께끼를 던졌다.

"어린아이들은 되도록 도와주어야 할 텐데."

마사시게는 일어나 전송하려고도 하지 않았다. 아마 입과 마음 사이에 커다란 모순이 뒤엉켜 있기 때문이리라.

'나가야스가 어찌 그토록 엄청난 악인일 수 있을까…….'

그런 생각을 하는 점에서는 이 사위 역시 무네노리와 큰 차이가 있을 리 없었다. 그런데도 오히려 불길에 더욱 부채질해 버린 것은 어떻게 된 까닭인가…….

에도에 도착한 무네노리는 깜짝 놀랐다. 그 사건은 그의 생각보다 몇십 배나 맹렬한 큰 불길이 되어 있었다. 나쁜 일은 한꺼번에 찾아오기 마련이다. 핫토리 마사시게의 보고에 의해 '오쿠보 나가야스에게 반역심이 있었다…….'는 평판이 중신들 뇌리 속에서 이미 움직일 수 없는 '진실'이 되었다.

"사위가 보고하는 것이니 거짓일 리 없다."

"아무튼 다다치카를 불러라. 다다치카가 이런 연판장에 서명한 이상, 당연히 규명할 필요가 있다."

히데타다의 측근에는 아무래도 반(反) 오쿠보 색깔이 짙었다. 그리하여 도이 도시카쓰의 이름으로 오쿠보 다다치카에게 등성을 명했으나 사정을 모르는 다다치카는 등성을 거부했다.

"늘그막이라 몸이 아프니, 볼일이 있으면 사자를 시켜 병상으로 알려주기 바라오."

맏아들 다다쓰네의 죽음에 상심 깊어 요즈음 거의 등성하지 않고 있는 다다치카였다. 물론 혼다 마사노부가 측근에서 마음대로 히데타다를 움직이고 있는 게 불쾌한 것도 또 하나의 원인이었으리라. 거기에 오쿠보 나가야스의 부고까지 왔으니 낙심한 그가 병상에 누운 것도 이상한 일이 아니었다.

그러나 성안에 있는 측근들의 반응은 정반대였다.

"사건이 탄로 난 줄 알고 등성하지 않는 것이다. 이렇게 되면 상대에게 대비할 틈을 주지 말고 곧바로 하치오지를 급습해야 한다."

더구나 그런 시선으로 보게 되면 핫토리 마사시게가 보낸 연판장 사본과 여인들의 편지도 움직일 수 없는 큰 의미를 갖게 된다. 연판장에 서명한 에치젠의 히데야스는 죽었지만 아우 다다테루는 차츰 청년무장으로서 그 그릇을 높이 평가받기 시작하고 있다. 그리고 1년 전 니조 저택에서 이에야스와 대면했던 도요토미 히데요리 또한 이에야스가 실눈을 뜨고 기뻐했을 만큼 6척이 넘는 늠름한 대장부가 되었다. 그들이 막부 신하 가운데 대원로인 오쿠보 다다치카와 단합하여 쇼군 타도를 위해 비밀도당을 조직하고 있었다……는 것이 되니 이 이상 무서운 사건이 없었다.

야규 무네노리가 에도에 도착해 보니, 이 사건에 대한 슨푸의 지시를 받으러 도이 도시카쓰가 달려가게 되어 그 의논이 한창이었다.

히데타다는 그 중신 회의석에 무네노리를 참석시키지 않았다. 회의를 중지시켜놓고 그는 본성의 자기 거실로 무네노리를 불렀다.

"오고쇼님 특명으로 하치오지에 갔었다고?"

언제나 무표정에 가까운 냉정함을 잃지 않는 히데타다였으나 이때만은 뺨이 불그레하게 상기되어 있었다.

"예, 나가야스에게 부정이 있다……는 풍문이 너무도 시끄럽게 나돌고 있으니 가보고 오라는 말씀을 듣고."

"그런데 뭔가 부정이 있던가?"

"전혀 없지는 않았지요…… 어쨌든 오랫동안 금광을 감독했으니까요."

"금은을 횡령한 사실이 있었다……는 말이로군."

"예, 그밖에는 그다지……."

"연판장이 나왔다는 사실은 듣지 못했는가?"

히데타다로서는 태연하게 말할 셈이었으나 곧 심하게 기침이 나왔다. 그로서는 무리가 아니었다. 동생과 함께 나가야스가 자신의 목숨을 노리고 있었다……고 해석되는 연판장이 나타났으니…….

사건의 중대성을 생각하니 무네노리는 곧바로 대답할 수가 없었다. 섣부른 대답을 해서 히데타다의 마음에 '다다테루 모반'이라는 인상을 강하게 심어준다면 어떻게 될 것인가? 아니, 다다테루에게는 히데타다 이상의 수난이 될지도 모른다.

오쿠보 나가야스를 집정으로 삼고 다테 마사무네를 장인으로 둔 다다테루는, 히데요리가 후시미성에 초대받고도 상경을 거절했을 때 쇼군을 대신하여 대리로 오사카성을 일부러 방문한 적이 있었다. 그 다다테루가 형 히데타다의 정치가 못마땅해 오사카성의 히데요리와 결탁하여 이를 물리칠 음모를 꾸미고 있었다……면 그렇지 않아도 도요토미 쪽에 대해 좋지 않은 생각을 가진 가신들은 두말없이 믿고서 들고 일어날 게 틀림없었다.

"있을 법한 일!"

그렇게 된다면 이건 천하의 동란이 되기 전에 우선 도쿠가와 가문 내부의 '집안 소동', 끌 수 없는 큰 불길이 될 것이다.

"어떻게 된 건가, 무네노리. 연판장에 대해 듣지 못했소?"

무네노리는 짐짓 태연한 척하며 말했다.

"그 이야기는 들었지만, 죄송하오나 얼마쯤 지나친 데가 있는 것 같습니다."

"호, 지나치다면 가짜는 아니지만 믿을 수 없다는 뜻인가?"

"그렇습니다. 지금 세상을 조용히 바라보면 대체로 세 가지 바람이 불고 있는 것 같습니다만."

"음……그 세 가지를 말해 보오."

"첫째는 남만과 홍모의 종파 싸움입니다."

"그렇지만 아직 홍모인은 종파를……"

"그야 종파와 종파가 피를 흘리는 충돌은 아직 없습니다. 그러나 남만으로서는 언젠가 쇼군의 이름으로 일본에서 추방되는 게 아닌가 하는 막다른 불안에 떨고 있습니다."

"부질없는 걱정을 하고 있단 말이지?"

무네노리는 그 말에는 대답하지 않았다.

"두 번째는 세키가하라 이래 수많은 무사들의 초조감입니다. 그들은 이대로 태평한 세월이 계속된다면 그들이 세상에 나갈 기회가 영원히 없을 터이므로 칼을 갈고 한숨지으며 난리가 일어나기를 기대하고 있습니다."

"음, 그건 나도 충분히 알고 있네만……"

"세 번째는 도요토미 가문과 도쿠가 가문 가신들의 반목, 차츰 완화되고 있으나 어떤 계기로 불붙으면 아직 충분히 불길이 되살아날 것입니다. 이 연판장은 그 세 가지 바람이 바라는 바로 그 불씨, 연판장의 사실 여부에 앞서 그 점을 충분히 생각할 필요가 있다고 생각됩니다."

"음, 그러면 비록 연판장이 가짜가 아니라 하더라도 그 취급에 거듭 거듭 주의가 필요하다는 말이군."

거기서 무네노리는 눈썹을 세우며 날카롭게 말했다.

"저는……이 연판장이 쇼군께 대한 반역심으로 쓰인 게 아니고 오쿠보 나가야스의 조심성 없는 태도에서 남겨진 것으로 생각됩니다만, 어떠신지?"

이번에는 히데타다 쪽에서 입을 다물었다. 히데타다로서도 그런 생각이 없지 않았다.

'오쿠보 나가야스는 쾌활하면서 경박한 데가 있었다.'

그러므로 이것이 만약 천하를 뒤엎으려는 음모였다면 거기에 서명한 사람들이 좀 더 조심했을 거라는 생각도 들었다……

"그래? 그렇다면 자네는 이것이 어떤 뜻을 지녔다고 생각하나?"

"서두에 쓴 바와 같이 그는 늘 입버릇처럼 꿈을 이야기했습니다. 모두 함께 세계의 바다로 진출하여 일본을 번영시키자는 정도의……."

"그렇다면 누가 서명해도 수상할 것이 없다……고 해석하는가?"

"그렇습니다."

"하지만 서명 안에 가장 가까운 다테 마사무네의 이름은 없는데."

무네노리는 희미하게 웃었다.

"쇼군께서는 마사무네의 이름이 없으므로 음모가 있었던 거라고 생각하십니까?"

히데타다는 주의 깊게 그 말을 되씹어 보았다.

"좋아, 그러면 그대의 의견을 듣지. 그대라면 이런 경우 어떻게 하겠나?"

"예……우선 오쿠보 나가야스는 금은을 횡령한 부정이 있었으니 처벌하겠습니다."

"그렇지……."

"이렇게 세상이 시끄러워졌으니 내버려 둘 수 없기 때문입니다. 만일 어떤 종류의 음모가 있었을 경우, 처벌하지 않는다면 오히려 그들은 분별없이 움직일지도 모릅니다."

"역시, 금은을 횡령한 부정……그 일만으로 처벌하는 건가?"

"그리고 이 연판장은 일체 극비로 할 것……되도록 불태워버리는 게 마땅하리라고 생각합니다."

"음."

"그리고 사건이 종결되었다고 생각하도록 하는 게 소요의 뿌리를 뽑는 정치의 오묘한 신의가 아닌가 합니다."

히데타다가 이번에는 생각에 잠기면서 입을 열었다.

"만일……종결되었다고 하면 야심 있는 무리는 오히려 마음 놓고 꼬리를 내보일지도……모르지."

그 중얼거림에도 무네노리는 대답하지 않았다. 어쩌면 히데타다의 말이 맞을지도 모른다. 그러나 쇼군의 '무술사범'이라는 그의 자부심으로는 입 밖에 내어 대답할 수 없는 일이었다.

"음."

히데타다는 다시 한번 신음을 내며 말했다.

"그럼, 그대가 곧 슨푸로 가주겠나?"

"예, 보고드리지 않으면 안 됩니다."

"그럼, 도이 도시카쓰는 좀 더 붙잡아두지. 그대가 가거든 오고쇼님에게 이렇게 말해 주게. 오쿠보 나가야스는 부정을 저지른 사실이 있었습니다. 그러므로 곧 유족을 체포해 처벌하겠습니다, 라고."

"그럼, 연판장 건은?"

"묵묵히 분부를 기다리게. 이쪽에서는 한마디도 하지 않은 것으로 하고."

"과연."

"이 일은 다다테루와 관계있는 일. 여생이 얼마 남지 않으신 아버님께 이 히데타다와 형제 사이에 불화가 있는 듯 비치는 것은 효도가 아니지⋯⋯그대 말을 듣는 동안 그 사실을 곰곰이 깨달았어."

무네노리는 말없이 그 자리에 엎드렸다. 역시 히데타다는 자신을 경계하는 엄격하고 고지식한 선을 지키고 있었던 것이다⋯⋯.

"그럼, 다짐을 위해 이 무네노리가 다시 한번 되풀이하겠습니다. 쇼군께서는 오쿠보 나가야스에게 직무상 부정이 있으므로 체포해 조사한다⋯⋯고 말씀하셨습니다. 그 부정은⋯⋯."

무네노리가 말을 계속하려 하자, 히데타다가 바로 뒤를 이어받았다.

"금광감독으로서 채굴량에 부정이 있었다. 그러므로 가산은 몰수, 가족은 추방⋯⋯으로는 해결이 안 돼. 그렇다면 연판장 사건이 세상에 누설될 테니까. 누설된다면 그대가 말한 대로 불태워버리는 의미가 없어."

무네노리는 다시 한번 정중하게 머리 숙였다.

"가족이라고 해도 아들들은 벌써 건장한 성인들. 아버지의 부정을 알면서도 말리지 않은 것은 괘씸하기 짝이 없는 일, 공범으로 다스리겠다는 뜻을 말씀드리겠습니다."

히데타다는 그 말에 대답이 없었으나 무네노리는 자리에서 일어섰다. 갑자기 사방의 소음이 모두 사라지고 칼날 위에 세워진 것 같은 냉엄한 느낌이 들었다.

'이런 때 갈피를 잡지 못하면 어떡하나!'

베어야 할 것은 일도양단, 하늘에 의지한 칼날의 처절함 또한 피해서는 안 되는 우리 가풍⋯⋯긴 복도를 밟으며 큰 현관에 이르렀을 무렵 온몸이 땀에 젖어 있었다.

'살갗에 계절이 느껴지는 것인가…….'

그러나 무네노리로서는 아직 이제 겨우 칼을 뽑을까 말까 하는 정도에 지나지 않는다.

히데타다는 마음에 의혹이 남으면서도 다다테루의 일은 이에야스의 처단에 맡길 모양이다. 그러나 이미 제출된 연판장을 본 이에야스 쪽에서는 무슨 생각을 하고 있을까. 이에야스의 심경은 무네노리로서 좀처럼 추측할 수 있는 일이 못 되었다.

무네노리는 이에야스를 존경했으나 세키가하라 무렵까지는 두려워하는 마음이 그리 없었다. 그런데 요즘은 그렇지 않다.

'적으로 삼는다면 이처럼 두려운 분이 달리 있을까……?'

적으로 삼는 일은 있을 수 없는 망상인 줄 알면서도 온몸이 죄어드는 느낌이 들었다. 그것은 어쩌면 신앙을 가진 사람이 신불 앞에서 저절로 옷자락을 여미지 않을 수 없는 그 이상한 두려움과 흡사한지도 모른다.

아무튼 어디서 바라보나 추호의 빈틈을 느낄 수 없는 완벽함이 그대로 생활이 되어버린 자에 대한 위축감이었다. 그런데 그 이에야스의 완벽한 생애가 바야흐로 끝날 때가 되어 이 사건이 터졌다. 흡사 이 세상에 완벽 따위가 어찌 있을 수 있는가, 하는 신들의 조소와 증오인 듯한 사건이었다.

'지금까지 오고쇼는 태평시대를 이룩하기 위해 모든 노력을 기울였다.'

그렇지만 야릇하게도 그 발치에 함정이 깊이 패 있었다…….

'내 자식이 오사카성과 손잡고 아버지의 죽음을 기다려 형을 멸망시키려 도모하고 있다.'

그렇게 받아들일 수도 있는 참으로 짓궂은 덫이었다…….

'그 이에야스를 지금부터 가서 만나야 한다.'

정문 앞의 말 매는 곳까지 나왔을 때 빗방울이 후둑후둑 떨어지기 시작했다. 그때 이미 무네노리는 날씨도 계절도 모르는 사람이 되어 있었다.

'이에야스는 이 일을 어떻게 다스릴까……?'

어쨌든 이에야스는 자신이 보이지 않는 존재로부터 위탁받은 태평시대의 창건 자이며 부흥자……라는 엄숙한 자신감으로 살아오고 있었다. 그 큰 자신감은 이에야스 그 자체라고 해도 좋았다. 그런데 그것이 발치에서부터 허물어지기 시작했다. 아니, 그렇게 느낀다면 그때는 어떻게 될 것인가?

자신감을 잃고 어쩔 줄 모르는 이에야스를 무네노리는 상상할 수 없었다. 세상 떠난 아버지 세키슈사이가 무도의 검을 창안하여 절대적 경지에 이르른 것처럼 위정자로서 이에야스의 지위도 절대적인 존재로 무네노리는 생각하고 있었다.

'그것이 허물어진다……'

아니, 객관적으로 바라보면 야릇하게도 이에야스가 하나씩 조약돌을 쌓아가는 뒤에서 실은 허물어지고 있었다……고 할 수 없지도 않다. 이에야스는 그 무력으로 이리떼들의 울부짖음을 억누를 수 있었다. 다이코의 가장 큰 실책이었던 조선출병을 종결지었고, 그 뒤의 분규도 세키가하라에서 종식시켰다. 그 뒤의 교학수립, 교역에 의한 부국책, 계급제도에 의한 균형잡힌 민치……세계에서 보기 드문 질서있고 평화스러운 나라라고 홍모인까지 감탄할 만한 국가건설에 성공했다. 그런데 마침내 대성공을 이루고 조용히 '나무아미타불' 6만 번의 염불을 쓰면서 찾아올 죽음을 기다리려는 때 전혀 뜻밖에 발밑의 붕괴를 보지 않을 수 없게 된 것이다.

'돌아가신 아버지 세키슈사이가, 자신이 창안한 무도의 검이 산산이 격파되는 새로운 병법에 부딪힌다면 어떻게 하셨을까……?'

집으로 돌아와 곧 슨푸로 출발할 준비를 하면서 무네노리는 차츰 온몸이 떨려오기 시작했다. 살아 있는 인간세계에 영원한 '안심'이란 없는 것일까? 늘 흐르며 움직이는 시간 속에 끊임없이 인간을 위협하는 숙명의 싹이 있단 말인가……?

어쨌든 오쿠보 나가야스에게 특별히 이에야스를 난처하게 만들거나 복수하려는 악의가 있었던 것으로는 생각되지 않는다.

분고 해변에 표류해 이에야스를 조국 영국의 엘리자베스 여왕과 다름없는 목숨의 대은인으로 알고 있는 미우라 안진도 마찬가지였다. 자신의 존재가 구교도 전체로부터 어떤 원망을 받고 있으며 그 원망의 불똥이 이에야스에게 튀고 있는 줄 상상도 못 하리라. 또 오사카의 히데요리며 지금 에치고에 있는 다다테루에 이르러서는 악의 같은 게 조금도 필요 없는 환경에서 자란 사람들이 아닌가.

만일 조금이라도 문제가 있다면 혼다 부자와 오쿠보 다다치카의 파벌 싸움인데, 이것도 저마다 도쿠가와 가문을 위해 온 힘을 다하겠다는 생각에서 오는 조

그만 견해차다. 그런데도 이러한 선의의 충돌이 어떤 원인이 되고 또 어떤 결과가
되어 이에야스의 노후를 순식간에 불행한 탁류 속에 내던지려 하고 있다……

'이건 대체 어떻게 된 일일까……?'

무네노리는 창잡이 하인과 두 말구종을 데리고 그날 밤 안으로 에도를 떠나
슨푸로 향했다.

쏟아지는 벼락

핫토리 마사시게한테서 받은 오쿠보 나가야스의 연판장을 들고 혼다 마사즈미가 찾아갔을 때, 이에야스는 거실에서 자랑거리인 돋보기를 낀 채 염불을 쓰느라 여념 없었다.

마사즈미가 느닷없이 연판장을 내밀자 그것이 어떤 뜻을 지닌 폭탄인지 모르는 채 언제나의 그 이에야스답지 않은 경칭을 쓰면서 말했다.

"밤에 수고 많군, 마사즈미 님."

그리고 천천히 안경을 벗은 뒤 등불을 가까이 당겼다.

"비 때문인지 날씨가 좀 찌는 듯한데 몸을 소중히 하게."

마사즈미는 가만히 머리 숙였을 뿐이었다. 그는 연판장에 대해 일체 설명하지 않을 생각이었다. 그가 아무 말 하지 않아도 이에야스 쪽에서 놀라 질문하리라. 그러면 냉정하게 아무 감정도 섞지 않고 알고 있는 사실만 대답한다…… 그러면 어떻게 처리할지 이에야스가 결정할 것이다.

'오고쇼님 마음속 거울에 비치는 대로 처리되어야 할 일……'

그러한 신뢰와 동시에 이루 말할 수 없는 공포 때문이기도 했다.

"허, 이렇게 큰 글자도 역시 안경을 쓰는 편이 좋군."

한 번 벗었던 안경을 다시 고쳐 쓰더니 이내 이에야스의 얼굴이 굳어졌다.

"마사즈미 님, 이건 연판장인 것 같군."

"그렇습니다."

"대체 누가 가지고 있던 건가?"

"오쿠보 나가야스의 금고 마루 밑……황금을 깔아둔 마루 밑에서 나왔다고 나가야스의 사위 핫토리 마사시게가 신고했습니다."

"핫토리 마사시게……라면 한조의 아들이지."

"예, 둘째 아들입니다."

"금고 마루 밑에 황금이 깔려 있었다고?"

"예, 막대한 황금, 상상을 초월하는 양이라고 했습니다만 아직 정식으로 입수하지는 못했습니다. 따라서 그 총량은 뒷날이 되어야."

"음, 역시 나가야스 놈에게 부정이 있었군."

그리고 이에야스는 다시 한동안 가만히 그 연판장의 서명을 끝까지 훑어보았다.

"마사즈미 님."

"예."

"이것을 나에게 보여주는 그대에게는 당연히 생각이 있겠지?"

마사즈미는 고개를 크게 저으며 대답했다.

"그저 놀라울 뿐……아무 생각도 하지 못한 채 서둘러 왔습니다."

"음, 그대로서는 다룰 수 없다……는 말인가?"

"예."

"여기 서명한 사람들을 자세히 보니 예수교 신도들이 많은 것 같군."

"예."

"교토 행정장관은 뭐라고 하던가? 예수교도들이 소란을 일으킨 일이 있었던 모양이던데."

마사즈미는 그 말에도 대답하지 않았다. 함부로 대답해 이에야스의 판단을 흐리게 해서는 안 된다……기보다 자신의 판단을 그르치지 않으려는 조심성에서였다. 이에야스는 두 번, 세 번 보고 나서 뜻밖에 잔잔한 표정으로 연판장을 말았다.

"마사즈미 님, 그대는 아까 다만 놀라울 뿐……이라고 했지?"

"예, 아무 생각도 떠오르지 않으므로……."

또다시 같은 말을 되풀이하려는 마사즈미를 이에야스는 손을 내저어 가로막았다.

"무릇 세상에 아무 생각도 떠오르지 않는 일이 있어서는 좋지 않아. 사건이 일어나면 어쨌든 그 결말을 지어야지. 결말짓지 못할 것 같으면 직무를 내놓고, 사건을 일으킨 원인이 자기 잘못임을 확신했을 때는 사죄하는 방법도 있을 거야."

"……예."

"할복이란 그런 경우를 위해 예비된, 무사가 책임지는 방법이니까."

마사즈미는 당황해 뭔가 대답하려다 말았다.

'일이 일어난 것 자체가 이미 위정자의 책임……'

그 날카로운 지적은 이런 경우 정말로 '할복'으로 연결될 수도 있다는 생각이 들었기 때문이다.

"그래, 나가야스에게 부정이 있었구먼."

"황송하오나 그 연판장에는 저로서 다룰 수 없는 사람들 이름이 많아 그만 압도된 듯합니다."

"다다테루며 히데야스 말인가, 아니면 히데요리 님 말인가?"

"그, 그 모두입니다."

"그러면 그대는 이것을 쇼군에 대한 반역 뜻을 품은 동맹으로 보는군."

"헤, 헤아려주시기 바랍니다."

"내가 보기에 이것은 하나도 두려워할 게 없는 거로군."

"예?"

"내가 두렵게 여길 만한 자의 이름은 오히려 여기에 없는 것 같아."

"그러시다면 다테 마사무네 님 말입니까?"

"대답은 않겠다. 어쨌든 마사무네의 이름도 없는 것 같군."

"그게 실은 납득되지 않는 점입니다. 이를테면 다다테루 님과 친한 분들의, 별다른 뜻이 없는 연판장이라면 당연히 장인 다테 마사무네의 이름이 있을 법한데……그게 없으니……무언가 감춰진 게 있는 듯 여겨지는 것이 지나친 생각일까요?"

"음, 그렇게 생각할 수도 있겠지. 그러나 그대는 나가야스의 기질을 잘 알지 않는가?"

"예, 잘……알고 있습니다만."

"알고 있다면 특별한 뜻은 없는 것으로 생각되지 않는가?"

마사즈미는 상당히 궁지에 몰린 형세에서 대답하지 않을 수 없는 기분이 되었다.

"오고쇼님, 문제는 나가야스에게 깊은 의도가 있었는지 어떤지……가 아닌 듯싶습니다만."

"음……."

"이런 어마어마한 것이 있었다……는 사실과 여기에 서명한 사람들의 심정이 문제 아닐까요?"

"그것도 없지는 않지."

"만일 동요하는 예수교 신자들이 이것이 있기 때문에 오사카성에 들어가 법의 제재를 피하려 생각하거나, 불만을 가진 무사들이 한바탕 봉기해 볼 꿈을 꾼다면 충분히 큰 문제가 되지 않을 수 없습니다. 제가 두려워하는 것은 바로 그 점입니다."

마사즈미는 거기까지 말하고 다시 조심스럽게 입을 다물었다.

이에야스는 여기에도 곧 대답하지 않았다. 마사즈미는 이미 생각하는 것 같다.

'뭔가 있다…….'

마사즈미가 그렇게 생각할 정도라면 다다테루와 쇼군 사이의 형제불화 소문이 어쩌면 나돌고 있을지도 모른다. 그러한 소문은 물론 아무도 이에야스에게 귀띔하지 않으려 할 것이다.

이에야스는 중얼거리듯 말했다.

"하기는……내가 문제를 지나치게 간단히 생각하는지도 모르겠군. 좋아, 그대로서는 아무 생각도 떠오르지 않아 의논하러 왔다는 것을 염두에 두고 나도 다시 한번 생각해 보지. 그만 물러가도 좋다."

"예, 그러면 실례하겠습니다."

이에야스는 자리에서 한 번 일어나게 해놓고 다시 불러세우는 버릇이 있다. 오늘도 그렇지 않을까 여겼는데 부르는 소리가 없었다.

'역시 타격이 큰 게 틀림없다…….'

축축한 밤공기 속에서 마사즈미는 왠지 뒤숭숭함을 느끼지 않을 수 없었다.

'아무 생각도 떠오르지 않는다…….'

그 말은 거짓이었다. 그는 오쿠보 나가야스를 경박하고 쾌활한 호인이라고만 생각할 수 없었다. 아니, 비록 호인이었다고 하자. 그러한 호인이 기량 이상의 지위에 앉아 권력을 휘두른다면 지금의 국내 사정으로는 그를 이용해 일을 이루려는 온갖 야심가들이 당연히 모여들 거라고 생각했다. 오쿠보 나가야스는 그러한 사람들의 청탁을 가리지 않고 받아들였다. 더욱이 나가야스가 그 위태로운 연판장을 만들어 깊이 감추고 있던 일은 아무래도 납득되지 않았다.

'감춘다는 것은 위험한 일임을 알고 있었다는 증거다……'

그렇게 생각하자 혼다 마사즈미의 뇌리에서 그것은 하나의 공포의 성을 형성해 갔다. 처음에는 그리 엄청난 음모 따위가 아니었는지도 모른다. 그러나 차츰 자기가 이에야스의 총애를 더 받게 되고 다다테루 또한 대영주로 승진하자, 문득 중간에 생각의 방향이 달라지지 말라는 법도 없다.

'자기 주군을 쇼군으로……'

그런 막연한 상상이 이윽고 교만한 생각으로 현실에 접근한다.

'하려고 마음먹으면 못할 것도 없지……'

사실 다다테루는 이에야스의 여섯째아들로 다테 마사무네라는 배경과 오쿠보 나가야스라는 집정에 의해 떠받쳐지고 있었다. 거기에 에치젠 히데야스라는 편이 있고 또 히데요리를 끌어들인다면 이에야스가 세상 떠난 뒤 충분히 쇼군 히데타다를 안에서 움직일 만한 힘이 될 수 있다.

'그런 생각이 어디엔가 있었어……'

그렇게 생각하자 혼다 마사즈미는 나가야스가 그야말로 용서할 수 없는 배신자로 여겨졌다.

'오카모토 다이하치 사건 따위에 구애받고 있는 게 결코 아니야……'

그런데 아무 생각도 떠오르지 않는다……는 등의 말을 했던 건 이에야스의 생각이 어떤지 보려는 사양 외에 아무것도 아니었다.

큰 대문은 이미 닫혔으므로 내전의 통용문을 나와 자기 집 쪽으로 가면서 마사즈미는 스스로에게 새삼스럽게 다짐하며 생각했다.

'이래서는 안 된다. 나도 오늘 밤 안으로 허심탄회하게 대책을 생각해 두지 않으면……'

야규 무네노리가 이에야스의 거실로 불려간 것은 그다음날이었다. 에도에서 말을 달려 어제 밤중 슨푸에 도착해 그 사실을 신고해 두었기 때문에 불려 나왔는데, 이에야스의 얼굴빛이 몹시 좋지 않았다.

무네노리는 생각했다.

'잠을 이루지 못하셨구나……'

눈 가장자리의 주름이 크게 늘어지고 얼굴 전체가 얼마쯤 부어 있었다.

"수고했다. 자, 이리로."

이에야스는 어느덧 사람을 물리치고 있었다. 물론 다다테루의 생모 자아 부인도 자리를 비키고 없었다.

"실은 어젯밤 그대의 도착보다 한발 앞서 마사즈미 님이 와서 말이야."

무네노리는 예상하고 있던 일이라 눈으로 대답했다.

"아무래도 난처하게 되었어. 어떤가, 그대가 접촉한 바로는?"

"예, 오늘쯤 에도에서 오쿠보 가문에 대한 조사가 있을 줄 압니다."

"그래? 그러면 쇼군은 화내고 계시겠군."

"그럴 거라고 생각합니다."

"쇼군은 벌써 모든 일을 다 아시는가?"

"예, 그 위에 한 가지 더 큰 오해가 겹쳤습니다."

"오해……라니?"

"오쿠보 다다치카 님에게 등성을 명했는데 다다치카 님이 이를 거절했습니다. 제 생각으로는 맏아드님이 돌아가신 이래 건강이 좋지 않다……는 말이 사실일 듯합니다만 측근에서는 그렇게 받아들이지 않는 것 같습니다."

"어떻게 받아들였다는 거지?"

"다다치카 님에게 반역심이 있다고."

"뭐 다다치카에게?"

무네노리가 깜짝 놀랄 만큼 날카로운 목소리에 낮은 신음이 길게 이어졌다.

"무네노리, 큰일 났군. 실은 마사즈미 역시 아무 생각도 떠오르지 않는다고 말했지만 속으로는 내 결단을 바라는 눈치였어."

"속으로……라고 하시면."

"나를 책망하고 있는 거야. 내가 나가야스를 엄하게 다루지 않고 내버려 둔 탓이다, 아니, 노후의 평안을 바란 나머지 마지막 노력을 게을리했다……고 책망하는 눈빛이었어."

무네노리는 가만히 있었다. 함부로 대답할 일이 아니었다. 하지만 스스로에게 엄격한 이에야스가 곧 도달할 것 같은 반성이 이미 있은 뒤이다.

"그래, 그러면 벌써 포졸을 보냈는가……?"

"예, 부정이 있다고 단정하여 사위 핫토리 마사시게가 호소한 뒤였습니다."

"그렇다면 어쩔 수 없지. 하지만 그 부정은 어디까지나 금은에 대한 부정이겠지."

"아니, 그렇지 않습니다. 실은 괴상한 연판장이 금고 마루 밑에서 발견되어 그 사본이 벌써 쇼군 손에……."

그 원본은 이에야스에게 넘어가 있다……는 걸 알면서도 이에야스가 아무 말도 하지 않으니 무네노리는 그렇게 대답할 수밖에 없었다. 예상한 대로 이에야스의 입술에서 일시에 핏기가 사라졌다. 아마 이에야스는 사본이 있는 것까지는 몰랐던 모양이다.

하얗게 질린 입술이 부들부들 떨리더니, 이에야스의 얼굴이 무서운 야차로 보일 정도로 험악해졌다. 무네노리는 온몸에 소름이 끼쳤다.

'이에야스의 이런 얼굴은 본 적이 없다…….'

3분……5분, 이에야스는 험악한 얼굴로 침묵을 지켰다.

'무엇을 이토록 골똘히 생각하고 계실까?'

그것은 무네노리로서도 간단히 상상할 수 있는 일이 아니었다.

10분쯤 허공을 노려본 뒤 입을 연 이에야스의 목소리는 뜻밖일 정도로 힘이 없었다.

"무네노리……내가 방심하고 있었어. 허를 찔린 거야……미숙했어."

"예?"

"역시 세상을 너무 쉽게 보고 있었다……는 이야기가 되겠지. 그 책임을 져야 해."

무네노리는 이에야스가 무슨 말을 하려는 것인지 아직도 전혀 알 수 없었다. 세상을 너무 쉽게 보고 있었다……는 술회는 군소리에 지나지 않는다. 그러니 어떻게 하겠다는 것인가, 어떻게 책임지겠다는 것인지?

"부정이 있었던 게 아닌가, 세상에서도 의혹 품고 있으니 오쿠보 나가야스의 유족을 체포하는 일은 그리 어렵지 않으리라고 생각한다."

"예, 저도 그렇게 여깁니다."

"그런데 오쿠보 다다치카의 반역 운운하게 된다면 가문에 대혼란이 일어나지."

"……예."

"내 집안과 오쿠보 가문의 관계는 어제오늘의 일이 아니다. 오쿠보 사람들 수가 가문 안에 아주 많고 더욱이 혼다 부자와의 대립에 대한 소문도 있어."

야규 무네노리는 거기까지 듣고 나서 비로소 이에야스의 눈에 반짝이는 게 맺힌 것을 깨달았다.

"그리고 자식을 생각하는 것은 역시 부모의 마음…… 쇼군이 연판장을 봐 버렸다……는 일이 어쩔 수 없는 무거운 짐이 된단 말이야."

무네노리는 가만히 있었다. 하지만 그 말뜻은 잘 알 수 없었다. 쇼군 히데타다는 어떤 경우에도 아버지를 거역하지 않는 고지식함을 지니고 있다. 그러나 그렇듯 고지식한 사람에게 공통되는 의심 또한 가지고 있었다.

지금까지 히데타다가 '오고쇼는 절대적'이라며 아버지를 내세워온 것은 아버지에 대한 신뢰와 애정이 한 가닥의 의심도 끼어들 여지없이 튼튼히 자리잡았기 때문이었다. 그것이 만일 흔들린다면 히데타다는 그 힘의 반도 내지 못하리라. 그렇다면 이건 오쿠보 다다치카보다 같은 연판장에 서명한 동생 다다테루의 존재가 훨씬 비중이 큰 무거운 돌이 될지도 모른다.

'이에야스는 그 생각을 하고 눈물짓는 모양이다……'

무네노리는 이에야스를 보기 괴로워졌다. 가장 안정되어 있다고 자신했던 내 집안에 큰 골이 생기려 한다. 그것은 바로 2, 3일 전까지만 해도 이에야스가 상상조차 할 수 없던 일이었다.

"좋아, 나가야스의 뒤처리는 아무 말 말고 쇼군에게 맡기자. 무네노리의 생각은 어떤가?"

"그러는 게 좋을 것……이라기보다 중신 모두들에게도 다 알려진 사건이니 달리 방법이 없다고 생각합니다."

"그러나 다다테루며 다다치카까지 설마 쇼군에게 떠맡길 수는 없겠지. 그러니 나가야스의 유족에 대한 처리가 결말나는 대로 내가 에도에 다녀오겠다. 어때, 그게 좋겠지, 무네노리?"

이렇듯 자신 없는 이에야스의 모습을 무네노리가 보는 것은 처음이었다. 무네노리는 요즘 이에야스가 일부러 가와고에의 기타인(喜多院)으로부터 덴카이 대사를 초청해 천태종(天台宗) 가르침을 듣는다는 표면상의 명분으로 조정에 대한 막부의 위상을 상세히 자문받는 사실을 잘 알고 있었다.

당시의 덴카이는 승정(僧正) 대리에서 정승정(正僧正)으로 임명되어 비사문당(毘沙門堂)의 후계자로서 조정의 각별한 신임을 얻고 있었다.

그러한 덴카이의 의견을 받아들여 이에야스는 지금 천황에게 1만 석, 그리고 기타인에 2000석의 공양을 바치고 천황의 영원한 안태를 위해 앞으로 어떠한 마음가짐이 필요한지 자세한 의견을 듣고 있는 것이다. 물론 자신의 가문은 모든 게 굳건하다고 믿었고 아마 그것을 자기 생애의 완성으로 생각했음이 틀림없다.

그런데 그 가문이 그리 견고하지 않았다. 전국의 무질서는 극복했으나, 태평시대가 되어 차례로 싹터오는 새로운 문제의 근원은 이에야스의 경험으로 처리할 수 없는 일이 있다……고 이에야스가 만일 반성하고 혼란을 느끼기 시작한다면 대체 지금부터 앞날은 어떻게 될 것인가……?

세월의 배가 태평의 바다로 미끄러져 나간 순간……이라는 데 생각이 이르자 무네노리는 갑자기 등골이 서늘해지는 것을 느꼈다. 그것은 결코 이에야스나 히데타다만의 문제가 아니다. 늘 그 스승이고 사범이기를 바라던 야규 일족의 이상 또한 여기서 커다란 벽에 부딪힌 셈이 된다.

갑자기 다시 이에야스가 말했다.

"무네노리, 나는 다섯 자루의 칼날에 에워싸인 것 같아. 이제 나를 노릴 적은 없다고 여기며 안심하고 눈을 감으려는 때에."

"다섯 자루의 칼날……이라니요?"

"그 한 자루는 가문 안의 대립, 그리고 또 한 자루는 예수교, 나머지 두 자루는 소란을 꿈꾸는 떠돌이무사들과 오사카의 존재, 그리고 마지막 한 자루는 나 자신의 나이."

야규 무네노리는 이 말에도 대답하지 못했다. 이에야스가 말하는 다섯 자루의 칼날 가운데 몇 자루는 예상할 수 있었던 것들이다. 그러나 가문 안의 대립이며 나이까지도 이에야스에게 이 같은 고배를 마시게 하리라고는 무네노리로서 짐작할 수 없었던 문제였다.

"그것은 좀 더 젊으셨다면……하는 말씀입니까?"

"그래. 내가 좀 더 젊다면 오쿠보 다다치카나 혼다 부자가 파벌을 만드는 일은 꿈도 꾸지 못할 거야. 그러나 이렇게 되면 양자의 대립은 쇼군과 다다테루의 대립으로 여겨지고, 그렇게 생각함으로써 새로운 소동을 차례로 불러일으키는 원인이 되겠지. 이것들은 모두 이에야스가 늙었다……는 어쩔 수 없는 사실에서 출발하고 있어."

이에야스는 그렇게 말하고 이번에는 희미한 미소를 보이며 탄식했다.

"인간에게 수명이 있다……는 것도 때로는 큰 악이군, 무네노리."

이미 그때 무네노리는 이처럼 나약함을 보이는 이에야스를 야규 일족으로서 어떻게 대할 것인지 진지하게 생각하고 있었다.

결국 오쿠보 나가야스의 음모에 대한 규명은 에도의 솜씨를 지켜보기로 결정되었다. 아니, 사건 속에 다다테루의 이름이 등장해 아버지로서 이에야스는 히데타다의 처리에 참견할 수 없는 형편이 된 것이었지만…….

그러나 일단 결정하자 이에야스는 더이상 마음의 혼란을 드러내보이지 않았다. 외교문서 처리와 궁정 및 5대 종문에 대한 업무를 보도록 슨푸의 곤치인(金地院)을 맡긴 스덴을 불러 가까운 날에 이곳으로 오게 될 영국 사절 셀리스의 접대며 그를 다룰 방법 등의 의논에 몰두하는 것처럼 보였다.

문제의 연판장은 엄중하게 비밀을 지키도록 하여 그 존재가 암암리에 파묻히게 되었고, 어쩌면 이에야스의 손으로 불태워졌는지도 모른다.

그동안 야규 무네노리는 슨푸에 머무르면서 그 역시 가문 안의 분위기를 살피며 이에야스와 히데타다 사이의 연락을 맡았고, 그가 깔아둔 정보수집자들로부터 잇따라 보고가 모여들었다.

맨 먼저 세상을 놀라게 한 것은 역시 죽은 오쿠보 나가야스에 대한 처벌이었다. 표면상 이유는 '음모 발각'이라는 것뿐이었으나, 무네노리가 상상했던 대로 그 내용은 온갖 풍문을 불러일으켰다.

히데타다 측근의 중신들을 무엇보다 깜짝 놀라게 한 것은 나가야스가 감춰둔 막대한 황금의 양이었다. 핫토리 마사시게가 충실하게 이를 조사하여 마침내 구로카와 골짜기에 옮겨두었던 것까지 알아내 몰수하여 에도의 금고로 옮겨넣은 모양이었다.

"놀라운 일이야. 막부 금고에 납입한 양보다 감춰둔 양이 더 많다더군."

중신들은 아연실색하여 말을 잇지 못했다……는 소문이 슨푸에 알려졌고 이어 유족들의 처형 소식이 전해졌다.

막부의 금광감독이 막부에 납품한 황금보다 많은 양을 횡령했다……는 풍문에는 꼬리가 붙지 않을 수 없었다.

"나가야스 놈 역시 엄청난 반역을 꾀하고 있었군."

문제의 연판장 존재를 암흑 속에 파묻으려 하면 할수록 이 상상은 커져만 갔다.

"놀라운 일이야. 그 옛날의 오가 야시로 같은 사람이 또 하나 있었군."

"오고쇼는 기르던 개에게 또 손을 물렸어. 새 사람을 좋아하고 묵은 사람을 잊은 벌이지."

근위장수들 중에는 보라는 듯 일부러 크게 말하는 자들이 많았고, 도쿠가와 가문 영주들도 모이기만 하면 이 소문으로 웅성거렸다.

"연판장 이야기를 아는가?"

"알다마다. 그건 오사카의 음모라더군."

"오사카의 음모……인 줄은 몰랐어. 어떤 일인데?"

"뻔한 일이지. 오쿠보 나가야스는 오사카의 첩자였거든. 그래서 다다테루 님이며 예수교 무리를 포섭해 오고쇼가 죽기를 기다렸다가 쇼군을 타도하려 했던 거야. 그렇지 않고서야 어찌 그토록 막대한 군자금을 숨겼겠나?"

"그래? 그런 음모가 있었단 말이지?"

그러한 정보를 무네노리는 일단 냉정하게 모아들였다. 오쿠보 나가야스의 음모를 도요토미 히데요리의 오사카성과 결부시킨 소문의 소용돌이는 이상하게도 뿌리깊었다.

지난해 잇따라 죽은 사람들이 실은 이에야스가 니조 저택에서 히데요리와 대면했을 때 저마다 독을 먹었기 때문……이라느니 하는 앞뒤가 전혀 맞지 않는 낭설마저 만들어냈다.

가토 기요마사, 아사노 요시나가는 물론 이케다 데루마사조차 그 사나운 독기를 풀지 못하고 세상 떠났다. 그렇게 되니 그 무렵 수행하지 않았던 후쿠시마 마사노리는 뛰어난 견식을 가진 자가 되지 않을 수 없었다.

풍문은 그런 데까지 비약하여 그 위에 더욱 낭설을 쌓아가는 듯했다. 나가야스의 사망으로 이에야스는 드디어 화가 머리 끝까지 올라 머지않아 대군을 모아 오사카성 공략을 위해 떠나리라는―

이 소문은 야규 무네노리도 이에야스에게 보고할 마음이 내키지 않았다.

'떠돌이무사들이 어디까지 장난칠 작정인가……'

이러한 소문을 퍼뜨리는 것은 싸움 외에 살아가는 방법을 모르는 자들의 소행이 분명하다고 단순히 믿고 있었기 때문이다.

이러한 소문의 물결이 넘실거리는 가운데 더욱 큰 물결을 일으키는 사건이 일어났다. 그것은 바로 유럽의 신흥국가로서 스페인의 큰 적인 영국에서 국왕 제임스 1세의 국서를 받든 영국선 사령관 존 셀리스가 히라도를 출발하여, 슨푸에서 에도를 향해 국내를 여행하기 시작했다는 사실이었다.

존 셀리스는 지난 연말(양력으로 올 1월 14일) 자바섬의 반탐항을 떠나 일본에 왔다. 클로버호라는 배를 타고 왔으며 사령관 셀리스 외에 영국인 74명, 스페인인 1명, 일본인 1명, 흑인 5명 등 모두 82명이 함께 에도에 도착한 것은 오쿠보 나가야스의 유해가 아직 하치오지의 저택에 그대로 놓여 있던 5월 4일.

셀리스……라기보다 영국 국영 동인도회사가 황금섬 지팡구라는 이름으로 불리는 동양의 일본을 그 세력 아래의 교역상대에 넣기로 결의한 것은 2년 전인 게이초 16년(1611) 3월의 일로, 그해 9월에 셀리스는 '영일 국교개시 전권위원' 자격으로 이미 런던의 템즈강 어귀를 출항했던 것이다.

히라도에 다다르자 셀리스는 영주 마쓰라 호인(松浦法印)과 그 손자 다카노부(隆信)를 만나, 같은 영국인이며 이에야스의 측근인 미우라 안진과 곧 연락할 수 있게 해달라고 부탁했다.

마쓰라 호인은 영국 배 도착 소식을 듣고 미우라 안진인 윌리엄 애덤스에게 급히 히라도로 와달라는 사자를 보냈다.

이 사자는 육로로 갔다. 우선 미우라 반도에 있는 안진의 영지를 찾아가 거기서 안진의 아내 마고메 부인을 만났다. 그런데 안진은 이미 그가 지나온 슨푸에 있다는 사실을 알게 되었다. 그리하여 다시 슨푸성으로 돌아가 안진을 만나 함께 히라도로 향했다. 이 일이 셀리스의 슨푸 방문에 대한 소문 이상으로 영국 배가 왔다는 사실을 일본 안에 크게 뿌려놓는 결과가 되었다……

'좋지 않은 때 곤란한 자가 왔군……'

그렇다 해서 무네노리의 힘으로 어떻게 할 수 있는 일도 아니었다.

야규 무네노리는 처음에 예수교 신도들이 동요하는 원인을 오쿠보 나가야스의 죽음 때문으로 가볍게 생각하고 있었다. 그러나 실제로 영국왕 제임스 1세의 사절이 일본에 도착한 사실 쪽이 훨씬 큰 풍파의 원인이 되고 있음을 알고 정보망을 더욱 치밀하게 펼쳤다.

그리하여 히라도에 있는 셀리스가 슨푸로 보낸 사자가 늦게 돌아온 일을 매우 불쾌하게 여기는 사실을 새로이 알게 되었다. 그 불쾌감이 일부러 그를 맞으러 히라도까지 간 미우라 안진과 셀리스를 잘 어울리지 못하게 하여 그 때문에 안진이 다시는 고향 땅을 밟지 못하고 일본에서 생애를 마치는 원인이 되기도 했으나…… 아무튼 히라도에서 만난 두 영국인은 6월 25일에 함께 히라도를 떠나 슨푸로 향했다. 오쿠보 나가야스의 죽음으로 무언가 일어날 것 같은 불온한 분위기에 휩싸인 온 일본 땅에 그 물결을 높이는 역할을 하면서 당당하게 보란 듯 횡단한 셈이었다…….

야규 무네노리에게 들어온 정보는 이러했다.

"셀리스는 영국인 10명에 창잡이 졸개인 일본인 1명을 거느리고, 별도로 자바에서 데려온 통역 1명, 마쓰라 호인이 딸려준 경호무사 3명, 또 미우라 안진과 그 가신인 창잡이 1명 및 그밖의 4명, 모두 22명과 함께 일본 배를 타고 히라도를 떠났다……."

이때까지 남만인을 가끔 보았으나 그보다 더 붉은 털과 새파란 눈을 가진 홍모인이 11명이나 지나가는 광경은, 그 자체만으로도 신기함을 좋아하는 사람들의 호기심을 더할 수 없이 부채질했다.

'아무쪼록 여러 곳에 배를 대지 말고 왔으면 좋으련만……'

그러나 그러한 무네노리의 걱정은 2년 넘게 걸려 처음으로 황금섬 지팡구 땅을 밟은 영국 국왕 사절에게 통할 리 없었다. 그는 다른 남만인, 홍모인들과 마찬가지로 상세히 일기를 쓰면서 이틀 만에 하카타에 상륙하여 순풍을 기다렸다가 이윽고 시모노세키 해협(下關海峽)을 지나 하필이면 오사카에 상륙하고 말았다…….

그즈음 오사카는 그의 눈에도 이상한 흥분을 이면에 숨기고 있는 것처럼 보였다. 그는 이 성이 견고하고 거대한 데 감탄하면서 지나가는 한 상인에게 말을 걸었다.

"이 성의 성주는 행복합니까?"

자바에서 데려온 일본인이 그것을 통역하자 그 상인은 질린 듯 머리를 흔들 었다.

"천만에. 세상이 세상인지라, 이쪽이 다이코님 아들이고 주인인데도 지금은 에 도에 눌려 쓸쓸하게 살고 있지요."

미우라 안진은 오사카 상인들에게 물으면 모두 그렇게 대답할 거라고 말하려 다 그만두었다.

셀리스는 몹시 기세등등했다. 귀족 취미를 가진 무장인 그는 소박한 옛 무사 같은 미우라 안진의 차림새부터 마음에 들지 않았다.

"그래서는 이곳 토민들에게 멸시받아 대영제국의 치욕이 되잖겠습니까?"

이 말을 듣고 안진은 진심으로 셀리스를 경멸하게 된 모양이었다……

영국왕 제임스 1세의 사절 존 셀리스는 오사카에서 후시미로 갔다. 때마침 후 시미의 위병들이 한창 교대 중일 때였으므로 그 아름다운 행렬에 눈이 휘둥그레 졌다. 그는 일기에 이렇게 기록하고 있다.

위병 3000명을 거느린 위풍이 굉장했다.

일본의 풍토가 꽤 마음에 들었던 모양이다. 그리고 도카이도 각 역참의 대우 에 흡족해하면서 육로여행을 계속했다. 그리하여 8월 4일에 이에야스를 접견했으 며, 그때의 광경이 일기에 다음과 같이 기록되어 있다.

나는 선물을 가진 자를 앞세워 가마를 타고 오고쇼가 있는 슨푸성으로 갔 다. 성으로 들어가 3개의 도개교를 지났다. 그곳에는 저마다 한 무리의 병사 들이 있었다. 훌륭한 돌계단을 올라가자 위엄을 갖춘 두 사람이 나를 영접하 여 훌륭한 다다미방으로 인도하더니 다다미 위에 한쪽 다리에 다른 다리를 얹어서 앉게 했다. 그 가운데 한 사람은 오고쇼의 서기장 마사즈미 님, 또 한 사람은 선박사령관 효고 님이었다.

잠시 뒤 그들은 나를 일으켜 오고쇼가 있는 곳으로 인도하여 절하게 했다.

그 자리는 높이 5자로 금실로 짠 베가 덮였고 등과 양쪽은 훌륭한 장식으로 꾸며졌다. 위에는 덮개가 없었다. 그런 다음 먼젓번 장소로 돌아가 15분쯤 기다린 뒤 오고쇼께서 나오신다는 통지가 있었다. 이에 따라 좌석 있는 곳 입구까지 인도되어 함께 안으로 들어가게 했는데, 그들 자신은 안을 감히 쳐다보지도 못했다. 국왕의 선물과 내가 바친 물건은 오고쇼가 나오기 전 있던 방의 다다미 위에 순서대로 나란히 놓여 졌다.

이 대면은 실은 더 뒤의 일이고, 영국사절들이 후시미에서 오미 길로 접어들 무렵 야규 무네노리는 뜻하지 않은 정보에 경악했다.

"예수교 신도들이 소란피울 우려가 있음. 신도들의 밀사가 오사카를 중심으로 사방에 파견되었음."

영국사절들이 슨푸에 도착했을 때 이에야스의 구교 금지 선포가 있으리라는 게 오쿠보 나가야스가 죽은 뒤 신도들이 내린 정세판단인 모양이었다. 아니, 그 뿐이라면 그리 놀랄 것 없었으나 그들은 막부의 탄압이 당연히 다이코 시대 이상의 극형과 학살이 될 것으로 생각하고 그에 대한 대항책은 난공불락의 오사카성에 의지하여 옛날의 잇코 반란을 본떠 대항할 수밖에 없다는 절박한 결론을 내린 모양이었다.

지금의 오사카성은 그 옛날의 이시야마 혼간사. 그 혼간사에서 버티며 잇코종 도들도 노부나가의 세력을 10여 년 동안이나 막아내지 않았던가. 지금은 그것이 난공불락의 성채로 바뀌었다. 이곳에 온 일본의 예수교 신도들이 신부를 받들어 농성한다면 3년, 5년으로는 함락되지 않는다. 그동안에 물론 펠리페 3세로부터 원군이 도착할 테니 도쿠가와 막부를 타도하여 도요토미 가문의 천하를 회복해 줄 수도 있으리라……

그리하여 가가의 객장으로 있는 다카야마 우콘과 고야산 옆의 구도 산(九度)에 은거하며 지금은 사나다 유키무라(眞田幸村)라고 부르는 사나다 노부시게(眞田信繁)에게 맨 먼저 밀사를 보낸 것 같았다.

영국 사절들이 재미있게 즐긴 여행이 실은 전혀 예기치 않은 곳에서 예수교 소요의 발화점이 될 줄이야……

물론 그때까지 선교사들은 입을 모아 영국과 네덜란드의 험담을 지나치게 해

왔다. 그들은 손댈 수 없는 유럽의 무뢰한이며, 모든 사람이 해적이라고 극론을 펴왔다. 사람의 심리는 미묘하여 그들의 증오가 격렬할수록 공포의 그림자도 커졌다.

'그토록 미워하니 저쪽에서도 당연히 그 이상의 복수를 계획하고 있을 거야……'

그 영국이 네덜란드와 함께 드디어 일본으로 진출할 기회를 잡은 것이다.

"영국사절 존 셀리스는 군함 클로버 호를 타고 히라도에 입항하자 곧 마쓰라 호인에게 상관으로 쓸 가옥을 청하여 인수했다……"

그런 소문은 마치 그들을 공격하기 위한 영국, 네덜란드의 성채가 완성된 것 같은 착각을 불러일으켰다.

그러나 야규 무네노리는 셀리스와 이에야스의 회견이 끝날 때까지 이 사실을 알리지 않으려고 덮어두었다. 이에 앞서 가가의 객장 다카야마 우콘은 같은 가가에서 명예녹봉을 받고 있는 혼아미 고에쓰를 시켜 자중하도록 설득하고, 사나다 유키무라는 형 노부유키(信之)를 통해 설복할 작정이었다.

일단 결정하면 그 자리에서 곧바로 그 대비를 끝내는 것이 무네노리의 병법이다. 따라서 셀리스가 이에야스와의 대면 광경을 즐거운 기분으로 일기에 기록하고 있을 무렵 국내에서는 이미 격렬한 조류가 소용돌이치기 시작했다고 해도 과언이 아니다.

나는 영국 예법에 따라 앞으로 나아가 국왕의 문서를 바쳤다. 오고쇼는 받아들여 이마 높이까지 쳐들어 보이고, 뒤편에 떨어져 앉은 통역(윌리엄 애덤스, 미우라 안진)을 통해 나의 긴 여행의 노고를 위로한 뒤 이틀쯤 휴식을 취하고 있으면 국왕에 대한 답서를 주겠다고 말했다. 그런 다음 에도에 있는 그의 아들(쇼군 히데타다)을 만날 뜻이 없느냐고 묻기에 내가 그 계획이 있음을 말하자, 오고쇼는 여행에 필요한 사람과 말을 공급하도록 명하겠다고 하며 거기서 돌아올 무렵이면 서한이 완성되어 있을 거라고 알려주었다.

그 방에서 나와 문 어귀에 이르니 서기장(혼다 마사즈미)이 나를 기다렸다가 돌층계까지 전송했고 나는 거기에서 가마를 타고 숙소로 돌아갔다……

셀리스 일행은 12일 정오 슨푸를 떠나 가마쿠라와 에노시마(江島)를 구경하고 14일에 에도로 들어가 쇼군 히데타다를 만났다. 그로부터 일주일 동안 에도에 머문 뒤 21일에 우라가로 향했다. 우라가에 있는 미우라 안진의 저택에 머물면서 안진의 아내 마고메 부인의 친절한 대접에 만족하면서 29일에 다시 슨푸로 돌아갔다.

그리고 그 자신의 여행이 그대로 무시무시한 풍파로 변해가는 것을 전혀 모르는 채 이에야스의 답서와 선물, 그리고 통상허가장을 얻어 10월 9일에 슨푸를 출발하여 교토와 오사카를 유유히 다시 지나 11월 6일(양력)에 히라도에 귀착했다고 즐거운 듯 일기에 적고 있다.

셀리스가 즐겁게 일본을 가로지르는 동안 다음 소란의 싹은 온 일본 땅에서 움직일 수 없는 것이 되어가고 있었다. 차츰 세력을 뻗쳐오는 영국 왕 제임스 1세에 대한 재일(在日) 선교사의 공포가 거기에 물론 있었던 것은 말할 필요도 없다. 사절인 셀리스는 군인. 그런데 그가 군함 클로버호를 타고 와서 앞서 이에야스의 측근이 되어 있던 영국인 미우라 안진과 손잡고 슨푸와 에도를 방문하여 보기 좋게 조약을 맺고 돌아간 것이다. 이쯤 되자 그들을 '손댈 수 없는 무뢰한'이라고 마구 욕했던 구교 선교사들이 당황한 것은 당연한 일이었다.

이 제임스 1세의 서한은 종래의 스페인, 포르투갈 등의 외교문서에 비해 매우 장중한 느낌의 것이었던 모양이다. 종이는 밀랍 먹인 봉서지로 폭 2자, 높이 1자 반, 삼면은 초록색으로 테를 두르고 당초무늬가 그려진 것을 세 겹으로 접어 다시 둘로 접고 황금못으로 고정하여 밀랍으로 봉했다. 물론 제임스 1세가 친히 서명한 것이었다.

아무도 통역할 자가 없어 그 친서는 당연히 미우라 안진이 번역하여 이에야스에게 바쳤다.

제임스왕은 하늘의 도움으로 대영제국, 프랑스, 네덜란드 세 나라 제왕이 된 지 11년이 되었습니다. 그러던 중 일본 쇼군님의 위광이 광대하여 우리나라에까지 그 소식이 들려오게 되었습니다. 그런 까닭에 함장 존 셀리스를 대리로 삼아 일본 쇼군님에게 인사드리기 위해 바다를 건너게 하였습니다. 말씀드리는 바와 같이 뜻대로 이루어져 서로 나라의 형편을 알게 된다면 우리로서도 만족이 적지 않겠습니다. 앞으로 해마다 상선을 많이 항해시켜 두 나라 상인이 친밀해져 서로 희망하는 물자를 교류했으면 합니다. 그 위에 일본 쇼군님이 친절을 베풀어주신다면 상인을 귀국에 남겨두어 양국의 친교와 화목을 도모하기 위해 노력할까 합니다. 그렇게 된다면 우리나라에도 일본 상인을 자유롭게 불러들여 일본의 진귀한 물건들을 구입하고 매매하도록 할 생각입니다. 그리하여 오래오래 일본과 격의 없이 지내기를 부탁드립니다. 이에 귀국의 의향을 묻는 바입니다.

그때 영국에서 이에야스에게 보낸 선물은 성성(猩猩)이가죽 10장, 노궁(弩弓) 1정, 상감으로 장식한 총 2자루, 길이 1칸인 망원경 하나였다. 이에야스로부터는 금을 입힌 병풍 5벌……그리고 두 나라 사이에 맺어진 '통상면허' 조문이 사절의 일본 횡단으로 온 나라에 자세히 알려졌다.

그렇게 되자 구교 선교사들의 망상은 더욱 커졌다. 그들 쪽에서도 사실 군인 한 사람이 사절로 와 있었다. 다름 아닌 보물을 찾으러 온 비스카이노 장군이었다.

비스카이노는 오사카성으로 히데요리를 찾아가 해서는 안 될 폭언을 하고 허가 없이 일본 근해를 측량하고 돌아다닌 탓으로 적어도 영국 사절 셀리스보다 평판이 좋지 않았다. 선교사들은 그것을 내심 염려하고 있었다. 그 열등감이 한층 더 그들을 당황하게 만들고 경거망동케 하는 원인이 되었다.

영국사절들이 히라도에 돌아온 것은 음력으로 9월 끝 무렵이었다. 따라서 아직 그들이 미우라 안진과 함께 여행하고 있을 때, 또 한 가지 야규 무네노리를 깜짝 놀라게 한 정보가 센다이에서 들어왔다.

센다이에는 야규 무네노리뿐 아니라 핫토리 일족의 손길과 혼다 마사즈미의 눈도 끊임없이 번뜩이고 있었다. 아니, 방심할 수 없는 동생 다다테루의 장인을 향한 쇼군 히데타다의 시선도 어쩌면 그 이상으로 날카롭게 집중되어 있을 거라고 무네노리는 보았다.

처음에 무네노리는 다테 마사무네가 소텔로를 쇼군 손에서 꾀어내어 영지로 데려간 것은 마사무네 나름의 지식욕과 조선(造船) 및 그 밖의 일에 이용할 목적이라고 가볍게 보고 있었다. 소텔로의 구명운동을 할 무렵에는 마사무네도 어쩌면 단지 그 생각만 했는지도 모른다. 그런데 오쿠보 나가야스의 죽음으로 예수교 신도들이 동요하는 것을 보고 그가 이를 이용해 천지가 놀랄 대음모를 꾸미는 악귀가 되어가고 있다는 비밀정보가 들어왔다.

'그럴 리가……?'

처음에는 무네노리도 믿지 않았다. 그러나 계속 들어오는 핫토리 일족의 정보에도 이에 부합되는 게 있어 간단히 흘려들을 일이 못 되었다.

센다이에서 만난 소텔로와 비스카이노 장군이 한패가 되어 영국 사절의 방문에 정면으로 맞설 대책을 세우고 마사무네를 선동했을지도 모른다는 첩자의 의견이었다.

아무튼 마사무네는 소텔로를 불러들여 설교 듣는 형식으로 자주 밀담을 되풀이했다. 그리고 그 결과 이런 말을 했다.

"나는 친척이며 친구 관계로 말미암아 세례받을 수 없으나 가신들의 포교에는 일체 간섭하지 않는다."

그리고 성안과 대접견실에 포교를 허락하는 내용을 게시하고 교회당을 둘이나 세웠다고 한다. 또한 마쓰시마(松島)의 즈이간사(瑞巖寺)에 있는 수많은 석상을 파괴하고 다른 한 절의 불상파괴도 명했다. 승려들이 반발하자 마사무네의 명으로 그 자리에서 처형되고 하세쿠라 쓰네나가(支倉常長)라는 예수교 신도 가신이 그 절을 불태워버렸다는 정보였다. 이것은 어지간한 결심없이 할 수 없는 일이었다. 아무튼 이에야스에게 신교국 영국왕의 사절이 찾아와 화친을 맺는 때 그 적국의 비스카이노 장군과 소텔로를 가까이하며 성안 대접견실에까지 포교의 자유를 게시하는 것은 연극이나 야유치고는 너무 지나친 일이었다.

그런 생각을 하고 있는데 잇따라 다음 정보가 들어왔다. '마사무네는 밤낮을 가리지 않고 오가쓰 해변에서 제조한 폭 5칸, 길이 18칸의 범선에 소텔로와 절을 불태운 하세쿠라 등을 태워 음력 9월 15일에 유럽으로 출항시킬 예정으로 급히 준비 중'이라는 것이었다. 그 목적에 대하여 소텔로와 줄곧 밀담을 거듭하고 있으며, 그 내용은 신교국에 점령되어 100만 구교 신도가 학살당하게 될 터이니…… 충분히 유의해 달라……는 것이었다. 무네노리가 놀라는 것도 무리가 아니었다.

무네노리는 다테 마사무네가 마침내 이번 사건에 희망을 걸고 움직이기 시작했다고 생각했다. 그렇게 결정하도록 만든 것은 역시 신교에 대한 소텔로와 비스카이노 장군의 감정임이 분명했다. 물론 마사무네의 신앙이 그리 순수하다고 생각할 수 없었고, 이 결정에 작용한 또 하나의 원인은 나가야스의 죽음으로 추정되었다.

아니, 오쿠보 나가야스의 죽음……이라기보다 그 죽음 뒤에 불투명하게 남겨진 쇼군 히데타다와 다다테루 형제의 '불화'에 대한 전망이라는 편이 좋을지도 모른다. 본디 파벌싸움이 집안소동이라는 모양으로 표면화될 때는 그 정형(定型)이 있다. 더욱이 이번 경우 그 한편의 대들보인 나가야스가 땅에 묻혔으니 그 여파는 집요하게 다다테루에게 향해진다.

이 경우 다다테루를 매장하려면 사실이야 어떻든 구실은 어디까지나 '반역'이라는 두 글자여야 한다. 그렇게 되면 다테 마사무네는 저도 모르는 새 꼼짝없이 반역자의 장인으로 몰릴 우려가 있다. 아니, 그렇게 될 줄 내다보고 저 외눈박이 용이 서둘러 큰 연극을 꾸미기 시작한 것……이라고 무네노리는 생각했다.

문제는 '반역'이라는 결정적인 죄명을 덮어쓰면 해명이나 핑계는 할수록 약점을 더해가는 수동적 자세일 따름이다. 과연 마사무네는 그러한 병법을 잘 알고 있어 그쪽이 그런 수로 나온다면 이쪽은 오히려 '진짜 반역자'로서 맞서주겠다는 무시무시한 공세를 취하기 시작했다고도 볼 수 있다.

'이 사실을 곧바로 오고쇼에게 이야기해야 하나?'

마침 그때, 영국 사절이 에도에서 미우라 반도로 돌고 있는 때여서 무네노리는 살며시 슨푸를 떠나 에도에 잠입하여 은밀히 히데타다와의 접견을 청했다.

그 결과 히데타다는 그러한 사정을 이미 다 알고 있음을 알게 되었다. 그러나 그 관찰내용은 무네노리의 것과 상당한 거리가 있었다.

"마사무네는 나가야스며 다다테루 일로 오해받지 않으려고 계속 내 눈치를 살피고 있다."

히데타다는 실제로 그렇게 여기고 있는 모양이었다. 소텔로와 비스카이노는 일본이 그리 환영할 만한 인물이 못 된다. 그렇다 해서 간단히 추방할 수도 없어 다테 마사무네가 일생일대의 지혜를 짜냈다……는 해석을 내리고 있었다. 결국 일본으로서 달갑지 않은 예수회, 프란시스칸 파 선교사들을 새로 만든 배에 모두 실어 본토에서 추방한다. 더구나 그 추방에 한 가지의 꿈을 더 보탠 것이 마사무네의 탁월한 지혜라고 오히려 감탄하고 있는 것 같았다. 그들이 속뜻을 꿰뚫어 보지 못하도록 일부러 마쓰시마의 즈이간사 석탑을 파괴하고 작은 교회당을 세우기도 하며 참으로 열렬한 신도인처럼 꾸며 진짜 신자인 하세쿠라 쓰네나가를 딸려 직접 유럽에 무역로를 개척할 수 있는지 시험해 보자. 실패하면 그들은 그대로 돌아오지 않을 것……이라는 게 마사무네의 속셈이라고 생각하고 있었다…….

야규 무네노리는 쇼군 히데타다의 의견에 허심탄회하게 귀 기울였다. 다테 마사무네의 움직임은 실로 혼연일치로 보이는 허허실실의 이중구조를 가지고 있었다. 마쓰다이라 다다테루를 반역자로 보고 그 장본인 마사무네를 압박하려는 자에 대한 그의 대비는 실로 불쾌한 견제였다.

"저렇듯 호신책이 교묘한 마사무네가 새삼스럽게 쇼군 히데타다에게 맞서는 어리석은 짓을 할 리 없다."

그렇게 보는 사람들에게는 소텔로의 구명 뒤의 일들이 모두 암암리에 히데타다의 양해를 얻어서 하고 있는 큰 협력처럼 보였다.

'역시 예사로운 인물이 아니다……'

다테 마사무네는 오쿠보 나가야스가 살아 있을 때부터 멀리하며 문제의 연판장에 서명도 하지 않았다. 에도에 두면 방해될 소텔로와 비스카이노 장군을 교묘하게 센다이로 옮겨 이제는 마사무네 자신이 개종한 듯 꾸며 그들의 지식과 협력으로 새로이 배를 만들고 있다. 더구나 그 배에 방해꾼을 모조리 태워 그대로 멕시코나 유럽으로 추방하려 하는 것이다. 이 구상은 일찍이 이에야스의 국가건설 구상 다음가는 큰 규모의 일이라 해도 좋았다.

표면상의 이유는 참으로 그럴듯했고, 세례는 받지 않았으나 마음속으로 예수교 신자가 다 된 마사무네는 소텔로에게 의논했다.

"어떻게 하면 일본 안에 더욱 웅장한 교회당을 세워 포교할 수 있을까?"

"그렇다면 로마 교황의 지도를 받는 게 좋겠지요."

그러한 소텔로의 대답에 따라 곧 막부의 허가를 얻어 배를 내기로 했다는 형식을 취했다. 소텔로의 말에 의하면 그 배는 500톤은 될 거라고 한다. 언젠가 미우라 안진을 시켜 이에야스가 만들어 태평양을 오가게 한 배는 120톤이었다. 얼마나 큰지 짐작할 수 있을 것이다.

비스카이노 장군과 소텔로 및 두 신부의 인솔로 남만인 40명쯤이 그 배를 타고 가는 모양이었다.

일본의 정사(正使)는 일부러 절을 불태웠던 하세쿠라 쓰네나가. 그 쓰네나가 아래 이마이즈미 레이시(今泉令史), 마쓰키 주사쿠(松木忠作), 다나카 다에몬(田中太右衛門), 나이토 한주로(內藤半十郎) 등의 부사(副使), 거기에 항해술 습득을 위해 막부의 수군행정관 무카이 쇼겐의 부하 10여 명 및 상인 희망자 등도 있어 총인원이 180여 명이나 될 거라고 했다. 따라서 쇼군 히데타다뿐 아니라 이 출항에 대해 이에야스도 벌써 용인하고 있는 게 틀림없었다.

그러나 문제는 역시 다른 곳에 있었다. 이미 아사쿠사 다리 밖의 에도 저택에 돌아가 있는 마쓰다이라 다다테루에게 이 출항에 대해 마사무네로부터 반드시 뭔가 말이 있을 거라고 여겨 무네노리는 이중 삼중으로 감시망을 펴두었다.

그리하여 마사무네가 사위 다다테루에게 보낸 편지가 그의 첩보망에 걸려든 것은 출항예정일인 9월 15일로부터 8일 전인 9월 7일이었다…….

그것을 본 무네노리는 비로소 깜짝 놀랐다.

'벼락이 떨어지는구나…….'

이것이 무네노리의 솔직한 심정이었다.

음모 이상의 것

　다테 마사무네가 사랑하는 사위 마쓰다이라 다다테루에게 보낸 편지는, 허실 두 가지의 모습은커녕 팔면육비(八面六臂)……병법으로 말하면 실로 사방팔방을 격파하는 자세이며 칼 없이 이기는 비기(秘技)를 연상케 하는 놀라운 것이었다. 그는 서신 속에서 이에야스가 세상 떠난 뒤 일어날 도쿠가와 가문의 분규에 대해 사정없이 언급하고 있었다.

　이에야스 같은 거목이 쓰러지면 그 파문이 상하에 미치는 법이다. 그리고 그 후계자에게 이를 다스리고 진압할 기량이 없으면 패업(覇業)은 당연히 뒤엎어져 멸망된다. 오쿠보 나가야스의 죽음과 그 뒤의 사건은 이 피할 수 없는 분규가 숨어 있음을 말해주는 한 작은 예에 지나지 않는다. 더욱이 다다테루는 아직 젊으므로 흔들리지 말고 태연히 있어야 한다. 이번에 마사무네가 배를 만들어 오지카 군(牡鹿郡)의 쓰키우라(月浦)에서 출항시키는 것도 실은 먼 뒷날을 염려한 대비에 지나지 않는다.

　모처럼 여기까지 성장한 일본이 여기서 내란이나 외국세력과의 충돌로 좌절하는 일이 있어서는 안 된다. 그러니 백척간두(百尺竿頭)에서 한 걸음 전진하여 일본의 번영에 진정으로 기여 하는 자와 그렇지 않은 자를 엄격히 구별하여 제2의 초석을 마련해야 할 때다.

　일본의 발전을 위해 남만 쪽인 펠리페 3세가 좋을 것인가 아니면 홍모인 쪽인 제임스 1세가 좋을 것인가. 아직 아무도 정확하게 조사한 자가 없다. 그리하여 마사무네는 만리파도 밖으로 사절을 보내 직접 조사케 함과 아울러, 무역로 개척을 명하여 소텔로며 그밖의 다른 신부들의 충성심과 실력을 시험해 보려 한다.

실력 없는 자는 일본으로 다시 돌아오지 못하리라. 따라서 이번 조치는 국내의 대청소가 되기도 한다고 씌어 있었다.

멕시코 총독과 교황에게 제시할 각서의 사본도 동봉되어 있었다. 거기에는 마사무네의 복잡한 심경이 어떤 신적인 여운마저 풍기며 적혀 있었다. 일본과 멕시코의 통상이 루손(필리핀)의 마닐라시에 불리함을 주지 않는다는 사실, 이에야스에게는 통상의 희망만 있을 뿐 침략 의도는 전혀 없다는 것, 통상이 스페인에게 이익 주는 일이라면 당연히 그 나라 계통인 프란시스칸파는 막부로부터 후한 대우를 받게 되리라는 것 등을 상세하게 기록했다. 그리고 야규 무네노리가 아무리 생각해 보아도 끝내 그 참뜻을 헤아릴 수 없는 문장으로 매듭지어져 있었다.

이 사절을 파견하는 마사무네는 다음 황제가 될 최강의 실력자를 비호 하고 있으며, 더욱이 이에야스의 두터운 신임을 받는 자이다. 또한 이번 사절 파견을 이에야스와 그 아들인 쇼군도 결코 불쾌하게 생각하지 않고 있다. 따라서 마사무네의 사절을 위하여 충분히 편의를 도모해 주기 바란다.

이 편의란 얼마 뒤 펠리페 3세 알현 때 군함 3척을 빨리 일본으로……아니, 이에야스가 신임하고 쇼군이 즐겨 협력하는 다음 대의 황제에게 파견하라는 것이니 참으로 미묘한 함축성을 지닌 야릇한 문장이라고 하지 않을 수 없었다.

장인에게서 그런 편지를 받은 마쓰다이라 다다테루 또한 아무 의문도 품지 않고 있다. '다음 대의 황제'가 그 자신을 가리키는 줄 생각하고 있다면 어떻게 되는 것일까……?

다테 마사무네가 오쿠보 나가야스를 은근히 멀리한 것은 나가야스 일당……이라고 오해받는 일을 경계해서였다. 그러한 조심성을 지닌 마사무네가 여기서 하세쿠라 쓰네나가 등의 유럽 파견을 오고쇼 이에야스며 쇼군 히데타다가 결코 불쾌하게 여기지 않는다고 말한 의미를 잘 알 수 있었다.

이 두 사람의 승인 없이는 첫째 500톤이나 되는 거선을 만들 수 없다. 물론 소텔로도 마사무네의 손에 넘어가지 않았을 것이며, 비스카이노 장군도 일본을 떠날 배가 없어 난처해할 터였다. 따라서 이 거선 건조를 위해 마사무네가 은밀히 이에야스와 히데타다에게 '달갑지 않은 신부며 선교사의 국외추방'을 암암리에 묵인하게 했다는 것은 무네노리가 아니더라도 추측할 수 있는 일이었다.

그러나 마사무네는 과연 그것만으로 즈이간사의 석불을 파괴하고, 대접견실에 예수교 신앙을 권장하는 글을 게시했으며, 작은 규모나마 성 아랫거리에 두 교회당을 짓게 했을까……?

무네노리는 생각하지 않을 수 없었다.

'그것만이 아니다……적어도 그는 오쿠보 나가야스가 죽은 뒤에 반드시 어떤 사건이 일어날 것을 예상하고 있었다…….'

그리고 적어도 그 한패의 괴수로 지목될 것을 두려워하여 나가야스를 멀리하고 그 연판장에의 서명도 거부했다. 그리하여 사실상 그가 경계한 대로 나가야스가 죽고 사건은 벌어졌다. 그와 함께 마사무네의 계획도 상당한 변경을 하지 않을 수 없게 되었다……고 보는 게 옳았다.

나가야스의 죽음은 영국왕 제임스 1세의 사절이 도착함과 동시에 사태를 급변시켰다. 온 일본의 구교도가 다이코 시대의 대탄압을 떠올리며 동요하기 시작했고 게다가 나가야스의 조심성없는 연판장이 '다다테루 모반'이라는 망상도(妄想圖)를 유언비어에 실어 온 일본 안에 불안을 퍼뜨렸다. 그렇게 되자 다다테루의 장인인 마사무네의 입장 역시 매우 위험해졌다…….

마사무네는 소텔로와 하세쿠라의 유럽 파견을 서두르기 시작했다. 거선 건조 공사는 5월 이래 불철주야 강행군 되었다. 그리고 그것이 채 완성되기도 전에 벌써 출항일을 9월 15일로 결정했다. 그 일은 어느 면으로 관찰해도 절박함과 정열을 느끼게 하기에 충분했다.

"이제 한순간도 지체할 수 없다!"

어쩌면 누군가의 책동으로 이런 말이 나오면 큰일이라고 여겼는지 모른다.

"그 배를 출항시켜서는 안 된다!"

그리하여 정문 앞과 접견실에 이르기까지 그 기묘한 게시물을 허락했다고도 생각할 수 있다.

그뿐 아니라 다다테루에게도 두말 못하게 이 일을 승인시킨 것으로 봐야 했다. '다음 황제'라는 기묘한 글은 말할 나위도 없이 다다테루의 존재를 암시하고, 그 이름으로 펠리페 3세에게 원군을 청한다……는 일은 다테 마사무네의 뱃속에서 이미 자신의 입장은 반 오고쇼……아니, 반 히데타다 파의 수령으로서 궐기하지 않으면 안 되게 된 것으로 알고 행동하고 있다는 대답이 나온다.

'다테 마사무네만한 인물이 반드시 내란이 있으리라 여겨 그 준비를 하고 있다……'

더욱이 참으로 마사무네다운 면밀한 계획과 규모로 이에야스가 세상 떠난 뒤에 대비하기 시작한 것이다. 쇼군 히데타다는 신교국 쪽인 영국, 네덜란드와 손잡으리라 보고 그는 펠리페 3세와 로마 교황을 이용하려 손쓰기 시작했다. 유럽에까지 손 뻗을 정도이니 국내에서도 편 들 수 있는 모든 세력과 은밀히 연락할 게 틀림없다. 아니, 무네노리의 눈에 확실히 반 히데타다적인 일로 비치는 행동이 조금 각도를 달리해 바라보면 모든 일이 '히데타다를 위한 심려'로 보이니 참으로 놀라운 마사무네의 구상이며 두뇌였다.

'이건 나 혼자의 가슴에 감춰두어서 될 일이 아니다……'

무네노리는 영국왕의 사절 셀리스에게 '통상허가' 각서를 교부하고 마음 놓고 있는 이에야스에게 보고하러 갔다.

이에야스는 좀 수척해 보였다. 그러나 곤치인 스덴이 쓴 각서 사본을 앞에 둔 그의 기분은 그리 나쁘지 않았다.

"무네노리, 영국이 에도에 집이 필요하다는군. 그래서 원하는 곳에 주기로 했지. 물론 그들이 체류하는 동안 보호해 주고."

무네노리는 이에야스가 어째서 구교도의 반감을 불러일으키는 일을 굳이 하려고 드는지 알 수 있을 것 같았다.

'그들의 반응을 확인할 생각이시군……'

사실 이때 이에야스가 맺은 조약은 상대에게 파격적인 특권을 부여한 것이었다. 통상자유는 물론 영국인에게 에도 거주를 허락하고 나아가 치외법권도 인정해 주었다.

"영국인 가운데 범죄자가 발생할 때는 죄과에 따라 그 경중을 영국인 대장이 임의로 판결할 것"

이 구절은 남만인에게는 지금까지 허락되지 않았던 것이었다. 무네노리는 일부러 그 일은 건드리지 않고 말했다.

"다테의 영지 쓰키노우라에서 새로 만든 배가 이달 15일에 출항한답니다. 물론 오고쇼님 허락이 있는 줄 압니다만."

이에야스는 고개를 끄덕였다.

"마사무네가 불온한 자들을 일소해 주겠다고 해서 말이야."

"그렇다면 펠리페 대왕에게 보내는 서한의 내용도 알고 계십니까?"

이에야스는 흘끗 치켜뜬 눈으로 무네노리를 바라보며 대답했다.

"출항할 때까지 나는 가만히 둘 생각이야."

"가만히……."

"그래. 이제 며칠 남지 않았어. 가만히 두는 게 좋아. 그보다도 무네노리, 오사카의 7인조 무리들이 가가로 사자를 보냈는데 알고 있나?"

"가가에 사자를 보냈다……니요?"

"오사카성을 수리하고 싶다며 다카야마 우콘에게 성으로 오도록 청했다는군."

"그것을, 그것을……오고쇼님은 어디서?"

"물론 마에다 도시나가지. 도시나가가 나에게 알리지 않을 수 있겠나?"

"음."

무네노리는 낮게 신음하면서 엉겁결에 한무릎 다가앉았다.

"그럼, 오사카의 사자는 하야미 가이였습니까?"

목소리를 낮춘 무네노리의 질문에 이에야스는 긍정도 부정도 아닌 태도로 말했다.

"히데요리 님 근위무사가 기슈의 구도야마에도 갔다더군."

"히데요리 님의 근위무사?"

"그래, 이바라키 단조라는 자였지. 현재 나와 쇼군의 지휘능력에 버금가는 실력을 지닌 자는 사나다의 아들뿐이라는구먼."

"그건……어디서?"

"물론 사나다의 본가일 테지. 일이 묘하게 되었어."

"그렇다면 이것도 역시 성 수리를 위해서……였겠지요."

"그래, 다카야마 우콘과 사나다의 아들은 축성에 천하으뜸이니까. 그건 그렇고 그대가 조사한 마사무네의 서면이란?"

역시 이에야스는 잊지 않고 있었다. 스스로 충격에 대비하는 듯 일부러 사이를 두고 물었다.

"그 안에 실은 이상한 말이 한마디 있었습니다."

"이상한 말 한마디……?"

"예……마사무네는 다음 황제가 될 최강의 실력자를 비호하고 있다는 말입니다. 이에 대해 오고쇼님께서는 기억이 없으십니까?"

"뭐, 다음 황제가 될……."

"예, 다음 황제라 함은 물론 다음 쇼군……마사무네가 옹호하고 있다면 황송하오나 다다테루 님인가 싶습니다만."

"음."

이에야스는 애써 태연한 듯 대답했으나 마음속의 동요는 감출 수 없었다. 황망히 안경을 벗었다가 다시 썼다. 그리고 시선이 흐릿해지더니 표정이 분명하지 않았다. 상대가 똑바로 쳐다보는 게 견딜 수 없이 괴로운 듯한 거동이었다.

"그렇다면 그대는 마사무네가 한바탕 소란을 피할 수 없을 것으로 보고 공세를 취하기 시작했다……고 생각하나?"

"예, 소텔로에게도, 비스카이노에게도, 그리고 하세쿠라 쓰네나가에게도 시급히 군함의 차용을 구두로 명했다고 합니다."

"무네노리."

"예."

"나는 그 배가 쓰키노우라를 출항한 뒤 곧 에도로 갈 생각이야."

"저도 수행하고 싶습니다."

"그리하여 쇼군과 이것저것 의논한 다음 다다테루에 대해서는 내가 직접 규명하겠네. 과연 형을 가벼이 보는 태도가 있는지 없는지……어쩌면 그대는 교토로 가주어야 할 일이 있을지도 몰라."

"그건 충분히 각오하고 있습니다."

"다다테루며 히데요리 님은 물론 아무것도 모르고 있을 거야…… 하지만 난처한 일이로군. 모른다는 게 이런 경우에는 도리어 큰 방해가 돼. 안다면 움직이지 않을 터인데 모르므로 아무 바람에나 움직일 우려가 있어."

"오고쇼님 심중은 짐작됩니다."

"아니야. 모든 게 이 이에야스의 방심 탓이야. 내 발밑에 이런 불이 붙고 있었다니."

이에야스는 다시 황급히 안경을 벗어 알을 닦았다. 이에야스는 분명 옛날의 이에야스가 아니었다.

"어떤 경우에도 군소리해선 안 된다……."

그것이 사람 위에 서는 자의 첫 번째 마음가짐이라고 여기며, 세키가하라 싸움 때 기요스성에서 가벼운 중풍이 나는데도 무리하게 싸움터로 나가면서 표정 하나 바꾸지 않았던 '철인'이었다…….

그런 사람이 무네노리 앞에서 울고 있다는 것은 병법가인 무네노리로서도 이해할 수 없는 혼란으로 보였다. 병법자가 입에 담는 '불패의 경지'는 관념이다. 공포를 모르는……아니, 승패가 있다는 것마저도 잊는 경지이다.

"싸우면 반드시 이긴다!"

이렇듯 절대적인 자신감으로 시종일관하는 것이 불패의 경지에 서는 자의 장엄한 아름다움이었다. 옛날의 이에야스에게는 그것이 있었다.

이런 말도 자주 했다.

"사람의 우두머리가 되는 자는 언제든 물새는 배, 불타는 지붕 아래 있다는 마음가짐을 잊어서는 안 된다."

말하자면 세심한 준비와 그에 따르는 절대적인 자신감이 이에야스를 떠받치고 있었다. 그 자신감에서 우러나는 장엄미가 천하의 영주들을 압도했던 것이다.

그런데 오늘의 이에야스는 어떤가?

문제는 뜻하지 않은 곳으로 번져나갔다. 쇼군 히데타다의 존재에 불만품어 그 동생 다다테루가 마사무네와 짜고 오사카성의 히데요리와 결탁해 대항하려는 형태를 취한 일이 되었다.

그뿐만이 아니다. 마사무네는 펠리페 3세에게 그 야심을 고백하고, 일본에서의 영국과 네덜란드 세력을 쇼군 히데타다의 정권을 전복시키는 데 이용하여 일을 성취시키려 하고 있다…….

이렇게까지 문제가 커지니 이에야스의 '불패의 경지'도 허물어지기 시작했단 말인가……? 이에야스의 자신감이 무너진다……면 그것은 일본에 다시 난세가 찾아온다는 것을 의미하는 게 아니겠는가.

'아버지 세키슈사이는 만약 자신이 창안한, 칼을 쓰지 않고 이기는 비법을 누

군가가 깨버렸다면 과연 어떠한 늘그막을 맞이했을까……?'

그 상상은 병법가인 무네노리의 가슴에 때때로 문득 문득 스쳐 가는 찬바람이었는데 이에야스의 신상에 지금 그런 일이 일어난 것이 아닐까…….

이에야스는 몇 번이나 안경과 눈을 닦은 뒤 힘없이 입을 열었다.

"무네노리, 나는 나날의 염불 공양으로 극락정토에 이미 도달한 것처럼 마음 놓고 있었어. 피안에 배가 닿은 것처럼."

"황송합니다."

"그런데 피안은 그리 가까운 곳이 아니었다. 나는 지금 나에게 남겨진 체력이 자신의 지혜에 어울리는 건지 어떤지……커다란 혼미의 늪 앞에 서 있다……."

무네노리는 대답할 수 없었다.

'불패의 신념은 역시 이 분의 몸에서 체력과 함께 차츰 사라져가고 있는 모양이다…….'

"우선 에도로 가서 다다테루를 만나겠다. 남몰래 만나자……그리고 나서 악귀가 될지 보살이 될지 결정해야 한다. 나의 신앙에 어떤 공력이 있는지……깨닫게 될 테지. 그대도 그런 마음으로 힘을 빌려줘야 해……."

무네노리는 뭔가 알맞은 말로 이에야스를 위로하고 싶었다. 누군가의 꼼짝할 수 없는 음모 때문에 전운이 짙어졌다……고 하면 문제는 간단하다. 동서의 생각이 복잡하게 엉켰던 세키가하라 싸움 때도 처리할 방법이 있었다. 그런데 이번에는 그렇지 않았다. 이시다 미쓰나리라는 주모자도 없고, 그 미쓰나리를 위해 죽으려 했던 오타니 요시쓰구며 나오에 가네쓰구도 없었다. 그런데도 사태는 그 이상의 대란이 될 것 같은 위험을 안고 마구 진행되고 있었다.

'참으로 이상한 난리의 싹도 다 있구나…….'

오쿠보 나가야스는 악인도 주모자도 아니다. 더구나 그는 죽은 뒤에 사재를 몰수당하고 일곱 아들은 처형되었으며 관련 있는 것으로 지목된 부하와 하인들은 모조리 여러 영주들 밑으로 흩어져 그야말로 눈 깜짝할 사이에 사건이 마무리되고 말았다.

마사무네는 물론 주모자도 장본인도 아니다. 그는 나가야스가 남긴 바람이 자칫하면 다테 가문의 흥망에 관한 큰일이 될지도 모른다고 여겨 어디까지나 주의 깊게 피동적인 자세를 가다듬은 데 지나지 않는다…….

다다테루는 나가야스의 죽음이 자기와 형인 쇼군 히데타다 사이에 어떤 서먹서먹한 공기를 남긴 사실조차 모르고 있으리라. 아니, 오사카성의 히데요리는 7인조 무리와 자신의 근위무사들이 가가로 달려가고 구도야마의 사나다 유키무라를 방문한 일을 대체 알고나 있을까……?

'아니, 아무것도 모르는 눈치다…….'

그런데도 교토와 오사카로부터의 정보에 의하면 이미 신부 포를로와 토를레스 등의 선동을 받은 신자들이 갖가지 명목의 고용인 모습으로 잇따라 성안에 들어가고 있다고 한다. 아카시 가몬도 오다 우라쿠를 의지하여 성에 들어간 듯하고, 다카야마 우콘도 머지않아 가가를 떠나 오사카에 가지 않을까 하는 추측도 있었다.

그렇게 되면 본디부터 도요토미 가문과의 대립관을 버리지 못하고 있는 도쿠가와 가문의 직할무사들이 어쩔 수 없이 신경을 곤두세우게 되는 것은 당연한 일이다.

이 위태위태한 공기가 오사카에 한한 일이라면 간단하지만, 그 한쪽에 다다테루의 이름이 나오므로 까다로운 것이다.

"설마 다다테루 님이 쇼군과 대적하다니……."

그렇게 말하는 부정론자 앞에 가로막아서는 다테 마사무네의 존재는 너무나 컸다. 마사무네는 처음부터 다다테루를 포섭하여 천하를 향해 야심을 펼치려 사위로 삼았다. 그리하여 사위 다다테루가 열렬한 예수교 신자인 딸의 포로가 되었을 무렵 드디어 그 이빨을 드러낸 것……이라고 간단히 정리해 버리자 이상한 설득력을 갖게 되었다.

'그렇다면 이 소요를 끊어야 할 뿌리는 대체 어디에 있을까……?'

그런 생각을 하자 무네노리는 이에야스의 얼굴을 보기가 못 견디게 괴로웠다.

이에야스가 사이를 두고 다시 불렀다.

"무네노리, 그대는 아직도 솔직한 의견을 내게 말하고 있지 않은 것 같아. 그대는 예사 병법자가 아니야. 어디서부터 칼을 대자……생각한 바가 있으렷다."

"……."

무네노리는 아직 결심하지 못해 입을 다물고 있다. 물론 할 말이 없을……리 없었다. 이번 사건의 주모자는 단순한 정권쟁탈 경쟁을 하는 인간이 아니다. 그와 반대로 태평시대의 인심을 누가 더 깊이 장악하는가 하는 '사고방식'의 싸움인 것 같았다. 물론 그 속에는 정권쟁탈 이상의 탐욕이 숨어 있지만……

"어떤가 무네노리, 그대 의견을 채택하고 않고는 내 자유야. 생각을 말해 보게."

마침내 무네노리는 결심하고 고개를 들었다.

"오고쇼님! 이 이상 잠자코 있는 것은 불충이 될 것입니다. 그냥 흘려들어 주신다면 제 생각을."

"오, 그래. 어디 들어보세."

이에야스가 몸을 내밀자 무네노리는 말하기 시작했다.

"이번 소동의 뿌리는 사람이 아니고 예수교 종문입니다."

"역시 그렇군."

"그러므로 네덜란드와 영국의 상관을 히라도에 허락하신 이상, 미우라 안진을 측근에서 멀리하시는 게 가장 좋다고 생각합니다."

이에야스로서는 무네노리의 말이 상당히 뜻밖으로 들린 모양이다. 낮은 신음만 낼 뿐 대답이 없었다.

"그리고 나서 곧 불법한 행동을 저지른 구교파 신자들을 법에 따라 처단합니다."

"법에 따라……"

"예, 신앙은 자유지만 실없는 소문을 세상에 퍼뜨려 소란을 일으키는 것은 온당치 않습니다."

"그런가, 그 불온한 자들 가운데는 예수교 영주들도 상당히 있지?"

"맞습니다! 농민과 상인인 신자들은 그들의 유언비어로 말미암아 움직이는 표면상의 잔물결에 지나지 않습니다."

"그렇다면 누구를 시켜 그 처벌을 하는 게 좋다고 생각하는가?"

"우선 다테 마사무네……입니다. 그는 아시는 바와 같이 자신의 성 정문에까지 종교의 가르침을 권장하는 글을 게시하여 배수진을 쳤습니다. 그렇다면 대대로 내려오는 가신 가운데 최고 중신인 오쿠보 다다치카 님에게……저 같으면 명하겠습니다."

"다다치카에게……그래, 다다치카도 예수교를 믿고 있지?"

"예, 그러므로 다다치카의 입을 통해 오고쇼는 미우라 안진도 멀리하셨다, 신교와 구교 어느 편도 두둔하실 리 없다, 다만 세상을 소란케 하는 자는 불교도든 신도(神道) 신자든 용서치 않겠다고 이치를 밝혀 다독거리겠습니다."

이에야스는 흘끗 무네노리를 쏘아본 뒤 고개를 끄덕였다.

"그러면 예수교 신도는 조용해지겠지. 다음으로 쇼군과 다다테루 사이의 불편한 분위기는 어떻게 하지?"

"그것은 다테 마사무네에게 맡기는 것이 최상의 방법으로 생각됩니다."

"과연."

"마사무네는 그런 점을 이중 삼중으로 생각하여 그 어느 쪽과도 아직 신뢰를 잃지 않았습니다. 나쁘게 말하면 양다리, 좋게 말하면 깊은 배려……문제는 더 이상 적의를 품지 않게 하는 게 중요하다고 생각합니다."

이에야스는 다시 가볍게 고개를 끄덕였다.

"그러면 남은 건 오사카의 히데요리 님이군. 성안에 신자들이 상당히 들어간 것 같은데 이건 어떻게 할까?"

질문받고 무네노리는 더 가까이 다가앉았다. 여기에는 하고 싶은 말이 많은 무네노리였다.

"무릇 병법의 도달점은 적을 갖지 않는 데 있습니다."

무네노리가 흥분하여 말을 꺼내자 이에야스는 잠시 시선을 외면했다.

'그런 강의는 어린아이에게나 해라……'

불쾌감을 노골적으로 드러낸 얼굴이었다. 그러나 무네노리는 물러서지 않았다.

"오고쇼님은 내 마음에 적이 없으면 적을 만들지 않고 끝낼 수 있다고 믿으시고 마음 놓으셨습니다. 사실 오고쇼님과 히데요리 님 사이에는 추호도 적의가 없습니다. 그러나 오사카성은 별개입니다. 이 성은 온 일본의 적이 쳐들어와도 끄떡하지 않는다는, 처음부터 사방의 적을 의식하고 다이코가 쌓은 위협적인 성이었습니다."

"뭐, 오사카성은 위협적인 성이라고……?"

"그렇습니다. 물건에도 저마다 마음이 있습니다. 교토의 궁궐은 싸움 같은 것을 도외시하고 세워진 건물이므로 그 앞에 서서 적의를 가지는 사람이 아무도 없습니다. 그러나 오사카성은 다릅니다. 그 앞에 서서 올려다보는 자로 하여금 그 성에 의지하여 미운 적과 결전을 벌였으면……하는 전의를 불러일으키는 성채입니다."

"과연."

"그러므로 쫓기는 자, 격렬한 적의를 품은 자, 불만과 야심을 품은 자, 모두 어떤 자극을 받는……그렇게 되어 있는 살기어린 성이므로 비스카이노 장군이 실없는 말을 하고, 예수교 신도들의 망상을 부추기며, 불평품은 무사들의 야심 찬 꿈과 이어지기도 합니다."

"음."

"그 성에 오고쇼님은 아직도 히데요리 님을 두시나……언젠가 히데요리 님께 일을 저지르게 하여 토벌할 뜻이 계신다면 몰라도, 그 점에 대해 오고쇼님은 잔인한 분이라고 저는 늘 생각했습니다."

"잠깐, 무네노리."

"……예."

"그대는 내가 젊은 히데요리를 정말로 미워한다고 생각하나?"

"저 살기어린 성에 그대로 두신다면 결과적으로 그렇게 됩니다."

"그래……결과적으로 그렇다는 말이지."

"그것은……다다테루 님에 대해서도 같은 말을 할 수 있을 겁니다. 다다테루 님에게는 나고야의 나루세, 스루가의 안도 같은 명신(名臣)이 없습니다. 오쿠보 나가야스는 역시 몇 단계 떨어진 인물이었지요."

"무네노리."

"……예."

"그대의 뜻은 잘 알았네. 내 생각과 같은 점도 있고 다른 점도 있군. 그러나 만일에 말이야, 내가 아무리 권해도 히데요리 님이 오사카성에서 나오지 않으면 어떻게 하지?"

"그때는 천하의 난이 일어나게 될 겁니다."

"그런가……이건 묻지 않는 게 나을 뻔했군. 그래, 예수교 신도들과 일이 벌어지기를 바라는 무사들이 마구 입성한다면 내버려 둘 수 없지."

"그렇지만 히데요리 님 한 분만은 오고쇼께서 치지 못하시리라고……."

"무네노리, 그대에게는 그게 보이나?"

"……예, 그 때는 다다테루 님과 히데요리 님을 함께 치지 않으면 안 될 것이니……그것이 안타깝습니다."

말해 버리고 나서 무네노리는 섬뜩하여 입을 다물었다.

이에야스의 몸이 꿈틀하고 크게 물결쳤다. 아마 무네노리의 한마디는 그로서도 아직 생각이 미치지 못한 급소였던 모양이다.

"그래. 히데요리 님에게 적의는 없다, 그러나 오사카성에 있으면 큰 죄의 근원이 된단 말인가……?"

무네노리는 대답하지 않았다.

'지나친 말을 한 건지도 모르겠다…….'

그런 반성과, 이번 일에 연관된 다다테루의 아버지에게 한 말의 내용이 너무 잔인했다는 느낌에서 오는 주저였다. 그러나 분명하게 자신의 생각을 말했다는 사실에는 후회가 없었다.

이미 소동의 뿌리는 뻗어나기 시작했다. 그 뿌리를 일이 터지기 전에 끊기 위해서는 다다테루를 마사무네의 엄한 감시 아래 둠으로써 마사무네의 불안과 야심을 봉쇄하고, 이어서 히데요리를 오사카성에서 다른 곳으로 옮기게 하는 것밖에는 좋은 방법이 생각나지 않았다.

마사무네는 예사로운 무장이 아니다.

"아직 젊은 다다테루가 나가야스에게 속고 있었던 모양이다. 앞날을 그르치지 않도록 잘 감독해 다오."

히데타다와 이에야스 두 사람이 그렇게 말한다면 앞뒤 분별을 잘못할 인물이 아니다. 그는 이로써 다테 가문도 평안하리라 보고 야심의 창칼을 거둘 것이다.

히데요리의 측근 중신들도 이미 그대로 오사카성에 있을 수 있다고는 생각지 않으리라. 따라서 설득 여하에 따라 영지를 이동할 수 있다고 무네노리는 생각했다.

'그러나 그것이 안 될 때는……?'

그때의 일을 무네노리는 뜻하지 않게 그만 입 밖에 내고 말았다…….

'이에야스는 히데요리만은 치지 못할 것이다…….'

자기 자식 다다테루와 함께 천하에 난을 일으키는 자라고 해서 처벌할 수밖에 없으리라. 결국 다이코 아들인 히데요리와 내 자식 다다테루를 함께 쳐서 소란의 뿌리를 끊는다……는 정도의 큰 결심이 없으면 안 되리라는, 그야말로 하늘을 향해 단칼을 쳐드는 냉엄한 조언이었다.

잠시 뒤 이에야스가 다시 입을 열었다.

"무네노리, 결단은 사실 그리 어렵지 않아."

"말씀대로, 그 전의 깊은 사려가 중요하다고 생각합니다."

"물론 기회를 잃으면 아무 일도 안 되지. 그대는 병법가이니 이에야스의 처리가 답답하다고 생각하겠지?"

"아닙니다. 결코 그런 것은……."

"그러나 나는 아직 단념하지 않는다. 쓰키노우라에서 다테 가문의 배가 출범하는 때를 기다려 아무렇지도 않은 듯 슨푸를 떠나 도중에 다다치카의 오다와라 성을 점검하면서 에도로 가겠어. 에도에 도착하기 전까지는 결심해야겠지만, 그때까지는 신불에 의지하며 자문자답을 되풀이해 보기로 하겠다."

"예."

"자네는 그때까지 내 곁을 떠나지 말게. 그리고 도중에 들어오는 정보는 뭐든지 나에게 알려주기 바란다."

"알겠습니다."

"이건 어디까지나 우리 두 사람만의 이야기다. 자네는 내 가마 곁을 떠나지 말아."

"곁에서 내내 경호하겠습니다."

무네노리는 이에야스가 뭔가 보이지 않는 것을 두려워하는 듯 느껴졌다.

예정대로 이에야스는 9월 17일에 슨푸를 떠나 에도로 향했다. 다테 마사무네가 건조한 500톤 범선은 하세쿠라 쓰네나가 등을 태우고 이틀 전 오지카 반도의 쓰키노우라를 떠났다. 고장이라도 생겨 연기된다면 당연히 통지하도록 혼다 마사즈미에게 지시해 두고 야규 무네노리, 핫토리 마사시게, 무카이 다다카쓰도 저마다 첩보망을 펼쳐두었다. 그들로부터 아무 소식이 없으므로 출발하기로 결정한 것이다.

계절은 무르익어가는 가을, 백성들 눈에는 태평스러운 추수 순시를 겸한 유람 여행으로 보였으리라. 가마 옆에 매부리는 사람을 거느리고 여인들 가마도 세 채나 뒤따랐다. 그 하나에는 다다테루의 생모 자아 부인이 타고 있었으며, 부인은 아직 자기가 낳은 자식이 지금 아버지 이에야스의 가슴속에서 소용돌이치는 온갖 상념의 중심이 되어 있다는 사실을 전혀 모르는 것 같았다.

"에도에 가시면 오랜만에 다다테루 님을 뵙게 되겠군요."

시녀들 말에 자아 부인은 흡족스러운 듯 고개를 끄덕였다.

그들은 누마즈성에서 잠시 쉬고, 이에야스는 병석에 있는 오쿠보 다다스케를 문병했다. 다다스케는 이때 77살, 다시 일어날 수 없을 정도로 노쇠했으나 대를 이을 자식이 없었다.

"주군, 이제 가까운 시일 안에 이 성도 돌려드려야 하겠습니다."

이에야스는 이때도 다다스케에게 눈물을 보였다.

"염려 마라. 나는 그대의 동생 히코자에몬에게 뒤를 잇게 할 생각이야."

그러자 다다스케는 거듭거듭 고개를 끄덕였다.

"그 비뚤어진 놈이 형의 것을 받아줄지."

그리고 이제 언제 죽어도 좋다, 주군은 하루라도 더 오래 이 세상을 지켜보고 나중에 와서 알려달라고 했다.

그 뒤 그들은 미시마(三島)로 갔다. 거기서 오다와라의 오쿠보 다다치카의 집안에 불온한 공기가 감돌고 있다는 밀고가 들어왔다. 오쿠보 나가야스에게 부정이 있었던 이상 반드시 혼다 마사즈미 부자의 공격이 있을 거라며 가신들이 동요하기 시작했다는 것이었다.

"생각했던 것보다 파문이 크군."

이에야스는 무네노리에게 그 말을 했을 뿐, 수행해 온 혼다 마사즈미에게는 아무 말도 하지 않았다.

'아직 마음이 정해지지 않는 모양이다……'

미시마에서 하루 묵고 다음 날 묘진 신사(明神社)에 참배한 뒤 근위무사들이 매사냥을 권했으나 이에야스는 이상하게 멍한 모습으로 여느 때의 이에야스 같지 않았다.

'이번 사건이 해결되기 전에 이에야스가 죽지나 않을까……'

무네노리가 문득 그런 불안에 부딪힌 것은 하코네(箱根) 관문을 지나 오다와라를 눈 아래 내려다보았을 때였다. 그렇지 않아도 건강이 전과 같지 않은 요즘이었다. 생애의 사업을 완성한다는 자신감을 가지고 만족한 마음으로 눈을 감으려는 찰나에 일어난 사건이었으니 그 타격이 상상 이상으로 큰 게 틀림없다. 무네노리는 잠시도 가마 곁을 떠나지 않았으나 이에야스는 때때로 무네노리에게 곁을 떠나지 말라고 한 것조차 잊은 듯 멍하니 뭔가 생각하고 있었다······.

거성(巨城)이 부르는 소리

에치고의 마쓰다이라 다다테루에게 구교 각 파의 선교사들이 신도들에게 넌지시 '정보'라는 것을 들려서 들여보내기 시작한 것은 나가야스가 죽은 지 얼마 안 되어서였다.

다다테루는 그들을 환대했다. 에도를 떠나 젊음과 무료함을 이기지 못하고 있던 그에게, 그들이 가져오는 세상이야기들은 그의 마음에 '세계의 바람'을 불어넣는 밝고 커다란 창문처럼 여겨졌다.

방문객들은 단순히 세상이야기뿐만 아니라 남만에서 새로 건너온 약품, 향료를 비롯하여 예수교의 장신구, 보석 등 진기한 물건들을 가져와 그의 꿈을 부채질했다.

그리고 그것과 나란히 장인 다테 마사무네의 편지가 날아들었다. 처음에 다다테루는 장인에 대해 별다른 흥미를 느끼지 않았다. 두 가문의 혼인이 어떤 의미를 지닌 것인지 처음부터 잘 알고 있었지만, 마사무네의 인물을 꿰뚫어 보기에 아직 젊었던 탓이다.

그런데 소텔로를 데리고 센다이로 돌아간 뒤부터 마사무네는 다다테루의 가슴에 파고드는 이상한 매력과 영향력을 갖기 시작했다. 일단 사형이 확정된 소텔로를 살려서 폭 5칸 반, 길이 18칸의 큰 배를 만들어 유럽 정복을 구상하고 있었으니 눈길이 가지 않을 수 없었던 것이다.

배의 설계도면도 물론 보내왔다. 돛대는 2개, 큰 돛대는 16칸이 넘고 둘째 돛대도 거의 10칸이나 되었다. 다다테루는 곧 후쿠시마성에 있는 대정원에서 이 배의 모형을 만들게 했다.

모형이라고는 하나 실물과 같은 크기였다. 배를 올려놓는 낮은 틀을 만들고 그 위에 도면과 같은 크기의 선체를 조립해 본 것이다. 그런데 안타깝게도 길이 16칸이 넘는 큰 돛대의 재목을 영내에서 구할 수 없었다. 그래서 하는 수 없이 기둥을 이어서 돛대를 만들었는데 그것이 거의 완성될 무렵부터 그의 마음속에 그때까지 한 번도 생각한 적 없는 이상한 불만이 부글부글 끓어올랐다.

첫째로 바다에 띄울 수 없는 배를 만들어놓고 좋아하는 것은 어린애 장난 같았다. 목마를 타고 대군을 지휘할 수 있는가? 자신은 대체 어른인가, 아이인가……?

다다테루는 훨씬 전부터 자기를 반성할 때는 반드시……라고 해도 과언이 아닐 만큼 오사카성의 히데요리를 연상하는 버릇이 있었다. 이때도 그러했다.

'히데요리 님도 나처럼 어이없는 짓을 할까……?'

문득 히데요리의 모습을 그려본 그는 얼른 모형배에서 내려와버렸다. 히데요리의 모습 뒤에는 그가 만들게 한 배의 모형 같은 것은 없고, 지금도 눈동자 속에 깊이 아로새겨져 있는 당당하게 하늘을 뚫고 치솟은 저 9층 오사카성의 위용이 있었다. 그 위용에 비하면 자기가 거처하는 후쿠시마성은 얼마나 빈약하고 초라한가?

더구나 히데요리의 영지는 60여만 석, 그의 영지는 공식적인 수입으로는 그것을 능가하는 70만 석이 아닌가?

'공연히 불쾌한 생각을 했어.'

그러나 일단 그를 사로잡은 이 두 가지 비교는 그리 간단하게 잊힐 성질의 것이 아니었다.

'히데요리는 다이코의 아들이면서도 센히메의 남편, 내게는 조카사위가 아닌가……?'

이렇게 생각하면 입장이 묘하게 바뀐다. 다음으로 머리에 떠오르는 것은 오카메 부인의 아들 고로타마루가 들어갔다는 나고야성에 대한 소문이었다. 나고야성은 성곽 그 자체로 볼 때는 오사카성만 못할지도 모른다. 다다테루는 아직 본 적 없지만, 그 대천수각 위에 얹힌 황금 용마루 장식 한 쌍은 전대미문, 세계 으뜸가는 것이라고 보는 자마다 모두 입에 침이 마르도록 칭찬했다.

'고로타마루는 내 동생인데…….'

불만의 싹은 일단 얼굴을 내밀면 그리 쉽게 도려낼 수 없는 것인 모양이다.

'그래, 나가야스가 한 말은 이것이었구나…….'

당연한 결과로서 다다테루는 나가야스를 떠올렸다. 그는 막대한 황금을 감춰두었다가 쇼군 히데타다에게 모조리 몰수당했다…… 더구나 그 황금은 자신의 사욕을 채우기 위해서가 아니라 다다테루의 장래를 위해 부지런히 비축해 준 것이 아니었던가……?

그렇게 생각하자 그것은 곧 또 다른 불만을 불러일으켰다.

'나는 이제 어린애가 아니다!'

어쨌든 지금은 쇼군의 동생이다. 그러므로 아버지는 70만 석이라는 큰 녹을 하사했다. 나가야스는 자신의 집정이었던 자. 그에게 죄가 있다면 우선 이 다다테루를 불러 의견을 묻는 게 당연한 순서가 아니던가……?

'그런데도 내게 한마디 의논 없이 처리해 버리다니…….'

다다테루는 거친 걸음으로 본성의 거실로 들어가 마중 나온 이로하히메에게 칼을 넘겨주며 거칠어지려는 호흡을 억눌렀다.

"수수께끼가 풀렸어!"

"어머나, 무슨 수수께끼입니까? 얼굴빛이 창백하신데……."

"그래? 핏기가 가실 만도 하지. 아무래도 알쏭달쏭하던 수수께끼가 이제야 풀렸어."

이로하히메는 걱정스러운 듯 남편의 얼굴을 들여다보았으나 다다테루는 차마 그 이상 이야기할 수 없었다. 자기는 어디까지나 진심으로 쇼군인 형에게 충성을 바칠 마음인데 히데타다는 동생인 나를 미워하고 있다……는 말은 입 밖에 낼 수 없다는 생각이 들었기 때문이었다.

'미워하지는 않지만 경계는 하고 있을 것이다.'

그렇지 않다면 다다테루를 위해 나가야스가 남긴 막대한 황금을 한마디 말도 없이 몰수할 까닭이 없었다.

'그래, 쇼군은 이 다다테루를 경계하며 두려워하고 있어…….'

그래서 다짜고짜 나가야스의 집을 습격하여 다다테루에게 바치려던 황금을,

사욕을 위한 음모를 다스릴 증거로 삼은 것이다. 그 일은 물론 히데타다 혼자 짜낸 생각은 아니리라. 혼다 부자와 도이 도시카쓰도 함께 획책한 것이 틀림없다.

'그것을 안 이상 내가 이런 에치고 시골구석에 잠자코 틀어박혀 있을 줄 아느냐……'

다다테루는 이로하히메가 내미는 차를 노려보면서 마시기 시작했다.

그 얼마 뒤 다다테루는 슨푸로 가겠다고 말을 꺼냈다.

'쇼군의 속셈이 그렇다면……'

한번 가슴속에 끓어오른 불만은 여러 가지 형태로 그의 젊음을 부채질했다. 히데타다의 성격은 대체로 소극적이고 너무 음험하다는 생각이 들었다. 무슨 일이든 아버지의 말을 잘 듣는 것 같지만 사실은 좋아하고 싫어하는 감정이 매우 격하다.

일단 이해(利害)가 대립 되면 좀처럼 상대를 용서하려 하지 않고, 은밀하게 함정을 파면서 당사자 앞에서는 어디까지나 너그러운 척한다. 이런 예는 나가야스의 처분뿐 아니라 소텔로에 대해서도 뚜렷이 나타나 있었다. 아니, 소텔로 사건은 마사무네의 구명 탄원을 받아들인 것이니 그런대로 괜찮다 하더라도, 에치젠의 형 유키 히데야스를 대하는 데도 어딘지 냉혹하고 음험한 것이 느껴졌다.

히데야스는 게이초 12년(1607) 윤4월 8일, 기타노쇼성에서 죽었다. 34살이었다. 그때 히데야스가 독살당한 게 아닌가 하는 소문이 나돌았다. 그 소문에서 히데타다의 음험한 성격 냄새를 충분히 맡을 수 있었다.

히데야스는 생전에 선종에 귀의했으므로 처음에 조동종(曹洞宗)의 고켄사(孝顯寺)에 유해가 안장되었다. 그러나 얼마 뒤 이에야스의 명령이라며 정토종(淨土宗)의 운쇼사(運正寺)에 이장되고 법호까지 바뀌었다.

"마쓰다이라 일족은 정토종이어야 한다."

이에야스가 그렇게 말했다는 이야기를 듣고 그때는 가볍게 여겼었는데, 지금 다시 생각하니 이 일도 역시 히데타다의 음험한 간섭이었던 것처럼 여겨졌다.

"형일지라도 쇼군의 가신이다."

이러한 무언의 위압을 가하기 위해 혈육인 형이 죽은 뒤의 일까지 간섭한다는 것은 신앙이라는 특수한 감정을 무시하는 탄압이 아니었을까……하는 생각이 들자 점점 더 용서할 수 없는 마음이 되었다.

다다테루는 아마 예수교를 믿게 될 것이다⋯⋯ 그때도 억지로 간섭한다면 말 없이 순종해야 할 것인가⋯⋯?

'아무래도 아버님을 한 번 뵈어야겠다!'

첫째, 지금 세상은 국내의 영주들만 제압해 두면 되는 시대가 아니다. 아버지 자신이 무역을 장려하여 200척 가까운 관허무역선들이 세계의 바다로 진출하기 위해 필리핀으로부터 안남(베트남), 태국, 인도네시아 등지에 이르기까지 잇따라 일본인 마을과 거리가 생기고 있다. 나가야스도 그 일을 목표로 자신을 위해 저축해 준 것이었고, 실제로 장인 마사무네도 웅대한 구상으로 유럽 정복을 꿈꾸고 있었다.

'쇼군인 형이 이토록 변화한 세상에 어울리는 인물이라고 할 수 있을까?'

자신의 불만을 기탄없이 아버지 앞에서 피력하고 싶어 중신 오구리 다다마사(小栗忠政)를 슨푸로 보내 이에야스의 뜻을 알아보게 했다. 그런데 이에야스는 요즘 무척 바빠서 와도 만날 수 없을 것이며, 어차피 에도에 갈 일이 있으니 그때까지 기다리라는 대답을 보내 왔다. 이것 역시 다다테루에게는 적잖이 불만스러웠다.

'쇼군이 선수를 쳐서 당분간 나를 만나지 못하도록 잔재주 부린 것이 아닐까⋯⋯?'

다다테루의 불만은 이상한 형태로 확대되었다. 어느 시대에나 젊은이의 불만은 단순하고 폭발적이며, 그것에 한 번 사로잡히면 외곬으로 흐르기 마련이다.

"여보, 나는 아버님에게 말씀드릴 구실을 찾았어."

느닷없는 말에 이로하히메가 놀라며 고개를 들었다.

"네⋯⋯?"

"나는 에도로 갈 거야. 에도에서 아버님이 오시기를 기다리겠어."

생각에 잠긴 듯한 표정으로 말하고는 흐흐흐 웃었다.

"무슨 말씀을 드리실 건데요?"

"그러면 그대를 아버님으로 생각하고 말하지. 그대는 자신이 아버님이라 여기고 대답해 봐."

"어머! 내가 아버님이라 여기고⋯⋯?"

"그렇지. 대답이 막히면 아버님이라도 가만있지 않을 테다. 알겠지? 아버님, 다다테루는 쇼군의 바로 아랫동생이지요?"

"그야 물론······소중한 아우님이지요."

"그럼, 고로타마루는 어떻습니까? 황금 용마루 장식을 올린 나고야성의 성주 고로타마루는 이 다다테루의 아우가 아닙니까?"

"그게······네, 분명······."

"형님은 쇼군이며 에도성의 성주, 아우는 천하에 소문난 나고야성의 성주. 그런데 이 다다테루는 에치젠 시골구석의 보기에도 초라한 후쿠시마성의 성주······이래도 괜찮은 겁니까?"

"어머······!"

"하하하······다다테루가 특별히 무리한 말씀을 드리는 것은 아닙니다. 이 다다테루에게도 신분에 어울리는 성을 하사해 주십시오····· 다름 아닌 다이코가 세운 오사카성입니다."

이로하히메는 눈을 크게 뜬 채 멍하니 남편을 쳐다보았다.

"아버님, 무리한 청입니까? 오사카성이라면 나고야에 못지않은, 형의 성이 될 수 있을 겁니다. 이 다다테루가 그 성에 어울리는 아버님의 아들이 되지 못한단 말입니까?"

"어머······."

"하하하, 자, 잘 생각하시어 대답해 주십시오."

"하지만······하지만······오사카성에는 돌아가신 다이코 전하의 유자이신 우대신 히데요리 님이 계십니다."

"다른 성으로 옮기면 되지요. 오쿠보 다다치카와, 죽은 나가야스도 곧잘 말했었습니다. 히데요리 님은 무장이 아니라 공경으로 존속하는 게 좋다고. 그러니 교토에 저택을 신축하는 것도 좋고, 옛 도시 나라로 옮겨도 되지 않습니까? 어디까지나 도요토미 집안의 후사에 어울리게 세워주시는 것이 아버님이나 형님의 의무이겠지요."

"······."

"아무튼 이 다다테루는 오사카성을 갖고 싶습니다. 그 성에서 쇼군을 받들어 세계로 웅비하는 꿈을 펼치겠습니다. 이 청은 한 발자국도 양보할 수 없는 다다테루의 염원이니, 깊이 생각하시고 대답해 주시기 바랍니다."

이렇게 말하고 다다테루는 다시 소리 내 웃었다.

"어때, 이로하? 이 말에는 아버님도 대답이 궁해지시겠지? 나는 곰곰이 생각했어. 아버님이 돌아가신 뒤, 형님에게 부탁하기는 싫어. 에도에서 나오시기를 기다렸다가 이 말씀을 드리겠어. 그대도 곧 에도로 갈 준비를 해두는 게 좋을 거야."

이로하히메는 처음에는 그냥 웃음으로 맞장구쳐 주었다. 그러나 남편의 말이 실없는 농담이 아님을 깨닫자 그 눈에 차츰 불안의 빛이 짙어갔다.

'이분은 정말로 오사카성이 탐나시는 모양이구나……'

빈 성이라면 모르지만 다이코의 유자가 사는 성이고, 더구나 온 일본 안 영주들의 관심의 대상이 되어 있다. 물론 성이 천하를 탈취할 리는 없다. 그러나 어쨌든 한 번 최고의 자리에 올라 천하를 호령하던 자의 거성이고, 천하를 압도했던 도요토미 다이코의 정권을 상징하는 성이 아니던가?

"오사카성이 탐난다."

이런 말을 들으면 세상 사람들은 아직 천하가 탐난다는 말을 들은 것으로 착각할 게 분명하다.

"어때? 그대가 아버님이라면 나의 이 청을 분수에 넘친다고 꾸짖겠나?"

"다다테루 님……."

"왜 그래? 히데요리 님을 다른 곳으로 옮길 수는 없단 말인가?"

상대는 어디까지나 농담 비슷하게 물었으나 이로하히메에게는 무시무시한 야심의 소리로 들렸다.

"그런 말씀은 삼가시는 게 좋을 거예요."

"뭐? 삼가라고?……그건 안 돼. 나는 이번에 이 일부터 담판을 시작하겠어. 물론 이것이 내 요구의 모두는 아니야."

"그보다도……이 후쿠시마성을 개축하고 싶다고 먼저 말씀드리는 게 순서가 아닐까요?"

"이 성을……?"

"네, 센다이의 아버님 말씀으로는 이곳은 위치가 좋지 않으니 다카다(高田) 언저리에 터를 잡아 다다테루 님이 계실 곳으로 나무랄 데 없는 성을 세우라고 하셨습니다."

"하하하……그대는 역시 여인이로군, 생각하는 규모가 너무 작아. 나가야스가 곧잘 말하지 않았나. 앞으로 일본은 세계를 상대해야 한다, 세계를 상대로 할 자가 이렇게 눈만 쌓이는 황량한 고장에 살면서 어찌 발전할 수 있겠는가? 그러려면 역시 사카이 항구를 현관으로 가진 오사카성이어야 한다고 생각지 않나?"

"다다테루 님! 그러한 말씀은 함부로 입 밖에 내면 안 됩니다. 오해받을까 두렵습니다."

"오해……오해라니? 나는 담판의 실마리라고 했어."

"그러나 아버님께서 안 된다고 하시면?"

"하하……그땐 기슈도 좋고 게이슈(芸州)라도 좋지. 아니, 형님과 의논한 뒤라면 더 서쪽으로 내려가 규슈의 하카타나 나가사키라도 받아들일 수 있어. 문제는 다만 이 다다테루가 쇼군의 아우이고 고로타마루의 형이며, 히데요리의 숙부라는 엄연한 사실을 잊지 말라는 거야."

다다테루는 호탕하게 웃어젖히더니 진지하게 고개를 갸웃거렸다.

"……말은 그렇지만 역시 하카타나 나가사키는 안 돼."

"네……?"

"아무래도 오사카라야만 해. 형님은 일본의 쇼군이지만 나는 세계의 바다로 진출하여 펠리페 왕이며 제임스 왕과 대등하게 상대해야 할 몸이야. 그렇게 되면 지리적인 위치도 중요하지. 거처하는 성의 위용은 더 중요하고…… 음, 역시 다른 곳은 안 돼."

인간의 꿈과 희망은 불가사의한 곳에서 불가사의한 방향으로 꽃을 피워가는 법이다. 다다테루가 처음 품은 것은 아버지와 형에 대한 불만이었다. 아직 철부지인 고로타마루의 나고야성과 눈만 쌓이는 벽촌에 자리한 초라한 후쿠시마성의 비교였다. 그래서 문득 오사카성의 위용을 떠올려보았던 일이 그 자신 생각도 해보지 않았던 꿈이 되고 희망으로 바뀌었다. 물론 이러한 바탕이 하루아침에 싹튼 것은 아니었다. 나가야스의 영향도 있고 소텔로와 마사무네에 의해 일깨워진 면도 있었다. 아니, 그보다도 역시 그가 이에야스의 아들이고 쇼군 히데타다의 동생이라는 특수한 환경 탓이었는지도 모른다.

이로하히메는 여간 마음 쓰이지 않았으나 서둘러 에도로 나갈 무렵의 다다테루는 스스로도 놀랄 만큼 희망과 꿈에 부풀어 있었다. 그 가장 큰 직접적인 원인은 하세쿠라 쓰네나가 일행의 쓰키노우라 출범과 그 일을 알려준 장인 마사무네의 편지인 것은 두말할 나위도 없다. 그는 에도로 가는 도중에도 내내 그 일만 생각하는 것 같았다.

"이렇게 되면 나도 한 번 해외를 돌아봐야겠다."

다다테루는 쓰네나가 일행이 먼저 멕시코로 간 뒤 그곳에서 대서양을 가로질러 스페인 본국으로 항해한 다음 다시 로마에 들러 귀국할 때까지, 얼마나 오랜 시일이 걸리는지는 생각하지 않고 있었다.

"그렇다. 배가 돌아오면 다음에는 직접 바다를 건너리라. 물론 나는 영국도 네덜란드도 다 돌아보고 오겠어. 그렇지 않으면 세계와의 경쟁에 뒤질 테니까."

다다테루는 이 말을 아내 이로하히메에게 되풀이 말했을 뿐 아니라, 에도에 닿아서는 곧 서성으로 찾아가 무언가 깊은 생각에 잠겨 있는 아버지 이에야스에게 맨 먼저 그 소망을 아뢰었다.

오랜만에 만난 이에야스는 눈에 띄게 늙어 보였다. 다다테루가 등성했을 때 화로를 2개나 놓고 두터운 방석에 앉아 팔걸이에 기대어 있었다.

"오, 다다테루가 왔구나……."

목소리가 이상하리만큼 다정하게 들렸다. 어쩌면 그 다정함이 다다테루에게 더욱 용기를 내게 했는지도 모른다. 다다테루는 인사를 하는 둥 마는 둥 느닷없이 해외여행의 필요성을 정면으로 역설했다.

"아버님! 역시 쓰네나가 등을 사자로 파견한 것은 실수가 아닌가 합니다. 아버님의 아들이고 쇼군의 동생인 이 다다테루가 갔어야 할 일이라고 생각합니다."

"허……."

이에야스는 그때 기뻐하는 듯했다. 적어도 어제까지만 해도 어린아이였던 여섯째아들이 정책에도 참견하게 된 것이다.

"다테 님의 가신 쓰네나가와 쇼군의 동생 마쓰다이라 다다테루는 상대에게 주는 느낌이 다릅니다. 그 배가 돌아오면 저는 제가 직접 출항하고 싶습니다."

"흠, 그래……진두에 서지 않으면 승산이 없단 말이지?"

"예, 해외에서는 늘 다다테루가 쇼군의 대리로 활약하게 되는 겁니다…… 그래서 한 가지 소원이 있습니다."

다다테루는 잔뜩 흥분한 마음으로 다가앉았다.

이에야스는 그때까지도 웃고 있었다.

"소원이라니?"

다다테루가 쇼군의 대리로 활약한다……는 말에 아직 특별한 의미를 느끼지는 못했다. 그러나 다음의 한마디를 듣더니 대번에 험악하게 미간을 찌푸렸다.

"아버님! 이 다다테루에게 오사카성을 주십시오."

그것은 이에야스가 생각조차 하지 못한 일이었다.

"뭐……오사카성을?"

"예, 고로타마루의 나고야성은 오사카 못지않은 훌륭한 성, 게다가 황금 용마루 장식은 온 세계에서 찾아볼 수 없는 명물이라고 들었습니다. 쇼군의 대리로서 앞으로 해외에 진출할 다다테루가 그 초라한 후쿠시마성의 주인이라면 멸시받을 것입니다. 다다테루는 오사카성을 갖고 싶습니다."

이에야스는 대답하기 전에 우선 주위를 둘러보았다. 생모 자아 부인도 혼다 마사즈미도 없었지만 마사즈미의 아버지 마사노부가 와 있다가 두 눈을 가릴 듯한 새하얀 눈썹 아래로 깜짝 놀란 듯 눈길을 돌리는 것을 보았다. 그밖에는 좀 떨어진 곳에 야규 무네노리가 이쪽으로 등을 돌리고 입구에 대기해 있다. 무네노리의 귀에도 이 말은 틀림없이 들어갔으리라. 그 정도로 젊음이 넘쳐흐르는 단호하고 거리낌 없는 다다테루의 말투였다.

다다테루는 아버지의 당황한 기색은 깨닫지도 못하고 말을 이었다.

"아버님! 그 오사카성의 성주로서 다다테루는 펠리페 왕과 제임스 왕을 만나고 싶습니다. 그 성이라면 그들의 사자들도 얕보지 못할 겁니다."

이에야스는 비로소 격한 목소리로 다다테루의 말을 가로막았다.

"그만! 누가 그런 일을 너에게 명하더냐? 비록 그런 생각이 떠올랐다 하더라도 중신들과 협의한 뒤 우선 쇼군의 의향을 알아보는 게 순서다. 조심하여라."

순간 다다테루는 아연해졌다. 그리고 그 역시 황급히 동석한 마사노부 쪽을 돌아보았다. 얼굴에 핏기가 확 올랐다가 후 하고 긴 숨을 토해냈다.

'아, 마사노부를 꺼리고 계시는구나…….'

이렇게 생각한 모양이었다.

마사노부가 천천히 다다테루를 향해 앉았다.

"다다테루 님, 지금 그 말씀은 좀 경솔하셨습니다."

"뭐, 경솔했다고?"

"그렇습니다. 오사카성은 임자 없는 성이 아닙니다. 다이코의 유자이신 우대신님이 현재 거처하고 계십니다. 그런 말씀을 어찌 경솔히 하실 수가 있겠습니까?"

"무슨 말을! 물론 다른 자가 동석한 자리라면 삼가겠지만 여기에 계시는 건 노인장과 아버님뿐이 아닌가? 그래서 우선 아버님께 여쭈어본 것인데 무엇이 나쁜가?"

이에야스가 다시 격한 목소리로 가로막았다.

"그만해! 마사노부는 쇼군의 중신, 너의 부하가 아니다. 무례를 범하면 용서치 않겠다."

이 꾸짖는 소리에 다다테루의 이마에 지렁이 같은 힘줄이 불끈 솟았다. 오랜만의 부자 대면에 다다테루는 지나치게 달콤한 기대를 걸고 있었다.

적어도 자신의 희망을 받아들일 수 없다면 그 사정을 다정하게 설명해 줄 아버지를 상상하고 있었다. 그런데 사태는 정반대가 되어버렸다. 실은 아버지 쪽이 무거운 마음의 짐에 짓눌려 다다테루의 위로를 필요로 할 만큼 극심한 피로에 빠져 있었던 것이다.

"오늘은 이만 물러가거라! 그리고 그런 말은 함부로 입 밖에 내지 마라."

이에야스는 위엄있게 꾸짖었지만 그래도 마음에 걸렸던 모양이다.

"나중에 오구리 다다마사를 시켜 연락하마. 물러가거라."

잇따라 그렇게 말하고는 곧장 시선을 돌렸다. 다다테루는 이를 부드득 갈았다.

"그럼, 이만 물러가겠습니다."

그리고 마사노부를 불꽃 튀는 눈으로 노려본 뒤 물러나갔다.

"무네노리, 이리 오너라……."

이에야스가 입구에 대기해 있는 무네노리에게 말한 것은 그로부터 5분쯤 지나서였다.

"그대도 들었지? 아까 다다테루가 한 말은……못 들은 것으로 해다오."

"알겠습니다."

무네노리는 고개를 숙였다.

이에야스는 무네노리에게도 마사노부에게도 아니게 혼잣말하며 한숨을 내쉬었다.

"정말 딱한 일이야…… 오사카성을 노리는 것은 예수교 무리들과 떠돌이무사들뿐만이 아니었어."

마사노부가 위로하는 표정으로 말했다.

"그러나 그리 심려하실 것은 없습니다. 다다테루 님은 아직 오고쇼님께서 다카다에 성을 쌓으실 생각인 것을 모르시니……제가 나중에 그 뜻을 자세히 설명해드리겠습니다."

그러나 이에야스는 그 말을 듣고 있는 것 같지 않았다.

"그 성을 노리는 자는 다다테루뿐만이 아닐지도 몰라. 내가 죽은 뒤에는 노리는 자가 더욱 나타날 것 같다. 안 그런가? 무네노리."

무네노리는 말없이 고개를 가볍게 숙였다.

"아직은 어리지만 성장하면 조후쿠마루가 노릴지도 모르고, 쓰루치요가 노리지 않을 거라고도 장담할 수 없어."

"황송하지만 그런 일은……"

"아니야, 내 계획은 엉망진창이 되고 말았어. 비스카이노 장군이 그 성에서 어이없는 폭언을 했다는 말을 들었을 때 당연히 깨달았어야 했어. 그 성은……"

여기까지 말하고 다시 크게 한숨을 내쉬었다.

"불평품은 자들을 큰소리로 부르고 있어. 누가 여기로 와보지 않겠는가, 여기는 난공불락의 명성이다, 라고……"

마사노부는 이미 그때 졸음이 오는 듯 꼼짝 않고 앉아 있었지만, 무네노리는 이에야스의 비명을 듣는 것만 같아 견딜 수 없었다.

"오고쇼님, 오늘 밤 회의는 밤까지 이어질 것으로 예상됩니다. 지금은 푹 쉬십시오."

그러나 그 말도 이에야스의 귀에는 들리지 않는 눈치였다.

심야회의

　이에야스를 맞이한 비밀회의는 서쪽 성 서원에서 열렸다. 벌써 추위가 매서웠다. 그러나 사방의 문이 활짝 열어 젖혀지고 복도에서 마당 끝까지 감시병이 배치되었다.

　참석자는 오고쇼 이에야스, 쇼군 히데타다 외에 이에야스를 수행해 온 혼다 마사즈미, 안도 나오쓰구, 나가이 나오카쓰, 그리고 곤치인 스덴이 참석을 허락받았다.

　쇼군 히데타다 측근에서는 혼다 마사노부, 도이 도시카쓰, 사카이 다다요, 미즈노 다다모토, 이노우에 마사나리(井上正就) 등의 중신 외에 무네노리와 아오야마 다다토시(靑山忠俊)가 역시 호위임무를 겸하여 동석이 허락되었고, 당연히 이 회의에 참석해야 할 가장 노신인 오쿠보 다다치카는 이때에도 얼굴을 보이지 않았다.

　이에야스는 심기가 불편한 듯 좌중을 둘러보았다.

　"이제 모두 모였나?"

　그리고는 히데타다에게 발언을 재촉했다.

　"쇼군이 우선 회의의 취지를 말하라."

　그러나 히데타다는 먼저 발언하려 하지 않았다. 그는 아버지에게 공손하게 절한 뒤 말했다.

　"아버님께서 먼저……."

순간 이에야스가 일갈했다.

"무슨 소리냐! 이에야스는 이미 72살, 이 세상에 없는 사람이라고 생각해라."

그것은 참석한 자들의 간담이 서늘해질 정도로 큰소리였으며 처음부터 노기로 압도하는 억양이었다.

"예."

히데타다는 작은 소리로 대답하고 도시카쓰를 돌아보았다.

"나가야스를 처형한 뒤 천하에 불온한 소동의 징조가 보이기 시작했다. 도시카쓰부터 우선 예수교 신자들의 동향을 보고하라."

이렇게 될 것을 예상하고 있었던 듯 도시카쓰는 한무릎 다가앉으며 말했다.

"그 일에 대해서는 오쿠보 다다치카 님께서 설명하시는 게 좋을 거라고 생각합니다만 출석하지 않으셨습니다. 그래서 쇼군께서 소신을 지명하셨으리라고 생각합니다. 최근 에도에는 그리 불온한 움직임이 없습니다…… 이것은 시 행정관인 시마다 헤이시로(島田兵四郎) 등이 은밀히 회합을 거듭하던 소텔로 병원 관계자들에게 엄중한 경고를 했기 때문입니다. 그러나 교토, 오사카 방면에 대해서는 아직 상세히 알 수 없습니다. 예수교 신자인 영주들 가운데 오사카와 은밀히 연락하는 자가 나타나기 시작했고, 가가에 있는 다카야마 우콘에게도 자주 오가는 자가 있다고 들었으며 그 일에 대해서는 가가 님에게 단단히 감시하시도록 말씀드려 두었습니다."

"오사카성 안의 상황은? 가장 새로운 정보를……."

"가장 새로운 소식은 포를로, 토를레스 등의 신부가 성안에 출입하여 하야미 가이, 와타나베 구라노스케 등과 자주 밀담한다고 하며, 아카시 가몬이 설교에 참석한다는 명목으로 오노 하루나가와 오다 우라쿠 님의 집에 머물며 거기서 가가의 우콘에게 밀사가 파견되고 있다 합니다."

거기까지 말했을 때였다. 이에야스가 다시 팔걸이를 두드리며 이야기를 가로막았다.

"도시카쓰의 이야기에는 의견이 없다. 불충분해! 그보다도 다다치카는 왜 이 자리에 보이지 않나? 무슨 불평이 있어서 안 나오느냔 말이다. 그대들은 알고 있을 테니 그것부터 밝혀라."

그건 평소의 이에야스라고 생각할 수 없는 성급함이었다.

다다요가 나섰다.

"오쿠보 다다치카에 대한 일은 제가……다다치카 님은 최근에 가까운 벗들이 여럿 세상을 떠나 몹시 상심하여 은퇴를 청원하려는 찰나에 아드님마저 잃어 더욱 낙담하신 데다, 건강이 좋지 않아 요즘 병석에 계시다고 합니다."

이에야스는 다다요를 지그시 노려보듯 하며 날카로운 목소리로 되물었다.

"그것뿐인가? 누군가 병문안을 갔었느냐?"

그러자 그때까지 눈을 가늘게 뜨고 조용히 앉아 있던 마사노부가 손을 들어 다다요를 가로막았다.

"오늘은 보통 회의가 아니오. 다다치카 님에 대한 일은 이 마사노부가 말씀드리리다. 실은 다다치카 님은 오늘도 우리 부자와 동석하는 게 지극히 불쾌하여 집에 들어앉아 계십니다."

마사노부가 분명하게 말한 뒤 이에야스를 올려다보자 이에야스는 혀를 찼다.

"그런 것을 모를 이에야스인 줄 아느냐! 다다치카가 무슨 일에 화내고 있는지 그것을 말하란 말이다."

"다다치카 님은 어릴 적부터 이 마사노부와 상극이었습니다. 그는 강직한 사람, 저는 잇코종도들의 소동 때 한 번 도망쳤다가 다시 은혜를 입은 불충한 자……그러한 불충자와 그 아들 마사즈미가 쇼군과 오고쇼의 측근에서 천하의 정사를 농간한다……그것을 분수에 넘치는 짓이라고 생각하며 또 그러한 말도 하고 있습니다."

이번에는 이에야스가 눈을 감아버렸다. 두 사람의 성격에 대해서는 말을 듣지 않아도 잘 알고 있는 이에야스였다. 눈에는 눈, 코에는 코의 역할이 있게 마련이다. 그러나 그 두 사람이 나이 70살이 넘어서도 개개인의 기질 차이를 서로 이해하지 못하다니 이 얼마나 변변치 못한 인생이란 말인가.

"실은 이 일에 대해 저도 깊이 부끄러움을 느껴 어떻게든 그의 마음을 풀어주려 힘썼습니다만 끝내 풀지 못한 채 오늘에 이르렀습니다. 최근 그의 분노가 더욱 깊어진 것은 나카야스 유족의 처형 때문입니다. 사욕을 취했으면 처벌받는 것은 당연한 일, 그러나 왜 우리들과 의논 한마디 없이 일을 처리했는가……하는 분노는 이해 못 할 것도 없습니다. 하지만 주군께서 부르셔도 등성하지 않은 것은 그쪽……물론 거기에는 동정할 만한 이유가 있습니다. 조금 전에 다다요 님께

서도 말씀하셨듯, 은퇴하려던 무렵에 맏아들이 먼저 세상 떠나 심신이 지칠 대로
지쳐 있습니다."

"그런 사정을……그런 사정을 그대는 다다치카에게 잘 납득시키지 않았는가?"

"예, 물론 납득시켜야 할 일이라고 생각하여 미즈노 다다모토 님에게 어려운
걸음을 부탁했습니다만, 제가 부탁한 일이라는 것을 알아차리고 병석에 누웠다
는 핑계로 면회를 허락하지 않았습니다. 그렇지 않소, 미즈노 님?"

"맞습니다."

다다모토는 고개 숙여 보였지만 대화에 끼어들지는 않았다.

"그런가. 이제야 다다치카……의 얼굴이 보이지 않는 까닭을 알았다. 그러면 이
제 이 이에야스가 이번 불온한 사태의 원인을 어떻게 보는지 말하겠다. 잘못된
데가 있으면 있다고 말하여라. 사양할 것 없다."

여전히 채찍 같은 말투였다. 좌중은 물을 끼얹은 듯 조용해졌다. 오랜만에 군
사회의 때의 살기 비슷한 투혼이 이에야스의 주위에 서리기 시작했기 때문이다.

"이번 일의 가장 큰 원인은, 목구멍만 지나면 뜨거운 것을 잊는다는 속담처럼
모두들 평화로운 세상의 고마움을 잊은 데 있다."

이에야스는 말하며 늘어앉은 사람들의 얼굴을 하나하나 찬찬히 노려보았다.

"다다치카의 고집도 고집이지만, 나가야스의 경솔한 거동 역시 거기에 뿌리내리
고 있었다. 아니, 처음부터 이 태평한 세상의 고마움을 깨닫지 못한 채 방심상태
에 빠져버린 자 또한 적지 않다."

마사노부가 말했다.

"그 말씀을 듣고 보니 쥐구멍에라도 들어가고 싶은 심정입니다."

"알겠느냐, 싸움이 얼마나 비참한지 모르는 자는 어쩔 도리가 없다. 이것은 세
키가하라 뒤 자라난 이들을 말하는 거야. 내가 살아 있는 한 난세가 어떤 것인지
분명히 가르쳐주지 않으면 안 돼. 이러한 의무를 게을리한 가장 괘씸한 자가 누
구라고 생각하느냐?"

"예……."

쇼군 히데타다가 맨 먼저 어깨를 크게 움직였고 이어서 마사노부가 고개를 숙
였다.

"황송합니다."

"잠자코 있어!"

"예."

"가장 괘씸한 자는 이 이에야스다. 이에야스는 노부나가 공과 다이코 2대의 유지를 받들어 가까스로 평화의 꿈을 이룩했으면서도, 조그만 성공에 안심하고 히데요리와 다다테루의 교육을 게을리했다……그 방심한 틈을 노려 나가야스의 경거망동과 예수교 신자들의 책동이 싹튼 것이다."

말석에 앉아 있던 무네노리는 희미하게 웃었다. 이 이에야스의 자기 반성이야말로 실은 아버지 세키슈사이 무술의 비법과 통하는 병법의 극치라고 생각했다. 틈이 없으면 어떠한 사검(邪劍), 어떠한 요기(妖技)도 휘두를 여지가 없는 것이다. 따라서 필승의 신념이란 이러한 자세에 지나지 않는다.

"틈이 있다면 덤벼봐라."

무네노리는 생각했다.

'아무래도 오고쇼께서 다시 용기를 되찾으신 것 같다…….'

"나는 나가야스에게 다다테루를 너무 맡겼어. 이런 방심이 다다테루를 그르쳤어. 같은 의미에서 히데요리를 우라쿠며 가타기리며 고이데 등에게 맡긴 것도 과오였어…… 이 두 사람이 꿋꿋하다면……그들이 바로 태평한 세상의 기둥이라는 것을 단단히 자각했다면……예수교도들이 책동할 여지가 있을 리 없지. 마사노부는 알고 있을 것이다. 내가 미카와에 있던 무렵 잇코종도의 폭동을 진압시킨 것이 바로 이와 같은 일이었어. 그들이 떠받드는 아미타불이 참된 것이냐, 내가 받드는 아미타불이 참된 것이냐? 그 자신감을 비교하여, 나의 흔구정토 정신이 폭동을 일으킨 자들을 이겼던 것이다…… 이번에는 그 반대가 되었어. 나는 방심하고 있다가 허를 찔린 거다. 다다테루는 나가야스와 함께 타락했고, 히데요리는 여인들의 성에서 한낱 장식물이 되고 말았어. 알아듣겠느냐? 이러고도 천하가 조용하다면 오히려 이상하지…… 가장 부주의했던 자는 바로 이에야스다."

이렇게 말하는 이에야스의 날카롭게 빛나는 눈 가장자리가 알 듯 모를 듯 붉게 물들어가고 있었다.

히데타다도 마사노부와 마사즈미도 뜻밖이라는 표정으로 서로 얼굴을 마주 보았다.

'이에야스는 대체 무슨 말을 하려는 것일까……?'

그들의 예상으로는 불쾌한 꾸짖음이 모두들의 머리 위에 떨어질 줄 알았다. 그런데 이에야스는 먼저 자신을 꾸짖으며 울고 있는 것이다.

도시카쓰가 조심스럽게 입을 열었다.

"그렇게 말씀하시니 쥐구멍이라도 있다면 들어가고 싶습니다. 오고쇼님의 방심이 아니라 이것은 저희들 모두의 태만 때문입니다."

이에야스는 다시 한번 천천히 모두를 둘러보았다. 노하고 있는 것인지, 반성하고 있는 것인지, 노하기 위해 우선 자신의 잘못부터 내세운 것인지 도무지 추측도할 수 없는 기묘한 분노의 표정이었다.

"그래? 도시카쓰는 그렇게 생각하나?"

"예, 몸둘 바를 모르겠습니다……."

"알았다면 되풀이 말할 필요 없겠구나. 이미 불은 붙었어. 그렇지 않은가, 쇼군?"

"옳으신 말씀입니다."

"그럼, 이 불길을 어떤 방법으로 끌 것인가!……어디서부터 손댈 것인가? 어떻게 하면 가장 희생을 적게 할 수 있을 것인가? 모두들 저마다 의견이 있을 테니 우선 연장자인 마사노부부터 차례로 이야기해 보라."

"말씀드리겠습니다."

마사노부는 그제야 비로소 이에야스의 속마음을 엿본 듯한 느낌이었다. 이에야스가 분노를 억누르면서 자신의 방심을 자책한 것은, 역시 좌중의 감정을 계산한 발언이었다고…….

"이 마사노부는 우선 첫째로 우왕좌왕하기 시작한 예수교도의 진압부터 시작해야 한다고 생각합니다. 그러려면 사태를 지리상 셋으로 나누어 다루는 게 중요합니다……그 첫째는 오우(奧羽) 지역. 이곳은 다테 마사무네 님에게 맡기는 게 좋을 것 같습니다. 마사무네 님 본인도 신앙을 바꿀 눈치까지 보이며 성안에서 성문에 이르기까지 방문을 써 붙여 예수교를 장려한다는 소식. 이건 물론 깊은 생각에서 나온 역공이라고 생각합니다."

이에야스는 가볍게 눈을 감은 채 물었다.

"역공이라니?"

"즉 자신의 불리한 입장을 생각하여 이번 일로 쇼군에 대한 충성의 표시를 보이려는 것이지요. 말하자면 온당치 못한 예수교 무리가 있다면 마사무네의 품 안으로 들어오라, 같은 신앙이니 받아주겠다, 그런 다음 이것을 진압하려는 뜻인 줄 압니다."

마사노부의 뜻하지 않은 발언으로 좌중은 좀 동요했다. 사카이 다다요며 미즈노 다다모토며 아오야마 다다토시 등은 모두 마사무네를 그처럼 단순하게 보고 있지 않기 때문이었다. 그뿐인가, 그들 눈에는 나가야스를 선동한 것도 다다테루를 떠받든 것도 사실은 마사무네가 아닐까 하는 의심이 강하게 남아 있었다.

그러나 이에야스가 눈을 가볍게 감은 채 듣고 있으므로 아무도 입을 열 수 없었다.

"오우를 마사무네 님에게 맡긴다면, 간토로부터 시나노와 에치젠, 도카이도 지역 등은 에도에서 충분히 누를 수 있으므로 문제없습니다만 중요한 것은 교토, 오사카 방면입니다. 그곳의 진압은 여느 사람으로 안 됩니다. 왜냐하면 이미 상당한 신도가 우대신 히데요리 님에게 매달려 획책하기 시작했기 때문입니다. 그들을 일소할 만한 무게와 실력을 갖춘 자……라면 다다치카 님 외에 없지 않을까 합니다."

좌중은 다시 소리 없는 경악으로 숨을 죽였다. 그러지 않아도 이번 사건의 배후에 다다치카와 마사노부 부자의 파벌 싸움이 얽혀 있다……고 여기는데, 마사노부의 입에서 다다치카의 이름이 나왔으니 놀라는 것도 무리가 아니었다.

그러나 이때도 이에야스가 잠자코 있으므로 마사노부의 말을 가로막을 자는 아무도 없었다.

"제가 다다치카 님을 추천하면 이상하게 생각하실 분이 있을지도 모릅니다. 사실 저도 근래의 다다치카 님 행동을 불쾌하게 생각하고 있습니다. 하오나 사사로운 감정과 공무를 혼동하는 것은 용서할 수 없는 일입니다. 교토, 오사카 방면에 부임하여 불온한 조짐이 있는 신도 영주들을 꾸짖고, 우대신 히데요리 님을 정면으로 상대하며 포섭된 신부와 선교사와 은밀히 난을 일으키려는 무사 및 신도들을 모조리 실토케 하여 화의 뿌리를 뽑을 이는 다다치카 님 외에 아무도 없을 거라고 생각합니다."

여기까지 말하고 마사노부는 쇼군 히데타다의 얼굴을 흘끗 쳐다보았다.

"혹시 세상에서는 마사노부 놈이 또 정적(政敵)을 함정 속으로 몰아넣었다……

고 수군거릴 소인배들이 있을지도 모릅니다. 이러한 악평이 두려워 망설일 때가 아닙니다. 다다치카 님은 마사무네 님처럼 그 자신 신도로 알려졌으므로 하는 말에 설득력이 있을 겁니다. 또 다다치카 님 자신도 지금까지 세상에 퍼진 의혹을 일소시키기 위해 이번 일에 각별한 노력을 기울일 게 틀림없습니다. 그러니 막부에도 다다치카 님 자신에게도 좋은 이 방법으로……일단 불길을 가라앉힌 다음 천천히 뒷일을 도모하는 게 순서라고 생각합니다만, 어떠하신지?"

이에야스는 여전히 눈을 뜨지 않은 채 입을 열었다.

"마사노부의 의견은 잘 알았다. 다음, 다다요는?"

갑자기 지적당하자 다다요는 반대의사부터 단호하게 말했다.

"동의할 수 없습니다. 마사무네의 속셈……은 이 자리에서 구태여 들출 것 없다 하더라도 교토, 오사카로 다다치카를 파견하는 일에는 동의할 수 없습니다."

"이유는?"

"다다치카가 그렇잖아도 가장 노신인 자기를 허수아비 취급한다고 격분하고 있는 터에 교토, 오사카 방면의 신도를 진압하라는 것은 마사노부 님도 말씀했듯 너무나 짓궂으신 하명…… 그러면 다다치카의 불신은 더욱 깊어질 것입니다. 불신을 품은 자를 보내면 불에 기름을 붓는 결과가 되지 않으리라고 누가 장담하겠습니까? 이건 오히려 다테 마사무네를 보내시는 게 어떨까 합니다."

"마사즈미의 의견은?"

이에야스는 비로소 눈을 뜨고 이번에는 날카로운 시선으로 마사노부의 아들을 쏘아보았다. 역시 마사즈미의 재능을 높이 평가하고 있기 때문이리라.

"황송하오나, 소신은 그 중간을 택하겠습니다."

"중간이라니? 기탄없이 말해 보라."

"즉 다다치카 님을 그르치고 있던 자…… 그 우두머리는 두말할 것도 없이 나가야스. 거기에 관련된 자들이 있습니다…… 이미 나가야스는 처형당했으니, 남은 자들의 책임을 엄히 추궁한 다음 다다치카를 교토, 오사카에 파견하는 게 상책이라고 생각합니다."

이에야스는 얼마쯤 알 수 없다는 듯이 고개를 갸웃거리며 물었다.

"뭐? 나가야스와 관련된 자들이 있다고? 그게 대체 누구냐?"

"예, 시나노 후카시성의 성주 이시카와 야스나가, 쓰쿠마(筑摩) 영주 이시카와

야스카쓰……."

말하면서 마사즈미는 품속에서 그 연판장 사본을 꺼내 이에야스 앞에 펴놓고 말을 이었다.

"보시다시피 이시카와 야스나가, 이시카와 야스카쓰, 그리고 우와지마 성주 도미타 노부타카, 휴가(日向) 노베오카(廷岡) 성주 다카하시 모토타네 등이 다다치카 님과 나가야스가 서명한 다음에 이름을 올렸습니다."

이에야스는 씁쓸한 얼굴로 연판장에서 고개를 돌렸다. 이시카와 야스나가 형제는 이에야스로서 지금껏 잊을 수 없는, 도요토미 가문에 종사하는 형태로 이에야스를 위해 활약을 계속하다가 죽은 이시카와 가즈마사의 아들들이었기 때문이다.

"그대는 그런 것을 지금까지 가지고 있었나?"

"예, 이것은 나름대로 우리에게 생각할 자료를 제공해 줍니다. 여기 서명한 자들이 나가야스와 가장 친분이 두터웠던 자. 더구나 그들은 모두 열성적인 예수교 신자들입니다."

"그러니 그들을 우선 처벌하란 말인가?"

"그렇습니다. 그들이야말로 전에 이 가문을 배반하고 다이코에게 돌아선 미카와 무사의 치욕인 이시카와 가즈마사의 아들들……그리고 도미타는 시코쿠에서, 다카하시는 규슈에서 저마다 나가야스의 밀무역 음모에 가담하려던 자들인즉 이들의 영지를 몰수한 뒤 다다치카 님을 교토, 오사카에 파견하십시오."

이에야스는 기가 막힌 듯 마사즈미의 얼굴을 지켜보았다. 마사즈미로서는 나가야스는 이미 움직일 수 없는 역적이었고, 다다치카는 그 나가야스에게 이용당한 사람 좋은 원로라는 단정 아래 꺼낸 발언이었다. 그리고 좀 더 다른 각도에서 볼 경우 나가야스의 유족을 처형한 이상 그들과 친한 자는 이번 기회에 단호히 배제하는 것이 도쿠가 가문을 위해 안전한 일이 아니겠느냐는 게 정치적인 신념인 모양이었다.

"그러면……그러면 마사즈미는 우선 주위 사람들을 처벌하여 다다치카에게 그 자신의 잘못과 실수를 자각시킨 다음 교토, 오사카로 보내라는 것인가?"

"그렇습니다. 그렇지 않으면 다다치카 님은 교토, 오사카로 가서 오히려 불평불만 늘어놓으며 돌아다닐 우려가 있습니다. 나이가 나이인지라 그렇게 되면 천하를 위해 크게 불리할 뿐 아니라 오쿠보 집안을 위해서도 이익이 되지 않습니다. 다다치카 님은 아시다시피 이시카와 일족과 특별히 친한 사이로⋯⋯."

여기까지 말하고 마사즈미는 잠시 말을 멈추었다. 이러한 일은 자기가 설명할 것까지도 없이 이에야스가 잘 알고 있을 터였다.

이에야스는 짧게 신음하고 다시 눈을 감았다. 과연 다다치카와 이시카와 집안의 관계는 조부 기요야스 시대부터 함께 충성해 온 사이라 일족과 같은 친분이 있었다. 다다치카의 부인은 가즈마사의 사촌 형 되는 이에나리의 손녀였고, 현재 호주인 야스미치(康通)의 양자 다다후사(忠總)는 다다치카의 둘째 아들이었다. 이러한 관계가 있으니 이에나리의 가계는 그냥 두고 가즈마사의 가계를 엄하게 벌한 뒤 다다치카를 교토, 오사카 방면으로 파견하라는 것이다⋯⋯.

생각하기에 따라 마사즈미는 나가야스의 유족까지 처벌했으니 이제 그와 연고 있는 정적 다다치카를 단번에 매장해 버리려는 거라고 여길 수도 있다. 그러기 위해서는 다다치카의 둘째 아들이 양자로 들어간 이에나리의 가계보다, 주인을 배반하고 다이코에게 돌아선 것으로 알려진 이시카와 가즈마사의 아들들을 매장시키는 게 쉬운 일이다.

아직까지도 완고한 직속무장들은 소곤거리고들 있었다.

"이시카와의 배반은 미카와 무사의 치욕이다. 그 일만 없었다면 대대로 내려온 가신들이 모두 충성스러운 자라는 말을 들었을 텐데."

그럴 때마다 이에야스는 몹시 가슴이 아팠으나 새삼스럽게 그것은 나와 상의하여 한 일이었다⋯⋯고 입 밖에 낼 수도 없었다. 그리고 현재 야스나가와 야스카쓰가 죽은 나가야스와 특별히 친분이 두터웠던 것은 사실이며, 마사즈미가 말한 대로 문제의 연판장에도 이름이 나란히 올라 있는 터였다.

"그런가? 다다치카는 나이 들었으므로 그렇게 하지 않으면 교토, 오사카에 가서 불평불만을 퍼뜨리며 다닐 거란 말이지?"

"예, 그러나 자기 바로 뒤에 서명한 이시카와 형제와 도미타, 다카하시 등이 영지를 몰수당한다면 긴장하여 일에 임하리라고 생각합니다."

이에야스는 오싹 소름이 돋는 기분이었다. 과연 마사즈미의 말대로였으나 거기에는 너무나 냉랭한 정략만 있을 뿐, 또 한 가지 중요한 '진심'이 있는지 위태롭게 여겨졌다.

'문제는 쇼군이 어떻게 생각하느냐에 달렸다……'.

이에야스는 다다치카 이상으로 늙었다. 결단 내리기는 어렵지 않지만, 그것이 히데타다의 결단이 아니면 자기가 죽은 뒤에 커다란 혼란의 씨앗을 뿌리는 게 되리라.

"좋다, 마사즈미의 의견은 알았다. 다른 사람은?"

말을 끝내기도 전에 다다요가 입을 열었다.

"저는 다다치카 님은 적임이 아니라고 생각합니다."

이번에는 아버지 마사노부가 깊이 생각하는 얼굴로 끼어들었다.

"그러나……그렇게 되면 다다치카의 처분을 별도로 생각하지 않으면 안 될 것입니다."

이 말은 아들 마사즈미 이상으로 날카로운 일종의 결정타였다.

"그렇소……".

나오쓰구가 섬뜩한 것처럼 말하더니 당황하여 입을 다물었다. 요즘의 다다치카는 쇼군의 부름에 응해 등성하는 일조차 게을리하고 있다. 그대로 내버려 두느냐, 처분하느냐는 막부의 위엄에 관계되는 중요한 일이었다.

이에야스는 다시 한번 말했다.

"그밖에 다른 의견은?"

이번에는 아무도 발언하려는 자가 없었다. 다다치카를 내심 동정하고 있으나, 아들을 잃은 뒤의 그의 거동은 어느 누구도 변명할 수 없는 것이었기 때문이다.

"됐어, 이 문제에 대한 의견은 거의 나온 모양이로군."

여기서 이에야스는 히데타다를 향해 애서 온화한 시선을 옮겼다.

"죽었어야 할 내가 참견한다는 것은 우습지 않은가? 자, 쇼군의 결단을 듣기로 하지. 알겠느냐? 쇼군의 결정에 이의를 제기하는 일은 누구도 용서치 않겠다."

주위는 이미 어두컴컴해지고 있었다.

야규 무네노리가 발소리 나지 않도록 조심하며 촛대에 불을 켜고 다시 조용히 말석으로 물러갔다.

그때였다. 나오쓰구가 입을 열었다.

"황송하오나 드릴 말씀이 있습니다만……".

이미 이에야스가 쇼군에게 결단을 추구한 뒤인지라 나오쓰구는 말할까 말까 몹시 망설인 모양이었다.

"나오쓰구냐? 할 말이 있으면 어서 하여라. 뭘 꾸물거리느냐?"

나오쓰구는 다시 한번 정중히 이에야스에게 고개 숙였다.

"황송합니다. 중신들 의견은 모두 지당하나 가장 중요한 핵심이 빗나간 것 같습니다."

"뭐? 핵심이 빗나갔다고?"

"그렇습니다."

"대담한 말이로군. 어디 들어보자."

"예, 말씀드리겠습니다. 이 나오쓰구도 혼다 부자의 말씀대로 다다치카 님을 교토, 오사카 방면에 파견하는 데 이의가 없습니다. 그러나 이 문제는 그저 누군가를 파견만 하면 되는 게 아닙니다. 만일 다다치카 님을 파견하고도 소동이 도무지 가라앉지 않는다면 그때는 어떻게 하시겠습니까? 그러한 앞일에 대한 생각을 해놓지 않으면 안 됩니다."

모두들 놀라는 것 같았다. 그것은 분명 생각해 두지 않으면 안 될 중요한 핵심이었다. 그러나 이에야스는 무슨 생각을 했는지 갑자기 팔걸이를 탁! 치면서 꾸짖었다.

"잠자코 있거라, 나오쓰구!"

"예!"

"그대가 그런 말을 해주지 않으면 깨닫지 못할 쇼군인 줄 아는가!"

"황송합니다."

"쇼군은 일본의 일을 이것저것 모두 저울에 달아보고 무엇이 무겁고 가벼운지 충분히 고려한 뒤 결단 내리신다. 지금은 교토, 오사카에 누구를 파견하느냐는 문제에 국한하여 의논하고 있는 거다."

거친 소리로 꾸짖고 다시 히데타다를 향했다.

"그러면 결단을."

히데타다는 더 이상 주저하지 않았다. 그는 이미 마사노부와 의논하여 마음속으로 다다치카를 파견하려 작정하고 있었던 것이다. 물론 거기에는 두 가지 생각이 있었다. 다다치카가 여기서 자기 몸을 돌보지 않는 활동을 한다면 다시 신임할 것이며, 여기서도 불평하는 눈치를 보이면 대대로 내려오는 가신들에 대한 본보기로 울며 마속(馬謖)을 베듯 처리할 작정이었다.

"그렇다면 교토, 오사카에 보낼 중요한 사자는 오쿠보 다다치카로 결정하겠소."

그러고 나서 이에야스를 향해 말했다.

"이 일에 대해 무언가 하실 말씀이 있으면 하십시오."

이에야스는 잠시 슬픈 듯 미간을 찌푸렸으나 곧 그 감정을 뿌리치듯 말했다.

"이것으로 한 가지는 결정됐다. 교토, 오사카에 보내는 사자는 다다치카…… 그런데 다다치카의 힘이 미치지 못해 소동이 진정되지 않는다면……그때는 어떻게 해야 할지, 이번엔 나오쓰구부터 말해 보아라."

심한 꾸중을 듣고 무안하여 입을 다물고 있던 나오쓰구를 달래는 듯한 말투였다.

"나오쓰구, 자, 이번에 기탄없이 말해 보아라. 아까의 말로 미루어 그대에게 의견이 있는 것 같으니."

이에야스에게 재촉받고 나오쓰구는 당혹해하는 눈치였다. 다다치카를 교토, 오사카에 파견해도 이 소동은 가라앉지 않을 거라고 나오쓰구는 보고 있었다. 아니, 자기만 그렇게 생각하는 게 아니라 실은 그것을 가장 잘 아는 사람이 혼다 부자라고 여겼다. 그렇게 되면 다다치카는 그 책임을 지고 물러나야 한다…… 그러면 노신의 말로가 너무 가련하다고, 파견 결정이 내리기 전에 반대하려 했던 것이었다. 그런데 이에야스에 의해 가로막혔고, 이미 다다치카의 파견은 결정되지 않았는가. 결정되어 버린 이상 할 말이 있을 리 없다. 따를 수밖에 달리 도리 없는 것이다.

"나오쓰구, 왜 말이 없느냐? 그대는 다다치카를 파견하는 것에 반대하는 모양이구나."

나오쓰구는 계속 잠자코 있었다. 속을 꿰뚫어 보니 더욱 발언할 수가 없었다.

이에야스의 목소리가 한층 더 날카로워졌다.

"나오쓰구! 쇼군의 결정에 반대하는 건 용서하지 않는다고 했겠다?"

"예!"

"이 이에야스조차 따르는데 그대가 반대해서 될 일이냐? 다다치카의 파견은 이미 결정되었다. 그 다다치카가 진압에 실패했을 때는 어떻게 해야 하겠느냐?"

나오쓰구는 울컥했다. 이런 말을 듣고도 침묵을 지킨다면 비겁하다는 비난을 면치 못하리라.

"이미 결정하신 뒤라 삼가려 했습니다만 이 나오쓰구, 다다치카 님으로는 진압될 수 있는 일이 아니라고 생각합니다."

"그럼, 어떻게 하면 진압되겠느냐?"

"황송하오나 우대신 히데요리 님에게 오사카성을 내놓으시도록 해야 합니다…… 그렇지 않고는 처리할 길 없는 이번 소요를 여러 중신들께서는 잊으신 듯한 얼굴로 회의를 계속하고 계십니다. 저로서는 참으로 이해하기 어렵습니다."

정면으로 지적당하자 좌중이 갑자기 술렁거리기 시작했다.

말석에서 무네노리는 안도의 한숨을 내쉬었다. 누가 언제 이 말을 꺼내줄지 내내 기다리고 있었던 것이다. 히데요리의 영지이동이 결정되고 그것이 받아들여진다면 모여든 신도 신부들도, 모여들려던 떠돌이무사들도 야심과 꿈을 풀 곳이 없어져 뿔뿔이 흩어질 수밖에 없을 것이다.

그들의 야심을 기르는 것은 히데요리라는 인물이 아니라 '오사카성'이었다.

'히데요리에게는 야심 따위 티끌만큼도 없다……'

"그래? 그럼, 나오쓰구는 직접 히데요리를 만나 오사카성 양도에 대한 교섭을 해야 하며……그만한 교섭을 할 만한 인물이 아니면 파견하는 의미가 없다는 말인가."

"그렇습니다."

"그럼, 그럴 만한 인물이 있느냐? 있다면, 일단 결정된 일은 번복할 수 없으니 그를 다다치카와 별도로 파견하면 된다. 그 사자로 누가 적임이라고 생각하느냐?"

예상치 못한 어려운 질문이었다. 그러나 나오쓰구는 뒤로 물러설 수 없음을 깨닫고 있었다.

"말씀드리겠습니다. 우에스기 가문의 나오에 가네쓰구나 사나다 마사유키라면……."

순간 이에야스가 매섭게 되받았다.

"멍청한 놈 같으니! 마사유키는 이미 죽었어."

인간은 말하다 보면 때로 아주 뜻밖의 말이 튀어나올 때가 있다. 나오쓰구도 스스로 깜짝 놀랐다.

'왜 가네쓰구와 마사유키의 이름을 들었을까?'

그렇게 생각했을 때 이에야스가 그 이유를 꾸짖듯 밝혔다.

"그대는 가네쓰구나 마사유키가 이에야스와 동등한 싸움을 할 만한 인물이라고 생각하고 있군. 그렇지?"

"예……."

"그대가 그렇듯 생각하니 히데요리 모자도 역시 그렇게 생각할 것이다. 그러한 인물을 사자로 보내, 싸워봤자 도저히 승산 없으니 순순히 성을 내놓으라……고 간언하게 하라는 말이겠지?"

"예, 그, 그렇습니다."

"그대는 언제부터 그렇듯 허둥거리는 버릇이 생겼느냐? 모르고 있나? 가네쓰구는 세키가하라 싸움 때 나에게 화살을 겨눈 우에스기 가문의 중신……아니, 그보다 실은 이시다 미쓰나리와 작당하여 그 사건을 일으켰던 자야."

"그러니 그를 보내면……."

"가만히 있어!"

이에야스는 다시 무섭게 꾸짖었다.

"가네쓰구나 마사유키 따위와 의논하지 않으면 사건을 진압할 수 없는 쇼군으로 생각된다면……뒷날 천하를 다스릴 수 있을 거라고 생각하느냐? 한 번 얕보이게 되면 천하를 다스릴 수 없느니라. 이만한 이치도 모르고 어떻게 하겠다는 거냐?"

나오쓰구는 새파랗게 질려버렸다. 듣고 나서야 비로소 자기가 어떤 생각을 품었는지 확실하게 알았던 것이다.

이에야스의 말대로 그는 지금 가장 강한 상대는 나오에 가네쓰구가 이끄는 우에스기 군 또는 사나다 마사유키 부자라고 생각하고 있었다. 이런 생각이 머리 한구석에 남아 있어 그만 입 밖으로 나온 모양이었다. 그러나 도쿠가와 내부의 파벌 다툼이 얽힌 이번 문제를 다른 가문의 가신에게 말할 수는 없는 일이었다.

"황송합니다."

"알았으면 됐다. 그리고 마사유키는 얼마 전 죽었다고 들었다. 그러니 그 의견은 소용없는 거야. 자, 이번에는 도시카쓰의 의견을 들어보자."

이에야스는 도시카쓰에게로 시선을 옮겼다.

도시카쓰는 천천히 고개를 숙였다.

"이 문제는 예삿일이 아닙니다. 다다치카 님으로는 감당할 수 없다, 다다치카 님은 진압할 수 없다……고 한다면 천하에 큰 혼란이 일어나게 될 것입니다."

"두말해 뭘 하겠느냐? 그러니 그대 의견을 듣자는 게 아니냐?"

"황송하오나 이 도시카쓰에게는 아무 의견도 없습니다."

"뭐, 의견이 없다고?……그러고도 그대는 쇼군을 보좌할 수 있다고 생각하느냐?"

"어떤 꾸지람을 들어도, 없는데 있는 듯 말씀드린다면 이중의 불충…… 여기서는 오고쇼님이며 쇼군의 의견을 듣고 그 뜻에 어긋나지 않도록 충성을 다하는 것이 우매한 가신들의 도리인 줄 압니다."

말석에 있던 무네노리는 다시 웃음을 터뜨릴 뻔했다.

'교활한 사람이군…….'

이에야스는 조그맣게 한숨짓고 입을 다물었다. 그로서는 모두에게 특별한 의견이 없다는 걸 이미 잘 알고 있었다.

나오쓰구 같은 고집쟁이의 탈선은 별문제로 치더라도, 이처럼 뜻하지 않은 사건을 만나 쾌도난마로 처리할 명쾌한 해결책이 있을 까닭이 없었던 것이다. 그러나 모두의 발언으로 이 사건에 대한 저마다의 감정만은 어렴풋이 알 수 있었다.

아무래도 다다치카의 고집은 혼다 부자뿐 아니라 쇼군 히데타다도 상당히 불쾌하게 여기고 있는 모양이었다.

'그런 성품이니 옛날처럼 히데타다를 나무라는 듯한 말을 했는지도 모른다.'

아무튼 히데타다가 예수교 신자의 탄압이라는 묘한 책임을 지워 다다치카를 교토와 오사카로 파견할 마음인 것만은 뚜렷해졌다.

"아룁니다."

말석에 물러앉아 있는 무네노리 옆에서 나가이 나오카쓰가 입을 열었다.

"주방에서 식사준비가 되었다는 전갈이 왔습니다만……."

"그래?"

이에야스는 좀 지친 듯했다.

"그럼, 이쯤에서 잠시 한숨 돌리기로 할까?"

"알겠습니다. 그럼, 상을 날라오게 해라."

"예."

나오쓰구와 무네노리가 일어나 나가더니 곧 시동들에게 상을 들려 돌아왔다. 그동안 아무도 입을 여는 자가 없었다. 이미 시각은 7시가 넘어 마당까지 완전히 캄캄해졌다.

"이렇게 여럿이 함께 식사하는 것도 정말 오랜만이군."

이에야스가 젓가락을 들며 말했으나, 각별히 여유 있는 대답을 하는 자는 없었다. 모두들 진지하게 다다치카를 파견한 뒤의 사태로 생각의 방향을 옮기고 있는 것 같았다.

이에야스는 문득 우스워졌다. 우스워짐과 동시에 불안인지 자부심인지 모를 감회가 가슴을 스쳤다.

'아직은 죽을 수 없다!'

이에야스는 말했다.

"하하하……마치 초상집에서 밤샘하는 것 같구나. 좋아, 식사가 끝났으면 무네노리에게서 교토, 오사카에 대한 동태를 들어볼까……?"

무네노리는 조용히 머리를 조아리며 이에야스가 드디어 자기 본디의 모습을 되찾은 모양이라고 생각했다.

사실 무네노리는 이 회의 첫머리에서 무언가 발언이 허락될 줄 알았다. 그런데 처음부터 이에야스는 엄격한 자기반성으로 모두들의 넋을 빼놓고 우선 주제에 주의를 집중시켰다. 그리고 그들의 의견이 바닥을 드러내자 이번에는 반대로 텅 빈 두뇌에 정보를 넣어주고 다시 의견을 끄집어내려 하는 것이다…… 이것은 세키가하라 때 이에야스가 곧잘 썼던 사람들 지혜를 이끌어 내는 전략이었다.

'혹시 이에야스의 가슴속에 이미 어떤 방책이 서 있는 게 아닐까?'

이렇게 생각했을 때, 식사가 끝나 모두들의 앞에 차를 날라다 놓은 시동들이 물러가고 있었다.

이에야스는 이쑤시개로 의치를 쑤시면서 재촉했다.

"이제 됐겠지. 무네노리, 교토의 혼아미 고에쓰에게서 무슨 전갈이 온 모양이던데……."

이야기의 내용이 내용인지라 무네노리는 애써 험악한 느낌을 주지 않으려고 온화한 말투를 썼다.

"예, 고에쓰 님은 사태를 방관할 수 없다……고 생각하시는 모양입니다."

이에야스가 맞장구쳤다.

"허, 방관할 수 없다고? 어떤 면에서 그런 생각을 하는지……본디 그는 고지식한 고집쟁이인데……."

"오사카성에서 이미 세 번이나 가가로 사자가 파견되었다는데……두말할 것도 없이 다카야마 우콘을 꾀어내기 위해서였지요. 이유는 곧 성을 개축하고 싶으니 오사카로 나와 공사감독을 맡아달라는 것이었습니다."

곧바로 마사노부가 되물었다.

"그래서 다카야마 우콘은 뭐라고 했는가?"

아들 마사즈미는 그 사정을 이미 알고 있는 듯 그리 흥미가 없는 것 같았다.

"예, 우콘 님은 곧 그 사실을 가가의 영주에게 아뢴 모양입니다. 그러자 도시나가 님이 만류하셨지요. 그런데 다시 두 번 세 번 사자가 오는 통에 요즘 우콘 님은 망설이고 있다고 합니다. 즉 가가 영주에 대한 의리와, 오사카성 안의 신도와 신부에 대한 의리의 틈바구니에 끼어……그래서 고에쓰 님은 이렇게 보고 있습니다. 역시 신앙심이 강하니 그를 움직이고 말 거라고……."

"허, 그러면 우콘은 가가를 떠날 거라는 말이렷다?"

"고에쓰 님은 일부러 가가까지 가서 마에다 님과 여러 중신분들을 만나고 오셨습니다……그런 뒤의 추측인지라 어느 정도 믿어도 좋을 거라고 생각합니다."

이에야스는 벌써 그 보고를 듣고 있었지만 마치 처음 듣는 듯한 표정으로 고개를 끄덕였다.

"그러면 오사카 쪽에서 유인해 내려는 그 장본인은 누구인가?"

"그것을 확실하게는……."

무네노리는 일부러 말꼬리를 흐렸다.

"단지 오사카성에는 이쪽에서는 생각지도 못할 소문이 요즘 깊이 뿌리내리고 있는 것 같습니다만……."

"허, 어떤 소문이냐?"

"이를테면 일찍이 오쿠보 나가야스가 갖고 돌아다닌 연판장은 오늘날이 있을 것을 예상하고 대비해 만들어둔 순교를 위한 혈맹이었다는 소문입니다."

이번엔 히데타다가 맨 먼저 몸을 내밀었다.

"뭐라고, 순교를 위한?"

"예, 이 소문은 성에 들어간 신부들인지 아니면 아카시 가몬이나 하야미 가이인지……누가 생각해 냈든 방심할 수 없는 책략의 냄새가 풍깁니다. 즉 나가야스가 막부는 언젠가 오사카를 없애려고 한다……이것은 움직일 수 없는 정책임을 알고 있었다……고 말했다고들 합니다."

무네노리는 중신들이 섬뜩해하며 얼굴을 마주 보는 것을 의식하고 더욱 차분하게 말을 이었다.

"나가야스는 애당초 도요토미 가문의 부하가 아니다, 그러나 하느님을 배신할 신도도 아니다, 그래서 오고쇼님 측근에 미우라 안진이 왔을 때부터 오늘날과 같은 구교의 위기를 예상하고, 황송하오나 에치젠의 히데야스 님과도 의논하여 다다테루 님까지 한편으로 포섭해두었다……는 겁니다."

무네노리의 말이 너무나 담담하게 깊은 곳까지 찌르자 좌중은 얼어붙은 듯 조용해졌다.

"이런 소문을 퍼뜨린 자는 여간 뻔뻔스럽지 않다고 생각합니다. 나가야스가 과연 무슨 생각을 하고 있었는지……? 그는 이미 죽었습니다. 히데야스 님도 마찬가지……즉 죽은 사람에게는 입이 없다는 것을 계산에 넣어 남아 있는 연판장을 교묘히 이용하려는 거지요. 이런 말을 들으면 누구든 요술에라도 걸린 듯한 느낌이 됩니다."

이에야스가 재촉했다.

"그래서……그 소문이 뿌리내리면 어떻게 될 것이라고 생각하나, 무네노리……?"

"예, 두말할 나위도 없이 오사카는 모반을 일으키지 않을 수 없는 궁지에 몰렸다는 착각에 빠지고 말 겁니다."

"이야기가 좀 비약하는 것 같군. 그건 왜 그런가?"

"나가야스는 이미 죽었고, 오고쇼님 측근은 미우라 안진의 독무대가 되었다…… 그 증거로 영국, 네덜란드의 사절이 당당히 일본 전국을 여행하고 에도에 저택까지 하사받게 되었다…… 뭐, 그 정도라면 예수교의 위기이기는 해도 오사카성의 위기는 될 수 없다…… 그래서 다시금 연판장을 내세우게 되는데……나가야스는 오늘이 있을 것을 예상하여 그 혈맹을 맺어두었고 경솔하게도 히데요리 님을 비롯한 오사카 중신들의 측근들도 서명했다…… 나가야스의 유족이 처형

되었을 정도이니 당연히 그 연판장은 쇼군님과 오고쇼의 수중에 들어가 있으리라……고 한다면 오늘의 이 회의만 해도 틀림없이 오사카 정벌을 위한 군사회의라고 생각케 하는 구실이 되는 셈으로……."

"음……."

"이 소문을 퍼뜨린 자는 상당히 뻔뻔스러운 자로, 뒷날 소동의 실마리로 삼기 위해 깊이 생각을 거듭한 것이라고 봅니다."

무네노리는 이 이야기를 듣고 조금도 놀라지 않는 사람이 누구인지, 그것만 기억해 두리라고 생각했다. 그런데 전혀 동요의 기색을 나타내지 않는 얼굴은 애석하게도 이에야스 외에 한 사람도 없었다. 단지 마사노부만이, 놀라기는 했으나 그 놀라움 속에 음산한 침착성을 유지하고 있었다.

"그런데 그 소문이 이미 뿌리내렸다는 증거가……달리 있단 말이냐?"

무네노리는 일부러 미소지으며 말했다.

"있습니다. 기슈의 구도야마에 은퇴한 사나다 마사유키에게도 사자를 보냈습니다. 오노 하루나가와 상의하여 와타나베 구라노스케가 간 모양입니다."

"그러나 마사유키는 이미 죽었을 텐데……."

"그렇습니다…… 그래서 깜짝 놀란 사자가 급히 돌아가 그 사실을 알리자, 그러면 그 아들을 맞이하는 게 어떻겠느냐는 논의가 지금 한창 진행 중일 거라고 생각합니다. 아들 유키무라는 미덥지 않다는 자……유키무라야말로 아버지를 능가하는 군사(軍師)라는 자……."

거기까지 말했을 때, 다다요가 얼굴빛이 달라져 무네노리의 말을 막았다.

"그럼, 오사카 쪽에서는 이미 싸울 준비를 갖추기 시작했단 말이오?"

그 질문이 너무나 절박하게 느껴져 이에야스는 가볍게 달랬다.

"그것은 걱정 마라. 내가 이미 손써놓았으니."

다다요는 모두들의 주의가 자신의 질문에 집중되어 있는 것을 의식하고 이에야스에게 물었다.

"손쓰셨다면……어떠한?"

이에야스는 더욱 대수롭지 않다는 듯 가볍게 대답했다.

"거기에 대해서는 노부유키에게 명해두었다. 노부유키는 동생을 모반에 가담시킬 수 없는 의리를 우리에게 지고 있다."

그 말에 다다요와 좌중의 다른 이들은 모두 고개를 끄덕였다.

신슈 우에다 성주 사나다 노부유키는 세키가하라 결전 때, 서군에 가담한 아버지 사나다 마사유키와 동생 노부시게(유키무라)의 구명을 탄원하여 이에야스의 은혜를 입은 일이 있다. 그 의리가 있기 때문에 이번에는 이에야스가 노부유키에게 손써서 유키무라로 이름을 바꾼 노부시게에게 가벼이 행동하지 말도록 설득시켰다는 의미인 것 같았다.

유키무라의 아내는 서군의 지장(智將) 오타니 요시쓰구의 딸이며, 형인 우에다 성주 노부유키의 아내는 도쿠가와 가문의 사천왕인 혼다 헤이하치로의 딸이다. 그런 면에서도 각별한 사이인지라 모두 그 일에 대해서는 더 이상 말하지 않았다.

"어떤가? 무슨 새로운 정보가 또 있느냐? 없다면 슬슬 회의를 다시 시작할까……."

지금까지는 잡담, 이제부터는 회의……그 구별을 확실히 짓는 의미에서 모두들 옷깃을 바로잡았다.

"이제 나가야스며 예수교 신자의 책모와 관계있다고 생각되는 자들은 처분하고 다다치카를 교토, 오사카 방면으로 보내자는 데까지는 결정되었다고 보는데……."

이에야스가 입을 열자 쇼군 히데타다가 그 뒤를 받았다.

"말씀대로 다다치카를 교토, 오사카 방면으로 파견하기로 결정되었습니다. 그러나 다다치카에게 어떤 밀명을 내려 파견하느냐, 그 내용을 충분히 검토하지 않으면 안 됩니다. 우선 다다치카를 오사카성에 먼저 파견해야 할지 어떨지?"

히데타다는 여기서 이에야스 쪽을 흘끗 보고 말을 이었다.

"그것부터 결정해야 합니다."

이에야스는 고개를 크게 끄덕였다.

"그럼, 거기에 대해 저마다 의견을……오사카로 파견한다는 건 당연히 우대신과 만나게 하는 것인데, 어떤가 마사노부, 그대 생각은?"

"아직 히데요리 님과 만나게 할 시기는 아니라고 생각합니다. 그보다는 교토 행정장관 이타쿠라 님과 의논하여 우선 소요의 근원이 될 신도들 처리가 중요하다고 생각합니다."

"소요의 근원이 될 신자들을 말이지?"

"황송하오나 첫째로 마에다 집안에 집정으로 등용되어 3만 석에 가까운 영지를 받고 있는 다카야마 우콘과 역시 마에다 집안 객장으로 있는 나이토 조안의 추방이야말로 중요한 문제라고 생각합니다."

"과연……."

"나이토 조안의 녹은 4000석이라고 들었습니다만 다카야마의 녹과 합하면 4만 석에 가까우므로 비용에는 부족이 없을 것……그들이 국내 신도들을 규합하는 격문을 띄우면 옛날의 잇코종도 폭동과 같은 큰일이 벌어질지도 모릅니다. 이쪽에서 먼저 급히 손써야 할 일이라고 생각합니다."

침착한 목소리로 말하고 히데타다를 흘끗 보았다. 히데타다는 마사노부의 시선에 재촉받고 이에야스를 쳐다보았다. 그러나 이에야스는 아무 말도 없었다. 다시 눈을 감고 무릎 앞 팔걸이에 두 손을 얹고 무언가 생각에 잠겨 있었다.

"그러면 마사노부의 의견은 다카야마, 나이토 두 사람의 처분을 서두르라는 것인가?"

"그렇습니다."

"그러면……마사즈미는?"

"이의 없습니다."

"도시카쓰는 어떤가?"

도시카쓰는 잠시 생각하다가 대답했다.

"저는 역시 히데요리 님을 직접 뵙고 우선 소동에 휩쓸리지 않도록 충고드린 뒤, 다시 영지이동에 대한 일을 넌지시 말씀드리는 게 순서라고 생각합니다. 그렇지 않으면 다카야마와 나이토의 처분 소식을 듣고, 그야말로 에도에서 오사카성 공격을 결의했다고 속단……아니, 그렇게 말하는 자들에게 에워싸여 있기 때문에 오히려 큰일을 초래할 결과가 될 것 같습니다만!"

"그것도 일리가 있군. 그럼, 마사즈미, 그대 의견을……."

히데타다는 이에야스가 무슨 말을 하려나 하고 이따금 그쪽으로 시선을 보냈지만, 여전히 아무 말 없으므로 마사즈미에게 발언을 재촉했다.

마사즈미는 준엄한 말투로 입을 열며 한무릎 다가앉았다.

"저도 아버님 마사노부의 의견에 찬성입니다. 히데요리 공은 황송하오나 오사카성의 장식품에 불과합니다. 사실은 여주인……그분에게 영지이동에 대한 이야기를 섣불리 꺼냈다가는 그야말로 소동이 커질 것입니다. 아무튼 오사카성 안의 소동은 피하기 힘든 것……으로 보고 뽑아야 할 뿌리를 주위에서부터 뽑아버리는 게 중요하다고 생각합니다…… 다시 말씀드리면 이제 와서 모반해 보았자 꼼짝달싹할 수 없다……고 생각하게 하지 않으면 순순히 이동시킬 수 없을 겁니다. 그러므로 조금 전에 나오쓰구 님이 말씀하신 우에스기 가문의 나오에 가네쓰구, 구도야마의 유키무라에게도 충분히 손쓰신 뒤, 예수교 소동의 중심인물을 뿌리째 뽑아 처분하시고……오사카의 영지이동은 그 뒤에 시도하시는 게 소동을 줄이는 방법이 아닐까 합니다."

히데타다는 다시 이에야스 쪽을 흘끗 바라보았다. 그러나 이에야스는 금방이라도 잠들 것같이 조용했다. 히데타다는 다시 시선을 좌중으로 돌렸다.

"마사즈미의 의견은 알았다. 그 밖에 또 누구 할 말이 없느냐?"

그러나 아무도 대답하는 자가 없었다. 역시 이 사건에 자신감을 갖고 대처할 만한 자가 없었던 것이다.

히데타다는 하는 수 없이 이에야스에게 말했다.

"아버님, 양쪽의 의견이 모두 일리 있다고 생각합니다. 아버님 의견을 말씀해 주십시오."

"오, 내가 깜빡 졸았던 모양이군."

이에야스는 혼잣말처럼 중얼거린 뒤 대답했다.

"이것은 히데요리 공에게 말하지 않으면 안 될 일이라고 생각한다."

"그럼, 도시카쓰의 의견에……?"

"아니, 도시카쓰와는 좀 다르다. 나는 방금 신불의 의견을 여쭙고 있었다. 알겠느냐? 인간은 모두 신불의 자손. 그런 신불의 자손인 히데요리 공이 20살이 되셨다. 인간은 나이 20살이면 당당한 어른이야. 당당한 어른에게는 어른 대우를 해 줘야 해. 그런데도 걱정하는 것은 어리석은 어머니의 애정이지."

모두가 어리둥절해져서 저도 모르게 서로 얼굴을 마주 보았다. 히데타다도 의외라는 듯 상기된 목소리로 물었다.

"그럼, 다다치카를 오사카로 먼저 보내시겠습니까?"

그는 이미 마사노부와 그 일에 대해 여러 가지로 의논한 모양이었다.

이에야스는 천천히 고개를 저었다.

"아니, 그것도 아니다. 다다치카에게 설득하게 하는 건 도리에 어긋난다. 그러므로 내가 직접 설득하겠다."

"아버님께서 직접?"

"그러나 일부러 오사카까지 갈 수는 없다. 그러니 다다치카를 교토, 오사카 방면으로 파견함과 동시에 가타기리 가쓰모토를 슨푸로 부르겠다. 그래서 가쓰모토에게 사정을 자세히 말한다면 그 어떤 방법보다 히데요리 공에게 진실이 잘 전해질 것이다."

"그러면 다다치카는?"

"그렇군, 내 일과 병행하여 교토, 오사카의 신도에 대한 처리, 그리고 다카야마, 나이토 등의 일을 처리하게 하는 게 좋겠지."

히데타다는 안도의 한숨을 크게 내쉬었다. 아마 아버지가 깊은 생각으로 도시카쓰의 의견도 받아들이고, 혼다 부자의 체면도 세울 수 있는 타협책을 모색한 거라고 생각한 것이리라.

그런데 이에야스의 생각은 그렇지만은 않았다.

"어쨌든 태평한 세상을 시끄럽게 해서는 안 된다. 사실 다다치카의 성질로는 히데요리 공을 설득할 수 없을 게다. 그런 줄 알면서 파견하면 내가 신불에게 꾸중들을 것이고 다이코에게도 충실치 못한 사람이 된다. 그래서 쇼군에게 부탁이 있는데 들어주겠나?"

히데타다는 깜짝 놀라 고개를 숙였다.

"새삼스럽게 무, 무슨 말씀입니까?"

"다름 아니라, 가와치나 셋쓰 중에서 1만 석만 히데요리 님에게 더 주지 않겠는가?"

"1만 석……그건 문제없습니다만……무엇 때문에 그런……?"

"실은 내가 슨푸에 막 은거하여 한 푼도 없을 때 오사카로부터 호코사 개축에 대한 기부를 요청받은 일이 있다. 없는 돈을 내놓을 수는 없다고 거절했었지. 오사카에는 다이코가 남긴 황금이 많이 있으니 거절해도 안 될 것 없다고 생각했지만 기부하지 않은 일은 역시 내 실수였어."

"그러면 이제 불전(佛殿) 비용으로?"

"그래, 지금 내가 가타기리를 슨푸로 부르면 날카로운 공기를 더욱 날카롭게 할 뿐…… 그러므로 언젠가 청한 기부를 깜빡 잊고 있었으니 그것을 주겠다는 핑계로 부르려는 거지. 그러면 저쪽도 납득하여 쓸데없는 오해를 피할 수 있을 게야."

여기까지 말하고 이에야스는 새삼 모두들의 얼굴을 찬찬히 둘러보았다.

"알겠느냐? 내가 이번 일로 천하를 시끄럽게 하고 싶지 않은 본심이 어떤 것인지를……그 때문에 나는 쇼군에게까지 무리한 청을 했다. 진심……그 마음을 그대들도 결코 잊지 않도록. 그렇지 않으면 소동의 뿌리를 뽑으려다가 오히려 더 크게 만들고 만다. 소동이 커지면 곤란해지는 것은 오사카나 에도의 시민뿐만이 아닐 것이다."

그리고 이에야스는 새삼 진지하게 덧붙였다.

"자, 이제 내 부탁은 끝났다. 히데요리 공 쪽은 내가 맡을 테니 다다치카에게 어떤 명령을 내릴 것인지 의논을 계속하여라."

이에야스는 다시 가볍게 눈을 감았다. 이미 밤이 깊어가고 있었다.

사나다(眞田) 가문

여기는 아자부다이(麻布台) 이마이(今井)에 신축된 사나다 노부유키의 에도 저택.

노부유키는 아직 나무 향내가 싱싱한 거실 장지문을 해 질 녘부터 닫게 한 뒤, 숙부 사나다 마사요시(眞田昌吉)와 이미 두 시각 가까이 밀담을 계속하고 있었다. 물론 측근무사는 모두 물리쳐졌다. 때때로 격론하는 소리가 새어 나오다가 인기척도 느낄 수 없는 정적으로 돌아가곤 했다.

어느덧 게이초 18년(1613)도 저물어가고 있으나, 나가야스의 병사로 말미암아 일어난 이해의 소동은 아직 기분 나쁜 여운을 끌며 이 사나다 집안뿐 아니라 여러 영주들에게 음산한 구름이 덮인 듯한 느낌을 주었다.

이에야스는 이미 에도를 떠났다. 그러나 슨푸로 곧장 가지 않고 무사시의 나카하라(中原)에서 고스기(小杉)의 찻집으로 옮겨 지금 그곳에 묵고 있었다. 이 뜻하지 않은 지체로 영주들의 불안과 억측은 더욱 커졌다.

마사요시가 말했다.

"한번 헤아려보오. 드러난 일만도 예사로운 풍파가 아니오. 첫째 오고쇼가 일부러 가타기리 가쓰모토를 불러 도요토미 가문에 1만 석의 녹봉을 더 주겠다고 말씀하시더니, 이번에는 느닷없이 처벌명령을 내리셨소. 그리고 10월 1일에는 우에노 이타하나(板鼻) 성주 사토미 다다요리(里見忠賴)가 영지를 몰수당했고……같은 달 13일에는 나카무라 다다카즈(中村忠一)의 영토가 몰수되었소……또 10월

19일에 시나노 후카시 성주 이시카와 야스나가는 분고의 사이키(佐伯)로 유배……
같은 10월 24일에는 우와지마 성주 도미타 노부타카, 휴가 노베오카 성주 다카하시 모토타네가 영지를 몰수당했소……이어서 시나노 지쿠마 성주 이시카와……"

노부유키는 불쾌한 기색으로 가로막았다.

"벌써 알고 있습니다! 쇼군의 결심이 예사롭지 않다는 것도, 오고쇼님의 고뇌가 깊은 것도 잘 알고 있어요."

"허."

말허리가 잘린 마타요시는 매우 불만스러운 얼굴이었다.

"주군은 혼다 헤이하치로 님의 사위만이 아니오. 이 댁 마님은 혼다의 따님인 동시에 오고쇼님의 양녀. 따라서 오고쇼님은 주군의 장인어른, 여기서는 그 장인어른의 고뇌를 살피시어 구도야마의 유키무라를 설득하는 게 의리며 인정에 맞는다고 생각되지 않으시오?"

"……"

"또 말씀을 안 하시는군……구도야마의 유키무라를 내버려 두면 오사카성으로 들어갈 게 뻔한 일…… 그렇게 되면 형제분끼리 피 흘리며 싸워야 할 것이오."

그러나 노부유키는 대답하지 않았다.

'이 숙부는 사나다 가문의 숙명이라고도 할 만한 아버지의 성미를 모르고 있다…….'

아니, 사나다 가문의 숙명……이라기보다, 죽은 아버지 마사유키의 한평생 이어져 온 이상야릇한 집념과 견식이라 해도 좋았다. 그 아버지 슬하에서 세키가하라 이후 줄곧 교육받아 온 동생 유키무라였다. 유키무라에게는 형 노부유키가 움직일 수 없는 남다른 '신념'이 바위처럼 뿌리내리고 있었다.

'숙부는 그것을 모른다…….'

이렇게 생각하자 노부유키는 어쩔 수 없는 안타까움을 느꼈다. 노부유키는 천하에 이미 조용해질 수 없는 암운이 깃들기 시작했음을 잘 알고 있었다. 나가야스 사건에 관련된 여러 영주들의 처분을 끝내고 훌쩍 에도를 떠난 이에야스가 어찌하여 고스기의 찻집에서 못 떠나는지……그 이유도 잘 알았다. 그리고 교토, 오사카에 갔어야 할 다다치카가 아직 오다와라 성을 출발하지 못한 원인도…….

옹고집스러운 다다치카는 자신이 교토, 오사카 방면으로 보내지게 된 일을 혼다 마사노부, 마사즈미 부자의 음모라 믿고 있었다. 혼다 부자는 정적인 다다치카를 없애기 위해 어떤 수단도 가리지 않는 간악한 무리……라고 믿으며 이에야스의 슨푸 귀환을 기다려 오다와라 성으로 맞아들인 뒤 직접 간하여 혼다 부자를 쇼군의 측근에서 추방시키려 하고 있다……는 은밀한 고발이, 사실은 이에야스가 나카하라까지 왔을 때 있었던 모양이다. 그 고발을 한 자는 바바 하치자에몬(馬場八左衛門)……이라고 노부유키는 그 이름까지도 벌써 알고 있었다.

만일 그렇게 되면 이에야스는 오다와라 성의 볼모가 되어, 천하는 그야말로 벌집을 쑤셔놓은 듯한 소동이 벌어지리라. 아니, 그 일은 이미 겉으로 보이지 않는 곳에서 심하게 꿈틀거리기 시작하고 있었다. 에도에서 도이 도시카쓰가 허둥지둥 나카하라로 달려가 그의 진언으로 이에야스는 일단 고스기의 찻집으로 옮겨간 것이다…….

그러한 긴박한 공기 속에서 만일 노부유키의 동생 유키무라가 오사카성에 들어가는 날이면 도쿠가와 가문의 내부도 에도와 오사카의 관계도 수습할 수 없는 큰 혼란 속에 말려들고 말리라. 그런 만큼 마사요시의 권유가 없더라도 노부유키 자신, 구도야마로 달려가 유키무라를 붙잡고 싶은 심정이었다. 그러나 그것은 간단한 일이 아니었다. 왜냐하면 아버지 마사유키의 망집을 이어받은 유키무라가 순순히 형의 충고에 따를 인물이 아님을 잘 알기 때문이다.

이것은 결코 성격 차이나 이해대립 같은 문제가 아니었다. 굳이 말한다면 '인간' 본디의 주관과 해석의 차이라고 할 수 있다. 이에야스나 노부유키가, 인간은 교육하기에 따라 이성을 중요시하고 법을 존중하는 '평화인'이 된다고 믿고 있는 데 비해, 돌아가신 아버지 마사유키는 한마디로 그것을 부정하는 '힘'의 신봉자였다.

"그게 바로 이성을 잃은 망상이지. 인간이란 그렇듯 아름다운 존재가 아냐."

약육강식은 동물, 식물계를 불문하고 지상에 사는 모든 생명의 어쩔 수 없는 실상이다. 따라서 인간 세상에서 전쟁을 없애려는……아니, 그럴 수 있다고 생각하는 이에야스의 꿈은 어린애 장난과도 같은 것이다. 인간 중에 절대적인 강자로 태어난 사람은 결코 없으므로 쓰러뜨린 자 역시 이내 쓰러지며, 세상에 인간이 있는 한 싸움은 끝없이 되풀이되는 것이라고 평생 이에야스를 비웃으며 살다가 죽었다.

"유키무라, 알겠느냐? 너는 결코 도쿠가와 님 같은 어리석은 호인이 되지 마라."

이런 사정을 알므로 섣불리 움직였다가 유키무라에게 거절당하게 되면, 수습할 길 없는 파란이 하나 더 느는 결과를 초래하게 된다……

마사요시는 체념한 듯 혀를 찼다.

"나에게는 대답하지 않으실 모양이로군. 오고쇼는 어디까지나 우리 사나다 일족을 믿고 계시다, 여기서 천하를 소란케 해서는 노부나가, 히데요시, 이에야스 3대에 걸친 60년의 노력이 허사가 된다, 그러니 부탁한다고 나에게 말씀하셨지요. 이건 결코 도리에 어긋나는 일이 아니라, 뒷날 사나다 집안에 득이 될 수도 있는 일이오. 그런데 주군은 단 한 장의 편지만으로 혈육인 아우를 버리려 하시오. 두 번 권해 듣지 않으면 세 번, 세 번 권해 듣지 않으면 몸소 찾아가실 정도의 정성을 가지셔야만 돌아가신 아버님에게 효도가 되리라고 생각하오만……."

노부유키는 잇따라 혀를 찼다.

"숙부님, 잠깐. 그럼 말하리다. 숙부께서는 친형이신 나의 아버님을 모르고 계시오."

"무슨 말씀을! 마사유키 님은 주군의 아버님이시지만 나에게는 어릴 때부터 싸움터를 함께 누비며 달린 형님, 어찌 내가 모른다고 단언하시오?"

"아니, 모르십니다……아버님은 아시다시피 어릴 때 다케다 신겐의 여섯 시동 가운데 으뜸가는 분이었소."

"알고 있소. 시동 중에서도 가장 뛰어난, 이야말로 틀림없는 기린아라고 신겐 님을 여러 번 감탄시킨 분이지."

"바로 그 점입니다. 아버님은 너무 위대했어요. 그 위대한 분이 너무나 싸움만 하셨소……우선 나가시노 싸움에서 노부쓰나(信綱)와 마사테루(昌輝) 두 형님을 잃으시고, 셋째아들이면서 가문을 이어받아 한 번도 싸움에 패한 적이 없으십니다."

"그렇지. 옛이야기가 되어버린 가와나카지마 싸움에서는 무토 기헤에(武藤喜兵衛)라는 이름으로 공을 세우셨소. 그것이 첫출전이었지. 그때 14살이었다고 들었소. 그 뒤 오다와라 공격 때는 바바 노부후사의 군사감독, 나라야마 공격 때는 소네 다쿠미(曾根内匠)와 함께 나의 두 눈이라고 신겐 공이 칭찬하셨소. 그 뒤 누마다 성을 손에 넣고 다시 신슈 우에다 성 3만8000석을 얻으시고, 노부나가 공의 덴쇼 10년(1582) 고슈 공격 때는 가쓰요리 공을 구하려고 자기 영지인 조슈의 이

와비쓰 산성(岩櫃山城)으로 오시도록 권하셨소……가쓰요리 공은 그 청을 받아들이지 않고 오야마다의 이와토노산(岩殿山)에 의지하려다 끝내 덴모쿠산의 이슬로 사라졌지만……."

노부유키는 그 기세에 눌린 듯이 가로막았다.

"숙부님! 숙부님 말씀대로 아버님은 싸우면 반드시 이기셨소……그러나 그 승리가 아버님을 그르쳤다고 할 수도 있을 것입니다. 예를 들면 우에스기 가문의 나오에 가네쓰구도, 도요토미 가문의 오타니 요시쓰구도, 이시다 미쓰나리 등도 모두 아버님의 병학(兵學)에 심취했다 해도 과언이 아니오. 그런데 이들은 모두 싸움을 즐기다 신세를 그르쳤소."

"그것이 이번 구도야마의 설득과 무슨 상관있나?"

"들어보십시오. 오고쇼의 말씀에 의하면 아버님은 병학, 병법도 잘하셨지만 동시에 병자라고도 할 수 있습니다."

"무슨 말을……형님을 병자라니……?"

"그렇습니다, 천하에 이런 병자가 세 사람 있었다더군요. 그 한 사람이 구로다 간베에, 또 한 사람은 다테 마사무네, 그리고 우리 아버님 마사유키……천하에는 늘 전란이 일어나고 있으니 그 으뜸이 되고 싶다는, 즉 천하쟁취병에 걸린 세 병자라고. 유키무라는 그러한 아버님의 이상에 맞는 아들이지요. 알겠습니까, 숙부님?"

"그렇다 해서 그대로 버려둔다는 건……."

마사요시가 다시 입을 열자 노부유키는 황급히 가로막았다.

"좀 더 들어보십시오. 이렇게 말한다 해서 아버님을 단순한 전쟁광이라고 생각하는 것은 아닙니다. 아버님은 나에게 오고쇼의 양녀를, 유키무라에게는 오타니 요시쓰구의 딸을 저마다 짝지어 주시고 세키가하라 싸움 때 서군(西軍) 편을 드셨소. 그때의 말씀을 나는 지금도 잊을 수가 없습니다. 노부유키, 이제 어느 편이 이기든 사나다 집안은 존속한다. 아버지를 가문의 불효자라고 생각하지 마라……고 하신 말씀을……."

"그 말이라면 이 마사요시도 가끔 들었지. 늘 깊이 생각하시는 분이신지라 주군은 오고쇼와, 유키무라는 다이코님과 인연 맺게 하여 온갖 이변에 대비하셨소."

"바로 그 점입니다. 숙부께서는 세키가하라 때 아버님이 왜 서군 편을 드셨는지 그 속셈을 아십니까?"

"그것은 나오에 가네쓰구, 오타니 요시쓰구, 이시다 미쓰나리 등과 모두 각별히 친한 사이인지라, 그 의리를 다하기 위해……."

노부유키는 고개와 손을 함께 흔들었다.

"아니오, 그렇지 않습니다. 인간 세상은 전란이 있는 게 정상적인 상태이고, 평화는 그 사이사이에 드문드문 끼어든 휴식 장소에 불과하다는 생각을 뿌리 깊게 지니고 계셨지요. 태평세월은 결코 10년 이상 지속되는 게 아니다, 따라서 인간 생애는 전쟁에 걸어야 하는 것이라는 신념으로 세키가하라 싸움을 7대 3으로 보셨던 겁니다."

"7대 3이라니? 그러면 서군 쪽에 7할의 승산이 있다고?"

"아닙니다. 서군의 승산은 3할. 아시겠습니까. 그러나 7할 쪽에 걸어서 이기더라도 이 노부유키는 기껏 10만 석에 12만 석쯤 더해질 뿐, 그런데 만일 서군이 이긴다면 어떻게 될까요? 그 싸움의 주모자인 이시다, 오타니, 나오에는 아버님에게 모두 제자 같은 인물……운 좋으면 천하를 얻고 천하를 얻지 못하더라도 100만 석의 대영주가 될 수 있을 터이니, 서군에 걸어야 한다고 하셨습니다. 아버님은 웃으시면서 말씀하셨지만 나는 그때 온몸이 오싹해졌습니다…… 삶의 차이는…… 세상을 보는 눈의 차이…… 이것은 어쩔 수 없는 일이라고."

"흠."

"그런데 그 도박은 아버님의 패배로 끝났지요. 나는 목숨을 걸고 오고쇼에게 아버님의 구명을 탄원했습니다."

"그건 잘 알고 있지."

"그때도 아버님은 웃고 계셨지요. 철저하신 분이니까. 그래 과연 몇 년이나 태평세월이 계속될까? 이번엔 10년쯤 계속될지도 모르지만, 이에야스는 사람좋으므로 오사카를 남겨둘 것이다, 그러니 나는 유배당한 기슈에서 그날까지 천천히 대책을 세우겠다……고 했습니다."

"역시 범상한 분이 아니시군."

"그렇습니다. 범상한 분이 아니십니다. 그런 분이 다음 싸움은 에도와 오사카라고 밤낮없이 가르치며 키운 유키무라……아시겠습니까, 숙부님?"

노부유키는 마사요시에게 시선을 쏟으면서 한숨을 내쉬었다. 평화가 얼마나 소중한 것인지 간절히 설명한 편지를 유키무라에게 이미 한 번 보냈으나 겉봉도 뜯지 않은 채 되돌아왔다. 유키무라가 특별히 거만한 성격이거나 과격한 사람이었다면 노부유키는 다시 사자를 보내 꾸짖었을지도 모른다.

"형의 편지를 뜯어보지도 않다니 무례한 놈."

그러나 유키무라는 그것과 전혀 반대였다. 형 노부유키는 싸움터에 나갈 때 일부러 거창하게 위엄을 갖추고 우레 같은 소리로 사기를 돋우지만, 유키무라는 소년 때부터 남을 꾸짖을 줄 몰랐다.

어쩌면 노부유키와 비교도 되지 않을 만큼 대담한 면을 지니고 태어났는지도 모른다. 노부유키가 화가 머리끝까지 치밀 때도 그는 싱글벙글 온화한 얼굴을 잃지 않고 잘못이 있을 때는 빌고 그럴 만한 이유가 있으면 그것을 밝혔다. 따라서 형처럼 거친 전국의 변화 속에서 자랐으면서도 적을 거의 만들지 않았다.

노부유키가 이에야스에게서 자라났듯 유키무라에게도 한동안 볼모생활이 계속되었다. 아명(兒名) 오벤마루(於辨丸)가 겐지로(源次郎)로 바뀐 얼마 뒤 먼저 우에스기 가문의 볼모가 되어 그곳에서 나오에 가네쓰구와 알게 되었다. 가네쓰구는 스승으로 섬길 만큼 아버지 마사유키에게 심취해 있어 그 아들 유키무라와도 친교 맺고 지낸 모양이었다.

이때는 아버지 마사유키가 도쿠가와 군을 적으로 맞아 항전하고 있어 우에스기 가문과의 협력이 꼭 필요했기 때문이었는데, 다이코의 중재로 화친이 성립되자 이번에는 볼모도 시동도 아닌 형태로 다이코에게 보내졌다. 그곳에서 미쓰나리와 알게 되고 요시쓰구의 눈길도 끌었다. 그래서 미쓰나리의 중매로 요시쓰구의 딸을 맞게 되었다. 이 혼담도 노부유키가 도쿠가와 가문 혼다 헤이하치로의 딸을 아내로 맞게 된 것과 같이 아버지 마사유키의 생각에서 나온 지시였다.

아버지 마사유키는 그 무렵부터 언젠가 히데요시와 이에야스가 천하의 패권을 놓고 다투리라 확신하고 있었다. 히데요시의 생전에는 실현되지 않았으나 죽은 뒤 2년째에 세키가하라 싸움이 터졌을 때도, 아버지의 신념은 조금도 흔들리지 않았다. 서군이 패하고 마사유키가 맏아들 노부유키의 전공에 의해 구명되자, 그는 다음 전쟁을 예언하고 구도야마에 웅거하면서 둘째 아들 유키무라에게 철두철미 자신의 사상과 신념을 주입시켰다.

"평화는 꾸며진 모습, 약육강식의 세상이므로 인간과 전쟁은 결코 떼어놓을 수 없다."

은거하면서 다음 전략을 짜기에 고야산 아래의 구도야마는 더없이 좋은 은거지였다. 온갖 무사들이 고야 절 참배를 가장하거나 수도자 행각승으로 변장하여 출입했다. 이가 패, 고가 패 중에서 뜻을 이루지 못한 자들도 그 아래 모여들었다.

마사유키는 유키무라와 함께 의논하여 그들 가운데 뜻이 통하는 자를 인근 마을에 정착시켜 14, 5년 동안 무시할 수 없는 세력으로 자리 잡았다.

그러나 아버지는 나가야스의 죽음을 전후해 끝내 도요토미 대 도쿠가와의 싸움을 직접 지휘하지 못한 채 세상 떠났다. 그러나 임종 때 유키무라를 불러 자신의 인생관이 한 치의 틀림도 없다는 것을 누차 깨우쳐주고 숨을 거둔 모양이다. 그러므로 유키무라가 형의 편지를 뜯지도 않은 채 돌려보낸 의미가 얼마나 준엄한 것인지 마사요시는 몰라도 노부유키는 너무나 잘 알고 있었다. 슬픈 이성의 절연장이었던 것이다.

"그러면 주군은 이미 구도야마는 돌보지 않겠다, 유키무라가 오사카성에 들어가더라도 모르는 척하겠다는 기요?"

마사요시로서는 사나다 집안도 중요하지만 조카 유키무라를 이대로 죽음에 몰아넣는 것도 인정상 차마 두고 볼 수 없는 심정이었다. 그가 보기에 이에야스는 이미 결심한 듯했다.

오사카성으로 들어가는 떠돌이무사들 수가 늘고, 그 총감독으로 사나다 유키무라와 다카야마 우콘이 들어간다면 두 말 없이 군사를 풀어 오사카성 공격을 감행시킬 게 틀림없었다. 그렇게 되면 이미 늦는다. 아무리 아버지 마사유키가 도쿠가와 군에 패한 적 없는 명예로운 무장이라 하더라도 유키무라 역시 그럴 거라고는 볼 수 없었다.

반대로 형 노부유키가 지금 유키무라의 결심을 바꿔놓고 아뢰어야 한다.

"만일의 사태가 있을 때는 평화를 유지하기 위해 간토 쪽에 가담할 게 틀림없습니다."

그러면 이에야스는 유키무라에게 영주 지위를 줄지도 모를 일이다. 마사요시는 이런 이해를 형 노부유키를 통해 설복시키고 싶었다.

"나는 주군이 좀 더 인정 많은 분이라고 생각했소. 주군은 역시 아우의 무례함에 노하고 계시는군."

노부유키는 거친 목소리로 말했다.

"그만하십시오! 그 이야기는 이제 그만합시다! 숙부님도 사나다 일족이오. 아마 우리 집안의 핏속에는 이상한 외고집이 있는 것 같소."

마사요시는 시무룩한 표정이었다.

"그럴까……그런데 주군은 막상 싸움이 벌어지면 도요토미 가문에 승산이 있다고 보시오?"

"숙부님!"

"뭐요?"

"그토록 걱정되신다면 왜 몸소 유키무라를 찾아가지 않으십니까?"

"무슨 말씀! 주군의 편지조차 뜯지 않고 돌려보낸 사람 아니오? 오고쇼의 편인 줄 알고 있는 이 마사요시가 찾아가 봤자 문전 축객이나 당할 게 뻔한 노릇인데. 이렇듯 주군께 부탁하는 심정을 몰라준다면 섭섭하오."

"그럼, 한 수 가르쳐 드릴까요? 친서를 퇴짜맞고 형인 내가 머리끝까지 화나 있다고……."

"나는 안가겠소. 가도 소용없어."

"누가 숙부더러 가시라고 했소? 숙부는 만나주지도 않을 테니 유키무라와도 아버님과도 절친했던 마쓰쿠라 시게마사(松倉重正)에게 부탁하란 말입니다."

"뭐, 마쓰쿠라에게……?"

"그렇습니다. 마쓰쿠라의 영토는 구도야마에서 멀지 않은 와슈(和州)에 있소. 아시겠소? 내가 노발대발하여 만일 가까이 있다면 토벌의 소임을 맡아 남의 손을 빌리지 않고 직접 치고 싶어 한다더라고. 그러나 형제 싸움은 돌아가신 아버님도 좋아하시지 않을 터이므로 화해시키고 싶다……고 설득하는 겁니다."

"그렇게 하면 유키무라의 마음이 움직일 거라고 생각하오?"

노부유키는 안타까운 듯 혀를 찼다.

"숙부님도 좀 성급하신 것 같군요. 그 말을 딱 잘라 거절하면 구도야마는 마쓰쿠라 님의 엄한 감시를 받게 될 텐데요……."

마사요시는 비로소 무릎을 탁 쳤다.

"과연……묘안이군."

마사요시가 순순히 고개를 끄덕이자 노부유키의 목소리도 누그러졌다.

"유키무라로서는 먼 시나노 지방의 형보다 가까이에서 감시하는 남의 눈이 더 무섭지. 마쓰쿠라가 찾아가면 설마 호락호락 문전축객 하지는 못할 거요."

"옳은 말씀······."

"그래서 형의 분노와 숙부의 심려, 오고쇼의 결단 등을 누누이 설명하면 제아무리 유키무라일지라도 매정한 대답을 할 수 없지 않겠습니까?"

"알았소! 역시 주군은 사나다 핏줄, 지혜가 남다르오."

노부유키는 쓸쓸하게 웃었다.

"겨우 기분이 풀리신 것 같군요. 아시겠습니까? 야마토의 고조 거리(五條町)에서 마쓰쿠라 님이 유키무라의 동정을 호시탐탐 감시한다면, 비록 유키무라에게 오사카성으로 들어갈 의사가 있다 하더라도 가볍게 움직일 수 없을 것입니다. 움직일 수 없도록 묶어만 놓는다면 숙부께서 걱정하시는 불안도 없어질 거고, 그리고······."

"그리고?"

"또 하나, 이런 말도 하는 게 좋겠지요. 근간에 다다치카 님이 교토, 오사카의 예수교 신도들을 진압하러 부임할 거라고."

"그렇게 될까? 아직 오고쇼는 고스기 언저리에 계시는데······."

"염려없습니다. 오고쇼의 기질로 보아 쇼군의 결정은 어떠한 일이 있어도 실행시킬 게 틀림없습니다. 바로 이 다다치카 님의 또 하나의 목적은 교토에서 가가로 가서 담판하는 데 있다고······."

"가가에서······무엇을 담판한단 말이오?"

"다카야마 우콘의 추방이나 할복."

"그······그것이 정말이오, 주군?"

"그렇게 되지 않으면 이번 일을 처리할 수 없습니다. 그 말을 함과 동시에 그 같은 위험이 구도야마의 유키무라에게도 있을 수 있다는 것을 은연중에 내비치는 겁니다."

"유키무라의 신상에도······말이오?"

"그렇습니다. 그때는 마쓰쿠라에게 감시명령이 내릴 거라고······마쓰쿠라에게 말해 두는 게 좋을 겁니다. 그러면 마쓰쿠라도 열심히 설득하겠지요. 마쓰쿠라가 진지하게 나가면 유키무라도 어쩌면 다시 생각하게 될지 모릅니다. 이쯤에서 내 지혜도 바닥났습니다. 운은 하늘에 맡길 수밖에."

노부유키는 내뱉듯 말한 뒤 손뼉 쳤다. 어느덧 밤이 찾아와 주위는 완전히 어둠에 잠겼다.

"불을 밝혀라. 이야기 끝났다."

마사요시는 어둠 속에서 다시 한번 감탄한 듯 무릎을 쳤다.

"주군, 이건 아무래도 이면공격은 아니겠는데요."

"그렇지요, 정면공격입니다. 유키무라는 이면공격에 항복할 사내가 아닙니다. 그도 나름대로 자신만만한 자, 실은 아버님을 가장 많이 닮았는지도 모릅니다."

"벌레 한 마리 못 죽일 것 같은 온화한 얼굴도."

그때 불을 밝혀 든 젊은 무사가 들어오자 마사요시는 급히 자리에서 일어났다.

"마쓰쿠라 님은 이미 성에서 나오셨겠지. 일각이 급하니 밤중이지만 이 길로 찾아뵙기로 하겠소."

마사요시가 마쓰쿠라 시게마사를 어떻게 설득했는지는 알 수 없다. 마쓰쿠라 시게마사는 그로부터 얼마 뒤 에도성의 서성으로 다시 돌아와 머물게 된 이에야스를 만났다. 그리고 곧장 에도를 떠나 도카이도 서쪽으로 나가 자신의 영지인 야마토에서 기슈를 통해 유키무라가 은거해 있는 구도야마로 찾아갔다.

구도야마는 고야산 북쪽 골짜기이며 기노강(紀川) 남쪽 기슭이다. 큰 다리를 남쪽으로 건너 밀어낸 듯한 언덕을 오른쪽으로 올라가면 햇살을 듬뿍 받는 경사지에 유배인의 거처라고 생각할 수 없는 큰 건물이 서 있고 마구간이 즐비하게 늘어섰다. 아버지 마사유키가 자신의 거센 기질에 맞춰 지은 것이리라. 작은 성곽을 연상시키는 건물이었다.

이미 게이초 18년(1613)도 지나가고 19년 정월 중순이었다. 이곳으로 오는 동안 마쓰쿠라는 두 가지 큰 사건에 대해 들었다.

그 하나는 지금 교토에서 예수교 교회당을 부수고 선교사들을 추방하고 있는 다다치카의 처벌이 결정되었다는 사실이다. 도쿠가와 가문 3대를 모신 오쿠보 일족의 우두머리가 사소한 일로 오다와라 성주 지위에서 쫓겨나는 것이다…… 다다치카는 이미 그 처벌을 어렴풋이 짐작하고 오다와라성을 출발한 모양이었다. 이에야스를 성안에 감금해 놓고 직접 담판하려 했던 것이 그 원인이었다. 이미 주종이 미카와에서 고락을 함께하던 시절 같은 그런 고집은 용납될 수 없었던 것이다…… 이에야스는 아마 선대의 충성을 생각해 베지는 않으리라. 그러나 호인인 다다치카가 이 처분을 교토 행정장관으로부터 들을 때 얼마나 분노를 터뜨릴지 생각만 해도 마쓰쿠라는 가슴이 터질 것 같았다.

이에 비하면 다른 소식, 다카야마 우콘과 나이토 조안 등이 가가에서 체포되었다는 소문은 그리 대수롭지 않았다. 그들도 아마 처형당하지는 않으리라. 왜냐하면 다카야마도 나이토도 오사카성으로 오라는 사자가 몇 번씩이나 찾아갔는데도 신앙이 명하는 대로 평화의 소중함을 강조하며 오히려 밀사를 설득시켜 돌려보냈다고 들었기 때문이다.

"지금 싸워서는 안 된다."

마쓰쿠라는 무거운 마음으로 중얼거렸다.

"문제는 이 집의 주인이다……."

조용한 그 집 현관 앞에 멈춰서서 그는 크게 기침했다. 그리고 현관에 나온 젊은이에게 안내를 청했다.

"마쓰쿠라 시게마사가 영지로 돌아가던 중 오랜만에 만나 뵙고 싶어 찾아왔노라고 유키무라 님에게 전해라."

젊은이는 아직 머리를 올리지 않은 미소년이었다. 아마 유키무라의 아들이겠거니 생각했지만 일부러 묻지는 않았다.

"알겠습니다. 잠시 기다려주십시오."

그러나 그 소년은 좀처럼 나오지 않더니 이윽고 유키무라 본인이 얼굴을 내보였다.

"오, 유키무라 님. 실은 영지로 돌아가는 길에 오늘 오랜만에 고야산 참배를 마치고 느닷없이 폐를 끼칠 생각이 들었소."

그러나 유키무라는 곧 들어오라고 하지 않았다. 돌아가신 아버지보다 젊고 자기보다는 나이 많은 손님을 온화하게 바라보며 웃지도 않고, 그렇다고 냉랭하지도 않은 묘하게 온화한 표정으로 입을 열었다.

"여기서 용건을 말씀해 주신다면 고맙겠습니다."

마쓰쿠라 시게마사는 두 눈을 반뜩이면서 입가에 미소지었다.

"역시 듣던 바대로 강경하시군. 그 고집으로 형님의 친서를 되돌려보낸 모양이군요."

그러나 유키무라는 표정을 허물지 않았다.

"그럼, 귀하도 형님과 같은 용건으로 들르셨습니까?"

"같은 용건······이라기보다 유키무라 님의 속마음을 들으러 왔다고 말씀드리는 편이 좋겠지요. 물론 그것만은 아니오. 이곳 기슈의 아사노 가문에서도, 그리고 그 이상인 분의 뜻도 확인하기 위해 한 번 찾아뵈어야겠다 싶어······돌아가신 아버님 마사유키 님과의 우정을 생각해 영전에 향이라도 하나 피워올리고 싶어 찾아왔습니다······ 그래도 문전축객 하시겠소?"

유키무라도 그 말에 뺨을 불그레 물들였다. 노한 것 같지는 않았다. 무언가 부끄럽게 생각하는 것인지도 모른다.

"아버님에 대한 공양이라면 자식으로서 거절할 도리 없지요. 자, 들어오십시오."

마쓰쿠라는 호쾌하게 웃으며 신발을 벗었다.

"하하······마사유키 님이 돌아가셨어도 구도야마의 정신은 여전합니다. 역시 축하드려야겠군요."

"죄송합니다. 실은 이런 곳에도 여러 나라의 온갖 방문객이 찾아드는지라 구별 없이 모두 거절하고 있습니다."

"허······오사카 입성을 결의하셨고······ 그래서 도쿠가와 가문과 인연 있는 자는 만나지 않을 각오라는 세상 소문이 잘못된 것인가요?"

"정말 세상 입을 막을 도리는 없는 모양입니다. 아버님께서도 저도, 형님이신 노부유키 님이 애쓴 덕분에 겨우 용서받은 은거자······근신 중인 처지를 생각해서지요."

일단 청해 들이자 유키무라는 어느덧 격의 없는 말투로 마쓰쿠라 시게마사를 방안으로 안내했다.

마쓰쿠라는 방안으로 들어서자 곧 불단 앞에 앉았다. 마치 그것이 가장 큰 목적이기라도 한 것처럼 향을 피우고 합장했다.

"아버님께서도 여간 기뻐하시지 않으실 겁니다."

"유키무라 님 앞이지만, 오사카의 사자들이 이 구도야마를 찾아왔다는 말을 듣고 오고쇼님께서 얼굴빛이 달라져 한동안 주먹을 부르르 떠셨다 하오."

"그건 또 왜?"

"귀하를 두려워한 것은 아닙니다. 아버님이 아직 건재……하신 줄 여기셨으므로 마사유키를 적으로 돌렸구나 싶어 자신도 모르게 몸을 떠셨다더군요."

유키무라는 비로소 웃었다.

"하하하……설마 그렇듯 소심하신 오고쇼는 아니시겠지요. 그러나 실은 오사카에서 온 사자도 아버님이 돌아가신 것을 알고 낙담한 모양입니다."

"그러시겠지요. 그래, 오사카에서는 누가 왔었소?"

유키무라는 밝은 표정으로 담담하게 대답했다.

"예, 오노 하루나가의 내명을 받았다면서 와타나베 구라노스케 님이 오셨습니다."

그 말투나 표정에는 아무 격의도 괴로워하는 빛도 느낄 수 없었다. 자못 대범하고 우호적인 응대로 바뀌어 있었다.

마쓰쿠라 시게마사는 용건과는 한참 거리가 먼 화제로 바꾸었다.

"그런데 유키무라 님, 귀하는 따님을 다테 집안 가타쿠라 고주로(片倉小十郎)의 후계자에게 출가시킨 모양입니다만……."

유키무라는 온화하게 대답했다.

"그렇습니다. 중매하신 분이 계셔서. 그 말씀을 들으니 생각납니다만 혼다 마사노부 님의 막내 아드님……아니, 마사즈미 님의 막내아우님이 우에스기 가문 가네쓰구 님의 양자로 들어가셨다던데……?"

"바로 그겁니다. 오고쇼님께서는 어떻게든 이번 일을 원만히 해결하고 싶어하십니다만 주위에서는 그와 반대로 당장에라도 절연하실 것 같은 소문을 퍼뜨리고 있습니다……즉 귀하의 따님이 가타쿠라 집안으로 출가했다……는 것뿐인데도 소문은 상당히 크게 번져……."

"허, 처음 듣는 말입니다. 어떤 소문이 나돌고 있나요?"

"……사나다 유키무라는 드디어 아버지 마사유키 님의 뜻을 이어 오사카성으로 들어가 간토에 대항할 결심을 했다, 이번 혼인이 그 증거라는 거요."

"당치도 않은 소문입니다…… 대체 가타쿠라 집안과 오사카가 무슨 관계 있단 말씀입니까?"

"그 점이오. 이번 소동은 규모가 크고, 예수교 신자들의 단순한 추측만이 아니라 도쿠가와 가문 내부의 집안소동도 얽혀 있소. 한쪽은 마쓰다이라 다다테루 님, 한쪽은 쇼군……."

유키무라는 웃음을 터뜨렸다.

"하하하, 인간들은 사사건건 파란이 일어나기를 좋아하는 모양이군요…… 그런 소문이 떠돌고 있습니까?"

"다다테루 님을 편드는 것은 돌아가신 나가야스, 지금 교토에 있는 다다치카, 그리고 장인 마사무네……이 사람들이 오사카에 가담할지도 모른다는 소문이 나돌고 있소. 그렇게 되면 오사카 군을 지휘하실 유키무라 님으로서는 우선 다테 집안과 굳게 손잡아두지 않으면 안 된다고……."

"과연……그래서 다테 집안의 기둥인, 가타쿠라 님에게 딸을 출가시켰다는 말이로군."

"그렇소. 그래서 혼다 부자도 그냥 있을 수 없어 부랴부랴 우에스기 집안에 손써 마사즈미의 막내아우를 가네쓰구의 양자로 보냈다고들 하오."

"우에스기 집안을 오사카와 접근시키면 큰일이라……는 말씀이오?"

"유키무라 님."

"예."

"이야기가 이쯤 되었으니 내가 무슨 말을 하려는지 짐작하시겠지요? 허심탄회하게 말씀하시는 게 어떻겠소? 천하의 태평을 들쑤시면 안 되니 오사카 편이 되지 않겠다고……결심해 주시지 않겠소?"

드디어 핵심을 털어놓고, 마쓰쿠라는 내놓은 담배함을 담뱃대 꼭지로 끌어당겼다. 이야기가 여기에 이르러도 유키무라는 그리 얼굴빛을 바꾸지 않았다. 처음부터 예상하고 있었는지도 모른다. 한참 동안 조용히 생각에 잠긴 듯하다가 전혀 방향이 다른 말을 꺼냈다.

"형 노부유키 님은 제가 친서를 뜯으려 하지도 않고 돌려보낸 뜻을 오해하고 계시는 모양이군요."

마쓰쿠라는 저도 모르게 담뱃대를 입에서 떼고 되물었다.

"옛? 뭐라고요? 형님이 귀하를 오해하셨다고……?"

거듭 묻는 마쓰쿠라에게 유키무라는 희미하게 미소지었다.

"아마 제가, 이 세상에서는 싸움이 끊일 날 없다는 아버님의 생각에 영향받아 오사카 쪽에 가담하여 큰 도박을 할 거라고……하지 않으시던가요?"

마쓰쿠라는 신경질적으로 담뱃대로 함을 쳤다.

"음. 그럼, 귀하의 생각은 그렇지 않단 말씀이오?"

"예, 아버님 생각이 그릇된 것이라고는 여기지 않습니다만 아버님이 세키가하라 싸움 때 우리와 함께 우에다 성에 계시면서 지금 쇼군의 상경을 가로막은…… 그때의 도박과는 좀 다릅니다."

"허, 그러면 처음부터 오사카 쪽에 가담할 생각 같은 건 하지도 않았단 말이오?……뭐, 그렇다면 안심했소. 실은 나도 사나다 마사요시의 부탁을 받고 에도 서성에 계시는 오고쇼님의 의견도 여쭈어보고 온 거요. 유키무라 님이 오사카성으로 들어가게 해서는 안 된다, 기슈의 아사노에게 엄중한 감시를 명했으니 염려 없을 거라고 보지만 만일 그대가 가는 길이 있으면 이 뜻을 유키무라에게 잘 전해 달라고 하셨소. 즉 오사카성에 들어가지 않는 대신 시나노 안에서 1만 석 주겠으니, 형제가 정답게 태평성세의 치적을 올려주지 않겠느냐고."

마쓰쿠라가 단숨에 말하자 다시금 유키무라의 뺨에 핏기가 올랐다.

"잠깐만, 귀하께서는 제가 한 말의 뜻을 오해하고 계신 것 같군요."

"뭐, 오해라고?"

"예, 저는 아버님처럼 승패의 도박은 하지 않습니다. 그러나 오사카를 편들지 않겠다고 말씀드리지는 않았습니다."

"무……무……무슨 말씀이오? 그럼, 오사카성으로 들어가겠다고 이미 약속이라도 하셨단 말이오?"

유키무라는 천천히 고개를 저었다.

"물론 아직 승낙하지 않았습니다만 거절한다고도……아직은."

"유키무라 님, 그러면 노부유키 님이며 마사요시 님 체면을 생각하시어…… 아니, 이렇듯 권하는 나를 위해서라도 지금 간토 편이 되겠다고 결심해 주실 수 없겠소?"

마쓰쿠라가 말을 마치는 것과 동시에 유키무라가 물었다.

"마쓰쿠라 님, 그러면 귀하는 제가 오사카성에 들어가지 않으면 싸움이 일어나지 않는다는 확증을 갖고 계십니까?"

"확증……이라시면?"

"그게 중요합니다. 유키무라는 아직 입성하지 않았습니다. 그러나 입성하지 않을 도리가 없다……는 은밀한 우려도 버리지 못했습니다."

"이상한 말씀이시군요…… 만일 오사카 쪽에 가담하더라도 패하는 것은 뻔한 일. 그것을 알면서도 도요토미 가문을 위해 꼭 희생해야 할 의리가 있다……는 것으로 들립니다."

"그렇게 보셔도 무방합니다. 그렇지 않으면 이 세상에서 싸움이 사라질 날 없다는 신념을 위해 이 구도야마에 은거한 아버님이 전쟁청부인으로 전락하시게 됩니다. 그러면 아버님 마사유키의 면목은 들도적 무리와 다름없어질 겁니다…… 저는 그런 결과가 되게 할 수 없습니다."

이 말을 들은 마쓰쿠라는 흠칫했다.

'유키무라는 대체 어떤 생각으로 무슨 말을 하려는 것일까……?'

마쓰쿠라는 얼른 판단할 수 없었다.

"그러면……그러면……귀하는 오사카 군이 패하리라는 것을 알면서도 그편에 가담하지 않을 수 없다는 것이오?"

유키무라는 고개를 끄덕이는 대신 한숨을 내쉬며 다시 미소지었다.

"이해되지 않습니까?"

"이해하기 힘들군요. 형 노부유키 님이 귀하를 걱정하시는 것은……혈육의 정으로서 당연한 일이지만, 오고쇼의 말씀은 평범하지 않은 맛과 함축성이 있을 텐데……."

유키무라는 대답하지 않았다. 생각해 보면 자신의 사고방식에 모순이 있다는 것을 스스로 잘 알기 때문이었다. 그는 결코 이에야스를 미워하는 것은 아니었다. 아니, 오히려 보기 드문 도량을 가진 사람이라고 존경하고 있는 터였다. 형 노부유키가 헤이하치로의 사위로 아무리 도쿠가와 편에서 싸웠다 한들 세키가하라 때의 강적 사나다 마사유키 부자를 오늘날 이렇듯 안온하게 살려둔다는 것은 전국시대 무장의 상식으로 드문 일이 아닐 수 없었다.

'다이코라면……?'

'노부나가라면……?'

생각할 때마다 이에야스의 행위에서 헤아릴 길 없는 신앙과의 대결이 느껴졌다. 그 이에야스가 이번에도 오사카 쪽에 가담하지만 않으면 유키무라를 영주로 삼겠다고 한다. 인간은 모두 신불의 아들이라는 세상의 평범한 계산을 초월한,

이에야스의 '인생관'에서 우러난 것이리라. 이런 마음을 알면 알수록 유키무라에게는 구애받지 않을 수 없는 또 하나의 입장이 눈을 부릅떠왔다.

"그렇소, 유키무라 님에게는 역시 오고쇼의 마음이 통하지 않는가보군요."

"마쓰쿠라 님."

"통하지 않는다면 내 방문은 허사였군. 이제 그만 물러가기로 할까?"

"마쓰쿠라 님, 한 가지 말씀드릴 게 있습니다."

"새삼스럽게……무슨 말씀이오?"

"오고쇼에게도, 형님에게도 이 말만은 전해 주시기 바랍니다. 유키무라가 오사카 편이 되든 안 되든 싸움은 결코 막을 길이 없다는 것 말입니다."

"뭐, 싸움은……."

"귀하도 마음 한구석으로는 그것을 느끼고 계실 겁니다. 이 세상에서 싸움을 없애자, 이 세상을 현세의 정토로 만들어야 한다……는 것이 오고쇼의 꿈이라면, 이 세상에서 싸움은 끝날 날 없다……고 단언한 아버님의 말씀에도 일리는 있습니다."

"그것과 이 일이 무슨 상관있소?"

"아니, 싸움은 필연적인 사실이라고 볼 때 비로소 도요토미 가문 당대의 주인이 가슴 아프도록 가련하게 느껴집니다……저는 그것이 견딜 수 없습니다."

"점점 이상한 말씀을!"

"이상하시겠지요. 여느 사람들에게는 납득되지 않을지도 모릅니다. 그런 점을 생각해 형님의 친서를 뜯지 않고 돌려보낸 겁니다…… 마쓰쿠라 님, 어차피 이 세상에서 싸움이 사라지지 않을 바에는, 유키무라는 싸움에 이겨 출세하기보다는 가련하고 고독한 유자(遺子)에게 로쿠몬센(六文錢)의 기치 한 폭을 선사해 드리고 죽고 싶습니다."

마쓰쿠라는 숨이 막힐 듯했다. 유키무라는 은연중 자신의 각오를 털어놓은 것이다. 자기 몸의 영달도, 자손의 번영도 뿌리치고 오사카 쪽에 가담하겠다……는 말로 마쓰쿠라는 받아들인 모양이다. 바로 이런 것이 인간의 슬픈 면인지도 모른다. 사람이 저마다 다른 용모를 지니고 태어나듯 각자의 생각에는 타인을 받아들이지 않는 개개의 밀실이 존재한다. 이런 의미에서 볼 때, 마쓰쿠라는 유키무라의 사상의 방으로 들어갈 수 없는 인간이었다.

마쓰쿠라는 이렇게 해석했다.

'굉장한 정을 지닌 사람이구나!'

아니, 이렇게 해석하지 않으면 유키무라 역시 아버지 마사유키처럼 백에 하나나 둘밖에 없는 오사카 쪽의 승리에 거는 큰 도박꾼이라는 답이 나오기 때문이었다.

"그렇다면 나는 다시 한번 유키무라 님을 설득하지 않으면 안 되오."

마쓰쿠라는 그 나름대로 성실한 점에 있어 유키무라에 뒤지지 않는 사람이었다. 그는 무릎 앞의 담배함을 밀쳐버렸다.

"귀하의 생각은 처음부터 한 가지 큰 것을 놓치고 있는 듯한데 어떻소?"

"놓치고 있는 것이라고요?"

"그렇소. 귀하의 각오는 알았소. 귀하는 싸움을 피할 수 없다고 보고 있소. 그리고 틀림없이 패할 줄 알면서도 오사카성의 미망인과 유자가 불쌍해 편들 각오라고 하셨소."

"……"

"그런데 귀하는 대체 어떻게 오사카로 입성하실 작정이오? 아시겠소? 유키무라 님, 기슈의 아사노 집안에서 이미 귀하를 엄중히 감시하고 있소."

"잘 알고 있습니다……."

"아니, 기슈의 감시뿐이라면 탈출이 가능할지도 모르지. 본디 아사노 가문은 도요토미 가문과 인연 있던 터라 모른 척할 수도 있소……그런데 귀하는 지금 오고쇼의 밀명을 띠고 온 나의 충고까지 물리쳤소."

"죄송합니다."

"아니, 나는 상관없소. 나는 유키무라는 마사유키의 아들이다……하고 생각하면 그뿐이오. 그러나 그럴 수 없는 일이 하나 있소."

"있겠지요."

"있고말고. 나는 간토로 돌아가 아무튼 이 결과를 오고쇼에게 보고하지 않으며 안 되오. 문제는 바로 거기에 있소. 오고쇼는 귀하도 말씀하신 대로 어떻게든 이 세상에서 싸움을 없애고 싶다! 이 세상을 정토로 만들고 싶다는 생각이 가득한 분이시오. 그런 분이시니 귀하가 오사카성으로 들어간다……는 걸 아시면 그냥 둘 리 없지요. 비록 피할 수 없는 싸움일지라도 전화를 최소한으로 줄이고 싶다…… 귀하가 입성함으로써 싸움의 희생이 커진다고 생각하시면 귀하를 순순히 구도야마에서 나가도록 하실까? 오고쇼께서는 야마토의 고조에서 그리 멀지 않고 또 귀하의 은신처에 대해 잘 아는 나에게 감시나 토벌명을 내리실지도 모르오. 그러면 이 마쓰쿠라는 한 번 사자의 역할을 했으니 거부하기 힘들 테고…… 형님 노부유키 님도 의리 때문에 우리에게 군사를 더 내지 않을 수 없게 될지도 모르오. 어떻게 생각하시오? 이래도 도요토미 가문의 유자를 위해 순사하시겠소? 우리나 형님은 어찌 되든 좋단 말씀이오?"

마쓰쿠라 시게마사의 눈에 어느덧 눈물이 흥건히 고여 있었다. 유키무라는 자신도 울고 싶어졌다.

마쓰쿠라 시게마사는 감정을 이기지 못하여 토론하던 말꼬리가 흐려지고 있었다. 그가 해야 할 말은 이런 물음이 아니었다.

"이래도 도요토미 가문의 유자를 위해 순사하시겠소?"

그보다는 이렇게 따져야 했다.

"우리가 사나다 노부유키 님의 협력을 얻어 야마토 고조에서 감시하는데도 귀하는 무사히 오사카성으로 들어갈 수 있다고 생각하시오?"

그 논리가 묘하게 흐트러질수록 마쓰쿠라는 사나다 집안을 깊이 염려하며 유키무라의 신상을 걱정해 주고 있다……고 여겨지는 자신의 마음에 느끼는 희미한 모순이 견딜 수 없었다.

"마쓰쿠라 님, 아버님도 완고한 면이 계셨지만 저도 아버님 못지않은 성격을 타고난 모양입니다."

"그, 그것이 귀하의 대답이오?"

"그러나……이 유키무라, 오고쇼의 은혜는 결코 잊지 않겠습니다. 이 한 가지만은 기회 있을 때 오고쇼님께 아뢰어주십시오."

"해괴한 이야기로군. 아버님의 죄를 용서하고 그 아들인 형에게 큰 상을 내리고 아우인 귀하까지 영주로 봉하겠다는데……그 은혜를 알고 있는 귀하가 어째서 오사카성에 들어가 적이 되어야 한단 말이오?"

유키무라는 이 말에 직접적인 대답은 하지 않았다.

"저는 오고쇼님을 더없이 흠모하고 있습니다. 틀림없이 후세의 역사가도 불세출의 위인이라고 극찬할 것입니다. 그러나 저는 단 한 가지 동의할 수 없는 점이 있습니다."

"이 세상에서 싸움은 사라지지 않는다……는 것 말이오? 그리고 아버님의 유지를 잇지 않으면 불효라고 생각하는 것 말이오?"

유키무라는 다시 한번 자신에게 말하듯 한마디 한마디 끊어 말했다.

"저의 눈에도……다음 싸움이 확실히 보입니다. 과연 오고쇼의 집념은 올바르십니다. 그 이상은 더없이 높다고 해도 과언이 아닐 것입니다."

"음."

"어쩌면 오고쇼야말로 중생을 모두 정토로 인도하시려는 부처의 화신인지도 모릅니다…… 하지만 바로 그 점이 제가 동의할 수 없는 약점인 것 같습니다. 마음속에 아무리 큰 사랑을 품더라도 현실세계를 고스란히 구제할 길은 없습니다…… 무사들의 불평불만, 두 예수교도의 충돌, 개개인의 증오, 욕망, 야심, 지혜가 뒤얽히면 이미 신불로도 다스릴 수 없는 혼란이 일어나, 결과는 역시 싸움으로 되돌아간다……고 유키무라가 말하더라고 기회 있으면 오고쇼님께 아뢰어주십시오. 이 유키무라 한 사람이 물러남으로써 히데요리 모자가 평안하시게 된다는 것을 알면 군말 없이 물러나겠습니다. 그러나 그렇지 못합니다. 이미 인간들의 인과와 업보가 오사카성을 몇 겹으로 옭아매고 있습니다. 아니, 그것을 풀 수 없게 되어버린 듯하므로 이렇게 말씀드리는 겁니다. 어쩌면 이 유키무라, 그 업화가 적어지기를 바라며 도요토미 가문을 편들려는 것인지도 모릅니다…… 마치 세키가하라 때의 장인 오타니 요시쓰구와 비슷한 심정으로……."

여기까지 말하자 마쓰쿠라 시게마사는 자리에서 일어났다.

"실례하오. 이제 더 주고받을 말이 없소."

유키무라는 황급히 마쓰쿠라의 소매를 잡았다.

"이대로 헤어질 수는 없습니다. 간소한 상이나마 준비시켰으니 술이나 한잔하고 돌아가십시오."

그리고 급히 손뼉 쳐 아들 다이스케(大助)를 불렀다. 그 다이스케의 시중으로 술을 한 잔 대접해 보냈으나, 마쓰쿠라는 이미 마음 놓지 못하는 표정이었다. 보기에 따라서는 술을 대접하고 벨 작정이 아닌가 하는 경계의 빛조차 느낄 수 있었다.

'무리도 아니지…….'

문까지 배웅하고 나서 유키무라는 사방의 산사들을 새삼 둘러보았다. 한결같이 봄빛이라고는 털끝만큼도 없는 앙상한 나목 숲, 거무스름한 피나무, 삼나무의 색채에서도 엄숙한 생명의 맥박이 느껴졌다.

그러나 이상하게도 고독감은 없었다.

'역시 아버님은 뛰어난 식견을 지녔던 원대한 계획의 소유자……'

자기도 도요토미 가문의 유자 편을 들어 오사카성으로 들어간다면 그것은 바로 죽음을 의미한다. 그러나 시나노 한구석에서는 아버지의 후손이 생생하게 뿌리내려 살고 있지 않은가…….

인생이란 본디 남은 두말할 것도 없고 혈육의 희생 위에 쌓아가는 번영에 지나지 않는다. 형제자매 중 누가 번영하고 누가 그 거름이 되는가는, 실로 도저히 예측할 수 없는 '운명'인 것이다.

"마쓰쿠라 님, 귀하의 후의는 유키무라 평생 잊지 않겠습니다."

문득 입안에서 중얼거렸을 때, 마을 어귀까지 배웅하고 돌아온 15살 난 다이스케가 걱정스러운 듯 말을 걸었다.

"아버님, 마쓰쿠라 님은 아버님을 이대로 오사카에 보내지 않으시겠다고 하셨습니다. 틀림없이 부하들을 거느리고 자신이 막아 보이겠다, 그렇지 않으면 무사의 체면이 서지 않는다……고 웃으셨는데, 진정인 것 같았습니다."

"그래, 나도 그렇게 보았다."

"그러면 아버님께서는 너무 속을 터놓고 말씀하신 것이……?"

"걱정 마라. 사나다 가문에는 마쓰쿠라 님으로서는 감당할 수 없는 그런 전략의 지혜가 있다. 조상 대대로 내려오는 핏속에……."

말하고 나서 유키무라는 문득 후회했다. 일단 유사시에는 마쓰쿠라 시게마사 따위 상대도 되지 않지만……그의 성의에 비교해 볼 때 이러한 자랑이 참으로 야비하고 추하게 느껴졌기 때문이다. 하늘은 구름을 드리우고 있어 당장이라도 눈발이 흩날릴 것 같았다.

"이제 안으로 들어가자."

유키무라는 다이스케를 재촉하여 문 안으로 들어갔다.

"아버님, 오고쇼님은 역시 세상의 흔해 빠진 미끼로 아버님을 낚으시려는 거군요?"

"너에게는 그렇게 보이느냐?"

"하지만 시나노 땅에 영토를 주어 영주로……마쓰쿠라 님이 그렇게 말씀하지 않았습니까?"

유키무라는 미소지었다. 그러나 그것은 쓸쓸한 웃음이었다.

'다이스케까지 미닫이 밖에서 엿들은 모양이로군.'

당연한 조심성이라고 생각하면 그뿐이지만, 어쩐지 서글픈 패배자의 심경인 것 같아 마음 쓰였다.

'아버님이 살아계셨다면 이번 일에 어떻게 대처하셨을까?'

아버지는 유키무라와 달리 오사카성을 손아귀에 넣을 좋은 기회가 왔다며 적극적으로 정열을 불태우리라. 그에 비하면 자신은 역시 허무주의에 가깝다……고 반성하면서 안으로 들어갔다.

조각난 오동잎

가타기리 가쓰모토는 오사카성 안의 자기 집에 들어박혀 아침부터 무언가 열심히 쓰고 있었다. 편지도 일기도 아니었다. 그렇다고 머지않아 완성될 호코사 대불전의 기록도 아닌 것 같았다.

가쓰모토는 이따금 붓을 놓고 탄식하다가 생각을 돌이켜 먹을 갈고 붓끝을 핥은 뒤 다시 써 내려갔다. 만일 오사카와 간토 사이에 불행하게도 싸움이 일어났을 때를 대비해 자기가 슨푸에서 이에야스와 나눈 대화를 그대로 기록해 둬야겠다고 생각한 것이다.

사실 지난해 가을 슨푸로 일부러 초대받아 이런 이야기를 들었을 때, 가쓰모토는 저도 모르게 오싹 한기가 들었다.

"가와치 땅에서 히데요리 님에게 1만 석 더 드리고 싶다. 이상하게 생각할 건 없어. 요전번 대불전 수리 때 한 푼도 기부하지 못했지. 그 보상이라고 생각하면 돼."

뒤에 덧붙인 말에 으스스한 기분이 곱절로 커졌다. 왜냐하면 그 무렵 이미 오사카에서는 아녀자들 사이에 이런 소문이 퍼져 있었기 때문이다.

"드디어 오고쇼가 오사카를 궤멸시킬 작정을 하신 모양이야."

이렇게 되면 성안에서 가장 직접적으로 폭풍을 만나는 것은 센히메였다.

센히메는 아직 그러한 바람이 어디서 무엇 때문에 불어닥치는지 모르고 있을 게 틀림없다. 나가야스의 죽음 따위 센히메와는 아무 상관도 없는 문제였고 예수교 신자들의 생각 같은 것은 더욱 그러했다.

따라서 오미쓰가 낳아두고 간 어린 딸의 어머니이며 언니이고 소꿉동무이기도 한 입장에서 그 아이를 대하고 있었다.

그때 또 다른 여인이 히데요리의 아이를 낳았다. 그 아이는 사내아이로 구니마쓰(國松)라는 이름이 지어졌다.

센히메는 그 구니마쓰를 낳은 생모의 신분조차 묻지 않았다. 이세에서 온 시녀를 건드려 낳았는데, 그런 일은 히데요리 같은 신분의 영주 집안에서는 얼마든지 있을 수 있는 일…… 아니, 당연한 일이어서 의혹도 질투심도 품지 않는 것 같았다.

오히려 히데요리 쪽이 부끄럽게 여겨 교고쿠 집안의 가신 다나카 로쿠자에몬(田中六左衛門)의 아내를 유모로 삼아 그 집에 맡기려 했다.

"이 아이는 여기서 키우지 않는 게 좋을지 몰라. 조코인과 상의해 보도록."

그런데 여자들은 그러한 센히메에게 심한 적의를 품기 시작했다. 그런 때 이에야스가 가쓰모토를 일부러 슨푸로 불러 영지를 늘려주겠다고 말한 것이다. 가쓰모토가 바늘방석에 앉은 듯한 심정이 된 것도 무리가 아니었다.

"실은 세상에 엉뚱한 소문이 나돌고 있어. 물론 그대 귀에도 이미 들어갔겠지만……."

이야기가 일단 끝나고 술상을 받은 뒤 이에야스가 다시 입을 열었을 때는, 그의 배짱도 이미 정해져 있었다. 무슨 말을 들어도 어쩔 수 없다. 여기서는 도요토미 가문의 존속을 위해 오로지 일부 사람들의 책동을 사과할 뿐……이라고 마음 정한 것이다.

그런데 이에야스는 그를 힐문하는 대신 뜻밖의 의논을 꺼냈다. 마치 가쓰모토가 도쿠가와 가문 대대로 내려오는 충신이기라도 한 듯한 말투로……

"나는 이번에야말로 히데요리 님에게 오사카를 비워달라고 할 수밖에 없게 되었다고 여기는데, 그대 생각은 어떤가?"

이에야스가 자연스럽게 말을 꺼냈으므로 가쓰모토는 낭패 이상의 전율을 느꼈다.

"오고쇼님, 저는……저는……도요토미 가문의 은혜를 입은, 아니, 우대신님 가신입니다."

"그렇기 때문에 이렇듯 사리를 밝혀 의논하는 게 아닌가. 이러한 일로 나와 그대가 쓸데없는 흥정을 할 필요는 없는 거야."

"그러나……오사카성 안에서는 그러잖아도 이 가쓰모토가 도쿠가와 가문과 내통하고 있는 게 아닌가 하고……."

"가쓰모토."

"예."

"이것은 도요토미 가문 하나만의 문제가 아니야. 천하의 안위에 관계되는 일이지."

"그런 만큼 오고쇼님과 이러한 일을 의논하는 건 사양하고 싶습니다만."

"무슨 말인가? 그대는 공과 사를 구별하지 못하는군. 알겠는가? 그대는 그대 말대로 도요토미 가문의 가신…… 그러나 동시에 쇼군의 지배 아래 있는 영주이기도 해."

"그야 물론……."

"그렇지 않으면 도요토미 가문의 영지 중에서 녹을 받고, 나라가 내린 영지는 되돌려주겠다는 건가…… 아니, 아니, 이건 농담이고, 그런데 지금 천하에 소동이 일어나면 얼마나 큰 손해일지 생각해 본 적 있나?"

"그건 충분히……."

"그대는 도요토미 가문의 가신인 동시에 영주로서 천하에 소란이 일어나지 않도록 늘 마음쓸 책임이 있을 터……이런 이치를 잘 생각해서 내 물음에 대답해 주기 바라네. 지금 이대로 놔두면 히데요리 님은 묘한 거머리들에게 물려 싫건 좋건 싸움의 소용돌이에 말려들 거라고 생각하는데 어떤가?"

"그러나 그것은……."

"막을 방법이 있는가? 나는 히데요리 님이 오사카성에 있는 한 막을 길이 없다고 여기네. 물론 히데요리 님에게 반역심이나 적의가 있다는 건 아니야. 말하자면 그 성 자체가 지닌 죄업이지."

"그 점에 대해서는 안심하셔도 좋으리라고 생각합니다. 싸움에 있어 무엇보다도 중요한 것은 군자금……그것이 아직 막대하게 있다고 생각하여 야심에 찬 무리들이 노리고 있습니다. 그러나 이번의 호코사 개축과 대불전의 큰 종이 완성되면 거의 바닥나고 맙니다."

"그것만으로는 안심할 수 없어. 그 점에 대해 나도 깊이 생각해 봤지. 아무래도 천하의 평온과 도요토미 가문의 존속을 위해 히데요리 님에게 오사카성을 비워 달라고 할 수밖에 없다고 나는 생각하네. 옮길 곳은 야마토의 고리야마가 좋겠지. 그대도 사소한 감정은 버리고 생각해 주지 않겠나? 모두의 부추김에 속아 넘어가 간토와 간사이가 절연……이라도 하게 된다면 나도 사사로운 정을 버리고 도요토미 가문을 칠 수밖에 없게 된다. 아니, 그렇게까지는 되지 않더라도, 지금처럼 예수교 신자며 떠돌이무사들을 불러들여 화살 하나라도 쏘는 날이면 사정은 확 달라지. 이렇게 된 뒤 영지가 바뀐다면 녹봉이 반감되는 것쯤으로는 그치지 않아. 알겠나? 이런 사정을 잘 생각하여 지금의 영지에 오늘 더해 준 것까지 65만7400석…… 이것을 고스란히 자손에게 전할 길을 생각해 주기 바라네. 노신들을 잘 설득하고 사리를 따져 그대가 이야기하면 히데요리 님 모자도 납득할 거야. 부탁하네, 가쓰모토……."

가쓰모토는 급히 말을 꺼냈다.

"부탁……하신다고 해도……이미 저 개인의 생각으로는 어쩔 수 없는 상태가 되어버렸습니다."

말해 놓고 나서 가쓰모토는 후회했다. 이에야스는 이 말이 나오게 하려고 탐색한 것인지도 모른다……만약 그렇다면 가쓰모토는 멋지게 그 그물에 걸려들고만 셈이 된다.

"그래, 이미 그대 힘으로는 어쩔 수 없는 지경에 이르렀다는 말인가?"

"……아니……아직 그런 건……저, 전혀 손쓸 수 없는 지경까지 이른 것은……."

가쓰모토는 당황하여 말꼬리를 얼버무렸다.

"그렇겠지. 아직 버려서는 안 돼. 포기해서 안 된다는 말이야. 이런 일은 상당한 인내가 필요하다. 지금 오사카 쪽에서 가장 큰 힘으로 생각하는 것은 예수교의 다카야마 우콘, 군사(軍師)로는 사나다의 아들이겠지?"

"예, 그밖에……."

가쓰모토는 결심한 듯 한 차례 역습할 생각으로 말했다.

"마쓰다이라 다다테루 님이 계십니다. 착각인지도 모릅니다만 일단 기치를 들면 다다테루 님과 다테 마사무네 님도 모두 호응하여 궐기할 거라고 믿고 있는 것 같습니다."

"음."

이에야스는 진지하게 고개를 끄덕였다. 특별히 강하게 부정하지 않은 것은 지금 생각하니 가쓰모토를 믿고 있었기 때문인지도 모른다는 생각이 들었다.

"음, 그런 소문이 나돌고 있는가?"

"그뿐만이 아닙니다. 모두들 힘을 합쳐 오사카성에서 농성하고 있으면 펠리페 3세의 대함대가 오사카 앞바다로 들어온다, 적어도 대포를 100문 이상 싣고 최소한 3척은 올 것이다, 게다가 수많은 신식 총들도 싣고 올 테니 혼간사를 구원한 옛날의 모리 군과는 비교도 안 될 거라고……"

"대체 누가 그런 말을 퍼뜨리고 있는 것일까?"

"그건 저도 모르겠습니다. 신부들일지도 모르고 어쩌면 다테 마사무네 집안의 어떤 자가 퍼뜨렸는지도 모릅니다. 왜냐하면 소텔로 등을 태우고 하세쿠라 쓰네나가가 벌써 쓰키노우라에서 스페인을 향해 원군을 부르러 출범했는데, 이것은 나가야스가 살았을 때부터 면밀하게 준비한 일이라 만에 하나도 어긋남이 없다……고들 믿고 있는 것 같아서."

가쓰모토가 이런 말까지 털어놓은 것은 자신이 얼마나 무력한지 확실히 이해시키고 싶어서였다. 아니, 그뿐 아니라 지금은 어떻게든 이에야스에게 영지이동만큼은 단념시켜야 한다는 생각이 있었기 때문인지도 모른다.

"그런 말까지 나돌게 됐는가. 그럼, 오사카 쪽이 군사를 성안으로 불러모으는 건 호코사 낙성식 날이 되겠군."

그렇게 중얼거렸을 때 가쓰모토는 숨이 멎을 듯했다. 조심하여 상대를 경계한다는 게 그만 어리석게도 사실을 털어놓고 만 것이다. 오노 하루나가 등은 분명 그럴 작정으로 있었다. 대불전 낙성식을 성대히 베풀고, 그 구경을 구실로 각 지방의 무사들을 교토 쪽에 모아 모조리 성안으로 들어오게 할 속셈인 것이다…….

가쓰모토는 전율했다. 과연 이에야스, 천군만마 사이를 누벼온 명장인 만큼 호코사 대불전 낙성식이 그대로 무사 소집에 이용되리라는 일쯤 대뜸 꿰뚫어 본 것이다.

"오고쇼님, 이렇듯 애원합니다. 영지이동에 대한 일은 잠시 연기해 주실 수 없으십니까?"

"음, 달리 전란이 일어나지 않도록 미리 막을 수단만 있다면."

"저에게 한 가지 생각이 있습니다."

가쓰모토는 사실 그것을 그의 방패로 삼아 마음속으로 몇 번이나 되풀이하고 있던 참이었다.

"호코사 낙성식 때 이 가타기리 가쓰모토는 오사카성 안 다이코의 유산이 이미 탕진되었다는 것을 발표할 작정입니다."

"허."

"65만 석……전국시대처럼 1만 석 당 250명의 군사를 양성한다 해도 1만 6000명 남짓…… 그러나 현재로는 그 많은 군사를 도저히 양성할 수 없습니다. 그러므로 저마다 가신이며 하인들까지 합쳐 1만 명 이하로 줄여달라…… 그렇지 않으면 도요토미 가문의 살림을 지탱할 수 없다고 하나하나 비용을 열거하면서 설명하겠습니다. 그러면 무사 고용을 하지 못할 것은 물론이고, 그 소문이 번져 오사카성에서 결전을 벌일 수 있다는 꿈은 군자금 면에서 완전히 사라질 거라고 봅니다."

이에야스도 이 생각에는 상당히 마음이 움직이는 것 같았다.

"과연, 총 군세 1만 명 이하로는 쇼군에게 설마 반기를 들 수 없겠지."

"그러니 영지이동에 대한 일은 이 가쓰모토를 봐서라도 한동안."

"시기를 기다리라는 말이지? 그러나 가쓰모토, 그대도 잘 알고 있듯 전국시대를 살아온 자들에게는 일기당천(一騎當千)이라는, 어쩔 수 없는 자부심이 있어. 우리도 실은 그 자부심으로 싸워왔지만……."

"그건 분명 그렇습니다만……."

"1만의 군사가 일기당천의 기풍에 지배되면 마치 1천만 대군이라도 되는 듯 의기충천해진다. 1만은 역시 많다……고 생각되지만……뭐, 괜찮겠지. 나는 자부심 강한 무사들 가운데 오사카로 들어갈 듯한 자들을 밖에서 포섭하여 화근을 끊도록 하겠다. 그러니 그대도 영지이동을 반대하지만 말고, 히데요리 님과 그 어머니를 서서히 설득해 파멸의 구렁텅이로 스스로 뛰어들지 않도록 해주게."

그 뒤 가쓰모토는 이에야스에게 조심스레 물어보았다.

"그럼……1만 석을 더 주시겠다는 것은."

"무슨 소리. 그건 그것, 이건 이것이지. 쇼군의 결재까지 다 받은 것이야. 알겠나, 인간은 아무리 냉정한 자라도 감정이 6할이고 생각이 4할이지. 내가 진심으로 도요토미 가문의 장래를 걱정하는 이 마음……모자분에게 잘 전해지도록 해다오."

이런 부탁을 받고 돌아온 가쓰모토가 과연 이에야스가 바라는 대로 오사카성 안에서 활동할 수 있었을까?

요도 마님 쪽은 괜찮았다. 요도 마님은 가쓰모토가 이에야스의 뜻을 전하자 눈물을 흘리며 기뻐했다. 그러나 측근은 물론 7인조에 속한 자들의 반발은 이미 걷잡을 수 없는 광태로 바뀌어 있었다. 완전히 감정적이라 말을 붙일 수조차 없던 것이다. 평소 그토록 고지식한 사람이라고 생각하지 않았던 오노 하루나가는 이미 지난 날의 이시다 미쓰나리처럼 되어 있었다.

세키가하라 때 미쓰나리의 결의를 가쓰모토는 '자기 고집에 죽은 자포자기……'.라고 생각했었다. 다이코가 세상 떠난 뒤 이미 미쓰나리의 지위는 완전히 텅 빈 허수아비가 되어버린 것이 드러났다. 행정면에서는 이에야스가 서서히 실력자로서 군림하기 시작했고 무장들은 한결같이 그에게 적의를 보였다. 예사 적의가 아니라, 그를 잡아 목을 치지 않고는 그냥 두지 않을 듯한 기세였다. 그런데 그 위에 단 한 그루 의지하던 나무였던 마에다 도시이에가 쓰러지고 말았다. 이렇게 된 이상 이미 그는 곱게 물러나든가 아니면 도요토미 가문을 위해서라는 주장으로 자기 고집을 밀고 가다가 자폭하든가 둘 중의 하나를 택해야 하게 되었던 것이다…….

그래서 미쓰나리는 자신의 기질대로 뒤 경우를 선택했는데, 그때와 마찬가지로 이번에는 오노 하루나가가 기묘한 자폭의 망상을 그리기 시작하고 있었다…… 그는 이미 성안에서 요도 마님의 '정부(情夫)'로서의 경멸과 무시가 차츰 자신의 존재를 무의미하게 만들어가고 있는 데 초조감을 느끼기 시작했다.

적어도 세키가하라 결전 뒤 이에야스로부터 다시금 오사카로 돌려보내졌을 때는 그렇지 않았다.

"마님과 히데요리 님에게는 죄가 없다. 모두 이시다와 오타니의 잘못……."

이러한 이에야스의 전언을 그가 가지고 나타났을 때는 적어도 오사카성의 구세주였다. 물론 그 점에도 인간의 서글픈 착각이 있었다고 가쓰모토는 믿고 있다.

오사카를 구한 것은 두말할 나위도 없이 신앙에서 우러난 이에야스의 의지이며 자비였다. 그런데 그 의지의 전언을 갖고 나타난 오노 하루나가는 그것이 자신의 생명을 내던지고 활약한 결과이기라도 한 듯 감사받는 동안 착각에 빠지고 말았다.

그 착각은 히데요리의 니조 저택 면담 때 얼마쯤 벗겨졌다. 그는 도저히 가토,

후쿠시마, 아사노 등과 비교될 만한 도요토미 가문의 공신도 아니고 가타기리, 고이데처럼 확실한 실권을 위임받고 있는 내전의 책임자도 아님을 뼈저리게 자각한 것이다.

'역시 나는 마님의 총신에 불과하다……'

이런 깨달음은 전에 미쓰나리가 다이코가 세상 떠난 뒤 느낀 공허함 이상의 것이었으리라.

그럴 때, 나가야스의 죽음으로 전혀 뜻하지 않았던 한 오리의 바람이 불어왔다. 예수교의 존망을 내건 바람이었다. 더구나 그 바람은 아카시 가몬과 신부 토를레스, 포를로에게서 하야미 가이, 와타나베 구라노스케, 이바라기 단죠, 요네다 기하치로(米田喜八郎) 등에게 곧바로 옮겨붙고 말았다.

이 성을 순교자들의 본거지로 삼으려 하는 그들의 불길이, 번민하고 있던 오노 하루나가의 몸에 옮겨붙지 않을 리 없었다. 더구나 애석하게도 하루나가는 미쓰나리보다 훨씬 그릇이 작았다. 그래도 미쓰나리는 전국에 격문을 띄워 대의(大義)가 어디에 있느냐고 외치며 충동질하는 기량이 있었다. 그러나 하루나가에게는 그런 기량이 없었다.

단지 미쓰나리의 경우에는 이미 의지할 다이코가 이 세상에 없는 데 비해 하루나가에게는 의지할 상대가 있었다. 그것은 요도 마님의 규방이었다. 가쓰모토는 실망했다. 규방의 설득만은 그로서도 어쩔 도리 없었다.

오사카성 안의 발언권은 히데요리가 20살이 거의 되면서부터 요도 마님에게서 급속히 히데요리 측근으로 옮겨지고 있었다. 그런데 이런 점에도 하루나가의 조급함이 드러났다. 그는 자신이 발언하는 대신 잇달아 요도 마님에게 발언할 기회를 갖도록 꾀했다.

"제발 모두에게 이렇게 말씀하십시오"

이렇게 하는 것이 아니었다. 반대로 요도 마님이 관심을 가질 듯한 풍문을 말함으로써, 싫어도 요도 마님이 자신의 흥미와 관심으로 발언하지 않고는 견디지 못하게 만드는 것이다. 이를테면 마사유키의 생사를 확인하러 구라노스케를 기슈의 구도야마로 보낸 뒤 이런 식으로 말을 꺼내는 것이다.

"에도에서 큰 소동이 벌어지려 하고 있답니다"

"큰 소동이라니?"

"집안 소동이지요. 오고쇼의 여섯째아들 다다테루 님이 오고쇼의 죽음을 기다려 쇼군을 폐하려 기도하고 있답니다."

그런 이야기라면 전에도 없지 않았다. 요도 마님의 관심은 당연히 그곳으로 확쏠렸다.

"설마 그런……."

"아닙니다, 이미 나가야스의 유족은 모조리 처형당했고 장인 마사무네는 일이 탄로 난 것을 알고 서둘러 영지로 돌아가 버렸습니다. 아니, 그보다 저희로서 소홀히 들어넘길 수 없는 것은 다다테루 님이 실은 이쪽의 우대신님과 은밀히 제휴하여 그 음모를 꾸몄다는 소문이 나돈다는 사실입니다."

이렇게 되면 요도 마님이 우선 히데요리를 추궁하고 가쓰모토를 불러 물어볼 것은 당연한 일이었다.

"소문에 의하면 그것을 구실삼아 곧 에도에서 영지이동 사자가 오사카로 온다는데 사실인가?"

가쓰모토가 요도 마님에게서 처음 받은 질문은 이것이었다. 물론 가쓰모토는 웃으며 부인했다.

"그러한 일이 있으면 사자를 보내기 전에 반드시 저를 부르실 것입니다, 소문 같은 것에 너무 신경 쓰지 마십시오……."

그런데 이어서 이번에는 다카야마 우콘이 가가에서 추방당한다는 소문을 듣고 또 물었다.

"소문이 두 가지 있는 모양이던데. 하나는 사카이의 나야 집안에 출가했다가 미망인이 된 소에키 님의 양딸 오긴과 우콘이 교토에서 줄곧 불의의 밀회를 계속하여 그것이 알려져 추방된다는 소문과, 또 하나는 좀 더 무서운 거야. 우콘도 역시 다다테루 님과 한패여서 실은 이 오사카성에 들어와 우대신님을 받들어 함께 거사할 작정이었는데, 그 일이 드러나 마에다 님이 도쿠가와 가문에 대한 의리로 가가에 둘 수 없게 되었다더군. 그것이 만일 사실이라면 당연히 이곳에도 무슨 말이 있겠지."

이 말을 들었을 때 가쓰모토는 속으로 섬뜩했다. 오긴과 다카야마의 알쏭달쏭한 정사를 핑계로 교묘하게 요도 마님의 관심을 끌려는 수법은 아무리 규방의 일이라 해도 얼마나 야비한가.

이때만은 가쓰모토도 진지하게 되물었다.

"그런 소문을 대체 누가 말씀드렸습니까?"

그러자 요도 마님은 그리 수치스러워하는 기색도 없이 당당하게 말했다.

"하루나가 님이오. 조심하는 것이 좋을 거라며 일러줬어."

이렇듯 다다테루와 쇼군 히데타다의 불화가 도요토미 가문과 피할 길 없는 관계를 가진 것처럼 비치기 시작했을 때 슨푸로부터 호출이 있었다.

요도 마님이 가쓰모토의 귀환을 애타게 기다리다 질문의 화살을 퍼부은 것은 당연한 일이었다.

옆에 시녀들이 있는데도 조급하게 물었다.

"무슨 일이었소, 가쓰모토 님? 영지이동에 대한 이야기가 아니었소?"

"예, 호코사의 공사가 거의 끝나가는데 지난번에는 서성에서 슨푸로 옮긴 지 얼마 안 되어 한 푼도 기부하지 못했으므로 이번에 쇼군께 청해 1만 석의 기부를 허락받았노라고 하셨습니다."

그때는 옆에 하루나가가 없었다.

"뭐? 1만 석의 기부……그것을 호코사에 말인가?"

"아닙니다. 이 댁의 영지로 늘려주시겠다는 겁니다. 이 댁의 비용이 많이 드는 걸 생각하셔서일 테지요."

그러자 요도 마님의 눈시울이 이내 빨갛게 물들었다.

"그래요?"

"저도 고마운 일이라 생각되어 삼가 청원서를 올리고 왔습니다."

"그래야지. 역시 오고쇼는 오사카를 잊지 않고 계셨어…… 그랬군요."

그러나 이틀 뒤 그 태도가 확 달라져 있었다.

"요전의, 영지를 늘려준다는 이야기 말이오."

"예, 그것이 어떻단 말씀입니까?"

"그것은 드디어 오사카를 공격할 준비를 시작한 증거라고 말하는 자가 있는데 그대는 어떻게 생각하오?"

"무슨 말씀입니까? 당치도 않은……."

"우리를 아녀자라고 얕보아 달콤한 미끼로 안심시키고, 그동안에 직속영주들에게 출진준비 명령을 내릴 작정일 거요. 우리도 무사들을 조금씩 입성시켜 만일에 대비하는 게 좋을 것 같은데……".

"대체 누가 그런 말을 했습니까?"

그러자 이때도 선뜻 대답했다.

"하루나가 님이 몹시 걱정하더군"

이제 생각하니 가쓰모토는 그때 단호하게 하루나가의 말은 믿지 말라고 다짐해 두었어야 했다는 생각이 들었다. 그런데 가쓰모토는 하루나가의 이름이 나오자 씁쓸한 얼굴로 전처럼 입을 다물고 말았다.

'정부를 편애하는 것은 좋다. 그러나 그러한 베갯머리의 속삭임을 가지고 정치에 참견하는 건 당치도 않은 일……'

그런 불쾌감이 앞서 애써 무시해 왔었는데 그것이 돌이킬 수 없는 실수가 되어버렸다. 어쩌면 가쓰모토의 침묵을, 요도 마님은 다시 생각해 볼 가치가 있다는 동의의 암묵으로 받아들였는지도 모른다. 이럴 때 다카야마와 나이토의 가가 추방이 현실화하였다. 그들은 가족과 함께 루손으로 유배되어 우박이 내리는 속을 여행 중이라는 소문이 성안에 퍼지기 시작했다.

'이들을 받아들일 것인가, 아니면……'

이때 하루나가가 무슨 말로 요도 마님을 움직여 히데요리에게 어떻게 아뢰었는지 히데요리의 냉정한 명령이 내려진 것이다…….

"앞으로 하루나가에게 7인조를 맡겨 그대의 수고를 덜어주려고 한다. 그대는 호코사 공사에 전념하도록."

가쓰모토는 깜짝 놀랐다. 그러나 그것이 자기 신상에 관한 일이므로 볼썽사납게 간언할 수가 없었다.

'이럴 때 기시와다 성주 고이데 히데마사가 살아 있다면……'

뼈저리게 아쉬웠다. 그러나 히데마사는 이미 이 세상에 없었다. 그래서 오다 우라쿠에게 말하여 재고를 촉구했다. 그런데 우라쿠는 늘 하던 대로 제법 심하게 비꼬기는 한 모양이었으나 이미 돌이킬 수 없는 일이라고 알려왔다.

"잘됐지 뭔가, 가쓰모토. 어리석은 마님에게 이런저런 간섭을 받는 것보다 하루나가가 직책을 가지고 발언한다면 당신도 직책으로 반대할 수 있을 테니까. 이제 와서 이러쿵저러쿵하면 오히려 이쪽의 가치만 떨어져."

듣고 보니 옳은 말 같았다. 더구나 그 무렵 대불전 큰 종 주조에 필요한 주물사 39명을 뽑는 중이라 바쁘기도 하여 가쓰모토는 마음에 걸리면서도 그냥 넘어가고 말았다.

그러는 동안 이에야스는 착착 전쟁을 막을 조치를 취하고 있었다.

교토로 나와 예수교회당을 파괴하고 선교사의 추방과 여러 영주에게 금교(禁教)를 포고하던 다다치카가 1월 19일 영지몰수 처분을 받았다. 그 전갈을 받았을 때 다다치카는 이미 꼼짝달싹할 수 없도록 교토 행정장관의 감시 아래 놓여 있었다.

그 일과 동시에 이에야스는 다시 에도를 떠나 몸소 오다와라 성으로 들어간 모양이었다. 그리고 그곳으로 쇼군 히데타다를 불러 오다와라 성을 곧바로 파괴하도록 명했다. 대대로 내려온 중신인 오쿠보 씨 대신 다른 가신을 차마 오다와라 성에 넣을 수 없었기 때문이리라.

동시에 촌각도 머무르지 않고 여섯째 아들 다다테루의 후쿠시마성을, 같은 영지 내의 다카다로 옮겨 축성하도록 명했다. 그 책임자는 다테 마사무네였다. 이것은 두말할 나위 없이 오사카성이 탐난다고 거침없이 말한 다다테루의 요구를 거절한 것이나 같은 의미였다.

1월 26일에는 사로잡힌 가가의 다카야마와 나이토가 곧바로 나가사키로 호송되었다. 이러한 일련의 조치는 그야말로 한 치의 빈틈도 없이 절묘하게 추진되었다.

교토에서 사로잡힌 다다치카는 2월 2일에 오미로 유배당했고, 같은 날 오쿠보 다다스케의 거성이었던 누마즈성 역시 마사즈미와 나오쓰구에 의해 철거되었다. 다다치카를 하다못해 누마즈성으로라도……하는 움직임이 대대로 내려온 중신들 사이에 일었기 때문이다.

그리고 당연한 조치로서 2월 14일에는, 이 처사에 아무 이의 없으며 모두들 쇼군에게 더욱 충성하겠다는 서약서를 노신과 행정관들에게 제출케 했다.

그뿐만이 아니었다. 이렇게 막부 쪽……이라기보다 도쿠가와 가문 내부의 소동이랄 수 있는 측면을 멋지게 처리했을 때, 교토에서 히로하시 가네카쓰(廣橋兼勝), 산조니시 사네에다(三條西實條) 두 공경이 칙사 자격으로 슨푸를 향해 출발했다. 이 절차도 물론 이타쿠라 가쓰시게가 이에야스의 뜻을 받들어 빈틈없이 꾀한 것으로, 칙사의 용건은 이에야스의 손녀……쇼군 히데타다의 딸 가즈코(和子)에게 입궐 명령을 전하기 위해서였다. 이로써 쇼군 히데타다의 지위는 황실과의 관계에서도 확고부동한 게 된다는 빈틈없는 터다지기인 동시에 마지막 못질이었다.

그 무렵, 가쓰모토는 과연 이에 대응할 만한 준비를 하였을까……?

평화를 위한 이에야스의 빈틈없는 준비에 비해, 오사카 쪽 가쓰모토의 그것에는 어른과 아이 같은 차이가 있었다.

어쨌든 두 사람은 천하에 난을 일으키지 않고 도요토미 가문을 무사히 존속시킨다는 기본적인 원칙에서는, 지난가을 슨푸성 회견에서 서로 속을 털어놓고 합의점에 도달했었다. 때문에 이에야스는 가문 안에 뿌리내리고 있던 파벌의 한쪽까지 사정없이 잘라버렸다.

오사카성을 달라는 아들 다다테루의 무모함에 가까운 엉뚱한 생각도 후쿠시마성의 다카다 이전으로 결말났다. 예수교 신자 소동의 중심인물이라고 할 수 있는 다카야마 우콘은 히데요시의 방식인 십자가에 매달아 죽이는 극형을 피해 가족을 동반한 국외추방을 선택했다.

"일본 아닌 다른 나라의 신이 좋다면 그 나라에서 마음대로 사는 것이 좋다."

그것은 오늘날에도 망명이라는 형태로 이어지고 있으며, 이 일은 이미 마음대로 살상을 저지르던 '전국시대'가 아니라는, 신앙의 자유와 국내질서의 충돌을 교묘하게 피하는 참으로 합리적인 조치였다.

이에야스와 가쓰모토의 약속은 이에야스 쪽의 일이 아무 차질 없이 처리되었으므로 나머지는 가쓰모토의 실행에 달려 있었다. 그런데 가쓰모토는 그 첫 번째 조건인 오사카성의 영지이동에 대해서조차 아직 아무 수단도 강구하지 못하고 있었다.

그때 히데요리로부터 다이코의 유산인 금괴 1000개를, 무게 4돈 8푼의 한 냥짜리 금화로 개조하고 싶다는 의논이 들어왔다.

"세상 소문이 심상치 않아. 만일에 대비한 일이니 그리 알고 진행하도록."

이 말을 들었을 때 가쓰모토는 눈앞이 캄캄해지는 듯한 느낌이었다.

이미 오노 하루나가 등은 각지의 무사들에게 오사카성을 개축한다는 명분으로 입성을 위한 연락을 취하기 시작했다. 한 냥짜리 금화로 주조하라는 것은 그 군자금임이 틀림없었다.

"다시 한번 생각하십시오. 지금 그렇게 하시면 오사카 쪽이 반심을 품었다는 오해를 받습니다……."

그러나 이미 요도 마님을 비롯하여 오다 우라쿠까지 승인한 일이었다.

"군자금……이라고 생각하면 일이 심상치 않겠지. 그러나 지금 성안에 들어와 있는 선교사와 신자들을 추방하기 위해 돈이 필요해. 이제 와서 여분의 황금을 썩혀둘 필요는 없지?"

이 말을 듣고 보니 역시 거부하기 힘든 사정이었다. 이미 대불전 공사비용 때문에 내전의 재정까지 압박당하고 있어 재무관에게서 가끔 불평불만이 나오고 있었다.

그래서 가쓰모토는 이 일을 계기로 '영지이동'에 대한 말을 꺼내야겠다고 생각했다. 물론 군자금에 충당한다는 소문이 나돌면 큰일이다. 이것은 어디까지나 대불전 비용이며 '이것으로 드디어 도요토미 가문의 황금도 깨끗이 바닥났다'는 인상을 주려고 노력했다.

그런데 이런 가쓰모토의 고심이 조금이라도 그가 생각하는 방향으로 진척되었을까? 전혀 반대였다. 이에야스가 도쿠가와 가문을 엄하게 다루면 다룰수록 오사카 쪽의 피해의식은 괴상한 망상의 불길을 더할 뿐이었다…….

인간이 지닌 기량의 차이란 참으로 무서운 것이었다. 만일 가쓰모토가 막부 쪽 책임자였다면, 도쿠가와 가문도 막부도 엉망이 되었을 게 틀림없다. 가쓰모토는 그것을 실감하지 않을 수 없었다. 오사카성 안에는 다다치카와 혼다 부자 사이 같은 대립도 없고 히데타다 대 다다테루같이 집안소동의 원인이 될 만한 사정도 존재하지 않았다. 물론 다테 마사무네, 마에다 도시나가 같은 거물급의 개입도 없었다. 그럼에도 불구하고 예수교 문제, 떠돌이무사 문제, 영지이동 문제, 또 그것을 둘러싼 피해망상적인 망동까지 무엇 하나 제대로 처리되는 게 없었다.

"내가 부족한 탓이기는 하지만……."

그러나 가쓰모토의 괴로운 처지를 터놓고 상의할 만한 인물은 지금 거의 죽고 없었다. 가토 기요마사와 아사노 나가마사, 유키나가 부자도 모두 세상 떠났다. 유키나가는 지난해 8월 25일에 38살의 젊은 나이로 죽었으며 원인은 아무래도 방탕이 지나쳐 걸린 남만창(南蠻瘡)인 모양이었다. 후쿠시마 마사노리는 지금 거의 에도에서 살다시피 하고, 섣불리 고다이인에게 의논하면 요도 마님이 발끈할 것이고…….

그냥 내버려 두면 언젠가 이에야스가 힐문하는 사자를 보내리라.

"대체 뭘 하고 있느냐. 나는 약속대로 과감하게 일을 처리했다."

이렇게 말하면 뭐라고 대답해야 옳단 말인가…….

단 한 사람, 괴로움을 털어놓으면 이해해 줄 만한 인물은 교토 행정장관 이타쿠라 가쓰시게였다. 그런데 그 가쓰시게는 지금 교토에서 이에야스의 약속을 집행하고 있었다…….

그래서 가쓰모토는 생각다 못해 지금까지의 경위를 기록으로 남길 마음이 든 것이다. 그 마음 밑바닥에는, 만일 이에야스가 노하여 도요토미 가문을 적으로 돌리겠다고 할 때는 할복을 해서라도 도요토미 가문의 존속만은 탄원하려는 슬픈 마지막 각오가 있었다.

'나로서는 감당할 수 없는 일이었는지도 모른다…….'

그래도 아직 완전히 절망하고 있는 것은 아니었다. 여기까지 온 이상 우선 호코사 대불전을 완성하여 요도 마님과 히데요리를 안심시킨 뒤, 직접 모자와 부딪쳐보는 단 하나의 방법이 남아 있다고 생각했다.

'그러나 과연 그때까지 이에야스가 잠자코 자기를 믿어줄 것인지……?'

지쳐서 붓을 놓은 가쓰모토는 한동안 서원의 창틀을 쏘아보았다. 꼼짝도 하지 않았다. 말할 수 없이 불안했다. 자신의 무력함이 너무도 서글펐다.

'그래, 역시 우라쿠와 다시 한번 상의해 볼까…….'

같은 성안에 기거하고 있으나 오다 쓰네마사와는 이야기가 안 된다. 우라쿠도 요즘 부쩍 노쇠하여 점점 허무의 그림자가 짙어졌지만 그래도 날카로운 두뇌만은 남아 있었다. 비꼬는 듯한 투로 어쩌면 돌파구를 암시해 줄지도 모른다.

'그래, 우라쿠를 만나보자.'

가쓰모토는 손뼉 쳐 근시를 불러 우라쿠의 형편을 알아보도록 보냈다.

"지금부터 잠시 뵙고 싶어한다고 말씀드려봐. 혹시 이른 봄의 찬바람에 감기라도 걸려 누워 계실지 모르지만 중요한 용건이라고."

우라쿠에게서는 참으로 그다운 대답이 돌아왔다.

"말씀대로 감기로 누워 있다. 그러나 좋은 것을 가지고 문병 온다면 일어나지 못할 정도로 중태는 아니다."

그래서 가쓰모토는 그 말대로 포도주 한 단지를 들고 우라쿠의 처소로 찾아갔다. 보니 병색은 전혀 없고 혼자 바둑판을 놓고 앉아 줄곧 고개를 끄덕이고 있었다.

"가쓰모토, 역시 싸움은 이 세상에서 사라지지 않는 모양이야."

"무슨 그런 불길한 말씀을 하십니까?"

"그러나 이렇게 따분하면 혼자서라도 백과 흑을 붙여보고 싶어지거든. 인간이란 정말 어리석은 승부를 좋아하는 것 같아."

가쓰모토는 쓴웃음 지으며 가지고 온 단지를 꺼냈다.

"자, 한숨 돌리십시오. 유리잔입니다."

"술은 마셔야지. 그러나 말일세, 어떻게 해야 도요토미 가문이 영원히 만만세일까 하는……이야기는 질색이네."

"허……그러면 우대신님이 귀엽지 않으시단 말씀입니까?"

"암, 밉다……고 할 정도는 아니지만."

말하면서 바둑돌을 쓸어 담는다.

"다이코는 오다 가문의 대단한 충신도 아니었어. 의리상으로 볼 때는 도쿠가와 가문이나 도요토미 가문이나 나에게는 똑같네. 한쪽으로 치우치면 신불에게 웃음거리가 되겠지."

가쓰모토는 잠자코 주머니에서 유리잔을 꺼내 호박빛 액체를 따랐다. 지금의 브랜디였다. 그것을 잠시 코끝에 갖다 댄 다음 먼저 마셔 보였다.

"독은 들어 있지 않은 모양이군. 하긴 나는 독살당할 만큼 유능한 인물도 아니지. 언제 죽어도 누구 하나 아까워하지 않을 늙은이."

"우라쿠 님, 그 공평한 눈으로 한 가지 판단해 주실 일이 있습니다."

"허……뭔가, 그게?"

"에도에서 대불전 준공식이 끝날 때까지 오사카의 영지이동에 대한 문제를 꺼낼 것인지 어떤지……?"

우라쿠는 날카롭게 눈을 번쩍 치떴다가 잠자코 잔을 입에 댔다.

"저로서는 판단할 수 없게 되었습니다. 만일 아무 말도 없을 것 같으면 한동안 이 문제는 젖혀놓고 싶습니다. 그러나……."

"잠깐, 가쓰모토. 그 문제라면 이미 늦었다고 생각하는데……."

"그……그건 어째서입니까?"

"내가 듣기로는 마사유키의 아들이······."

"사나다 유키무라 말입니까?"

"그렇지. 그 유키무라가 아무래도 오고쇼의 설득에 응하지 않고 이 오사카성으로 들어올 모양일세. 거봐, 묘한 표정을 짓는군. 내가 그것을 어떻게 아느냐는 말이지. 실은 내게 가끔 기무라 시게코레의 아들이 놀러 오네."

"시게나리 말입니까?"

"그렇지. 요즘 젊은이치고는 보기 드물게 똘똘하더군. 하긴 어머니 우쿄 부인이 야무지기 때문이기는 하지만······그도 나와 똑같아. 도요토미 가문에 은혜가 있다면 있고 없다면 없고······그의 아버지 시게코레는 그대도 알다시피 다이코에 의해 묘신 사에서 할복한 간파쿠 히데쓰구의 가신이지만."

그리고는 무슨 생각을 했는지 빙글빙글 웃기 시작했다. 늘 남의 의표를 찌르고 좋아하는 우라쿠였지만, 이 경우의 빙글거리는 웃음은 가쓰모토에게 적잖이 불쾌했다.

사나다 유키무라의 입성이 결정되었다······는 말이 사실이라면, 그야말로 도요토미 가문의 흥망에 관계되는 중대사가 아닌가.

"우라쿠 님, 웃을 일이 아닙니다. 시게나리가 확실히 결정되었다고는 말하지 않았겠지요?"

우라쿠는 여전히 빙글빙글 웃으면서 말했다.

"아니, 나는 이미 결정적이라고 보네. 그대도, 나도 보기 좋게 허수아비가 되어버렸어. 군사면에서는 이미 밑 빠진 독이야. 깨끗이 허수아비 대열로 밀려버린 거야."

"설마, 그런······?"

"우선 첫째로 그대는 아무 의논도 받지 못했잖나. 아무래도 도요토미 가문의 전쟁 지휘관은 오노 하루나가인지, 아카시 가몬인지 모르게 되어버린 모양일세. 그리고 그 위에 사나다 유키무라니, 고토 마타베에(後藤又兵衛)니······ 아니, 세키가하라 때와 이번의 무리들을 비교해 봐도 좋겠어. 너무 그릇이 작아 진심으로 의견을 말할 마음도 나지 않아. 이런 정도로는 싸움이 안 된다······고 나는 웃어 넘겼어······."

"우라쿠 님답지 않으신 말씀."

"그럼, 이런 무리들로도 싸움이 된다고 생각하나?"

"이쪽에서 싸움을 걸 힘은 없더라도 저쪽이 그것을 구실로 공격해 오면 어떻게 되겠습니까. 싸움에는 늘 상대가 있는 법입니다."

그러자 우라쿠는 이번에는 껄껄 소리 내 웃었다.

"하하하……오고쇼도 아주 우습게 보였군. 그만한 분이 아이들을 상대로 해서 진심으로 싸움을 걸 것 같나?"

"나는 반드시 그렇게 만은 생각하지 않습니다, 일에는 계기라는 것이 있습니다."

그러나 우라쿠는 손을 저으며 도무지 상대하려 들지 않았다.

"걱정 마시오, 가쓰모토. 오늘날의 에도와 오사카는 상대가 안 돼. 분명히 그런 줄 알면, 눈에 거슬릴 때 호통치면 끝나지."

"그러나 그 호통으로 아이가 반드시 입을 다문다는 법은 없습니다."

"그러면 두 번 호통치면 되지. 하루나가든, 사나다든 설마 정말로 에도와 싸우려고 생각할 리는 없겠지. 기껏해야 멀리서 으르렁대어볼 뿐일 거야. 좀 더 지켜보는 게 좋을 걸세. 그러다가 호통당할 만한 짓을 저지르려 할 때 충고하면 되는 거야."

우라쿠는 손에 든 잔을 허공에 쳐들어 본다.

"그런데 이 술도 꽤 좋군. 이 향기는 달인의 기품을 연상케 하는데……."

"우라쿠 님."

"뭔가, 아직도 걱정인가, 가쓰모토?"

"우라쿠 님께서 요도 마님께 한 번 주의를 주시지 않으시겠습니까? 군사에 대한 일은 가쓰모토와 잘 의논해 하시라고……."

"소용없어. 그냥 놔두는 게 가장 좋아. 어리석은 인간들은 한 번 혼나기 전에는 좀처럼 정신을 못 차리려."

"그러나 호통당한 뒤에 영지가 반으로……삭감되면……?"

"그래도 좋지. 60여만 석은 너무 많아. 다이코가 주인 가문인 오다 가문에 가장 많이 주었을 때가 12만 석 남짓이었어. 나에게서 나간 것은 나에게로 돌아오는 법. 인간의 기량은 신불의 뜻을 못 당하지, 하하하……."

가타기리 가쓰모토는 낙담했다. 오다 우라쿠는 이미 그의 의논상대가 못되었다. 묘한 야유가 지나치게 습관적이 되어 하는 말은 언제나 옳지만 넋두리 섞인 모성본능 같은 애정과는 인연 없는 사람이 되어버렸다.

'이것이 진실인지도 모른다…….'

노부나가의 동생으로 태어났으면서 끝내 오사카성의 식객……이상의 신분은 되지 못했고 쓰네마사도 도요토미 가문에서 각별히 후한 대접을 받은 일이 없었다.

'그래서 혹시 마음속으로 히데요리를 저주하고 있는 것은 아닐까……?'

이런 의혹조차 생길 정도였다.

'아니, 그럴 리 없다! 그토록 우매하고 야비한 사람은 아니다…….'

이렇게 고쳐 생각하자, 더욱 우라쿠의 말이 옳게 여겨졌다. 기량이 떨어지는 자가 뛰어난 자에게 먹혀서 망한……예는 수없이 많다. 이마가와도, 다케다도, 사이토도, 아사쿠라도, 그 아들의 기량이 아버지를 따르지 못했기 때문에 지금은 흔적도 없이 사라지고 말았다.

도요토미 가문일지라도 다이코만 한 기량의 자식이 태어나지 않는 한 쇠운(衰運)이 닥쳐오는 것은 당연한 하늘의 섭리로, 아무리 몸부림쳐도 소용없는 일인지 모른다.

이런 점을 우라쿠는 달관하여 될 대로 되라고 체념하고 있는 것 같았다. 그러나 대체 가타기리 가쓰모토의 입장은 어찌 된단 말인가. 그는 도저히 우라쿠처럼 생각할 수 없었다. 그것이 아무리 부자연스러운 소망이라 하더라도 어쨌든 도요토미 가문에 다이코의 후광을 남기고 싶었다…….

"자, 한 잔 더……."

가쓰모토는 우라쿠의 잔에 술을 따라주고 나서 한참 동안 사이를 두고 다시 불쑥 말을 꺼냈다.

"우라쿠 님, 인간에게는 태어날 때부터의 운이 있습니다만, 노력에 의해 그것이 열릴 수도 있겠지요."

우라쿠는 선뜻 긍정했다.

"그렇지. 바보는 부지런히 움직여 그 운의 문을 자기 손으로 닫고 말지."

"이 가쓰모토가 바로 그런 바보입니다만, 지금의 도요토미 가문을 모른 척할 수 없으므로……."

"하하하, 그러면 더욱 바보가 되어 하루나가의 시중을 들면 되지. 금덩어리를 더 많이 녹여서, 그 돈으로 어리석은 무사들을 더 많이 사 모으란 말이야."

"음."

"그러면 일찍 결판나겠지, 가쓰모토. 호통치는 꾸짖음을 든든, 영지이동이나 녹봉의 삭감이든…… 그래도 오고쇼는 3만 석이나 5만 석의 영주로는 남겨주겠지. 인간의 생활은 분수에 맞아야 안정되는 법이거든. 하긴 그전에 죽어버리면 그야말로 더 큰 안정이 되겠지만."

가쓰모토는 쓸쓸한 표정으로 입을 다물었다.

'아주 진실한 말씀만 하시는 분이로군……'

그러나 그 진실이나 안정에 이르기까지 자기는 과연 가만히 있을 수 있을까? 가쓰모토는 문득 이런 생각이 들었다.

'이거 우습게 되었는걸……'

그러자 '가타기리(片桐)'라는 자신의 성까지 마음에 걸렸다. 도요토미 가문의 문장은 오동나무였는데 그 문장과 인연 깊은 가타기리는 이제 누구 하나 의논할 상대도 없는, 정말 조각난 오동잎이 된 듯한 느낌이었다. 가쓰모토는 말없이 술잔을 입으로 가져갔다.

기이미(紀伊見) 고개

가쓰모토가 우라쿠사이를 방문하고 있을 때, 내전의 요도 마님 거실에서는 때아닌 논쟁으로 술자리의 목청이 높아지고 있었다.

처음에는 별다른 일이 없었다. 하루나가가 가몬을 데리고 와서 가몬과 요도 마님 사이에 다이코 생전의 이야기가 한동안 계속되었다. 그것이 언제부터인가 나가사키로 호송되는 다카야마 우콘의 이야기로 바뀌었다. 화제가 화제인지라 우콘의 이야기가 나오자 가몬의 말투는 날카로워졌고 이야기는 저절로 이에야스에게로 흘렀다.

"오고쇼는 우콘 님을 두려워하고 있습니다. 마에다 가문을 봐서 베어버릴 수도 없고, 그렇다고 오사카성으로 들어가면 큰일이라 하는 수 없이 고육지책······즉 도중에서 누군가로 하여금 베게 하려 한 것입니다. 그러나 우콘 님도 만만치 않은지라 묵묵히 여로를 더듬으면서 한 치의 빈틈도 보이지 않고······."

여기까지 이야기했을 때, 요도 마님은 미간을 찌푸리고 소리 내 잔을 내려놓았다.

하루나가가 놀란 듯 가몬을 가볍게 달랬다.

"그런 이야기는 그만합시다."

이야기가 일단 중단되었다. 그러나 기슈의 구도야마까지 심부름을 다녀온 와타나베 구라노스케가 돌아오자 이야기는 한층 더 무르익었다.

구라노스케는 일부러 요도 마님에게 들으란 듯이 말했다.

"드디어 에도에서 싸우기로 결정했다는 증거가 이번 여행에서 확실히 포착되었습니다."

표면적으로는 오노 하루나가에게 보고하는 형태를 취하면서도 심상치 않게 단언했다.

하루나가는 요도 마님을 흘끗 쳐다본 뒤 말을 가로막았다.

"그 이야기는 나중에……."

그러나 구라노스케는 듣지 않았다.

"무슨 말씀을……여기에 계시는 것은 마님과 아카시 님, 누구를 꺼리겠습니까? 드디어 발등에 불이 떨어졌습니다…… 촌각도 지체할 수 없습니다."

그러자 아카시 가몬이 말했다.

"내가 있어서는 안 될 말씀이라면 물러가겠습니다……."

"아니, 들어두시는 게 좋습니다."

실은 구라노스케뿐만 아니라 하루나가도, 가몬도, 요즘 요도 마님이 이에야스나 히데타다의 이름이 화제에 오르는 일을 몹시 싫어한다는 것을 알고 있었다. 아마 그들은 이렇게 생각하며 안타까워하는 것 같았다.

'딱하군. 마님께서는 친동생인 다쓰 부인에게 속고 있다…….'

하루나가가 물었다.

"마님, 구라노스케 님이 이토록 말씀하시니 함께 보고를 들으시겠습니까?"

요도 마님은 완연히 불쾌한 빛을 띠었으나 거절하지는 않았다.

"그토록 그대들에게 다급한 일이라면……."

"그럼, 말씀드리겠습니다. 유키무라가 은거하는 기슈의 구도야마로부터 이 오사카에 이르는 통로인 기이미 고개(紀伊見峠)에서 야마토의 고조에 걸쳐 마쓰쿠라 시게마사가 600 내지 700명의 군사를 내어 경비하고 있다고 합니다."

요도 마님은 틈을 주지 않고 날카롭게 되물었다.

"무슨 이유로 그것을 촌각을 지체할 수 없는 싸움준비라고 보시오?"

구라노스케는 새삼 요도 마님을 향해 돌아앉았다.

"일이 이렇게 될 때까지 두 가지 교섭이 진행되었습니다. 하나는, 유키무라에게 오사카 입성을 거절하고 에도 쪽을 따르면 1만 석을 하사하겠다고 마쓰쿠라를 시켜 오고쇼가 꾀었습니다. 물론 유키무라는 거절했지요. 또 하나는 시나노를 줄 테니 에도에 가담하라……는 것. 마쓰쿠라가 야마토의 고조로 군사를 모아들인 것은 그 두 번째 교섭까지 거부되었기 때문입니다. 마님! 저희들이 싫어해도 싸움은 어쩔 수 없이 이미 시작되었습니다……."

"싸움이 이미 시작되었다고?"

요도 마님은 구라노스케의 말을 날카롭게 꼬집었다.

구라노스케는 기다리고 있었던 듯이 얼른 대답했다.

"그렇습니다. 시작되었습니다. 야마토의 고조 언저리는 이미 유키무라 님을 저지하려고 어마어마한 전쟁 분위기입니다. 고개를 넘는 통행인은 모조리 엄중한 심문을 받고 있습니다. 싸움을 결의하지 않았다면 통행인 조사까지 할 필요가 있겠습니까?"

요도 마님은 몸을 부들부들 떨면서 말을 가로막았다.

"시끄럽소, 구라노스케 님! 나를 여자라고 얕보려는 게요? 나도 귀가 있고 생각이 있소. 오고쇼도 쇼군님도 오사카를 공격할 생각은 털끝만큼도 없소. 쓸데없는 이야기를 한다면 용서치 않을 테요……."

"무슨 말씀입니까?"

구라노스케는 불끈하는 표정으로 하루나가와 가몬을 바라보았다.

"황송하오나 마님께서 들으신 정보는 쇼군님 부인으로부터의 정보이겠지요?"

"맞소. 더구나 교고쿠 가문 조코인의 의견도 곁들여진 정보요. 그래도 믿지 못하겠단 말이오?"

구라노스케는 천천히 고개를 저었다, 일부러 입가에 웃음을 지으며.

"말대꾸하는 것은 황송하오나 쇼군님 부인과 조코인은 모두 마님의 혈육이지만 지금은 에도 편입니다. 에도 쪽에서 보내는 정보를 믿고 계시다가 만일 준비도 없이 대군을 맞으시게 되면 어쩌시렵니까?"

"호호……그대들은 말끝마다 에도 쪽, 에도 쪽 하는군. 그러나 구라노스케 님, 오고쇼와 쇼군의 마음속에는 에도와 오사카의 구별이 없소. 모두 내 손자, 내 사위, 내 양자라는 겹치고 겹친 인연으로 맺어진 한집안……그러므로 소동을 결코 부채질하면 안 된다는 걸 모르겠소?"

"점점 모를 말씀을 하시는군요. 소동을 외부에서 부채질하고 있는 것은 다름 아닌 오고쇼입니다. 오고쇼는 기슈 구도야마의 사나다 유키무라에게 시나노를 줄 테니 오사카를 돕지 말라는 둥……."

여기까지 말하자 오노 하루나가가 견디다 못해 구라노스케를 가로막았다.

"마님의 말씀은 하나하나 옳으시오…… 삼가는 게 좋을 거요."

그리고 요도 마님을 향해 말했다.

"구라노스케 님이 하시는 말씀은 오로지 주군 가문을 위해서입니다. 우선 잔을 내리십시오."

요도 마님은 아직도 입술을 파르르 떨면서 생각을 고친 듯 잔을 들어 곁의 시녀에게 넘겨주었다.

"참, 그렇군. 구라노스케 님, 자, 받으시오. 수고했소."

"황송합니다."

구라노스케는 일단 정중히 고개 숙였으나 자기주장을 굽힐 생각은 털끝만큼도 없었다.

"마님께 드릴 말씀이 있습니다."

"뭔가요?"

"마님의 정보가 옳으신지, 아니면 사나다 유키무라가 우리에게 말한 추측이 옳은지, 여기서 한 번 검토해 주시기 바랍니다. 이것은 결코 제 의견이 아닙니다……."

그러자 요도 마님은 다시 고개를 발딱 쳐들었다. 심한 노기를 띠고 대꾸했다.

"말해 보시오! 어디 들어봅시다."

요도 마님은 우선 자기 쪽에서 먼저 날카로운 말투로 질문하기 시작했다.

"구라노스케 님, 그대는 조금 전에 유키무라에게 오고쇼가 시나노를 줄 터이니 오사카 편이 되지 말라고 했다고 하셨지요?"

"틀림없이 그렇게 말했습니다. 바로 거기에 오고쇼의 노련함이 숨어 있다……고 봅니다."

"나는 그렇게 생각지 않소. 그것은 유키무라를 입성시켜 그대들 같이 혈기왕성한 자들과 합류시키면 여지없이 난리가 일어난다, 난리가 일어나면 세이이타이쇼군의 직책으로서 가만히 내버려 둘 수 없다, 이렇게 되면 도요토미 가문의 흥망에 관한 중대사인 만큼 우선 유키무라를 오사카로 보내지 않으려는……배려라고 생각하지 않소?"

"흠—"

이번에는 구라노스케가 깜짝 놀랐다. 이토록 사리가 또렷한 반박은 예상치 못했던 것이다.

"그러면 마님께서는 오고쇼님을 믿고 계십니까?"

"믿어서 안 될 이유라도 있소? 구라노스케 님, 나는 한때의 감정으로 오고쇼를 원망한 적이 없었던 것은 아니오…… 그러나 지난 일을 돌이켜 생각해 볼 때 오고쇼가 우리들을 핍박하려고 꾀한 적 있었소? 그렇잖소, 하루나가 님……"

갑자기 자신의 이름이 불려지자 하루나가는 당황했다.

"……예."

"생각해 보시오. 나와 히데요리는 그 잊을 수 없는 세키가하라 결전 다음에 다 죽어가는 심정으로 서로 안고 벌벌 떨고 있었소…… 그때는 분명 나와 히데요리에게 잘못이 있었소. 나는 이시다 미쓰나리가 히데요리의 이름으로 서군을 불러 모을 때 싫건 좋건 간에 어떻든 동의했었소…… 그런데 오고쇼는 오쓰에서 여기 있는 하루나가 님을 파발마로 보내셨소…… 그리고 모자분께는 아무 죄가 없으니 안심하라고 하셨을 때의 그 기쁨……하루나가 님, 그대도 결코 잊지 않았을 거요."

"……예……."

하루나가는 더욱 당황했으나 구라노스케는 그 말을 엷은 웃음으로 받았다.

"마님, 그러나 그때 200만 석 가까웠던 가문의 직할지가 60여만 석으로 줄어들었습니다. 이것도 사실이지요?"

"그래서 오고쇼는 처음부터 적이었다고 그대는 생각하오?"

"아닙니다. 적이 되기도 하고, 우리 편이 되기도 하고……인간의 온 생애에 있어 늘 이해가 일치하는 건 아닙니다. 아니, 이것은 사나다 유키무라의 의견입니다. 그러므로 그때그때의 이해에 의해 화친을 맺기도 하고 싸우기도 합니다. 오고쇼가 비록 마음속으로 제아무리 대감을 사랑하신다 해도 그 일과 이 일은 별개의 것…… 지금은 두 가문의 이해가 뚜렷이 대립하고 있습니다. 그 때문에 언제 싸움이 벌어져도 당황하지 않을 준비만은 해두지 않으면 안 된다……는 것이지요."

"그러면, 그러면, 그 유키무라라는 자는 무슨 이유로 시나노를 버리면서까지 이 오사카성의 편이 되겠다는 거요?"

"부친 마사유키 이래의 도요토미 가문에 대한 의리지요……"

"닥쳐요. 그렇듯 의리를 찾는 자가 어째서 도요토미 가문에 대한 오고쇼의 의리와 애정은 인정하지 않는단 말이오? 그대의 말은 앞뒤가 맞지 않소. 이 세상을 움직이는 것은 의리와 인정이오. 의리란 감정을 떠난 도리를 가리키는 것. 그것이 따뜻한 인정의 뒷받침을 받음으로써 남을 움직이고 자기도 납득하는 것이오. 그런데 그대는 어떻소? 오고쇼의 인정은 인정하지 않으면서 유키무라의 의리는 인정하다니……"

날카로운 말투로 내뱉고 요도 마님은 소리높이 웃음을 터뜨렸다.

"호호호……하루나가 님도 들으셨지요? 구라노스케 님은 나를 여자라고 깔보아 3살짜리도 속지 않을 궤변을 늘어놓았소. 그 유키무라라는 자는 이 오사카에 와서 어떻게든 야심을 이루려는 속셈이 있다고 생각하는데…… 호호호……"

이 웃음이 나오면 마지막이다. 그것을 잘 아는 하루나가는 다시 구라노스케를 달랬다.

"구라노스케 님, 이제 그만하시오."

구라노스케는 입술을 깨물고 입을 다물었다.

"마님, 이 문제는 이곳에서만의 이야기로 해주십시오…… 구라노스케 님은 도중에 깔려 있는 마쓰쿠라의 군세를 자기 눈으로 똑똑히 보고 왔으므로 좀 흥분한 모양입니다."

하루나가는 가볍게 말하며 손수 술병을 들고 요도 마님 곁으로 다가앉았다.

"우선 한 잔 더 드시고 기분을 푸십시오."

요즘 하루나가는 내전에서는 이미 남의 눈을 조심하지 않게 되었다. 어쩌면 요도 마님의 임시남편으로서, 히데요리의 후견인으로서 자부심과 자신감을 굳혀가고 있기 때문인지도 모른다.

"구라노스케 님은 걱정할 것 없소. 마님께서 에도의 다쓰 님이나 조코인 님의 의견을 그냥 그대로 받아들여 조롱당하시는 게 아니라, 충분한 생각이 계시기 때문이오."

그러나 구라노스케는 아직도 어깨를 거칠게 들먹거리면서 말없이 앉아 있었다.

"자, 귀하도 한 잔 드시오."

"하루나가 님."

"왜 그러오?"

"제 말이 좀 과격했는지도 모릅니다. 그 점은 깊이 사과드립니다."

"하하하……이제 신경 쓸 것 없소. 마님께서는 다 헤아리고 계시니까."

"그러나 저의 실언으로 유키무라 님을 야심가라 오해받게 하는 것은 제 마음이 용서치 않습니다. 한마디만 더 말씀드리겠습니다."

"참 고지식하기는…… 그것은 다음 기회에라도 충분하지 않소?"

"아닙니다. 유키무라 님은 그야말로 당대에 보기 드문 고결한 분. 물론 그분께서 말씀하신 의리 중에는 마님께서 말씀하셨듯, 돌아가신 다이코 전하에게는 물론 히데요리 님에 대한 간절한 애정이 숨어 있습니다."

"허, 그렇다면 마님의 말씀이 옳다는 것이오?"

"예, 그 마음을 이 구라노스케가 잘못 전했다면 죄송스럽기 짝이 없는 일입니다."

"허……그렇다면 더욱……걱정할 것 없소. 마님께는 나중에 잘……."

"하루나가 님! 그 유키무라 님께서 이것만은 마님께 말씀드려 달라는 부탁이 있어서……."

"뭣? 부탁?"

"그렇습니다. 그것 역시 나중에 아뢰어도 괜찮겠습니까? 귀하께서 마님께 여쭈어봐 주시면 고맙겠습니다."

이것은 강력한 반격이었다. 이렇게 되면 요도 마님도 노한 채로 끝낼 수 없다. 요도 마님은 다시 구라노스케에게로 시선을 옮겼다.

일단 작정한 이상 구라노스케도 간단하게 집념을 버리는 사나이는 아니었다. 그리고 또한 어머니 쇼에이니가 요도 마님의 측근으로서 깊은 신뢰를 받고 있다는 믿음도 있었다. 그는 일단 자신의 잘못을 인정한 듯하면서 다시 한번 반박할 구실을 찾고 있었던 것이다.

"마님, 구라노스케가 이토록 아뢰니 유키무라 님의 전언을 들으십시오."

하루나가는 구라노스케가 이미 움직일 수 없는 주전론자가 된 것을 알고 있었다. 물론 그 자신은 구라노스케와 상당한 거리를 두고 있다고 생각하지만…….

"좋소, 들으라면 듣지요."

"고맙습니다."

구라노스케는 곧 고개를 숙여 보인 뒤 다가앉았다.

"유키무라 님께서는 싸움이 일어날지 안 일어날지는 대불전 준공식 전에 드러날 거라고 말씀하셨습니다."

요도 마님은 다시 시선을 옆으로 비킨 채 대답하지 않았다.

"준공 축하를 구실로 곳곳에서 교토를 향해 계속 몰려드는 무사들을 모조리 오사카성에 입성시키면 큰일이니 에도에서는 반드시 그 전에 무슨 수단을 강구할 것이다, 그러니 여기서는 하루라도 빨리 준공을 축하하는 도요쿠니(豊國) 신궁제 날짜와 시간을 정해 에도의 허가를 청하는 게 좋다, 그러면 귀신이 나올지 뱀이 나올지 사정이 확실해질 거라고 하셨습니다."

"……"

"이대로 말씀드리면 좋았을 터인데 구라노스케는 전언과 자신의 의견을 혼동하여 공연히 심사를 괴롭혀 드렸습니다. 용서해 주십시오."

이 한마디는 역시 구라노스케가 예상한 대로 상대의 가슴에 콱 박혔다.

"구라노스케 님."

"예."

"그러면 대불전이 완성되더라도 에도에서는 틀림없이 도요쿠니 신궁제를 성대하게 여는 일을 금할 거라는 말이오?"

"예, 도요쿠니 신궁제를 구경한다는 핑계로 틀림없이 십몇만 명의 무사들이 교토로 모여든다, 그것을 경계하는 것은 당연한 일. 이 일이 판단의 기준이 될 거라고 합니다."

"그러면 그 축제 날짜를 알려도 아무 방해를 받지 않으면 전쟁이 일어나지 않는단 말씀이오?"

"황송하오나 그 전에 반드시 영지이동 이야기가 나올 것이다, 영지를 바꾼다는 이야기도 없고 준공식도 무사히 치르리라고 이 유키무라는 생각지 않는다, 그러니 빈틈없이 대비해야 한다……는 전언이었습니다."

가몬이 말을 이어받았다.

"그래, 이제 알아듣겠소. 즉 유키무라 님 의견으로서는 에도에서 싸울 의사가 있으면 전국의 무사들이 교토에 모일 기회를 주지 않을 것이다…… 그 전에 이 오사카성을 넘기라고 말할 거라는……"

"그렇소, 그러므로 늦지 않도록 충분히……"

구라노스케는 곧 대답한 다음 상대의 반응을 기다리지도 않고 잔을 들었다.

"그럼, 한 잔 더 받고 구라노스케는 물러가겠습니다. 아직 집에도 들르지 못했습니다."

"그러오. 수고했소."

그 무렵부터 하루나가의 얼굴이 갑자기 흐려졌다.

구라노스케의 반발은 요도 마님보다 그의 가슴에 날카로운 불만의 못을 박아준 모양이었다.

'아무래도 전쟁이 벌어지는 게 아닐까?'

하루나가의 심정은 복잡했다. 그는 결코 단순한 주전론자는 아니었다. 에도의 무력이 얼마나 강대한지에 대해서는 뼈저리게 알고 있었다. 세키가하라 때도 이에야스에게 가담했던 하루나가가 아닌가.

그런데도 하루나가는 히데요리 모자가 에도와 친해지도록 노력하지 않았다. 고이데 히데마사며 가타기리 형제가 그러려고 애쓰는 데 공연히 샘이 나고 화가 났다. 이런 감정 속에는 열등감뿐 아니라 일종의 자기 존재에 대한 주장도 들어 있었다.

그것이 요전번 이에야스와 히데요리가 니조 저택에서 대면했을 때부터 표면화되기 시작했다. 적어도 그때까지는 반성적이고 양보적이었는데 그 뒤부터 이상할 정도로 적극성을 띠기 시작한 것이다. 무슨 말썽이든 나서서 자기 존재를 드러내려는 심술궂은 갱년기 과부와도 같은 면이 있었다. 그는 에도를 비난하면서 다가오는 자를 아주 반기는 듯한 태도를 취했다. 예수교 신부든 불평불만에 찬 떠돌이무사이든……

그리고 그들이 이제는 말해서 안 될 도요토미 가문 전성시대의 말을 늘어놓을 때 특별히 귀 기울이며 공감하는 듯 꾸몄다. 그렇게 함으로써 평지에 어느 정도 풍파를 일으켜 그 조그만 파문이 요도 마님과 히데요리의 마음에 기쁨과 근심을 번갈아 일어나게 하는 것을 즐겼다. 아니, 어쩌면 그보다 더욱 밀접하게 규방의 음란한 말로 이어지는 하나의 자극이 되었기 때문인지도 모른다.

"하루나가 님, 어떻게 하면 좋을까?"

요도 마님이 정말 난처한 입장에 빠져 그를 사나이로 보고 진심으로 매달려온다면 그의 인생은 멋지게 펼쳐질 것이 틀림없었다.

그런데 현실은 그 반대였다. 나가야스가 죽은 뒤 오사카에 불어닥친 온갖 풍파는 요도 마님을 전보다 더욱 사내처럼 만들어 하루나가는 한층 더 음지에서 풍파를 즐겨야 하는 입장이 되었다.

그러나 그는 지금과 같은 오사카의 무력으로는 결코 정면에서 에도에 맞서려 하지 않았고 맞설 수 있다고 생각하지도 않았다. 단지 소란이 커지면 가타기리 형제가 책임지고 물러나야만 될 것이므로 그의 입장이 지금보다 훨씬 중요해지리라는 우쭐한 느낌은 있었다.

'나는 오고쇼께서 믿어주시고, 마님에게서도 총애받고 있다…….'

만일의 경우에는 이 모두를 설복시킬 수 있을 거라고 생각했다.

그러나 구라노스케가 방금 한 말은 이러한 그의 생각 이상으로 무서운 것을 내포하고 있었다.

'사나다 유키무라가 정말로 오사카를 도울 결심을 했다면……?'

그렇다면 그의 우쭐한 계산을 송두리째 뒤집어엎는 큰일로 발전해 갈지도 모른다……

'세키가하라 때도 오사카 쪽은 맥을 못 썼다. 그런데 14년 뒤인 오늘에 와서.'

구라노스케가 물러가자 하루나가는 갑자기 안절부절못했다.

'정말로 마쓰쿠라 시게마사가 군사를 풀어 기이미 고개를 경계하고 있을까?'

"황송하오나 구라노스케의 말 가운데 마음에 걸리는 점이 한두 가지 있습니다. 그것을 알아보고 오겠습니다."

요도 마님은 뜻밖에 선뜻 하루나가의 청을 허락했다. 요즘 요도 마님은 가끔 어린애처럼 떼를 썼다. 특별한 일이 없을 때도 아침까지 자기 곁에 누워 있기를 명해 놓고 희롱하는 일도 있었다. 그런데 순순히 구라노스케에게 갈 것을 허락한 것은, 요도 마님도 오늘 밤 몹시 지쳤기 때문이리라.

"이래서는 무슨 질문을 받아도 대답할 수 없다."

구라노스케는 요도 마님의 내전에서 주연이 있는 날은 반드시 자기 집에 돌아가 다시 한잔하는 버릇이 있었다. 내전에서는 대개 함께 있는 어머니 쇼에이니가 취하는 것을 용납하지 않기 때문이었다.

"구라노스케 님에게 미처 하지 못한 말이 있어서 왔습니다. 아직 주무시지 않겠지요?"

하루나가가 본성 뜰 끝에 있는 구라노스케의 집 앞에 서니, 누군가 먼저 손님이 와 있는 모양이었다.

"예……잠시만 기다리십시오."

부인은 일단 안으로 들어갔다가 다시 나타났다.

"대감님 명으로 기무라 시게나리 님이 오셨습니다만, 어서 안으로 듭시라고……."

"시게나리 님이 오셨단 말이오?"

"예, 대감님은 기슈의 일을 걱정하고 계신 것 같습니다……."

하루나가는 비로소 흠칫했다.

'시게나리와 구라노스케가 나를 젖혀놓고 히데요리에게 직접 주전론을 주장하고 있는 게 아닐까……?'

부인 뒤를 따라 구라노스케의 거실로 들어가니 그곳에는 뜻밖의 여인이 와 있었다.

마노 요리카네(眞野賴包)의 딸 오키쿠(阿菊)가 두 사람 사이에 앉아 술 시중을 들고 있었다.

'뭐야……중매를 서고 있었군……!'

하루나가는 그제야 안심했다.

기무라 시게나리는 간파쿠 히데쓰구의 집사를 지낸 아버지 시게코레가 히데요시에게 할복명령을 받고 묘신 사에서 죽은 뒤 아버지의 친구 롯카쿠 요시사토(六角義鄕)의 오미에 있는 은거지에서 자랐으며 아직 독신이었다. 그 시게나리에게 좋은 배필을 짝지어주는 것은 7인조의 염원으로, 아마 구라노스케는 그 상대로 마노 요리카네의 딸을 점찍어 선을 보이는 중인 모양이었다.

"실은……이것은 주군과 작은마님인 센히메 님 말씀이신데, 시게나리 님에게 아내를 맞게 하라, 될 수 있으면 요리카네의 딸을……하는 말씀을 들어서."

"허! 그렇습니까?"

"그렇소, 하루나가 님께서 급한 용건이 있다 하시니 오키쿠 님은 잠깐만 자리를 피해 주시오."

구라노스케는 오키쿠를 내보낸 뒤 무언가 의미 있는 듯 눈을 깜빡거렸다.

"지금 시게나리 님에게 주군의 명령을 전했으나 시게나리 님은 혼담에 대해 승낙하시지 않소. 그 이유는 아마 머지않아 간토와 절연할 때……아내가 있으면 용감하게 전사하지 못한다고 생각하시기 때문인 것 같소."

구라노스케는 한쪽 눈을 살그머니 감고 눈짓했다. 하루나가는 그 의미를 금방 알아채지 못했으나, 다음 순간 온몸이 오싹해졌다.

'구라노스케는 혼담을 핑계로 무언가 꾀하는 게 아닐까……?'

이렇게 상상하니 도저히 웃음이 나오지 않았다. 시게나리에 대한 히데요리의 신뢰가 요즘들어 부쩍 높아지고 있었다. 만일 히데요리를 완전한 주전론자로 만들 작정이라면 우선 시게나리를 포섭하는……게 누가 생각해도 가장 유효한 지름길이 아니겠는가.

"허, 처음 듣는 말이로군. 주군과 작은마님께서 오키쿠를 천거하신다는 것은. 그러나 이야기를 듣고 보니 지극히 당연한 일이군요. 그야말로 천하에 가장 어울리는 어린 부부 한 쌍이 될 거요."

하루나가가 낭패감을 감추면서 시게나리의 윗자리에 앉자, 구라노스케가 곧 뒤이어 받았다.

"누가 봐도 그럴 겁니다. 그런데 시게나리 님은 사양하겠다는 거요. 머지않아 싸움이 있을 거라고……."

"싸움……에 대한 이야기는 좀 미루고……."

"아니, 그렇지 않소. 시게나리 님은 앞으로 주군의 집정으로 점찍혀온 충성스러운 무사. 싸움이야기를 도외시한다면 생각을 돌릴 길이 없소. 그래서 내가 지금 설득하고 있는 중이오."

"설득하다니?"

"곧 싸움이 일어난다…… 이것은 나 혼자만의 생각이 아니오. 사나다 유키무라 님도, 조소카베도 역시 같은 견해요. 또 우리 쪽만도 아니오. 이미 적 쪽의 마쓰쿠라 시게나리 등은 벌써 싸움이 시작된 것 같은 생각으로 기이미 고개를 경계하고 있소. 그러니 지금 혼인하는 것도 하나의 충성이 아니겠느냐……고 말씀드리는 중이오."

"혼인이 하나의 충성이라니?"

구라노스케는 즐거운 듯 웃었다.

"하하하, 하루나가 님답지 않으신 말씀! 싸움이 벌어지면 어떻든 군사들을 끌어모아야 하오. 군사를 모아들이면 교토 행정장관의 눈이 번뜩일 거요. 그 눈길에서 벗어나는 데도 혼례는 좀처럼 얻기 힘든 눈가림이 아니겠소?"

"아……."

"더구나 이것은 요즘 유행하는 사랑이야기로 하는 게 좋겠다고 말씀드리고 있었소. 하하하……오키쿠 님이 시게나리 님의 장부다운 늠름한 모습을 보고 첫눈에 반해……상사병이 들어 말라죽을 지경이라……보다 못해 우리가 중매를 섰다면, 여창극단의 줄거리가 되지 않겠소? 하루나가 님께서도 좀 권해 주시오."

아무래도 구라노스케는 취기가 돌기 시작한 모양이었다. 기무라 시게나리는 단정한 얼굴을 새빨갛게 물들인 채 얼마쯤 노기마저 띠고 있었다.

"그럼, 저는 이만 실례하겠습니다."

"좀 더 계시면 어때서?"

"아니, 오늘 밤 숙직해야 하므로 빨리 돌아가 보고하지 않으면 안 됩니다. 그럼, 이만 실례하겠습니다."

시게나리는 단정하게 고개 숙여 인사했다. 구라노스케는 다시 큰소리로 웃었으나 억지로 만류하지는 않았다.

"배웅해야지…… 주군의 사자니까."

"아니, 그냥 계십시오."

서로 부축하듯 밖으로 나갔다가 이윽고 구라노스케 혼자 돌아오더니 갑자기 목소리를 낮추어 하루나가에게 말했다.

"하루나가 님, 아무래도 주군께서 결심하신 모양이오. 이제 귀하도 안심이시겠지……."

빙긋 웃고는 술 냄새가 물씬 풍기는 숨을 내뿜었다.

오노 하루나가는 갑자기 대답할 말이 없었다. 사태는 그가 예상했던 것 이상으로 빨리 진행되고 있었다. 히데요리가 만일 싸움을 결의한다……면 머지않아 요도 마님의 마음도 움직일 게 틀림없었다.

요도 마님을 모시는 시녀들은, 쇼에이니가 구라노스케의 어머니이듯 오쿠라 부인은 자기 어머니고, 우쿄 부인은 시게나리의 어머니였다. 그밖에 아에바 부인과, 구니(國) 부인, 도시모토(壽元) 부인도 모두 감정적으로 에도에 대해 일종의 선망과 질시를 버리지 못하는 이들뿐이었다.

싸움의 승패 따위는 따져보지도 않고 외곬으로 감정에만 떠밀려갈 게 틀림없었다. 지금 에도성 내전의 히데타다 부인과 연락을 취하고 있는 것은 시게나리의 어머니 우쿄 부인이었다. 그 역시 자기 아들 시게나리가 주전론으로 기울면 아무 도움도 되지 않는다.

"구라노스케 님, 내가 찾아온 건 바로 그 싸움에 대한 일 때문이오."

"싸움에 대한 일……이라면 안심하셔도 좋소."

구라노스케는 손수 하루나가에게 술을 따라주면서 반은 농담처럼 큰소리쳤다.

"아군은 강하오. 세키가하라 때와 같은 일은 결코 다시 되풀이되지 않을게요."

그 역시 하루나가가 내심 도쿠가와 군을 두려워하는 것을 알고 있기 때문이리라.

"그럼, 사나다 유키무라는 분명 우리 쪽이 되겠다고 하셨소?"

"그렇소."

구라노스케는 일부러 잔을 놓고 자기 가슴을 툭툭 두드려 보였다.

"일이 이렇게 된 이상 후퇴할 수 없다, 그것이 아버님 마사유키 님의 집념이라고 말씀하셨소. 기이미 고개가 바로 이 결의를 하게 만든 묘한 고개이지요……."

"고개……?"

"그렇소. 마쓰쿠라 시게마사가 그 고개를 경계할 정도라면 에도도 싸울 결심을 했다……고 유키무라 님은 보았소. 이미 어느 누구의 힘으로도 막을 수 없다, 싸움에는 전마(戰魔)라는 눈에 보이지 않는 움직임이 있다…… 그러므로 나는 부조(父祖)의 집념에 따르겠다고 하셨소. 오사카 입성에 대한 연구는 달리해놓은 듯하더군요."

"잠깐만! 잠깐만, 구라노스케 님. 아까 귀하는 그런 말씀은 하지 않으셨소. 속히 준공식을 집행하라고만……."

"그것이 계략이오. 저쪽만 준비시키고 이쪽은 하지 않으면 늦을 게 아니오. 하루나가 님께 감히 말하지만 가타기리 가쓰모토 님은 믿을 수 없소. 그는 이미 도쿠가와 가문의 개가 됐다……고 봐야 하오. 그러므로 은연중에 군사면에서 멀리하고 있소. 아시겠소? 군량과 군사를 갖춰야 합니다."

"그러나 만일 몇십만의 간토 군이 밀려온다면?"

"하하……농성, 농성. 그만한 숫자로 이 성은 꿈쩍도 하지 않소. 그러는 동안 천주님의 도움이 있을 거요. 펠리페 3세의 대함대가 와보시오, 우선 오슈의 다테가 배반할 거요. 이어서 다테의 사위 다다테루가……조슈의 모리나 사쓰마의 시마즈도 잠자코 있지는 않을 거요. 하하하……그렇게 되면 세키가하라 결전 때와는 규모가 다른 싸움이 되지요. 그렇지 않고서야 유키무라 님이 왜 움직이겠소? 시나노를 차버리면서까지……."

구라노스케는 의기양양하게 늘어놓다가 문득 표정을 굳혔다. 취한 그의 눈에 비로소 하루나가의 불안스러운 듯 자신 없는 표정이 비쳤기 때문이다.

구라노스케는 목소리를 낮추어 굳은 표정으로 하루나가를 향해 앉았다.

"하루나가 님, 기이미 고개를 고비로 유키무라 님까지 결심한……지금에 이르러, 설마 귀하께서 이번 싸움에 자신을 잃었다고는 하지 않겠지요?"

"아니, 그렇지는 않지만……."

"그러시겠지요. 본디 에도에 도요토미 가문을 존속시키려는 마음은 결코 없다고 단언하여 사태를 여기에 이르게 한 장본인은 귀하요. 그런 만큼 모두들 그렇게 생각하고 귀하의 주위에서 결속한 것…… 7인조의 어느 누구도 귀하만큼 에도의 본심을 모르고 있소."

"그 일에 대해서는 결코 잊지 않고 있소."

"물론 그 말을 믿겠소. 그렇지 않으면 우리는 귀하와 오고쇼의, 요도 마님을 사이에 둔 과거의 감정, 과거의 까닭 없는 질투에 휘말려 사태를 그르치는 게 되오."

"그런……어리석은……."

"그렇지요! 그런 어리석은 일은 있을 수 없지요. 에도는 줄곧 우리를 증오하며 우리를 멸망시키려고 교활하게 기회를 노리고 있었소…… 여러 사원의 재건으로 군자금을 소비시키고 기회 있을 때마다 팔을 떼어내고 다리를 꺾어, 도저히 일어날 수 없을 거라고 판단했을 때 덤벼들겠지……라고 말한 장본인은 귀하요. 뿐만 아니라 오다 우라쿠사이는 믿을 수 없고 가타기리, 고이데도 이미 에도의 손아귀에 들어갔다고 충고한 것도 귀하…… 그러한 귀하가 오늘 밤 마님 앞에서는 오히려 우리를 누르려는 것 같은 인상을 받았소. 설마 우리에게 불을 지르게 하고 불길이 올랐을 때 도망치거나 하지는 않겠지요, 하루나가 님?"

술에 취한 탓이기도 하지만 사태가 완전히 거꾸로 되었다. 너무 지나친 행동을 삼가라고 주의시킬 작정으로 찾아왔는데, 자기가 오히려 강한 추궁으로 다짐받는 결과가 되고 말았다.

하루나가는 얼굴을 찌푸리며 손을 내저었다.

"무슨 말씀을! 이 하루나가의 어디에 그렇듯 미덥지 못한 점이 있어서 다짐이오?"

"없는 것도 아니지요. 이미 주군까지 7, 8할까지 결심하고 계신 지금에 이르러 중요한 위치에 계신 마님께서 분명 우리를 꾸짖으셨소…… 이게 대체 어찌 된 일이오! 설마 귀하에게 아무 책임이 없다고는 하지 않으시겠지요?"

"알았소. 사나다 유키무라 님이 우리 편이 될 거라는 확증이 있어서 말씀한 것이라면 되었소. 자, 한 잔……."

"하하……하루나가 님, 이미 이 싸움의 화살은 시위를 떠났소. 지난 9월 15일, 오지카만의 쓰키노우라에서 출범한 다테 가문의 큰 배가 그 첫 화살이오. 하늘의 어느 곳을 울리면서 지나가고 있는지…… 듣자니 다카야마 우콘도 얌전히 마카오며 루손으로 호송되어가는 모양. 하하하, 그 화살이 펠리페 3세의 대함대를 불러올 때는 다카야마 님이 당당히 선두에 서서 물길을 안내할 것이오."

듣고 있는 동안 하루나가도 차츰 그 말에 휩쓸려 들어갔다. 인간 중에는 늘 행동으로 주동적 역할을 하는 자와, 가끔 흥분하여 묘한 선동의 화살을 쏘아놓고는 그 선동이 현실화하면 조용히 도사리는 자가 있다. 구라노스케는 앞 경우이고 하루나가는 뒤 경우였다. 앞 경우의 사람은 늘 앞으로 나아가지만, 뒤 경우의 사람은 끊임없이 왔다 갔다 한다. 그러다가 그 둘 사이가 벌어지면 이번에는 앞 경우의 사람이 뒤 경우의 사람 등을 세게 때리게 된다. 하루나가는 구라노스케의 채찍질을 당하고 다시 앞을 향한 자세로 돌아섰다. 구라노스케가 하는 말은 실은 하루나가 자신이 그의 머리에 주입시킨 것에 불과했다. 그런데 지금 다카야마 우콘이 얌전히 추방당하는 것은 머지않아 펠리페 3세의 군함에 편승하여 귀국할 수 있다는 확신이 있기 때문……이라는 말을 들으니 정말처럼 여겨졌다.

"구라노스케 님, 우리는 또 한 가지 손써 두어야 할 일이 있을지도 모르겠소."

"손쓰다니요?"

"오고쇼에게 말이오, 오고쇼에게 우콘 님의 속셈을 알려드리는 거요."

"뭐라고……? 그래서 무슨 이익이 있단 말이오?"

"오고쇼는 깜짝 놀라 쇼군의 마님을 통해 요도 마님께 무슨 교섭을 해올 거로 생각하는데 귀하의 생각은?"

"음."

"그때 우리는, 아마 이런 말이 전해져올 거라고 마님께 미리 알려주는 거요……저쪽에서 우리 말대로 전해 오면 마님께서도 결심하실 거요. 지금은 마님의 마음을 확고하게 결심시키는 게 첫째……라고 생각하는데 어떻소?"

이야기는 차츰 이상하게 돌아갔다. 하루나가 쏜, 그야말로 감정적인 선동의 화살은 차츰 그를 진퇴양난의 실행자 위치로 몰아넣으려 하고 있었다.

"과연, 그것도 한 가지 생각입니다. 확실히 다테 마사무네의 속셈, 다카야마 우콘의 속셈……등을 잇달아 들으시면 늙은 너구리 같은 오고쇼도 동요할 게 틀림없소. 동요하면 꼬리를 내밀겠지요. 그 꼬리를, 이것 보십시오, 하며 마님에게 보여드린다면 정말 그건 반격의 반격이 되겠군요. 그래 무슨 좋은 생각이 있소?"

"없는 것도 아니지요."

어느결에 하루나가도 술잔을 거듭하며, 자기가 무엇 때문에 구라노스케를 찾아왔는지 당초의 목적을 완전히 잊어버리고 말았다.

"뭐니 뭐니 해도 오고쇼의 마음에 크게 울릴 사람은 센히메 님이시지요. 센히메 님이 핍박당하여 괴로워하신다는 소식을 갖고 사자가 간다면 어떻게 될 거라고 생각하시오?"

"음, 슨푸로 누구를 보내려는 거요?"

"물론 여자여야 합니다. 그렇지! 좋은 생각이 있소."

하루나가는 진지한 눈빛으로 허공을 노려보기 시작했다. 그 또한 구라노스케가 어느새 그 꿈속으로 발을 들여놓게 한 것 같았다.

"이번 전쟁은 세키가하라 때와 같이 작은 규모의 것이 아니오."

도코노마에서 이 집의 자랑거리인 남만 시계가 땡땡땡땡 네 번을 쳤다.

종(鐘)의 전주

게이초 19년(1614) 초여름이 되어 슨푸 본성 마당에는 올해도 샘가에 아름답게 창포꽃이 활짝 피었다. 이날도 이에야스는 마당에 내려서서 무심히 그 꽃을 내려다보았다. 아니, 무심히……라는 것은 겉으로일 뿐, 73살이 된 지금 그 꽃을 내려다보노라니 감개가 무량했다.

'다이코보다 10년이나 오래 살았군……'

더구나 지금 그의 앞에는 무수한 걱정거리가 그의 결단을 기다리며 쌓여 있었다.

'이 나이가 되어 설마하니 다다치카를 벌하게 되리라고는 꿈에도 생각지 못했었는데……'

규슈로 쫓겨난 다다치카도 불쌍했지만 이에야스 자신도 한때는 객지의 서러움을 맛보았다. 슨푸성으로 갈 수 없을 뿐 아니라 일단 떠나온 에도 서성으로도 돌아갈 수 없었다. 그래서 한동안 나카하라, 고스기 등지에 머물던 일을 생각하면 지금도 가슴이 서늘해진다.

'지금이 중요하다. 지금이 인생을 마무리할 때……'

고스기에서 다다치카의 추방을 결심하고 이에야스는 다시 에도로 돌아가 예수교에 관련된 일은 스덴에게, 자기가 죽은 뒤의 준비에 대해서는 덴카이를 청하여 상의했다.

지금 생각하면 스스로도 우스워진다.

'이 일이 처리되기 전에 죽는 게 아닐까……?'

이러한 불안이 짙어지자 이에야스는 갑자기 시조가 읊고 싶어졌다. '유언시 준비'라는 뚜렷한 의식은 없었으나 무언가 호소해 남기고 싶은 절실한 본능의 몸부림이었던 모양이다.

그래서 슨푸로 돌아오자 조동종(曹洞宗)의 설법을 들으면서 일부러 레이제이 다메미쓰(冷泉爲滿)를 교토에서 초빙하여 고금시조집(古今時調集)을 전수받았다.

하야시 도슌에게 논어를 처음부터 다시 강의하게 하고 불교의 5대 본산에 명하여 《군서치요(群書治要)》《정관정요(貞觀政要)》 등 여러 책 속에서 조정과 막부 법제의 영원한 기틀이 될 만한 것을 발췌시키기도 했다.

그러나 그런 것들도 그의 마음속에 각별히 '안심'의 초석을 놓지는 못했다. 전쟁이 없어진 지 14년…… 이미 난세를 모르는 젊은이들이 세상에 넘쳐, 그가 설파하는 '평화'의 고마움 따위는 그들 마음속에 아무 영향도 주지 못하고 있었다……무엇보다 사나다 마사유키의 아들 유키무라까지 끝내 그의 근심을 이해하려 하지 않았다…… 그러한 안타까움으로 몸이 갈기갈기 찢어지는 것만 같았다.

'또다시 그 비참한 난세로 돌아가도 좋단 말인가!?'

그러나 이 부르짖음은 현재의 젊은이들 머리 위에서는 봄바람 같은 영향밖에 갖지 못하는 것 같았다. 다다테루도 그렇지만 히데요리 역시 예외가 아니었다. 평화 속에 몸을 담고 편히 살면서도 어느 한구석에서는 파란을 동경하고 있었다. 더구나 그 파란이 실제로 닥친다면 꼼짝 없이 궤멸하여 버릴 것이다.

'실력은 전혀 없으면서……'

이러한 생각을 하면서 뜰에 서서 창포꽃을 보는 동안 이에야스는 소리 내 울고 싶어졌다.

'73년의 내 생애도 한낱 악몽이었단 말인가……?'

이에야스는 지금 스덴, 덴카이, 하야시 도슌 등의 승려와 유학자들에게 명하여 널리 고서를 수집하여 베끼게 하고 있었다.

'이것이 인간의 참다운 유산이다……'

자기 자신도 거기에 쓰인 내용을 낱낱이 읽으면서 태연함을 꾸미고 있었지만 마음속으로 점점 치열하게 세태와의 대결, 격투를 더해가고 있었다.

다다테루에게는 다카다 성을 지어줌으로써 외쳐대는 철없는 욕망을 억누르게 할 수 있었다.

"오사카성을 주십시오!"

그러나 사려가 모자라는 욕망의 귀신은 결코 다다테루 한 사람만이 아니었다. 조금만 고삐를 늦추면 마사무네도, 시마즈 이에히사(島津家久)도, 모리도, 우에스기도, 마에다도 손댈 수 없이 날뛰는 말로 둔갑할 게 틀림없었다.

그들은 평화로운 시대에 자라 무방비 상태가 된 젊은이들의 약점만을 잘 알고 있었다…… 따라서 전국시대에서 살아남은 무리들에게 14년 동안 무르익은 태평천하는 그야말로 침을 흘리게 하는 좋은 먹이로밖에 보이지 않는 모양이었다.

이에야스는 가지런히 피어 있는 창포를 30분쯤 바라보았다. 그리고 그 꽃밭에 한 마리의 광포한 소를 놓아보는 상상을 했다.

"아룁니다."

이에야스는 쇠발굽에 무참하게 짓밟힌 창포꽃의 환상에서 깨어났다.

"오사카의 사자, 가타기리 가쓰모토 님이 마리코(鞠子)의 도쿠간사(德願寺)에 도착하셨다 합니다."

"가쓰모토가 도착했나? 기다리고 있었다. 곧 만나겠다고 말하여라."

"알겠습니다. 그리고 가쓰모토 님과 전후하여 우쿄 부인이 오셔서 역시 뵙기를 청하고 있습니다만……."

"뭐? 우쿄 부인이……? 우쿄 부인은 내가 만날 필요가 없겠지. 자아 부인에게 정중히 대접하라고 하여라."

"알겠습니다."

시동이 물러가자 이에야스는 비로소 창포꽃밭을 떠났다.

'가쓰모토가 무슨 말을 하러 왔을까……?'

그것은 이미 어렴풋이 짐작할 수 있었다……

이에야스에게는 혼아미 고에쓰 외에 그를 진심으로 존경하여 정보를 모아 주는 자가 오사카 주변에 세 사람 있었다…… 한 사람은 후시미의 고보리 엔슈, 또 한 사람은 야마자키(山崎)의 이시카와 조잔(石川丈山), 그리고 사카이의 이마이 소쿤이었다. 이러한 사람들의 정보에 의하면 교토와 오사카에서는 대불전 준공식을 기해 반기를 들 것……이라고 보는 견해가 지배적이라고 한다.

이미 각지의 무사들이 교토, 오사카에 속속 모여들고 있었다…… 가장 불길한 상상은 대불전 앞에 모인 대군중이 그냥 봉기하여 무기를 들고 한꺼번에 니조 저택으로부터 교토 행정장관의 저택을 습격하고 황궁으로 몰려가지 않을까 하는 것이었다.

'그렇게 되도록 내버려 둘 수는 없다……'

가쓰모토가 온 것도 그 일과 관계없지 않다. 과연 히데요리가 오사카성을 나갈 마음이 생겼는지 어떤지, 그 사실은 분명 알아가지고 왔으리라.

이에야스는 이마에 내리쬐는 햇빛을 한 손으로 가리면서 천천히 거실로 돌아갔다. 안뜰을 사이에 둔 별채에서는 오늘도 승려와 학자들이 책상을 늘어놓고 부지런히 고서를 베끼고 있었다……

가쓰모토가 온 것은 그로부터 또 반 시각, 이미 오후 2시가 가까워진 뒤였다.

이에야스는 일부러 마사즈미와 나오쓰구를 멀리하고 아직 16살밖에 안 된 소실 오로쿠 부인만 옆에 두고 가쓰모토를 자기 방으로 불렀다.

오로쿠 부인은 구로다 나오노부(黑田直陳)의 딸로 이에야스가 죽은 뒤 유언에 따라 기쓰레가와 요리우지(喜連川賴低)에게 재가하는, 측실 가운데 가장 어린 여자였다. 13살 때부터 곁에서 모셔 측실이라기보다 잔심부름꾼 겸 간병인 같은 존재였는데……

오로쿠가 '측실'로 올라앉았을 때 젊은 무사들과 시녀들 사이에 두 가지 소문이 퍼졌다. 젊은 무사들 사이에 퍼진 소문은 다분히 선망을 감추고 이에야스의 건재를 찬양하는 것이었지만 시녀들의 해석은 반대였다. 오로쿠가 먼저 이에야스에게 다가갔다는 것이었다. 한낱 시녀로 늙기보다 측실로서 미망인이 되는 편이 훨씬 나은 신분의 영주에게 재가할 수 있다는 계산 아래, 오로쿠는 고다쓰(이불 속에 넣는 화로) 대신 자진하여 이에야스의 이부자리 속으로 들어갔다고 했다.

어쩌면 이에야스도 그런 기분으로 가까이했는지 모른다. 이따금 눈을 가늘게 뜨고 다리와 허리를 주무르게 하면서 시녀들 앞에서 이런 말을 한 적이 있었다.

"너는 정말 영리한 여자야. 나는 오래 살지 못할 테니 너의 장래를 생각해 둬야지."

같은 이에야스의 측실로 아오키 가즈노리(靑木一矩)의 딸인 오우메(梅)는 이에야스의 명으로 지금 혼다 마사즈미의 부인이 되어 있다. 여기에도 뒷이야기가 있었다. 오우메는 가끔 이에야스에게 출사하는 마사즈미를 넋 잃은 듯 바라보았다.

그냥 내버려 두면 두 사람 사이에 무슨 일이 벌어지고 말겠다고 느낀 이에야스가 선수쳐 두 사람을 가까이 해주었다는 소문과 오로쿠가 이에야스의 사랑을 받으려고 꾸민 계획이 아니었나 하는 소문이었다.

아무튼 이러한 오로쿠를 곁에 두고 가쓰모토를 만나는 것은 상대를 필요 이상으로 긴장시키지 않게 하기 위한 배려인 것 같았다.

"자, 이 여자 말고는 아무도 가까이 오지 못하게 했어. 이 아이에게서 이야기가 샐 염려는 없지."

가쓰모토가 들어오자 이에야스는 어깨를 주무르게 하던 오로쿠에게 차를 준비하도록 이르고 팔걸이에 몸을 기댔다.

"어떤가? 히데요리 님은 성에서 나갈 작정이던가?"

가쓰모토는 이내 얼굴을 긴장시키고 다다미에 이마를 조아리며 갈라진 목소리로 말했다.

"그 일에 대해서는 우리에게도 생각이 있으니 조금만 더 시간을……."

"가쓰모토"

"예!"

"그 뒤 이야기가 조금도 진척되지 않았다는 건가?"

"옛, 그때 말씀드린 대로 대불전 준공식 날에……."

"늦다!"

"예."

"준공식 날에 만일 봉기하는 자들이 있다면 어떻게 하겠나? 그리고 그들이 히데요리 님 명령으로 일어났다고 외쳐대면…… 그대는 아직 노망할 나이가 아닐 텐데!"

가쓰모토는 이에야스한테서 모진 꾸지람을 듣고 더욱 굳어져 버렸다.

그는 히데요리의 명에 따라, 대불전의 큰 종과 종각의 완성을 서둘러 왔다. 종 이름은 난젠사(南禪寺)의 세이칸(淸韓) 장로에게 짓게 하고, 산조에 있는 이름난 장인 나고야산쇼(名護屋三昌)에게 39명의 주물사를 모아 밤낮으로 서둘러 만들게 하고 있었다.

금동대불은 이미 게이초 17년(1612) 3월에 멋지게 완성되었으므로 종만 만들면 이 대공사도 드디어 끝나는 셈이다. 가쓰모토는 그때 대불전의 거대한 부처와 함께 큰 종소리를 들려줌으로써 그 비용이 얼마나 막대한지 세상에 확실하게 알릴 셈이었다. 그 막대한 비용에 비하면 황금으로 된 저울추 28개를 녹여 4만 닢 가까운 금화를 만들게 한 것쯤은 문제도 안 된다.

"이것이 모두다. 도요토미 가문의 재정은 바닥났다."

제아무리 견고해도 성만으로는 전쟁을 할 수 없다. 군자금으로 쓰려도 돈이 없다……는 것을 확실히 알면 야심을 품은 무리들이 모여들지 않을 거라는 그의 계산을 이에야스도 잘 이해하리라고 믿었다.

그런데 이에야스의 계산과 그의 생각에는 커다란 차이가 있었던 것 같다.

가쓰모토가 이번에 온 것은, 드디어 종이 완성될 날짜를 대략 알게 되었으므로, 새 종의 타종식을 6월 28일에 하고 이어서 7월 중에 대불 개안(開眼) 공양을 하고 싶은데 도사(導師)로 누가 좋을지……? 이러한 의논을 표면상의 용건으로, 실은 영지이동에 대한 말을 언제쯤 꺼낼지 그 시기에 대해 이에야스의 의견을 물어볼 생각으로 온 것이었다. 그런 만큼 '늦다!'는 한마디의 꾸중은 그의 생각을 완전히 뒤집어놓기에 충분했다.

"나도 여기서 졸고만 있는 게 아니야, 가쓰모토!"

"예."

"저울추를 재주조한 돈이 어디로 흘러드는지도 알고 있고, 누구와 누구가 어떤 권유를 받았는지도 다 조사해 두었어. 그대는 아무래도 대불전 공사감독이라는 이름으로 허수아비가 된 것 같아."

"황송합니다."

그러자 전보다 더 매서운 일갈이 날아왔다.

"황송해할 것 없어! 황송해하고 있을 때가 아니야! 그대로서는 주군의 가문이 살아남느냐 쓰러지느냐는 중요한 고비! 알겠나, 가쓰모토! 그대도 전쟁을 모르지 않으리라. 전쟁이란 이해타산만으로 일어나는 줄 아나. 가장 무서운 것은 어떤 계기로 일어나느냐는 거야. 대불 개안 공양 날에 만일 모여든 대군중이 봉기한다면 어떻게 하겠나? 봉기할 징조는 충분히 있어. 그런데도 쇼군으로서 그것을 내버려둘 수 있다고 생각하나? 질서유지가 에도의 임무야. 그러니 교토 행정장관이 만일의 경우에 대비할 수단을 강구하지 않는다면 큰 과실이 될 거야. 그런데 그런 수단을 강구하면 그들은 오사카를 공격하는 줄 알고 거꾸로 큰일을 일으킬 게 틀림없어. 문제의 시기는 대불 개안 공양 이전에 있다. 적어도 그 전에, 히데요리 님 모자분께 영지이동에 대한 승낙을 뚜렷이 받아둬야 해. 그렇지 않고 사태가 수습될 것 같은가?"

가쓰모토는 부들부들 떨기 시작했다. 그러고 보니 게이초 9년(1604)의 도요쿠니 신궁제 때 교토, 오사카에 30만이나 되는 군중이 모였었다.

"그러면 대불전 준공식 이전에……."

가쓰모토는 입을 열었으나 뒷말을 잇지 못했다. 이에야스의 말을 듣고 보니 참으로 옳았기 때문이다. 만약 30만 대군중이 폭동을 일으킨다면 그야말로 수습할 길 없는 대혼란이 일어나리라. 그렇다고 그것을 미리 방지하려면 2000이나 3000명의 교토 행정장관 수하 병력으로는 어림도 없다.

'막다른 곳으로 몰렸군……'

가쓰모토는 뱃속까지 얼어붙는 것 같았다. 그렇다고 이에야스가 지적한 대로 새로 인원수를 증원하면, 오사카 쪽에서는 그것을 오사카 공격을 위한 출병이라고 확실히 오해할 게 틀림없었다.

"어떤가 이해하겠지, 가쓰모토?"

"예……예, 말씀은 알아듣겠습니다."

"알아들었다면 더 할 말 없겠지. 준공식 이전에는 결코 폭동이 일어나지 않는다……는 보증을 해주지 않으면 천하의 질서 유지에 임하는 자로서 그냥 둘 수 없겠는데……."

"지당하신 말씀입니다."

가쓰모토는 자신의 벌거벗은 몸을 빤히 들여다보인 것처럼 황송해할 수밖에 도리 없었다.

"분명 이 가쓰모토의 부주의, 드릴 말씀이 없습니다."

이렇듯 순진하게 사죄하자 이번에는 이에야스가 슬픈 눈빛으로 잠자코 입을 다물고 말았다. 지금 아무리 가쓰모토를 꾸짖어 보아도 뾰족한 수가 나올 리 없다.

"가쓰모토, 나도 나이 들어서 그런지 불끈하는 성질이 생겼어."

"당치도 않은 말씀, 이 가쓰모토가 나잇값도 못 하고 사태 판단에 어두웠던 탓입니다."

이에야스는 시선을 허공으로 던진 채 말을 이었다.

"아무튼 그대와 내가 여기에서 군말을 해봐야 해결될 일이 아니야. 그대와 전후해 우쿄 부인이 왔다는데 그 용건이 무언지 알고 있는가?"

"……예, 그것도 실은 제 방심으로 말미암은 불찰의 하나…… 우쿄 부인은 요도 마님의 사자로 문안차 온 줄 알고 있었습니다……."

"흠, 과연……그런데 일부러 슨푸에 들렀단 말이지?"

"저는 두 가문의 화합을 위해 우리 일을 돕기 위한 것이라 믿고 있었습니다."

"그래……그렇지만도 않을지 모르지."

"이제는 저도 어쩐지 불안해집니다."

"좋아, 그러면 이렇게 하세. 그대는 오늘 인사만 하고 간 것으로 하고 도쿠간사로 돌아가 쉬는 것이 좋겠어. 우쿄 부인은 여자들에게 접대하라고 했으니 무슨 용건으로 왔는지 곧 알게 되겠지. 그 뒤에 다시 생각하기로 하세."

"……옛"

"내 말을 잘 알아들었겠지? 준공식보다 폭동이 일어날 우려가 없다는 보증이 더 급선무라는 것을……그렇지 않으면 이 이에야스는 먼 후대에까지 웃음거리가 돼. 그러니 그대도 어떻게 하면 무사히 대불전 준공식을 마칠 수 있을지 한 번 깊이 생각해 봐."

그리고 이에야스는 비로소 오로쿠의 존재를 깨닫고 엄하게 다짐 두었다.

"알겠느냐, 너는 아무 말도 듣지 못한 것으로 해라."

가쓰모토가 물러나자 이에야스는 팔걸이에 기대어 주먹으로 이마를 받치고 한참 동안 지친 듯 입을 열지 않았다.

"어깨를 좀 더 주물러 드릴까요?"

오로쿠가 눈치 빠르게 어리광부리듯 말하며 등 뒤로 돌아가 어깨를 주무르기 시작했다. 그래도 이에야스는 대꾸하지 않았다.

가쓰모토가 좀 더 반가운 소식을 가지고 왔을 거로 생각했다. 적어도 난공불락으로 여겨지는 오사카성에 히데요리 모자를 그대로 있게 해서는 다이코에 대한 공양이 될 수 없다.

"그 성은 천하를 다스릴 실력을 가진 자가 거처해야 할 성, 그릇이 못 되는 자가 살면 야심을 불러일으키게 하는 저주받은 성이 된다……."

그것을 알므로 고다이인은 재빨리 성을 비워 다음 실력자가 될 이에야스에게 대신 들어가게 했다…… 이런 까닭을 상세히 설명하여 히데요리 모자를 설득하리라고 생각했었다. 그런데 가쓰모토는 그 가장 중요한 근본적인 의미를 이해하지 못한 채 해결될 수 있을 거라고 여기며 그 일을 게을리한 모양이다.

'애당초 그에게 그런 기대를 건 것이 무리였을까……?'

이런 생각이 들자 그 실망은 73살 된 이에야스의 여명(餘命)을 바짝 압박했다.

'모두들 평화가 얼마나 고마운지 잊어버렸단 말인가……?'

그때 우쿄 부인을 접대한 자아 부인이 돌아왔다. 자아 부인은 이제 완전히 내전을 관리하는 위치에 엄격히 들어앉아 잠자리 시중은 들려고 하지 않았다. 그러므로 젊은 측실들은 자아 부인을 더욱 경외하는 것 같았다.

"아룁니다. 우쿄 부인은 요도 마님의 사자로 에도의 마님께 가시는 도중인 모양입니다."

"그래? 그럼, 단순한 문안 사자인가?"

"네……그런데 좀 걱정스러운 말을 했습니다."

"음, 틀림없이 그럴 줄 알았어. 뭐라고 하던가?"

이에야스는 눈을 스르르 감고 오로쿠에게 어깨를 맡긴 채 물었다.

"오사카성 안에서는 머지않아 에도와 절연할 거라는 소문이 자자한 모양입니다."

"음, 그거라면 우쿄 부인한테서 듣지 않더라도 잘 알고 있어."

"그리하여 요도 마님을 비롯해 히데요리 님과 측실들도 센히메 님을 냉대하게 되었으니, 무슨 좋은 도리가 없겠느냐고 같은 여자로서 애타는 속마음을 털어놓았습니다."

"음."

이에야스는 코끝으로 가볍게 응할 뿐 다시 한참 동안 아무 말 없었다.

"이런 일은 말씀드리지 않는 게 좋을지도 모른다……고 생각하고 있는데, 그 일은 오고쇼님 귀에 들어가지 않도록 해달라고 우쿄 부인이 새삼 말했습니다."

"귀에 들어가지 않도록 해달라…… 그러면 귀에 들어가게 되지…… 여자들까지 움직이기 시작했단 말인가?"

내던지듯 말하고 이에야스는 끄덕끄덕 졸기 시작했다. 자아 부인은 그 모습을 조용히 바라보았다……

한참 동안 무거운 침묵이 흘렀다. 오로쿠는 말없이 어깨만 주무르고, 이에야스도 반쯤 잠든 듯 보였다. 그러나 자아 부인은 긴장을 풀지 않고 이에야스를 지켜보았다. 무척 지친 듯 졸고 있을 즈음이 어떤 결단을 내리려 할 때……라는 것을 잘 알고 있기 때문이었다.

아니나 다를까, 이에야스는 갑자기 고개를 들고 눈을 떴다.

"오로쿠, 그만하거라."

"조금만 더……?"

"나중에 하자. 나중에 다시 부탁하마."

이에야스는 눈앞에 자아 부인이 앉아 있는 것을 의식한 듯 나직이 말했다.

"자, 달콤한 것이 먹고 싶군."

그러고 보니 자아 부인은 무릎 위에 조그만 사기접시를 받쳐 들었고, 그 위에 새하얀 과자가 하나 얹혀 있었다……

"네, 드십시오."

"흠, 나고야에서 보내온 것인가?"

"아닙니다. 에도에서지요."

"그래? 그대는 우쿄 부인이 무슨 볼일로 에도에 가는지 생각해 보았나?"

"……네."

"말해 봐. 무엇하러 왔을까, 우쿄 부인은?"

"에도와 슨푸의 공기를 탐색하러 온 것이라고 생각됩니다만……"

"흥."

이에야스는 튕기듯 웃고 입 언저리에 묻은 과자 부스러기를 맨손바닥으로 문질렀다. 그 모습이 어린애 같아 우스웠다.

"나는 역시 겁쟁이였어."

"네? 무슨 말씀이신지……"

"나는 겁쟁이고 게을렀단 말이야."

"어머나! 대감께서 겁쟁이고 게으르시다면 대체 누가 용감한 자입니까?"

이에야스는 웃지도 않고 말했다.

"여기 있는 오로쿠가 용감하지. 나는 일이 벌어질까 봐 두려워 뿌리 위에 흙을 덮으려고 했어. 흙을 덮으면 뿌리는 더욱 뻗어갈 뿐이지."

"네……?"

자아 부인은 이에야스가 무슨 말을 하려는 것인지 몰라 고개를 갸웃거리며 되물었다. 그러나 이에야스는 그뿐 다시 침묵을 지켰다. 이번에는 분명 눈동자가 빛났고 주름진 이마에 젊은 투지가 떠올라 있었다…….

'뭔가 결심하시려고 한다…….'

"오로쿠, 마당에 내려가 붓꽃이든 창포든 좋으니 그대가 가장 예쁘다고 생각하는 꽃을 한 송이만 꺾어 오너라."

"……네."

오로쿠는 깜짝 놀라 시키는 대로 자리에서 일어섰다.

그 뒷모습을 바라보면서 이에야스는 목소리를 낮췄다.

"자아, 나는 히데요리 님도 다다테루도 앞으로는 당당한 어른으로 다룰 생각이야."

"그……그게 무슨 말씀입니까?"

"언제까지나 부모가 살아서 자식을 감싸줄 수는 없어. 머지않아 나는 죽는다. 내가 죽은 뒤에 한 사람 몫을 할 수 있도록—앞으로는 모든 일에서 어른으로 다루겠어. 나는 지금껏 그것을 두려워하고 게을리했는지도 몰라. 그래서는 안 되는 것을……."

자아 부인은 이에야스가 마음속으로 무언가 단단히 결심한 것을 알았지만 이 말만 듣고는 현실적으로 무엇을 의미하는지 알 수 없었다.

"어른으로 다루겠다."

사실 그때 이에야스는 더 이상의 아무 말도 하지 않았다.

"내 수명을 생각지 않고, 무엇이든 할 수 있다는 망령된 생각을 했어."

그러나 그 망령이 무엇을 가리키는지에 대해서도 그때는 확실히 설명하지 않았다.

그것을 깨달은 것은 도쿠간사에 있던 가타기리 가쓰모토가 급히 오사카로 돌아갔다가 다시 슨푸로 왔을 때였다. 그 두 번째 방문 때, 이에야스는 가쓰모토를 만나지 않았다. 가쓰모토의 용건은 대불전 개안 공양의 도사로 닌나지노미야 가쿠신호(仁和寺宮覺深法) 친왕을 추대하여 칙허를 받는 데 대한 의견을 물으러 온 모양이었다.

이에야스는 선뜻 허락했다. 그리고 가쓰모토가 바친, 그날 참석할 간파쿠 이하 여러 명사들의 자리 배치와 종 이름의 사본을 보고도 아무 말 하지 않았고, 대불의 개안 공양은 8월 3일, 불당 공양은 18일에 행하고 싶다는 요청에 대해서도 선뜻 응했다.

"좋겠지."

그런데 7월 21일이 되자 난데없이 손바닥을 뒤집듯 노하기 시작했다.

"종 이름에 불길한 구절이 있다. 그리고 또 상량일도 길일이 아니다. 당치도 않은 일이야!"

자아 부인은 이에야스가 노하는 모습을 보고 비로소 이에야스의 결의가 무엇이었는지 엿본 것 같았다…… 이에야스는 히데요리가 영지이동을 승인할 때까지 대불전 준공식을 승낙하지 않겠다……는 결심을 한 것이 아닐까……? 만일 그렇다면 '앞으로는 어른으로 다루겠다'고 한 말의 의미는 이러한 의미의 수수께끼가 될 수도 있는 일이었다.

"공양을 하고 싶으면 나의 난제를 대등한 사나이로서 풀어보아라."

그러나 그것은 나중의 일…….

그때 자아 부인은 모르는 척 입을 다물고 말았다.

그리고 그날 마리코의 도쿠간사에 머물고 있는 가쓰모토와 우쿄 부인에게 저마다 술과 안주 한 짐씩을 보낸 뒤 이에야스는 마사즈미, 나오쓰구 등을 불러 함께 식사했다.

식사하는 동안은 늘 하던 대로 회고담을 섞은 세상이야기를 주고받았으나 그날 밤 이에야스는 거의 잠을 이루지 못했다…… 이상은 오로쿠가 자아 부인에게 알려준 이야기였다.

자아 부인이 마음에 걸려 견딜 수 없었던 일은 역시 낮에 주고받은 이야기 중에 히데요리와 함께 자기가 낳은 다다테루의 이름이 나온 것이었다.

'대체 두 사람을 어른으로 다루겠다는 건 무엇을 의미하는 것일까?'

다다테루 쪽은 요즘 완전히 기분이 풀려 다카다 축성에 전념하고 있는 모양이었다. 가끔 오는 편지 속에 그런 내용이 힘찬 글씨로 씌어 있었다…… 그 다다테루와 오사카의 히데요리를……?

그것을 알려고 자아 부인은 그 뒤 더 부지런히 이에야스의 시중을 들었고 이에야스 또한 잠자리 시중 외의 다른 일은 모두 자아 부인에게 맡기고 안심하는 것 같았다…….

불살도(不殺刀)

　이에야스와, 두 번째로 찾아온 가쓰모토 사이에 어떤 이야기가 오갔는지 아는 사람은 거의 없었다. 마사즈미도 나오쓰구도 또한 부인들도……

　그러나 바로 그 뒤에 일부러 에도에서 초청된 야규 무네노리만은 그 내용을 듣지 않아도 충분히 짐작할 수 있었다……

　무네노리가 이에야스의 거실로 들어가자 그날도 이에야스는 측근을 물리쳤다. 이미 방안까지 푹푹 찌는 더위였다. 그런데도 부채질해 주는 시동과 대기해 있는 시녀까지 물리치고 에도의 분위기에 대해 맨 먼저 물었다.

　"쇼군은 어떤 일에도 눈썹 하나 까딱하지 않는 사람이야. 그런데 도시카쓰며 다다요는 어떻던가?"

　무네노리는 웃으며 대답했다.

　"두 분 다 저희들 눈에는 그저 평온하신 것 같았습니다."

　"그래……그렇겠지. 그런데 내전 소식은 듣지 못했나? 오사카에서 요도 마님이 보낸 사자가 갔을 텐데……"

　무네노리는 그 일에 대해 잘 알고 있었다…… 사자로 온 여인이 입 밖에 낸 말을 듣고 쇼군님 마님께서 몹시 걱정하고 있다는 것을…… 만일 에도와 오사카가 싸우게 되면 맨 먼저 베일 사람은 센히메이다…… 아니, 전쟁까지는 가지 않더라도 싸움을 피할 수 없다는 것을 알게 되면 어떤 자가 해칠지 모르는 정세……를 걱정하는 것 같았다.

그러나 무네노리는 그 질문에 조심스럽게 대답했다.

"전혀 듣지 못한 건 아닙니다만, 내전의 일이라 연줄도 없고 해서……."

"그런가, 내전의 일이니 그대 힘이 미치지 못하겠지……그런데 그 뒤 다테 가문에 대해서는 뭔가 들은 것 없나?"

"마사무네 님께서는 몸소 다카다로 가서 열심히 축성 지휘를 하고 계신 듯합니다……."

"사나다의 손녀가 가타쿠라 고주로에게 시집간 모양인데, 가끔 출입하는가?"

"전혀 하지 않습니다. 그것은 만일의 경우 죽게 하기 불쌍하여 맺은 인연이 아닌가 합니다."

"교토와 오사카의 상황은 어떨까? 무사히 준공식을 치를 수 있다고들 생각하고 있나?"

"예, 이번의 큰 행사 때 자자손손 말대까지 불과(佛果)를 얻으려고, 사람들이 잇따라 모여들어 여러 가지 물가가 눈에 띄게 오르고 있답니다."

"그대도 혼아미 노인과 연락하고 있는가?"

"예, 계속……교토에 있는 사카자키(坂崎)를 통해 칼 제조 등을 부탁하고 있습니다."

"노인은 어떻게 보고 있을까?"

"아무래도 소란을 피하기 어려운 일이라고 보는 것 같습니다."

"그래……?"

이에야스는 특별히 놀란 기색도 없이 한참 뒤 탄식했다.

"그렇게 되면 나는 천하에 극악무도한 인간이 되기 쉽겠군……."

"예……? 오고쇼님께서 천하의……."

"그래, 전쟁이 벌어지면 오사카 쪽에서는 맨 먼저 센히메를 베겠다고 할 것이다. 그런데 나는 선수 쳐서 그 센히메의 동생을 궁정에 바쳤어…… 궁정의 힘을 빌려 센히메를 살리려……는 계획까지 짠 악인이라고들 하겠지! 하하하……."

이 말을 한 뒤 이에야스는 비로소 이야기의 핵심을 건드렸다.

"그런데 무네노리, 나는 이번에 결심했다. 알겠느냐? 나는 지금까지 히데요리 님의 체면을 세워주려다 오히려 궤멸시켜 온 것만 같아."

이에야스가 말하자 무네노리는 고개를 갸웃하며 물었다.

"체면을 세워주려다 오히려 궤멸시키시다니요?"

"즉 어린아이로만 다루었다는 말이지. 인간은 단련되기 전에 타고난 기량, 타고난 운을 지니고 있는 법이야. 그런데 내 뜻대로 될 줄 착각하고 있었어…… 그게 오히려 하늘의 뜻에 어긋나는 일이었어. 그래서 앞으로는 어른으로 대하겠다."

"예."

"지금 에도와 오사카 사이는 그 둘의 의지를 초월한 곳에서 괴상한 풍운이 움직이기 시작했다. 알겠나? 대불전 준공식을 이대로 허락한다면 경천동지하는 큰 소동이 벌어질지도 모른다. 그래서 히데요리 님을 어른으로 생각하여 감히 난제를 내겠어."

"난제를?"

"그래. 대불전 개안 공양은 안 된다고."

여기서 이에야스는 말을 멈추고 타는 듯한 시선으로 무네노리를 쏘아보았다.

무네노리는 고개를 조금 끄덕였다. 대불전 개안 공양을 허가할 수가 없다……는 것은 오사카 쪽에서 그 일을 허락받을 수 있을 만큼 책임지라는, 대등한 무장으로서 던지는 수수께끼임이 틀림없었다. 그 수수께끼를 히데요리가 어떻게 풀 것인지……? 틀림없이 그것은 오사카성을 내놓고 야마토의 고리야마로 옮기는 일을 승낙하라는 것이겠지만…….

무네노리가 고개를 끄덕이자 이에야스는 가볍게 웃음 지었다.

"이 수수께끼를 히데요리 님이 풀 수 있을지 없을지…… 이것은 내 손이 미치지 않는 하늘의 뜻이라고 보아야 한다. 그래서 나는……가쓰모토에게도 그 뜻을 잘 말해 두었다."

"대불전 개안 공양은 안 된다고·……말입니까?"

이에야스는 고개를 끄덕였다. 그러나 그 이상 깊은 이야기는 하지 않고 오사카를 공격하지 않으면 안 되게 될 때의 준비로 화제가 바뀌었다.

"히데요리 님의 기량이 그것을 무사히 넘길 수 있다면 문제없어. 그러나 옛날처럼 여전히 오사카성은 난공불락……이라는 미신을 버리지 못하고 소동을 벌인다면 그 어리석은 꿈에서 깨어나게 해주어야겠지."

"지당한 말씀입니다."

"그때 말이지, 알겠느냐…… 하늘의 뜻에 따라 일단 교섭은 해보겠지만, 어쩔 수 없이 전쟁이 벌어진다면 승패는 뻔하다. 이 이에야스와 히데요리는 어른과 아이야. 틀림없이 이길 싸움이니까, 사사로운 정은 허락해도 괜찮겠지?"

"사사로운 정……."

"그래."

이에야스는 고개를 조금 끄덕이며 말했다.

"나는 히데요리 님을 죽이고 싶지 않다…… 죽인다면 노망들어 평범한 인간으로 돌아간 뒤의 다이코와 한 약속을 어기는 게 되니까…… 아니, 요도 마님을 생각하면 가슴 아파 견딜 수 없어. 무네노리……전쟁이 벌어질 경우, 요도 마님과 히데요리를 살려낼 방법을 강구해 주지 않겠나? 야규의 검은 불살(不殺)을 최선으로 삼고 있잖은가……?"

무네노리는 눈을 크게 뜬 채, 한동안 마치 흰 칼날을 입에 문 것처럼 움직일 수가 없었다. 아무래도 이에야스는 '오사카 공격'을 피할 수 없는 일로 보는 모양이다. 아니, 상대가 야마토의 고리야마로 영지이동을 승낙하고 그곳으로 옮기겠다는 확실한 보증을 하지 않는 한, 대불전 개안 공양을 허락하지 않을 결심을 굳힌 것 같았다.

'히데요리를 대등한 어른으로 보고 수수께끼를 던진다……'

무네노리는 새삼 이에야스의 말을 온몸으로 되새겼다.

'대체 어떤 난제를 던지려는 것일까……?'

그러나 그 수수께끼를 히데요리가 풀지 못하면 전쟁이 벌어진다. 전쟁이 벌어지면 승패 따위는 문제가 아니다. 당연히 이에야스가 승리하고 전란이 진압되겠지만 그 진압까지만이 세이이타이쇼군 부자의 공무(公務)이고, 나머지는 사사로운 정이 된다. 즉 그 사사로운 정 속에서 이에야스는 히데요리 모자를 살려주고 싶은 모양이다.

'이러한 조치로 과연 천하의 난이 진정될 것인가……?'

무네노리가 신중하게 이에야스의 뜻을 헤아리려고 생각에 잠긴 것을 보자 이에야스는 소리를 낮추어 다시 중얼거렸다.

"그대에게는 특별히 숨길 필요가 없겠지. 내가 살리고 싶은 것은 물론 히데요리 님 모자뿐만이 아니다. 센히메도 살리고 싶고, 센히메가 자신이 낳은 자식처럼 귀여워한다는 어린 딸도 살리고 싶다."

"지당한 생각이십니다."

"세상에서는 어쩌면 센히메를 살리기 위해 그 늙은이가 히데요리 모자도 살렸다……고 쑥덕거릴지 모르지만 상관없다. 처음에는 이 일을 가타기리 형제에게 부탁할 생각이었어. 그런데 가타기리는 아무래도 어려울 것 같아. 그의 심정은 아직도 내 의견과 다르니까."

무네노리는 잠자코 이에야스를 쳐다보았다.

"가쓰모토는 대불전 준공식을 순순히 허가해 달라는 거야…… 그러면 히데요리 님도 요도 마님도 에도의 호의를 이해하고 반드시 영지이동을 승낙할 것이다…… 그때까지 군비가 여의치 못함을 야심가들에게 철저히 알려, 성으로 결코 들이지 않겠다는 거지. 그러나 그건 이번 소동의 내막을 모르는 자의 말이야. 둑에 커다란 구멍이 뚫려 있는데 어떻게 야심의 홍수를 막을 수 있겠나? 그래서 그대를 부른 거야."

이에야스는 다시 번뜩이는 눈길로 무네노리를 바라보았다.

"내 의견에 이의가 있으면 서슴지 말고 생각하는 바를 확실하게 말해라."

무네노리는 그래도 대답할 수가 없었다. 이에야스가 말하는 의미는 잘 알 수 있었다. 히데요리가 대불전 준공식 전에 오사카성을 나오겠다면 문제없다. 그러나 그것은 무네노리가 생각하기에도 실현 불가능한 일이었다. 그러면 당연히 전쟁이 벌어진다…… 그 전쟁의 결과는 뻔한 일이지만, 한쪽은 그 성 말고는 갈 곳이 없는 무사들과 신앙으로 말미암아 죽음을 두려워하지 않는 결사적인 신도들이다. 그러한 신도와 무사들이 과연 히데요리 모자를 살릴 수 있는 틈을 만들어줄 것인가……? 성안에서 농성하는 자들에게는 히데요리와 요도 마님도 센히메와 똑같이 중요한 볼모이다…….

"무네노리, 왜 대답이 없느냐. 이의가 있단 말인가?"

"아닙니다. 이의가 있을 리 있습니까? 오고쇼님의 말씀, 모두 무서울 만큼 이치에 맞습니다."

무네노리는 느낀 대로 정직하게 말했다. 이에야스의 생각이나 감정이 너무 이론적으로 정연하여 무서울 정도였다. 센히메를 구하기 위해 히데요리 모자를 살린다……고 세상에서는 수군거릴지도 모르지만 그래도 좋다……고 했을 때 저도 모르게 으스스한 기분이 들었다.

'인간을 이토록 깊이 꿰뚫어 보는 사람이 또 있을까?'

이것은 곧 그처럼 이치대로 세상이 움직여 줄까 하는 불안과 직결되기도 했다.

"무네노리."

"예."

"그대가 의견을 말하지 않으니 내 생각을 보충하기로 하겠다. 알겠느냐? 나는 귀여운 손녀 센히메도 살리고 싶다! 그러니 가능하면 센히메부터 구해내고, 센히메의 탄원에 의해 히데요리 님 모자의 구명을 결정하는 형식이 되어도 좋을 거라고 생각한다."

"황송합니다만."

무네노리는 여기서 확실한 대답을 하지 않으면 꼼짝 못 할 이론에 말려들 것 같아 입을 열었다.

"말씀은 모두 지당합니다. 일단 동서가 단절되면 경계가 엄중해질 오사카성 안으로 구조하러 누구를 보내시겠습니까?……우선 그 방법이 떠오르지 않아……."

"옳은 말이다. 이가나 고가의 닌자들로는 불가능하리라. 그래서 그대를 불렀다."

"제게 과연 그만한 힘이 있을지……."

"무네노리."

"예."

"오사카성에는 틀림없이 사방에서 무사들이 몰려들 것이다. 엉뚱한 욕심에 눈이 어두워져서 말이야."

"옳으신 말씀입니다."

"그때, 그대의 심복 가운데 누구라도 좋으니 미리 한 부대를 입성시켜 둘 수 없겠느냐?"

무네노리는 움찔 어깨를 움직였다. 그도 당연히 그 일을 생각하기는 했다. 만일 낙성 때 히데요리 모자와 센히메의 보호를 맡을 만큼 신뢰할 만한 친위대를 들여보내 놓으면 어쩌면 가능할지도 모른다…….

'그러나 그런 인물이 과연 이 세상에 있을까…….'

자신의 출세를 꿈꾸면서 오사카성으로 입성하는 자는 있겠지만 자기 몸뿐 아니라 일족 모두의 생명을 표면에 전혀 나타나지 않는 그늘 속의 희생물로 바치기 위해 입성할 만한 인물이…….

'있을 리 없다! 그만큼 도요토미 가문의 정치는 은덕을 쌓지 못했다……'

이런 생각이 들어서 말하지 않았는데 이에야스 쪽에서 먼저 꺼낸 것이다.

"나도 생각해 보았어, 역대 근위장수며 영주들 가운데에서. 그러나 애석하게도 그들 역시 우리와 함께 고초를 겪으면 틀림없이 자손이 번영을 누릴 수 있을 것으로 생각하고 추종한 자들뿐이야. 그러니 그들은 적격이 아니지. 그러나 그대는 그렇지 않아. 그대는 어떻게 하면 불살의 검을 보급할 수 있을까? 어떻게 하면 천하의 평화를 유지할 수 있을까? 그 한 가지 염원으로 이어 내려온 가문의 사람이지. 나는 세키슈사이의 제자, 쇼군은 그대의 제자…… 그래서 그대와 의논해 보려고 생각했어."

무네노리는 목이 바짝바짝 죄어드는 듯한 느낌이었다.

'얼마나 냉혹하고 잔인한 이치란 말인가?'

이에야스의 매우 현실적인 일 처리 뒤에는 늘 이런 차갑고 합리적인 이치가 숨어 있었던 것일까……?

무네노리는 지금까지 쇼군이나 이에야스가 녹봉을 더 주겠다는 것을 번번이 사양해 왔다. 그것은 자기 집안의 검이 그때그때 지배자에게 봉사하는 이기적인 검으로 타락하는 것을 막으려는 아버지 세키슈사이의 뜻을 잇기 위해서였다.

그런데 이에야스는 지금 멋지게 그러한 야규의 자긍심을 찔러온 것이다. 야규의 검이 천하의 검이라면 천하의 태평을 일편단심으로 원하는 자기를 당연히 도와야 한다는 꼼짝 못 할 이론으로 들렸다.

"어떤가, 무네노리? 나는 그대에게 부탁하면 반드시 좋은 생각을 들려주리라고 믿었는데."

무네노리는 이미 이에야스의 주문에 걸려들어 꼼짝 못 할 궁지에 몰려 있었다. 여기서 어떻게도 할 수 없다고 한다면 그것은 아버지 무사도의 명예를 욕되게 하는 결과가 된다. 물론 이에야스는 그런 점을 꿰뚫어 보고 이야기를 꺼낸 것이었다.

'히데요리 님이 아니라, 나에게 먼저 엄청난 난제를 안겨주셨군……'

무네노리는 알 듯 모를 듯 웃었다. 웃으니 긴장이 좀 풀리는 것 같았다.

"황송합니다. 무네노리, 오고쇼님께 멋지게 일격을 받았습니다."

"그럼, 맡아주겠다는 건가?"

"이건 제가 먼저 말씀드렸어야 했을 일이라고……뒤늦게나마 깨달았습니다. 이번 일은, 만일 싸움이 벌어질 경우 오고쇼님 뜻이 아니었다는 것을 후세에 증명하기 위해서라도 히데요리 님을 비롯하여 요도 마님과 센히메 님을 꼭 살리지 않으면 안 되겠지요."

"이해해 주었구나, 무네노리."

"이해하지 못하면 어찌하겠습니까? 그런데 여간 어려운 임무가 아닐 듯합니다."

"비록 교묘하게 성안으로 잠입할 수 있다 해도 측근의 경호를 맡을 만한 기량이 없다면 무의미한 일이겠지요."

"그렇지."

"측근의 경호를 명령받고, 성이 함락되었을 때 세 분을 무사히 구출한 뒤 자신은 그대로 사라지지 않으면 안 될지도 모릅니다."

"그래……그럴지도 몰라. 다행히 내가 살아남는다면 그 일을 결코 잊지 않겠다만."

"그런 말씀에 기대를 거는 자라면 이 큰 임무를 치러내지 못할 거로 생각합니다."

"맞아……옳은 말이야."

"그러므로 깊이 생각할 여유를 갖고 싶으니 2, 3일 뒤에 대답하도록 해주십시오."

"좋다, 무네노리. 이것은 그대와 나만 아는 일. 쇼군에게 말하지 말도록."

"예, 잘 알고 있습니다."

무네노리는 그 뒤 곧 숙소인 마사즈미의 저택으로 물러갔다.

무네노리의 얼굴빛은 창백했다. 마사즈미가 무엇을 물어도 도무지 대답하지 않았다.

'아하, 오고쇼께 무슨 꾸중을 듣고 왔구나.'

마사즈미까지 이렇게 생각하게 만든 무네노리는 다음 날 아침 홀연히 슨푸에서 사라져버렸다.

이곳은 야마토의 야규 마을.

이미 이삭이 패기 시작한 푸른 논 위에 여름빛이 강하게 반짝였다. 그리고 높지도 낮지도 않은 양쪽 산의 나무들은 바람결에 육중하게 흔들렸다.

그 옛날 싸움이 있었을 때 몇 번인가 성채로 사용한 산을 등지고, 마을 사람들이 세키슈사이 님 저택이라고 부르는 다섯 모퉁이 중의 한 모퉁이, 세키슈사이가 은거한 뒤에 살던 외딴집 마당에서 아까부터 머리가 하얗게 센 노파 한 사람이 열심히 팥벌레를 고르고 있었다…….

그곳에서 아래로 내려오면 하얗게 빛나는 길이 있고, 실개천과 길 건너의 마사키 언덕(正木坂)은 푸른 녹음 속으로 빨려들고 있었다…….

"할머님, 이제 그만 일하시고 집에 들어가 쉬세요."

젊은 여자가 말을 걸었으나 늙은이는 흘끗 그쪽을 쳐다보았을 뿐, 멍석 위에서 계속 팥벌레를 골라냈다.

머리칼이 너무나 희어 피부 빛이 빨개 보였다. 그 얼굴이 이상할 정도로 무네노리와 똑같다. 무네노리의 생모이자 야규 세키슈사이의 정실부인으로서 이웃 오쿠가하라(奧原)에서 시집온 순토(春桃) 마님이었다. 이미 순토 마님이라고 부르는 게 이상하지만 마을 사람들은 모두 그렇게 불렀고 스스로도 그렇게 불리는 것을 싫어하지 않았다.

마님의 아버지는 오쿠하라 스케토요(奧原助豊)라고 하며 이 언저리에서는 야규 집안과 함께 남북조 시대부터 큰 동란이 있을 때마다 뜻을 합하여 싸워 온 토호였다.

그 오쿠하라 가문에서 시집온 여인을 왜 '순토 마님'이라고 부르는지 마을의 젊은 사람들은 거의 모른다.

그러나 나이 든 사람들은 즐겁게 옛날을 회상한다.

"아름답고 상냥하여 봄철의 복숭아를 보는 것 같은 분이시라……."

이 언저리의 토호 정도 신분에 마님이라는 칭호를 붙이는 경우는 여간해서 없지만 순토 마님의 생모는 교토에서 온 공경의 딸…… 그래서 순토 마님도 어릴 때부터 히메라는 존칭으로 불렸고 출가한 뒤에는 '마님'이라는 존칭을 받게 된 것이다.

이 순토 마님은 아름다웠으며 아이를 많이 낳았다. 장남 도시카쓰(嚴勝), 둘째 아들 규사이(久齋), 셋째 아들 도쿠사이(德齋), 넷째 아들 무네아키(宗章), 다섯째 아들 무네노리 외에 딸도 넷이나 낳았다. 뿐만 아니라 첩의 아이들까지 슬하에 맡아 저마다 어울리는 연분을 찾아 출가시켰다. 그리고 남편 세키슈사이가 세상 떠난 뒤에는 홀로 이 마을에 남아 그의 명복을 빌면서 조용히 여생을 보내고 있었다…….

"팥벌레를 다 골라내면 흙을 만질 테니 찰흙을 물에 개어줘."

옆에 하녀가 있는 줄 알고 이렇게 말했을 때 순토 마님 앞으로 그림자가 다가섰다.

누가 온 모양이다. 노파는 천천히 고개를 들었다.

"아니, 손님이 오셨구먼. 뉘신지……? 애들은 안내도 하지 않고 뭘 하고 있나……."

서 있는 사람은 삿갓을 쥐고 그리운 듯 뒷산을 쳐다보았다.

"여전히 박새가 많이 모여드는군요, 어머님."

백발의 노파는 깜짝 놀라 소리쳤다.

"아니, 이게 누구야…… 너는, 에도의 무네노리가 아니냐?"

"어머님, 오랫동안 문안드리지 못했습니다. 여전하시니 다행입니다."

무네노리는 비로소 삿갓을 벗고 절을 올린 뒤 새삼 주의의 풍경을 바라보았다.

"그래……너였구나. 실은 지금 이렇게 팥을 고르면서 며느리와 주베에(十兵衛)를 문득 생각하던 참이었지."

"그랬습니까?"

"며느리는 여전하겠지? 그러고 보니 주베에는 벌써 8살, 소중한 너의 후계자야. 많이 컸겠지?"

"예, 대단한 개구쟁이로 요즘 글씨공부에 열중하고 있습니다."

"그러고 보니 주베에에게는 내가 못 본 아우가 둘 있을 텐데……?"

무네노리는 옆머리를 긁적이며 미소지었다.

"예, 둘을 한꺼번에…… 아무튼 부지런하십니다. 안으로 들어가시지 않겠습니까, 어머님?"

"그래, 들어가자. 그런데 아무도 거느리지 않고 혼자 왔느냐?"

무네노리는 '쉿' 하고 손가락으로 입을 가리면서 장난스레 말을 받았다.

"바람 쐬려 여행 떠난 김에 들른 겁니다. 이웃에 알리지 마십시오…… 그보다도 어머니, 저는 곧잘 여기서 아버님께 꾸중 들었지요?"

노파는 고개를 끄덕이면서 그제야 일어났다. 나이는 못 속이는 것, 일어서니 키가 무네노리의 어깨에도 미치지 못했다.

"어머님은 요즈음 찰흙으로 무얼 만드신다고요?"

"뭐, 심심해서. 때때로 부처님 모습을 흙으로 빚어서 구워보곤 하지. 그러나 보통 흙부처가 아니야. 일족의 안녕을 기원하면서 부처님을 만드는 거지."

모자는 햇볕이 잘 드는 마루를 돌아 봉당으로 들어섰다.

"물 좀 떠오너라."

허리를 쭉 펴고 소리친 뒤, 늙은이는 비로소 자기 아들을 오랜만에 만난 기쁨을 온 얼굴에 떠올렸다.

무네노리가 어머니와 마주 앉아 여행의 목적을 밝힌 것은 그로부터 30분 뒤, 불도 없는 화로를 끼고 앉아 아내와 아이들 소식을 전한 다음이었다.

무네노리의 아내는 다이코가 처음으로 모셨던 도토우미의 무사 마쓰시타 가헤이지의 딸이었다. 노파는 그 며느리가 여간 마음에 들지 않아 한동안 슬하에 두고 함께 지낸 일이 있었다.

마쓰시타 가문의 주인은 지금 도쿠가와 가문의 부하로 에도에 살고 있다. 아마 부인이 시어머니인 노파에게 지난해에 태어난 둘째와 셋째에 대해 알린 모양이었다.

"주베에에게는 내가 못 본 아우가 둘 있을 텐데……."

이 말은 둘째 도모노리(友矩)와 셋째 무네후유(宗冬)를 가리킨 것이었다. 노파는 그들을 쌍둥이……라고 생각하는 모양이지만 실은 그렇지 않았다. 셋째 무네후유는 정실 소생, 둘째는 첩의 소생으로 한 해에 두 아이가 태어난 것이었다.

무네노리는 쑥스러워서 그 이야기는 피하고 자연스럽게 여행 목적에 대해 말을 꺼냈다.

"그런데, 어머님. 어머님께서 보실 때 우리 일족……가운데 누구의 기량이 가장 뛰어날까요?"

"갑자기 이상한 것을 다 묻는구나."

노파는 좀 의아했으나 곧 고개를 가볍게 끄덕였다. 아버지 세키슈사이가 감탄했을 만큼 날카로운 감각과 당찬 기질로 소문난 슌토 마님이었다. 주베에의 동생들을 쌍둥이라고 생각해 버릴 정도로 어진 성품을 타고났지만 이미 자기 아들이 무엇 때문에 나타났는가에 대해 은근히 생각을 더듬고 있었던 모양이다.

"음, 그런 일 때문에 왔구나⋯⋯."

"저는 아직 아무 말씀도 드리지 않았습니다, 어머님."

"그렇지만 설마 이 어미한테서 일족 가운데 가장 기량이 뛰어난 자는 무네노리, 바로 너라는 대답을 듣기 위해 묻는 건 아니겠지?"

"하하하⋯⋯제가 온 게 사람을 구하기 위해서라는 걸 깨달으셨습니까?"

늙은이는 그 말에 미소로 답하며 말했다.

"인간에게는 저마다 특성이 있는 법. 칼을 들려주어 좋은 자와 또 불경을 읽혀 좋은 자⋯⋯ 그러니 한마디로 대답할 수 없지."

"그렇군요⋯⋯."

무네노리는 아버지와 곧잘 마주 앉았던 큰 화로를 그리운 듯 쓰다듬고 새까만 굵은 기둥을 쳐다보며 말했다.

"그러면 이 어미에게도 말 못 할 사정으로 누군가를 구하는 것이냐?"

"예⋯⋯아, 아닙니다."

"네 아버님께서 곧잘 말씀하셨다. 같은 형제라도 칼솜씨는 도시카쓰, 싸움에 강한 자는 무네아키, 지혜로는 무네노리라고⋯⋯ 그런 지혜를 가진 네가 말을 못 할 때는 상당한 큰일⋯⋯ 이 어미가 맞혀볼까?"

"어머님께는 두 손 들었습니다. 설마⋯⋯어머님이⋯⋯ 아니, 맞혀보십시오."

그러면서 무네노리는 일이 일인지라 가만히 집 안을 둘러보았다.

어머니는 가볍게 웃었다.

"엿듣는 자는 아무도 없다. 너는 이미 쇼군 가문 무술사범⋯⋯ 그렇다면 나고야 성주의 사범을 구하라는 명령을 받고⋯⋯."

무네노리는 진지하게 고개를 저었다.

"실은 그 일에 대해서도 말씀이 있었습니다. 만일 정식으로 이야기가 있으면 저는 형님 집안의 도시요시를 추천하고 싶습니다. 그러나 이번 일은 그것이 아닙니다."

"호호⋯⋯어긋났구나, 내 추측이."

"예, 이 일은 우리 형제들에게만 국한된 일이 아닙니다."

"호, 그렇다면 오쿠하라의 사촌들⋯⋯?"

그리고 이번에는 어머니가 심각한 표정으로 입을 다물었다.

"어머님, 오쿠하라에서는 누가 가장 믿음직스럽습니까? 모두들 어머님이 어릴 때부터 지켜본 조카들입니다만."

어머니는 그 말에는 대답하지 않았다.

"무네노리."

"……예."

"드디어 오사카와 전쟁이 벌어지겠지?"

"아니, 그것은……."

무네노리는 놀라며 부정했지만 슌토 마님은 이미 무네노리를 지켜보고 있었다.

"그렇구나…… 그래서 혼자 길을 떠났구나."

무네노리는 여기서도 가슴에 하얀 칼날이 와 닿는 것 같은 느낌이었다. 아버지도 무서웠지만, 이 어머니 또한 무섭도록 예민한 감각을 지니고 있었다. 이것은 결코 직감이 아니었다. 남편과 아이들을 몇 번이나 사지로 보낸 경험이 있는 여인의 몸에 밴 불안이 틀림없었다. 그건 그렇고 무네노리만 한 인물이 쉽사리 자기 가슴속 비밀을 꿰뚫어 보이다니…….

'사람의 자식이란 자기 어머니 앞에서는 허점투성이가 되는지도 모른다.'

어머니는 다시 말했다.

"그래, 이제 알겠다. 그럼, 나도 더 이상 묻지 않고 대답하마. 오쿠가하라에서는 역시 당주(堂主)다. 당주의 뜻에 따라……."

그리고 얼른 말을 바꾸었다.

"이제 그만하자꾸나. 이 늙은이가 참견할 일이 아니니까. 나는 이미 듣지도, 보지도, 말하지도 못하는 사람이야…… 그렇지만 설마 이대로 형에게 인사도 하지 않고 돌아가지는 않겠지?"

"글쎄요……."

"지금 형에게 손님이 와 계시다. 무네노리가 집에 왔으면서 인사도 없이 돌아갔다면 뭐라고 할까?"

"손님이란……어떤 분인지 모르십니까?"

"아마 세키슈(石州)라든가…… 그래, 참 형이 젊었을 때 모시던 우키타 가문의 친척으로 우키타 우쿄노스케(浮田右京亮) 님이라는 분이란다."

"우키타 우쿄노스케라면 지금 사카자키 나리마사(坂崎成正) 님일 텐데요."

"그분을 아느냐?"

"잘 압니다. 지금은 세키슈 쓰와노(津和野) 3만 석 영주지요."

"그럼, 잘됐다. 만나보고 가는 게 좋겠구나."

"그래요? 사카자키가 무슨 일로 형님에게……."

말하다가 무네노리는 강하게 고개를 저었다.

"제가 돌아온 것은 비밀로 해주십시오. 저는 형님과는 잘 통하지 않으니…… 본디부터 사이좋지 않잖아요…… 만나서 쓸데없는 논쟁이라도 벌어질까 봐 그냥 돌아갔다……고 해두는 것이 후일을 위해……."

어머니는 그 말이 끝나기도 전에 고개를 끄덕였다.

"알았다, 그러면 이 이야기는 그만하자."

그리고 하녀를 불러 조금 전에 골라 놓은 팥을 물에 담그라고 일렀다.

"하여간 일은 일이고, 네가 좋아하는 팥떡이라도 만들어줘야지."

즐겁게 서두르는 어머니를 보자 무네노리는 그냥 떠날 수 없게 되었다.

형 도시카쓰는 전에 우키타 가문을 섬길 때 싸움터에서 다친 뒤, 무네노리가 태어나던 겐키 2년(1571)에 마쓰나가 단조의 부장으로서 쓰쓰이 군과 싸우다 다시 다리에 총상 입어 그 뒤로는 걸음조차 자유롭지 못해 줄곧 폐인이나 다름없는 몸으로 이곳에 틀어박혀 있었다…….

도시카쓰의 아들 도시요시의 칼솜씨가 아주 뛰어났으므로 세키슈사이는 손자에게 면허증을 내렸다. 사카자키는 그 도시요시를 어떤 자리에 추천하려고 왔는지도 모른다.

무네노리는 그날 밤 어머니와 베개를 나란히 하고 잤으며 다음 날 아침에는 안개처럼 사라져버리고 없었다.

야규 마을에서 이가 우에노로 통하는 길을 동쪽으로 향해 가노라면 5리쯤 되는 곳에 오쿠가하라 부락이 있었다…….

그 도중의 주즈구치 고개(珠數口坂)를 다 올라간 마루턱에 오래된 도소신(道祖神) 석상 하나가 반쯤 이끼에 싸인 채 서 있다. 그 뒤쪽 삼나무 그루터기에 걸터앉아 무네노리는 아까부터 팔짱을 끼고 생각에 잠겨 있었다…….

야규와 오쿠가하라를 잇는 주즈구치 고개도 역시 그의 조상의 역사와 인연 있는 수많은 추억의 장소였다. 남북조 시대의 가사기(笠置) 공격 때, 야규 가문의 조상 나가요시(永珍)는 부하 270기를 이끌고 가사기 관가로 가다가 적의 습격을 받았다.

그때 야규 군 가운데 오쿠하라 일족들도 많이 섞여 있었다…… 이 언덕의 격전에서 13명이 전사하고 30여 명이 부상 당하면서도 적을 무찌르고 가사기로 갔다 한다. 그 무렵부터 야규 가문과 오쿠하라 가문은 친척일 뿐 아니라, 남조 쪽의 동지로서 굳게 맺어져 왔다.

물론 혈연도 1대나 2대에 그치는 게 아닐 것이다. 딸이 있으면 시집보내고 아들이 있으면 사윗감으로 삼아온 것이 분명하다.

지금 이렇듯 길가의 나무 그루터기에 걸터앉아 울창한 삼나무숲의 향기를 맡고 있으니 어디선가 말발굽 소리가 들려오는 것 같은 착각이 들었다.

'이것은 가사기 공격 때보다 훨씬 큰 난제인지도 모른다……'

그 옛날의 결속은 고다이고 천황(後醍醐天皇)을 도와 나라의 가스가(春日) 신사 영지의 무사로 있던 야규와 오쿠하라가 모두 출세하기 위한 것이었는지도 모른다. 그러나 지금 무네노리가 이루려 하는 일은 그런 영달이나 출세와는 전혀 상관없는 부탁이었다.

"평화를 유지하기 위한 일이다. 일족을 거느리고 오사카성에 입성해 주지 않겠나?"

이런 부탁을 하면 당주인 도요마사(豊政)는 어떤 표정을 지을까? 그들이 교토나 오사카에 산다면 몰라도, 이곳에서는 영고성쇠의 번거로움을 외면한 채 지금처럼 조용히 신궁을 지키며 살아갈 수 있다. 아무리 평화, 평화 해도 이 이상의 평화는 없으리라. 그런데 평화를 위해서라는 구실로 감히 전쟁 속에 뛰어들라는 권유는 여간 기묘한 청이 아니다. 그러나 이렇듯 큰일을 털어놓고 부탁할 만한 인물이 달리 있을 것 같지 않았다.

아니, 그보다도 무네노리는 마음에 더욱 걸리는 일이 있어 발걸음을 앞으로 재촉하지 못하는 게 사실이었다. 다름이 아니었다. 만약 도요마사에게 사정을 털어놓고 부탁했다가 여지없이 거절당할 경우였다.

'그렇게 되면 도요마사를 베고 돌아서야 하리라……'

어머니 순토 마님은 훌륭한 기량의 인물이라고 했지만, 무네노리는 아직 자기보다 4, 5년 연상인 도요마사와 흉금을 터놓고 이야기한 적이 없었다.

'아무튼……이것은 전무후무한 큰 난제이다……'

한 번 개었던 안개가 다시 엷게 깔리며 지저귀는 새소리가 하늘에서 비 내리듯 귓속으로 파고들었다. 아버지 세키슈사이는 다섯 아들 가운데 셋은 병법을 가르치고, 둘은 불문에 귀의시켰다. 큰형 도시카쓰, 둘째 형 무네아키, 무네노리 셋이 병법을 배웠고 규사이와 도쿠사이 두 형이 불문에 귀의했다. 물론 그가 병법과 불도를 3대 2의 비중으로 생각한 게 아니라 장남 도시카쓰가 20살이 될까 말까 할 때 폐인이나 다름없는 부상을 당했기 때문에 나머지 아들을 반으로 나눠, 살생과 불살생의 세계로 내보내려 한 것이 틀림없었다.

이 일에 대해 무네노리는 어머니로부터 이야기를 듣고 있었다. 이 세상은 아직 무기나 병법을 완전히 버려도 될 만큼 도의가 확립된 세상이 아니다. 그렇다고 무력으로 날뛰는 대로 내버려 두면 수습할 길 없는 난세로 빠져든다…… 따라서 반은 무사 세계로 들여보내고, 반은 불문에 귀의시켜 학덕(學德)을 닦는 데 바친 것이다. 다시 말하면 문무 일체의 조화와 균형을 자식에게 남기고 싶다는 것이 아버지의 간절한 이상이었다. 아니, 그뿐만이 아니라 아마 야규 병법에 야규 학덕을 더함으로써 평화의 정신을 완성시키려는 꿈을 꾸고 두 갈래로 나누었으리라.

이러한 일을 지금 찾아가는 도요마사가 과연 잘 이해해 줄 것인지……? 본디 남자란 자손을 계승하는 역할보다 종족을 보존하기 위해 일하는 일벌 같은 의미를 더 많이 지니고 있다. 따라서 딸들의 배우자를 찾는 데도 세키슈사이는 각별히 힘을 기울였다.

그런 의미에서 모계(母系) 친척이 이 언저리에 많았다. 도시카쓰의 바로 다음 누이는 사가와(狹川)의 호족 후쿠오카 마고에몬(福岡孫右衛門)에게 출가했다. 그는 막부 말기 유신 때 5개조의 서약서와 왕정복고 건의서 초안을 작성한 것으로 알려진 후쿠오카 자작의 조상인 후쿠오카 집안의 대들보였다. 그다음 누이는 오비라오(大平尾)의 오시오 규자에몬(大塩九左衛門), 셋째 누이는 니우(丹生) 마을의 니우 헤이조(丹生平藏)에게 출가하여 저마다 자식을 두었다. 무네노리와 같은 배에서 태어난 누이동생은 가모(加茂)의 신관 가모 시게하루(加茂茂春)에게 시집갔고 배다른 누이동생 2명도 무라지(邑地)의 요시오카 니에몬(吉岡仁右衛門)과 미카노하라(瓶原)의 야스이 기에몬(安井喜右衛門)에게로 시집갔다.

이러한 인척들은 저마다 그 지방에 오랫동안 뿌리내려 온 명문이었고, 또한 세키슈사이의 뛰어난 제자들이었다. 이러한 아버지의 사상을 잘 설명하고 설득한다면 도요마사도 무네노리의 비정한 부탁을 이해해 줄까?

"우리는 모두 평화로운 세상을 만들기 위한 밑거름이 될 일벌이라고 생각한다."

도요마사가 일족을 거느리고 오사카성에 들어간다. 그러나 오사카가 이긴다는 보장은 천에 하나도 없다. 누가 생각해도 패한다…… 더구나 성이 함락될 때 도요마사는 히데요리와 센히메, 요도 마님을 구출한 뒤 전사하게 될 게 틀림없다. 비록 그렇게 되지 않고 구출한 뒤 항복한다고 하더라도, 싸움터에서 자기 이름을 밝힐 수는 없는 노릇이고 그대로 고향으로 돌아가지도 못하게 될 것이 뻔하다…… 이렇게 생각한 무네노리는 그루터기에서 일어설 용기가 나지 않았다…….

오쿠가하라에 있는 도요마사의 집 역시 산을 등진 언덕 중턱에 있었다.

어느덧 아침 안개는 씻은 듯이 개고 입구 한쪽은 대나무밭, 한쪽은 층층으로 된 가을 보리밭이었다. 대나무밭 속에서 참새떼가 요란하게 지저귀고 있었다…… 그 참새를 쫓을 작정인지, 도요마사는 반소매 반바지 차림으로 하늘을 향해 총구를 겨냥하고 있었다…….

탕! 방아쇠를 한 번 당겼을 때 무네노리는 웃으면서 대나무밭 속에서 도요마사 앞에 모습을 나타냈다.

"이 평화스러운 마을에도 역시 총이 쓸모있는 모양이군요."

삿갓을 벗어 옆구리에 낀 나그네 차림의 무네노리를 보고 도요마사는 누군지 얼른 알아보지 못한 모양이었다. 한참 만에야 입을 열었다.

"오, 무네노리 아닌가!"

"알아보시겠습니까? 오랫동안 소식 못 드렸습니다."

"귀한 손님이로군…… 그런데 종자도 거느리지 않고……?"

도요마사의 미간이 문득 흐려졌다. 그러나 무네노리는 그것을 깨닫지 못했다.

"아무튼 들어가세. 자, 뜰 쪽으로 들어가야겠군. 봉당에는 보릿단이 잔뜩 쌓여 있으니."

말하면서 앞장섰는데, 만발한 작약꽃을 보자 무네노리의 가슴이 다시 아파져 오기 시작했다. 모든 것이 평화스러웠다.

"무네노리, 자네와 나는 아주 많이 닮은 모양이야."

"그래요? 닮았다 해서 이상할 것 없지 않습니까? 사촌 형제사이니."

"자넨 언제나 얼굴에 웃음을 띠고 있어. 그러나 나는 무뚝뚝한 데다 얼간이로 보이는 모양이야. 그래서 사람들은 웃는 쪽은 무네노리, 멍청한 쪽은 나라고들 했지."

"하하하하……."

꽃밭 사이를 지나 안마당 쪽으로 걸어가며 무네노리는 말했다.

"대체 누가 그런 말을?"

"요즈음 진귀한 손님들이 많이 오지. 실은 어제 교토에서 우키타 가문의 우키타 우쿄노스케 님……아니, 지금은 사카자키 님이지. 사카자키 님이 와서 하룻밤 묵고 가셨어. 그 사카자키 님이 그런 평을 하더군."

도요마사는 말하면서 툇마루를 돌아 먼저 댓돌 위로 올라갔다.

"씻을 필요는 없을 테니, 자, 올라오게."

"그럼, 실례하겠습니다. 그런데 사카자키 님이 무슨 일로……?"

지금 야규의 형네 집에 있다는 것은 모른 척하고 물었다.

"맞혀보게."

도요마사는 웃으면서 무네노리가 앉을 방석을 윗자리에 깔았다.

"그동안 별고 없어 다행일세…… 들리는 말에 의하면, 머지않아 쇼군님뿐 아니라 3대 장군님이 되실 분까지 지도하게 되었다고 하던데……."

"잠깐 도요마사 님, 대체 누가 그런 말까지?"

"물론 사카자키 님한테서 들었지. 나까지 우쭐해지더군. 정말 축하하네."

도요마사는 두 손을 공손히 다다미에 짚고 허리를 굽혔다. 인사가 끝나고 마주 앉자 우선 담배를 권한 뒤 도요마사는 가볍게 말했다.

"사카자키 님은 호탕하고 재미있는 분이시더군. 무네노리와 서로 속을 터놓는 사이라던가…… 이 세상은 아무리 생각해도 한 곳에 안주할 수 없는 수라장이므로 이번에 이름뿐 아니라 가문(家紋)까지 아예 바꿨다고 하더군…… 두 겹 갓 문장(紋章)이 그려진 옷을 입고 두 겹 갓 전립을 쓰고 계셨지……."

"허……그러면 평생 여행이라도 하시겠다고 합니까?"

"그렇지. 단 그 여행은 자기 혼자만의 여행이 아니므로 갓도 하나만 가지고는 어림없다더군."

"흠, 그러면 갓 한 겹은 여행의 길동무가 되는 셈인가요?"

"그 길동무라는 게 재미있어. 그것은 고집에 씌우는 갓이라나…… 그 고집과 길동무 일로 사카자키 님은 일부러 부탁이 있어 왔다는 거야. 꼭 들어달라……는 재미있는 말이었지."

무네노리는 오싹했다.

'사카자키가 교토에서 찾아와 오쿠하라에게 한 부탁……이 무엇일까?'

도요마사는 무네노리의 마음을 들여다보기라도 한 듯이 말을 이었다.

"다름 아니라 드디어 도요토미 가문 숙원의 대불전이 완성되어 근간 개안 공양이 거행된다, 그러니 우리도 교토까지 일족을 거느리고 구경 오라더군."

"사카자키 님이?"

"그렇다니까. 이번 개안 공양을 기화로 각 지방에서 어마어마한 수의 무사들이 모여들어 불온한 거사를 하려 한다는 풍문이 온 교토에 쫙 퍼진 모양이야……"

"틀림없이 그런 소문이 퍼지고 있기는 합니다만……"

"그 일에 대해 상황과 천황께서도 몹시 걱정하고 계시며……또 교토가 불바다가 될 소동이 벌어질지 모른다고…… 사카자키 님이 물론 직접 들은 것은 아니지. 그분은 다이코 생전 때부터 황실에 근무하여 여러 공경들과 특별한 교류가 있어. 그래서 이름을 밝힐 수는 없지만 어떤 측근의 은밀한 부탁을 받고 왔다더군."

무네노리는 비로소 무릎을 탁 쳤다.

"알았습니다. 그래서 야마토 순례를 하고 계시는군요!"

"벌써 짐작하는구먼. 교토 행정장관 이타쿠라 님의 부탁을 받고 올 두 겹 갓은 아니다. 폐하 측근의 부탁이면 어명이나 마찬가지, 그래서 부탁하러 왔다는 거야. 그러니 우리도 일족 가신을 거느리고 구경삼아 상경했다가 소동이 일어났을 때 교토 행정장관의 군사와 합세하여 진압해 달라는 부탁이었네."

그런가. 공경들 사이에도 그런 움직임이 있었는가?

"그, 그래서……"

무네노리는 황급히 물으려다가 가까스로 자신을 억눌렀다.

"그래서 승낙하셨습니까?"

"하지만 그런 말을 듣고 곧 승낙한다……고 대답할 수는 없지. 그래서 우선 생각할 여유를 달라고 하여 보냈네. 어떤가, 무네노리, 역시 승낙해야 할까?"

무네노리는 도요마사의 물음에는 직접 대답하지 않고, 이번에는 자기 쪽에서 공세를 취했다.

"역시 사카자키 님은 고집만 있는 외골수, 두 겹 삿갓에는 어울리지 않는 사람이 아닐까요?"

"무슨 말인가?"

"이번 일은 그가 생각하듯 간단치 않습니다. 교토 행정장관의 소요 진압……정도로 끝날 일이라면 이 무네노리가 이렇듯 여기까지 오지 않았을 거라고 말씀드리고 싶습니다."

"음……."

도요마사는 다시 미간에 근심스러운 빛을 띠며 시선을 들었다.

"무네노리 자네도 역시 그 일 때문에 찾아왔나?"

무네노리는 다시 상대의 말을 무시하고 단호히 말했다.

"전쟁이 벌어지지 않으면 좋지요. 그러나 벌어지지 않을 가능성이 털끝만큼도 없습니다. 그런데 형님, 실은 어려운 청이 있어서 찾아왔습니다."

"아마 그럴 거라고, 처음부터 두려워하고 있던 참일세……."

"저의 청은 무리하기 이를 데 없는 것입니다. 그러니 만일 거절하시더라도 이 무네노리, 결코 원망하지 않겠습니다."

"음."

"아시다시피 우리는 돌아가신 아버님 세키슈사이의 유지를 계승할 작정으로 지금까지 늘려주겠다는 녹봉이며, 그밖에 개인적인 은혜를 굳이 사양해 왔습니다."

"야규는 도쿠가와의 가신이 아니다, 쇼군의 초빙을 받아 가르치는 병법의 스승……이라는 자부로군."

"그렇습니다. 그리고 그 자부심은, 후손의 대에는 모르지만 저의 대에서만은 관철할 각오입니다."

"그러한 무네노리가 이번에 전쟁이 벌어진다……고 보았다, 전쟁에는 크고 작은 것이 있다, 큰 전쟁이 벌어져 천하만민이 고통에 빠지게 되면 돌아가신 아버님 유지에 어긋난다…… 그러니 나에게도 도쿠가와를 도우라는 것인가?"

도요마사는 온화한 표정으로 말하며 이번에는 정면으로 무네노리를 응시했다. 한순간 두 사람의 시선이 허공에서 불꽃을 튀기며 뒤엉켰다.

"도요마사 님."

"말해 보게."

"무네노리는 돌아가신 아버님과 마찬가지로 진심으로 오고쇼에게 반했습니다."

"음."

"그러니 가능하면 이번 싸움에서 오고쇼가 히데요리 님을 치는 일이 없도록 하고 싶습니다."

"음……."

"만일 히데요리 님을 친다면 오고쇼의 이상과 생애에 오점이 생깁니다…… 오고쇼 역시 천하를 훔친 도둑에 불과했다, 그러므로 마지막에는 허수아비 같은 다이코의 유자까지 멸망시켰다……고밖에 해석하지 못하는 게 지금의 영주들입니다. 모두들 영지쟁탈밖에 모르고 자란 약탈주의 인간들이니 무리도 아닙니다. 그래서 실은 형님을 염두에 두고 찾아뵈러 왔습니다. 어떻습니까, 지금 이 오쿠가하라를 떠나 일족을 거느리고 오사카성으로 가주시지 않겠습니까?"

애써 담담하게 말하고 도요마사의 반응을 기다렸다.

도요마사 역시 짐짓 시선을 마당의 작약꽃으로 보냈다. 어디서 날아왔는지 일벌 두 마리가 부지런히 날개를 움직여 시들기 시작한 꽃 사이를 날아다니고 있다.

도요마사는 과연 놀란 모양이었다. 틀림없이 그는 도쿠가와 쪽에 가담하여 교토, 오사카에 잠입하라는 것으로 이해한 듯했다.

"음."

다시 한번 한숨과 함께 신음 비슷한 소리를 내더니 마당으로 던졌던 시선을 되돌렸다.

"무네노리."

"예."

"만약 내가 그런 일은 감당할 수 없다고 사양한다면……어쩔 작정인가?"

"그때는 구마노(熊野) 방면으로 갈까 하고……."

"마음에 떠오르는 사람이 달리 있다면 이 일을 사양하고 싶네만."

"그럼, 중요한 비밀을 털어놓았으니 베고 돌아가겠다면 어쩌시겠습니까?"

"베고……? 같은 야규 세키슈사이의 제자인 오쿠하라 도요마사가 그냥 칼을 맞았다면 말대까지 스승의 이름을 더럽히는 일이 된다……그러니 미숙하나마 복병을 두어서라도 무네노리의 목숨을 빼앗게 되겠지."

"허, 쇼군의 무술사범을 말입니까…… 그러면 오쿠하라 가문은 깨끗이 멸망하고 맙니다…… 아, 이거 참 이야기가 험악해졌군, 하하하……."

"무네노리."

"예."

"나는 자네 뜻을 받아들일 수가 없겠어……."

"그래요……?"

"우리 집은 알다시피 야규 가문처럼 도요토미 가문을 원망할 이유가 없어."

"그럴지도 모릅니다."

무네노리의 시선은 다시 도요마사의 이마로 돌아가 고정되었다.

"야규 가문은 다이코 전하의 아우 히데나가가 이 언저리의 영주가 되셨을 때 조상 대대의 영지 3000석을 숨긴 재산이라 하여 압수당했지. 그에 대한 원한이 있겠지만 오쿠하라 가문은 그때도 무사히 옛 영지를 보존할 수 있었어. 그러므로 의리에 의해 오사카 쪽에 가담하라면 생각해 볼 수도 있지만, 지금 위험을 무릅쓰고 강자를 편들어 약자를 치는 싸움이라면 거절하는 게 무사하지 않겠는가?"

이번에는 무네노리가 크게 탄식했다.

"그러면 역시 안 되겠습니까?"

"그렇네."

"그러면 야규 가문과 오쿠하라 가문은 서로 적이 될지도 모릅니다…… 저는 전쟁이 벌어지면 쇼군을 따라 출전해 내통하는 적군과 연락하여 센히메 님, 히데요리 님, 요도 마님……의 순서로 구출하는 일을 염원해 왔는데, 그 뜻이 형님에게는 통하지 않는 모양이로군요."

오쿠하라 도요마사는 단칼로 베듯 말했다.

"그렇지, 통하지 않아. 그러나 오랜만에 찾아온 사촌을 그냥 돌려보낼 수는 없겠지. 찬은 없지만 식사를 대접하고 싶네. 잠시 기다려주게."

그리고 새파랗게 질린 표정으로 곧장 방에서 나갔다.

무네노리는 다시 시선을 마당으로 던지며 무슨 소리엔가 귀 기울이는 듯한 표정이 되었다…… 부엌과 이 방 사이에 4개의 방이 있어 1, 2, 3칸 정도 거리가 떨어져 있었다…… 그곳에서 달그락거리며 밥상을 준비하는 기척이 분명 들려왔다.

그러나 소리는 그것만이 아니었다. 살기……라고까지는 할 수 없지만 몇몇 사람이 봉당에 모여드는 듯한 기척이 있었다…… 도요마사의 아내는 이미 세상을 떠나고 없었다…… 그러나 세 동생과 아들 둘은 이미 성장했을 것이다. 그들을 모두 불러모아 새삼 무네노리에게 소개하려는 것일까……? 이런 생각을 하다가 무네노리는 다시 흠칫했다. 동시에 대담한 미소가 그의 얼굴에 번졌다.

'그래, 그렇구나…….'

그는 가만히 일어나 마루로 나가 오늘 아침 야규를 떠날 때 신고 온 새 짚신을 집어들어 묻어 있는 흙을 조용히 털고 태연한 표정으로 앉았던 자리로 돌아왔다. 그리고 다시 귀 기울이며 짚신을 신고 바짓자락으로 발을 싼 뒤 책상다리를 하고 앉았다. 그리고 옆에 놓인 칼을 왼손으로 끌어당겨 뽑아들고 휴지를 꺼내 닦기 시작했다.

표정은 어디까지나 조용했다. 그러므로 기다리는 동안 심심풀이로 아끼는 칼을 손질하는 것으로밖에 보이지 않았다. 그 칼은 아버지의 제자였던 구로다 나가마사가 선물한 것이었다. 닦고 나서 허공에 쳐들어 가끔 쏘아보면서 무슨 소리가 나는지 가만히 귀 기울였다.

그 무네노리가 칼을 허공에 쳐든 채 아까와는 다른 굵은 목소리로 미닫이 밖으로 소리친 것은 그로부터 30분이나 지나서였다.

"들어와도 좋소, 도요마사. 과연 세키슈사이의 제자, 내 마음을 잘 꿰뚫어 보았군. 내가 형을 베고 물러갈 줄 알고 준비하다니 훌륭하오…… 그러나 그 뒤에 방심했구려. 나는 쇼군의 사범, 그렇듯 쉽사리 형의 기습을 당할 만큼 마음을 잠재우지는 않소."

그 소리에 응답하듯 옆방의 미닫이가 활짝 열렸다. 도요마사 한 사람만이 아니었다. 그의 좌우에 창을 든 자 2명, 복도 쪽에 3명, 모두들 뽑아든 칼을 상대의 눈을 향해 겨누고 한 걸음 두 걸음 서서히 다가왔다.

도요마사는 칼끝을 늘어뜨린 채 창백하게 웃었다.

"역시 내 대접이 어떤 것인지 눈치챘군. 병법도 동문이지만 어릴 때부터 의좋았던 사촌 형제…… 가능하면 이런 대접은 하기 싫어."

"그렇겠지. 나도 형이 오사카 편이 되려는 것을 알아차리기 전에는 벨 생각이 없었소. 그러나 천하의 대란을 일으킬 자들의 편이 되겠다는 것을 안 이상 베지 않을 수 없소. 방심하여 살려두었다가 사나다 이상의 강적이 될지도 모르니까. 형님, 이것이 바로 병법가의 괴로움이오. 용서하오."

무네노리는 방금 닦은 애검으로 허공을 한 번 가른 뒤 천천히 칼끝을 쳐들었다. 무네노리의 칼이 상대의 눈을 겨누어도 오쿠하라 도요마사의 칼은 그대로였다.

"무네노리."

"왜 그러오, 형님, 겁나시오?"

"그렇지 않다. 무슨 일이 있어도 그대는 나를 벨 각오인가?"

"허, 그러면 벨 생각을 버릴 경우 살려주겠다는 거요?"

도요마사는 고개를 조금 끄덕였다.

"그렇다. 병법 솜씨로는 그대가 얼마쯤 나를 앞설지 모른다. 그렇지 않다면 세키슈사이가 너를 오고쇼에게 추천하지 않았겠지."

"하하……병법뿐일까요? 형님, 그것만이 아니오. 바로 여기가 문제……."

무네노리도 일단 쳐들었던 칼을 내리고 다른 손으로 자기 가슴을 가리켰다.

"어떻소? 투지가 일어나지 않소? 투지가 일어나지 않는다면 이야기는 결말나지 않소."

도요마사는 창백한 표정으로 고개를 저었다.

"내가 먼저 공격하지는 않는다. 가슴속의 문제……라고 하니 더욱 그렇다. 세키슈사이 님 검의 비결은 불살도(不殺刀)이다."

"뭐라고?"

"자진하여 베는 것은 도의가 서지 않았던 전국시대의 살인도…… 그것을 범하면 저승에 가서 세키슈사이 님에게 파문당하리라. 먼저 공격하라, 그대가……."

무네노리는 숨을 한 번 내쉬었다.

"허……그럴듯한 지혜를 짜냈군, 형님."

"나는 끝까지 수세(守勢)를 취할 것이다. 무검법(無劍法)의 비기(秘技)라고까지는 할 수 없지만, 그대의 검술을 감당할 기력은 아직 남았어."

무네노리는 다시 한번 소리 내 웃었다.

"하하……나는 중대한 의논을 털어놓았소. 그런데 형님은 한마디로 거절했소. 나는 할 수 없이 형님을 베려 했소. 그러자 형은 6명을 동원하여 수비할 뿐, 자신이 먼저 공격하지는 않는다는 말이오?"

"그것이 세키슈사이 님의 가르침이라고 생각하기 때문이다. 먼저 베겠다고 한 것은 그대. 사정 둘 필요 없다……."

그 순간이었다. 오른쪽에 있던 젊은이의 창자루를 튕겨내면서 무네노리의 몸은 마당 쪽으로 휙 날고 있었다…….

도요마사가 외쳤다.

"쫓지 마라!"

일갈했을 때, 무네노리의 몸은 이미 작약꽃을 등지고 똑바로 방을 향해 칼을 돌리고 있었다…….

"바보 같은 형님이 아버님 이름을 들먹여 내 투지를 둔하게 만들었군."

"무슨 소리냐! 오쿠하라 도요마사는 당연한 도리를 말했을 뿐."

"듣기 싫소! 나의 약점을 꿰뚫어 본 거요! 비겁한 자! 불살이 아버님의 이상이라니…… 좋아, 오늘은 그냥 살려두겠소! 그러나 그런 교활한 꾀로 넓은 세상을 속이지는 못해! 그럼, 잘 있으시오!"

도요마사는 다시 모두를 제지했다.

"쫓지 마라! 바람처럼 온 손님은 바람처럼 보내는 게 좋아."

오쿠하라의 집에서 눈 깜짝할 새 빠져나온 무네노리는 우에노 가도로 접어들었다…… 그냥 걸어갈 작정일까……? 아니면 어디에선가 말을 구할 생각일까……?

야규 마을로 돌아갈 마음은 없는 모양이다. 한참 동안 걷다가 조금 언덕진 길을 걸어 올라가기 시작했을 때, 그는 비로소 뒤돌아보았다. 꼬불꼬불 이어진 산길은 무성한 푸른 녹음에 몇 겹으로 가려져, 이미 오쿠하라 마을은 보이지 않았다.

"미안하오, 형님!"

불쑥 중얼거리며 무네노리는 그로서는 드물게 두려운 표정으로 주위를 둘러보았다.

삿갓을 가지고 나올 여유가 없었다. 여름 햇살을 받은 귀밑머리 언저리에 등에 한 마리가 귀찮게 맴돌았다. 무심코 그것을 뿌리치자 무네노리의 눈에서 문득 눈물 한 방울이 떨어졌다.

'고마운 일이다…….'

아버지 세키슈사이의 긍지에 순사할 작정이라고 도요마사는 또렷이 말했다. 그 것을 무네노리는 '입성을 승낙하는 대답'으로 해석했다. 물론 드러내놓고 승낙한 다고 말하지 않은 것은 도요마사의 입장 때문이었다.

무네노리가 오쿠하라 마을에 모습을 나타냈다는 소문은 아마 며칠 새 이 언 저리 사람들 입에 오르내리게 될 것이 분명했다. 무엇 때문에 찾아왔는지는 두말 할 것도 없는 일로 해석되리라. 도요마사는 그때의 소문에 대비하여 밥상 대신 칼날과 창으로 대접해 준 것이었다. 무네노리 또한 머리에 썼던 갓을 남기고 조 용히 그 자리에서 사라져갔다. 이러한 두 사람의 말없는 양해를 그의 아우들도 아들들도 깨닫지 못했을 게 틀림없다…… 그렇게 하지 않으면 오사카 입성은 생 각지도 못할 테고, 입성해도 경계 당하여 히데요리의 측근에서 일하는 것은 꿈도 꾸지 못한다.

'나중에 충분히……그러나……'

전쟁이 끝나도 도요마사는 고향으로 돌아가지 못하리라.

그건 그렇고 뜻밖에 사카자키가 나타나 이 슬픈 교섭에 빛을 더해 주었다.

'사카자키도 권하고 야규도 권했다. 그런데도 도요마사는 단호히 그 유혹을 물리치고 천하의 무술사범을 칼로 내쫓기까지 하면서 도요토미 가문 편이 되었 다……'

"용서하시오, 형님."

다시 한번 입속으로 중얼거리며 겹겹의 푸른 녹음에 가려 보이지 않는 곳을 향해 조용히 합장했다.

"평화의 신 앞에는 아직 더 많은 공물이 필요한 모양이오. 나도 결코 형님에게 만 희생을 강요하지 않겠소."

그러자 무네노리는 불현듯 또 하나의 불안에 부딪혔다. 사카자키가 나중에 이 이야기를 듣고 진상을 꿰뚫어 보지나 않을까 하는 불안이었다. 그러나 다시 돌아 가 그를 벨 수는 없는 노릇이다.

'그것은 나중의 일……'

몸을 돌린 무네노리는 다시는 뒤돌아보지 않았다. 푸른 녹음 사이를 누비며 곧바로 우에노를 향해 걸음을 재촉했다.

전국(戰國)유품

교토에서는 대불전 개안 공양날을 어느새 '다이코님 17주기'라고 수군거렸다. 그 8월 18일이 바로 17주기에 해당하기 때문이기보다 7주기 때 도요쿠니 신궁제의 성대함을 생각하여 백성들이 기대를 품고 수군거리기 시작한 것이다. 7주기의 도요쿠니 신궁 때도 그처럼 성대했으니 이번의 17주기는 그 몇 배나 규모가 큰 대제전이 될 것……이라고.

사실 그 기대의 밑바닥에는 커다란 불안이 숨어 있었지만, 대범종(大梵鍾)이 완성될 즈음 오히려 엷어졌다. 한때 대소동이 일어날 것으로 예상했던 예수교 문제가 요즈음 백성들의 기억에서 멀어져가고 있었기 때문이리라.

오쿠보 다다치카가 와서 여러 곳의 교회당을 부수고 개종을 강요하면서 개종을 받아들이지 않는 자를 체포할 무렵에는 천하에 당장 대란이 일어날 것만 같아 모두들 두려워했었다.

그런데 이 일도 그 뒤 무사히 수습되고 대종루의 건축도 끝나, 문제의 범종이 그 옆으로 날라져 왔다.

이 공사를 경비하기 위해 오사카 쪽에서 파견한 무사 수는 3000여 명…… 그들은 날라져온 대범종을, 보여줄 듯 또는 보여줘서는 안 되는 듯……구경하려고 모여든 군중을 호통쳐 쫓기도 하고 그냥 내버려 두기도 했다.

장대한 대불전……당당하고 거대한 금동불, 그리고 도다이사(東大寺) 종에 못지않은 대범종.

금동불은 그 뒤 간분(寬文) 2년(1662)에 지진이 일어나 절이 무너지자 그즈음의 막부가 그 대불을 녹여 간분 통보(寬文通寶)라는 돈으로 재주조하여 민간의 편의를 도모했다.

그러나 공사의 어느 과정에 미비점이 있었는지도 모르지만 범종은 오늘날까지 그 위용을 남기고 있다. 도쿠가와 가문을 저주했다는 문제의 범종이 왜 그 뒤 줄곧 녹여지지 않고 살아남았는가……? 거기에는 깊은 뜻이 있으나, 나중에 알 일이다…….

그 대범종은 높이 14자(약 4.2 미터), 지름 9자 2치(약 2.8 미터), 무게 1만7000관(약 64톤)이나 되었으니, 17주기까지 기다리지 못하고 교토 시민들이 구경하고 싶어 하는 것도 당연한 일이었다. 개중에는 인부에게 돈을 몇 푼 쥐여주고 가까이 다가가 보고 왔다고 자랑하는 자가 있을 만큼 소문이 자자했다.

눈에 핏발을 세우며 공사를 서두른 가타기리 가쓰모토의 안내를 받아 교토 행정장관 이타쿠라 가쓰시게가 그 새로 만든 종을 구경하려고 왔다. 혼아미 고에쓰와 자야의 아내 오미쓰가 함께 왔으며, 물론 공식적인 검사는 아니었다. 이때 이미 가쓰시게는 그 종이 앞으로 어떤 어려운 문제를 불러일으킬 것인지 예측하고 있었다.

가쓰모토가 새 거적을 벗기고 세이칸 대사가 지은 종명(鐘銘)의 문자를 보였을 때, 그는 황급히 고개를 돌렸다.

"과연 훌륭하군."

가쓰시게는 고에쓰 쪽으로 눈길을 돌리며 동의를 강요했다.

그리고 행정장관 저택으로 돌아올 때까지 몹시 심각한 표정으로 거의 입을 열지 않았다.

혼아미 고에쓰 역시 이미 사태를 짐작하고 있었다. 교토, 오사카의 인구는 나날이 늘고 있다. 교토 행정장관의 명민한 수완으로 물가 폭등만은 억눌러졌으나, 그즈음의 민가로는 늘어나는 인구를 미처 수용하지 못할 정도였다. 사원에는 신도들 외에 정체 모를 무사들이 묵으며 뒹굴고 있었다. 이런 상황은 오사카에서 가장 심했고, 사카이도 그에 못지않았다.

"30만 명은 모여들었겠군요."

행정장관 저택으로 돌아가 가쓰시게의 거실로 안내되자, 고에쓰는 그 무렵 유행하기 시작한 뒷날의 소쇼 두건(宗匠頭巾 ; 당인들이 쓰는 추건)을 벗고 이마의 땀을 씻었다.

그러한 고에쓰에게 오미쓰는 말없이 품에서 조그만 장부를 꺼내 넘겨주었다. 고에쓰가 자야에게 무슨 조사를 부탁해 둔 모양이었다.

가쓰시게는 그것을 흘끗 곁눈질로 보고 역시 말없이 땀을 씻었다.

조그만 장부를 들추면서 고에쓰는 누구에게도 아니게 말했다.

"음……교토, 오사카 방면으로 모여든 무사 수는 대체로 16, 7만 명…… 그 가운데 저울추로 만든 금화로 비용을 쓰는 자는 7대 3의 비율인 것 같군요."

가쓰시게는 고개를 끄덕이는 것도 안 끄덕이는 것도 아닌 태도로 담배함을 끌어당겼다.

"사카자키 같은 자가 있으니까."

"그 사람은 만일 전쟁이 벌어지면 도쿠가와 편에 종사할 것을 권하려는 자인데"

가쓰시게는 짐짓 한숨을 내쉬었다.

"그들이 3할……이라는 노인장의 견해는 좀 낙관적인 것 같습니다. 나는 8대 2로 봅니다."

고에쓰는 진지한 표정으로 고개를 저었다.

"인간은 좀 더 앞을 내다보는 약삭빠른 계산을 하지요…… 패할 줄 알고 있는 편에는 쉽사리 가담하지 않아요."

가쓰시게는 부정했다.

"그렇지 않습니다. 고에쓰 님의 견해는 너무 낙관적입니다. 인간이란 뜻밖에 분수를 모르고 도박을 좋아하는 법. 보상이 많다는 것만 생각하고 분별없이 움직입니다."

가쓰시게는 조그만 종이쪽지를 꺼내 고에쓰에게 넘겨주었다.

고에쓰는 그것을 잠자코 오미쓰와 자기 사이에 펼쳐놓았다. 보여주지 않는 체하면서……오미쓰에게 보여줄 작정인 모양이었다. 그러나 가쓰시게는 그것을 탓하려 하지 않았다.

그 종이쪽지 맨 위에는 '사나다 유키무라'라고 쓰고 그 위에 '50만 석'이라고 적혀 있었다. 다음에는 '조소카베 모리치카' '고토 마타베에' '반 단에몬(塙團右衛門)' '모리 가쓰나가' 등의 이름이 적혀 있었다. 그리고 조소카베 모리치카 위에는 '도사(土佐)라고 쓰고, 고토 마타베에 위에도 '3만 석', 반 단에몬 위에는 '20만 석'이라고 쓰여 있었다.

고에쓰는 입술을 일그러뜨리며 고개를 저었다.

"사나다가 기껏해야 10만 석, 나머지는 1만 석도 많은 위인들 같군요."

가쓰시게는 그 말에는 대답하지 않았다.

"무장들 사이에는 오와리의 멍청이로 끝나든가 천하를 잡든가……하고 싸우던 노부나가 공 이래의 도박 근성이 깊이 뿌리박혀 있소. 말하자면 이것은 노부나가 공의 유품이지. 귀하는 그렇게 생각하지 않소?"

고에쓰는 엄격한 표정으로 고개를 끄덕였다.

"나도 가끔 그런 생각을 했습니다. 죽은 노부나가 공이 살아 있는 오고쇼에게 이를 악물고 대결하려 한다…… 웃을 일이 아닙니다. 창으로 뺏거나 칼로 베어 차지하게 하여 많은 무장들에게 영토도 백성도 재물도 명예도 모두 힘으로 강탈하는 것이라고 굳게 믿게 한 노부나가 공이었습니다."

"바로 그 점이오."

가쓰시게는 고에쓰와 오미쓰 사이에 펼쳐진 종이쪽지를 부채 끝으로 가리켰다.

"그 습관이 아직 남아서 이처럼 50만 석, 30만 석, 20만 석 하는 미끼가 평가의 기준이 되는 거요. 그렇다면 위험하고 난폭한 자일수록 출세하게 되는 셈인데, 아무도 이 점을 이상하게 생각하지 않소."

"아니, 그것에 의아심을 품고 평화로운 세상의 인간형을 창조하기 시작한 것이 오고쇼입니다. 그래서 나는 죽은 노부나가 공이 살아계시는 오고쇼의 적이 됐노라고 말씀드린 겁니다."

가쓰시게는 이번에는 크게 고개를 끄덕였다.

"음……그렇군요…… 노부나가 공 시대의 전국 기질이 태평세상이 되니 큰 적으로 변했단 말이지요…… 인간의 생각이란 한 번 머리에 배어버리면 어쩔 수 없는 것이니까요……."

"그렇습니다…… 나는 노부나가 공 시대의 강탈 제일이라는 사고방식의 가장 큰 희생자는 실은 돌아가신 다이코님이었다……고 요즈음에야 깨달았습니다."

"뭐? 다이코가 최대의 희생자였다고요?"

"예, 다이코님은 노부나가 공으로부터 강탈밖에 배우지 못했습니다. 그것만 배웠고 그 길의 명인이 되셨습니다. 그리하여 일본 통일이라는 노부나가 공의 목적은 달성되었지만, 그 뒤에 아무것도 배우지 못했습니다…… 그래서 단 하나 배운 침략 수법으로 이번에는 조선에서 명나라까지 손을 뻗치려다가 그와 같은 큰 실패를 겪고 몸을 망치셨지요. 이것은 다이코님의 죄가 아니라 노부나가 공의 가르침에 싸워서 뺏는 침략밖에 없었던 데 원인이 있음을 알았습니다."

"역시……고에쓰 님의 생각은 깊으시군요."

"아니, 지금까지 깨닫지 못한 것은 본디 어리석기 때문입니다. 입으로는 큰소리쳐도, 새로운 것도 역시 낡은 게 된다……는 간단한 이치를 깨닫지 못했을 뿐입니다."

"새로운 것도 역시 낡은 게 된다……."

"예, 나날이 새로워지고 나날이 앞으로 나아갑니다…… 같은 장소에는 잠시도 머물러 있지 않는 것이 천지의 모습이 아닌가 합니다."

"흠……."

요즈음 점점 감탄하는 버릇이 심해진 가쓰시게는 줄곧 고개를 기울이며 감탄했다.

"그러면 이번의 개안 공양 이야기입니다만, 만일 지금 중지당한다면 가장 먼저 불어닥칠 바람은 무엇일까요?"

"그 일에 대해 이 고에쓰는 어렴풋이 추측할 수가 있습니다."

"그렇소? 어디 들어볼까요? 어떻소, 소동이 일어나지 않도록 하는 속전속결의 수단이 없을까요?"

그러자 고에쓰는 분명 입가에 조소를 떠올리며 힘있게 고개를 저었다.

가쓰시게는 놀라서 되물었다.

"속전속결은 안 된단 말입니까?"

고에쓰는 고개를 끄덕이며 더욱 빈정거리는 웃음을 지었다.

"이것은 노부나가 공의 망령과 오고쇼님의 전쟁입니다. 속전속결이면 노부나가 공이 이길 것입니다."

"허……재미있는 말이군요. 과연 이것은 싸워서 빼앗는 걸 으뜸으로 삼는 노부나가 공과 태평만만세인 오고쇼의 싸움……이 틀림없어."

"그러니 우선 개안 공양을 중지하도록 명하고 그 뒤 마음을 느긋이 먹고 한동안 가만히 계셔야 합니다."

"과연……."

"그러면 오사카 쪽에 군비를 갖출 여유를 준다고 보는 것이 세상의 일반적인 견해겠지요. 그러나 이 고에쓰는 그렇게 생각하지 않습니다."

고에쓰는 다시 지나칠 만큼 진지한 평소의 표정으로 돌아가 소리를 낮추었다.

"우선 중지 명령을 내리고 한동안 가만히 계시면, 기세등등하여 오사카성으로 들어가려고 달려온 자들도 김이 빠져 다시 생각하게 됩니다…… 만일 생각이 달라지면 더 말할 것 없고, 그렇지 않더라도 성으로 들어가려는 사람들 수는 결코 늘어나지 않습니다. 과연 이번 전쟁에 어느 쪽이 이길 것인가……를 생각할 시간적 여유를 주는 겁니다. 이것은 중요한 전략일 뿐 아니라 인애심(仁愛心)과 상통하는 것이기도 하지요."

가쓰시게는 숨죽이고 고에쓰의 이마를 쏘아보았다.

"나는 도요토미 가문의 은혜나 의리를 위해 순사하려고 모여든 자들은 모래 속에서 황금을 찾는 정도밖에 없을 거로 생각합니다. 그 대부분은 분명 전혀 다른 속셈……예수교 때문이거나 일신의 출세 때문일 것입니다. 그런 만큼 성급히 일을 서두르신다면 일부러 고양이를 굶주린 이리로 만드는 결과가 될지도 모릅니다."

"음."

"그리고 만일 성으로 들어가는 자들이 훨씬 줄어든다면……오사카성 안의 주전론자들도 내세울 논거가 없어져 슬며시 사라져버릴지도 모릅니다. 아니, 그렇게 되지 않더라도 모여든 무사들의 거취를 살피는 것만 해도 결코 손해될 리 없습니다. 이 전쟁은 상대가 노부나가 공이니만큼 더욱 느긋하게 태세를 취하는 게 상책입니다……."

가쓰시게는 비로소 가볍게 무릎을 쳤다.

"역시 방법이 있었군요."

"예, 그렇게 시일을 끌어도 전쟁은 어차피 벌어집니다…… 전쟁이 벌어지더라도 나라면 결코 공을 세우려 서두르지 않겠습니다. 단단히 포위한 뒤, 다시 생각할 여유를 줍니다. 생각만 하게 한다면 이 전쟁은 반드시 손해가 없는 전쟁이 될 것입니다. 왜냐하면 전쟁이 좋은가 평화가 좋은가……를 따지게 될 때, 백성들은 결코 전쟁을 좋아하지 않기 때문입니다. 그러므로 오고쇼님 배후에는 무수한 백성들이 모여들고, 오사카성은 시대의 흐름에 뒤떨어진 채 고립하게 됩니다. 이것이 내가 말씀드리고 싶은 작전입니다."

"알았습니다!"

가쓰시게의 목소리는 들떠 있었다.

"그 말씀을 잘 새겨두었다가 오고쇼에게도 말씀드리지요. 하긴 무리가 없는 전쟁, 시대의 흐름에 따라 치르는 싸움이 아니라면 애써 서두를 필요가 없을지도 모르지요. 실은 나는 그 반대의 일만 생각했습니다. 이렇듯 많이 모여든 인원수를 어떻게 하면 단숨에 처리할 수 있을까 하고…… 그렇군, 서두를 것 없어. 인심은 우리 편이니까요."

그때까지 잠자코 두 사람의 대화에 귀 기울이던 오미쓰가 비로소 끼어들었다.

"오사카에서는 이미 싸움은 피할 수 없는 것……이라 보고, 은밀히 옮길 곳을 물색하고 있는 부상(富商)이 많습니다."

"그렇겠지. 아직 전쟁의 화(禍)를 깨끗이 잊어버리지는 않았을 테니까."

가쓰시게가 맞장구치자 오미쓰는 다시 뜻밖의 말을 했다.

"그런데 그것은 오사카 쪽 계략……이라는 말을 퍼뜨리는 자도 있습니다."

"뭐, 오사카 쪽 계략이라고?"

"네, 우선 성 가까이나 요소요소의 나루터는 위험하겠지만, 어느 쪽이든 사카이까지 불태우지는 않을 것이라면서 사카이에 피난할 집을 장만하는 자가 많아졌습니다. 그런데 그렇게 해놓고 오사카 쪽이 사카이 항구를 제압할 거라고 말하는 사람이 있습니다."

"허……그러면 어떤 이득이 있다는 건가?"

"예, 사카이 항구를 제압하지 않으면 스페인이나 포르투갈에서 원군이 왔을 때 상륙하기 힘들다고…… 아니, 그보다도 부상들을 그곳에 집결시켜 놓고 그들에게서 군비를 염출할 작정이라고……."

고에쓰는 쓸쓸한 표정으로 말했다.

"그것은 모두 이득을 얻으려는 유언비어이니, 귀담아들으실 것 없습니다."

"그러면 싸움이 일어나지 않게 하는 방법은?……저는 역시 센히메 님과 요도 마님이 불쌍해 견딜 수 없습니다."

그 말을 듣자 고에쓰도 가쓰시게도 대답할 말이 없었다.

센히메나 요도 마님뿐만이 아니라, 오미쓰는 뭐니 뭐니 해도 자기가 낳은 딸과 그 아버지 히데요리를 성에 남겨놓고 온 것이다…… 물론 지금은 자야의 아내이지만 마음속에 씻지 못할 상처 자국이 분명 남아 있을 것이다.

"저는 언제나 고에쓰 님께 정직하게 말씀드렸습니다. 전쟁을 막을 수 있다면 어떤 일이라도 하고 싶습니다. 그러나 전쟁이 벌어진다면 물러나 혼자 가만히 기도 드릴 도리밖에 없습니다."

고에쓰는 달랬다.

"그것은 잘 알고 있어. 그러니 이렇듯 가쓰시게 님 앞까지 데려왔지. 아직 전쟁이 반드시 벌어진다는 것은 아니야. 상대가 어떻게 나오는가에 따라……전쟁이 틀림없이 벌어진다면 나는 그대를 데리고 다니지 않아."

오미쓰는 좀 어리광부리듯 고개를 갸웃거리며 말했다.

"하지만……여기까지 진척된 개안 공양을 어떻게 중지시키실 작정이세요?"

"글쎄, 그것은……."

고에쓰는 당황하여 가쓰시게 쪽으로 시선을 보냈다. 그러나 가쓰시게는 아무 대답도 하지 않았다. 왜냐하면 그 자신도 반드시 중지시키리라는 것은 알고 있었지만 무슨 이유로 중지시킬지 아직은 오리무중에서 더듬는 상태였기 때문이다.

'오고쇼가 어떠한 지혜를 짜낼 것인가?'

믿고는 있지만 여간 어려운 일이 아니라고 생각했다. 말하자면 중지명령은 전투개시의 화살이 아니라, 히데요리 모자에게 반성의 수수께끼를 던지는 것이라는 사실만은 상상할 수 있었기 때문이다.

가쓰시게가 오미쓰에게 아무 대답도 하지 않으려 하므로 고에쓰는 이렇게 말하지 않을 수 없었다.

"그것은 아직 아무도 알 수 없어. 그런데 그대는 왜 그런 일을 걱정하는가?"

"글쎄요, 그건……."

"그대에게 단단히 알려두고 싶은 것은 어쨌든 개안 공양은 중지된다, 그 뒤에 전쟁이 벌어질지도 모른다는 것뿐이야."

"……네."

"전쟁이 벌어지면 자야가 없는 동안 그대가 이것저것 생각해 두지 않으면 안 될 일이 있을 터……그 이상의 일은 지금 아무도 알 수 없어."

그러자 오미쓰는 또 무슨 말인가 하려다가 문득 입을 다물었다. 그 표정은 마음에 아주 걸리는 일이 있어 번민하는 것처럼 보였다.

"오미쓰, 뭔가 생각이 있는 모양인데?"

"네……아, 아니에요……."

"이제 와서 새삼 나에게 숨길 필요가 있을까? 있다면 말해 보오. 되든 안 되든 가슴속의 말을 해버리면 속이 시원해지는 게 인간이야."

"예……하지만……."

"들어보지. 그 뒤에 잊어달라면 듣지 않은 것으로 하고 잊어버리겠어."

"그럼……말씀드리겠습니다. 실은 전쟁이 벌어졌다고 할 때 저는 구해 드리고 싶은 분이 한 분 있습니다."

"그건 그대가 낳은 분……틀렸는가?"

"아닙니다. 그분에게는 제 손이 미치지 못합니다. 다른 한 분이십니다."

"다른 한 분이라니……?"

"예, 다른 한 분, 우대신 히데요리 님의 핏줄로 구니마쓰 님이라는 분이 계십니다."

"오, 그분인가."

"예……그분은 센히메 님을 꺼리어 교고쿠 가문의 연고자에게 맡겨져 있습니다. 그런데 머지않아 성안으로 불러들이신다고 합니다…… 불러들이시면 역시 저의 손이 미치지 못합니다. 가능하면 그분을 몰래 구해 드리고 싶은 것이 제 소원입니다."

말하고 나서 오미쓰는 겁먹은 듯 가쓰시게의 얼굴빛을 살폈다.

오미쓰는 딸을 낳았지만 이세에서 온 하녀는 아들을 낳았다. 히데요리는 센히메를 꺼려, 태어나자마자 성별도 밝히지 않고 교고쿠 가문의 부하 다나카 로쿠자에몬(田中六左衛門)에게 맡겨버렸다. 물론 본인은 자기가 다이코의 손자이고 우대신의 자식이라는 것을 모르는 채 개구쟁이로 자랄 터인데, 근래에 이르러 히데요리에게 그 아이를 성안으로 불러들이라고 강력히 권하는 자가 있다는 소문이었다.

가쓰시게가 여전히 가만있으므로 고에쓰가 묻지 않을 수 없었다.

"허……그러면 전쟁을 피할 수 없을 때, 그대는 그 아이를 성안으로 들어가지 못하게 하고 싶단 말이지?"

오미쓰는 조심스럽게 고개를 끄덕였다.

"……네. 만일 이 몸이 도련님을 위해 할 수 있는 일이라면 그것뿐이 아닐까 하고……."

그때까지 잠자코 있던 가쓰시게가 비로소 두 사람의 이야기에 끼어들었다.

"자야 부인, 인간은 해서 좋은 말이 있고 해서는 안 될 말이 있소. 도요토미 우대신에게 성 밖에 숨겨 기르는 아들이 있다……는 것은 근거 없는 뜬소문이라 하더라도 함부로 입 밖에 내서는 안 될 말이오."

오미쓰는 당황하여 대답했다.

"……네. 그건……그건 분명 근거 없는 낭설일지도 모릅니다."

"낭설이겠지요. 나는 그렇게 생각하오. 교고쿠 가문의 다나카 아무개에게 맡기려던 아기는 내가 들은 바로는 사산되었소. 그것을 확실히 보고하지 않았기 때문에 아버지인 우대신은 아직 살아 있는 줄 아는지도 모르는 일…… 그대만 한 여자가 그런 소문을 믿다니!"

"네, 잘 알겠습니다."

그때였다. 안내하는 젊은 무사가 나타나 보고했다.

"슨푸에서 안도 나오쓰구 님이 오셨습니다."

고에쓰와 가쓰시게는 저도 모르게 날카롭게 시선을 주고받았다.

'슨푸에서 나오쓰구가 왔다…….'

만나보지 않아도 개안 공양 중지를 알리는 이에야스의 사자임을 알 수 있었다. 다행히 오미쓰는 자신이 이야기를 꺼낸 구니마쓰의 일에 정신 쏠려 그것을 깨닫지 못하는 모양이었다.

"나오쓰구 님이 오셨는가. 어쩌면 대범종을 구경하러 왔는지도 모르지. 부인은 곧 돌아가야겠지만 고에쓰 님은 가까운 사이이니 나오쓰구 님을 위해 차를 끓여주시지 않겠습니까?"

"기꺼이 끓여드리지요."

"그럼, 부인, 가마를 준비시킬 테니 먼저 돌아가 주오."

가쓰시게가 여기까지 말했을 때, 오미쓰는 비로소 정신이 든 모양이었다.

"네, 그러면 저는 이만 물러가겠습니다."

오미쓰는 작은 장부를 받아들고 공손히 절하고 나갔다.

가쓰시게가 호흡을 가누면서 중얼거렸다.

"오, 드디어 온 모양이로군."

"그렇군요."

고에쓰의 얼굴은 상기된 채로 굳어 있었다.

"드디어 화살이 시위를 떠났습니다."

"아니, 그건 지나친 속단이오. 분명 난제는 난제이지만, 그 난제에 대해 어떻게 나올 것인가 하는 수수께끼에 지나지 않겠지."

"그러나 히데요리 님은 그 수수께끼를 풀 수 있을 만큼 세상의 풍파 속에서 자라신 분이라고 생각지 않습니다."

"기다리게 하기 미안하니 아무튼 나오쓰구 님을 만나야지. 나는 먼저 나가겠소. 고에쓰 님은 차를 준비해서 뒤에 오시도록."

아무리 중요한 비밀이라도 거의 격의 없이 고에쓰를 동석시켜 온 가쓰시게였다. 가쓰시게는 어떤 의미에서 고에쓰를 자신의 처자 이상으로 신뢰하고 있는지도 모른다.

가쓰시게가 한발 앞서 거실을 나가자 고에쓰는 눈을 감고 염불을 외었다.

"나무묘법연화경(南無妙法蓮華經), 나무묘법······."

교토 행정장관 저택의 객실에는 안도 나오쓰구가 나그네 차림으로 무표정하게 앉아 있었다. 나오쓰구도 요즘음 몇 년 동안 관록이 단단히 붙어서 사카이 행정장관 때보다 몸이 한층 뚱뚱해졌다.

"오, 안도 님, 먼 길 오시느라 수고 많으셨소."

이렇게 말하는 가쓰시게에게 나오쓰구는 무뚝뚝하게 고개 숙여 보였다.

"많이 모여든 모양이더군요, 떠돌이무사들이······오합지졸······이란 썩은 냄새에 특히 민감한 모양이지요."

가쓰시게는 부드럽게 웃었다.

"그러면 안도 님은 도요토미 가문의 내부가 이미 썩었다고 보시오?"

"썩지 않을 도리가 있겠습니까? 저에게는 상관없는 일이지만 화나고 울고 싶기도 합니다. 오고쇼의 거듭된 호의도 밑 빠진 둑에 물 붓기…… 그 호의를 받아들일 만한 기량을 가진 자가 한 사람도 없습니다."

가쓰시게는 그 말에는 대답하지 않고 물었다.

"그런데 용건은? 물론 개안 공양의 중지겠지요?"

그러자 무슨 생각을 했는지 나오쓰구는 갑자기 얼굴을 일그러뜨리고 눈물을 뚝뚝 흘렸다.

"세상에 어리석은 자만큼 죄 많은 인생도 없습니다. 누구나 더이상 참다못해 중지 엄명을 내리는 거라고 생각하겠지요."

"그러면 중지 명령이 아닌가요?"

"그렇습니다. 중지가 아닌 연기입니다. 8월 3일에 시작하려는 공양……을 한동안 연기하라는 것입니다."

"연기……?"

"그렇습니다. 중지가 아닙니다. 거행해서는 안 된다는 게 아닙니다."

"흠, 과연…… 그러면 상대가 어떻게 나오는지에 따라 18일의 기일(忌日)까지 사태가 진정되면 공양을 올려도 괜찮다는 뜻이겠지요?"

"그렇습니다! 그러나 과연 그만한 것을 알아차릴 만한 분이 오사카에 있을지……."

"그래, 공양을 연기하는 이유는?"

"종명이 마음에 들지 않는다, 도쿠가와 가문을 저주하는 글귀……라며 격노하고 계십니다."

"뭐, 종명이?"

"그렇습니다. 종명의 글귀 속에 국가안강 군신풍락(國家安康 君臣豊樂)이라는 구절이 있습니다. 이 국가안강은 이에야스(家康)의 이름을 갈라놓아 저주하는 것이고, 군신풍락은 글자 그대로 도요토미(豊臣)의 임금(君) 됨을 즐기는 것……즉 도요토미 가문의 번창을 기원하는 것이라고 지금 슨푸에 모여 있는 학자들이 발견하고 말씀드려, 근래 특히 건강이 좋지 않으신 오고쇼는 발칙하기 짝이 없는 일이라며 격노하고 계십니다."

가쓰시게는 팔걸이에 조용히 그 글씨를 써보고 그야말로 어이없다는 듯 나오쓰구를 쳐다보았다.

나오쓰구는 어쩔 줄 몰라하며 눈길을 떨어뜨렸다.

"허……과연……."

"대불의 건립을 빙자하여 도쿠가와 가문을……그것도 큰 은혜를 베푼 오고쇼를 저주하다니 용서할 수 없는 일이라고……."

"흠, 난제란……역시 어려운 것이로군."

"그렇다면 오고쇼의 격노가 무리하다는 말씀입니까?"

"아니, 그런 게 아니라 국가안강(國家安康)…… 과연 듣고 보니 이에야스라는 이름을 갈라놓은 것, 이것은 노하지 않을 수 없는 일…… 격노하시는 게 당연한 일."

가쓰시게는 억지로 갖다 붙인 듯한 말로 멍하니 동의했다. 가쓰시게가 맞장구치자 나오쓰구는 다시 울상이 되었다.

"정말 어리석은 자처럼 처치 곤란한 것도 없습니다. 어찌……이렇듯 묘한 문자를 쓰지 않더라도…… 아니, 다행히 슨푸에서 지금 학식 높은 사람들이 모여 고서를 정리하다가 이런 위태로운 저주 방법이 고래로부터 있었다는 것을 발견했으니 망정이지…… 이, 이것이 대체 얼마나 한심한 짓거리인지."

고에쓰는 대답 대신 다시 한번 입속으로 그 문장을 되풀이했다.

"국가안강 군신풍락……."

그러자 그도 역시 슬픔이 치밀어올라 저도 모르게 눈물이 흐를 것만 같았다.

이 글을 지은 난젠사의 세이칸 장로는 가쓰시게도 잘 알고 있었다. 선승으로서 평범한 학자이며, 시문에서 특히 문자를 농(弄)하는 버릇이 있었다. 그러므로 쌍방에 아첨하고 쌍방으로부터 칭찬받고 싶은 마음으로, 이에야스의 이름과 도요토미의 성을 넣어본 것이리라.

그건 그렇다 치고 이런 종명에, 이에야스만 한 인물이 수수께끼를 걸어 난제를 내세워야 하다니 얼마나 비참한 일인가. 더구나 그 수수께끼는 상대가 어떻게 나오는가에 따라 이에야스의 늘그막을 검게 먹칠해 버릴 원인이 될지도 모른다…….

"알았소. 그 까닭으로 중지가 아니라 연기를 명하란 말씀이군요?"

"그렇습니다. 더욱이 다른 사람에게 명하지 말고 처음부터 추진해 온 경위도 있으니 가타기리 가쓰모토 님께 교토 행정장관의 직명으로 말씀하시라는 것입니다."

"가타기리 가쓰모토에게 행정장관의 직명으로……."

"가쓰모토 정도라면 이것은 수수께끼로구나……하고 깨달을 터……그것을 깨닫는다면 이대로는……"

말하다가 나오쓰구는 혀를 찼다.

"화가 나서 오는 도중에 만나는 사람과 이야기도 하기 싫었습니다."

그러나 가쓰시게는 신중하게 고개를 갸웃거리며 생각에 잠겼다.

"실은, 안도 님."

"왜 그러십니까?"

"마침 고에쓰 님이 오늘 우리 집에 와 있소. 귀하에게 차 대접을 하겠다고 하는데 불러도 좋을까?"

"고에쓰 님이라면 특별히 피할 까닭이 없습니다만……"

"좋소, 그러면 우선 고에쓰 님의 솜씨로 뱃속을 씻기로 합시다. 이것은 경솔히 생각할 일이 아니오. 몹시 화가 치미는군. 그러나 그 이상으로 참는 분도 계시오."

그리고 크게 손뼉을 쳤다. 고에쓰는 이미 차 준비를 마치고 부르기를 기다리고 있었던 모양이다. 두 사동에게 풍로와 도구들을 나르게 하고, 늘 그렇듯 잔잔한 표정으로 들어왔다.

"오, 안도 님, 오랜만입니다. 여전하시니 무엇보다 반갑습니다."

"고에쓰 님도 건강하신 것 같아 다행이오."

눈 가장자리가 붉어진 나오쓰구가 황급히 얼굴을 돌리는 것을 곁눈으로 흘끗 보면서 가쓰시게는 고개를 들었다. 그는 이미 평소의 침착한 태도로 돌아가 고에쓰에게 말했다.

"안도 님도 원하시니 차 한 잔 대접해 주십시오."

"알겠습니다."

고에쓰는 오로지 차 끓이는 데만 정신을 집중했다. 두 사람이 심각한 표정으로 차를 다 마실 때까지 그도 입을 열지 않았다. 먼저 나오쓰구, 그리고 가쓰시게.

가쓰시게는 마지막 한 방울을 소리 내 마시더니 말했다.

"고에쓰 님, 오고쇼께서 개안 공양을 연기하라는 명령을 내리셨소."

고에쓰는 조용히 고개를 끄덕였다.

"무슨 연유로?"

"종명 가운데 도쿠가와 가문을 저주하는 발칙하기 이를 데 없는 문자가 감추어져 있기 때문입니다."

가쓰시게는 말투는 담담했다.

"그 문제의 구절은 국가안강 군신풍락이라는 여덟 글자지요. 그 속에는 오고쇼의 이름을 갈라놓고, 도요토미 가문을 옛날처럼 번창하게 하려는 저주가 숨어 있답니다."

고에쓰 역시 아까 가쓰시게가 했듯 우선 그 구절을 입속으로 되뇌었다.

"국가안강 군신풍락……"

허공을 쳐다보는 그의 눈이 날카롭게 빛났다.

"음."

"이해가 되십니까, 고에쓰 님도……?"

가쓰시게가 묻자 고에쓰는 갑자기 고개를 돌렸다. 그의 눈 가장자리도 붉어져 있었다.

"세이칸 장로는……아니, 장로 역시 우리처럼 마음속으로는 평화를……"

말하다 말고 더 참을 수 없는 듯 눈물을 훔쳤다. 그는 문제의 글귀를 가쓰시게처럼 쌍방에 아첨하려는 뜻에서 세이칸이 지은 것이라고는 생각지 않은 모양이었다. 아마 저도 모르게 자신의 소망이 그 글귀 속에 스민 것이라고 해석했으리라. 목구멍에서 말이 콱 막히더니 아이처럼 얼굴을 찡그리며 입을 다물어버렸다.

"그런가, 세이칸 장로는……그럴지도 모르지."

"예……세이칸이……평화의 초석을 저주하다니…… 미워하고 또 미워해도…… 모자랄 돌팔이 중입니다."

"바로 그 점인데……"

"그렇더라도 오고쇼님은……아니, 생각하기에 따라 세이칸 장로는……큰 충신일지도 모릅니다."

"음, 과연."

"이로써 사건을 미리 방지할 수 있다……면 표면상 글귀의 효과는 결정적입니다."

"그렇게 생각할 수도 있겠지요."

"아무튼 장로는 도마 위의 생선 꼴이 되었습니다. 그러나……"

"그러나······어떻단 말이오?"

"부처님을 모시는 승려이니 부디 생명만은 무사하도록 힘써주시기를······."

그것은 가쓰시게가 미처 생각지 못한 한마디였다.

"그렇소······승려 신분이니······."

"그리고 또 하나, 이 종명은 후세에 이번 사건을 알리는 중대한 증거가 될 것이니 결코 없애지 않도록 해주셨으면 합니다."

이 말은 그야말로 뜻밖이었다. 가쓰시게는 저도 모르게 눈을 크게 뜨고 나오쓰구를 쳐다보았다.

나오쓰구는 고에쓰 쪽으로 몸을 내밀고 물었다.

"무슨 말이오! 고에쓰 님은 그 종을 소중하게 후세에 남기자는 말이오?"

나오쓰구의 뒤를 받아 가쓰시게도 추궁하듯 물었다.

"우리 생각에는 도쿠가와 가문을 저주한 불길한 종은 하루속히 없애버리는 것이 좋을 거라고 생각하는데······."

고에쓰는 잠자코 찻잔을 닦으면서 말했다.

"그러면 오고쇼님이나 세이칸 장로가 너무 가엾지 않습니까? 아니, 우대신님도 마찬가지지요······."

"뭐, 모두들 불쌍하다고요?"

"······예, 이번 일은 안타까운 인간의 어리석음 때문에 일어난 것······ 그러므로 문제의 종까지 없애버리면, 역시 어리석은 인간의 입에서 입으로만 전해지게 되겠지요."

"음."

"그러나 종이 이대로 남는다면, 어느 시대엔가 이 서글픈 난세의 유품이 지닌 소리를 마음속으로 듣는 자가 나타나리라 생각합니다."

나오쓰구가 다시 가로막았다.

"그러나 그건······오고쇼를 오해하게 하는 증거가 될 수도 있지요. 이것은 역사······."

고에쓰는 이번에는 고개를 세차게 저었다.

"법화경도 어느 시대에는 다른 경문보다 훨씬 가볍게 여겨지기도 했지만 역시 훌륭하게 두각을 나타냈습니다. 이런 의미에서 볼 때, 조그만 지혜로 일을 농

(弄)함은 어리석은 자에게 가담하는 소행입니다……종도 종명도 그대로 남겨, 후세 사람들이 치는 대로 맡기고 듣는 대로 맡기는 것이……술책을 초월한 참다운 경건함이라고 생각합니다."

나오쓰구와 가쓰시게는 다시 얼굴을 마주 보았다. 아마도 이 문제에 관한 한, 고에쓰와 두 사람의 관점은 전혀 다른 모양이었다.

"고에쓰 님의 생각도 일리가 있긴 하오. 그러나 이 종명을 방패 삼아 싸웠다면 오고쇼님이 너무……."

이번에는 고에쓰가 꾸짖는 듯한 투로 말했다.

"그렇지 않습니다. 이 한 가지 사건만으로 어떻게 오고쇼님의 생애를 결정짓겠습니까? 그처럼 신불을 두려워하고 그처럼 인정(仁政)을 베풀려 하시고 그처럼 평화를 사랑하시는 분이 왜 이따위 것쯤을 가지고……하는 의문이 일어났을 때, 비로소 이 종은 크게 울리게 되는 것입니다."

"과연."

"이것이 난세의 종식을 알리는 종이었다…… 아니, 사람들 마음속에 남은 난세의 유품을 일소하기 위해…… 아니, 그보다도 인간의 어리석은 아집이 얼마나 슬픈 소동을 불러일으키는가, 그것을 경고하면서 울리겠지요. 인간의 어리석음 만큼 슬픈 일은 없습니다."

"음."

두 사람은 서로 약속이라도 한 듯 팔짱을 끼고 생각에 잠겼다.

과연 고에쓰의 생각은 여느 사람을 초월하는 면이 있었다. 그러나 그의 말대로 그 종이 정말로 울리기 시작하는 것은 언제일까?

'100년……아니, 200년……동안 울리지 않는다면…….'

가쓰시게는 호흡을 멈춘 채 눈길을 마당의 연못으로 돌렸다. 그러자 못가에서 돌 하나가 웃고 있는 것 같았다.

그 돌은, 전에 오다 노부나가가 아시카가 요시아키를 위해 니조 저택을 지을 때 전국에서 모아들인 명석(名石) 가운데 하나였다. 그즈음 사람들은 모두 가버리고 없지만, 돌은 똑같은 모습으로 조용히 서 있었다…….

격류의 말뚝

가타기리 가쓰모토는 7월 26일부터 8월 1일까지 바늘방석에 앉은 듯한 심정으로 오사카성에 머물러 있었다. 초하루가 되자 가쓰모토는 오사카성을 떠나 교토로 향했다.

'아직 슨푸에서 아무 소식이 없다⋯⋯.'

이에야스가 자신의 주장을 받아들여, 어쨌든 영지이동에 대한 일은 17주기 이후까지 기다려주는 거라고 가쓰모토는 생각했다.

개안 공양이 시작되는 것은 8월 3일. 이제 앞으로 이틀밖에 남지 않았다.

물론 교토의 동향은 교토 행정장관으로부터 이에야스에게 모두 보고되고 있을 게 틀림없는데도 아직 아무 말도 없다. 8월 1일, 자야의 배를 타고 교토로 가면서 자신의 요청이 받아들여진 거라고 가쓰모토가 마음 놓은 것도 당연한 일이었다. 떠돌이무사들이 입성을 삼가하도록 그는 7인조들과 오노 하루나가 형제 등을 은연중에 견제해 왔다.

"우리가 무슨 일을 꾀하는 것 같은 눈치를 보이면 17주기를 무사히 거행할 수 없소. 특별히 조심하시도록."

그리고 이에야스 앞에서 공언한 대로, 막대한 다이코의 유산도 이미 바닥이 드러났음을 덧붙였다. 그것이 과연 어떤 반향을 불러일으키고 있는지까지는 지금 확인할 여유가 없었다.

'아무튼⋯⋯이제 한숨 돌리게 되었다⋯⋯.'

그렇게 생각하고 오늘 교토로 가는 것이었다.

배가 후시미에 닿자 가쓰모토는 눈을 크게 떴다. 그가 지난번에 이타쿠라 가쓰시게와 고에쓰에게 새 범종을 구경시킨 것은 7월 25일이었다. 그때도 히가시야마 일대에 꽤 많은 사람들이 모여들었었다. 지금은 그가 상상하지도 못했던 더욱 많은 인파가 후시미에서 교토에 걸쳐 혼잡을 이루었다. 이미 히가시야마로 가는 길 양쪽에는, 집마다 평상을 높게 설치하여 저마다 휘장을 둘러치고 눈을 쏘는 듯한 붉은 나사(羅紗)와 융단을 깔아놓고 있었다.

히가시야마에 이르러 보니 인파가 엄청났다. 잔뜩 차려입은 부녀자들이 대부분이었다.

가쓰모토는 통행인에게 물었다.

"여보게, 공양이 아직 시작되지도 않았는데 대체 무엇 하러 이렇게 모여든 건가?"

"지금 같으면 초사흗날에는 사람들이 구름처럼 모여들어 여자들은 구경을 할 수 없을 것입니다. 그래서 초하룻날인 오늘부터 모두 참례하려 몰려든 것이지요."

듣고 보니 이것은 당일의 혼잡을 피하기 위한 전전야제(前前夜祭)인 셈이었다.

'흠……그래서 부녀자들이 많구나…….'

그 혼잡한 사이로 악기를 갖춘 승려 행렬이 잇따라 지나간다. 모두들 초사흘 이후의 식전에 참석하기 위해 교토로 모여든 지방의 승려들이었다. 군중은 그 행렬 위에 술을 뿌려 만든 종이 연꽃을 던지며 떠들어댔다. 그 인파 틈에 시달리면서 가쓰모토는 몇 번이고 눈시울이 뜨거워졌다.

'이 사람들도 전쟁은 없다……는 것을 알고, 그 반동으로 기쁨을 더욱 폭발시키고 있는 게 분명하다…….'

가쓰모토는 이 감동이 이미 깨어져 버렸다는 것을 전혀 모르고 있었다.

그는 그날 밤 호코사 대불전에 환하게 모닥불을 피우게 하여 이 전전야제에 참석한 시민의 기쁨에 보답하게 했다.

그리고 교토 행정장관 이타쿠라 가쓰시게로부터 뜻밖의 '연기' 명령을 받은 것은 그다음 날인 8월 2일이었다.

8월 2일은 전날보다 몇 배나 더 혼잡했다. 이른 아침부터 성장한 부녀자들의 참례가 끊일 사이 없었고, 그 화려하고 아름다운 색채는 얼마 전 난세 시대에는 상상조차 못 했던 극락정토를 연상시켰다. 일찍이 다이코 생존시에는 다이코의 꽃놀이가 그즈음 사람들을 놀라게 했지만 그때 화려한 의상을 입었던 것은 모두 다이코의 측실들이며 영주 부인들이었다. 그런데 17년 뒤인 오늘은 그 화려한 색채가 거리로 몰려나온 일반 부녀자들의 것이 되어 있었다.

'아, 평화란 얼마나 고마운 것인가!'

이 광경을 본 가쓰모토는 다이코가 얼마나 기뻐할 것인지 생각하면서 저도 모르게 산문(山門)을 나섰다. 절 앞길은 십몇 정에 걸쳐 노점과 천막집 등이 수없이 늘어섰고······먼 고 가까운 여러 지방 상인들뿐 아니라 광대까지 소리소리 지르며 손님들을 부르고 있었다.

'이제 슨푸에 대한 의리도 섰다······ 중생들이 이처럼 바라던 17주기, 어쨌든 무사히 치를 수 있게 되었어······.'

이러한 경우의 기쁨은 애쓴 데 대한 보답이다.

그리고 보면 이 대불전과 도요토미 가문의 인연은 정말 깊었다.

다이코가 처음으로 호코사 건립을 생각한 것은 덴쇼 14년(1587) 5월. 그때 대불은 목상(木像)이었다. 그 10년 뒤인 게이초 원년(1590) 윤7월의 대지진 때 대불의 목이 떨어져 버리고 법당만 남았다. 히데요시는 그것을 재건하려 했으나 뜻을 이루기 전에 세상 떠나 버렸다.

히데요리 모자가 다이코의 명복을 빌기 위해 재건에 착수한 게 다이코가 세상 떠난 지 4년째인 게이초 7년(1602). 이번에는 본존 대불을 목상이 아닌 금동불로 하자고 하여, 주조에 온갖 지혜를 동원하여 만든 대불이 주물사가 부주의로 일으킨 화재 때문에 형편없이 녹아 버렸다. 물론 그 전의 지진 때 남아 있던 법당까지 타버려, 그토록 애쓰던 재건 기원도 좌절된 것처럼 보였다.

그런데 게이초 15년(1610) 6월, 다시 건립에 착수하여 게이초 17년 봄에 가까스로 염원을 이루어 대불전과 대불을 완성시킨 것이었다. 그 뒤 부수적인 가람을 세우고 다시 대범종을 갖춰 위용을 완성시켰다. 그 때문에 소비한 막대한 비용은 오사카성 건축비에 못지않을 정도였다.

'말하자면 부자 2대에 걸친 도요토미 가문의 집념······.'

그것이 훌륭하게 완성되었으니 히데요리와 요도 마님도 틀림없이 끝없는 감개에 젖어 있으리라.

길 양쪽의 노점들을 구경하면서 2, 3정쯤 걸어가다가 가쓰모토는 교토로 데리고 온 둘째 아들 다메모토(爲元)가 부르는 소리에 걸음을 멈췄다.

"아버님, 교토 행정장관님에게서 급한 사자가 왔습니다."

가쓰모토는 깜짝 놀라 돌아보았다.

"내일 초사흗날의 식순에 대한 의논이겠지. 누가 왔느냐?"

다메모토는 말을 더듬었다.

"그런데 그것이……공양을 연기하라는 사자인 듯합니다."

"뭐, 연기? 그런 당치도 않은 일이……."

내뱉듯 말했을 때 벌써 가쓰모토의 몸은 정신없이 인파를 헤치고 있었다. 머릿속에 불길이 확 치솟으며 현기증이 일어나 눈앞이 아찔했다.

'이제 와서 연기하다니…… 연기고 뭐고 이미 시작되었는데…….'

새로 세운 본당 옆의 객전으로 어떻게 신을 벗고 올라갔는지 그것조차 돌아볼 여유가 없었다.

"나카보 히데마사(中坊秀政) 님이시로군."

목소리가 떨리며, 왜 나카보 히데마사가 교토 행정장관 이타쿠라의 사자로 왔는지 그것에도 얼른 생각이 미치지 않았다. 나카보 히데마사는 이미 나라(奈良)의 행정장관이다. 따라서 그가 온 것은 이에야스가 바라는 도요토미 가문의 영지이동지인 야마토와 결코 관련 없는 일도 아닌 셈인데…….

나카보는 자세를 바로잡고 흰 부채를 무릎 위에 세웠다.

"아무튼 교토 행정장관님의 명령을 전하겠소. 이번에 주조하신 범종의 종명에 도쿠가와 가문을 저주하는 문구가 들어 있습니다. 또한 상량문을 쓰는 방식도 좋지 않다고 아뢰는 자가 있어, 오고쇼님께서 여간 못마땅해하시지 않습니다…… 그러므로 내일의 공양을 중지하고 다음날로 미루라는 말씀입니다."

가쓰모토는 쏘아붙이듯 말했다.

"말씀……말씀이지 명령은 아니겠지요?"

나카보는 시선을 돌리며 고개 저었다.

"아니오, 명령입니다."

가쓰모토는 물어뜯을 듯한 표정으로 다가앉았다.

"나카보 님! 그, 그건 어려운 일이오! 이미 준비가 완전히 끝났고, 내일이라는 날짜를 정하여 먼 고장에서 일부러 명승 학자들도 많이 상경하였소. 그런데 공양을 중지하라니…… 생각 좀 해보시오. 막대한 비용의 손실뿐 아니라 이 가쓰모토의 체면도 말이 아닙니다…… 하여간 내일 공양은 행하기로 하고, 뒷날 오고쇼님이며 쇼군님으로부터 추궁이 있을 때는 이 가쓰모토가 할복으로 사죄하겠소. 그러니 내일은 예정대로 꼭 공양을 올리고 싶소. 아니, 이미 중지할 수 없게 되었소. 귀하께서 이 뜻을 이타쿠라 님에게 잘 전해 주시기 바라오."

그것은 여느 때의 가쓰모토와는 다른 격앙된 대답이었다.

나카보는 고개를 갸우뚱했다.

"음. 그러면 가타기리 님 책임 아래 내일의 공양을 집행하시겠다는 말씀이오?"

"그렇소! 나중에 추궁당하면 이 가쓰모토가 할복으로 사죄하겠소."

나카보는 뜻밖에 순순히 고개를 끄덕였다.

"그럼, 다시 한번 그 뜻을 교토 행정장관님에게 말씀드리기로 해보지요. 분명 목숨을 걸고서라도 집행하시겠다는 말씀이지요?"

"그렇소."

"그러면 좀 기다려주시오."

나카보는 선뜻 자리에서 일어나 번잡한 절 앞길을 피해 말을 달려 교토 행정장관 저택으로 돌아갔다.

사자가 돌아가자 가쓰모토는 차츰 입술까지 핏기가 가시며 파랗게 질려버렸다. 지금까지는 당황한 나머지 연기에 대한 깊은 뜻을 전혀 깨닫지 못했던 것이다.

'아니……이 문제는 결코 간단한 게 아닌 듯하다……'

종명에 도쿠가와 가문을 저주하는 문구가 있다고 했다. 그리고 상량문을 쓰는 방식도 마음에 들지 않는다고 했다…… 듣고 보니 신궁이나 절의 경우, 시주자의 이름과 공사감독을 한 감독관 이름, 그리고 반드시 도목수 이름 셋을 나란히 쓰게 되어 있다. 그러므로 이번 경우 시주자 히데요리, 감독 가쓰모토, 도편수로 나카이 마사쓰구(中井正次)의 이름을 나란히 써야 할 텐데 가쓰모토는 '나카이 마사쓰구'의 이름을 쓰게 하지 않았다. 이에 대해 나카이 마사쓰구가 내심 불만을 품고 교토 행정장관에게 뭐라고 호소했는지도 모를 일이었다.

'종명 속의 저주 문구란 무엇을 가리키는 것일까……?'

아니면 상량문에 도편수의 이름을 쓰지 않은 것을, 이 법당을 절로 보지 않고 도요토미 가문이 도쿠가와 가문을 저주하는 사사로운 계단(戒壇)……으로 해석했는지도 모른다.

'어쨌든 하루 전에 중지라니 이 무슨 기막힌 난제란 말인가……?'

그렇다. 애초부터 난제를 내놓기 위해 일부러 오늘까지 잠자코 있었던 게 틀림없었다.

그는 손뼉 쳐 우선 아들 다메모토를 부른 뒤 다시 호위차 온 아오키 가즈시게(靑木一重)를 불렀다. 가즈시게는 7인조의 한 사람이었다.

그러나 두 사람 모두 종명은 두말할 것 없고 상량문에 대해서도 이렇다 할 의견을 갖고 있을 리 없었다.

"무슨 오해가 있는 게 아닐까요? 이타쿠라 님은 가쓰모토 님과 각별한 사이니 반드시 잘 주선해 주실 겁니다."

이렇게 말하는 가즈시게를 누르고 가쓰모토는 말했다.

"난젠사로 사람을 보내 세이칸 장로를 불러주오. 이야기가 나온 김에 설명을 들어야지. 우리는 종명에 대해 깜깜하니까."

"알겠습니다."

다메모토가 나간 지 얼마 안 되어 교토 행정장관의 사자 나카보가 다시 말을 타고 달려왔다. 그는 이마에 밴 땀을 씻으려고도 하지 않고 가쓰모토의 얼굴을 본 순간 세차게 고개를 저었다.

"내일은 무슨 일이 있어도 공양을 할 수 없다는 엄명이십니다."

"뭐, 무슨 일이 있어도 안 된다고?"

"그렇습니다. 가타기리 님께서는 오고쇼나 쇼군의 추궁이 있을 때 할복하시겠다고 하는데, 그렇게 하면 물론 가타기리 님 한 분의 체면은 서겠지요…… 그러나 이 이타쿠라 가쓰시게의 체면은 어떻게 되느냐, 나는 미력하지만 교토의 수비를 맡고 있는 자…… 그 가쓰시게가 이곳에 있으면서 천하를 저주하는 무례한 공양을 그냥 집행시켰다면 공무상의 큰 실책, 할복 정도로 끝날 일이 아니다, 그러므로 이타쿠라 가쓰시게는 목숨을 걸고라도 내일 의식을 중지시키시겠다……는 말씀이셨소."

그 말에 가쓰모토는 망연자실해졌다.

'왜, 무엇 때문에?'

귓속에서 댕—하고 불길한 종소리가 꼬리를 끌며 울리기 시작했다.

"결코 안 된다고 이타쿠라 님이 말씀하셨소?"

가쓰모토는 부들부들 떨면서 겨우 이렇게 물었을 뿐이었다.

사자는 몸을 바짝 내밀었다.

"그렇습니다! 교토 행정장관님께서는 가타기리 님도 잘 알고 계실 것이라며 혀를 차셨습니다……."

"뭐, 내가 잘 알고 있을 것이라고?"

"그렇소. 몇 번인가 슨푸로 가서 오고쇼님을 직접 뵈었으니 우리 이상으로 잘 아실 것이다. 속히 중지 포고를 내린 다음 그 사실을 히데요리 님에게 아뢰고, 만일 불온한 움직임이 있으면 이 가쓰시게가 곧 부하들을 동원하여 진압해야 하니 상황을 잘 관찰하고 오라시는 내명이었습니다."

가쓰모토는 다음 말을 잇지 못했다.

'내가 잘 알고 있을 터……란 대체 무슨 의미일까……?'

오고쇼의 뜻은 분명히 알고 있다. 그것은 히데요리에게 영지이동을 승낙시키라는 것이다. 그리고 자신도 결코 그 일을 잊지 않고 있으며, 이번 공양만 끝나면 진지하게 그 문제를 해결할 작정이다.

가쓰모토가 떨기만 할 뿐 잠자코 있자 나카보가 딱한 듯이 불렀다.

"가타기리 님……나는 잘 모르겠지만 귀하와 오고쇼님 사이에 무슨 말씀이 없었습니까?"

"그야……전혀 없었던 건 아니지만……."

"실은 종명에 불길한 내용이 있다고 슨푸에서 맨 처음 알려온 것은 25일이었소."

"뭐, 25일! 그런데 어쩌자고 이타쿠라 님은 지금까지……."

"바로 그 점인데, 처음 오신 것은 오고쇼님 측근의 안도 나오쓰구 님. 이어서 그다음 날 가쓰시게 님의 아드님 시게마사(重昌) 님이 오셨소. 시게마사 님이 정식 사자로, 그분은 다섯 명산 승려들을 모두 불러모아 세이칸 장로가 쓰신 종명이 과연 저주인지 아닌지 조사하게 하고, 저주라면 곧바로 공양을 중지시키라는 내명을 받고 오셨던 거요."

"그러면 이미 다섯 산의 장로들을 불러내어……."

"그렇습니다. 27일, 도후쿠사의 슈코(守敎), 난젠사의 고초(洪長), 덴류사의 료쇼

(슈彰), 쇼코쿠사의 즈이호(瑞保), 겐닌사(建仁寺)의 지케이(慈稽), 쇼린사(勝林寺)의 세이쇼(聖證), 묘신사의 가이잔(海山) 등 7명의 장로가 호출되어 저마다 의견을 말씀했는데, 거의 모두 저주라고 대답했소!"

"나카보 님!"

"예?"

"그, 그것이 27일이었다는 말씀이지요?"

"그렇소, 27일이었소."

"그런데……그런데 왜 오늘까지 우리에게 알려주지 않았소?"

"바로 그 점이오, 우리도 납득되지 않았던 것은……그러나 이타쿠라 님께서는, 이 일에 대해 생각이 있으니 우선 좀 기다려 보자, 가쓰모토 님으로부터 무슨 말씀이 있을지도 모른다……고 하시며 오늘까지 연기해 온 것이오."

"오늘까지 연기……?"

가쓰모토는 자신도 모르게 관자놀이를 누르면서 되물었다.

가쓰시게는 공양준비가 끝났을 때 가쓰모토가 알려올 거라고 생각한 게 아니었을까?

"히데요리 님께서 영지이동에 대해 승낙하셨습니다."

가쓰모토가 그렇게만 해준다면 어린애 속임수 같은 종명 따위는 표면상으로 드러내지 않고 처리하고 싶다……는 깊은 생각에서 오늘까지 기다린 게 아닐까……라고 나카보는 생각하고 있었다.

그런데 와 보니 그렇지 않았다. 완전히 허를 찔려 가쓰모토는 새파랗게 질려버리지 않았는가! 그래서 참다못해 다시 물어본 것인데 가쓰모토도 그저 놀랄 뿐, 별다른 도리가 없는 모양이었다. 그러자 나카보도 무서운 생각이 들었다.

'그러면 일부러 놀라게 하기 위해 오늘까지 미루어온 것일까?'

이렇게 생각할 이유도 얼마든지 있었다. 미리 알려 소란을 일으킬 준비를 하게 해서는 큰일…… 코앞에 닥칠 때까지 알리지 않고 있다가, 상대가 방심한 틈에 찌르는 수법도 있을 수 있는 일이었다.

'아무래도 뒤 경우인 듯하다…….'

그러고 보니 여기에 오래 머무는 것은 위험한 일이었다.

"가쓰모토 님, 이것은 여담입니다만 곧 연기 수속을 취하시고 그 사실을 오사카에 알리는 게 좋지 않겠습니까?"

"이제 와서 새삼……."

"평소의 우의를 생각해 알려드립니다만 교토 행정장관께서는 이미 교토 안에 군대배치를 다 해놓고 계십니다."

"뭐, 군대배치까지?"

"그렇습니다. 일이 밝혀진 것은 27일, 그 뒤 충분히 배치할 시간이 있었습니다."

"음."

"다시 한번 말씀드리겠습니다. 내일은 무슨 일이 있어도 공양을 못하신다는 엄명이십니다."

"……."

"귀하는 우대신님의 중신이니 이런 큰일을 혼자 처리하실 수 없을 것입니다. 이 뜻을 즉시 우대신님께 말씀드리고 우대신의 지시를 받으시는 게 순서겠지요."

"그러나……."

"나는 더 이상 조언도, 도움도 드릴 수 없습니다. 그럴 힘이 없습니다. 그럼, 이만."

"잠깐만! 잠깐만, 나카보 님."

그러나 그는 뒤돌아보지 않았다. 가쓰모토가 흥분하여 이성을 잃었으니, 다른 무사들이 어떻게 나올지 모른다……고 경계한 것이리라.

"아버님! 사자를 이대로 돌려보내도 괜찮을까요?"

다메모토가 황급히 달려 돌아왔을 때 가쓰모토는 다시 방심한 듯 허공을 쳐다보며 맥이 풀려 앉아 있었다.

그는 아직도 이에야스의 수수께끼를 풀지 못한 모양이었다. 고지식하게 자신의 입장만 생각하고 노력해온 자의 서글픈 모습이 낱낱이 드러났다.

'세이칸 장로는 히데요리며 요도 마님의 뜻을 받아들여 정말로 도쿠가와 가문을 저주한 것일까?'

"아버님! 어떻게 하시렵니까. 사자를 그냥 살려 보내도 됩니까!"

"기다려라! 성급하게 굴어선 안 된다. 사자를 베어서 어쩌겠다는 거냐?"

격한 목소리로 아들 다메모토를 꾸짖었지만 앞으로 어떻게 하면 좋을지, 가쓰모토의 머릿속은 마냥 혼란스럽기만 했다.

'어쨌든 이 일을 히데요리 님과 요도 마님께 말씀드려야 한다!'

나카보의 말대로 가쓰모토가 분명히 깨달은 것은 다메모토처럼 흥분한 경비 무사들이 그 주위로 몰려온 뒤였다.

3000명쯤 되는 도요토미 가문 경비병들은, 7인조 우두머리 아오키 가즈시게, 노노무라 마사하루(野野村雅春), 마노 요리카네(眞野賴包) 등등이 인솔하고 있었다. 그 세 사람이 한결같이 창백한 표정으로 험악하게 추궁했다.

"공양 연기를 승낙하셨습니까?"

그때부터 가쓰모토는 죽음을 결심했다.

'이제 마지막이다⋯⋯.'

그러나 이 문제는 교토 행정장관의 말대로 그의 죽음으로도 어쩔 수 없는 일이었다. 격분한 사람들은 그 격분한 피로 말미암아 한층 더 이성을 잃을 것이다. 그렇게 되면 이 혼잡 속으로 교토 행정장관의 부하들도 진압이라는 구실 아래 몰려올 게 틀림없었다. 그렇게 되면 공양은커녕 히가시야마 일대는 순식간에 수라장이 되리라.

"진정해라. 이것은 실은 오고쇼의 의견도, 교토 행정장관의 의견도 아닌 것 같다."

가쓰모토는 모두에게 사태를 설명하지 않으면 수습될 길이 없음을 가까스로 깨달았다.

"이것은 슨푸에 모여든 학자들의 당치도 않은 억측과 아첨 때문에 일어난 오해가 틀림없다."

꼭 그럴 거라고 가쓰모토 자신이 생각한 것은 아니지만 그렇게 말하지 않으면 사태가 진정될 듯하지 않아서 한 말이었다.

"알겠느냐? 종명 속에 오고쇼를 저주하는 용납할 수 없는 문장이 있다고 한다. 그러므로 지금 소동을 일으키면 그 문장은 정말 그런 게 되어버린다⋯⋯ 소란을 피워서는 안 돼⋯⋯."

가쓰모토는 자신의 말에 의해 차츰 냉정을 되찾았다.

"모두들 알다시피 세이칸 장로는 지금 일본 으뜸가는 학자다. 그 장로가 지었으니 반드시 장로 자신이 오해를 풀어줄 것이다. 일을 크게 벌여 장로의 입장을 악화시켜서는 안 돼."

"그러면 가쓰모토 님께서는 그냥 공양을 중지하실 셈이십니까?"

"달리 무슨 도리가 있겠나? ……아무튼 오고쇼가 격노하고 계시니 연기하라는 교토 행정장관의 엄명이다. 만일 거역하면 전쟁이 벌어지리라. ……전쟁이 벌어질지도 모르는 큰일을 우리 뜻만으로 가벼이 처리할 수는 없다. 그렇지 않은가? 그러니 아무튼 연기된 일을 모두들 각 방면으로 알리도록…… 그 뒤의 일은 이 가쓰모토가 오사카로 돌아가 우대신님께 말씀드려 지시받아 오겠다. 알겠느냐? ……우대신님 지시가 내릴 때까지 결코 경솔한 행동을 하지 말도록."

자신의 설득이 차츰 사람들의 격분을 가라앉혀가는 것을 알자 가쓰모토는 오히려 스스로 설득되어 그렇게 해야겠다고 마음먹었다.

'그래……그렇게 해야만 해.'

가쓰모토는 그럼으로써 이에야스가 던진 괴로운 수수께끼에서 더욱 멀어져가고 있다는 것은 깨닫지 못했다…….

'내일, 3일의 준공식 공양은 연기한다.'

이 방문이 나붙은 것을 본 참배자들은 물론 왜 연기되는지 그 까닭을 알지 못했다. 어떤 자는 도사(導師)가 병들었기 때문이라고 여기고, 어떤 자는 도요토미 히데요리에게 무슨 일이 생긴 게 틀림없다고 상상했다.

떠돌이무사들 중에는 약삭빠르게 교토에서 중지시킨 것을 눈치채고 소문을 퍼뜨리는 자가 없지 않았으나, 설마 그 이유가 종명에 있다는 것을 추측할 수 있는 자는 거의 없었다.

그러나 일단 그 진상이 항간으로 새어나가자, 뜻밖에도 백성들을 승복시키는 이상한 힘을 발휘했다.

"뭐? 국가안강……이 오고쇼의 이름을 저주하는 것이란 말이야?"

그러고 보니 그 글은 확실히 이에야스의 이름을 갈라놓고 있었다. 겨우 글자를 알아볼 정도의 서민들에게는 그것이 가장 알기 쉬운 연기 이유로 납득되었으니, 서민이란 약삭빠르면서도 다루기 쉬운 어리석은 백성이라고 볼 수 있다.

"그래? 그건 좋지 않지. 아무리 무슨 사정이 있더라도 남을 저주하여 대자대비하신 대불님을 재건하다니…… 그런 마음을 부처님께서 기쁘게 받아들이실 리 없어."

물론 그 반대도 있었다.

"역시 그랬구나. 저주하는 것도 무리가 아니야. 본디 다이코의 천하였던 것을 간토에서 가로챈 뒤 돌려주지 않았으니까."

"그럼, 이번 17주기는 어떻게 되는 건가?"

"교토 행정장관이 특별히 군사를 동원할 기색은 없다더군. 결국 그 범종은 버려지겠지?"

"그럴지도 모르지. 싸울 작정이라면, 양쪽 다 벌써 시작했겠지. 그러지 않는 것을 보면 그 문자를 삭제하는 것으로 일을 수습하려는 게 아닐까?"

"하여간 싸우지 않고 수습되면 다행으로 여겨야지……."

여러 가지 말들이 오가는 가운데 가쓰모토는 서둘러 배편을 마련하여 오사카로 달려갔다.

가쓰모토의 설득으로 일단 진정은 시켰다. 그러나 3000명의 호위무사들은 격분하여 곧바로 교토 행정장관의 저택을 습격하자는 의견을 내놓는 자가 대부분을 차지해 험악하기 이를 데 없는 분위기였다.

그런데 그 의견을 억누른 것은, 일단 히데요리의 명령을 기다리라는 한마디와 이미 그 무렵 교토 행정장관 저택 언저리에 5000명이 넘는 병력이 동원되어 대기하고 있다는 사실 때문이었다.

가쓰모토는 나카무라 가즈시게와 마노 요리카네에게 뒷일을 신신당부하고, 배가 오사카성에 닿을 동안 히데요리 모자에게 그 일을 어떻게 설명해야 할지 계속 번민했다.

어쨌든 예정일은 바로 내일이 아닌가. 내일의 공양식에 참석하기 위해 히데요리와 요도 마님이 즐거워하며 오사카를 떠났을 우려도 있다.

그래서 곳곳에 연기에 대한 방문을 붙이거나 구두로 전하기 전에, 노노무라 마사하루를 먼저 오사카로 보냈다.

'마사하루가 냉정하게 설명해 주었으면 좋으련만…….'

사실 난데없이 튀어나온 이번 일은 가쓰모토로서 감당하기 힘든 짐이었다. 그는 전에 이에야스와 회견했을 때의 일을 깊이 반성해 볼 여유도 없이 그저 당면한 사태의 수습에만 모든 힘을 기울이면서 오사카로 돌아왔다.

'그런데 이 일로 전쟁이 일어나지 않도록 하려면……?'

오사카성 안의 나루터에 내렸을 때, 가쓰모토는 기분 나쁠 만큼 조용히 가라앉은 성안 분위기를 피부로 느꼈다. 결코 교토의 번잡 속에서 왔기 때문만은 아니었다. 이미 중신들은 완전히 허를 찔린 꼴이 된 이번의 연기에 숨죽이고 있을 것으로 생각되었다. 그의 예상은 들어맞았다.

본성 히데요리의 거실에는 오노 형제를 비롯하여 오다 쓰네마사도 호출되고, 우라쿠도 와 있었다. 기무라 시게나리, 와타나베 구라노스케, 하야미 가이, 이바라기 단조, 나오모리 요이치베에(直森與市兵衛), 요네다 기하치로(米田喜八郎)도 모두 참석했다.

여인들은 보이지 않았지만, 요도 마님은 정면 윗자리에 히데요리와 나란히 앉아 뭐라고 소리높여 누군가와 다투고 있는 것 같았다.

가쓰모토를 보자 그들은 일제히 입을 다물었다. 한순간이었지만 등줄기가 오싹 얼어버리는 것 같은 긴박감이 감돌았다.

요도 마님이 윗몸을 내밀며 맨 먼저 소리쳤다.

"오, 가쓰모토 님, 이것이……이것이……어찌 된 일이오? 나는 모두들과 언쟁을 벌이고 있던 참이오. 모두들 내가 방해하여 싸울 기회를 놓쳤다는 거요. 처음부터 간토의 엉큼한 계략을 잘 알고 있었으면서도 내가 쇼군 부인에게 속아 적에게 선수 치게 했다는 거요. 그러지만 않았어도 교토 행정장관이 난제를 꺼내기 전에 이편에서 습격하여 쳐버렸을……거라고, 가쓰모토 님도 생각하오? 내가 역시 간토 편에 속았을까?"

단숨에 외치듯 말하는 요도 마님의 두 눈에서 눈물이 샘솟듯 했다.

"우선……우선……진정하십시오."

가쓰모토는 자신도 우는 소리가 나오는 바람에 저도 모르게 숨을 삼켰다.

"한 가지 생각나는 일이 있습니다. 우선 진정하시고 전후 사정을 들어주십시오."

말은 이렇게 했지만, 가쓰모토는 아직도 그것이 자기를 점점 궁지로 몰아넣게 되리라는 것을 깨닫지 못했다.

가쓰모토는 여기서 우선 냉정하게 보고만 했어야 옳았다. 그리고 이미 20살이 넘은 히데요리에게 거리를 두고 되물어 그의 의사와 판단력을 우선 확실히 알아두었어야 했다.

"어떻게 처리하시겠습니까?"

보필하는 신하로서는 그런 뒤에 의견을 피력해도 결코 늦지 않다. 그런데 가쓰모토에게는 히데요리가 너무 애틋하기만 했다. 자신도 넋 잃을 정도이니 히데요리가 어떻게 할지 몰라 당황할 것은 당연한 일……이라는 세속적인 동정이 앞섰다.

사실, 6척 거구로 정면 단상에 앉아 있는 히데요리의 표정은 금방이라도 울음을 터뜨릴 것 같은 어린아이 얼굴로 보였다.

"결코……결코……생모님께서 속으신 게 아닙니다. 오고쇼님과 쇼군님에서 도쿠가와 가문과 도요토미 가문이 함께 번영하기를 바라는 외에 무슨 다른 마음이 있겠습니까? 이번 일은 그것과는 전혀 다른 돌발사태임이 틀림없습니다."

그러자 요도 마님이 거의 애원하듯 다시 말했다.

"그렇지요? 그럴 거예요. 어때요, 모두들? 가쓰모토 님이 저렇게 말씀하시지 않소?"

좌중은 다시 조용해졌다. 가쓰모토의 말에 동의하는 게 아님은 뻔한 일이었다. 그러나 가쓰모토가 동석한 이상, 요도 마님과 다투어봤자 허사라고 생각했는지도 모른다.

코웃음 치며 오다 우라쿠가 입을 열었다. 반쯤 익살 섞인 야유조였다.

"흥. 오사카성 안은 아래 위 할 것 없이 발칵 뒤집힐 듯한 대소동이야, 가쓰모토. 무리도 아니지. 국가안강이 이에야스의 이름을 갈라놓고 저주하는 것……이라면 문자도 함부로 쓸 수 없겠는걸."

"그 일에 대해서는……."

"잠깐만! 그런데 이건 터무니없는 소문만이 아닌지도 모르지. 이 오사카성 안에는 그 늙은 너구리 같은 영감이 언제까지 살아서 귀찮게 굴 것인가 하고, 문자가 아니라도 속으로 저주하는 자가 얼마든지 있으니까."

무슨 생각에서인지 우라쿠는 거침없이 말하고 흘끗 좌중을 둘러보았다.

"그런 저주파는 처음부터 이 공양에 대해 간토에서 불평할 거라고 보고 있었던 모양이야. 그래서 그 전에 일전을 벌일 각오로 공양 당일을 그대로 현장 봉기의 날로 삼고 싶었던 거지. 그러면 이쪽에서 선수 칠 수 있었을 것을…… 그런데 가타기리 가쓰모토라는 고지식한 멍텅구리 충신이 그렇게 할 수 없도록 말리고 보기 좋게 간토의 장단에 춤추며 공양을 무사히 치르게 해주리라 여겨 모두들을 견제했다…… 오다 우라쿠라는 비뚤어진 늙은이도 그 멍텅구리의 뒤를 밀어

주었다…… 아마도 이렇게 되는 거지, 하루나가?"

말머리가 갑자기 자기에게 돌아오는 바람에 오노 하루나가는 얼굴이 새빨개졌다.

참다못해 동생 하루후사가 입을 열었다.

"삼가시오, 우라쿠 님! 지금 그런 말을 해서 무슨 소용 있습니까!"

그러자 우라쿠는 거만하게 그를 향해 돌아앉았다.

"하루후사, 그대는 내 말뜻을 모르겠는가? 모른다면 참견 말아. 안 그런가, 구라노스케?"

이번에는 주전론자인 구라노스케에게로 말을 돌렸다.

"그대는 형편에 따라 가타기리 따위는 베어버렸어도 괜찮았어. 그런 다음 지금쯤 5만이나 되는 무사를 성안으로 끌어들여 놓고 상대가 무슨 말로 트집 잡기만 하면 그 자리에서 봉기해 맨 먼저 교토 행정장관 저택과 후시미성을 함락시키자, 불리하면 후퇴하여 농성으로 뒷일을 도모한다, 2년이나 3년쯤은 농성해도 끄떡없다, 그 군량 조달은 도요토미 가문에 은혜 입은 여러 영주들에게 명한다, 비록 군대는 내지 못하더라도 군량쯤은 사양하지 못할 의리가 있다……는 생각으로 이야기를 꺼냈더니 후쿠시마 등이 곧 3만 석을 바치겠다고 자청했다……고 그랬지, 구라노스케?"

구라노스케는 어깨를 치켜 올리며 말했다.

"그렇습니다, 말씀대로입니다."

우라쿠는 다시 태연한 표정으로 말을 이었다.

"나는……노망들어 싸움이란 어떻게 하는 건지 잊어버렸어. 그래서 그 전략에 참견할 생각도 못 해. 그런데 가쓰모토, 그대가 없는 틈에 이런 공기가 차츰 무르익어 슬슬 폭발점에 이르렀어. 이런 형편을 모르고는 다음 교섭이 불가능하리라 여겨 쓸모없는 늙은이지만 진상을 이야기해준 거야."

그리고는 다시 한번 흥! 콧소리를 내더니 입을 다물고 말았다.

가쓰모토는 과연 우라쿠……라며 그 용기에 감탄하고 그 호의도 충분히 느낄 수 있었다.

그러나 여러 사람 앞에서 대담하게 이 빈정대는 발언을 해치운 오다 우라쿠의 심정은 반드시 가쓰모토에 대한 호의 때문만은 아니었다. 우라쿠는 자신까지 포함하여 인간의 어리석음에 대해 화내고 있었다. 자신의 실력도 모르는 채 경솔하게 주전론을 내세우고 거기에 따르는 무리에게도 화났지만, 히데요리며 요도 마님에게 간토 쪽에서 무엇을 바라고 있는지 아직까지도 뚜렷이 이해시키지 못한 가쓰모토에게도 안타까움을 넘어 경멸을 느끼고 있었다. 아니, 우라쿠가 볼 때 이런 것은 어제오늘의 일이 아니라 언제나 재미없는 세상이었고 화나는 어리석은 인간들 집단이었다. 그 때문에 말끝마다 비뚤어진 야유가 입술 사이로 새어 나오는 것이지만…….

한동안 호흡도, 몸도 얼어붙은 듯한 침묵이 이어졌다. 너무 적나라하게 사태의 진상을 벗겨버리는 바람에 너나 할 것 없이 질려 있었다.

한참 뒤 말석에서 직접 히데요리에게 말을 건넨 자가 있었다.

"주군께 아뢸 말씀이 있습니다."

히데요리는 놀란 듯 팔걸이에서 몸을 일으켰고, 모두들의 시선은 느닷없이 발언한 사람에게 쏠렸다.

"앞서 들어온 보고에 의하면, 가타기리 가쓰모토 님은 사태의 분규를 고려하시어 일단 공양 연기를 결의하시고 돌아오신 것으로 알고 있습니다. 과연 그 일이 옳은지 어떤지 주군께서 하문하시기 바랍니다."

쩌렁쩌렁한 목소리로 여러 사람의 귓전을 때린 것은 기무라 시게나리였다.

"오, 그렇군……."

히데요리는 구원받은 듯 가쓰모토에게로 시선을 옮겼다

"가쓰모토, 뒤에 말썽이 없겠는가? 그리고 연기를 결의한 데는 그만한 생각이 있기 때문이겠지. 기탄없이 말해 보라."

"황송합니다."

가쓰모토는 다시 눈물이 날 것만 같았다. 그가 알고 있는 것은 히데요리며 요도 마님에게는 별다른 야심이 없을 뿐 아니라 간토에 대한 의혹도 없다는 것이었다.

'이 두 분에 대해, 아닌 밤중에 홍두깨 같이 명해져 온 이번 연기는 너무나 가혹하다…….'

이성을 떠나 이러한 감개가 솟아올랐다.

"뒷일을 마노 요리카네에게 잘 부탁하고 왔으니 소동은 일어나지 않을 거라고 믿습니다."

"그래, 잘 했다. 그런데 앞으로는 어떻게 할 작정인가?"

가쓰모토는 몇십 개의 날카로운 시선을 온몸에 느끼면서 두 손을 짚었다.

"황송하오나…… 이 가쓰모토를 다시 한번 슨푸로 보내주십시오."

말하고 나서 자신도 놀랐다. 이런 말을 할 생각은 추호도 없었다. 지금 이런 형편에서 가쓰모토가 오사카성을 떠난다면, 그렇지 않아도 끓어오르고 있는 주전론이 어떻게 될 것인가?

'나는 혹시 도망치려는 것이 아닐까?'

문득 이런 생각이 떠올랐을 때 우라쿠가 다시 콧소리를 내며 크게 웃었다.

"하하……그래? 가쓰모토가 변명하러 간다……는 말인가?"

요도 마님이 신경질적인 목소리로 우라쿠의 발언을 막았다.

"우라쿠 님, 주군께서 하문 중이시오. 삼가시오. 자, 우대신, 이해되실 때까지 충분히 가쓰모토가 알고 있는 바를 물어보세요."

히데요리는 고개를 크게 끄덕였다.

"그대가 가서 오고쇼에게 뭐라고 아뢰겠는가? 오고쇼가 격노하고 계시다는데…… 모두들 걱정하고 있던 일은 바로 그 점이야."

"예……격노하셨다는 것은 교토 행정장관의 말입니다. 하오나 주군, 격노하신분께서 연기라는 미적지근한 조치를 취하시겠습니까? 정말로 격노하셨다면 공양을 결코 하지 못한다, 중지하라……고 하시는 게 필연적인 사실……."

"흠, 과연."

"연기시킨 것은 할 말이 있으면 들어주겠다……고 은연중에 암시하신 조치……라고 저는 해석합니다."

"그, 그래서 뭐라고 할 참인가?"

"사태의 발단은 세이칸 장로의 종명에 있으니 장로를 데리고 가서 문제의 글귀를 밝혀 의심을 풀어드릴 생각입니다."

말하면서 가쓰모토는 왠지 묘하게 뒤가 켕기는 듯한 것을 느꼈다.

'나는 지금 이 성을 떠나서는 안 된다…….'

마음 한구석에서 자꾸 이렇게 외치는 게 있었기 때문이다.

"그래? 문제가 종명에 한한 것이라면 그로써 납득하실지도 모르지."

히데요리는 이미 어딘가에서 종명뿐이 아니라는 것을 느끼고 있는 듯했다. 그리고 당연히 가쓰모토는 이 한마디를 듣고 제정신을 찾았어야 했다. 문제는 종명이 아니라 영지이동이라는 것을…… 그러나 가쓰모토는 이때도 그 반성의 기회를 놓쳐버리고 말았다. 좌중의 공기가 고지식한 그의 책임감만 자극하여 보다 큰 생각의 출처를 막아버린 듯했다.

"두말할 나위 없이 공양 전날이 되어서야 이러한 말씀을 하시는 것은 난처하기 짝이 없는 일…… 하오나 요즈음 건강이 좋지 않으신 오고쇼님인지라…… 불길한 말을 들으시고 한때 불끈 노하셨겠지요. 그러나 잘 생각해 보면, 주군을 아끼시는 데다……이 일은 다이코 17주기와 관련된 큰 행사. 그러므로 의혹은 추궁하여 밝히고, 가능하면 기일인 18일에 서로 밝은 마음으로 행사를 치르고 싶다……고 생각하셨다면 중지시키는 일이 연기라는 함축성있는 말이 될 수도 있지 않을까 생각합니다만……."

"그럴까. 의심은 또 다른 의심을 낳는다고 하지. 그럼, 그대가 가주겠는가?"

"옛, 다른 사람은 마음 놓이지 않습니다. 잘하면 18일까지 갈 수 있을 것입니다. 역시 제가 가야 할 일이라고 각오하고 있습니다."

그것은 자신의 양심에 쫓긴 서글픈 가쓰모토의 아전인수 격인 희망이 펼친 꿈이었다.

요도 마님도 한숨섞인 소리로 동의했다.

"그게 좋겠어! 저주받고 있다는 것을 알면 나 역시 화나고 울화병도 나리라. 그러면 곧 가쓰모토 님을 슨푸로 가게 하세요. 우대신, 가쓰모토 님에게 술잔을."

히데요리는 대범하게 고개를 끄덕인 뒤 시게나리에게 술상을 준비하도록 명령했다.

일이 어긋날 때는 그야말로 묘하게 틀어지는 법이다. 주전론자가 이에야스의 언행을 일일이 개전(開戰)과 결부시키려는 것은 당연한 일이라 치더라도, 가쓰모토를 황급히 슨푸로 보낼 때까지만 해도 히데요리며 요도 마님은 결전을 벌일 마음이 털끝만큼도 없었다. 그러므로 가쓰모토가 두 사람에게만 이에야스가 무엇을 바라는지 털어놓았다면, 두 사람은 의외로 순순히 영지이동을 승낙했을지도 모른다. 그렇게 되었다면 역사는 크게 달라졌을 것인데 가쓰모토에게는 그만한 기량이 없었다.

가쓰모토에게 얄미운 술책이나 악의가 있었던 건 아니지만, 그는 이 비극을 더욱 크게 확대시키고 있었다. 그는 평화의 소중함보다 도요토미 가문의 소중함을 더 깊이 느끼고 있었다. 오사카성으로 상징되고 있는 난세에 사는 인간의 야심까지는 몰랐지만, 세태의 흐름은 거의 날카롭게 느끼고 있었다. 그런데도 그는 그런 예민한 신경이며 성의며 앞날에 대한 전망 등을 크게 살릴 만한 처세에는 미흡한 점이 있었다. 간단하게 말하면 정치성의 결여라고나 할까. 곧잘 계산하면서도 그 계산에 집착하여 오히려 대국을 놓치는 인물이었다.

그는 이에야스의 속셈을 잘 알고 있다고 생각하면서도 그의 기대를 단 하나도 충족시켜 준 일이 없었다. 이에야스가 그에게 바란 것은, 다시 슨푸로 찾아오는 고지식함이 아니라 히데요리 모자에게 영지이동을 승낙시키는 일이었다. 그런데 가쓰모토는 성안의 주전론자들이 자아내는 험악한 공기에 눌려 스스로도 놀랄 만큼 자신을 굽히고 있었다.

처음에 그는 자금이 없다는 것을 알면 주전론은 사라질 거라고 생각했다. 그러나 지금은 가혹한 이에야스의 수수께끼에 대해 이상한 양심의 가책 때문에 자신의 위치를 일부러 그 수수께끼의 테두리 밖으로 바꿔놓고 말았다.

'나는 이 오사카성에서 도망치려는 것이 아닐까?'

그리하여 이에야스에게 악의는 없다고 본 그의 직감은 옳았을지라도 그것을 살릴 능력도 없고 기회도 잡지 못한 게 된다. 지금의 히데요리와 요도 마님은 이렇듯 무력한 가쓰모토에게 모든 운명을 맡기고 사는 기생목(寄生木)이 되어버렸단 말인가.

요도 마님의 결정으로 가쓰모토의 슨푸 파견이 결정되자 그야말로 어색하고 불안정한 침묵이 이어졌다. 우라쿠는 가끔 코만 킁킁거릴 뿐 아무 말도 하지 않았다. 구라노스케는 노한 눈으로 천장을 쏘아보고 있었다.

가쓰모토가 돌아오면 암살해 버리겠다고 구라노스케가 결심한 것은 사실 이때였다. 그의 말을 빌리면, 가쓰모토는 이미 완전히 오사카성 내부의 파괴자였다. 처음부터 이에야스와 내통하고 있었을까, 아니면 자주 만나는 동안 교묘하게 속은 것일까? 이미 그런 것은 따질 필요가 없었다.

오노 형제는 더욱 곤경에 빠져 있었다. 동생 하루후사와 도켄(道犬)은 이미 주전론자가 되어버렸지만, 형 하루나가는 아직 뚜렷이 전쟁을 시작할 결단을 못 내

린 주전론자······

　이런 분위기 속에 가쓰모토는 히데요리로부터 잔을 받고 다음 날인 3일에 황급히 슨푸를 향해 출발했다.

여사자(女使者)

가쓰모토의 파견만으로는 불안하다고 요도 마님이 느낀 것은 가쓰모토가 오사카를 떠난 바로 뒤였다.

구라노스케는 여전히 완강하게 주전론을 굽히지 않았고, 공양할 떡 600석과 술 2000통은 성안의 나루터에 쌓여 있었다. 어느덧 초가을이었지만 늦더위가 심해 그대로 두면 떡은 곰팡이가 슬고 술은 쉬어 버릴지도 모른다.

뿐만 아니라 요도 마님에게는, 오사카를 떠나는 가쓰모토의 뒷모습이 어쩐지 풀죽은 듯 느껴졌다.

그때 진언종(眞言宗) 승려로 목식(木食 ; 곡기를 끊고 나무 열매만 먹는 것) 수행을 하는 학승(學僧)들이 들렀으므로 요도 마님은 그들에게 점괘를 뽑아보게 했다. 그러자 떡도 술도 버리게 되지는 않지만, 소원성취를 위해 좀 더 노력해야 한다는 괘가 나왔다.

"술과 떡을 버리게 되지는 않는다……는 것은 17주기를 무사히 치르게 될 거라는 말이겠지. 그래, 가쓰모토 한 사람만으로는 아무래도 마음 놓이지 않아……."

그래서 우라쿠에게 가봐 줄 수 없겠느냐고 일부러 찾아가 부탁하니 그는 얼굴을 찌푸리며 거절했다.

"나는 가끔 위가 몹시 아파서 도저히 여행을 못 합니다. 마님께서 직접 오고쇼께 호소해 보실 마음이 있다면 오쿠라 부인에게 쇼에이니 여승을 딸려 보내시는 게 어떻겠습니까?"

"오쿠라 부인에게 쇼에이니를…… 그건 또 왜요?"

"왜라니요? 그러면 가쓰모토는 주군의 사자, 두 여인은 마님의 사자……즉 둘 사이에 의견차이가 없다는 게 증명되지 않겠습니까?"

그리고 우라쿠는 역시 야유를 덧붙이는 것을 잊지 않았다.

"이건 정말 명안입니다."

"그럴까요?"

"그렇고말고요. 학승들이 술도 떡도 썩지 않을 거라고 한 말은 깊은 의미가 있는 것 같소……."

"깊은 의미라니요?"

"뜻대로 17주기를 치를 수 없다 하더라도 이 성안으로 잇따라 들어오는 무사들이 모두 먹어치울 것……이라고 풀이해도 잘못된 해석은 아니겠지요……."

"아니……그게 무슨 말이지요, 우라쿠 님……?"

"그러니 오쿠라 부인과 쇼에이니를 슨푸로 파견해 보시라고 간언드렸습니다."

요도 마님은 그때까지는 우라쿠가 무슨 말을 하는지 잘 몰랐다.

"우라쿠 님은 짓궂은 버릇이 있어요. 나는 애가 타서 의논하러 왔는데."

우라쿠는 시치미뗀 표정으로 말했다.

"농담이 아닙니다. 의논하시기에 우라쿠 나름의 전략을 말씀드렸을 뿐, 아시겠습니까? 오쿠라 부인은 오노 하루나가의 어머니, 쇼에이니는 구라노스케의 어머니가 아닙니까?"

"그걸 누가 모르나요?"

"그러면 전략을 아실 만하지 않습니까? 즉 그 두 사람을 보내 오고쇼가 그들을 순순히 돌려보내느냐, 아니면 볼모로 잡느냐? 그것으로 슨푸의 속셈을 확실히 알 수 있지 않겠습니까?"

"아니……두 사람을 볼모로?"

"그렇습니다. 어머니를 빼앗긴 구라노스케와 하루나가…… 그래도 싸우려고 할 것인가, 아닌가…… 이것이 바로 술과 떡을 공양에 쓰게 되느냐, 무사들에게 먹게 하느냐의 경계선이 되지 않을까……하고 이 우라쿠는 생각해 봤을 뿐입니다."

요도 마님은 우라쿠가 한 말의 다른 의미를 깨닫자 몸을 떨기 시작했다.

'남자들이란 이토록 무서운 생각을 하는 사람들이란 말인가……?'

그러나 한편으로 볼 때 그것은 분명 일석이조의 명안임이 틀림없었다.

가쓰모토는 히데요리의 사자.

오쿠라 부인과 쇼에이니 여승은 요도 마님의 사자. 이 두 사람이 도쿠가와 가문을 저주할 생각이 있을 리 없다고 변명한다면 가쓰모토 한 사람이 사자로 간 것보다 훨씬 효과 있을 것이다.

그런데 하루나가와 구라노스케 두 사람은 모두 그런 변명을 하는 것을 강력하게 반대하고 있다. 이번 조처는 노회한 이에야스가 드디어 도전을 시작한 것이니 첫걸음은 이미 늦었지만 곧 전쟁준비를 갖추어야 한다고 주장하고 있었다.

지금 구라노스케와 하루나가 두 사람이 '싸움은 안 된다!'고 분명 강경하게 주장하기 시작한다면 성안의 불길은 다시 꺼질 것이다.

이에야스만 한 상대가 만일 정말로 전쟁을 결의했다면, 주모자 두 사람의 생모가 함께 제 발로 슨푸까지 나타난 것을 그냥 놓아둘 리 없다. 우선 볼모로 잡아놓고 그 뒤의 교섭에 이용할 것은 말하자면 전쟁의 상도(常道)였다.

"우라쿠 님은 무서운 분이군요."

"두려우시면 그만두셔도 좋습니다. 그러나 그렇게 함으로써, 백 가지 논의보다 오고쇼의 속셈을 명백히 알 수 있을 거라고 생각……."

"옳은 말씀이에요! 두 사람을 보내기로 하지요."

요도 마님은 진지한 표정으로 몇 번이고 고개를 끄덕였다.

"그러나 나는 우라쿠 님 같은 악인은 아니에요. 이번에는 단지 오해를 풀기 위하여 파견할 뿐."

"그래도 좋습니다. 두 여인에게 마님의 마음을 잘 말씀하시는 게 좋을 겁니다. 그러면 두 여인도 좁은 소견의 의혹을 풀고, 저마다 아들들을 달랠지도 모릅니다. 그렇지 않으면 술과 떡은 떠돌이무사들의 먹이가 되겠지요."

우라쿠도 그 이상은 냉소 비슷한 야유를 하지 않았다.

요도 마님은 아직 실정을 모른다. 그러나 성안에 있는 7인조의 숙소에는 이미 눈에 띄지 않게 10명, 20명씩 시시각각 모여들기 시작했다. 물론 사사로운 고용인이며 손님으로 꾸미고 들어왔기 때문에 히데요리에게 신고도 하지 않았으리라. 그러나 이런 말까지 하면 우라쿠 자신의 생명이 위험하다.

그런 상황은 이번의 종명 사건으로 순식간에 더욱 확대될 것이다. 처음에는 전쟁에 대해 결백하리만큼 완강하게 반대하던 기무라 시게나리까지 요즘은 전쟁반대에 대한 말을 도무지 하지 않게 되어버렸다. 시게나리 또한 우라쿠와 마찬가지로, 활짝 핀 꽃은 언젠가 진다는 것을 본능적으로 느끼고 있는지도 모른다. 그러고 보니 처음에 그토록 강하게 거절하던 마노 요리카네의 딸 오키쿠와의 혼담도 결국 승낙했다는 소문이었다.

'풍조란 무서운 것이다……'

그러므로 우라쿠가 오쿠라 부인과 쇼에이니를 슨푸로 보내보면……이라고 말한 것은 그야말로 하나의 짓궂은 심리였다. 구라노스케와 하루나가 형제가 당황하는 꼴을 보고 싶었기 때문이었다…….

오다 우라쿠는 몹시 저돌적인 방법이긴 하나 그다운 야유조 설득으로 도요토미 가문의 존속을 위해 노력해 온 터였다. 이번의 두 시녀의 파견도 상대가 들어주지 않아도 좋다는……생각으로 충고한 것이었다.

그런데 요도 마님은 그 자리에서 그것을 받아들이기로 했다. 그렇게 되니 역시 핏줄로 이어진 조카딸이 귀여운 것은 인지상정. 그래서 새삼 두세 가지 주의를 준 뒤 요도 마님을 돌려보냈다. 슨푸에 도착하더라도 두 시녀와 가쓰모토는 미리 말을 맞추지 않는 게 나으리라는 것. 두 시녀로 하여금 현재 이에야스의 신변을 보살피는 자아 부인을 통해 직접 이에야스를 만나도록 도모할 것. 이에야스 앞에서는 가신들의 상태보다 요도 마님이 이번 일에 대해 얼마나 마음 아파하는지 자세히 이야기하도록 할 것…….

내전의 자기 거실로 돌아오자 요도 마님은 곧 오쿠라 부인과 쇼에이니를 불러 누누이 설명한 뒤 슨푸행을 명했다.

이 하명이 측근에 끼친 영향은 컸다. 우라쿠의 말을 기다릴 것도 없이 가장 경악한 것은 오노 형제와 구라노스케였고, 선택된 두 생모 역시 놀라고 당황했다. 오사카성 안의 공기로 미루어 슨푸성 안 역시 살기등등한 분위기일 거라고 생각되었다. 그러한 곳에 아무 힘도 없는 두 시녀가 사자로 파견되리라고는 설마 상상도 하지 못했으리라.

연상인 쇼에이니가 먼저 입을 열었다.

"이 일은 사양하고 싶습니다. 측근에는 아에바 부인과 우쿄 부인 같은 젊은 분도 계십니다. 우리 같은 늙은이가 짝을 이루어 갔다가 실수라도 저지르게 된다면 그야말로 큰일이니, 역시 사양해야 하지 않겠어요, 오쿠라 부인……?"

그러나 요도 마님에게 한마디로 거절당했다.

"안 된다. 이 사자로 다른 사람은 안 돼. 알겠느냐? 오쿠라 부인은 하루나가의 어머니, 그대는 구라노스케의 어머니이므로 명하는 것이니까."

이렇게 대놓고 말하니 두 사람은 더이상 거절할 구실이 없었다. 나쁜 의미로 받아들이면 베이든가 볼모가 되는 위험 속에 내던져지는 것이지만, 좋은 의미로 받아들이면 지금 성안을 지키고 있는 실력자의 어머니로서 선출된 셈이다.

그날 밤 두 사람의 집에서는 저마다 모자 사이에 이별의 술잔이 오갔다. 하루나가 형제는 어떻든 구라노스케는 이 정도의 말은 했으리라.

"어머님, 주군 가문을 위해 기꺼이 생명을 바쳐주십시오."

이리하여 가쓰모토보다 이틀 늦게, 두 집안의 튼튼한 무사 14명의 호위를 받으며 두 여인은 오사카성을 나서 슨푸로 향했다. 만일의 경우에 대비해 부사(副使)로서 또 한 사람 와타나베 지쿠고(渡邊筑後)의 어머니, 니이(二位) 부인도 따라가게 되었다. 이 부인은 훨씬 젊었기 때문에 두 사람의 보호자 겸 의논 상대인 셈이었다.

가쓰모토는 말을 타고 달려갔으므로 5일 저녁에는 이미 오사카에서 오는 사자의 숙소로 정해진 마리코(鞠子)의 도쿠간사에 도착해 있었다.

두 시녀가 가마를 재촉하여 같은 절간의 별실에 들어간 것은 12일 해 질 녘…… 가쓰모토가 두 번째 수수께끼를 듣고 난 뒤였다.

오쿠라 부인과 쇼에이니가 두려움을 서로 달래며 여행하고 있을 무렵, 가쓰모토는 도쿠간사에서 이에야스의 냉엄한 '사나이 응대'를 받고 있었다.

전에도 그랬듯 이번에도 도쿠간사에 도착하자마자 가쓰모토는 한시라도 빨리 이에야스에게 알현하고 싶다는 뜻을 전했다. 그런데 그날 한밤중 마사즈미가 혼자 찾아와서 한 대답은 그를 완전히 경악시켰다.

"오고쇼님은, 이미 가쓰모토를 만나봤자 될 일이 아니라고 하시오. 대체 귀하는 오고쇼님과 어떤 약속을 하셨소?"

마사즈미 자신도 난처하기 이를 데 없다는 듯한 물음이었다.

"그러면……저, 만나주지 않으시겠다는 말씀이오?"

"만나고 싶지 않다, 가쓰모토는 아직 단 하나의 약속도 이행하지 않았다, 사람을 잘못 보았다……라는 말씀뿐이었소."

가쓰모토는 눈앞이 캄캄해졌다.

"가쓰모토 님, 내가 오늘 밤 은밀히 찾아온 것은 귀하의 처지를 생각해서요. 오고쇼와의 약속을 실행하셨는지 어떤지······실행하셨다면 그 확실한 증거를 내게 보여주시오. 그러면 회견을 알선할 수 있겠소만 그렇지 않으면 이대로 돌아가실 수밖에 없는 분위기요."

가쓰모토는 한참 동안 그저 몸을 떨기만 했다. 듣고 보니 마음에 짚이는 게 한두 가지가 아니었다. 비공식이라도 좋으니 오사카성을 내놓고 고리야마로 옮길 뜻이 있다는 승낙만 받아놓으라고······.

마사즈미는 추궁하듯 말을 이었다.

"가쓰모토 님, 오늘 이 자리에서 대답할 수는 없겠지요. 또 대답을 들으려고 온 것도 아니오. 그러나 측근에서 모시는 만큼 우린 오고쇼님이 무엇을 바라시는지 추측할 수 있소. 오고쇼님은 이번 공양을 도요토미 가문 영지이동 발표와 동시에 하실 생각이셨던 것 같소. 즉 오사카성은 성 자체가 천하 으뜸가는 요새인 만큼 한 개인의 소유로 둘 성질의 것이 아니다, 그것은 천하를 맡은 세이이타이쇼군이 일본 전체의 안녕과 질서를 염두에 두고 소중하게 관리해야 할 곳······이라 생각하시고, 우대신님은 다른 곳에 성을 가지시도록 부탁할 작정이셨던 것 같소. 해서 될 말인지 어떤지 모르지만 여섯째 아드님 다다테루 님이 오사카성을 탐내셨다가 오고쇼님께 크게 꾸중을 들으셨소. 뭐, 꾸중 듣기만 한 것은 아니고, 현재 다카다에 새로운 성을 축조 중이지만······우대신님도 역시 마찬가지요. 현재의 고리야마성으로는 작소. 그러나 언젠가 우대신님에게 어울리는 성을 축조해 주시겠지요. 아시겠소, 전에 천하인이 살던 거성을 현재의 천하인에게 관리를 맡긴다는 것을? 전의 천하인이셨던 다이코 전하의 영전에 일본에서 최상의 제사를 지내면서 보고한다····· 그렇게 함으로써 위에서 아래까지 질서가 정연한 일본이 되는 것이다, 이러한 생각으로 귀하와 무슨 약속을 하신 거라고 나는 추측하오. 그러니 그러한 오고쇼님의 마음에 만족할 만한 대답이 있는지 없는지····· 나는 그것을 알아보려고 혼자서 이렇게 온 거요."

마사즈미의 이야기는 참으로 논리정연하여, 한마디 한마디 가쓰모토의 가슴에 커다란 못을 박을 뿐······이렇게 말할 도리밖에 없었다.

"지당하다."

그러나 지금 그렇게 말하면, 자신의 입장은 고사하고 대불전 준공식과 17주기 공양은 대체 어떻게 된단 말인가? 아니, 그 이상으로 마음에 걸리는 것은 이미 이에야스가 동서의 전쟁은 피할 수 없는 일이라고 결의하고 있는지 어떤지 하는 점이었다.

"어떻소? 가쓰모토 님, 질문이 없으시다면 밤도 늦었으니 이만 실례하고 싶소만……대답은 내일 듣기로 하고."

"잠깐만."

가쓰모토는 이미 자기가 무슨 말을 하려고 하는지도 제대로 알지 못했다. 다만 지금 마사즈미가 훌쩍 나가버리면 모든 게 끝장이라는 초조감만이 안타깝게 마음을 휘젓고 있었다.

"오고쇼의 말씀은 지당합니다만, 그러나……그러나 참으로 뜻밖이오. 나에게는 너무나 잔인한 난제요."

마사즈미는 깜짝 놀란 듯 되물었다.

"허……지당하지만 뜻밖이라니? 지당한 말씀이 무슨 까닭으로 뜻밖인지……이해할 수 없군요."

"우리도 오고쇼의 심중은 잘 알고 있소. 그러나 오사카에는 오사카대로 사정이 있습니다. 그런 만큼……그런 만큼……영지이동에 대한 일은 반드시 오고쇼의 뜻에 맞도록 도모하겠으니 지금은 아무튼 이 가쓰모토를 믿고 예정대로 공양을 마치게 해주시오. 이렇게 거듭거듭 부탁드리오."

마사즈미는 다시 눈을 크게 떴다.

"허! 그러면 오고쇼께서 그것을 승낙하셨다는 말씀인가요?"

온화한 질문을 받고 가쓰모토는 말문이 막히고 말았다. 자기가 그런 청을 드렸지만 이에야스는 승낙하지 않았다.

"나는 이제부터 우대신을 어른으로 대하겠다."

이 말이 불길하게 귓전에 남아 있었다.

가쓰모토의 대답이 막히는 걸 보고 마사즈미는 일어설 기색을 보이면서 목소리를 낮추었다.

"가쓰모토 님, 이 마사즈미가 알고 있는 바로는 오고쇼님께서 승낙하지 않으셨을 거요. 그렇지 않으면 종명 문제 따위로 일부러 그와 같은 수수께끼를 우대신께 던지실 리가 없소……"

"무, 무슨 말씀을? 그 종명 문제가 우대신님께 던진 수수께끼라는 말씀이오?"

"그렇소. 이미 우대신도 어엿한 도요토미 가문의 호주, 그 수수께끼를 들으시고 가문의 일을 어떻게 처리하실지 그 기량을 보실 생각……이라고 나는 짐작하오."

"그, 그건 뜻밖의……"

"가쓰모토 님, 오고쇼님께서 기대하신 것은 그 대답……그 대답을 귀공이 과연 가지고 오셨는지……아니, 가지고 오시지 않은 한 만나봤자 헛일이라고 생각하고 계시는 게 분명하오. 이런 사정을 잘 생각하신 뒤, 내일 나에게 말씀해 주시오. 모든 일은 그 뒤에 다시……"

마사즈미는 이번에는 정말로 옷의 주름을 펴면서 일어났다. 가쓰모토는 다시 한번 마사즈미를 만류했으나 듣지 않았다. 가쓰모토가 전과 똑같이 새로운 결의나 서약서를 가지고 오지는 않았음을 마사즈미는 틀림없이 꿰뚫어본 것이리라.

가쓰모토는 넋 나간 듯 아침까지 객실에 앉아 있었다. 그도 이제 겨우 이에야스가 자기에게 바라고 있는 게 무엇인지 확실히 알게 되었다.

'그런가……오고쇼의 뜻대로 오사카성을 내놓겠다는 히데요리의 서약서를 지참하지 않고는 이야기가 안 된다는 말이었나……'

그러나 때는 이미 늦었다.

17주기 기일은 8월 18일. 열흘 안에 오사카로 다시 가서 그런 결정을 하고 오는 것은 불가능한 일이었다.

'하루나가며 구라노스케의 말대로 역시 내가 오고쇼의 교묘한 올가미에 걸려든 것인지도 모른다……'

인간은 이럴 때 자기를 원망하고 싶은 마음이 일어나지 않는 법인지도 모른다. 가쓰모토가 그럴 마음만 있었다면 히데요리며 요도 마님에게 충분히 이에야스의 뜻을 전할 시간이 있었는데 그는 그동안 범종과 종각에만 몰두하여 그 일을 게을리했던 것이다. 물론 그것은 그 자신이 너무 이에야스를 믿었기 때문에 저지른 과오였지만…….

'나는 편협한 도쿠가와 반대파가 아니다!'

그런 만큼 이에야스도 자기 의견을 받아주리라고 생각했다면 그것은 가쓰모토가 너무 사람 좋은 탓이고, 또한 냉정하지 못한 탓이었다.

가쓰모토는 점점 이런 생각이 들었다.

'속았다…… 나는 오고쇼를 그만큼 성실하게 받들어왔는데……'

이런 생각이 들자 그는 비로소 이에야스가 뱃속이 시커먼 무서운 인간으로 여겨졌다. 이미 자기가 아무리 발버둥 쳐도 모두 허사일 듯했다. 자신이 마치 처음부터 면밀하게 쳐진 거미줄에 보기좋게 걸린 한 마리의 조그만 모기처럼 여겨졌다.

'오고쇼는 오쿠보 다다치카를 내쳤을 때부터 이미 예수교를 감싸준 오사카성을 궤멸시키려 결심한 것이 분명하다……'

그것도 모르고 자신은 섣불리 접근하여 모든 사정을 모조리 털어놓음으로써 오고쇼의 전의(戰意)를 더욱 굳히게 했는지도 모른다. 자신도 끝까지 진심으로 이에야스에게 심복하지는 않았다. 마음 한구석으로는 늘 도요토미 가문을 위해 이에야스를 조종하려고 했다.

'그런 의미에서는 5대 5…… 그런데 나는 더욱 힘센 거미줄에 걸려들고 만 모양이다……'

6일, 가쓰모토는 종일 이 생각 저 생각에 빠져 있었을 뿐, 끝내 자기가 먼저 마사즈미를 찾지 않았다. 아니, 찾지 않았다기보다는 '싸움을 걸려고 하는 것이다……'라는 공포가 아무 여유를 주지 않았다 해도 과언이 아니었다.

7일 아침, 드디어 그는 결심했다. 마사즈미와 상대할 게 아니라 자신이 직접 슨푸성으로 달려가 다시 한번 히데요리를 위해 이에야스에게 탄원하려고 결심한 것이다.

'그렇지 않으면 지하에 가서 다이코 전하를 뵐 면목이 없다.'

그런데 그가 외출준비를 하고 있을 때 한발 먼저 슨푸로부터 정식사자가 나타났다. 7일 아침, 이에야스의 정식사자로서 도쿠간사에 온 것은 전전날 밤 은밀히 찾아주었던 혼다 마사즈미와 곤치인 스덴 두 사람이었다.

가쓰모토가 두 사자를 객실로 안내하여 윗자리에 앉히고 절하는 자세를 취했을 때, 그의 눈에서 회한의 눈물이 뚝뚝 소리 내며 다다미 위에 떨어졌다. 하루 종일 생각한 결과 찾아낸 답은 하나뿐이었다. 사정이야 어떻든 지금 간토의 비위를 건드려 전쟁이 벌어지면 오사카 쪽이 백이면 백 번 패한다는 사실이었다.

'그러니 인정에 호소하고 정의에 매달릴 수밖에 없지 않은가…….'

"실은 이제부터 오고쇼님을 찾아뵙고 나의 어리석음을 깊이 사죄할 생각이었습니다."

가쓰모토가 말했으나 두 사자는 그저 무뚝뚝하게 대할 뿐 파고들 틈을 주지 않았다.

"이번 일에 대해 오고쇼님께서 두 가지 힐문을 내리셨으므로 찾아왔소."

우선 거창한 승복차림의 스덴이 입을 열자 마사즈미가 서장을 경건하게 꺼내 펼치기 시작했다.

가쓰모토는 온몸이 바짝바짝 죄어드는 것 같았다.

'나는 이대로 억류되어 피의 제물이 될지도 모른다…….'

그도 전국시대의 무장, 죽음이 두렵지는 않으나 도요토미 가문의 장래를 못 보게 되는 것이 분해서 견딜 수 없었다.

서장을 다 펴들고 마사즈미는 엄숙한 목소리로 읽어내려갔다.

"첫째, 상량문에 전례와 달리 도편수의 이름을 기록하지 않은 이유는 무엇인 가? 둘째, 요즈음 오사카에서 수많은 떠돌이무사들을 포섭하여 들이고 있다는데 어디에 쓰려는 자들인가? 이상 두 가지 사항에 대해 삼가 해명하라……."

두 손을 짚은 채 가쓰모토는 그 순간 자신의 귀를 의심했다. 이상 두 가지…… 라고 한 것을 보면 힐문은 단지 그것뿐인 모양이었다.

'이런 이상한 일이 있을까?'

"황송하오나 힐문은 그 두 가지뿐입니까?"

"그렇소. 해명하신다면 듣겠으니 말씀하시오."

"사자께 부탁드립니다. 슨푸로 가서 오고쇼님을 직접 뵙고 말씀드리고 싶으니 허락해 주시겠습니까?"

마사즈미는 서장을 둘둘 말면서 날카롭게 거절했다.

"안 되오! 오고쇼님께서는 가타기리 가쓰모토를 만날 필요가 없다고 하셨소."

그리고 잠시 쉬었다가 목소리를 낮추었다.

"이해하시겠지요…… 오고쇼님은 가쓰모토 님이 성급한 마음에 할복이라도 하실까 봐 걱정하고 계시오. 이 힐문장을 귀하께 넘겨드릴 테니, 당장 해명하기 힘드시면 히데요리 공에게 보여드리고 협의하신 뒤 다시 해명하는 사자를 파견하셔도 좋습니다."

가쓰모토는 다시 어떻게 판단해야 좋을지 알 수 없는 혼미한 상태에 빠져버렸다.

문제의 종명에 대한 비난은 한 구절도 없고 상량문 쓰는 방식에 대한 것과 떠돌이무사 포섭의 단 두 가지뿐…… 대체 무엇을 추궁하고, 무엇을 깨닫게 하려는 것일까……?

'이것 역시 수수께끼다…… 수수께끼 같다……'

둘둘 만 서장을 받아든 가쓰모토가 어찌할 바 모르고 생각에 잠긴 모습을 본 마사즈미는 묘한 말을 꺼냈다.

"이제 사자로서의 소임은 끝났으니, 마사즈미 개인입장에서 말씀드리겠소. 가쓰모토 님께서는 떡을 특별히 즐기시지요?"

"옛? 떡, 떡 말입니까?"

"언젠가 무예담을 나눌 때, 젊은 시절에는 곧잘 떡을 허리에 차고 싸웠다고 하지 않았소? 맛있는 떡을 다 못 먹고 죽어서야 할 말이냐고…… 승전한 뒤에 먹는 떡의 맛……잊지 않으셨는지 모르겠습니다."

"아……잊지 않았습니다. 분명 그런 말을 한 기억이 있습니다."

"좋아하시는 떡을 좀 가져와 주방에 맡겼으니 맛보고 힘내도록 하시오."

"뭐라고 감사드려야 할지……."

"그럼, 깊이 생각해서 해명하시기 바라오. 이만 실례하겠소."

가쓰모토는 황급히 일어나 현관까지 두 사람을 배웅했지만 끝내 아무것도 묻지 못했다.

대체 '국가안강……'의 종명 문제는 어떻게 된 것일까? 머지않아 세이칸 장로도 변명차 슨푸로 올 텐데, 그 일에 대해서는 일언반구도 없다. 상량문과 떠돌이무사와 떡……세 마디의 수수께끼 같은 말만 남기고 훌쩍 돌아가 버렸다.

어쩌면 자기 아들 다카토시(孝利)의 장인인 이나 다다마사(伊奈忠政)나, 조카사위인 마사즈미의 아우 다다사토(忠鄕)가 어떤 조언을 올린 것이 아닐까……?

그때 된장을 발라 구운 동그란 떡을 쟁반에 담아든 중이 나타났다.

"혼다 마사즈미 님께서 가지고 오신 것입니다."

중은 그의 앞에 쟁반을 공손히 내려놓았다.

"만일 필요하시다면 식지 않도록 싸드리라고 하셨습니다만……."

"뭣이, 싸주라고?"

"예."

"괜찮다, 물러가라."

실은 싸드리라……는 말에 깊은 의미가 들어 있었지만, 가쓰모토는 깨닫지 못했다. 구운 떡에 갈피마다 된장을 발라 차곡차곡 쌓아 포장하면 오랫동안 식지 않아 여행 중에 더없는 점심거리가 된다.

"힐문장을 가지고 곧 말을 달려 히데요리와 협의해 보는 게 어떻겠는가?"

그러나 가쓰모토는 히데요리의 재량에 일임할 생각이 추호도 없었고 의지할 생각도 없었다.

'모든 게 오로지 내 책임……'

외곬으로 생각하며 두 가지 힐문의 의미를 알려고 온정신을 쏟을 따름이었다.

'상량문에 도편수 이름을 쓰지 않은 게 그토록 큰 문제란 말인가?'

그것이 공사(公私)를 분명히 하라는 오사카성 명도에 대한 수수께끼인 줄은 꿈에도 몰랐다.

떠돌이무사 포섭에 대한 일은 충분히 이해되었다. 틀림없이 반심을 품은 게 아니냐……는 질문일 것이다. 그러므로 그런 마음은 털끝만큼도 없노라고 천지신명 앞에 맹세할 수 있다고 생각했다.

이렇게 8일, 9일 이틀 동안 생각에 잠겼으나 도저히 뾰족한 생각이 나지 않아, 다시 한번 이에야스를 알현하게 해달라고 청하고 기다리는데 두 시녀가 도쿠간 사에 도착했다. 두 시녀가 요도 마님의 내명을 받고 자기 뒤를 밟듯 오사카를 떠난 것을 알았을 때 가쓰모토는 몹시 낙심했다.

'헛수고를……'

이에야스는 이미 결심했다. 오사카성을 막부의 수중에 접수하려는 능구렁이 같은 수수께끼다. 이제 와서 아낙네들이 아무리 넋두리를 늘어놓아도 뾰족한 수가 생길 리 없다…….

그러나 조금 뒤에는 이런 생각에 얼마쯤 변화가 일어났다. 슨푸성의 자아 부인이 그녀들을 맞으러 사람을 보냈기 때문이다.

'아, 그런가, 여인은 여인끼리……그 방면의 접촉도 강구하고 있었군…….'

처음에는 두 시녀 역시 자기처럼 깨끗하게 면회를 거부당하고 당황해할 거라고 생각했다. 그런데 맞이하러 왔으므로 좀 뜻밖이었다. 그리고 그 뜻밖의 일이 그의 생각을 바꿔놓았다.

'그래! 이건 어쩌면 하늘의 도움인지도 모른다……'

두 시녀가 자아 부인의 힘을 빌려 이에야스를 만난다고 하자……그러면 적어도 이에야스가 어떤 생각을 품고 있는지 눈치챌 것이 틀림없다.

'오사카성을 비워라……그 약속만 확실하게 해준다면……'

가쓰모토는 무릎을 탁 쳤다. 절박한 지금, 가장 어려운 난제를 그녀들이 말한다…… 그러므로 그녀들은 가쓰모토 편이라고는 볼 수 없어도 적이 될 우려는 전혀 없었다.

자기가 한발 앞서 오사카로 돌아가, 이에야스가 난제를 내놓은 속셈이 무엇인지 아뢴다…… 그때 두 시녀가 깜짝 놀란 얼굴로 돌아와 뒷받침해 준다.

"가쓰모토 님 말씀이 옳습니다."

그러면 히데요리도 요도 마님도 진지하게 생각할 것이다.

'그렇다, 한발 앞서 돌아가기로 하자.'

두 시녀 역시 이에야스를 만나기 전에 가쓰모토를 만날 생각은 하지 않았다. 결코 여자로서의 체면 때문만은 아니었다. 가쓰모토는 히데요리의 사자, 자신들은 마님의 사자…… 그런데 이 둘이 도쿠간사에서 만나 미리 짜고 왔다고 여겨지는 건 싫었기 때문이다.

오쿠라 부인과 쇼에이니는 나이 부인과 함께 옷을 갈아입기 바쁘게 곧 슨푸성으로 향했고, 그 행렬이 산문을 나서자 이번에는 가쓰모토가 급히 말을 몰아 오사카로 떠났다.

"이건 역시 내 생각대로 해명할 성질의 일이 아니다. 급히 돌아가 주군이며 마님과 상의한 뒤에 다시 사자를 파견해야 할 일이다."

자신에게 납득시키면서 산문을 돌아보았을 때, 그는 왠지 두 시녀에게 미안한 생각이 들었다. 이에야스가 얼마나 노하고 있는지도 알리지 않고 그대로 슨푸성으로 보낸 게 아무래도 사나이답지 못한 일인 것 같았다.

도쿠간사를 나서자 빗방울이 떨어지기 시작했다. 여인들이 탄 가마도 비에 젖으리라. 평소 치장에 마음 쓰는 시녀들이 이 비에 얼마나 얼굴을 찌푸릴까……가쓰모토는 어두운 마음으로 말을 서쪽으로 몰았다……

한편 오쿠라 부인과 쇼에이니 일행은 해 질 녘 슨푸성에 닿았다. 그들은 내전의 손님으로서 자아 부인 시녀들의 영접을 받고 서원처럼 만들어진 객실로 일단 들어가 자아 부인이 나올 때까지 창백한 얼굴로 기다렸다.

오노 형제의 어머니 오쿠라 부인도, 하루나가의 어머니 쇼에이니도, 자신들이 낳은 아들이 지금 어떤 생각을 하며 무사들을 그러모으고 있는지 잘 알고 있었다. 그런 만큼 이리로 오는 동안의 화제는 슬픈 파국과 관련된 것들뿐이었다. 어머니를 볼모로 잡히고 살해당한 아케치(明智) 이야기…… 오카자키로 간 뒤 거처 둘레가 장작으로 에워싸였던 다이코의 어머니 오만도코로 이야기…… 그런 예들이 바로 지금 자신들의 일이 되어버렸으니 무리도 아니었다.

"먼 길 오시느라 수고 많으셨습니다. 오사카 마님께서는 안녕하신지요?"

선물로 가져온 가가(加賀) 비단을 내놓자 자아 부인은 활짝 웃었으나, 두 시녀들에게는 그 웃음을 받을 여유가 털끝만큼도 없었다.

"자아 마님도……건강하셔서……"

오쿠라 부인은 인사하다가 중간에 입이 얼어붙어 쇼에이니가 황급히 그 뒤를 이었다.

"……다행입니다."

두 사람 다 부들부들 떨고 있는 것을 훤히 알 수 있었다. 그렇게 떨 만큼 비참하게 겁먹고 있었다.

"호호……두 분께서 왜 이리 굳은 자세를……"

자아 부인은 다부진 기질에 자신감과 고생한 흔적을 동시에 보이고 있었다.

"두 분이 도착하셨다는 전갈을 듣고, 오랜만에 뵙는지라 마음이 급해 쉬실 시간도 드리지 않고 마중할 사람을 보냈습니다. 말씀은 나중에 나누기로 하고 우선 차라도 한잔……"

"감사……합니다."

오쿠라 부인은 쇼에이니 이상으로 소심한 모양이었다. 말끝마다 자신의 목소리가 떨리는 것을 깨닫고 헛기침을 했다.

"마님께서 실은……이번 공양 연기 조치에 대해 여간 안타까워하시지 않으셔서……."

"그 이야기는 나중에……."

"아니, 그렇지 않습니다. 오고쇼님을 뵙기 전에 같은 여자로서 자아 부인께 여러 가지로……."

오쿠라 부인이 여기까지 말하자 쇼에이니가 다시 뒤를 받았다.

"자아 마님! 저희 마님께서는 오고쇼님이 오사카 서성에 계실 때를 그리워하시면서 틈만 나면 그 시절 이야기를 하십니다."

"호호……."

자아 부인은 보고 있는 동안 두 사람이 측은해 견딜 수 없었다.

'이분들은 정신이 황망하여 여자 마음을 헤아릴 줄도 모르는구나…….'

자아 부인도 이에야스의 사랑을 받아온 여자였다. 그런 여자에게 다른 여자가 이에야스를 얼마나 그리워하는지 이야기하다니…… 아첨도 아무것도 아니었다.

"걱정 마십시오. 제가 오고쇼님께 잘 말씀드려 뵐 수 있도록 힘쓰겠습니다. 참지금 곧 만나보실 수 있는지 알아봐 드릴까요?"

사실 그때 이미 자아 부인은 두 여인을 만나 달라고 청하여 이에야스의 승낙을 받고 있었다.

자아 부인이 방에서 나가자 아직 얼마쯤 냉정을 지니고 있는 쇼에이니가 가만히 있을 수 없어 입을 열었다.

"무서운 일이 벌어지고 말았습니다. 자아 부인께서 저렇듯 말씀하시니, 우리를 불쌍한 볼모……로 보시고 위로하는 거겠지요."

"그, 그럴까요?"

"틀림없어요. 기대하지 말아야 해요."

"그야 이미 잘 알고 있는 일……."

말은 그렇게 했지만 두 사람은 앞일에 대해 상상도 하지 못할 만큼 큰 불안을 품고 있었다.

얼마 뒤 자아 부인이 돌아왔다. 이번에는 얼마쯤 위엄을 차린 표정으로 말했다.

"다른 분도 아닌 마님이 보내신 사자께서 먼 길을 수고스럽게 오셨노라고 아뢰니 오고쇼님께서도 각별한 호의를 베푸셔서 만나시겠다고 하십니다. 지금 상을 받고 계시니 조금만 더 기다려주세요……."

그리고 그 객실에도 저녁을 내오게 한 뒤 다시 자리를 떴다.

오사카의 상에 비해 결코 호화롭다고는 할 수 없지만, 간소한 상도 아니었다.

'대체 무슨 속셈이 있어 이런 대접을 하는 것일까……?'

30분쯤 지나자, 이번에는 다른 시녀가 나타나 두 사람을 안내하여 긴 복도를 지나 이에야스의 거실로 안내했다.

"오사카에서 오신 사자를 모시고 왔습니다."

그 소리를 듣고 자아 부인이 마중 나오자 두 시녀는 그야말로 숨이 막힐 듯했다.

갑자기 큰 소리로 저주에 대한 이야기를 꺼내면 어떻게 하나……? 히데요리나 요도 마님은 모르지만, 오사카 쪽 가신들 가운데 이에야스를 저주하는 마음이 전혀 없었다고 단언할 수 없었다. 이런 양심의 가책이 점점 크게 가슴을 찔러왔기 때문이었다.

"오, 먼 길에 수고했어. 자, 이리로."

소리도 없이 꿇어엎드리는 두 사람을 보고 이에야스 역시 보기 드물게 목이 잠긴 소리로 말했다.

"그대들이 온 이유를 자아에게서 들었을 때, 나는 문득 먼 옛날 오카자키 성 시절이 생각나더군. 내가 어릴 때 머물던 오카자키 성에는 불행한 미망인이 많이 있었지."

"황공합니다."

쇼에이니가 먼저 입을 열었다.

"자아 부인께서 애써 주셔서 오고쇼님을 이렇게 직접 배알하게 되니 그저 망극할 따름입니다."

오쿠라 부인도 황급히 그 말끝을 받았다.

"전과 다름없이 건안하신 오고쇼님의 존체를 뵈오니, 이 오쿠라, 기쁘기 한량없습니다."

"인사는 그만그만. 그대들도 전과 다름없이 젊어 보이니 다행한 일이다. 자, 좀더 가까이. 우선 술잔을 받아라. 자아, 그대가 먼저 독이 들지 않았는지 시험해보고 따라주어라."

두 부인은 마치 꿈꾸는 듯한 심정으로 시녀들의 재촉을 받고 이에야스 앞에 자리 잡았다. 마치 미리 예정된 진객을 맞이하는 것 같은 이 분위기…… 예상과 너무나 다른 기분 나쁠 정도의 환대였다.

이에야스는 자아 부인으로부터 두 시녀가 두려워하는 까닭을 듣고 한심스러운 듯 혀를 찼다.

"어이없는 파란이 일고 말았군. 사내들이 줏대가 없으면 언제나 우는 것은 여자들…… 그대도 잘 들어두어라. 여인들에게 무슨 죄가 있느냐?"

자아 부인에게 이렇게 말하고는 정말로 화가 나는 모양이었다. 자아 부인은 가쓰모토에게 화내는 것이라고 판단했다. 가쓰모토에게 수완이 있었다면 벌써 히데요리 모자를 설득하여 이번과 같은 분규는 일어나지 않았을 것이다.

"보기에도 딱할 만큼 두려워하니 부디 큰 목소리로 꾸짖지 마시기 바랍니다."

"어리석은 것! 이만큼이나 나이 먹은 내가 무엇 때문에 아무 잘못도 없는 여자들을 꾸짖으랴! 그대도 내 뜻을 잘 헤아려 안심할 수 있도록 대접을 잘하여라."

"예, 그렇게 하도록 허락해 주시면 같은 여자로서 자아의 체면도 서겠습니다."

그래서 일부러 두 시녀를 위해 식후의 술상까지 준비시켰다.

술잔이 먼저 오쿠라 부인에게 가자, 부인은 공손하게 잔을 받아놓고 두 손을 짚었다.

"황공하오나 술잔을 먼저 받으면……마님께서 명하신 사자로서 말씀드릴 때……아니, 소임과 전후가 바뀝니다."

"흠, 그래? 할 말이 있다고? 그러고 보니 아직 용건을 듣지 않았군…… 좋다, 말해보아라……."

"감사합니다. 실은 마님께서 이번의 공양이 연기된 데 대해 무척 안타까워하셔서……."

"허! 공양 연기에 대해?"

"예……종명에 무언가 간토를 저주하는 불온한 글귀가 있다던가……했는데……저희들은 전혀 모르는 일이고, 뿐만 아니라 마님께서는 오고쇼님께 좋지 않은 일이라도 있으실까 저희들에게 늘 걱정하시기를……."

"하하……."

이에야스는 저도 모르게 소리 내 웃으며 말을 막았다.

"무슨 이야기인가 했더니 그 일인가…… 그 일에 대해서는 내가 잘 알고 있어. 마님이나 그대들이 걱정할 필요는 없지…… 알겠는가, 그런 일을 위해 오사카에는 중신들이 있고 노인장들도 있다. 아니, 그 위에 훌륭하게 어른이 되신 우대신도 계시고, 더구나 그 일에 대해서는 가쓰모토에게 잘 말하여 일단 처리되었어. 그대들은 걱정 말고 오늘 밤은 이 성안에서 쉬도록 하라. 자, 자아, 먼 길에 애써 왔으니 잘 대접하고……."

두 부인은 다시 마주 보며 야릇하게 눈짓을 교환했다. 옆에 있는 자아에게는 눈물이 날 만큼 우습고도 가련한 눈짓으로 보였다.

'이럴 리 없는데!'

꾸중 들을 거라고 생각한 악동들이 반대로 칭찬받고 상을 받아 어리둥절해하는 것과 똑같은 표정이 아닌가.

"자, 자, 오쿠라. 이제 무거운 짐을 벗었으니 잔을 쭉 비우고 쇼에이니에게 돌려 드리지. 그리고 천천히 옛날이야기나……."

그 무렵부터 두 시녀의 얼굴에 잃었던 웃음이 되살아나기 시작했다. 최악의 경우만 끝없이 상상해 온 두 시녀에게 이 얼마나 뜻밖의 대우인가. 오사카성 안에서 들었던, 당장이라도 불을 뿜을 듯한 험악한 공기는 여기서 조금도 느껴지지 않았다. 이에야스는 더욱 인자한 노인처럼 눈을 가늘게 떴고, 자아 부인은 정성을 다해 중재해 주었다.

'오사카가 공연히 제 그림자에 놀라 춤추고 있는 게 아닐까……?'

오쿠라 부인은 쇼에이니에게로 잔을 넘겨주면서 혼잣말처럼 감상을 말했다.

"참으로 은혜가 망극……."

그러다가 문득 생각나는 것이 있었다.

'어쩌면 가쓰모토의 협박에 우리 모두 겁먹은 게 아닐까……?'

인간세상에 질시와 경쟁은 반드시 따르게 마련이다. 한때 오사카성의 실세로 모든 일을 맡아보던 가쓰모토가, 오쿠라의 아들 오노 형제와 쇼에이니의 아들 구라노스케에게 차츰 자신의 지위를 위협당하기 시작했다.

그래서 자신의 권세를 지키기 위해 슨푸를 이용하여 이 핑계 저 핑계로 여러 사람을 위협하고 있는 게 틀림없었다.

그렇지 않다면, 두려운 사람으로 여겨지던 이에야스가 이렇듯 따뜻하게 두 사람을 환영해 줄 리 없다고 생각했다.

쇼에이니와 오쿠라 부인은 똑같은 감개에 젖어 잔을 손에 든 채 눈시울을 붉게 물들이고 있었다.

쇼에이니가 참을 수 없는 듯이 불렀다.

"오쿠라 부인, 너무나 뜻밖의 대접이라 꿈만 같아요. 하지만……."

"하지만……?"

"지금 오사카에서는 마님을 비롯하여 모두들 안절부절못하며 근심하고 계십니다. 당장 간토 대군이 밀려올지도 모른다……고 소문을 퍼뜨리는 자도 있어서……."

"호호……."

자아 부인은 고운 목소리로 웃었다. 강자를 모시는 여성의 자랑스러운 자부심도 들어 있었다……

"걱정 마세요. 오고쇼님은 어떤 일이 있어도 아녀자들을 상하게 하실 분이 아니십니다. 언제나 부처님과 함께 계시는 자비로운 분이십니다."

말하면서 자아 부인은 또 웃었다. 그 말을 하면서 입 밖에 낼 수는 없었지만, 만일의 경우를 위해 요도 마님과 센히메를 구출할 방법까지 강구하시고 계시는 분이라고…… 자기가 알고 있는 무네노리에게 내린 명령을 귀띔해 주고 싶어 견딜 수 없었다.

쇼에이니도 긴장이 완전히 풀린 듯했다.

"정말 그런 대답을 들을 줄은……그렇잖아요, 오쿠라 부인? 이 호의를 한시바삐 마님께 전해드리고 싶군요."

이에야스가 듣고 선뜻 호응했다.

"그게 좋겠지. 여인들에게 무슨 죄가 있겠느냐. 오늘은 푹 쉬고 내일 아침 일찍 떠나도록."

그날 저녁 이에야스의 거실에서 3시간쯤 시간 보낸 두 시녀는, 그 뒤 다시 자아 부인의 거실로 옮겨가 밤중까지 세상이야기를 나눴다.

이에야스에게 아무 적의가 없다는 것을 안 뒤에는 무척 명랑해져서 우스꽝스러울 만큼 수다를 떨었다.

다음 날 아침, 지난밤에 먹은 오이 탓인지 쇼에이니가 설사를 일으켰다. 그래서 치료를 받느라고 출발을 하루 연기하여 도쿠간사로 돌아가 12일에 마리코를 떠났다.

이미 그때 가쓰모토는 먼저 떠나고 도쿠간사에 없었다.

"틀림없이 좋은 소식을 가지고 18일 기일에 맞추느라 급히 돌아가신 걸 거예요."

"맞아요. 우리도 어서 돌아가 성대한 제사를 구경하고 싶군요."

그리하여 가마를 급히 달려 교토에서 155리 거리에 있는 쓰치야마(土山) 숙소에 닿은 것은, 이틀 뒤면 17주기가 되는 16일 저녁때였다.

지금 오사카로 돌아가면 공양시간에 맞출 수 없다. 히데요리 님도 마님도 호코사에 가 있을 게 틀림없으니 곧장 합류하여 참관허가를 받자……고 이야기를 나누면서 시라카와 다리(白川橋) 가까이 있는 쓰치야마 헤이지로(土山平次郎) 숙사로 들어간 두 사람은 깜짝 놀랐다.

벌써 교토에 가 있을 거라고 생각한 가쓰모토가 아직 그곳에 머물고 있었기 때문이다.

"아니, 가쓰모토 님께서 어찌 된 일일까요?"

"병이 나신 건지도 모르지요. 하여간 문안드려야지……."

비록 여로에서 병을 얻었다 하더라도 사자를 따로 보내두었으면 공양에는 지장 없으리라.

"틀림없이 병환이실 거예요. 같은 집에 머물면서 문안드리지 않을 수 없지요. 니이 부인, 형편을 좀 알아보고 와줘요."

오쿠라 부인의 말을 들은 니이 부인은 곧 딴채에 머물고 있는 가쓰모토를 찾아갔다.

그때 가쓰모토는 이미 저녁상을 물리고 희미한 불빛 아래에서 초조한 얼굴로 여행일기를 쓰고 있었다.

"오, 니이 부인. 뒤에 떠난 사람이 앞지르게 되었군."

그리고 나서 목소리를 낮추어 물었다.

"그런데 슨푸에서의 일은? 오고쇼께서 어떤 난제를 꺼내시던가요?"

이 말은 이곳에서 그녀들이 가지고 돌아올 정보를 기다리고 있었다는 것을 충분히 눈치채게 할 만한 질문이었다. 니이 부인은 여행 중에 병을 얻어 속이 타 있는 모습을 상상하고 왔던 만큼 성이 났다.

"가쓰모토 님은 짓궂은 분이시군요. 여자들을 조롱하시다니!"

"무, 무슨 억울한 말씀을! 나는 한발 앞서 도쿠간사를 나섰지만, 그대들이 걱정되어 역시 이곳에서 사정을 들어야겠다고 기다리고 있었소."

"호호호……뜻밖의 말씀을. 그러면 병환이 나신 게 아니군요. 실은 곧 오쿠라 부인과 쇼에이니 님께서 이곳으로 병문안오실 텐데."

가쓰모토는 얼굴빛이 확 달라져 일어섰다.

"그렇소? 그럼, 내가 찾아뵙기로 하지. 니이 부인, 어서 안내해 주오."

니이 부인의 말투에서 자신에 대한 강한 반감을 느끼고 가쓰모토는 모든 게 이에야스가 난제를 던진 탓이라고만 생각했다. 그는 영지이동에 대한 이야기를 아직 정면으로 꺼내지 않았다. 그것이 어떤 형태로 두 부인에게 반영되었을까? 이에야스는 틀림없이 두 사람에게, 그 일에 대해서는 가쓰모토와 굳은 약속을 했다고 말했을 것이다.

아마 두 부인은 혼비백산했으리라.

"우대신님도, 마님도, 가쓰모토로부터 전혀 그런 말씀을 듣지 못하셨습니다."

이렇게 되면 이번에는 이에야스가 아연실색했으리라.

"정말인가?"

"어느 앞이라고 감히 속이겠습니까. 그런 말씀을 들으셨다면 마님께서 저희들과 의논을 안 하실 리 없습니다."

만일 이런 대화가 오갔다면 가쓰모토의 입장은 그야말로 난처해진다. 그렇지 않아도 7인조 가운데에는 자신이 간토와 내통하고 있다……고 쑥덕거리는 자가 있다지 않는가.

가쓰모토가 니이 부인을 재촉하여 직접 방으로 찾아가니, 두 시녀는 깜짝 놀라 그를 맞이했다.

"아니, 가쓰모토 님, 몸이 불편하신 게 아니었습니까?"

가쓰모토는 그 말에는 대답하지 않았다.

"걱정이 되어서 혼자 먼저 오사카로 돌아갈 수가 없었소."

그리고 자신이 가장 걱정하고 있는 말을 저도 모르게 꺼내고 말았다.

"우리가 애타게 기다리던 17주기도 치를 수 없게 되었으니……."

쇼에이니가 먼저 반응을 보였다.

"예? 뭐라고 하셨습니까, 가쓰모토 님?"

"못 치르게 됐다고 말했소…… 단념해야 할지도 모르오. 하여간 기일인 18일에는 거행할 수 없게 되었소…… 그건 그렇고, 오고쇼께서는 두 분께 어떤 난제를 꺼냈습니까?"

"난제……?"

쇼에이니는 숨죽이며 오쿠라 부인을 바라보았다. 오쿠라 부인도 눈을 동그랗게 뜬 채 숨을 삼켰다.

'가쓰모토는 대체 무슨 말을 하고 있는 것일까?'

방 한구석에 앉은 나이 부인은 입술을 일그러뜨린 채 가쓰모토를 쏘아보고 있었다. 나이 부인은 여전히 가쓰모토가 짓궂게 여자들을 놀리는 것이라고 생각하는지 모른다.

"가쓰모토 님, 대체 오고쇼님의 난제……라니 그게 무엇입니까?"

"아니, 그러면 특별한 난제는?"

바짝 몸을 내밀고 묻는 가쓰모토에게 쇼에이니가 오쿠라 부인에게 눈짓하면서 말을 받았다.

"그래요. 우리 여자들에게는 아무 할 말이 없다, 가쓰모토에게 모두 이야기했다……고 말씀하셨지요, 오쿠라 부인?"

"그래, 맞아요. 그런데 가쓰모토 님에게는 뭐라고 하셨습니까?"

순간 가쓰모토는 저도 모르게 자세를 고쳐앉았다. 그 얼굴에서 핏기가 싹 가시고 온몸이 얼어붙는 것 같았다.

"뭐라고 하시던가요? 말씀해 주세요."

보통 일이 아니다……라고 깨달은 쇼에이니는 가차없이 추궁했다. 쇼에이니도 오쿠라 부인도 성안 공기를 반영하듯 결코 가쓰모토에게 호의를 품고 있지 않았다. 지금 두 사람은 그 반감을 노골적으로 드러내보였다.

'가쓰모토는 대체 무슨 속셈으로 무엇을 꾀하고 있는 것일까?'

이에야스와 자아 부인을 직접 만나 아무 걱정 말라는 말을 듣고 온 터였다. 그러므로 18일에 성대한 의식이 열릴 거라고 생각하며 돌아오던 길이 아닌가. 그런데 히데요리의 대리로 공양의식 지휘를 도맡아 보는 가쓰모토가 이런 곳에 묵고 있는 것도 괴이한 노릇인데 그의 입에서 공양을 제날짜에 치를 수 없다는 말이

나왔으니 두 사람이 의심을 품는 것도 무리가 아니었다.

'혹시 공양 연기 이야기는 가쓰모토의 음모가 아닐까……?'

순간 이런 생각이 들어서 되물은 것이었다.

하지만 가쓰모토가 그런 속셈을 알 리 없다. 그는 두 부인의 말을 있는 그대로 받아들였다.

'이에야스는 여자들에게 아무 말도 하지 않았구나……'

그것은 가쓰모토에게 아주 뜻밖이었으며 동시에 있을 수 있는 일로도 여겨졌다. 뭐니뭐니해도 천하의 중대사가 아닌가.

"여자들이 참견할 일이 아니다."

이러한 생각에서 할 말은 책임자인 가쓰모토에게 했으니 가쓰모토에게서 들어라……고 말할 수도 있는 일이었다.

'점점 더 궁지로 내몰리는군……'

가쓰모토가 놀라 얼굴빛이 달라진 것은 그 때문이었다.

"가쓰모토 님, 왜 그러십니까? 왜 잠자코 계시지요? 자, 오고쇼님께서 귀하게 뭐라고 하셨는지 들어봅시다."

가쓰모토가 얼굴빛이 달라진 채 말이 없자 쇼에이니는 수상하다고 생각하여 완전히 추궁하는 말투가 되었다. 이런 경우 여성의 오해란 직선적인 법이다.

오쿠라 부인도 맞장구쳤다.

"자 들어봅시다. 그래서 우리는 가쓰모토 님 뒤를 따라온 거예요. 가쓰모토에게 물으라고 하셔서 아무 말씀도 못 듣고 돌아왔습니다…… 이래서는 사자의 소임을 다한 게 못됩니다. 그렇지 않은가요, 쇼에이니 님?"

"그렇고말고…… 오고쇼께서 대체 어떤 난제를 꺼내시던가요?"

이쯤 되면 그녀들은 책임감보다도 호기심 때문에 캐묻지 않을 수 없었다. 아니, 평상시의 감정을 숨기지 않고 짓궂은 가학 취미에 사로잡힌 것인지도 모른다.

가쓰모토의 이마에 진땀이 배었다. 얼굴빛이 핼쑥해지고 불빛을 받은 반대쪽 얼굴은 비참할 만큼 그늘이 짙었다.

"그래요……그대들에게는 아무 말씀도 없으셨단 말이지……?"

"그러니 가쓰모토에게 물어보라고 하셨지요. 자, 그 난제가 뭡니까?"

"좋소, 말씀드리지요. 그러나 놀라지는 마시오……"

가쓰모토는 다짐을 두고 나서도 다시 망설였다.

'여자들이 과연 이 난제의 의미를 이해할 수 있을까……'

"자, 들을 테니. 어서 말씀하세요."

두 시녀는 이제 완전히 가쓰모토의 적이 되어버린 것 같았다. 가쓰모토에게서 진상을 듣기만 하는 게 아니고 그가 어떤 거짓말로 자신의 입장을 감싸려 하는지 꿰뚫어 보아 그에 대해 제재할 빌미를 잡아두려는 것이었다.

"실은 이번 공양을 연기하라는 난제에는 깊은 까닭이 있소."

가쓰모토가 상대의 이해력을 염두에 두면서 입을 열자, 여자들은 다시 서로 눈길을 주고받으며 재촉했다.

"그렇겠지요. 그토록 기다리던 다이코 전하의 17주기……그 공양마저 거행하지 못한다고 할 때는 도요토미 가문의 위신이 말이 아니니……"

"미리 손썼더라면 괜찮았을 것을……이제 와서 이러쿵저러쿵해 보았자 모두 쓸데없는 넋두리밖에 안 되오. 그보다는 어떻게 하면 이 분규가 해결될 것인가? 가쓰모토가 돌아오는 도중 짜내고 짜낸 결론부터 말하리다. 아시겠소, 그 하나는 마님을 볼모로 에도에 보내는 것……"

"예?"

쇼에이니가 괴상한 소리를 지르면서 오쿠라 부인을 돌아보았다.

"마님을 볼모로……!"

가쓰모토는 두 사람이 너무 크게 놀라므로 오히려 자신이 더 당황했다.

"그렇지 않으면 히데요리 님이 오사카성을 내놓고 다른 영지로 옮기시든가……"

두 부인은 이번에는 아무 말도 하지 않았다. 그러나 그 눈에 반감의 불길이 타올랐고 격한 혐오감이 온 얼굴에 떠올랐다.

"또 하나, 앞의 두 가지 모두……곧바로 결정할 수 없다면, 히데요리 님께서 곧 에도로 가서 직접 쇼군 히데타다 님에게 화의를 청하신다……는 이 세 가지 말고는 다른 방법이 없소."

여기서 가쓰모토가 베푼 친절한 마음은 다시 커다란 오해를 낳게 되었다.

그는 역시 처음부터 자기와 이에야스 간에 오고 간 교섭경위를 자세히 순서대로 설명했어야 했다. 그러나 그것은 넋두리에 불과하다……고 제 나름으로 속단해 버리고 귀로에 생각하고 생각한 해결책부터 대뜸 꺼내버린 것이다.

두 시녀……아니, 니이 부인까지 합쳐 세 여인은 먼저 경악했고 다음에는 야릇한 연민의 웃음을 입가에 띠었다.

그녀들은 자신들의 눈으로 본 이에야스를 믿고 있었다. 그러므로 가쓰모토의 말을, 이에야스의 이름을 도용해 그의 야망을 이루려는 거짓말이라고 단정해 버린 것이다.

"그러면 오고쇼님께서는 아직 마님을 생각하고 계신단 말인가요?"

"그럴지도 모르지요. 노인들의 사랑은 특히 집념이 강하다고 하지 않소?"

"그건 그렇고, 히데요리 님을 에도로 가시게 한다……는 것은 좀 생각해 볼 일이 아닐까요? 에도로 가시는 도중, 누군가를 시켜 치게 한다면 힘들지 않고 오사카성을 손에 넣을 수 있을 테니까요. 호호호……."

가쓰모토는 당황하여 얼굴을 찌푸리며 무슨 말을 하려고 하다가 입을 다물고 말았다. 자신이 생각한 해결책을 갑자기 말해 보았자 그녀들이 이해할 리 없다……고 생각한 것이다.

그는 딱딱하게 굳은 채 주책없게도 눈물을 주르르 흘렸다. 같은 인간일지라도 사는 세계가 다르면 말만으로는 의사소통이 불가능할 경우가 많다. 지금 마주 대하고 있는 것은 충성의 성질이 전혀 다른 가쓰모토와 여인들이었다. 여인들은 처음부터 가쓰모토를 '수상한 자'라고 경계했고, 가쓰모토는 그녀들을 '세상 모르는 여자들'이라고 생각했다. 그러므로 이 둘 사이에 서로 통하는 것은 이런 자부심뿐이라고 해도 좋았다.

"우리들이야말로 도요토미 가문에 충실한……."

"아무튼 이 세 가지 가운데 어느 하나를 실행할 각오를 하지 않으면 이 문제는 해결되지 않을 거요."

오쿠라 부인이 다시 야유하는 듯한 말투로 물었다.

"그러면 가쓰모토 님께서는 우리와 동행하여 그것을 마님께 진언할 생각이십니까?"

가쓰모토는 솔직하게 대답했다.

"아니, 나는 한발 늦게 갈 거요. 이번에 말썽이 난 국가안강이라는 수수께끼는 풀렸다 하더라도, 공양 연기를 직접 우리에게 명한 것은 이타쿠라 님…… 나는 교토로 가서 이타쿠라 님에게 내 생각을 말씀드리고 세 가지 방법 가운데 어느 것을 주군께 진언드릴지, 어느 것이 도요토미 가문에 가장 이익되는지에 대해 충분히 이야기를 나누고 돌아가야 하오."

그러자 나이 부인이 눈을 동그랗게 뜨고 끼어들었다.

"어머! 그럼, 마님이며 우대신을 뵙기 전에 먼저 교토 행정장관 이타쿠라 님을 만나시겠다는 말씀이신가요?"

"그렇소. 이타쿠라 님의 힘을 빌리지 않으면 모든 일을 잘 풀어갈 수 없는 것이 지금의 사정이오."

세 여인은 다시 서로 마주 보며 입을 다물고 말았다.

"그럼, 내가 귀성한 뒤에 자세히 말씀드리겠지만, 그대들도 가쓰모토가 그렇게 말하더라고 미리 아뢰어 주오."

가쓰모토는 이런 말을 남기고 무거운 마음을 안은 채 곧장 방을 나섰다.

아마도 그는 자신이 생각한 세 가지 방법 가운데 이타쿠라 가쓰시게가 어느 것에 찬성하는지 미리 알아둘 속셈이리라. 물론 이에야스의 본심이 영지이동이라는 것은 더 이상 숨길 수 없는 노릇이었다.

가쓰모토가 나가자 세 여성은 다시 눈을 동그랗게 뜨고 서로 마주 보았다.

"놀랐어요!"

맨 먼저 오쿠라 부인이 입을 열었다.

"어쩌자고 오고쇼께 마님을 측실로 보내라고……."

"그런 말씀을 드리면 얼마나 노하실지."

"그래도 이 일을 숨길 수는 없어요. 오고쇼께서 하신 말씀이 아니라 가타기리 가쓰모토가 우리들이 뭘 알랴 싶어 뻔뻔스럽게 거짓말한 것이니까."

가쓰모토는 요도 마님을 에도에 볼모로 보낸다……고 했으며 슨푸에 있는 오고쇼의 측실이라는 말은 한마디도 하지 않았다. 여인들의 선입관이 빚어낸 해석이 엉뚱한 말로 둔갑한 것이다. 말이란 어떻게 받아들이는가에 따라 이토록 달라진다.

"가쓰모토는 무서운 사람이야. 우대신을 에도의 쇼군에게 보내라니…… 성에서 한 번도 나가신 적이 없으신 분을……."

쇼에이니는 말하며 얼른 눈에 맺힌 이슬을 닦았다.

주춧돌 무너지다

가쓰모토는 쓰치야마에서 두 시녀와 헤어진 뒤, 말을 버리고 가마를 이용하여 교토로 들어갔다.

어느덧 19일, 그가 떠날 때만 해도 북적대던 교토 거리는 생각 탓인지 깊은 가을인 양 조용히 가라앉아 있다. 산조 큰 다리 언저리에 이르자 곳곳에 무장한 군졸의 모습이 보였지만 그것은 가쓰시게의 당연한 조치일 뿐 놀랄 만한 인원수가 못 되었고, 길을 오가는 사람들 표정도 여느 때와 다름없어 보였다.

'나 혼자만 무슨 악몽을 꾸고 있는 것은 아닐까……?'

문득 이런 생각을 하면서 행정장관 저택 앞에 가마를 세웠는데, 장소가 장소인지라 그곳만은 살기등등했다.

우르르 달려 나온 군졸들이 창끝을 들이대며 큰소리로 외쳤다.

"가마를 세우지 말고 어서 지나가라."

"수상한 자가 아니다. 이바라키(茨木)의 가타기리 가쓰모토다."

"뭐? 가타기리…… 그래서 어떻다는 말인가?"

"가쓰시게 님을 뵐 일이 있어 찾아왔다. 수상하게 생각한다면 가서 그렇게 전해라."

"제법……큰소리치시는데? 좋다, 기다려라."

거친 미카와 사투리가 분명했다. 이윽고 그 감시 군졸은 정면 현관 앞 대기실에서 돌아와 거만하게 말했다.

"칼을 풀어놓고 들어가!"

물론 가타기리가 누구인지 알면서 이런 대우를 하는 게 분명했다.

'참으로 험악한 공기로군.'

시키는 대로 현관마루에서 칼을 풀어 넘겨주고, 전에 와본 적 있는 객실로 들어갔다.

객실로 안내되었으나 이타쿠라 가쓰시게는 좀처럼 나타나지 않았다. 하인이 차를 날라왔을 뿐 30분이나 기다려야 했다.

"이보게, 다른 손님이 계신 모양이지?"

"예, 어제부터 여러분들이 찾아오셔서 법석입니다. 좀 더 기다리십시오."

그런데 그 법석거린다는 말의 뜻을 그때 가쓰모토는 그리 깊이 생각하지 않았다.

'아무튼 어제는 18일, 가쓰시게도 경계를 위해 꽤 신경을 쓰겠지.'

이렇게 생각하고 있을 때 가쓰시게가 부지런히 걸어들어왔다. 인사도 없이 대뜸 혀를 세게 차면서 앉았다.

"가타기리 님! 귀하는 믿음직스럽지 못한 사람이군. 귀하가 없는 동안 오사카성으로 입성한 무사들 수가 얼마인지, 설마 추측도 못하실 거요."

"아니, 무슨 말씀이오? 그럼, 내가 없는 동안……?"

"그렇소. 2000이나 3000쯤이 아니오. 방금 들어온 정보에 의하면, 드디어 히데요리 님 이름으로 기슈의 구도야마에도 밀사가 파견되었다고 하오."

"뭣이, 사나다 유키무라에게?"

"그뿐만이 아니오. 어제는 300명쯤 무리 지어 입성한 자도 있소. 그렇지, 야마토의 오쿠라 도요마사……라는 자였어. 이 사태를 대체 어찌할 작정이오!"

다그쳐 묻는 날카로운 힐문이었다. 흥분한 가쓰시게가 퍼붓듯 힐문하자 가쓰모토는 아연해졌다.

"우리는 귀하를 도요토미 가문의 주춧돌이라고 믿었으므로 말해선 안 될 우리의 속내까지 털어놓았소. 그런데 그 믿음을 배반으로 갚을 줄은 꿈에도 몰랐소. 이제는 우리의 우정도 이것으로 끝이오."

"무슨 청천벽력 같은 말씀을!"

가쓰모토는 자신의 귀를 의심했다. 자기가 없는 동안 어쩌면 무사들이 성으로 들어왔는지는 모른다. 그러나 가쓰시게는 지금 분명히 배반……이라는 말을 썼다.

"내가 이타쿠라 님을 배반하다니…… 대체 무슨 말씀이오?"

"어이가 없군. 그렇다면 배반이 아니란 말이오?"

"당치 않은 말씀이오. 무엇보다도 배반자가 어찌 이렇게 이타쿠라 님을 찾아왔겠소. 무사들이 성으로 들어온 일은 내가 책임지고 처리할 테니……."

"시끄럽소!"

"뭐……뭐라고?"

"우리도 언제나 구경만 하고 있는 것은 아니오. 귀하는 오고쇼에게 성의껏 변명할 듯이 꾸미고 슨푸로 갔을 뿐, 실은 우리를 방심시키고 그 틈에 수많은 무사들을 성안으로 들이려 꾀한 일…… 이건 명백하오. 그것이 우리의 우정을 배반한 것이 아니고 무엇이겠소? 이타쿠라 가쓰시게, 근래에 이렇듯 불쾌하기는 처음이오!"

"좀 진정하시오."

가쓰모토는 차츰 침착을 되찾았다. 가쓰시게의 분노가 그로서는 꿈에도 생각해 본 적 없는 오해 때문임을 깨달았기 때문이다.

"이 가쓰모토가 가쓰시게 님과의 우정을 배반하지 않았다는 증거는, 오사카로 돌아가면 충분히 보여드리겠소. 우선 마음을 가라앉히고 내 말을 들어 보시오."

그러자 가쓰시게는 사람이 달라진 듯 거세게 고개 저었다.

"구도야마의 사나다뿐만이 아니오. 조소카베의 잔당들에게도, 부젠의 오쿠라에 있는 모리 가쓰나가(毛利勝永)에게도, 후쿠시마 마사노리에게도 모두 밀사들이 달려갔소. 그뿐인가, 농성 때의 군량미 마련을 위해 마구 사들이는 바람에 요즈음 오사카의 쌀값이 천정부지로 치솟고 있소. 아니, 또 있지. 이미 후쿠시마는 그 부름에 호응하여 막대한 쌀을 수송하기 시작했다는 보고도 있소. 이래도 모르는 일이라고 잡아떼겠소?"

"하하……."

가쓰모토는 저도 모르게 웃음을 터뜨리고 말았다. 그만큼 그에게는 가쓰시게의 근심이 얼토당토않게 여겨졌다.

"이타쿠라 님, 만일 밀사를 보낸 게 사실이더라도 전쟁이 시작되어 농성하게 되면 전비가 막대하게 듭니다."

"그래도 변명하려는 거요?"

"변명이 아니오. 전쟁을 하려면 막대한 전비가 있어야 하오. 이 불초 가쓰모토는 바로 그 금고열쇠를 쥐고 있는 몸이오."

"뭐? 금고열쇠……."

비로소 가쓰시게의 어세가 한풀 꺾였다. 그러나 그의 얼굴에 분노의 빛은 여전히 남아 있었다.

"가쓰모토 님, 귀하께서는 대체 진심으로 그런 말을 하는 거요? 금고열쇠를 이미 회수당했다는 것을 모르시오?"

그리고 다시금 딱하다는 듯 연거푸 혀를 찼다.

이번에는 가쓰모토의 얼굴빛이 단번에 창백해졌다.

"뭣이, 금고열쇠를? 무슨 말씀인지……못 알아듣겠소."

가쓰시게는 목소리를 낮췄다.

"아우님이신 사다타카 님께서 귀하에게 그 연락을 하지 않으신 모양이로군. 가쓰모토 님, 잘 들으시오. 금고의 자물쇠를 열지 않았는데도 시정의 쌀값이 폭등할 거라고 생각하오? 귀하는 아직도 금고열쇠가 아우님 수중에 무사히 있으리라고 생각하오?"

"그럼, 그럼……사다타카가?"

"그렇소. 귀하가 슨푸로 향하자 곧 명에 따라 히데요리 님에게 반납했소. 그런데 지금 누구의 손에 넘어갔는지……아시오? 그 돈이 시중의 쌀값을 올리고, 무사들을 용감하게 무장시켜 오사카성으로 들어가게 하는 자금이 된 것이오. 돌아가는 길에 교토의 무구(武具) 가게를 돌아다녀 보시오. 갑옷의 값이 세 배, 다섯 배, 그런데도 벌써 모조리 자취를 감춰버렸소. 이런데도 귀하는 우정을 배반한 게 아니라고 우기겠소?"

"음."

"이 가쓰시게는 가쓰모토 님을 믿었기 때문에 귀하가 가신 슨푸에만 정신 쏟으며 모든 일이 잘 해결되기를 바라고 있었소. 설마 귀하가 우리 눈길을 슨푸로 돌려놓고, 그 틈에 군량과 무구를 사들일 계획이 있었다는 것은 꿈에도 몰랐소."

"……."

"그런데 귀하는 우리의 뒤통수를 멋지게 쳤더군. 멋진 솜씨요. 그 덕분에 슨푸에서는 여간 진노하시지 않소. 어제오늘은 잇따라 도착하는 사자 앞에서 죽도록 비는 게 일이었소. 군량미만이라도 우리가 사들였더라면 이 반란을 미리 방지할 수 있었을 것을…… 그러니 이미 태평의 물결은 흘러가 버렸소. 성으로 잇따라 들어가는 무사들은 쌓아 올린 쌀가마니를 보고 때가 왔다고 날뛰기 시작했으니 그 열병이 당분간 식을 리 있겠소? 그런데……."

"……."

"그대는 정말 훌륭한 도요토미 가문의 대충신이오!"

"그건 또 무슨 야유인가요, 이타쿠라 님?"

"그렇소. 가토 기요마사도, 아사노 부자도 어쩔 수 없었던 도요토미 가문을 보기 좋게 멸망시키려는 그 훌륭한 기량, 훌륭한 주춧돌이오."

가쓰모토는 다시금 멍해지고 말았다. 아우 사다타카가 그토록 소홀했단 말인가?

무슨 일이 있어도 금고열쇠를 내줘서는 안 된다…… 아니, 비록 주군의 명이더라도 있는 곳을 모른다고 잡아떼어야 한다는 주의가 필요했는데 그는 그 말을 하지 않고 그냥 열쇠를 넘겨주고 떠나버린 것이다…… 그래서 지금 이렇듯 마지막으로 의논하러 찾아온 가쓰시게에게까지 우정을 배반했다는 추궁을 받지 않으면 안 될 처지에 빠지고 말았다.

오사카성 안의 주전론자들은 지금 열병에 걸려 있다. 그런 데다 금고열쇠를 손에 넣고 그 위에 쌀가마니까지 쌓아놓았으니, 가쓰시게의 말대로 폭발은 이미 시간문제가 되어버렸다.

'나는 마지막 방책마저도 잃고 말았는가?'

이런 생각이 든 가쓰모토에게 가쓰시게는 쩌렁쩌렁한 목소리로 말했다.

"교토에서는 탈 없이 보내드리겠소. 그리고 재회는 무사답게 싸움터에서 합시다. 그때까지 무사하시기를……."

가쓰모토가 교토에서 가쓰시게에게 이처럼 냉대받고 있을 무렵, 오사카성 안에서는 두 시녀의 보고를 받던 요도 마님이 눈썹을 곤두세우고 눈을 크게 뜬 채 깊은 생각에 잠겼다.

"그럴 리 없다!"

불쑥 중얼거린 요도 마님은 다시 고개를 세게 저으며 입을 다물어버렸다.

'가쓰모토가 간토 쪽과 내통하고 있다…….'

두 시녀는 분명히 말했다. 만약 그것이 사실이라면 자신과 히데요리의 운명은 대체 어떻게 되는 것일까……?

"그렇지, 다시 한번, 그대들이 슨푸에 도착했을 때부터 순서에 따라 있는 그대로 말해 보아라. 알겠는가? 그대들 의견이 아니야, 있는 그대로의 사실을 말하란 말이야."

두 시녀는 송구스러운 표정으로 고개 숙였다. 오쿠라 부인은 난처한 듯 쇼에이 니에게 양보했다.

"그럼, 쇼에이니께서 먼저……."

"네, 그러면 말씀드리겠습니다."

쇼에이니가 적극적인 것은 역시 구라노스케의 영향 때문이리라. 그녀는 말하기 시작했다.

"그날은 비가 내리고 있었습니다. 그런데도 내전의 통용문까지 마중나오시는 등, 더할 나위 없을 정도로 환대해 주셨습니다."

"누가? 누가 그대들을 마중했지?"

"참 미처 말씀드리지 못했습니다. 자아 부인이십니다."

"다다테루 님의 생모 말이지……."

"예, 그리고 객실로 안내하신 뒤 분에 넘치는 대접을 베풀어주셨습니다. 오쿠라 부인, 우리 두 사람은 그때 저도 모르게 서로 얼굴을 마주 바라보았었지요? 듣기 와는 아주 판판이었습니다. 이 성에 있는 동안은 오고쇼께서 노발대발하고 계시 다는 말씀이셨는데 그러한 분위기는 털끝만큼도 없었고, 잘 왔다, 잘 왔다 하시 며 반가워하셨습니다. 그리고 곧 오고쇼 앞으로 안내되어 대면……."

"그때 오고쇼께서 맨 먼저 뭐라고 말씀하시던가?"

"맨 먼저……아, 이렇게 말씀하셨습니다. 먼 길 오느라 수고 많았다. 자, 한 잔 마시도록 하지……."

요도 마님은 눈을 감았다. 그러나 말투만은 날카롭고 빨랐다.

"그래서 그대들은 어떻게 했지?"

"그래서 오쿠라 부인이 먼저 사양했습니다. 황송하오나 술잔부터 받으면 마님께서 명한 사자의 소임을 다할 수 없으니 나중에 잔을 받겠습니다, 하고."

"그래서……."

"그러자 오고쇼님께서는 흔쾌하게, 그렇군……하고 말씀하셨습니다. 그리고 참 그대들에게 사자로 온 용건을 아직 묻지 않았군. 좋아, 어서 말해 보라……고, 분명히 그랬지요?"

그 말에 이번에는 오쿠라 부인이 그 뒤를 받았다.

"그렇습니다. 그래서 저는 말씀드렸습니다. 이번의 공양 연기에 대해 마님께서 몹시 안타까워하고 계신다고……."

여기까지 말하자 요도 마님은 눈을 감은 채 갑자기 소리 내 울음을 터뜨렸다. 그렇잖아도 감정이 이상할 만큼 날카로워진 요즈음의 요도 마님이었다. 요도 마님이 무슨 생각을 하며 울기 시작했는지 두 시녀는 잘 몰랐으나, 그 울음은 그녀들을 한층 더 긴장시키기에 충분했다.

"그래서 저는 종명에 대해 말씀드리고……마님과 대감께서는 털끝만큼도 오고쇼를 저주하는 마음이 있으실 리 없다고 사실대로 아뢰었습니다. 그러자 오고쇼께서는 몇 번이나 고개를 끄덕이시며 웃음을 지으셨습니다. 그렇지요, 쇼에이님?"

"오쿠라 부인의 말씀대로입니다. 그 일이라면 가타기리 가쓰모토 님에게 잘 말해 대략 끝났다. 마님이나 그대들이 걱정할 건 없다……고 하시기에 비로소 잔을 받았습니다."

그때 요도 마님은 다시 눈을 감고 입술을 깨물었다. 두 사람의 말에서 무엇인가를 포착하려는 듯, 음산할 만큼 긴장되고 날카로운 얼굴이었다.

"잔을 받으면서, 저도 오쿠라 부인도 오기를 잘했다고 몇 번이고 생각했습니다. 저희들이 마님이나 도련님의 일상생활을 낱낱이 아뢰었으므로 오고쇼님 마음이 틀림없이 풀리셨다고 생각했습니다."

눈을 감은 채 요도 마님이 말을 가로막았다.

"그만! 그것은 그대들 생각이고……그다음 날 쇼에이는 배탈이 났지?"

"……네, 황송합니다."

"그래서 그대들은 12일에 마리코로 돌아갔다…… 그때 가쓰모토 님은 무엇을 하고 있었지?"

"……네, 절의 중에게 물어보니 우리와 엇갈려 출발했다 하여 도쿠간사에서는 만나지 못하고, 나중에 쓰치야마의 숙소에서 만났습니다."

"음."

요도 마님은 남자처럼 큰 한숨을 내쉬고 다시 눈을 크게 부릅떴다.

"이제 의견을 말해봐요. 알겠어요? 이번에는 그대들의 의견을. 엇갈려 도쿠간사를 떠난 가쓰모토 님 행동에 그대들은 의문을 품지 않았나?"

"……네, 17주기 제삿날이 임박하여 여러 가지 처리할 일이 있어 떠나신 줄 알았습니다…… 그래서 조금도 이상하게 생각지 않았습니다. 그렇지요, 오쿠라 부인?"

"쇼에이니께서 말씀하시는 대로입니다."

요도 마님은 손을 저어 두 사람의 말을 그쯤에서 막고, 세 번째로 눈을 감았다. 두 시녀 또한 마님이 깊은 생각에 잠기는 것을 방해하지 않으려고 호흡에까지 신경 쓰며 침묵을 지켰다.

"자, 두 사람 다 잘 들어요."

"네."

"두 사람이 쓰치야마에 닿았다…… 그런데 그 숙소에 가타기리가 그대로 머물러 있었다, 그것을 알고 그대들은 비로소 깜짝 놀랐다…… 이 말이지?"

"맞습니다. 두 사람 다 가쓰모토 님은 이미 교토에 도착하여 공양 지휘에 임하고 계시리라고 믿었기에."

"알겠어. 그럼, 다시 묻겠는데, 그대들은 쓰치야마의 숙소에서 가쓰모토 님의 방문을 받았다…… 그때 가쓰모토 님이 한 말을 순서에 따라 말해봐. 순서에 맞게. 순서를 틀리게 말하면 잘못 판단하게 되니까!"

다시금 남자와 다름없는 날카로운 말투…… 두 시녀는 불안한 표정으로 살그머니 서로 바라보았다.

"자, 말해봐요. 가쓰모토 님이 그대들의 방안으로 들어섰다…… 안내한 자는 누구였지?"

어딘지 신경이 이상해진 듯한 느낌을 풍기는 요도 마님의 질문에 오쿠라 부인이 겁먹은 듯 대답했다.

"니이 부인이 안내해 왔습니다. 실은 저희가 찾아갈까 하고 가쓰모토 님의 형편을 알아보도록 보냈었지요…… 그런데 가쓰모토 님 쪽에서……."

요도 마님은 큰 소리로 말을 중지시켰다.

"알겠어! 그다음이 급소야. 순서를 틀리지 않도록."

다시 한번 다짐 둔 뒤 눈을 감고 귀 기울였다.

쇼에이니의 목소리도 긴장되어 점점 높아져 갔다.

"처음에 가쓰모토 님에게 말을 건 것은 저입니다. 가쓰모토 님, 어디 불편하지 않으셨어요? ……하고 물었는데, 그것은 그때까지 가쓰모토 님이 쓰치야마 숙소에 머물러 있던 건 제가 슨푸에서 배탈 났듯 병이 난 탓이라고 여겼기 때문입니다."

"그러자 가쓰모토 님은?"

"……네, 이번 일이 걱정되어 혼자 오사카로 돌아갈 수 없었다……고 했습니다. 그리고 그 뒤에, 우리가 학수고대하던 17주기도 못 치르게 되었다……는 뜻밖의 말씀을 하셨습니다."

"그래서 그대들은?"

"저도 모르게 물었습니다…… 대체 무슨 말씀입니까, 가쓰모토 님? ……그러자 가쓰모토 님은 태연히 난제에 대한 이야기를 꺼냈습니다."

"그 난제……어디 다시 한번 말해봐. 알겠는가? 가쓰모토 님이 말한 대로 말해봐."

"황송합니다. 첫째, 마님을 볼모로 오고쇼에게 보낼 것. 둘째, 우대신님은 이 오사카성을 넘겨주고 다른 곳으로 옮기실 것. 그리고 셋째, 우대신님께서 곧 에도로 가서 직접 쇼군님께 항복하실 것."

요도 마님은 갑자기 다시 외마디소리를 지르며 울음을 터뜨렸다. 이번에 우는 의미는 두 시녀에게도 모두 충분히 이해되었다.

그러나 그 울음소리는 단 외마디로 뚝 멈추고 말았다. 그리고 아까보다 더욱 날카로운 힐문이 요도 마님의 입술에서 새어 나왔다.

"지금 말한 3개 조항을 승인하지 않으면 결전이 벌어질 거라고 가쓰모토 님이 말했단 말이렷다!"

"그렇습니다."

"그러면 또 묻겠는데, 그때의 가쓰모토 님 태도는 어땠던가?"

"예, 우리가 오고쇼를 만나지 못하고 쫓겨온 것으로 생각하고 듣기에 민망할 정도로 거만한 말투였습니다. 이 쇼에이니가 남자였다면 그 자리에서 때려눕혀 짓밟아주고 싶은 심정이었습니다."

묻는 쪽이나 대답하는 쪽이나 심정이 예사롭지 않았다. 모두들 감정이 흥분할 대로 흥분하여 자기 자신을 잃고 있어, 냉정을 되찾으려 할수록 더욱 탈선할 듯한 위험을 지니고 있었다.

이미 내용도 가쓰모토가 말한 것과 크게 달랐다. 가쓰모토는 3개 조항 중 어느 하나를 이행하지 않으면 큰일이라고 말했는데, 두 시녀는 3개 조항 모두 실행하라고 말한 것으로 착각하고 있다…….

두 시녀는 아직 결코 이에야스에게 나쁜 감정을 품고 있지 않았다. 그녀들이 분개하는 상대는 간토도 오고쇼도 아니고 실은 가쓰모토였다. 따라서 간토에서 내세운 조건은 그리 문제 되지 않았고, 공연히 3개 조항이니 하며 거짓말함으로써 요도 마님과 히데요리를 괴롭히려는 가쓰모토의 그 엉큼한 뱃속에 모든 분노가 집중되고 있었다.

그녀들은 오는 도중 이번 일에 대해 여러 가지로 상상의 날개를 펴고 있었다. 이런 엄청난 거짓말을 하여 가쓰모토가 얻는 게 대체 무엇인가……?

"우대신을 다른 곳으로 옮기게 하고 마님을 멀리한 뒤 자신이 성주대리 자리라도 차지하려는 것일까?"

이것이 하루나가 어머니의 의견이었고, 구라노스케의 어머니 쇼에이니의 의견은 이러했다.

"어쩌면 하루나가와 구라노스케에 대한 반감 때문일지도 모른다."

"어쨌든 무서운 생각을 하는 사람이야. 우대신님과 마님이 성에서 쫓겨났을 때 기뻐할 분은……."

여기까지 말하고 오쿠라 부인은 깜짝 놀라 입을 다물었다. 오쿠라 부인의 머릿속에 그러한 도요토미 가문의 불행을 기뻐할 만한 사람이 있었기 때문이다. 다른 사람이 아니었다. 다이코가 세상 떠난 뒤 바로 성에서 나가버린 기타노만도코로 고다이인…….

그러나 역시 그 말을 입 밖에 내지는 않았다. 만약 그렇다고 한다면 여자의 집념이란 너무도 무섭다. 쇼에이니도 어쩌면 그것을 깨닫고 있는지 모른다. 우지(宇治) 언저리에서 문득 생각난 듯 17주기 공양이 중지된 일을 고다이사에 있는 고

다이인 님은 어떻게 생각하실까⋯⋯하고 중얼거린 일이 있었다. 두 사람의 상상은 대충 이 정도에서 상상의 날개를 접었을 뿐, 이에야스에 대한 의심까지 뻗치지는 않았다.

그러나 요도 마님은 그녀들처럼 단순하지 않았다. 그녀들보다 가쓰모토를 깊이 믿고 있기 때문이리라.

'이에야스는 시녀들에게 아무 말도 하지 않았다⋯⋯.'

그러나 가쓰모토의 말이 전혀 거짓말인 것 같지도 않았다. 그런 것이야 어떻든 자기로 하여금 이에야스 옆에서 시중들게 하고 히데요리를 장인 히데타다에게 종사케 하려는 것은 얼마나 건방진 말인가.

'역시 내가 오고쇼를 저주하고 있는 줄 알고 내건 난제임이 틀림없어⋯⋯.'

"이제 알았다. 그대들은 일단 물러가 있어. 그리고 하루나가와 구라노스케를 이리로 들게 하도록."

두 시녀는 서로 고개를 끄덕이면서 물러갔다.

그리고 얼마 뒤 발소리를 죽이며 구라노스케와 하루나가가 복도를 걸어왔다. 그때 요도 마님은 팔걸이에 이마를 대고 마치 시들어가는 꽃처럼 흐느껴 울고 있었다. 틀림없이 이에야스의 오해를 풀기 위해 어떻게 해야 할까⋯⋯하는 생각에 시달리고 있는 것이리라.

"부르셨습니까?"

두 사람이 아뢴 뒤에도⋯⋯요도 마님은 한참만에야 얼굴을 들었다. 요즘은 우는 모습을 일부러 남에게 보이고 싶어하는 것 같은 상태의 요도 마님이었다.

"난 미워, 미워 죽겠어. 세이칸이라는 도사를 갈가리 찢어주고 싶어!"

요도 마님의 신경질적인 목소리에 놀라며 하루나가와 구라노스케는 서로 날카로운 시선을 주고받았다.

"어머님들께서 무사히 돌아오셨다던데⋯⋯ 무언가 새로운 난제라도 받아오셨습니까?"

하루나가에 뒤이어 구라노스케도 가까이 다가앉았다.

"황송하오나 세이칸 장로에게 화내시는 것은 잘못인가 합니다. 그보다도 이상한 것은 가타기리 가쓰모토 님, 주군의 사자로 슨푸에 갔으면서도 귀로에 마음대로 교토의 가쓰시게 님에게 들러, 가쓰시게 님과 무언가 밀의를 하고 있는 모양입니다."

요도 마님은 그 말에는 아무 대꾸도 없이 말했다.

"두 사람 다 잘 들으시오. 간토에서는 나를 오고쇼 곁으로 보내고 히데요리에게는 이 성을 비운 뒤 에도로 가서 히데타다 님에게 딴마음이 없다는 것을 직접 증명하라, 그렇지 않으면 이번 의혹을 풀지 못하겠다고 한 모양이오. 대체 세이칸이라는 자는 누구의 부추김을 받고 그런 글을…… 그렇지, 세이칸을 이리로 불러주오."

와타나베 구라노스케가 다시 한무릎 다가앉았다.

"불러서 어떻게 하시겠습니까…… 세이칸 장로의 글은 이른바 억지로 트집 잡기 위한 것, 그런데 불러본들 뭐하겠습니까?"

"시끄럽다! 구라노스케! 사건의 발단은 세이칸 때문이야. 그 세이칸을 불러와 내 앞에서 목을 베라! 이제 남에게 맡길 수 없어. 내가 직접 그 목을 들고 슨푸로 가서 이에야스 님을 만나겠다."

이번에는 오노 하루나가가 좀 흥분한 듯 얼굴을 붉히며 대답했다.

"마님……황송하오나 세이칸은 이미 교토에 없습니다. 적은 여간 용의주도하지 않습니다."

"뭐? 세이칸을 놓쳤다고?"

"예, 처음부터 그럴 계획이었을 거라고 생각합니다. 저희들이 잡아다 변명을 들으려고 했을 때 세이칸은 이미 가쓰시게가 슨푸로 보낸 다음이었습니다. 물론 핑계는 심문하기 위해서……라지만 실은 세이칸을 보호하기 위한 것……일 겁니다. 그러므로 세이칸이 처음부터 가쓰시게에게 포섭당했다고 해석할 수도 있습니다."

"뭐? 세이칸이 적이었단 말인가?"

"적……은 아니더라도 그들의 앞잡이. 어쩌면 가쓰모토도 그들과 내통하고 있었는지 모른다……고 의심하는 자도 있어 성안의 동요가 심상치 않습니다. 왜냐하면……."

하루나가는 천천히 옷 주름을 손으로 잡고 다가앉았다.

"우리 주군의 사자로 슨푸에 간 가쓰모토는 조소카베의 첩자가 뒤를 밟고 있는 줄도 모르고, 귀로에 일부러 교토에 들러 이타쿠라 가쓰시게와 밀담하고 있습니다. 가쓰시게는 두말할 나위 없이 긴키에 있는 막부의 앞잡이…… 자신의 주군께 결과 보고를 하기도 전에 적측의 앞잡이와 밀담을 나눌 지경에 이르렀으니…… 황송하오나 오늘까지 자중에 자중을 거듭하던 이 하루나가도 예삿일이 아니라 생각하고……마음을 정했습니다."

"하루나가!"

"예!"

"마음을 정했다는 말, 흘려들을 수 없군. 대체 무슨 마음을 정했단 말이지? 들어봅시다! 어디, 말해봐요."

격노한 듯한 요도 마님의 추궁에 하루나가는 입술을 일그러뜨리며 미소지었다.

"왜 웃소, 하루나가! 그대는 나를 여자라고 깔보며 주제넘은 말을 하는군. 나와 우대신의 의견도 들어보지 않고 마음을 정했다니…… 그 무슨 무례한 말인가. 자, 무슨 마음을 정했는지 말해 보오."

요도 마님이 다시 다그치자 하루나가는 울컥했다.

"물론 가타기리 가쓰모토인가, 아니면 이 하루나가인가, 곧 대결한 뒤에 거취를 결정하겠다는 말입니다."

"호, 그러면 가쓰모토가 이 성에 있는 한 그대는 내 곁을 떠나겠다는 말인가?"

"그렇습니다!"

"재미있군. 그대가 그토록 가쓰모토를 오해하고 있을 줄은 몰랐어. 그대는 가쓰모토가 귀로에 가쓰시게에게 들른 것은 그가 처음부터 종명 문제에 가담하고 있었다는 증거라는 말이렷다?"

"마님! 오노 하루나가도 무사입니다. 단지 그런 일만으로 어찌 경솔하게 저의 거취를 결정짓겠습니까? 그밖에도 가쓰모토에게는 다섯 가지나 미심쩍은 점이 있습니다. 그러므로 주군께 보고하기 전에 가쓰시게를 찾아간 무례함을 추궁하지 않을 수 없습니다."

"그럴 수도 있겠지."

요도 마님은 창백한 표정으로 얼굴을 찡그린 채 고개를 끄덕였다.

"그런데……그 다섯 가지 미심쩍은 점을 말해 보오. 나도 여자지만 노부나가 님의 조카딸, 아사이 나가마사의 딸이오. 그 의심이 지당한 것이라면 그대 앞에 두 손 짚고 사죄하겠소."

"말씀드리지요."

두 사람의 분위기는 차츰 사랑싸움처럼 바뀌어가고 있었다. 그런 모습을 구라노스케는 쏘는 듯한 시선으로 지켜보았다.

"첫째로 금고에 있는 막대한 황금의 양입니다. 한 달쯤 전 주군께서 군자금의 유무를 물으셨을 때 그는 5만의 군사가 농성하면 기껏 석 달을 넘기지 못할 것이며 대불전 재건으로 도요토미 가문 금고는 바닥났습니다……하고 아뢰었습니다. 그런데 이번에 가쓰모토의 아우 사다타카에게서 열쇠를 압수하여 확인해 보니 10만 군사가 3년 동안 농성해도 충분할 만큼 있었습니다. 무슨 필요가 있어 주군께 군자금까지 속이려 했는지…… 이것이 첫 번째 의혹입니다."

그 말을 듣고 요도 마님은 깜짝 놀라 탄식했다.

"그, 그것이 사, 사실인가? 하루나가?"

"무엇 때문에 거짓말을 아뢰겠습니까?"

"그럼……두 번째는?"

"두 번째로는 가쓰모토가 도요토미 가문 중신들보다 도쿠가와 가문 사람들과 더 깊이 친교를 맺고 있으며 더구나 발이 넓다는 사실입니다. 마님께서도 아시다시피 그는 일부러 오고쇼의 측근에 접근하여 아우 사다타카의 딸을 자신의 양녀로 삼은 뒤 혼다 마사즈미의 아우 다다사토에게 시집보냈습니다. 그리고 자신의 아들 다카토시(孝利)에게는 전에 오쿠보 나가야스와 함께 천하 으뜸가는 행정관임을 자랑하던 권신 이나 다다마사의 딸을 짝지어 주었습니다. 또 교토 행정장관 이타쿠라 가쓰시게와 친분이 이만저만 깊지 않으며 혼다 마사노부, 안도 나오쓰구 등도 그와 친교가 있습니다. 우리가 맏아들 다카토시에게 호리 히데마사의 딸을 중매하려고 했지만 한마디로 거절당했습니다. 즉 도요토미 가문의 가신을 싫어하고 도쿠가와의 가신과 가까이 지내려 하는 것이 두 번째 의혹입니다."

일단 말문을 열자 하루나가의 변설은 둑이 터진 듯 쏟아져나왔다. 요도 마님은 어느새 그 말에 말려들기 시작한 자신을 발견하고 빨갛게 상기되었다.

"그럼, 세 번째 의혹은?"

이렇게 물었을 때 요도 마님은 속으로 무척 당황하고 있었다. 그러고 보니 가쓰모토의 소행에 이해되지 않는 점이 있다……는 생각이 들기 시작했던 것이다.

"셋째, 돌아가신 다이코 전하의 17주기를 행하지 못할 형편인데도 너무 자주 슨푸를 왕래했다는 점입니다."

하루나가의 말소리는 점점 더 활기를 띠었다.

"올해에 들어서 우선 신년축하야 당연하다 하더라도 그 뒤로 세 번……이번까지 네 번이나 왕복했습니다. 그러므로 만일 마지막 순간까지 오사카의 거병(擧兵)을 늘려 그동안 막부에 전쟁준비를 갖출 시간을 준 뒤 마지막 순간에 중지시킨다…… 그 중지 이유는 종명을 구실로……라는 적의 속셈을 만일 받아들일 생각이었다면 그 여유도 시간도 충분히 있었습니다. 아니, 반대로 그가 진정한 도요토미의 충신이라면 그처럼 자주 슨푸를 오가면서 끝내 아무 눈치도 못 챘다는 것…… 과연 가쓰모토는 그 정도로 앞을 내다보지 못하는 인물인가? 이런데도 의문을 품지 않은 것은 우리의 태만이라고 새삼 후회막급입니다."

요도 마님은 황급히 말을 가로막았다.

"이제 그만! 그러고 보니 나도 그대에게 미처 하지 않은 말이 있군."

"미처 하지 않으신 말씀이 있다고요……?"

"시녀들에게 이에야스 님은 아무 말씀도 안 하셨어요. 잘 왔다, 잘 왔다 하시며 여간 반가워하지 않더라더군."

구라노스케가 대들 듯이 물었다.

"무……무슨 말씀이신지? 그러면 조금 전에 말씀하신 여러 가지 난제는 대체 누가 마님께 아뢰었습니까?"

"그건……."

요도 마님은 주위를 살펴보았다. 처음에는 가쓰모토가 거짓말할 리 없다고 단정했던 요도 마님도, 하루나가의 변설에 휘말려 한 가지 의혹에 부딪힌 모양이었다.

"이에야스 님은……가쓰모토에게 대답을 주었으니 그대들은 걱정할 것 없다……고만 말씀하신 모양이에요. 그런데 귀로에 쓰치야마 숙소에 닿아보니, 오사카로 벌써 돌아갔어야 할 가쓰모토가 그곳에서 시녀들을 기다리고 있었다는 거요. 그래서 이야기를 들어보니 그 3개 조항을 이에야스로부터 들었다고 했다더군. 나를 이에야스의 측실로 보낼 것, 오사카성을 내놓을 것, 그리고 히데요리 님은 에도의 쇼군에게 빌러 갈 것……."

구라노스케는 당돌하게 부채로 다다미를 세게 내리쳤다.

"보십시오! 가쓰모토는 늙은 너구리같은 놈이라고 제가 벌써 말씀드리지 않았습니까!"

하루나가는 눈을 부릅뜬 채 신음했다.

"음. 그럼, 어머니를 무사히 돌려보낸 것도 자기 쪽에서 싸움을 걸었다는 명예롭지 못한 이름을 얻지 않기 위한 계교였던가?"

"아니, 그 이상의 속셈이 있을 것이오. 즉 우리에게 화목할 길이 아직도 남은 듯이 보여 좀 더 방심시키려는 거지요. 그런데도……가쓰모토 놈……어슬렁어슬렁 돌아오면 어떻게 해줄까. 육시를 해도 시원치 않을 배반자! 하루나가 님, 단호히 처치해 보이지 않으면 사기마저 떨어질 것이오."

구라노스케의 목소리는 노호에 가까웠다. 요도 마님은 더 이상 달래지도 야단치지도 않았다.

인간이 지닌 사고의 변화를 지탱해 주는 지점은 대체 어디에 있는 것일까……? 상대는 가타기리 가쓰모토라는 표리가 없는 한 인물. 더구나 그는 이 자리에 없다. 따라서 반박도 변명도 할 길이 없다. 그토록 고지식한 인물마저 어떤 면에서 볼 때는 음험하기 짝이 없는 대음모가로 보였으니 미숙한 인간의 눈이란 얼마나 부정확한 것인지 능히 알 수 있으리라.

"이제 이해되십니까?"

구라노스케의 노호에 선동된 듯 하루나가는 더욱 가슴을 펴면서 말을 계속했다.

"이번 공양을 그 전날 갑자기 중지당한 일이 순전히 종명 때문이라고 보는 것은 어린애 같은 생각입니다. 그 원인이 어디에 있는가…… 황송하오나 하루나가는 이번 난제를 놓고 볼 때 돌아가신 다이코 전하의 생전에 있었다고 봅니다."

요도 마님이 놀라며 물었다.

"뭐, 뭐라고? 생전에……?"

"예, 한마디로 말하면 천하가 탐난 것이겠지요. 더구나 천하와 또 하나 곁들여 탐나는 것이 있었다, 그것은 다름 아닌 마님……이라고, 이제야 깨달았습니다. 그렇지 않다면 그 나이에 새삼 마님을 측실로 보내라고 할 리 없습니다."

"어머나……."

"아시다시피 오고쇼는 한 번 가슴에 품은 계획은 반드시 이루고 마는 집념의 인간입니다. 이 역시 요즈음 와서 겨우 깨달았습니다만 그러한 오고쇼의 집념을 깨달은 게 이시다 미쓰나리……마님께서는 전하가 돌아가실 때 이시다 님이 묘한 말씀을 한 것을 기억하고 계십니까……? 마님을 마에다 도시이에 님에게 재가시키려고 했던 그 일 말입니다. ……그것이야말로 오고쇼의 사련(邪戀)의 집념을 꿰뚫어 보고 한 말씀이 분명합니다."

"……."

"그래서 그는 이에야스를 용서할 수 없는 도요토미 가문의 원수……라고 단정하여 세키가하라 싸움을 벌였던 것입니다. 아시겠습니까? 그 싸움이 끝난 뒤 오고쇼가 우리를 오쓰에서 이 성으로 도망치게 한 것을."

"어찌 잊을 수 있겠소?"

"실은 그때는 이 하루나가도 무척 너그러운 마음이라고 감쪽같이 오고쇼에게 속아 넘어갔지요. 그러나 이제 생각하면 그건 당연히 그리될 일이었다고 납득됩니다. 세키가하라의 승리로 노리던 천하는 손에 들어왔지만 마님은 아직 자기 것이 되지 않았다, 만일 자결이라도 하시면 큰일이다 싶어 하필이면 이 하루나가를 사자로 명하여 마님께 은혜를 베풀었습니다. 이번 난제가 거기에 뿌리내리고 있을 거라고 여겨집니다. 아마 센히메 님을 이 성으로 출가시킨 것도 그 집념과 관계없지 않을 것입니다. 그러면 동생 되시는 다쓰 마님도 간토에 있으니 마님께서 반드시 오고쇼 곁으로 오리라고……."

오노 하루나가는 완전히 자기 말에 스스로 도취하여 있었다. 어쩌면 말하는 동안 떠오른 생각과 공상이 그냥 입술 사이로 흘러나오는 것인지도 모른다.

요도 마님은 어느덧 하루나가의 화술에 매료되어 줄곧 고개를 끄덕이고 있었다. 요도 마님으로서는 이에야스가 아직도 자기를 잊지 못하고 있다는 사실은 불쾌한 일이었다. 그러나 또한 야릇한 쾌감도 느껴졌다.

말로 표현한다면 이 한마디로 표현할 수 있으리라.

"징그럽다!"

그러나 그 밑바닥에는 또한 형언할 길 없는 만족감이 도사리고 있었다. 그쯤에서 요도 마님도 언제 끝날지 모르는 하루나가의 열변을 가로막았다.

"잠깐만 하루나가…… 그대는 설마 나더러 슨푸에 가서 직접 이에야스와 담판하라는 것은 아니겠지?"

"무슨 말씀을!"

하루나가는 다시 더 다가앉았다. 이미 두 사람의 간격은 자신들의 관계를 노골적으로 나타내는 거리가 되어 있었다.

"마님께서 직접 가서서 해결할 성질의 문제가 아니라고 말씀드리고 있는 것입니다. 이해 못 하시겠습니까? 오고쇼께서는 그렇게 되기를 바라고 특별히 우리 어머니들을 후대하여 아무 불안 없이 돌려보낸 것입니다. 그 속셈은 그야말로 가증스럽기 짝이 없는 너구리 짓. 그렇게 되면 성격이 강한 마님께서 반드시 직접 나타나시리라, 그리되면 자기 뜻대로 되는 것…… 마님을 그대로 볼모로 잡아 자신의 집념을 이룬 다음 그것을 미끼로 주군을 괴롭힌다…… 어머니 목숨을 살리고 싶으면 성을 내놓고 곧 항복하라…… 그렇지 않으면 대군을 일으켜 한꺼번에 괴멸시켜 버리겠다고……"

와타나베 구라노스케가 어깨를 크게 꿈틀거리며 하루나가를 바라보았다. 하루나가가 이처럼 대담하게 요도 마님을 설득시키리라고는 상상도 못 한 일이었다.

'드디어 결정되었다! 그나저나 하루나가가 그동안 이토록 멀리 내다보며 끈기 있게 웅크리고 있었다니!'

지금까지는 주전론과 비전론 사이를 건들건들 오가며 본심을 전혀 내보이지 않았는데…… 지금 갑자기 가면을 벗어던지고 참으로 교묘한 설득력으로 요도 마님의 관심 방향을 완전히 돌려놓고 만 것이다.

'이것으로 가쓰모토는 처리될 테고 이에야스에 대한 반감이 구름처럼 일어나리라.'

그렇게 생각하며 새삼 하루나가를 바라보았을 때, 요도 마님은 온 얼굴에 불쾌한 빛을 띠고 부들부들 떨기 시작했다.

"내가 슨푸에 붙잡혀 다 늙은 병자에게 안기다니…… 아, 징그러워! 하루나가, 그러면 대체 어떻게 해야 하지?"

"말씀드릴 것도 없이 속셈을 꿰뚫어 본 이상 결전을 벌일 도리밖에 없습니다. 전쟁에는 막대한 군비가 소요됩니다. 그런데 이미 성안에는 군비가 없다……고 여기게 만든 것은 실은 오고쇼……오고쇼의 뜻을 받든 가쓰모토가 그런 소문을 퍼뜨렸는데, 그가 없는 동안 사실이 드러났습니다. 모든 게 돌아가신 전하의 영혼이 이끌어주신 덕분이겠지요. 군비가 충분하다면 이 오노 하루나가도 결코 물러설 사람이 아닙니다. 이렇게 된 이상 마님의 신변을 엄중하게 경계하고 곧바로 전쟁준비를 시작할 도리밖에 없다고 생각합니다."

오사카성 안 분위기는 두 시녀가 가쓰모토보다 한발 앞서 돌아온 사실 때문에 완전히 돌변하고 말았다. 일이란 이렇듯 어처구니없는 동기로 결정되는 게 아닐까? 두 시녀가 깊은 생각 없이 잘못 들은 '세 가지 조건 중의 하나'가 그냥 '세 가지 조건'으로 전해진 데에도 원인은 있을 것이다.

그로 말미암아 그때까지 미적지근했던 하루나가가 무엇에 홀린 듯 이에야스에게 적의를 불태웠고, 하루나가의 그 증오가 나아가 요도 마님의 불안한 감정에 불씨를 옮겨버린 것이었다…… 그리하여 처음에는 가쓰모토에게 쏠렸던 의혹이 겨우 반 시각 뒤에는 이에야스에게로 그 초점이 돌려져 두말없이 '싸움 시작'을 하지 않을 수 없을 정도로 맹렬한 불길을 붙이고 말았다.

그러나 이야기가 너무 비약했음을 깨달은 사람은 아무도 없었다. 아니, 그 반대로 앞이 막혀 번민하면서 어쩌지 못했던 문제가 드디어 결론을 얻은 듯한 착각에 빠져 오히려 안도의 한숨을 내쉬었다.

"그래, 오고쇼는 역시 우리와 주군을 노리던 매였어."

조금 전까지만 해도 이에야스는 두 시녀와 요도 마님에게 너그러운 연상의 지기였다. 그런데 언제 이렇듯 극단적인 원수로 바뀌고 말았단 말인가? 인간세상에서 경계해야 할 파란의 뿌리는 늘 이렇듯 사소한 틈을 비집고 들어가 뻗어가는 것인지도 모른다.

지금 가쓰모토는 상심한 가슴을 안고 가쓰시게의 집을 나와 오사카성을 향하고 있었다. 그는 가쓰시게에게 냉대당하고, 마침내 중대한 일이 벌어졌음을 느끼기는 했으나 아직 파국에 이른 것이라고는 생각하지 않았다.

'3개 조항 가운데 하나를 실행시킬 도리밖에 없다.'

마에다 가문의 예에 따라 에도에 저택을 마련하여 요도 마님을 그곳에 볼모로 있게 할 것인가……? 아니면 오사카성을 내놓고 야마토로 영지를 옮길 것인가…… 만일 이것만 이루어진다면 문제는 한꺼번에 해결되겠지만 7인조를 비롯하여 주전론자들이 당치도 않은 소리라고 들고 일어날 일이 두렵다. 그래서 세 번째 안, 히데요리를 에도로 직접 보내 장인인 쇼군 히데타다에게 무사 포섭에 대해 해명한 뒤 성대한 17주기 법요식은 못 할망정 대불전 공양만이라도 끝내도록 하자…… 그리하여 인심이 좀 누그러진 틈을 타서 영지이동은 도요토미 가문 쪽에서 자청한 형태로 처리하자. 그래서 가쓰모토는 그때까지도 두 시녀에게 3개 조항에 대해 이야기한 것을 털끝만큼도 후회하지 않았다.

'너무 갑작스럽게 말하면 경악의 파문이 크리라. 두 시녀가 넌지시 요도 마님에게 귀띔해 주었으면……'

성안에서의 흥분이 엉뚱한 결론으로 이른 데도 이유가 있었지만 가쓰모토가 싸움을 피하려고 매달리는 한 오라기의 지푸라기에도 이유는 있었다.

이렇듯 상심에 찬 여행을 계속한 가쓰모토는 다음날 새벽 오사카성 안의 자기 집에 도착했다.

가쓰모토의 집은 아랫성 안, 흔히 동쪽 저택이라고 불리는 곳에 있었다. 일단 전쟁이 벌어지면 그곳은 곧 성채가 되어 2000명 넘는 인원이 들어갈 수 있었다.

그 문 안으로 들어간 가쓰모토는 깜짝 놀랐다. 완전무장이라고는 할 수 없지만 감발을 친 군졸들이 심상치 않은 표정으로 집안 곳곳에 서 있었다. 동원하기 위한 군사로는 보이지 않았으나 적어도 무슨 일이 일어나려 하는 데 대한 경계임을 알 수 있었다.

"대체 어떻게 된 일이냐? 사다타카는 어디 있느냐?"

앞마당으로 가지를 늘어뜨린 녹나무 밑에 멈춰서서 묻자, 당사자인 사다타카가 황급히 안채 현관에서 달려 나왔다.

"형님, 여기서는 말씀드릴 수 없습니다. 어서 안으로……"

"내 집에 와서 안으로 들어가지 않을까 봐 그러느냐? 그런데 대체 무슨 일이야, 이게?"

"그것이……"

사다타카는 잠시 주저하다가 입을 열었다.

"형님이 간토와 내통했다…… 용서할 수 없는 불충한 자라고 성안이 온통 야단입니다."

"뭣이? 내가 간토와?"

"그렇습니다. 주군의 명에 의해 금고열쇠를 반납했습니다."

순간 가쓰모토의 얼굴에서 핏기가 가셨다.

"아뿔싸!"

그 말을 들은 사다타카는 형의 손을 끌고 성큼성큼 현관 쪽으로 걷기 시작했다.

"아뿔싸라니…… 무슨 이야기입니까, 형님?"

그러나 가쓰모토의 대답을 들을 수는 없었다.

'이건 간단하게 설명할 수 없는 일이다……'

적어도 군자금 재고량에 그의 계략이 숨어 있었기 때문이다. 그것은 그가 틈을 보아 히데요리에게만 살짝 귀띔해 두지 않으면 안 될 일이었다.

'나는 그 말씀을 안 드렸다……'

그러므로 주군을 속여 은밀히 횡령할 속셈이었다는 오해를 받지 않을 수 없는 처지에 빠지고 만 것이다…….

"그래, 열쇠를 넘겨줘 버렸다고……."

가쓰모토는 정면 현관에서 일단 기둥에 이마를 기댄 채 주저앉으려는 몸을 겨우 버티었다. 그는 비로소 눈앞이 캄캄해지는 절망감에 부닥친 것이었다.

"자, 방으로 들어가셔서 좀 쉬십시오…… 말씀드리고 싶은 일이 산더미처럼 많습니다."

가쓰모토는 고개를 조금 끄덕이며 마루로 올라섰다. 그리고 허공을 지그시 노려보듯 하며 조용히 자신의 방으로 들어갔다.

"실은 형님, 조금 전에 주군의 명령을 받들고 사자가 다녀갔습니다. 신참자인데 이름은…… 그렇지……오쿠하라 도요마사라고 하던가…… 그자가 형님께서 돌아오시면 곧 본성에 대령하라고 한 뒤, 묘하게 말꼬리를 흐렸습니다."

"뭐? 묘하게 말꼬리를 흐렸다고?"

"즉 본성에는 대령하지 않는 게 좋지 않을까……하는 듯이 말입니다. 나가면 혈기왕성한 자들이 베어버릴 거라고…… 오쿠하라는 다이코 전하의 아우이신 히데나가 님에게 은고를 입은 야마토의 토호 무사, 형님과도 잘 아는 모양이던데요……"

가쓰모토는 듣고 있는지 아닌지 그저 허공만 가만히 응시하고 있다.

"형님은 어쩌자고 중간에 오쿠라 부인과 쇼에이니에게 중대한 말씀을 하셨습니까? 한낱 여인들이라 오고쇼께서는 아무 말씀도 하지 않으시고 돌려보낸 모양입니다. 그런데 중간에 형님으로부터 3개 조항의 난제를 듣고 그것은 오고쇼의 의견이 아니라 간토와 내통하는 형님이 쇼군과 오고쇼에게 충성하기 위해 스스로 생각해 낸 조건일 거라고⋯⋯곡해한 모양입니다. 하여간 주군과 마님께서 형님에게 증오심을 돌리셨다고 우리도 생각하고 있고, 오쿠하라 도요마사도 그런 의견이었습니다."

"⋯⋯."

"그런데 형님은 그 가혹한 3개 조항을 그냥 받아들이고 돌아오신 것은 아니겠지요?"

"⋯⋯."

"어느 한 가지 조건이라면 또 모르지만 마님을 측실로 보내라, 성을 내놓아라, 그리고 주군은 에도로 가서 쇼군에게 사죄하라⋯⋯고 하니 나도 피가 끓어오를 지경입니다. 너무하다면 너무나 가혹한 난제⋯⋯?"

가쓰모토는 비로소 동생의 분개를 의아하게 여겼다.

"사다타카, 너는 방금 이상한 말을 했는데⋯⋯."

"이상한 말이라니요. 이 이상의 난제가 또 어디 있겠습니까? 그리되면 우리도 한바탕 결전을 벌여보고 깨끗이 죽을 마음이 나지 않겠습니까?"

"너도 결전을 벌이고 깨끗이 죽겠단 말이냐⋯⋯?"

"그렇습니다. 3개 조항을 실행하라는 간토 쪽도 싸울 생각을 하고 있는 것입니다. 마님을 측실로 보내고, 성을 내놓고 항복해라⋯⋯ 그러면 목숨만은 살려주겠다! 아무리 태평한 세상이라 하더라도 이렇듯 짓밟히고서야 가신으로서 면목이 서겠습니까? 실은 만일 형님이 그 조건들을 수락하고 오셨다면⋯⋯주군 앞으로 나가시기 전에 이 사다타카가 먼저 할복하시도록 권할 작정이었습니다. 형님! 형님께서는 대체 무슨 생각을 하고 계신 겁니까?"

사다타카는 눈물을 주르르 흘렸다.

가쓰모토는 무슨 말인가 하려다가 다시 입을 다물었다. 심한 감정의 동요가 그의 혀를 마비시켜 버린 것인지도 모른다.

'그렇구나. 내 아우까지 주전론자가 되어버렸어⋯⋯.'

"형님, 왜 잠자코 계십니까? 물론 형님도 결전을 각오하고 돌아오셨겠지요? 그렇다면 몰라도 그렇지 않으면 주군과 마님 앞에서 베이든가 할복명령을 받을 게 뻔한 노릇이니⋯⋯깊이 생각하시고 진심을 말씀해 주십시오."

"……."

"형님! 대답이 없으신 것은 여기서 할복하실 각오이기 때문입니까?"

가쓰모토는 비로소 입을 열었다.

"아우, 세 가지 조건은 마님이나 주군의 짐작대로 오고쇼가 내건 조건이 아니라 내 생각이었다."

"그럼……저……."

"잠깐! 회의를 열어 세 가지 조건 가운데 단 하나, 어느 것을 선택할지 의논하게 할 생각이었지……이제는 그것도 헛일이 되어버렸구나……."

가쓰모토는 다시 눈과 입을 꽉 다물고 돌처럼 움직이지 않았다.

입성(入城)전략

　기슈 고야산 기슭에는 가을이 일찍 찾아든다. 사나다 유키무라의 구도야마 저택에 있는 감이 어느덧 발갛게 물들기 시작했다. 맑은 날에는 가끔 새끼를 거느린 꿩이 추녀 밑까지 와서 모이를 다정하게 쪼면서 놀다가 돌아가곤 했다.

　"아버지, 가타기리 가쓰모토는 일족을 거느리고 오사카성에서 이바라키 성으로 물러났다더군요."

　책을 읽던 외아들 다이스케의 말을 듣고 애검을 닦던 유키무라는 관심 없는 듯 대답했다.

　"그런 모양이더라."

　"가타기리 가쓰모토는 오사카 쪽이 패할 거라고 본 모양이지요?"

　"그렇겠지."

　"가쓰모토 님이 물러나는 성으로 아버님과 우리가 들어간다면……시나노의 백부님께서 어떻게 생각하실까요?"

　이 말을 듣고 다이스케는 비로소 아들 쪽으로 시선을 옮겼다.

　"너는 아비에게 무슨 충고를 할 셈이냐?"

　"아닙니다. 과연 오사카 쪽이 이길지 어떨지 그 생각을 하고 있습니다."

　"그따위 생각은 말거라."

　"생각하지 않으려 해도……쉽사리 감정을 억누를 수가 없습니다. 첫째, 고조(五條) 언저리에서 엄중히 경계하는 마쓰쿠라 시게마사의 포위를 어떻게 돌파할 것인가······."

"하하하······."

유키무라는 웃으면서 다 닦은 칼을 칼집에 꽂고 아들을 향해 앉았다.

"다이스케, 너는 뜻밖에 소심하구나."

"아버님 같을 수는 없습니다. 무슨 일이 있어도 탈출 편의를 도모해서는 안 된다는 엄명이 고야에 있는 승려들에게까지 내린 모양입니다."

"그런 엄명이라면 마쓰쿠라 님이나 고야산뿐이 아니지. 와카야마(和歌山)의 아사노 가문에서는 하시모토(橋本), 도게(到下), 하시야(橋谷) 언저리까지 첩자를 깔아둔 모양이다. 유키무라가 구도야마에서 벗어나려 하면 사정없이 체포하라······ 전쟁이란 이런 것이다."

다이스케는 소심하다는 말이 여간 귀에 거슬리지 않는 듯 물었다.

"아버지! 오사카 쪽을 따르는 여러 장수들의 성격과 역량을 대략 조사해 두셨겠지요?"

"음, 대략은······ 그렇지 않으면 지휘도 배치도 할 수 없다. 그런데 왜 그런 것을 묻느냐?"

유키무라는 지난 15년 세월의 격차를 이상스러운 감개로 되새겼다. 자신과 돌아가신 아버지 마사유키의 문답은 싸움에 관한 한 늘 의지가 밀착되었다. 그런데 다이스케는 싸움을 모른다. 싸움이 사라진 뒤에 태어나 싸움을 모르는 세상에서 자랐다. 그러므로 전국인(戰國人)으로서의 고생도 각오도 모두 남이 자랑스럽게 이야기하는 것에서 얻은 미적지근한 지식에 지나지 않았다.

다이스케는 그것을 깨닫고 오히려 소심해진 게 아닐까······하는 생각이 문득 들었다.

그러자 다이스케는 열을 올리면서 묘한 말을 꺼냈다.

"오사카에서 보내온 아군들······ 이들을 보니 거의 세키가하라 무사들 같습니다. 이런 사람들에게는 지는 운이 붙어 있지 않을까요?"

"허, 지는 운이라고. 왜 그런 생각이 들었느냐?"

유키무라는 다이스케가 무슨 생각을 하고 있는지 잘 알 수 없어 모호한 대답으로 오히려 탐색했다.

"제법 싸움을 잘하는 개도 한 번 지면 쓸모가 없습니다. 이긴 개 앞에 나서면 움츠러들고 맙니다."

"놀라운데. 너는 개와 무장을 똑같이 보느냐?"

"인간에게도 똑같은 점이 있습니다. 그러므로 한 번 패배한 무사는 출가해야 한다고 어느 스님이 말씀하셨습니다. 그분도 세키가하라 때 패했다더군요."

"하하하, 묘오인(明王院)의 세이유(政佑) 스님에게 무슨 말인가 들은 모양이로구나. 그 스님은 아마 이시다 님을 모시던 군졸대장이었지."

문득 시선을 허공으로 향하며, 유키무라는 역시 이야기해 두어야 했을 일이라고 생각했다.

"아닌 게 아니라 전쟁에는 승자와 패자밖에 없다. 그러나 세키가하라 때에도 처음부터 서군이 진다는 것을 알고 가담한 자도 있었다."

"의리 때문이라는 말씀이시지요? 그러나 그 의리 때문에 가담한 자는 어떤 경우에 심한 피해를 주게 됩니다. 지는 운이 붙은 의인(義人)이 가담하면 그로 인해 전군에 파탄이 일어납니다. 그러므로 지휘하는 자는 의리에 움직여서 안 되며 강약에 따라야 한다고……."

"그것도 세이유 스님의 말이냐?"

"예……그러나 누구의 이야기든 들어야 할 것은 들어야 하는 것 아닙니까?"

"그래, 너는 대체 무엇이 마음에 걸리는 거냐?"

"아버님, 가쓰모토가 왜 오사카성을 떠났을까요? 적어도 오사카성에 없어서는 안 될 인물이라고 생각합니다만……."

"아, 그것이 마음에 걸린단 말이지?"

"예, 가쓰모토가 나간다……는 것은 오사카성 안에 상상을 초월하는 알력이 숨어 있다는 증거, 가쓰모토를 추방하면 총대장격이 될 사람은 오노 하루나가, 그러나 오노 하루나가로는 전쟁이 되지 않는다, 그는 세키가하라 때의 이시다보다 훨씬 약소한 자……라고 말하는 사람이 있습니다."

"옳은 말이다. 이시다 님은 뭐니 뭐니 해도 사와 산 19만4000석 영주…… 그러나 하루나가 님은 겨우 3만 석의 낮은 신분, 사람을 다루는 일이며 가문을 거느리는 데 있어 경험의 규모가 다르지."

다이스케는 안타까운 듯 다가앉았다.

"아버지! 가끔 입성을 재촉하러 오시는 와타나베 구라노스케 님은 그 오노 님의 명으로 오는 거겠지요? 이시다 님과 비교도 되지 않는 하루나가 님을 아버지 께서는 무엇 때문에 그토록 믿으십니까?"

유키무라는 드디어 올 것이 왔다고 생각했다. 이 의문은 젊은 다이스케가 언 젠가는 반드시 느낄 의문이었다. 그리고 동시에 아무리 설명해도 아직은 진정으 로 이해할 수 없는 의문이기도 했다.

유키무라는 아들에게 말했다.

"다이스케, 마당을 보아라. 마당에는 아직 부용꽃이 피어 있다. 저 꽃은 왜 저렇 게 해마다 피는 것일까?"

아버지 말에 다이스케는 마당으로 눈길을 던졌으나 곧 다시 아버지를 바라보 았다.

한참 동안 아버지를 빤히 쳐다보다가 다이스케는 살그머니 혀를 찼다.

"꽃이 왜 피느냐고요? 꽃도 생물이기 때문입니다. 그러나 그것이 왜 존재하느 냐……고 물으신다면 신불이 만드셨기 때문이라고밖에 달리 대답할 도리가 없습 니다."

유키무라는 진지하게 고개를 끄덕였다.

"그렇다, 옳은 말이다. 알겠느냐? 인간에게는 패배하는 운이라는 게 있지. 동시 에 약한 자를 편 드는 버릇도 있다. 왜 그런 버릇이 있느냐……고 묻는다면 꽃이 왜 해마다 피느냐는 물음과 같이 그리 간단하게 대답할 수 없는 거야. 언젠가 너 도 나름대로 이해할 때가 있을 것이다."

말하고 나서 유키무라는 온화하게 웃었다.

"그러니 이해할 수 없다면 너는 나와 함께 갈 필요가 없다. 고야산에 더 머무르 며 공부해도 좋아."

"아버지!"

"아니, 표정이 왜 그러냐?"

"저는 아버지와 행동을 함께하고 싶어서 의문을 풀려고 묻는 것입니다. 두려워 서 그러는 게 아닙니다."

"그럴 게다. 네 성품으로는……."

"저는 무사의 죽음에 대해 생각해 보았습니다. 전에는 죽이지 않으면 죽으므로 정신없이 싸우다가 죽어갔겠지요. 그런데 차츰 평화로운 세상이 되었습니다. 그래서 지금은 서로 죽이지 않아도 살아갈 수 있습니다. 그런데도 무사들은 앞다투어 오사카성으로 들어가고 있습니다. 더 나은 삶을 얻기 위해서일까요? 아니면 출세를 탐내서일까요? 아마 의리에 목숨을 바치려는 사람도 개중에는 있겠지, 하고 저는 저대로 납득했습니다. 그런데 의리로 따질 때 가장 먼저 일어서야 할 가쓰모토 님이 300명 부하에게 화승총 심지에 불을 붙이게 하고 떠났다……는 것은 가쓰모토 님도 이번 싸움은 의로운 마음을 일으킬 가치가 없다고 보았기 때문이 아닐까요?"

유키무라는 아들의 말을 반박하려 하지 않았다.

"아마 그렇게 보았겠지…… 꽃에도 여러 가지가 있지 않느냐. 부용도 있고, 국화도 있고, 도라지꽃도 있고, 마타리도 있다. 인간도 같은 것, 똑같은 얼굴을 갖고 있지만 저마다 기질도 생각도 다른 법이다. 그러니 나는 너에게 굳이 함께 갈 것을 권하지 않겠다."

그러자 다이스케는 답답한 듯 무릎을 쳤다.

"아버지께서는 아직 제 마음을 모르십니다."

"그럴까……."

"저는 아버지와 함께 죽을 각오입니다. 그러니 이것저것 많은 것을 알고 싶습니다. 개죽음이란 자신이 납득하지 못하는 죽음이겠지요. 개죽음하기는 싫다! 아니, 해서 안 된다고 생각하기 때문에 여쭈어보는 것입니다."

이 말을 듣자 유키무라는 닦아놓은 칼을 들고 자리에서 벌떡 일어났다. 전국시대에는 전혀 없었던 질문인 만큼 솔직히 말해 대답할 말이 없었던 것이다.

'아버지와 함께 죽고 싶다!'

그런 감정만으로는 도저히 납득할 수 없는 점이 많으리라. 그렇다고 패할 전쟁이 아니라고 단언할 만큼 유키무라 또한 단순한 아버지가 아니었다.

"다이스케, 그 점에 대해 우리 서로 좀 더 생각해 보자꾸나. 그보다도 나는 이곳을 떠나기에 앞서 마을사람들과 이별의 연회를 베풀고 싶다. 누구를 초대하는 것이 좋을지 생각해 두어라."

그리고는 곧장 방에서 나갔다.

가쓰모토가 성에서 물러 나온 일은 사나다 유키무라에게 결코 작은 타격이 아니었다.

사자로 온 구라노스케는 가쓰모토가 사욕을 채우려던 일이 발각되었기 때문이라고 분연한 표정으로 말했다.

"싸움이 시작된 뒤 간토 군을 성안으로 안내해 들인 다음, 금고의 황금을 갖고 도망칠 작정이었음이 분명하오"

그러나 가쓰모토가 그런 위인이 아니라는 것은 유키무라 자신이 잘 알고 있었다. 아마 하루나가가 못마땅히 여겨 엉뚱한 혐의를 뒤집어씌우려 하자 결국 참지 못하고 전국 무사의 분노를 터뜨린 것이리라.

그건 그렇고 구라노스케가 알려온 '오사카 쪽 동지'들은 아들의 말처럼 그리 신통치 않았다. 성안에 있는 하루나가, 하루후사 외에 그 아래 동생 도켄(道犬)이 오게 되었다고 하나 3형제가 힘을 합친다 해도 대단할 게 못 될 듯하고, 7인조의 실력도 15년 동안의 태평세월이 흐른 뒤라 얼마나 기대를 걸 수 있을지 의문이었다.

두드러진 인물들을 골라보면 50살로 1만 석을 받는 난조 다다나리(南條忠成), 64살로 3000석을 받는 오다 우라쿠사이. 우라쿠사이의 아들로 33살인 1000석의 요리나가(賴長).

교부쿄(刑部卿) 부인의 아들로 23살 된 3000석의 나이토 하루타다(內藤玄忠). 호소카와 다다오키(細川忠興)의 친척으로 41살 된 5000석의 호소카와 요리치쿠(細川賴築).

본디 가가의 다이쇼지(大聖寺) 성주였던 야마구치의 아들로 37살 된 3000석의 야마구치 히로사다(山口弘定).

히데요시의 전령이었던 70여 살 된 3000석의 고리 요시쓰라(郡良列).

무사 감독관인 50살 된 3000석의 아카자 나오노리(赤座直規).

1만 석의 하야미 가이는 이미 70살 가까운 나이일 테고, 3000석의 마노 요리카네(眞野賴包)도 이미 싸움터를 누빌 나이가 훨씬 지나 있었다.

이제 한창나이로 생각되는 자는 40살인 5000석의 스스키다 하야토(薄田隼人)와 와타나베 구라노스케쯤이고, 그밖에는 훨씬 나이 들었거나 아니면 히데요리와 비슷한 정도의 젊은이뿐이었다.

20살, 800석의 기무라 시게나리(木村重成).

7인조의 한 사람 이토 나가자네(伊東長實)의 조카인 23살 된 이토 나가히로(伊

東長弘) 등을 구라노스케는 입에 침이 마르도록 칭찬했으나, 그들은 자신의 아들 다이스케와 별 차이 없을 거라고 유키무라는 생각했다.

다이스케의 말을 듣고 보니, 새로 입성한 자들은 과연 대부분 세키가하라의 패장들뿐…….

유키무라 자신은 아버지와 함께 우에다 성에서 지금의 쇼군 히데타다 군을 저지하고 싸웠으니 별도로 치더라도, 센고쿠 소야(仙石宗也)는 아버지 센고쿠 히데히사(仙石秀久)를 배반하면서까지 이시다를 편들었다가 패하여 교토의 신마치 거리(新町) 니조에 살고 있던 떠돌이무사 영주였고, 전에 부젠(豊前) 고쿠라의 4만 석 성주였던 모리 가쓰나가도 세키가하라에서 패해 도사(土佐)의 야마노우치 가문에 몸을 의탁했던 패장이 틀림없었다.

센고쿠는 이미 50살, 모리도 거의 비슷한 나이일 것이다. 싸움터를 달릴 수 있는 체력의 한계는 대개 42살이다. 이 액년을 넘기면 '노인' 취급을 받으며, 노인은 더 이상 싸움터의 실력자가 될 수 없었다. 그야말로 태평세월 15년은 여러 가지 의미에서 인간과 사물과 사고방식을 완전히 바꾸어놓고 있었다.

유키무라는 칼을 든 채 마당으로 내려섰다.

한창때를 지난 갈대 이삭이 뒷마당에서 산의 숲속까지 이어지고 숲에는 점점이 붉은 물감을 떨어뜨린 듯 단풍이 들기 시작했다.

'그렇다…… 누구누구가 정말로 도움 될 수 있을까……?'

이미 유키무라의 각오는 확고하게 서 있었다. 지금 입성하더라도 겨울철에나 싸움이 벌어지리라. 일부러 겨울철을 택한 것은 간토 군 총대장인 '오고쇼 이에야스'의 출진을 봉쇄하고 싶었기 때문이었다. 이에야스는 이미 73살의 노령이었다. 틀림없이 추운 겨울을 택해 도전하면 출진할 수 없을 것이다.

'총대장이 이에야스냐, 히데타다냐에 따라 전력은 크게 달라진다.'

이런 계산을 하면서도 실은 유키무라의 가슴속에 이와는 또 다른 걱정이 있었다.

'이제는 이에야스를 상대하고 싶지 않다……'

상대하고 싶지 않다는 것은 싸움터에서 가혹하게 죽이고 싶지 않다는 야릇한 애착과도 통하는 듯하다. 이에야스가 나타나지 않는다면 유키무라는 재미있는 싸움을 전개할 수 있을 듯했다. 그것은 아직 젊은 히데타다와 그 측근을 사상전, 모략전의 소용돌이 속으로 유인하여 마음껏 청소해 줄 수 있으리라는 생각이었다.

지금도 싸움으로 영토를 뺏는 놀이를 잊지 못하는 전국인이 수없이 살아남아 있듯, 평화가 무엇이며 평화를 유지하기 위해 어떤 노력을 해야 하는지에 대해 도무지 무관심하면서 제법 평화주의자인 척하는 역겨운 무리도 많이 나타났다. 그런 무리들이, 쇼군 히데타다를 총대장으로 하여 싸우다가 자신에게 농락당하기 시작하면 얼마나 재빠르게 본색을 드러내 보일지. 그 우왕좌왕하는 가운데서, 그런 돼먹지 못한 자들을 모조리 싸움터로 몰아넣는다.

'인간이 전쟁과 영원히 인연을 끊을 수 없는 원인의 하나는 신불이 이렇듯 경박한 자들을 가끔 청소하지 않을 수 없는, 천의(天意)로서의 의지를 지니고 있기 때문이다……'

그러나 총대장이 이에야스……라면 그리 간단하게 유키무라의 교란작전에 말려들지 않을 것이다…… 아니, 반대로 73살의 이에야스가 진두에 나타났다 하면 아들 다이스케의 말이 아니라도 싸움에 진 개의 추태를 보일 자가 여기저기서 나타날 우려가 충분히 있었다.

자신의 진정한 한팔이 되어 싸울 수 있는 자는 누구누구일까? 고토 마타베에(後藤又兵衛)일까, 모리 가쓰나가일까…… 그러나 둘 다 나이가 너무 많다. 그러니 역시 스스키다 하야토, 와타나베 구라노스케를 가장 정력적인 무장으로 사용하지 않으면 안 되게 되리라.

'문제는 이에야스가 출진하느냐……안 하느냐인데……'

이런 생각을 하고 있을 때 아들 다이스케가 급히 마당으로 달려 나왔다.

"아버지, 슨푸에서 첩자가 돌아왔습니다."

이 말을 듣자 유키무라는 날카롭게 뒤돌아보았다

"뭐? 슨푸에서 돌아왔다고?"

유키무라는 성큼성큼 마루로 돌아가 몸을 내밀 듯하며 다이스케를 뒤따라오는 나그네 차림의 승려를 기다렸다.

승려는 유키무라 앞으로 오더니 천천히 삿갓을 벗고 한쪽 무릎을 꿇었다. 아직 젊다. 퍽 신경질적인 인상으로 눈동자가 재빠르게 움직이는 사내였다.

"오랜만에 뵙겠습니다."

"수고했다, 쇼에이(昌榮). 그래, 여행은 재미있었느냐?"

"가는 곳마다 꽃이 한창이었습니다."

"그래! 이 구도야마에는 가을이 왔는데 세상은 꽃이 한창이더냐?"

"곳곳에 핀 것은 소문의 꽃이었습니다. 드디어 오사카와 간토가 전쟁을 하게 되었다고⋯⋯."

"그래서 일본 전국이 꽃구경하는 기분이란 말이지?"

"그렇습니다."

"어느 꽃이 더 탐스러운지, 그 소문은 듣지 못했느냐?"

"황송하오나 승부의 열쇠는 오고쇼라는 벚꽃이 싸움터에 피는가 어떤가에 달렸다⋯⋯고 식견있는 자들은 수군대고 있습니다."

"그렇겠지. 그래, 어떻더냐? 싸움터에 필 것 같더냐?"

"예, 틀림없이 필 것 같습니다. 왜냐하면 근래 오고쇼께서는 완전히 병상을 거두고 만나는 사람마다 싸움이야기를 하신답니다. 정말 전쟁을 좋아하시는 분⋯⋯이라고 혼다의 고즈케(上野)라는 벚꽃도 영주들에게 줄곧 이야기하고 있습니다."

"쇼에이⋯⋯."

"예."

"줄곧 이야기한다는 것은 실은 그리 건강하지 않다⋯⋯는 것인지도 모르는데, 그 점은 조사해 보았느냐?"

"물론입니다. 실은 오고쇼 벚꽃의 측실 가운데, 드나드는 상인에게 돈을 빌려주고 이자를 받아 늘리는 자가 있었습니다."

"허, 측실 가운데 이자를 늘리는 자가 있단 말이지? 대단하군."

"그 이자를 갚으려 출입하는 자들에게 물어보았더니, 오고쇼 벚꽃은 겉보기에는 건강한 듯 거동하시지만 내전에 드시면 말도 잘 하지 못할 정도로 기운이 없다, 워낙 노목인지라 그리 오래가지 않을 것이다⋯⋯ 그리되면 의지할 것은 황금밖에 없다, 착실한 사람이 있으면 이자를 놓도록 주선해 달라⋯⋯고 그 측실이 부탁하더랍니다."

"음, 그래?"

유키무라는 고개를 갸우뚱하며 다시 높은 하늘을 우러러보았다. 다이스케는 반은 이해하고, 반은 이해하지 못한 듯 생각에 잠겼다.

"쇼에이."

"예."

"그대는 이 길로 인근 마을의 어른들을 초대하러 한 바퀴 돌고 오너라."

"마을사람들을 초대한다고요?"

"그래, 우리 주인이 머지않아 여행을 떠나게 되었다, 여행을 떠나면 쉽사리 돌아오지 못할 것이니 지금까지 가까이 지내신 분들과 이별 연회를 베풀고 싶다…… 출발은 7일로 결정되어 5일 낮부터 연회를 베푼다고 말해라. 알겠느냐? 다이스케, 너도 이 사실을 단단히 기억해 두어라. 5일 연회……7일 출발…… 알겠느냐?"

유키무라는 다이스케에게 초대할 사람들을 생각해 보라고 해놓고는, 다이스케가 아직 아무 생각도 하기 전에 마음에 있는 사람들을 모조리 적어두고 있었다.

"다이스케, 이 정도면 되겠느냐?"

유키무라는 다이스케에게 종이쪽지를 건네주었다. 다이스케는 말없이 그 종이쪽지를 들여다보면서 생각했다.

'아버지께서는 벌써 이런 것까지 준비해 두셨단 말인가……'

실망한 듯이, 또 믿음직스러운 듯이, 그 종이쪽지를 곧 쇼에이에게 넘겨주며 말했다.

"아버지께서 하시는 일은 실수가 없으시오. 한 분도 빠지지 않도록 하십시오. 그런데 이렇게 돌아오자마자 수고를 끼쳐서……"

쇼에이는 싱글거리며 웃었다.

"서두르는 편이 좋습니다. 제가 여행에서 돌아오자마자 급히 송별연……을 베푸는 것이 풍운의 급박함을 알리는 느낌이 들 테니까……"

그리고 자신도 초대명단을 일일이 고개를 끄덕이면서 들여다보았다.

"그럼, 말씀하신 대로 한 바퀴 돌고 오겠습니다."

그리고 곧장 삿갓을 집어들고 나갔다.

"다이스케……아무도 엿듣는 자가 없지?"

"예……없습니다. 모두들 밭에 있습니다."

"실은 아까 네가 물은 것…… 대답해 주려고 해도 대답할 수 없는 부분이 있었다. 알겠느냐, 지금도 그 대답을 해줄 수는 없다. 그래서 말해 주는 거다."

"예."

"나는 세상에 전쟁이 일어나는 것을 좋아하지 않는다. 실은 그 반대일지도 몰라."

"그럼, 평화를 지키기 위해서 입성을……."

"그렇지도 않지. 목표는 평화일지 모르지만 하는 것은 전쟁이니까…… 알겠느냐? 세상의 평화란 그리 쉽게 유지되는 게 아니라고 나는 생각한다. 그래서 정말 가치 있는 평화를 목표로 삼는 자는 때때로 평화를 전쟁이라는 체로 쳐서 고르지…… 왜? 그것은 인간이 좀 더 진지하고 순수하게 필사적으로 노력하지 않으면 평화를 지킬 수 없다는 것을 깨닫게 하기 위해서야."

여기까지 말하고 유키무라는 씁쓸하게 웃었다.

다이스케는 눈을 크게 뜨고 입술을 일그러뜨렸지만, 그것을 완전히 이해한 표정은 아니었다.

'역시 무리였나…….'

다이스케는 싸움을 모르는 아이다. 싸움을 모르는 아이가 어찌 평화의 고마움을 알 것인가…… 그래서 신불은 가끔 인간에게 싸움을 시키고 반성을 강요한다…… 이것이 유키무라와 그 아버지 마사유키의 싸움에 대한 견해가 아니던가…….

"하하……몰라도 좋아. 다이스케, 아무튼 아버지는……오사카성에 들어가면 열심히 싸울 생각이다. 승패는 잊어버리고…… 그렇다고 승패를 내지 않는 것은 아니다. 싸움은 승패가 몇 번이고 몇십 번이고 결정된 뒤, 다시 한동안 평화라는 이름으로 쉬는 거란다…… 어리석다면……이보다 더 어리석은 일도 없을 거야. 그러나 인간은 평화를 바라면서도 싸우고, 싸우고는 또 울면서 평화를 바라지…… 이런 어리석음과 인연을 끊지 못하는 어리석은 존재야. 그래서 아버지는……만일 패하여 전사하더라도 다음 평화의 거름이 되도록 죽겠다. 방해꾼들을 모조리 포섭하여 무익한 살생은 삼가고 말이지. 그러니 다이스케, 5일 정오, 초대한 손님들이 이 산에 모이기 시작할 때까지 잘 생각하여 아버지와 함께 행동할 것인가 어쩔 것인지, 결정해 두어라. 모레 정오까지다."

아버지가 묘하게 다짐 두자 다이스케는 곧 흥분했다.

"아버지! 다이스케는 이미 결심했습니다. 끝까지 아버지와 생사를 함께 하기로……."

유키무라는 낮고 날카로운 목소리로 가로막았다.

"아직 이르다! 모레 정오다…… 알겠느냐? 생각할 여유가 있는데도 생각하지 않는다면 부화뇌동하는 무리밖에 되지 않는다."

그리고는 서둘러 집 안으로 들어가 버렸다.

다이스케는 주먹을 쥐고 이런 아버지의 모습을 노려보았다. 그는 나름대로 이미 각오하고 있었다. 아버지가 왜 이토록 완고하게 오사카 입성에 신경 쓸까…… 그것은 4년 전에 죽은 할아버지의 영향이라고 다이스케는 생각했다.

할아버지가 원망하고 아버지가 미워하는 도쿠가와라면 그 자식인 자기도 미워해야 한다고 생각했다. 그런데 아버지는 언제나 묘한 곳에서 모호하게 말한다. 그래서 가쓰모토가 왜 오사카를 버렸는가 하는 질문을 해서 아버지의 속마음을 알아보려고 했다. 그런데 아버지는 그 질문을 어떻게 받아들였는지 마음이 내키지 않으면 고야산에 남으라고 한다.

본디 고야산에서 글을 배운 다이스케였고, 간파쿠 히데쓰구가 할복하여 죽은 도요토미 가문과 인연 있는 세이간 사에서는 지금도 그를 위하여 일부러 방을 하나 비워두고 기다렸다. 그리고 보니 고야산과 친분 있는 승려들은 거의 모두 다이스케가 산에 남기를 바라고 있었다.

그 원인은 분명했다. 이 전쟁에는 대의명분도 없고 승산도 전혀 없다는 것이었다. 아니, 그보다도 와카야마의 아사노 가문은 물론이고, 유키무라를 감시하라는 밀명이 고야산 구석구석까지 전파되어 있었다. 이런 감시망을 어떻게 뚫을 것인가. 만약 탈출 중 적의 손에 잡히면 그야말로 사나다의 무명(武名)에 오점을 남기게 될 것이다…… 따라서 다이스케에게 산에 남으라고 하는 것은 그의 아버지 유키무라의 도요토미 가문 가담에 찬성할 수 없다는 뜻이기도 했다.

실은 다이스케가 가장 걱정하는 것은 그 '탈출' 방법이었다. 와카야마로 가는 길은 두말할 것도 없고, 하시모토에서 고조에 걸쳐 마쓰쿠라 시게마사의 부하들이 눈을 부릅떠 지키고 있고, 신슈의 백부로부터도 만일의 경우 다른 영지 사람들에게 잡히지 않게 하려고 자객이 잠입한 것 같았다. 고야산에는 혼다 마사즈미가 직접 내명을 내린 듯했고, 교토 행정장관 이타쿠라의 첩자도 들어와 있는 모양이었다. 당장 오늘 송별연에 초대하려는 자 가운데에도 은밀히 감시명령을 받은 자가 세 사람 내지 다섯 사람 끼어 있을 것이었다.

이 고야산에 들어와 산 지 벌써 30년이 되려고 한다. 사나다 부자에게 적의를 품은 자는 없을 것 같지만, 영주나 영주대리로부터 감시하라는 명을 받으면 거절할 수도 없는 일이다.

'그런데도 아버지는 5일에 송별연을 베풀고 7일에 출발한다고, 스스로 말을 퍼뜨리고 있다……'

물론 자신있기 때문이겠지만……하고 생각하던 다이스케는 흠칫 놀랐다.

'혹시 아버지께서는……이미 탈출할 수 없다는 것을 깨닫고 백부가 보낸 자객의 손에 죽으려 하는 게 아닐까?'

다이스케는 자신의 상상에 스스로 놀라 가만히 주위를 돌아보았다.

'백부 노부유키의 자객이 나타나기를 기다리고 있는 게 아닐까……?'

이 생각은 그럴듯했다. 다이스케의 어머니는 이미 세상 떠났다. 그러나 그에게는 같은 어머니에게서 태어난 누이와 동생이 여섯이나 있었다. 첩의 소생까지 합치면 모두 8남매였다. 그 가운데 큰누이는 이미 다테 가문의 가타쿠라 가게나가(片倉景長)에게 시집갔고, 다음 누이는 이시가이 미치사다(石谷道定)에게 시집가 집에 없었다.

아버지의 소실은 어머니가 돌아가신 뒤, 어린아이들을 돌본다는 구실로 구도야마의 한거(閑居)에 들어앉았다. 그녀는 홋타 사쿠베에(堀田作兵衛)라는 무사의 딸로 오유라(由良)라고 했다. 다이스케는 자기도 그 오유라의 아들이라고 생각한 적 있었다.

그 오유라에게 남매가 있었으므로 한때는 여섯 형제자매가 이 집에서 북적댔다. 그런데 한 달 전 나이든 수도자가 한 명 온 일을 계기로 한 사람 두 사람 떠나갔다. 그리고 반달 전에 오유라가 막냇동생 다이하치와 그 바로 위의 누이 가노(可乃)를 데리고 떠나버려, 지금 남은 건 다이스케 혼자였다.

아마 그 수도자는 히데요리의 친서를 가지고 온 아카시 가문이었던 모양인데 그때 아버지는 좀 마음에 걸리는 말을 했다.

"이제 언제 베여도 미련 없게 되었다."

이 말을 다이스케는 출진 전에 무장이 당연히 하는 각오……라고 대수롭지 않게 여겼는데, 그런 뜻만은 아니었을지도 모른다는 생각이 들었다. 히데요리로부터 출진 재촉 밀명이 왔다. 그러나 감시가 엄중하여 도저히 탈출이 불가능하다. 그런 상황 아래에서 '언제 베여도!'라고 한다면 이상한 의미가 된다. 오사카로 입성한 뒤의 죽음은 전사라고 해야 옳지 않은가? 이러한 어휘 선택에도 신중을 기하는 아버지였다.

'그렇다, 자객에게 죽을 작정이라도 가족은 처리해야 한다.'

이렇게 생각하고 다시 한번 주위를 둘러보았다.

그때 가신 유리 가마노스케(由利鎌之助)가 농부인지 사냥꾼인지 얼른 분간할 수 없는 들옷을 입은 모습으로 돌아왔다.

"아, 가마노스케. 오늘은 밭에 나가 일했는가?"

가마노스케는 허리에 찬 주머니를 자연스럽게 두들겨 보였다.

"아닙니다. 실로 끈을 꼰 품삯을 나눠주고 다녔습니다."

"그럼, 그대도 떠날 준비를 하고 있군."

"모두들 그 끈을 사나다끈(眞田紐)이라고 부릅니다. 이제는 다 능숙하게 꼬게 되었습니다. 나리께서 안 계셔도 앞으로 이곳 농부들 생활에 크게 도움 되겠지요."

다이스케는 그 말에는 대답하지 않고 물었다.

"가마노스케, 너는 아버님께서 이곳을 무사히 탈출하실 수 있을 거라고 생각하나?"

가마노스케는 모호하게 대답했다.

"저는 어렵지 않을까…… 아니, 웬만한 계략으로는 못 나가실 것입니다. 워낙 사방팔방의 감시가 엄중한지라……."

그리고 가마노스케는 부지런히 집 안으로 들어갔다.

다이스케는 혀를 찼다.

'이 사람들은 여차하면 어떤 쇠사슬이라도 끊어 뚫고 나갈 모양이다……'

가신들 중에는 유리 가마노스케를 비롯하여 곤도 무즈노스케(近藤無手之助), 아이키 모리노스케(相木森之助), 하루타 야주로(春田彌十郎), 아나야마 고스케(穴山小助), 운노 로쿠로(梅野六郎), 아사카 고에몬(淺香鄕右衛門), 벳푸 와카사(別府若狹), 쓰키가타 슈메(月形主馬), 아카시 마타고로, 미요시 신자에몬(三好新左衛門),

그의 동생 신베에(親兵衛), 미야베 구마타로(宮部熊太郎), 아라카와 구마조(荒川熊藏), 마스다 하치로에몬(增田八郎右衛門) 등 젊은 생명력을 어떻게 처리해야 할지 몰라 이른바 천하의 대란을 손꼽아 기다리는 난폭한 무리들이 잔뜩 있다.

이들에다 기리가쿠레(霧隱)니 사루토비(猿飛)니 하는 별명을 가지고 돌아다니는 쇼에이 같은 무리를 합치면 거의 100명에 가깝고 지금은 총도 30자루가 넘는다.

그러나 아사노 가문과 마쓰쿠라 시게마사가 모두 500명 가까운 인원으로 싸울 준비를 갖추어 입구를 막고 있었다. 이들과 격돌하면 말도 갖지 못한 자신들에게 승산이 있을 거라고는 생각하기 어려웠다.

'역시 아버지는 다른 생각을 하고 계시는 것이다…….'

5일 정오에 모일 인근 농부들 수만 해도 거의 100명이나 된다. 전처럼 임시천막이라도 치고 또 모두들 실컷 즐길 것이다.

인근 사람들과 사귀기 위해 봄, 가을에 꽃잔치와 국화잔치를 해마다 연례행사로 베풀어오고 있었다. 그러므로 초대가 있으면 자객이나 첩자의 귀에 곧 들어가게 된다. 어쩌면 초대객 틈에 끼어 연회에 참석하려는 자도 있을지 모른다.

아버지는 그 손님들 앞에서도 숨김없이 이제 오사카성으로 들어가겠다고 당당하게 말할 것이다. 그 자리에서는 쉽사리 아버지를 베지 못하리라. 시중드는 자들이 모두 한 몫 단단히 하려고 모여든 힘깨나 쓰는 자들뿐이기 때문이다. 그러나 아버지 스스로 찔를 기회를 만들어줄 작정이라면 사정은 완전히 달라진다.

다이스케는 역시 소년이었다. 한 번 자신의 망상에 사로잡히자 좀처럼 거기서 헤어나지 못했다.

그는 자신의 생각에 싫증 난 듯 뒷마당을 지나 뒷문으로 빠져 앞쪽으로 돌아갔다. 커다란 서향나무 그루터기를 돌아 부엌 봉당께로 접어드는데, 또다시 가마노스케와 불쑥 마주쳤다.

가마노스케는 이번에는 아버지가 애용하는 커다란 투망을 어깨에 메고 있었다.

"가마노스케, 이제부터 냇가로 가나?"

가마노스케는 웃으면서 뒤돌아보았다.

"나리를 모시고 갑니다. 요시노강(吉野川)의 잉어들이 기다린다던가요."

그 뒤를 따라 들옷으로 갈아입은 아버지가 맨발에 짚신만 신고 봉당으로 나왔다.

"다이스케, 아직 그곳에 있었느냐?"

"아버지……고기 잡으러 가십니까?"

유키무라는 고개를 끄덕이며 말했다.

"음. 오랫동안 이 언저리 마을사람들에게 많은 신세를 졌다. 연회를 베풀기로 했으면 주인인 내가 성의껏 요리 대접을 해야 하지 않겠느냐? 어떠냐? 너도 고기 잡이 구경을 가지 않겠느냐? 아버지의 투망 솜씨를 보여줄 테니……."

그리고 한가한 표정으로 가마노스케를 재촉하여 냇물 쪽으로 갔다.

다이스케는 아버지를 따라갈 마음이 내키지 않았다. 아버지도 꼭 데려가려는 것은 아닌 모양이었다. 두 번 다시 돌아보지 않고 걸음을 멈추지도 않았다.

'지금 현재 결정적인 것은……'

다이스케는 다시 한번 마음속으로 헤아려보았다. 오사카성으로 들어간다며 성대한 송별연을 베푼다…… 이것은 움직일 수 없는 사실 같다.

그때 아사카 고에몬과 아카시 마타고로가 또 커다란 병을 짊어지고 돌아왔다. 밭 가운데 있는 광 속에 담가둔 술을 가져온 게 분명했다.

아카시 마타고로가 말했다.

"도련님, 무슨 생각을 하고 계십니까? 오사카로 가면 곧 싸움입니다. 총이나 검술연습을 하시는 게 어떻습니까?"

그러자 아사카가 뒤를 이었다.

"그보다도 말이 더 중요합니다. 말 다루는 연습을 하십시오. 도련님은 3군을 지휘하는 총대장이 되어야 합니다. 싸움터에서 대장에게 가장 도움 되는 것은 말입니다."

"말이라지만 우리 집에는……."

말이 없지 않느냐……고 말하려 했을 때 벌써 아카시 마타고로와 아사카 고에몬은 다른 이야기를 하기 시작했다.

"참, 말이라고 하니 생각나네만 아라카와와 벳푸는 아직 안돌아왔지?"

"응, 슬슬 말뚝을 운반해 와야 할 텐데……."

"그러게 말이야……이번에는 많은 사람들을 초대한다고 하셨어. 인원이 120명쯤이라든가……그 정도의 사람들이 오면 말을 맬 말뚝도 보통 일이 아닌데……."

"아무튼 명령을 받았으니 실수하지 않겠지. 자, 우리도 어서 술이나 나르세."

모두들 입성할 수 있을 거라고 생각하며 활기에 차 있었다.

다이스케는 본채 마루로 돌아가 그곳에 걸터앉아 다시 생각에 잠겼다.

이런 일로 부자와 형제자매가 모두 뿔뿔이 흩어져 굳이 평화로운 삶을 불길 속에 내던지려고 한다…… 인간이란 그 얼마나 묘한 취미를 가진 생물인가……?

고야산 승려들 말을 빌리면, 아버지의 혈기가 지나친 것은 아닐까……라고들 한다. 여기 있는다 해도 평범한 농부의 생활이 아니다. 아무 부족함 없는, 남들이 부러워하는 생활이다. 그런데 좀 더 나은 영주의 생활을 바라고 일족 가신들의 생명을 걸려고 한다…….

다이스케는 역시 이해할 수 없었다.

영주만 하더라도, 오사카에 가담하지 않으면 시나노에 10만 석의 영지를 주어 영주로……삼겠다는 제의까지 있었다. 그런데도 아버지는 그것을 뿌리치고 50만 석을 주겠다는 오사카 편이 되려고 한다.

10만 석과 50만 석은 그만큼 끌리는 매력이 다를까? 높은 것을 바라지 마라……는 것은 아버지가 곧잘 하는 말이었다. 그리고 보면 역시 조부님 집념을 이을 마음이실까? ……아니, 어떻게 성으로 들어가느냐? 문제는 여기에 있지 않을까?

이 생각 저 생각을 하고 있을 때 아라카와와 벳푸가 말을 맬 말뚝을 짊어지고 땀을 닦으면서 마당으로 들어오는 게 보였다.

우정삼략(友情三略)

여기는 야마토 고조 마을 변두리에 설치된 마쓰쿠라 시게마사의 임시진막. 그 속에서 마쓰쿠라 시게마사는 오래전부터 바둑판을 가져오게 하여 날마다 부하를 상대로 바둑을 두고 있었다.

"사나다가 비록 구스노키(楠)나 공명(孔明)의 기략을 가졌다 해도 이곳을 무사히 지나갈 수는 없을 거야."

이런 말을 하면서 가끔 한숨을 내쉬곤 했다.

"그러나 정말 아까운 사나이야."

그리고 어떤 때는 이런 말도 했다.

"유키무라의 생각이 우리보다 훨씬 더 깊을지도 모르지."

"어떤 면에서 그렇습니까?"

"음……오고쇼가 생각하는 태평안……이 되는 건 여간 어려운 일이 아니거든. 그러니 유키무라는 혹시……혹시 말이다…… 전국의 대청소를 자청해 맡을 작정인지도 모른다는 이야기야……."

전국의 대청소…… 이것은 이야기를 듣는다고 누구나 쉽게 이해할 수 있는 게 아니다. 그러나 마쓰쿠라는 문득 그런 생각을 자주 했다. 왜냐하면 그 이래로 도요토미 가문과 인연을 맺은 사람들은 이 태평한 세상에서는 도저히 출세할 길 없는 세상에서 버림받은 외고집쟁이들뿐……이라고 생각했기 때문이었다. 이러한 인간들은 언젠가 한 번 마지막 생명력을 폭발시키지 않으면 안 되리라. 그런 그들에게 불을 질러 한꺼번에 청소해 버릴 수 있다……면 오사카에서 소동이 발생하는 것도 아주 무의미한 일만은 아니다.

'다른 곳이라면 결코 한 장소에 모일 수 없을 테니까.'

그러고 보니 우선 전국시대 무장 가운데 좋은 지위에는 있지만 옛 기질을 지닌 사람들은, 가담하지 않더라도 의리는 세운다는 입장을 취하는 것 같았다. 아키의 후쿠시마 마사노리는 도요토미 가문을 위해 일하는 게 당연……하다고 하며 쌀 3만 석을 오사카성으로 보냈고, 히고의 가토 기요마사의 아들은 대불 공양의 공양미로, 그리고 지쿠젠의 구로다 나가마사 역시 17주기 공양미로 얼마쯤 군량미를 보낸 모양이었다. 즉 쌀은 내지만 군사는 내지 않는다는 점이 참으로 현명한, 시세에 어울리는 호의로 여겨진다.

그런데 이러한 이치에 가장 뚜렷한 식견을 가지고 있을 사나다 유키무라만이 완고하게 성으로 들어가 결전을 벌이겠다고 주장하고 있었다. 결전은 하지만 도요토미 가문을 멸망시키지 않고, 어지간히 청소가 되었을 때쯤 화친을 꾀한다……는 수를 쓸 만한 사람은 유키무라 외에 없다고 볼 때, 그가 하는 행동은 암암리에 오고쇼가 세상을 마지막으로 손질하는 일에 협력하는 것으로도 볼 수 있다.

그러나 생각이 여기에 이르면 시게마사는 언제나 이런 망상을 쫓아버렸다. 만일 유키무라에게 이러한 깊은 생각이 있다 하더라도 고조 마을을 지나가도록 허락하고 않고는 별개 문제였다.

마쓰쿠라는 결코 못 빠져나가게 한다고 단언했고, 유키무라는 빠져나가겠다고 장담했다. 이렇게 된 이상 오고쇼의 명령으로 이곳을 지키는 마쓰쿠라인 만큼 한 발자국도 양보할 수 없었다.

그즈음 마쓰쿠라에게, 5일 새벽부터 파견해 둔 첩자들의 보고가 잇따라 들어오기 시작했다.

맨 먼저 날아온 정보는 유키무라가 이틀에 걸쳐 요시노강에서 잉어를 잡고 있다는 것이었다.

"이틀이라니 예사롭지 않은걸."

마쓰쿠라가 고개를 갸웃거리자 첩자는 자신의 생각이 틀림없다는 듯 대답했다.

"5일에 초대하는 사람들 수가 많아 예닐곱 마리의 잉어로는 모자랍니다. 그래서 이틀에 걸쳐 고기를 잡는 것입니다."

"수가 많다니 몇 명이나 되느냐?"

"아마 2, 300명은 되지 않을까 합니다. 어쩌면 유키무라는 그 언저리 마을 사람들을 모두 부하로 거느리고 나설지도 모릅니다."

"음……우리 쪽 인원수를 그쪽에서도 알고 있을 테니……."

"예, 만일 250명 초대한다면 가신을 더하여 350명의 군세가 됩니다. 총은 30자루밖에 안 되지만, 여러 지방에서 잇따라 들어오는 무사들이 적당히 나뉘어 지휘하면 꽤 시끄러운 싸움이 됩니다."

"그것은 걱정하지 않아도 돼. 이쪽에서도 어떤 수법에는 어떤 수법으로 상대할 것인지 지겨울 만큼 작전을 짜고 또 짰다. 아무튼 돌아가 계속 잘 감시하여라."

그리고 마쓰쿠라는 혼자서 바둑돌을 집어들었다.

다음에 온 첩자는 하시모토로 보냈던 고가 첩자였다. 그의 보고는 이른 아침에 받은 보고보다 상세했다.

"운반한 술의 양, 하시모토에서 사들인 오징어의 양, 그리고 이틀 동안의 잉어 수확 등으로 미루어볼 때, 음식은 한 200명분이 되는 모양입니다. 주연은 오후 2시 전에 시작되어 밤까지 계속될 것 같습니다. 어쩌면 술을 많이 먹는 자도 있을 테니 한밤중까지 계속될지도 모릅니다."

"음……."

"제가 새벽에 말을 몰아 하시모토를 나올 무렵 착실한 유키무라는 일부러 하카마를 입고 손수 잉어 요리를 하고 있었습니다. 오랫동안 지내면서 이것저것 신세진 인근 마을사람들에게 진심으로 접대하는 게 예의라며 술을 따를 젊은이들에게도 의복을 단정히 입고 나오라고 한 모양입니다."

"그럼, 모인 자들을 모두 거느리고 떠날 생각은 아니란 말이지?"

"예, 요즈음 사나다의 가신들에게 검술연습을 배우고 있기는 했습니다만, 본디 농부인지라 데려가면 오히려 거추장스러우므로 그러지는 않을 거라고 생각합니다."

"그럼, 6일은 그 뒤처리, 출발은 7일……이란 말이지?"

"그렇습니다. 그런 것을 공공연히 퍼뜨리는 점이 수상하다고 생각됩니다만……."

"수상하다니?"

"오늘은 이미 5일, 정오부터 잇따라 손님이 몰려들 것입니다. 모레 출발한다고 소문냈지만, 모여든 손님들 가운데 믿을 수 있는 자의 의견도 듣고, 우리 쪽이며 아사노 가문이 감시하는 틈을 엿보아 빠져나갈지 모릅니다. 즉 하시모토에서 이 고조로 나와 기노메지(木芽路)를 통해 가와치로 나간다는 우리의 예상을 뒤엎고 어딘가 사잇길로 빠질 작정이 아닌지……."

거기까지 듣던 마쓰쿠라는 웃으면서 가로막았다.

"알았다. 다시 돌아가 잘 감시하여라. 하하하, 그래……?"

마쓰쿠라는 차츰 자기 몸속에서 전국인의 피가 끓기 시작하는 것을 느꼈다. 오랫동안 잊고 있었던 싸움터의 맛. 그것이 사나다 유키무라라는 경계할 만한 상대 앞에서 부글부글 끓어오르는 듯한 느낌이었다. 공포심은 털끝만큼도 없었고 뭔가 전율 비슷한 쾌감이 온몸을 바싹 긴장시켰다.

"하하하, 이상한 자로군, 유키무라도."

마쓰쿠라는 유키무라가 요즈음 아주 삭발한 것은 아니지만 상투를 없애고 수도자처럼 더벅머리를 하고 있다는 소식을 들었다.

"이제부터 오사카로 들어가 살생하지 않으면 안 된다."

이렇게 말하면서 지금부터 부처와 가까이하여 공양할 준비를 갖출 셈이라는 것이었다. 이름도 거창하게 '덴신겟소(傳心月叟)'라고 한다던가……

그 덴신겟소가 옷을 갈아입고 잉어를 낚고 있는 모습을 상상하니 공연히 우스워져 견딜 수 없었다.

"얼마나 남을 깔보는 자란 말인가…… 아니, 놈은 남을 깔보는 게 아니라 잉어를 요리해 먹으려는 것뿐……이라고 시치미떼고 말하겠지. 그건 그렇고 그의 본심은 어디에 있는 것일까?"

이틀 동안이나 잉어를 잡고 송별연을 성대하게 베푼다. 7일에 출발한다고 처음부터 큰소리치는 것이 왠지 투지를 끓어오르게 한다.

두 번째 온 첩자가 말했듯 그렇게 해놓고 사잇길로 빠져나가는……방법이 없는 것은 아니지만 이 언저리 마을사람들이 알고 있는 사잇길이라면 우리도 모를 리 없다.

아니, 그보다도 그 유키무라가 살금살금 사잇길로 빠져나갈까? 그렇다면 그의 자존심이 상할 텐데. 그런 사나이가 아니다! 반드시 무엇인가가 있다.

마쓰쿠라는 가만히 앉아 있을 수 없어 혼자 중얼거리며 천천히 임시진막 속을 거닐기 시작했다.

시간은 자꾸만 흘러갔다. 이미 구도야마에서는 주연이 슬슬 시작될 무렵…… 이라는 생각을 하면서 어느덧 마당까지 나와 소나무 그늘에 놓인 의자에 앉았을 때 세 번째 파발마가 달려왔다.

고조에서 구도야마까지의 거리는 50리쯤 된다. 도중에 한 번 말을 갈아탔을 텐데도 목이 땀에 흠뻑 젖어 있었다.

"아룁니다."

"그래, 드디어 주연이 시작되었느냐?"

"예, 손님 수는 132명, 그들 앞에 유키무라는 의복을 단정히 입고 나와 인사했습니다…… 내가 이곳에 여러 해 사는 동안 여러분의 두터운 정을 입어……."

"흥, 뻔뻔스러운 놈!"

"그리고는……고향처럼 편안히 살아왔는데 아직 무운이 다하지 않은 것 같아 이번에 우대신 히데요리 공의 서한을 받고 오사카성으로 들어가 농성하게 되었다, 모레가 길일이라니 그날 아침 일찍 출발하는데, 거리는 백몇십 리밖에 되지 않지만 아시다시피 도중에 험난한 곳이 있어서……."

"아시다시피 험난한 곳……이라고?"

"예, 7, 8, 9일 3일이 걸린다고 보아 10일에 성으로 들어갈 작정이다, 어쩌면 이것이 이승에서의 마지막일지도 모르므로……하며 눈물을 주르르 흘렸습니다."

여기까지 말하자 마쓰쿠라는 갑옷자락을 치면서 외쳤다.

"그것을, 그 눈물을 네가 보았단 말이냐?!"

첩자의 이야기가 너무 상세하다기보다 그런 자리에서 눈물을 흘릴 유키무라가 아니다.

"자기 말에 도취하여 보지도 않은 사실을 말하면 용서치 않을 테다!"

시게마사가 꾸짖자 첩자는 당치도 않다는 표정으로 고개를 저었다.

"제가 왜 거짓말을 아뢰겠습니까? 이 눈으로 똑똑히 보았습니다. 예, 유키무라 님은 분명 눈물을 흘렸습니다. 그래서 좌중이 물을 끼얹은 듯 조용해졌습니다."

"뭐, 뭐라고? 그럼, 너도 손님 틈에 끼어 있었단 말이냐?"

"아닙니다, 마부로 고용되어 마당에서 연회석을 엿보았습니다. 손님들이 모두 마을에서 말을 타고 오는지라 저택에 그 말들을 맬 임시마구간을 지었기 때문에……."

"뭐? 마부로 고용되어?"

"그렇게라도 하지 않으면 가까이 접근할 수 없어서……."

"음……그래, 유키무라 놈이 정말로 눈물을 흘렸느냐?"

"예, 거짓 눈물로는 보이지 않았습니다…… 싸움이란 승패를 예측할 수 없는 것, 만일 내가 전사했다는 소식을 들으면 명복을 빌어주기 바란다……고 말하니, 손님 중에서도 눈물을 흘리는 사람이 많았습니다."

"흠, 그래서 너는 곧장 이리로 달려왔단 말이냐?"

"그렇습니다."

인부차림을 한 첩자는 문득 생각난 듯 다시 덧붙였다.

"아, 그리고 또 하나 보고드릴 게 있습니다. 아들 다이스케에 대한 일입니다."

"다이스케? 그 애가 어떻게 됐다는 거냐?"

"오늘 손님들이 올 무렵에는 모습이 보이지 않았습니다. 그래서 손님 가운데 한 사람인 사쿠에몬이라는 노인이 유키무라 님에게 물었습니다. 다이스케 도련님은 어디 가셨습니까, 집에 계시면 인사드리고 싶습니다만, 하고."

"허, 그랬더니?"

"아들은 곤고산(金剛山), 다이젠사(大善寺)에 맡기고 가신다는 대답이었습니다. 만일 내가 전사한 뒤에는 출가승이 되어 명복을 빌어달라고 말하자 본인도 납득하여 오늘 아침 산으로 보냈다고 했습니다. 그 다이젠 사는 다이스케가 곧잘 공부하러 다니던 곳입니다."

"음."

마쓰쿠라는 미간을 잔뜩 찡그리고 깊은 생각에 잠겼다. 어쩐지 놀림당하는 것 같은 느낌이었다. 남을 업신여기는 놈……이라고 생각했었는데, 눈물을 흘리기도 하고 나아가 아들에게 뒷날의 명복을 빌어달라고 하는 것을 어떻게 보아야 할지 아리송해졌다.

"과연 유키무라라는 놈, 잔재주를 잘 피우는군."

"예……?"

"알았다, 물러가 쉬어라."

그리고는 다시 불러세웠다.

"잠깐! 지금 몇 시쯤 됐느냐?"

"그럭저럭 오후 4시쯤 되지 않았을까 생각합니다만……."

여기까지 듣자 마쓰쿠라는 무릎을 치며 일어섰다.

"좋다! 제 놈이 그럴 작정이라면 우리도 등을 치겠다. 기습이다! 곧 구도야마를 습격한다. 곧장 간다면 한참 취기가 오른 연회석에 뛰어들 수 있을게다."

전국인에게 전쟁은 생활인 동시에 지능의 한계를 겨루는 스릴에 찬 경기이기도 했다. 사나다 유키무라가 하는 일마다 마쓰쿠라를 혼란에 빠뜨리는 기발한 수법과 기발한 계략을 쓴다면, 이쪽도 그 이상의 책략을 쓰지 않으면 성에 차지 않는다.

지금까지 마쓰쿠라는 한구석으로는 유키무라를 아까워했다. 가능하면 이쪽에서 먼저 습격하고 싶지 않았다. 엄중하게 출구를 막고 있으면 반드시 그도 마음을 돌릴 것이다. 그리하여 이윽고 마쓰쿠라 앞에 나타나서 인사할지도 모른다는 기대를 품어온 터였다.

"귀하의 우정을, 깊이 깨달았습니다."

그러나 너무 경솔한 생각이었던 것 같다. 상대는 끝까지 마쓰쿠라의 포위쯤 안중에도 없다는 듯 잇따라 묘하게 큰소리만 치고 있다. 어쩌면 첩자들이 어디에서 무엇을 감시하고 어떤 보고를 하는지 다 꿰뚫어 보고 야유하는 것인지도 모른다…… 그렇다면 더 이상 인정사정 둘 것 없다.

'오냐! 단단히 본때를 보여주겠다!'

적의 허점은 단 하나, 마쓰쿠라에게 우정이 있으므로 결코 먼저 습격하지는 않을 거라는 자신감 때문에 방심하고 있다는 점…… 그러니 오늘 많은 손님을 초대하여 저녁 내내 즐기려 하는 맹점을 치는 것이 최상의 전략이라는 답이 나온다.

'나도 싸움이 뭔지 모르며 자란, 태평한 세월을 살아온 사나이는 아니다, 유키무라!'

마쓰쿠라는 곧 말을 모으게 했다. 우선 기마무사 선발대로 구도야마를 에워싼 뒤, 총을 쏘아 달아날 길을 막고 이어서 보병들이 도착하면 일제히 공격하기로 했다.

손님인 농부들이 그들에게 맞선다고 하더라도 문제 될 것은 없다. 적의 전력 가운데 꼽을 만한 것은 역시 가신들인데, 그들도 오늘이 마지막이라 생각하고 술에 잔뜩 취해 있으리라. 그리되면 이 기습은 아무리 계산해 보아도 질 리 없는 싸움이었다.

'내가 냉혹한 게 아니다. 그대가 나를 화나게 만든 것이 잘못이야.'

말은 파발마까지 합쳐 200마리쯤밖에 되지 않았지만 그 말을 몰고 가면 50리 길이니 두 시간 뒤에는 구도야마에 있는 유키무라의 집을 포위할 수 있다. 상대가 그것을 눈치채느냐, 못 채느냐에 따라 작전을 정한다.

"하시모토에서 총 100자루쯤의 화승에 불을 붙여 곧장 사나다의 집을 포위한다. 단 반항하지 않는 자는 쏘지 말 것. 진격!"

그가 결심한 것은 방금 전이니 비밀이 샐 우려는 없었다. 지금 출발하면 구도야마에 닿는 것은 오후 8시쯤 될 것이다. 그때쯤이면 주연이 무르익을 대로 무르익어, 개중에는 몸을 제대로 가누지 못하는 자도 있으리라. 이런 생각을 하며 진두에서 말을 모는 마쓰쿠라는 이따금 양심의 가책이 느껴졌다.

이에야스는 어쩔 수 없을 때 베어도 좋다고 했으나, 마음속으로 도와주고 싶었던 유키무라…… 그러나 유키무라에게 보기 좋게 뒤통수를 얻어맞는다면 자신의 체면이 말이 아니다.

'내 탓이 아니다! 만일 그대가 진정한 군사(軍師)라면 내가 구도야마에 닿기 전에 구름이나 안개처럼 사라져 보라.'

기마병 200, 보병 200. 더구나 기마병 200이 총을 들고 선봉을 선 만큼 분명 진기한 새로운 전법이었다.

가는 도중 해가 졌다.

뒤따라오는 보병부대와 상당히 거리가 벌어졌다. 만일 중간에 이 대열을 앞지르는 자가 있으면 도착 전에 적이 알아차릴 우려가 있다. 그래서 끊임없이 그 일에 신경 쓰면서 되도록 빨리 말을 몰았고 사잇길을 택해 질러가기도 했다.

상대는 유키무라다. 반드시 하시모토에 이르기 전에, 망보는 자며 첩자를 매복시켜 두었으리라. 하지만 그들이 앞질러 가지 못하게 할 자신은 있었다.

개울을 따라 하시모토로 접어들자 달리면서 화승에 불을 붙였다. 그리고 전령을 시켜 만일 집 안에서 달아나려는 자가 있으면 사정없이 쏘라고 뒤따르는 자들에게 명했다.

물론 말은 지쳐 있을 것이니 저택의 불빛이 보이는 언덕 밑에 두고, 100정의 총을 네 부대로 나눠 전후좌우를 지키게 한 뒤 남은 100명이 두 부대로 나뉘어 앞문과 뒷문 쪽에서 소리 지르게 한다는 작전을 세웠다.

이 작전은 고조의 진막을 나올 때보다는 훨씬 약화한 것이었다. 처음에는 100정의 총을 일제히 저택 안으로 쏘아댄 뒤 함성을 지르게 할 작정이었으나, 그렇게 조준도 하지 않고 마구 쏘면 유탄에 맞아 희생자가 너무 많아질 것을 우려하여 자제했다.

어쨌든 만취한 술자리가 적에게 포위당한 것을 알면 제아무리 유키무라일지라도 맹목적으로 반격해 나올 수는 없으리라. 가신 중에는 술기운을 빌려 반격에 나설 자가 있을지도 모른다. 그러나 그런 자들은 총구가 노리고 있다.

저쪽은 불을 휘황하게 밝히고 있고 이쪽은 어둠에 익은 눈으로 어둠 속을 육박해 가는 것이니, 이쪽이 유리할 것은 두말할 것 없는 일이었다.

'좀 안 된 생각이 드는 걸……'

드디어 강을 남쪽으로 건너 말을 버리자 마쓰쿠라는 다시금 마음이 따끔하게 아팠다. 허를 찌르는 것은 병법 가운데 최상책이다. 그러나 인간으로서는 우정을 정면으로 배반하는 비겁하기 짝이 없는 행위이다.

'아무래도 내가 제법 태평시대의 성인군자가 다 된 모양이야.'

어둠 속에서 작은 소리로 말에서 내리도록 명령하자 총의 화승이 네 부대로 나뉘어 흩어지는 것이 보였고 이윽고 나머지 인원도 두 부대로 나뉘었다.

이제 사나다의 집까지는 2, 3정…… 그때가 되어 마쓰쿠라는 비로소 고개를 갸우뚱했다. 새어 나오는 불빛이 묘하게 적막했다. 당연히 밤기운 속으로 흘러넘쳐야 할 흥겨움이 음산한 기운에 눌려 묘하게 괴괴한 느낌이었다.

그러나 포위망은 한 발 한 발 조여들었다.

"이상한데…… 주연이 빨리 끝난 것일까?"

드디어 문 앞에 이르러 열린 문 안으로 재빨리 들어선 순간, 어두운 발치에서 혀가 꼬부라진 기묘한 목소리가 그에게 애원했다…….

"말을 돌려주시오. 내……내……내 집에는 병자가 있습니다. 이제는 돌아가야……."

마쓰쿠라는 깜짝 놀라 어둠 속을 살폈다. 주책없이 가슴을 풀어헤치고 있는 취객 한 명이 겉옷을 어깨에 걸치고 두 다리를 땅에 쭉 뻗은 채 손을 내젓고 있었다.

"무엇이! 말이라고?"

소리죽여 묻는 마쓰쿠라는 등줄기가 오싹해지는 걸 느꼈다.

'……당했는가!'

묘한 예감이 온몸을 스치고 지나갔다.

상대가 말했다.

"예. 말, 말입니다…… 다른 사람의 말은 몰라도 내 말은 돌려주시오. 나는 해지기 전에 돌아가겠다고 병자에게 약속하고 왔습니다."

그리고 앞으로 엎어지듯 윗몸을 무너뜨리면서 합장했다.

마쓰쿠라는 넋을 잃고 주위를 둘러보았다. 첩자는 이곳에 100마리 넘는 말이 매어져 있었다고 분명히 말했다. 물론 농부들이 기르는 농경용 말이다. 그러나 사나다 부자가 이곳으로 온 뒤 모두들 그 말을 타는 버릇이 생겨, 몽둥이를 휘두르는 검술과 함께 유행된 새로운 풍속의 하나가 되어 있었다.

'큰일 났다!'

마쓰쿠라는 황급히 어둠 속으로 달려나갔다. 수없이 박힌 말뚝에는 단 한 마리의 말도 매어져 있지 않았다. 방금 눈 말똥 냄새가 코를 찌를 뿐 그것을 배설한 주인공은 이미 사라지고 없는 게 적막하고 음산한 분위기를 자아낸 원인이었던 것이다.

"모두들 뒤따르라!"

아직 불이 켜져 있는 방안으로 황급히 달려 들어간 마쓰쿠라는 눈을 질끈 감았다.

'부디 꿈이었으면!'

그러나 꿈이 아니었다. 만취했음을 말해 주는 흩어진 술상 옆에 마치 뭍으로 밀려 올라온 상어처럼 커다란 사내들이 코를 골며 잠에 떨어져 있었다. 단순히 취해서 뻗은 게 아니었다. 모두들 남만에서 온 약을 먹고 깊은 잠에 곯아떨어진 것이 분명했다.

앞뒤에서 그의 부하들이 우르르 밀려들었다.

"앗, 이게 어떻게 된 일이지?"

누군가가 외마디 소리를 질렀다.

"가신들의 모습이 아무 데도 없습니다!"

"사나다 유키무라! 비겁하게 피하다니! 당당히 승부를 정하자!"

마쓰쿠라는 새파랗게 질려 소리쳤다.

"어리석은 놈!"

머릿속도 가슴속도 화끈화끈 달아오르는데 등줄기만은 더욱 싸늘해졌다. 마쓰쿠라는 가까이 있는 한 사람을 세게 걷어찼다.

"일어나라! 멍청한 놈들 같으니!"

그러나 걷어챈 사내는 뭔가 알아듣지 못할 말을 중얼거리면서 손을 조금 움직였을 뿐 그냥 코를 드렁드렁 골았다. 잔뜩 취하여 그야말로 만족스러운 잠에 떨어진 듯한 모습이었다.

"무엇들 하느냐! 유키무라에게 속았다! 어서 군사들을 모아라. 멀리 가지 못했으리라. 돌아가자! 고조로 돌아가 한시 빨리 전의 장소를 지켜야 한다. 그렇지 않으면 쥐새끼 같은 것들이……."

그다음은 말이 되어 나오지 않았다. 유키무라는 마쓰쿠라가 이렇게 기습해 오리라는 것을 충분히 계산하고 7일에 출발한다고 그럴듯하게 속아 넘긴 게 분명했다.

마쓰쿠라는 부들부들 떨면서 다시 외쳤다.

"알겠느냐? 도……도……돌아간다! 나를 따르라! 낙오하지 마라!"

그야말로 비참한 야습이었다.

애당초 이틀 동안이나 잉어를 잡았다는 것이 주술의 첫 번째 암시였던 듯하다. 잉어 잡는 데 이틀 걸리고, 주연을 베풀고 나서 이틀 뒤에 떠난다…… 이틀이 두 번 겹쳤기 때문에 암시가 묘한 진실성을 띠어, 7일의 출발이 틀림없다고 믿게 만든 것이다.

'유키무라 놈! 처음부터 이 수법으로 속일 작정이었군!'

그건 그렇고 얼마나 교활한가. 이렇게 되고 보니 농부들에게 말 타는 것을 가르쳐 준 일도, 만일의 경우 그 말을 이용할 계획이 있었기 때문인지 모른다. 그렇다면 이것은 선대인 마사유키의 구상임이 분명하니 자기로서도 어쩔 수 없었던 일이라는 생각이 들었다. 사나다 부자의 인생은 그 자체가 모략이었단 말인가?

이틀씩이나 잉어를 잡고 눈물을 주르르 흘리며 이별을 아쉬워하고……실컷 취하게 한 뒤 약을 타 먹이고 그들의 말을 빼앗아 도망쳤으니 대체 유키무라는 선인인가 악인인가, 무엇이 진실이고 무엇이 허구인가…… 그들이 유행시켰다는 사나다 끈과 마찬가지로 어떻게 엮었는지 알 수 없는 복잡함이라고 해도 좋았다.

'이렇게 하면서까지 오사카성으로 들어가고 싶었을까……?'

목적은 50만 석의 출세일까, 아니면 이런 모략으로 인간을 농락하는 즐거움일까…….

마쓰쿠라는 어쨌든 한시 빨리 고조로 돌아가 그곳에서만은 놓치지 않았다……는 자신감을 되찾지 않고는 견딜 수 없는 심정이었다.

그러나 심야의 철수는 일단 전략이 빗나가 김이 빠진 뒤인 만큼 그리 마음대로 되지 않았다. 사방으로 전령을 보내 연락을 취하여 500명의 인원을 모으는 데 의외로 시간이 걸려 고조로 돌아갔을 때는 날이 완전히 새어버린 뒤였다.

'내 일생일대의 실수를 저지른 건지도 모른다!'

그토록 치밀하게 짠 계획이라면 이미 완전히 포위망 밖으로 벗어났을지도 모른다…… 만일 그렇게 되었다면 이에야스며 우에다의 사나다 노부유키에게 뭐라고 사죄해야 할까……?

그러나 그 마쓰쿠라도 사카모토의 진지로 돌아온 지 얼마 안 되어 감시하던 자가 조그만 서한을 내밀었을 때는 오히려 감탄하고 말았다.

"후타미 신사(二見神社) 뒤 숲에 말이 100마리쯤 매어져 있고 이런 서한이 소나무 가지에 묶여 있었습니다."

본의 아니게 통행하여 미안하오. 폐 끼치는 김에 이 말은 농부들의 소중한 재산이니 주인에게 저마다 돌려주시면 저승에 가서도 그 정을 잊지 않으리다. 무운장구를 빕니다. 마쓰쿠라 시게마사 님께 부끄러운 말씀을 드려 죄송합니다.

다이스케 드림

마쓰쿠라는 웃었다. 웃으면서 왜 그런지 눈물이 뚝뚝 떨어졌다.

'집념에 목숨바치는 인간의 슬픈 투쟁 모습인지도 모른다…….'

이런 생각이 들자 자기가 일부러 이곳을 비워 사나다 부자를 통과시킨 듯한 편안함과 착각마저 느껴진다. 가만히 사방을 둘러보았다.

'빌어먹을 마사유키 놈, 마음 밑바닥으로부터, 이……이 마쓰쿠라를 조롱했겠다! ……장한 바보 녀석이…….'

노장(老將)의 결단

이에야스가 출병해야겠다고 정말로 결심한 것은 9월도 끝 무렵으로 접어든 뒤였다. 그때까지는 어떻게든 수습할 길이 없을까 망설이면서 결단 내리지 못하고 있었다.

그 가장 큰 원인은 역시 자신의 건강에 있었다. 안타까운 일이지만 막상 싸움이 시작되면 아직 쇼군 히데타다를 내세워서는 불안했다.

만에 하나도 패할 리는 없었다. 그러나 기세를 타고 지나친 승리를 거둘 우려는 충분히 있었다. 전쟁이란 승패와 상관없이 지상에 깊은 원한의 뿌리를 내린다. 지나치게 승리하면 그 뿌리는 점점 크게 퍼져 뒷날 뜻밖의 장소에서 불행의 싹을 내미는 법이다.

이에야스는 화목할 수 있는 길의 유무를 검토한다는 의미로 9월 10일에는 나라의 도다이사(東大寺) 스님에게서 화엄종 강의를 듣고 15일부터는 덴카이를 일부러 불러들여 이틀 동안 불법을 논했다

그때 덴카이는 매우 강경한 의견을 내세웠다. 평화를 영속시키기 위해서는 인간의 생각을 우선 변혁시킬 필요가 있고, 그 효과를 거두려면 상당한 용기가 필요하다.

"오고쇼께서 게으르시다는 것은 결코 아닙니다. 그러나 노후를 안락하게 지내시겠다는 생각이 있으시다면 소승은 찬성할 수 없습니다. 인간에게는 노후도 없고 사후도 없습니다. 있는 것은 늘 눈앞의 위기…… 그 위기 속에 참으로 사는 보

람이 있는 겁니다."

이에야스는 흐흥 하면서 흘려들었다.

덴카이는 이제 종기를 째고 고름을 짜라는 것이었다. 더욱이 이에야스 자신이 진두에 설 용기를 가져야 한다고 결단을 촉구했다. 그쯤은 이에야스도 잘 알고 있었다.

이에야스가 우려하는 일은, 자기가 선두에 서서 군사를 이끌고 나가 양쪽이 어쩔 수 없이 대결하게 되었을 때 갑자기 죽으면 어떻게 하나 하는 것이었다.

진중에서 죽으면, 다케다 신겐의 예를 보아도 알 수 있듯 그 뒤의 예정이 완전히 빗나가버리게 된다. 장례식도 치르지 마라, 편지의 서명도 3년 치는 써두었다……는 등 상상을 초월하는 용의주도함을 보였으면서도 신겐은 자신의 유체(遺體)를 에워싼 노신들의 상심과 그 상심 때문에 생긴 가쓰요리에 대한 불만만은 어쩌지 못했다.

지금의 도쿠가와는 그때의 다케다 가문과 같았다. 막상 오사카라는 적을 앞에 두고 형제 싸움이 벌어질지도 모른다. 그러므로 자신은 진두에 나서지 말고 슨푸에서 지휘하는 편이 좋지 않을까…… 생각하면서도 영 불안스러웠다.

직속무장과 히데타다, 그리고 그의 측근도 필요 이상으로 오사카를 미워하고 있다. 증오는 증오를 부를 뿐인 '악연'밖에 되지 않는다는 것을 이에야스는 뼈저리게 느끼고 있었다.

이에야스는 다음에 가스이사이 소산(可睡齋宗珊)의 법문을 들었다. 또 고와카 춤을 구경하고 헤이케 비파(平家琵琶 ; 다이라(平) 가문의 흥망을 그린 《헤이케 이야》, 기)에 곡을 붙여 비파 반주로 부르는 노래)를 청해 듣기도 했다. 여러 가지 면에서 인생을 다시 음미하려 한 것이다.

헤이케 비파를 듣고 있을 때는 왠지 모르게 슬픔이 치밀어 젊은 측실들이 슬며시 자리를 피해 줄 만큼 눈물이 나와 견딜 수 없었다. 그것은 현재의 자기보다 오사카에 있는 다이코의 유자 히데요리와 요도 마님, 그리고 센히메의 운명과 직결되기 때문이었다.

헤이케 비파에 슬픔을 느끼면서 진두에 설까 말까 망설인 것이 23일. 그런데 그 뒤 닷새째 되는 날 히데요리에게서 뜻밖의 사자가 왔다. 가쓰모토는 발칙하기 짝이 없는 불충한 자이므로 처벌하겠다는 신고였다.

결코 준비가 부족한 것은 아니었다. 싸우게 될 경우의 용병과 동원은 이미 생각해 두었고 만일의 경우 히데요리, 센히메, 요도 마님 세 사람을 구할 방법도 야규 무네노리에게 부탁해 두었다.

그러나 정말 진두지휘를 결심한 것은 가쓰모토가 히데요리에게 용서할 수 없는 불충한 자로 보였다는 어처구니없는 사실을 알았을 때였다.

인간의 눈이 얼마나 부정확한지도 잘 알고 있었다. 미숙한 자는 눈으로 사실을 보지 않고 감정으로 사태를 판단한다. 좋아하는 것에서는 장점만 보고, 싫어하는 것에서는 결점만 찾아낸다. 그러나 사실은 그렇듯 미숙하고 부정확한 눈밖에 갖지 않는 사람이 100명 가운데 95명이고, 그들이 뒤죽박죽 얽혀 서로 부둥켜안고 울거나 다투는 것이 현실세계였다.

'그런가, 드디어 옳고 그른 것을 제대로 가리지 못할 만큼 오사카의 눈도 일그러지고 말았구나……'

그럴 즈음 10월 초하루가 되어 교토 행정장관 이타쿠라 가쓰시게로부터 '오사카 소요'에 대한 상세한 보고서가 올라왔다.

그 보고서에 의하면 가쓰모토는 암살당할 각오를 하고 성안의 자기 집에 틀어박혔으나, 가신인 이시카와 사다마사(石川貞政)가 우선 오사카에서 탈출했고, 이어서 노부나가의 차남 오다 쓰네마사도 싸움이 불가피하다고 보아 신변의 안전을 위해 오사카성을 떠났다고 했다. 가쓰모토 형제가 이바라키 성으로 물러가는 것은 아마 10월 초하루가 될 거라고 씌어 있었다.

그리고 줄곧 성안에 머물면서 요도 마님을 위로하던 친정 여동생인 교고쿠 가문의 미망인 조코인에게서 은밀한 연락이 왔다는 것도 씌어 있었다. 조코인이 온갖 말로 설득해도 허사였으며 요도 마님은 차츰 주전파의 말에 동요되어 지금은 밤낮으로 간토를 저주하게 되었다고 한다. 그러나 그것은 어디까지나 주위의 분위기에 눌려서이며 결코 본심이 아니다, 그러므로 이타쿠라 님만은 나와 쇼군님 부인의 자매의 정을 믿어달라, 언젠가는 반드시 우리 마음이 통하리라고 믿지만 이것저것 좋지 않은 소문도 흘러 혹시 귀에 들어갈까 봐 미리 부탁드리는 것이다…… 오고쇼에게는 머지않아 다다토모(忠知 ; 다다쓰구의 아우)나 다다타카(忠高 ; 다다쓰구의 아들)가 가서 여러 가지로 말씀드릴 것이니 잘 좀 보살펴 달라……고 한 모양이다.

그리고 마지막에 가쓰시게의 의견이라며, 역시 서쪽 여러 영주의 움직임을 견제하는 의미에서도 이에야스 자신의 출진이 사태를 크게 만들지 않는 중요한 쐐기가 되리라고 씌어 있었다.

이에야스는 이때에도 눈물이 흐를 것 같았다. 전국 동란의 세상에서 73살까지 살 수 있었던 것이 얼마나 행운인가 하고 스스로도 이상할 만큼 감사를 느끼고 있는 터에 이 소동이……

'행운은커녕, 최후까지 전쟁의 괴로움을 맛보게 하려는 가혹한 채찍질이 아닐까……'

아닌 게 아니라 보통 용기로는 처리하지 못할 일이다. 이제 와서 늙은 몸을 아껴 무엇하랴.

일단 결심하자 조금도 망설일 수 없다고 생각했다. 곧 혼다 마사즈미를 불렀다.

"에도로 사자를 보내라. 오사카의 소요 토벌차, 미리 의논한 대로 우선 내가 진두에 서서 출발하기로 결심했다고……"

마사즈미는 근엄한 표정으로 고개를 끄덕였다. 그는 이때를 마음속으로 기다려 온 것이다.

혼다 마사즈미를 에도로 보내고 이에야스는 곧 오미, 이세, 미노, 오와리의 여러 영주들에게 출진명령을 내렸다.

이에야스가 특히 건강한 척 꾸며보인 게 이 무렵이었다.

"오고쇼님은 역시 전쟁이 성미에 맞으시는 모양입니다. 개전 결심을 하시자 눈빛까지 활기를 띠기 시작했습니다."

2일, 에도에서 슨푸로 달려온 도도 다카토라는 혼다 마사즈미의 말에 미간을 찡그리며 고개를 저었다.

"마사즈미 님은 아직 젊소. 노인의 심정은 노인이 아니면 모르는 거요."

"그게 대체 무슨 말씀이신지?"

"부친이신 마사노부 님으로부터 주의가 있었겠지만 가게무샤 준비도 충분히 해두었겠지?"

"가게무샤……라니요?"

"물론 오고쇼도 출진하시오. 그런데 늙으신 오고쇼를 앞으로 닥칠 추운 겨울철에 나가시게 하겠소? 말하자면 바깥에 나가 앉을 대리가 필요하다는 말이오."

마사즈미는 마음속으로 깜짝 놀랐으나 본디 지기 싫어하는 성미인지라 우선 대답했다.

"그 준비는 물론 해놓았지요."

그리고 황급히 가게무샤를 찾아 나섰다. 그리하여 슨푸를 모조리 뒤져 가게무샤 노릇을 할 자……얼른 보기에 이에야스와 비슷한 노인을 겨우 세 사람 찾아냈다.

다카토라는 용의주도하게 요구했다.

"오고쇼를 얼마나 닮았는지 꼭 보고 싶구려."

그래서 한 사람은 무장시키고, 한 사람은 평복을 입히고, 또 한 사람은 농부처럼 그대로 다카토라에게 보여주었다.

그 세 사람 가운데 무장한 사람이 이에야스와 가장 비슷했다. 슨푸에 사는 농부로 다케에몬(竹右衛門)이라는 자였다.

"그럼, 이 다케에몬만 내가 잠시 맡으리다. 틀림없이 오고쇼로 보이도록 만들어야 하니."

그 무렵 진짜 이에야스는, 자기 방에서 구와나 성주 혼다 다다마사(本多忠政)와 가메야마 성주 마쓰다이라 다다아키(松平忠明)를 불러들여 명하고 있었다.

"다다마사는 오늘 당장 이세의 군사들로 하여금 오미의 세타를 지키도록 하여라."

과연 긴장은 하고 있으나 마사즈미가 선전하는 것처럼 눈빛이 다르지도 않고, 행동거지에 흥분한 기색도 보이지 않았다.

"그리고 다다아키는 미노 군을 지휘하여 후시미로 급히 가서 그곳을 단단히 지키지 않으면 안 된다. 세키가하라 때 도리이 모토타다를 죽게 한 성이었다."

그리고 방비는 서두르되 싸움은 서두르지 말라고 누누이 일렀다.

아무래도 이에야스는 자신의 건강을 생각해 오사카성을 포위하기는 해도 곧 싸움을 시작할 마음은 없는 것 같았다. 어쩌면 포위해 놓고 다시 담판할 생각인지도 모른다……고 다다마사는 몹시 못마땅하게 생각했다. 다다마사뿐만이 아니다. 직속무장들 가운데 영주가 되지 못한 사람 중에 특히 그러한 분위기가 강했다.

10월 1일, 2일, 3일 사흘 동안 이에야스가 오사카를 공격하려는 방침을 에도의 노신들은 완전히 이해하고 있었다.

이에야스는 자신이 진두지휘하겠다고 말하고 히데타다에게는 지시 내릴 때까지 에도를 떠나지 말라고 명했다. 그러나 그것은 투지에 찬 발언이 아니라, 자신이 천천히 오사카로 진격하는 동안 오사카에서 반성하여 화의를 청해오기를 기대하기 때문인 것 같았다.

"이번에는 도요토미 가문의 옛 신하들을 달래야 한다."

히고의 가토 다다히로(加藤忠廣)에게 규슈에 대한 대비를 명하고 후쿠시마, 구로다 등 도요토미 가문에 은혜 입은 영주들은 에도의 집에 머물러 있으라고 명했다.

슨푸성 수호는 열한째 아들 쓰루치요에게 맡겼다. 그것은 비록 어리지만 무장으로 다루겠다는 교육을 위해서였고, 그 자신이 진두지휘하는 것도 무장의 책임감을 보여주기 위해서였다.

6일에는 앞에서 이미 쓴 바와 같이 마쓰다이라 다다아키와 혼다 다다마사가 완전히 대비를 끝냈고, 7일에 교토 행정장관 이타쿠라 가쓰시게의 보고에도 있었듯 요도 마님의 여동생 조코인의 밀명을 받고 단고 미야즈(宮津) 성주 교고쿠 다카토모와 와카사(若狹) 오바마 성주 교고쿠 다다타카가 일부러 슨푸까지 나타났다.

이에야스는 그들을 거실에서 접견하며 한 시간쯤 밀담을 나누었다.

요도 마님의 동생 조코인이 이에야스에게 어떤 청을 했는지 모르지만 대충 짐작 못 할 것도 없었다. 혈육……더욱이 불행한 언니와 언니의 단 하나뿐인 자식 히데요리의 운명에 관계되는 일이었다. 아마 자기가 곁에서 열심히 설득할 테니 공격하는 일만은 보류해 달라……는 내용의 이야기일 것이 분명했다. 그 증거로 그 뒤 겨울의 대치가 일단 화의로 들어서자, 조코인이 두 진영 사이를 부지런히 오가며 중재한 일로도 알 수 있었다.

선봉은 슨푸의 도도 다카토라로 결정되었고, 다카토라가 마사즈미와 의논하여 뽑은 가게무샤 세 사람을 진용 속에 거느리고 출진한 것은 다음날인 8일이었다.

이번 주력은 동북의 여러 영주들이었다. 다테, 우에스기, 사타케 등의 히데타다에 대한 충성심을 확인하려는 게 틀림없었다. 이에야스는 10일에 슨푸로 달려온 영주들을 대면한 뒤 11일에 직접 슨푸를 출발했다.

10일에 대면한 장수들 이름은 와카야마 성주 아사노 나가아키라(淺野長晟), 사가(佐賀) 성주 나베시마 가쓰시게(鍋島勝茂), 고치(高知) 성주 야마노우치 다다요시(山內忠義), 도쿠시마(德島) 성주 하치스카 요시시게(峰須賀至鎭), 기시와다(岸和田) 성주 고이데 요시히데(小出吉英), 우스키(臼杵) 성주, 이나바 노리미치(稻葉典通), 사이키(佐伯) 성주 모리 다카마사(毛利高政), 미노 하치만 성주 엔도 요시타카(遠藤慶隆)였다고 기록되어 있다.

이들을 보아도 알 수 있듯 전에 이에야스와 함께 싸우며 고락을 함께 나누었던 사람은 하나도 없고 모두 그 아들이나 자손들이었다.

'70이 넘어 옛 전우의 자손을 거느리고 싸워야 하는 건 이 이에야스 혼자란 말인가.'

이것이 이에야스의 진정한 감회가 아니었을까?

이리하여 슨푸성을 출발하기는 했으나 그리 서두는 것 같지 않았다. 12일에는 가케가와(懸川), 13일에는 나카이즈미(中泉)에서 쉬는 한가로운 여로였다.

이에야스가 서쪽으로 내려오자 마치 뒤쫓듯 히데타다는 자신도 출진하고 싶다고 청해왔다.

이미 히데타다는 이에야스가 출발하기 전에 도이 도시카쓰를 일부러 슨푸까지 파견하여 청했었다.

"이번 토벌에는 저를 파견하시고 아버님께서는 에도성에서 간토 일대를 견제하십시오."

그러나 이에야스는 웃으면서 받아들이지 않았다.

"쇼군의 효심은 고맙다. 그러나 나는 본디 움직이기 좋아하는 성미인지라 싸움이 일어나면 가만히 있을 수 없다. 내 눈으로 오사카를 보지 않고는 배기지 못하는 성미야."

그리고 에도 수비대장을 빨리 정하라고 덧붙였다.

"나는 슨푸의 수비를 쓰루치요에게 명하고 가타하라(形原)의 마쓰다이라 이에노부, 고로모의 미야케 야스사다(三宅康貞), 구노(久野)의 구노 무네나리(久野宗成)에게 그를 보좌하도록 했다. 에도의 일은 쇼군이 알아서 하라. 뒷일을 잘 생각해서."

이 아무렇지도 않은 듯한 말 속에는 도이 도시카쓰가 새겨들어야 할, 늙은 아버지의 마음이 서려 있었다. 슨푸의 수비를 아직 12살밖에 안 된 쓰루치요에게 맡기고 떠난다……는 것은 히데타다 또한 에도의 수비를 아우 마쓰다이라 다다 테루에게 맡기지 않겠는가 하는 뜻이 내포되어 있는 게 분명했다. 장군과 다다 테루 사이에 불화가 있다는 소문이 여전히 일부 사람들 입에 오르내리고 있다. 이 기회에 그 소문을 깨끗이 씻어주었으면……하는 아버지의 바람이 서려 있었다.

그래서 도이 도시카쓰는 쇼군 히데타다의 복안이라며, 에도성 수비를 마쓰다 이라 다다테루에게 맡기고 오쿠다이라 이에마사(奧平家昌), 모가미 이에치카(最上 家親), 도리이 다다마사(鳥居忠政)를 딸려주기로 했다고 아뢰고 에도로 돌아갔다.

이번의 그 결정과 도요토미 가문의 은혜를 입은 후쿠시마 마사노리, 구로다 나 가마사, 가토 요시아키 등이 에도에 남을 것을 승낙했다는 뜻을 알리면서 다시 금 히데타다의 출정을 청하러 마쓰다이라 시게노부(松平重信)를 사자로 뒷쫓아보 낸 것이었다.

"아직 이르다. 서두를 것 없다."

이때도 이에야스는 그 청을 한마디로 물리쳐버리고 14일에 하마마쓰성으로 들 어갔다.

이때는 이미 규슈 지방의 예수교 신자들 동태를 잘 경계하도록 가라쓰(康津)의 데라사와 히로타카(寺澤廣高)와 나가사키 행정관 하세가와 후지히로에게 명을 내 렸고, 히코네 성주 이이 나오쓰구는 병중이라 하여 아우 나오타카(直孝)가 후시 미 수비대장으로 군사를 거느리고 야마시로의 우지(宇治)를 지키고 있다는 보고 가 들어와 있었다.

이에야스의 명령이 일단 떨어지자 군사들의 움직임은 마치 급류에서 헤엄치는 은어처럼 민첩했다.

에치젠의 기타노쇼에 있던 마쓰다이라 히데야스의 외아들 다다나오(忠直) 또 한 이미 요도바시모토(淀橋本)를 향해 진군 중이라고 한다.

"마치 기다리고 있었던 것처럼 재빠르구나."

이리하여 73살인 이에야스의 가마는 15일에 요시다, 16일에는 그가 태어난 고 향 오카자키에 닿았다.

오카자키에 닿으니 아홉째아들 고로타마루는 이에야스의 도착을 기다리지 않고 이미 군사를 거느리고 나고야를 출발했다고 했다.

'모두들 싸움을 재미있어하고 있다……'

입 밖에 내어 말할 수는 없지만 이것 또한 이에야스의 마음에 슬픈 그늘을 드리우는 뜻밖의 일 가운데 하나였다.

'히데요리도 다다나오나 고로타마루처럼 싸움을 재미있어하는 게 틀림없겠지……?'

이미 새로운 세대는 싸움이 얼마나 비참한지 잊어버리고 있었다. 아니, 잊었다기보다 용감한 무용담만 들으며 현실적으로는 아무것도 모르고 자라났다. 땅속에 남아 있는 저 처참한 부르짖음과 절망과 굶주림, 피의 냄새를 맡을 수 없게 되어버렸다.

다다테루, 고로타마루, 조후쿠마루, 쓰루치요…… 아니, 오사카성의 히데요리도, 히데야스의 아들 다다나오도…… 모두 이에야스가 맛본 지옥을 전혀 모르는 자들이었다. 이러한 그저 용감하기만 한 젊은이들을 두고, 73살의 이에야스가 나서야 하다니…… 이에야스는 가끔 우스운 생각이 들었다. 인생 그 자체가 뭐라 형언할 수 없이 우스꽝스러운 것으로 여겨졌다.

"웃을 도리밖에 없지 않은가."

이렇듯 자조하고 싶어졌다.

'이 내가……아무리 용맹한 전국인이라는 맹수들과 당당히 맞서도 결코 꿀리지 않았던 이 내가…….'

이제 와서 새삼스럽게 어린아이들을 상대로 싸워야 하다니 이 얼마나 야릇한 운명이란 말인가.

그렇다고 혹시라도 방심하여 지금의 소란이 더욱 확대되면 그야말로 수습할 길 없는 무간지옥이 입을 벌릴 것이다.

'사자는 토끼를 잡는 데도 온힘을 기울인다지 않는가…….'

이에야스는 17일에 나고야에 닿았고, 18일이 되어 에치젠의 기타노쇼에서 온 다다나오가 가나자와성에서 달려온 마에다 도시미쓰(直田利光)와 진군 속도를 다투어 다다나오는 오미의 사카모토에, 도시미쓰는 오미의 가이즈(海津)에 닿았다는 보고를 받았다.

'전쟁을 달리기 시합인 줄 알고 있군.'

다다나오에게는 야마시로의 니시오카(西岡)에 있는 아즈마 사(東寺)에 진을 치고, 도시미쓰에게는 요도(淀)와 도바(島羽)에 진을 치고 병사들을 쉬게 하라는 엄명을 내렸다.

그리고 19일에는 기후, 20일에는 오미의 가시와바라(柏原)에 이르렀는데, 또 싸움을 재미있는 놀이로 여기는 아이들 장난 같은 보고가 들어왔다. 히데요리의 밀명을 띤, 잠행에 능한 무사들이 교토에서 가쓰시게에게 잡혔다는 것이었다. 그들은 이에야스가 머지않아 니조 저택에 들어갈 것으로 예상하고 그곳에 불 지른 뒤 그 혼란을 틈타 이에야스를 저격할 계획으로 교토에 파견되어 있었다는 것이다.

이에야스는 쓴웃음을 참을 길이 없었다. 왜냐하면 지난 19일, 미노 다카스 성주인 도쿠나가 마사시게(德永昌重)로부터 이에야스에게 오는 히데요리의 서한이라는 것이 와 있었기 때문이다. 거기에 히데요리는 이에야스에게도, 쇼군에게도 결코 다른 마음을 품고 있지 않다……고 씌어 있었다. 그래서 이에야스도 마음이 좀 움직이려던 참이었다.

'도쿠나가 마사요시의 아들 마사시게라면, 중간에 서서 한 역할 할지도 모른다……'

그런데 이제 보니 이에야스가 안심하고 니조 저택에 들어가도록 하기 위한 그야말로 어린애 같은 계략이었던 듯하다…….

'아무래도 전쟁과 장난을 구별하지 못하는 세상이 된 모양이로구나!'

그뿐만이 아니었다. 21일에 이시다 미쓰나리의 옛 영지였던 사와 산을 지나 22일 나가하라(永原)에 닿았을 때 쇼군 히데타다가 대군을 이끌고 에도를 떠났고, 또 사기충천하여 나고야를 떠난 고로타마루 군은 이미 교토에 도착했다는 두 가지 보고가 와 있었다.

이에야스는 곧 쇼군에게 사자를 보냈다.

"서두르지 마라. 서둘러 군사들을 지치게 하지 마라."

이에야스의 진군은 서두르는 듯 서두르지 않으면서…… 그러나 결코 머뭇거리지도 않았다. 한 걸음 한 걸음, 오사카와의 거리가 좁혀짐에 따라 어른과 어린아이의 실력 차이를 세상이 뚜렷이 볼 수 있도록 포석(布石)해 온 것이다. 그러므로 쇼군 히데타다는 좀 여유 있게 행동해도 좋으련만, 히데타다의 입장에서 볼 때는 그것이 무책임하고 불효하는 일로 여겨진 모양이었다.

그는 아버지의 허락을 직접 받기 전에 선봉장 다카토라에게 사후보고 형식을 취했다.

"오고쇼로부터 아직 지령이 내려오지 않았지만, 우선 중간까지 나아가기로 했다."

그리고 진군해 버린 것이다.

'쇼군까지 이러니 딱한 노릇이군……'

가마를 타고 가는 이에야스의 진군과, 대군을 이끈 히데타다의 진군은 세상에서 느끼는 차이가 컸다. 이에야스는 아직 '수습할 수 있는' 여유를 두고 있지만, 히데타다는 적에게 생각할 여지도 없이 전사할 각오를 다지게 한다.

그것은 과연 온갖 반응을 불러일으켰다. 분고 성주로 있는 다케나카 시게토시(竹中重利)는 히데타다가 출발했다는 것을 알자, 자청하여 히로시마 성주 후쿠시마 마사노리의 아들 다다카쓰에게 사자로 갔다. 아버지 마사노리가 에도에 있다 해도 아들 다다카쓰가 곧 군사를 내어 오사카 공격에 가담하지 않으면 히데타다의 의심을 사리라고 충고하기 위해서였다.

다케나카 시게토시가 출발한 바로 뒤에 고이데 요시히데가 나타났다. 요시히데는 히데요리의 사부였던 히데마사의 외아들이었다.

"실은 히데요리 님으로부터 이런 서한이 와서 보여드리러 왔습니다."

그것은 부디 오사카에 가담해 달라는 히데요리의 친필 서한으로, 마사즈미가 그것을 받아 올리자 이에야스는 미간을 찡그리며 외면해 버렸다.

"그래, 고이데까지 히데요리와 인연을 끊었는가……."

도요토미 가문 대대의 충신 고이데며 가타기리에게 버림받고 무슨 일이 터지기만 기다리던 무사들을 모아 전쟁할 수 있다고 여기는 히데요리의 어리석음이 이에야스는 도저히 이해되지 않았다.

그때 또다시 이에야스의 미간을 찌푸리게 하는 보고가 날아들었다. 선봉을 맡은 다카토라가 이에야스의 명령이라며 가타기리 가쓰모토와 그 아들 다카토시에게 오사카 포위의 제1진을 명하자 가타기리 부자는 곧 볼모를 보내고 그 일을 승낙했다는 것이었다.

"알겠습니다."

다카토라는 이에야스의 마음을 헤아려 가타기리에게 선봉을 맡긴 뒤 성안의 화평파와 연락을 취하게 할 속셈이었겠지만, 아무리 그렇더라도 가타기리 부자가 그것을 곧 받아들였다는 건 얼마나 서글픈 일인가.

한쪽은 가담할 만한 자가 잇따라 떨어져나가는 데 비해, 이에야스 쪽은 생각지도 않았던 자까지 상대에게 불리한 정보를 가지고 와서 가담하고 있다.

'누군가 대등한 입장에서 화평을 청해오는 자가 있으리라 여겼는데……'

히데타다의 출발은 그런 기대를 더욱 눌러버리는 결과를 가져오고 말았다.

이렇게 된 이상 이제 이에야스도 중도에 머뭇거릴 수가 없었다. 그는 12월 2일과 3일에 호수를 건너 곧장 교토의 니조 저택으로 들어갔다.

니조 저택으로 들어가자 이에야스는 다시 한번 도카이도를 거쳐 올라오는 히데타다에게 사자를 보냈다.

"서두를 것 없다. 서둘러 군사들을 지치게 하면 쇼군이 출발하는 의미가 없다. 거듭거듭 군사들을 잘 보살피며 위풍당당하게……"

이것은 다이코가 곧잘 썼던 '적을 압도시키는 전략'이었다. 이에야스는 지금 그 수법으로 히데요리의 반성을 촉구하려는 게 분명했다.

아니, 히데요리뿐 아니라 기회는 이때다하고 모여든 오사카 쪽 무사들에게 승산이 전혀 없다는 생각을 하게 하여, 그들의 전망을 바꿔놓으려는 것으로 보는 게 옳을지 모른다.

그러나 이미 시대는 달라졌다. 만일 다케다 신겐, 호조 우지마사, 고바야카와 다카카게(小早川隆景), 우에스기 겐신 등의 시대였다면, 이런 병력 차이를 보고는 결코 싸움을 시작하지 않을 것이다. 그런데 지금 사람들은 애당초 '싸움'을 모르는 자들이다. 그 무서움도, 그리고 실력의 비교도 알 리 없다.

니조 저택으로 잇따라 달려오는 자들은 한결같이 이에야스가 화가 머리 끝까지 나서 오사카를 토벌하려는 줄 속단하고 투지만만하게 청해 올 따름이었다.

"부디 저에게 선봉을."

우선 가쓰모토와 그 아들 다카토시가 찾아왔고, 다음에는 호소카와 다다오키가 얼굴을 보였다. 모두들 오사카성 안의 사정을 알렸으나, 실은 이에야스가 훨씬 더 깊고 안타까운 마음으로 그 사정을 잘 헤아리고 있었다.

다음날인 10월 24일에는 칙사로 다이나곤 히로하시 가네카쓰(廣橋兼勝)와 산조니시 사네에다(三條西實條)가 니조 저택에 나타났다. 73살이 된 노장(老將)의 노고를 위로하는 정성어린 칙서를 받아들고 이에야스는 또 울고 싶어졌다.

히데타다도 이에야스의 가슴속을 정확하게 이해하지 못하고 있다. 이에야스는 싸우고 싶은 게 아니라, 정연한 질서 속에 도의의 말뚝을 하나 단단히 박아넣고 싶을 뿐이었다.

'그러나 아무도 그것을 알아주지 않는다……'

그런 만큼 후세 사람들이 자기를 과연 어떻게 평가할까?

'세 살 버릇 여든까지……'

싸움을 즐기는 이 늙은이는 73살, 말을 탈 수 없는 신세가 되어서도 끝내 싸움 터를 잊지 못했다고들 할 것인가?

칙사가 돌아가고 난 뒤에는 그야말로 야단법석이었다. 공경과 조정 사람들이, 이번 기회에 이 노귀(老鬼)의 기분을 맞추어줘야 한다고 어마어마하게 차려입고 꼬리를 이어 나타났다. '도요토미 가문'이라는 5대 섭정 가문과 대등한 새로운 문 벌을 이 기회에 밀어내야 한다는 속셈을 그들에게서 분명히 읽을 수 있었다.

그런 의미에서 시대의 흐름을 바로 보지 못하는 오사카성은 글자 그대로 '사 면초가'의 소슬한 가을바람 속에 있었다.

이에 비해, 도카이도를 당당히 진군해 오는 쇼군의 군사는 수많은 직속무장 외에 다테, 우에스기, 사타케 등 동북지방 대영주들의 대군을 거느리고 있었다.

이에야스는 그날 에도성 보수에 막대한 비용을 바치고 잇따라 출진하게 된 아 사노 나가아키라, 나베시마 가쓰시게, 야마노우치 다다요시에게 저마다 은 200관 씩 하사하고, 다시 호소카와 다다오키에게 모리 데루모토와 시마즈 이에히사의 군사가 영지를 떠나기를 기다려 역시 동쪽으로 가라는 명령을 내렸다. 그야말로 일본이 총동원된 슬픈 대연습처럼 여겨졌다……

떠도는 별

오사카성에 들어온 사나다 유키무라에게, 다카토라와 가쓰모토가 포위군 선봉을 명받고 다카토라 군이 가와치(河內)로 들어와 고우(國府)에서 고야마(小山)에 걸쳐 진을 쳤다는 보고가 들어온 것은 10월 25일 저녁때였다.

이에야스가 있는 니조 저택에 공경과 여러 영주들이 끊임없이 몰려들 듯이 이곳 오사카성에도 전국에서 몰려드는 무사들의 입성이 계속되었다. 개중에는 진심으로 도요토미 가문에 입은 은혜를 잊지 못하는 자도 있었고 생활고 때문에 무작정 몰려든 자도 있었지만, 이렇듯 잡다한 인간의 집단도 규모가 커짐에 따라 이상한 투지가 솟아올랐다.

"안그런가. 이대로 마른 가랑잎처럼……쓸모없이 죽는 것보다는 싸우다 죽고 싶다! 이런 마음을 젊은 자들이 어떻게 알겠어?"

이렇게 말하는 늙은 군사가 있는가 하면, 그 반대로 꼼꼼하게 계산하는 젊은 이도 있었다.

"간토 군에 가담하면 미래가 뻔해. 장수의 목을 벤다 해도 50석이나 100석의 녹으로 고용되는 게 고작이지. 그러나 도요토미 가문의 천하가 되면 적어도 3000석, 재수 좋으면 영주도 될 수 있어!"

유키무라는 가신들을 일부러 이런 자들 틈에 잠입시켜 엿듣게 했다.

"정말 오합지졸들입니다."

아라카와 구마조가 무슨 소리를 듣고 왔는지 내뱉듯 말하자 엄하게 꾸짖은 뒤 다시 물었다.

"그런 자들을 정예병으로 만드는 것이 병법이다. 그래, 너를 화나게 한 말들은 무엇이었느냐?"

"참으로 해괴하기 짝이 없는 말입니다. 별수 없이 아군이 패하는 줄 알게 되면 우리 대장의 목을 바치고 투항하자. 이런 곳에서 죽는 건 개죽음이 아닌가……즉 도요토미 쪽에서 출세할 가망이 안 보일 때에는 100석이든 50석이든 마다하지 말고 전우의 목을 적에게 팔자고들 쑥덕거리고 있습니다."

아라카와 구마조는 자신의 이름 그대로 곰 같은 손바닥으로 자기의 이마를 두드려 보였다.

"정말 어이없는 놈들이 끼어들었습니다."

그러나 유키무라는 웃지도 않고 놀라지도 않았다.

'요즈음 젊은 자들은 정말 솔직하다…….'

그 솔직함도 실은 평화의 산물이라고 생각했다. 생명의 위험이 없는 세상에 살고 있으면 인간은 마음속의 말을 그대로 입에 올리게 된다. 그러나 평화는 그리 오래 지속하는 게 아니다. 그렇다면 그 솔직함이 언젠가 자기에게 칼날을 부르는 위험한 허점이 되지 말라는 법도 없다. 구마조가 만약 유키무라의 가신이 아니라, 오노 형제의 감시자였다면 그 자리에서 칼을 맞았으리라. 즉 요즈음의 젊은이들은 늙은 무사들이 동경하는 싸움터라는 것의 실체를 모르는 채 자랐다……는 이야기였다.

이달 10일, 예정대로 입성한 유키무라는 우선 하루나가를 만나 성에서 나가 적을 공격하자고 진언했다. 그러나 지금은 그 생각을 버렸다. 누구의 부대도 야전을 치를 훈련이 되어 있지 않았다. '전쟁'이 무엇인지? 그 전쟁에 임하는 군율부터 다시 가르치지 않으면 안 될 자가 많았다. 전쟁이란 언제나 집단의 생명과 운명을 송두리째 걸게 하는 냉혹하기 짝이 없는 도박이다. 따라서 집단으로서의 행동을 충분히 훈련시켜 두는 것이 선결문제였다.

유키무라는 우선 7인조를 중심으로 한 주력부대로 첫 싸움을 장식하되, 우지 강에서 세타로 나가 싸우게 하고, 그동안에 후시미성과 니조 저택을 습격하게 한 다음, 질서정연하게 철수하여 농성으로 들어갈 작정이었다. 반드시 세타에서 결전을 벌인다든가 무슨 일이 있어도 후시미성을 점령한다는 식의 고지식한 전략을 취할 게 아니라, 성 밖에서 충분히 연습시켜 이 전쟁이 저마다의 운명과 어떻게 관련되는지 확실히 자각시킨 뒤에 농성으로 들어가야 한다고 유키무라는 생각했다.

그런데 하루나가는 이 작전을 정면으로 반대했다. 야전은 간토 군이 가장 자랑으로 삼는 것, 만약 첫 싸움에서 퇴각하게 되면 '패했다!'는 인상을 깊게 하여 그 뒤의 사기에 영향을 미치게 된다. 그보다는 처음부터 난공불락의 성에서 먼저 '불패의 신념'을 길러야 한다고 주장했다.

물론 이 주장에도 일리는 있다. 아니, 일리가 아니라 이리(二理), 삼리(三理)가 있을지도 모른다.

'오노 하루나가는 떠돌이무사들을 믿고 있지 않다. 믿지 않으므로 성에서 내보내는 게 불안스러운 것이다. 고전하게 되면 배반할 우려가 있고, 또 군자금만 받아들고 도망칠 우려도 있다……'

유키무라는 이러한 불안을 안은 채 개전하려는 하루나가를 다시 한번 차근차근 관찰하지 않으면 안 되겠다고 생각했다.

'어쩌면 하루나가는 이쪽에서 대군을 모은 뒤에, 그 대군을 배경으로 이에야스와 화의할 속셈이 아닐까……?'

그렇다면 문제는 완전히 달라진다. 유키무라는 성에서 나가 싸우느냐, 아니면 처음부터 농성을 하느냐는 일단 다른 문제로 여겼다. 자신의 진지를 해자 가까이에 두고, 데려온 부하 1000명 남짓과 맡겨진 군사 5000명을 모두 붉은 갑옷으로 무장시켜 만일의 경우 곧 치고 나갈 수 있는 위치에 자리 잡기로 했다.

이 붉은 부대는 일찍이 세키가하라에서 용맹을 떨쳤던 이이 군의 붉은 갑옷을 모방한 것이었다. 깃발에서부터 칼집, 갑옷, 신발에 이르기까지 모두 붉은색으로 통일했고, 마표는 당나라식 우산에 네 발을 단 것과 다이코를 상징하는 황금 호리병박이라는 눈에 확 띄는 화려한 것으로 정했다. 물론 이 역시 전쟁이란 일상의 이해타산과 얼마나 다른지 나타내기 위해 머리를 짜낸 것이었고 시위였다.

이리하여 유키무라가 겨우 자신의 주장을 굽히고 바깥 성에 진지를 막 구축했을 때 이에야스가 도착했다.

그 무렵, 유키무라에게 또 하나 마음에 걸리는 그림자가 나타났다. 그것은 다름 아닌, 요도 마님의 동생인 교고쿠 가문의 미망인 조코인이었다. 조코인은 언니 요도 마님뿐 아니라 때로 오노 하루나가의 진중에 출입하고, 오다 우라쿠와 밀담을 나누기도 했다. 그 신분으로 보아 특별히 의심할 것까지는 없지만, 조코인이 히데요리의 부인 센히메에게도 자주 드나들고 또 요즈음 내전의 수비를 맡은 오쿠하라 도요마사까지 찾아가기에 이르자, 사나다 유키무라의 육감은 커다란 의혹에 부딪혔다.

성안에서는 거의 날마다 어마어마하게 군사회의가 계속되었다.

이미 들어올 자는 거의 다 입성했다. 조소카베 모리치카도, 센고쿠 무세나리도 아카시 가몬도, 모리 가쓰나가도…… 그밖에 오쿠보 나가야스 사건으로 시나노에서 추방된 이시카와 야스나가와 야스카쓰 형제까지 입성했다.

모두들 이번 결전에 운명을 걸 작정인 노장들로 그중에서도 특히 열렬한 예수교 신자인 아카시 가몬은, 역시 같은 신자인 이시카와 형제와 함께 입성한 포를로와 토를레스 두 신부에게 청하여 전군의 전승을 기원하는 기도를 날마다 올렸다.

물론 그들은 이 성을 사수하는 동안 그들이 한 번도 본 적 없는 펠리페 3세의 대함대가 구원하러 오리라 믿고 있었다. 그리고 그 대함대가 나타나기만 하면, 공격하던 도쿠가와 쪽의 큰 세력 거의 모두가 반기를 들 거라고 믿었다. 그 큰 세력이란 두말할 것 없이 다테 마사무네가 이끄는 다테 군과 그의 지휘 아래 있는 마쓰다이라 다다테루 군이다. 이 큰 세력이 배반한다면 우에스기 군도 당연히 세키가하라 때의 원한을 떠올릴 것이며, 그때부터 성스러운 종교전쟁이 시작된다고 확신하는 것 같았다.

그러므로 이들은 모두 필사적이었다. 이런 상황 아래에서, 만일 요도 마님의 동생 조코인이 요도 마님을 움직이고 총대장 하루나가의 투지를 둔화시키며, 오다 우라쿠를 포섭하여 적과 내통한다면 어떻게 될 것인가……?

가장 경계해야 할 것은 농성 중에 느닷없이 적병을 성안으로 끌어들이는 일이다. 그렇게 되면 전략도 전술도 소용없다. 이 거대한 성도 피바다 속에 불타오르게 되리라.

'아무래도 오쿠하라 도요마사를 꼭 만나봐야겠다.'

유키무라는 오쿠하라 도요마사가 기슈 구마노(熊野)의 토호 무사들을 설득하여 데리고 입성한 것은 다이코보다 그의 동생 히데마사에 대한 은혜 때문이라고 들었다.

그 오쿠하라는 지금 내전수비와 히데요리 모자 사이의 연락을 맡고 있다. 그러므로 조코인이 어떤 생각으로 움직이고 있는지 얼마쯤 정보를 가졌을 거라고 보았다.

유키무라는 26일에 히데요리를 접견하고 적의 배치상황을 보고한 뒤 100칸이나 되는 복도 바깥에 마련된 도요마사의 임시막사를 찾아갔다.

"오쿠하라 님을 뵙고 싶다고 전해라. 사나다 유키무라다."

그러자 감시병은 쌀쌀맞게 대답했다.

"지금 안 계십니다."

"어디 가셨는가?"

"작은마님께⋯⋯."

말하다가 황급히 말꼬리를 얼버무렸다.

"어디로 가셨는지 모릅니다."

"그래. 뭐, 성안에 계시겠지. 그럼, 좀 기다릴 테니 의자를 빌리자."

그리고 감시병이 내주는 의자에 걸터앉아 눈을 가늘게 뜨고 늦가을 하늘을 올려다보았다. 파랗다! 마치 닦고 또 닦은 듯한 짙은 감청색이 한없이 눈 부신 빛을 빨아들이는 것 같다. 유키무라는 조용히 눈을 감고 그 짙푸른 색깔을 음미했다.

오쿠하라 도요마사가 돌아온 것은 그로부터 30분쯤 지나서였다. 그는 손에 국화 한 다발을 들고 있었다.

"오, 사나다 님."

다가오면서 그 꽃을 치켜올려 유키무라에게 보였다.

"작은마님께서 부르셔서 갔던 김에 마당에 핀 국화를 얻어왔습니다. 탐나시면 진지에 장식하시도록 나눠드리지요."

"감사합니다. 그럼, 한 송이만 얻을까요!"

유키무라는 받아든 국화에 코를 갖다 대면서 자연스럽게 물었다.

"작은 마님께서는 여전하시지요?"

"예, 과연 쇼군님의 따님이시라 조금도 동요하는 기색이 없으십니다."

"부르신 용건은?"

"오고쇼께서 니조 저택에 도착하셨다는 소문을 들으시고 성안에 무슨 동요가 없느냐고 물으셨습니다."

"허……동요가 없느냐고 말이지요?"

"예, 그뿐 아니라 간토에서 따라온 시녀들에게, 오고쇼가 도착했으니 앞으로 일체 외출하지 마라, 물론 에도에 소식을 보내는 것도 엄금한다고 아주 엄한 분부를 내리셨답니다."

"흠, 오고쇼가 도착해 분명 적이 되었음을 보여주신 거로군……."

"그렇습니다. 작은마님께서는 역시 오고쇼의 손녀인 동시에 아사이 나가마사 님의 손녀라고 감탄할 뿐입니다."

"그런데 오쿠하라 님, 귀하께서는 조코인을 가끔 만나시지요?"

도요마사는 웃음 띤 얼굴로 선선히 대답했다.

"예, 가끔 이 진지로 오십니다. 지금 가장 마음 아파하시는 것은 그분인 것 같습니다. 무리도 아니지요. 세 자매 가운데 두 분이 서로 적대관계니까요…… 어느 쪽이 이기더라도 슬픈 일 아닙니까?"

유키무라는 고개를 끄덕이며 계속 화제를 끌어나갔다.

"그럼, 그 조코인 님은 아직 화해할 여지가 없을까 고심하시는 거군요?"

도요마사는 웃음을 거두고 고개를 저었다.

"그런 희망은 이미 단념하신 것 같습니다."

"허……그런 심경을 내비치기라도 하셨나요?"

"예, 실은 제가 일이 이쯤 된 이상 이미 폭포 아래로 떨어지기 시작한 물과 같아 결전을 벌이지 않으면 안 될 거라고 아뢰고, 우라쿠 님께서도 그렇게 설득하시어 단념하신 것 같습니다."

유키무라의 눈이 번쩍 빛났다. 그야말로 자연스러운 도요마사의 대답이었지만, 유키무라가 무슨 생각을 하고 무슨 속셈이 있어서 묻는지 잘 알고 미리 준비한 대답 같았다.

"오쿠하라 님."

"예."

"귀하는 검성(劍聖) 야규 세키슈사이 님의 수제자라고 들었습니다만 이번 싸움에서 승패가 갈리는 시기는 언제쯤일 거라고 생각하십니까?"

이번에는 상대의 인물을 시험하려 했다.

도요마사는 뜻밖에 온화한 표정으로 고개를 갸웃거렸다. 유키무라의 질문에 진지하게 대답하려는 것 같았다.

"글쎄요, 반년쯤 걸릴까요?"

이 대답은 유키무라에게는 조금도 의외가 아니었지만 지금 이 성안에서 이런 대답을 하려면 용기가 있어야 했다. 다행히 두 사람이 마주 대하고 있는 의자 주위에는 아무도 없었다. 발아래의 조약돌이 햇빛을 받아 따뜻하게 느껴질 만큼 서리가 내리는 계절 같지 않은 포근한 날씨였다.

"허……반년이면 승패가 난다는 말씀이신가요? 모두들 2년은 버티자고 하는 모양입니다만……."

"2년……못 버틸 것도 없겠지요, 버틸 수 있게만 한다면."

"버틸 수 있게 하다니?"

"적이 밀려올 때 싸우는 대신 화의를 청하여 교섭으로 시일을 끌면 말입니다."

"과연……칼을 뽑는 대신 교섭으로 나간다는 말이군요?"

앵무새처럼 되풀이하면서 유키무라는 생각했다.

'보통 인물이 아니다.'

두 사람 사이에 아무 장벽도 느끼게 하지 않고 자연스럽게 상대의 가슴속에 파고든다……상당한 달인이 아니면 도달할 수 없는 경지이다.

"그럼, 오쿠하라 님은 그런 뜻을 우라쿠 님에게 말씀드렸습니까?"

도요마사는 선뜻 대답했다.

"아니, 누구에게도 말하지 않았습니다. 말씀드려도 이해 못하실 겁니다. 이해할 수 없는 말씀을 드리면 기껏해야 결속을 해치는 결과가 될 것 같아서……."

상대가 다시 멋지게 피해 넘기는 바람에 유키무라는 마음속으로 적잖이 당황했다.

'이 인물은 대체 무슨 목적이 있어서 분명히 질 것을 알면서 성으로 들어온 것일까?'

"오쿠하라 님."

"예?"

"실은 나도 이 싸움의 전망을 귀하와 비슷하게 내다보고 있습니다. 2년만 견디면 뜻밖의 곳에서 원군이 온다……는 것은 예수교 신자의 희망일 뿐 실현되지는 않을 겁니다. 민심의 긴장은 기껏해야 반 년쯤 갈까……반 년이 지나도 승산이 보이지 않으면 모두들 이탈하게 되겠지요!"

"나도 그렇게 생각합니다."

"그래서 여쭈어보는데, 마침내 승산이 없다는 것이 확실시될 때 귀하께서는 어떻게 진퇴를 취하실지 생각하고 계시겠지요? 괜찮으시다면 그것을 말씀해 주실 수 없겠습니까?"

이번엔 도요마사가 깜짝 놀란 듯 유키무라를 보았다. 그 질문은 분명 도요마사의 의표를 찌르는 것이었다. 적어도 군사(軍師)로서 이 성에 초청받은 유키무라는 전군이 매달려 있는 희망의 끈이 아닌가?

'그러한 유키무라가 무엇 때문에 이렇듯 자신없는 말을?'

꽃다발을 든 채 도요마사는 의자에서 몸을 벌떡 일으켰다.

"사나다 님에게 차를 한 잔 대접하고 싶습니다. 안으로 들어가십다."

"그럼……폐를 끼치기로 할까요."

자리에서 일어나면서 유키무라는 새삼 가슴이 찔려오는 것을 느꼈다.

'이 사람은 역시 보통인물이 아니다.'

통나무로 울타리를 엮고 휘장을 둘러친 안에는 마루가 놓이고 곰가죽이 한 장 깔려 있을 뿐이었다. 그런데 칼걸이 옆에 이가(伊賀)의 오래된 물병에 꽃이 꽂혀 있고, 그 옆의 다듬잇돌 같은 향로에서는 향이 피어올랐다. 조그만 탁자에 얹혀 있는 사본(寫本)은 아무래도 병법서인 것 같았다.

"자, 이리로……"

도요마사는 유키무라에게 자리를 권한 뒤 중앙의 화로 위에 걸어놓은 냄비 앞에 앉아 차를 끓이기 시작했다. 그것은 유키무라를 환대하기 위해서라기보다……아무래도 자신의 마음을 가라앉히기 위한 동작 같아 보였다.

유키무라는 방안을 한 바퀴 둘러보고 무심하게 상대의 동작을 바라보았다.

'차를 마신 뒤 이 사나이는 대체 무슨 말을 꺼낼 것인가……?'

그 의문은 사나이의 흥미를 돋우기에 충분했다.

유키무라 앞에 찻잔을 놓고 도요마사는 다시 전과 같이 온화한 목소리로 입을 열었다.

"그런데 아까 하신 질문에 대한 대답입니다만……저의 스승 세키슈사이 님이 저에게는 고모부 되십니다."

"아……."

"아실지 모릅니다만 지금 쇼군 집안의 검술사범 야규 무네노리는 나의 고종사촌 동생이지요."

유키무라는 저도 모르게 무릎을 탁 쳤다. 야규 무네노리라면 도쿠가와 가문과 끊으려야 끊을 수 없는 사이, 병법가인 동시에 영주들의 감시역이라고도 볼 수 있는 인재였다.

"그 무네노리가 올봄 우리 집으로 찾아와 나더러 이 성에 들어가라고 명령처럼 말했습니다."

유키무라는 아연했다. 남을 의식하지 않는 이토록 대담한 고백이 어디 있단 말인가…….

"그럼, 귀하는 야규 님 지시로 입성하셨습니까?"

도요마사는 천천히 고개를 저었다.

"내가 따른 것은 사촌 동생의 말이 아니라 은사 세키슈사이 님의 가르침입니다."

"허……."

"세키슈사이 님은 인간에게는 단 하나, 꽁꽁 얽매여 풀지 못하는 부자유가 있다……고 제자들에게 가르치셨습니다. 그 부자유란 생(生)과 사(死)라고……."

"태어남과 죽음 말이지요?"

"예, 그 태어남과 죽음만은 아무리 노력하고 발버둥 쳐도 자신의 힘과 의지로 결코 거기에서 자유로워질 수 없다고……."

"음……."

"태어나고 싶은 곳에 태어날 수도 없고 죽을 때를 넘기면서 살 수도 없다, 즉 인간은 우주에 의해 생사라는 한 점에 사지가 단단히 묶여 있다…… 말하자면 우주의 노예이니, 그것을 깨달으라고……."

"우주의 노예라…… 재미있는 말이군요."

"그러니 주군을 섬기지 마라. 주군도 우리와 같은 우주의 노예…… 노예가 노예의 본분을 잊어버리고 이중으로 주군을 섬기는 것은 우주에 대해 불충하기 짝이 없는 일…… 주군은 우주 하나로 충분하다. 일부러 주군을 둘 섬겨 더욱 부자유한 인간이 되지 말라고 하셨습니다."

유키무라는 저도 모르게 한무릎 다가앉았다. 세키슈사이의 말도 야릇하게 가슴을 쿡 찔러 왔지만 그 이상으로 도요마사라는 인물에 대해 새삼 놀라움을 느꼈다.

"그럼, 오쿠하라 님은 생사로 우주에 묶여 있기 때문에 이 세상에서는 주군을 섬기지 않겠다는 말씀입니까?"

유키무라가 성급하게 묻자 도요마사는 다시 조용히 고개를 저었다.

"나는 그 말을 세키슈사이 님의 엄격한 자계(自戒)의 말로 받아들이고 있습니다. 아니, 세키슈사이 님의 자계는 두말할 것 없이 야규 일족의 가훈이며, 유파가 이어받아야 할 비법의 기초라고 여겨 그것만은 어기지 않겠다고 마음 깊이 맹세했습니다."

"흠, 그러면 귀하는 녹을 받고 도요토미 가문을 섬기는 게 아니란 말이지요?"

"그렇습니다. 하늘은 사람 위에 사람을 만들지 않고, 사람 아래 사람을 만들지 않았습니다…… 모두들 생사라는 큰 사슬로 우주와 이어진 일시동인(一視同仁)의 자손들입니다. 이런 자각을 굳게 지니고 사는 것이 세키슈사이 님의 혈맥을 잇는 길이라고 생각합니다."

유키무라는 무릎을 한 번 치고 얼른 차를 마셨다.

"과연……이제야 비로소 야규 신카게 류(新陰流)의 비결을 엿본 듯한 느낌입니다…… 감사합니다."

달그락하고 마루 위에 찻잔을 내려놓으면서 말을 이었다.

"그러면 귀하는 도요토미 가문을 섬길 마음은 없지만 모르는 척할 수도 없다…… 그래서 입성하신 거군요……."

"그렇습니다."

비로소 도요마사는 고개를 크게 끄덕이며 미소지었다.

"이 싸움은 내가 볼 때 실은 도요토미 가문과 도쿠가와 가문의 싸움이 아닙니다."

"음……."

"이것은 예수교 신자들과 평화에 불만 품은 무사들이 시대에 도전하는 싸움…… 이 싸움에 어이없이 말려들어 꼼짝없이 이용당하고 있는 것이 가련한 다이코 전하의 유족…… 내 동생 무네노리도 이 일을 잘 꿰뚫어 보고 있었습니다."

유키무라는 바늘에 가슴이 쿡 찔린 듯한 느낌이었다. 정말 도요마사의 말이 옳았다…… 어쩌면 자기 자신 또한 도요토미 가문의 유족을 사건의 소용돌이로 끌어들이려는 자들 가운데 한 사람인지도 모른다…….

"그러나 나는 동생의 생각에 따라 입성을 결심한 게 아닙니다. 동생은 누가 뭐라 해도 쇼군의 무술사범. 도쿠가와 가문과 가까운 위치에 있기 때문에 나는 내 생각에 따라 내 길을 정했습니다."

"그것을 듣고 싶군요. 적어도 반년이면 운명이 결정될 성으로 왜 입성하셨는지……."

도요마사는 다시 미소지었다.

"한마디로 말씀드리면……싸움과 상관없는 분들을 이 소용돌이에서 구해드리고 싶어서입니다. 사나다 님께서도 아실 것입니다. 히데요리 님은 물론이고 마님의 어디에 싸움을 즐기는 구석이 있습니까? 그 기품있는 작은 마님이나, 철모르는 따님의 어디에 전의(戰意)가 있습니까? 전의가 없는 분들을 전화에서 구해드리는 일…… 이것은 그 누구의 가신도 아닌 긍지를 지닌 병법자가 해야 할 의무……라는 스승님의 소리를 허공에서 듣고 감히 일족과 함께 입성한 겁니다."

유키무라는 다시 아연하여 도요마사를 바라보았다. 유키무라가 속세에서 이같은 긍지를 지닌 병법자를 본 것은 처음이었다. 그 고고한 심경은 벌써 유키무라를 압도할 듯했다. 상대도 유키무라의 인물됨을 알아보았기 때문이겠지만 한마디 한마디에서 털끝만큼의 가식도 찾아볼 수 없었으며 그야말로 '하늘의 아들'이라고 자부하는 자답게 겸허한 성실성으로 가득 차 있었다.

듣고 보니 확실히 히데요리 모자와 이에야스의 싸움이라고만 할 수 없는 점이 있었다.

'그럼, 대체 누구와 누가 싸우는 것일까?'

도요마사는 그것을 예수교 신자의 불안과 떠돌이무사들의 불평이 시대의 흐름에 도전하는 거라고 단언했다.

'그러나 과연 그것뿐일까?'

만약 그것뿐이라면 싸움은 영원히 사라지지 않으리라. 인간생활에서 불안과 불평을 모조리 추방하는 것은 실로 불가능한 일이기 때문이다. 그러나 이러한 간결한 단언은 유키무라에게 있어 그저 부러울 따름이었다. 거기에서 분명 행동의 기준이 나오기 때문이다.

"그러면 오쿠하라 님은 싸움이 벌어졌을 때 그 세 분을 구해내려는 생각으로……?"

도요마사는 다시 싱긋 웃을 뿐 대답하지 않았다.

"그렇다면 우리는 히데요리 님 모자분도 작은마님도 안 계시는 이 빈 성에서 핏대를 세우고 싸워야 하게 될지도 모르겠군요."

유키무라는 자조 비슷한 투로 말하고 이번에는 농담을 던졌다.

"빈 성에서 싸우는 것도 괴이한 일인지라 농성파들이 모두 오쿠하라 님을 상대하려고 하면 어떻게 하시겠소?"

"그때는……."

도요마사는 자신의 목을 살짝 두드리며 말했다.

"하늘의 아들은 그 생명을 하늘에 맡길 뿐입니다."

"자신 있으신 것 같군요."

"예."

도요마사 역시 장난스럽게 눈을 치켜뜨고 말했다.

"자, 한 잔 더 드십시오. 맛은 없지만 작은마님에게서 얻어온 아름다운 국화를 보시며 맛있게 들어주십시오…… 야마토의 산골에서 줄곧 꽃을 보며 살아온 꽃지기인지라 꽃이 없으면 어쩐지 허전해집니다."

그 말을 들은 유키무라는 어느새 싸리와 함께 화병에 꽂아놓은 국화로 눈길을 보냈다. 바깥에서 보았을 때보다 조화를 이루고 있었다.

유키무라는 문득 묘한 착각을 느꼈다. 이미 성 밖에서는 간토 군이 포위망을 시시각각 좁혀와 이 언저리는 머지않아 치열한 전쟁터가 되려 한다. 이때 이곳에서는 '야마토의 꽃지기'라는 이상한 사나이가 성의 주인 세 사람을 구해낼 수 있다고 자신하며 조용히 차를 끓이고 있지 않은가.

"과연 꽃지기라 꽃을 지게 할 수는 없다는 말씀…… 그렇다면 우리에게도 꽃지기를 벨 칼은 없는 셈이 되는가요?"

이 말은 끝없이 푸른 하늘을 향해 느닷없이 던진 유키무라의 무척이나 당혹스러운 술회였다.

늙은 호랑이와 매

오사카 쪽에서는 드디어 이에야스가 덴노사 가까이로 진군하여 속전속결의 기세로 성을 공격하리라 여기고 있었다. 그래서 10월 끝 무렵 가와치에 있는 데구치 마을의 둑을 무너뜨려 히라카타 언저리의 통로 차단을 시도했다. 아무리 농성하기로 결정했다 해도 상대가 너무 멋대로 행동하도록 내버려 두면 오사카 사람들이 어떻게 생각할 것인가 하여 그 건재함을 보여주기 위한 최초의 출격이었다.

어찌 된 일인지 이에야스는 이를 상대하지 않았다. 둑도 도로도 부수는 대로 내버려 두고 오사카 군이 철수해 가기를 기다리더니, 물러가자마자 마쓰다이라 노리히사(松平乘壽)의 미노 군과 히로시마에서 급히 올라온 후쿠시마 마사노리의 아들 다다카쓰에게 명했을 뿐이었다.

"본디대로 복구하도록."

그리고 선봉인 도도 다카토라에게도 아직 전투개시를 허락하지 않았다고 한다…….

그 무렵부터 히데요리는 이에야스가 무슨 생각을 하고 있을까 하는 큰 의혹을 느끼기 시작했다. 히데요리가 오노 형제나 주전파들에게서 들은 싸움은 그처럼 미적지근한 것이 아니었기 때문이다. 이에야스는 세키가하라 이후 도요토미 가문을 어떻게 멸망시켜 버릴까 하며 늘 발톱을 갈고 있다, 그리고 드디어 이번의 대불전 공양으로 그 호기를 만난 것이다, 따라서 이에야스가 니조 저택에 도착하기 전부터 맹렬한 공격전이 개시되어 이에야스가 도착했을 때는 이미 수많은 공을 세워 기세를 올리고 있었어야 했다. 그런데 니조 저택에 도착한 이에야스는 일부러 전투개시를 연기하려는 눈치를 보였다.

거기에 대해 이모 조코인은 말했다.

"오고쇼는 우대신을 무척 아끼고 계시는 거예요. 그러니 쇼군의 군사에게도 서두르지 말라고 자주 사자를 보내고 있대요. 쇼군의 대군이 도착하면 어쩔 수 없이 싸움을 시작해야 하는 게 슬퍼서겠지요."

히데요리는 처음에 그것을 나무랐다.

"사기에 영향 미치니 쓸데없는 말씀을 하지 마십시오."

물론 그때는 그것이 히데요리의 거짓 없는 심정이었다. 이미 화살은 시위를 떠난 뒤였다. 조코인이 이에야스의 역성을 든다는 게 알려지면 그야말로 혈기왕성한 자들이 그냥 있을 리 없었다.

"조코인은 간토의 주구다. 출진의 제물로 삼아버려라!"

그런 험악한 공기는 요도 마님의 측근에까지 침투되고 있었다.

"이것은 전쟁놀이가 아니다. 모두의 생명이 걸려 있으니 배반자는 용서치 않겠다."

그러나 그 히데요리가 조코인의 말을 잊을 수 없게 하는 사건이 그 뒤에도 계속되었다. 히데요리가 풀어놓은 첩자 다나카 로쿠자에몬 패가 알려온 소식이었다. 로쿠자에몬은 본디 교고쿠 가문의 가신이었다. 그의 아내는 조코인의 주선으로 히데요리의 측실에게서 태어난 아들 구니마쓰를 비밀리에 맡아 기르고 있었다. 그 로쿠자에몬이 후시미에 있는 가가의 동지들과 연락하며 줄곧 교토에서의 이에야스 동정을 염탐하고 있었는데, 그들이 보고하는 이에야스의 행동은 히데요리로서 도저히 이해할 수 없이 해괴했다.

'이에야스가 정말로 싸울 마음이 있는 것인지……?'

이에야스는 오사카의 병력이 파괴한 데구치 마을의 둑을 복구하게 한 뒤 또 얼마 동안 아무 일 없는 듯 니조 저택에서 귀족과 공경들의 방문을 받고 있었다. 물론 쇼군 히데타다의 대군이 도착하기를 기다리고 있는 거라고도 할 수 있지만, 그뿐이라면 중간에 몇 번이나 사자를 보내 히데타다에게 되풀이 이르는 것이 이해되지 않는다.

"행군을 서두르지 마라. 군사들이 지치지 않도록 천천히……."

히데요리는 생각했다.

'—뭔가 까닭이 있어 시간을 늦추려는 게 틀림없다……'

그러고 보니 이에야스의 밀명을 받아 움직이고 있을 이타쿠라 가쓰시게의 행동도 납득되지 않았고, 인근 지방에 잇따라 포고되는 '금지령'도 뭔가 이상하다는 느낌이 들었다. 아무튼 그것을 하지 마라, 이것을 금한다……는 새로운 금지령이 야마시로, 야마토, 가와치, 오미에 걸쳐 3, 40통이 넘게 전해지고 있었다. 생각하기에 따라서는 오사카의 반란쯤 처음부터 안중에도 없으며, 이에야스가 일부러 상경한 것은 이 일을 기회로 내정개혁과 이풍쇄신(吏風刷新)을 꾀하기 위한 거라고 볼 수도 있었다.

그러고 보니 혼다 다다마사든, 도도 다카토라든, 간토 군이 진출한 지역 안에서는 군사들의 난폭한 행동을 엄금한다는 팻말이 늘어섰고 또 엄격하게 지켜지고 있는 것 같았다. 그렇게 되면 그 반대현상이 돋보이지 않을 수 없다. 즉 오사카 쪽에 가담하겠다고 자청하여 모여든 무사들이 군자금 조달을 구실로 난폭한 짓을 하는 게 묘하게도 더욱 눈에 띄는 것이다.

히데요리가 끝내 이에야스의 뜻을 헤아릴 길 없어 오쿠하라 도요마사를 센히메의 궁전으로 은밀히 초청한 것은 11월 5일이었다.

이때는 유유히 여행을 계속하고 있던 쇼군 히데타다도 이미 오미의 가시와바라에 도착했다. 그리고는 무슨 생각을 했는지 또 행군을 멈추고 이틀 동안 머물러 있었다. 그곳에도 이에야스의 사자가 달려갔으나 히데요리는 아직 그 정보를 받지 못했다.

"건강하신 모습을 뵈니 이 도요마사는 기쁘기 한량없습니다."

도요마사는 이때 이미 성안에서 이상한 발판을 쌓고 있었다. 아무도 그를 도쿠가와 가문과 연결지어 생각하는 자가 없고, 오히려 이 싸움에서 초연하게 내전 수비에 임하는 특이한 병법가로 생각하는 것 같았다.

성안 무사들은 모두 무장하고 있는데 히데요리는 아직 평복차림이었다. 정원에 만발했던 국화도 지고 처마 끝에서부터 조약돌이 깔린 연못까지 내려앉은 거친 서릿발이 눈에 띄었다. 그러나 정원으로 불려 나온 도요마사의 어깨에는 햇볕이 내리쬐어 춥지 않았다.

"도요마사, 그대에게 물어볼 것이 있다."

요즈음 히데요리는 옆에 센히메가 있을 경우 유난히 위엄을 갖추려는 버릇이 생겼다. 역시 이것은 싸움을 결의한 뒤부터 자연히 나타나는 남자의 허세인 듯했다.

"예, 무엇이든 물어보십시오."

"그대는 야마토의 야규 일족과 관계있다던데."

"예, 쇼군의 사범 야규 무네노리와 사촌 간입니다."

대답하는 도요마사의 표정이 굳어 있는 것처럼 보였다.

히데요리는 그의 아버지 다이코와는 닮지 않은 6척이 넘는 거구로 태어났다. 더구나 요즈음 풍만하게 살찐 데다 싸움을 앞둔 긴장감이 위엄을 자아내 목소리까지 찌렁찌렁해진 것 같았다. 아에바 부인은 아런한 그리움을 가지고 이 모습이 외조부 아사이 나가마사와 똑같다고 말했다.

"그대는 그 야규 무네노리와 다투어 고향을 버렸다고 했지?"

"그렇습니다. 무네노리는 저더러 도쿠가와 편에 가담하여 싸우라고 권했습니다. 그러나 저의 가문은 다이코 전하의 아우님이신 히데나가 님에게 각별한 은혜를 입고 있습니다. 그러므로 만일의 경우에 도움되기 위해 가까이에서 모시려고 온 것입니다."

"도요마사!"

"예."

"그대가 야규와 다투어 고향을 버리게 되었다면 그 뒤에도 야규의 행동을 계속 살피고 있겠지."

도요마사는 상대의 마음을 헤아리지 못해 고개를 조금 갸우뚱했다.

"살피고 있다면 이것저것 생각이 있을 거야. 야규는 이번에 쇼군을 수행하여 상경 중이라고 한다. 알겠나, 쇼군은 어째서 일부러 상경전을 서두르지 않는가? 세상에서는 오고쇼가 서두르지 말라, 천천히 행군하라고 계속 사자를 보내기 때문에 쇼군은 초조해하면서 기다리고 있다고 한다. 그대는 이것을 어떻게 생각하는가?"

"아, 그 일 말씀입니까? 그거라면 짐작하시는 대로라고 생각합니다."

"짐작하다니 무슨 말인가?"

"말씀대로 쇼군은 아직 젊어서 성격이 급합니다. 오고쇼는 그것을 견제하고 있다고 생각합니다."

"도요마사!"

"예!"

"오고쇼가 왜 싸움을 서두르지 않는지, 병법자인 그대가 생각하는 대로 말해 보라."

"황송합니다만, 그 전에 말씀드릴 것이 있습니다."

"이야기해 보라. 사양할 것 없으니 뭐든지 분명히 말해라."

그것은 옆에 있는 센히메를 의식한 젊고 날카로운 질문이었다.

오쿠하라 도요마사는 윗몸을 바로 하였다.

"주군의 정보망에, 주군의 생명을 노리고 야마구치 시게마사가 이 오사카성 안에 잠입하려 했던 사실이 포착되었는지 우선 그 일을 여쭈어보고 싶습니다."

"뭐, 야마구치 시게마사가 내 목숨을……?"

"예, 이 일을 생각한 자가 시게마사인지 아니면 쇼군의 측근인 도이 도시카쓰인지…… 그것은 잘 모르겠습니다. 그러나 도이 도시카쓰가 그 일을 어느 역참에서 쇼군에게 말씀드린 것은 틀림없습니다."

"뭣이, 그러면 쇼군이 그것을 허락했다는 말인가?"

도요마사는 천천히 고개를 저었다.

"그것이 이번 사건을 처리하는 첫 번째 지름길이라며 쇼군은 도이 도시카쓰를 오고쇼에게 보내 허락 여부를 물었다고 합니다."

"음, 그래서 오고쇼는?"

"도이 도시카쓰를 꾸짖으셨습니다. 그것은 결코 안 된다! 그래서 직속무장들의 체력과 난폭한 행동을 염려하시어 상경을 서두르지 말라고 몇 번이고 타이르고 계시는 듯합니다."

거기까지 말하자 히데요리는 괴성을 지르며 몸을 앞으로 내밀었다.

"도요마사! 그대는 이 오사카성에 있으면서 그런 비밀을 어떻게 알았나? 자, 그것을 말해라!"

히데요리가 따지고 들자 도요마사는 좀 괴로운 듯 시선을 비켰다. 어떤 경우에도 자신을 속이지 못하는 도요마사였다. 그러나 그가 진실을 이야기할 상대로서 히데요리는 아직 너무 어렸다. 어떤 경우에도 히데요리 모자와 센히메의 생명만은 지켜내겠다는 고집은 인간의 표리를 깊이 아는 상대가 아니면 이해할 수 없는 일이라고 생각했다.

"왜 머뭇거리느냐? 그대가 설마 내 눈을 속이고 적과 내통하는 것은 아니겠지. 그런데 그 비밀이 어떻게 그대 귀에 들어왔느냐?"

"황송하오나 그것을 주군께 말씀드리면 앞으로 알고 싶은 것을 알지 못하게 됩니다. 그래도 말씀드려야 합니까?"

"뭐……뭣이라고? 그럼, 역시 적과 내통하는 자가 있다는 말이구나."

"그렇습니다. 이 도요마사는 귀신이 아닙니다. 알려주는 사람도 없이 어떻게 그것을 알겠습니까?"

히데요리는 갑자기 문 앞 마루를 쾅쾅 치면서 다그쳤다.

"말해라! 말하지 않고 될 일이 아니다! 알겠나, 오고쇼가 하는 일이 도무지 납득되지 않는다. 공격하는가 싶으면 애태우고, 애태우나 싶으면 놀리듯 금지령 따위를 내린다. 대체 나를 어떻게 생각하고 있는 건가?"

"무슨 말씀을……주군께서는 아직도 오고쇼의 마음을 모르십니까?"

"모르니까 묻는 것 아니냐? 그대에게……."

"그렇다면 말씀드리지요. 오고쇼는 주군과 싸우는 것을 싫어하고 계십니다. 그러므로 이번에도 가타기리 형제를 선봉으로 내보냈습니다. 이것은 가타기리 형제를 통해 화의를 강구하라는 암시인 줄 생각합니다."

"뭐, 가타기리를 통해……."

"예, 이번 싸움은 오고쇼에게 아무 이익도 없습니다. 그러므로 금지령을 내리고, 팻말을 세우고, 한꺼번에 일을 해결하려는 야마구치 시게마사와 도이 도시카쓰를 책망하는가 하면, 사카이에서 은을 거두고, 사누키와 쇼도섬 언저리까지 손길을 뻗어 소금과 장작과 생선류를 사들이는데…… 이는 모두 주군께 싸움을 단념하시도록 하려는 무언의 충고…… 이 오쿠하라 도요마사의 눈에는 그렇게 보입니다."

거기까지 말하고 도요마사는 문득 생각난 듯이 덧붙였다.

"아참, 아까 누가 비밀을 알려주었느냐고 물으셨지요. 말씀드리겠습니다. 늘 쇼군 측근에서 수행하고 있는 야규 무네노리입니다."

"뭣이, 야규라면……그대와 싸우고 헤어졌다는 게 거짓말이었느냐?"

도요마사는 조용히 고개를 저었다.

"사실입니다. 싸우고 헤어진 사이라 무네노리에게도 고집이 있겠지요. 오고쇼는 조금도 싸울 뜻이 없는데 도요마사는 아직 도요토미 가문 편이 되어 싸울 작정이냐고, 결국은 저의 모자라는 생각을 비웃어줄 마음으로 알려온 것…… 앞으로도 가만히 있으면 여러 가지 비밀을 알게 되겠지요. 그러므로 이 일은 비밀로 하셨으면 합니다……"

히데요리는 그제야 납득된 듯한 얼굴이 되었다. 그럭저럭 상대의 말뜻을 이해한 모양이다…….

"그렇다면 그대는 진심으로 싸울 뜻이 오고쇼에게 없다고 생각하는가?"

히데요리의 목소리는 이미 전과 같이 위압적이지 않았다.

"그러면 그렇지……."

목소리를 낮추어 공감하는 빛이 어려 있었다.

"예, 그러나 오고쇼에게 싸울 뜻이 없다……고 하여 이번에 싸움이 되지 않는다……는 것은 아닙니다. 그 점을 혼동하지 마시기를……"

도요마사는 결코 우대신 히데요리의 사부도 아니고 사범도 아니었다. 따라서 억지로 간하는 언동은 조심할 필요가 있었다.

그러나 일단 도요마사가 자신의 의혹에 대답할 수 있는 무언가를 가지고 있다는 것을 알아차린 히데요리가 거기서 질문의 화살을 늦출 리 없었다.

"음, 그렇다면 조코인의 말씀도 전혀 근거 없는 건 아니었던가……"

옆에 있는 센히메를 흘끗 쳐다보며 중얼거리고 다시 도요마사를 돌아보았다.

"그대 말대로 오고쇼는 싸울 뜻이 없더라도 이쪽에 싸울 뜻이 있다면 싸움이 된다. 그것은 뻔한 일이지. 하지만 오고쇼가 나를 암살하지 못하도록 도이 도시카스를 꾸짖었단 말이지?"

"야규 무네노리는 그렇게 알려왔습니다."

"바로 그거야! 야규가 그것을 그대에게 어떻게 알렸는지 나는 아직 그 경로를 듣지 못했어. 누가 어떤 줄을 타고 야규의 연락을 이 성안에 가지고 들어왔지? 알겠느냐, 숨기는 게 있으면 그대는 이 히데요리를 배신하는 것이 된다. 경우에 따라서는 나도 입을 다물 것이니 숨기지 말고 사정을 이야기해 보라."

"그럼, 말씀드릴 테니 비밀로."

"염려할 것 없다. 어서 말해라."

"실은 주군 측근에 요네무라 곤에몬(米村權右衛門)이라는 자가 있습니다."

"오, 곤에몬 말인가……."

히데요리는 또 당황하여 센히메 쪽을 바라보았다. 왜냐하면 요네무라 곤에몬은 보통 측근이 아니라 히데요리의 전령이라고 할 수 있는 닌자로 첩자였기 때문이다. 때때로 센히메에게도 천연덕스럽게 드나들었고 오노 하루나가와 어머니에게도 출입하며 성안의 분위기를 샅샅이 살피고 있는 사내이다.

"그 요네무라 곤에몬은 이따금 주군의 내명으로 사카이 시장까지 생선을 구입하러 갑니다. 야규 무네노리는 그것을 알고 있었던지 지금까지 두서너 번 서신을 맡겨 보내왔습니다."

히데요리는 대답하는 대신 문득 불안한 눈빛을 보이며 물었다.

"그렇다면 곤에몬도 야규의 제자였다고 그대는 보는가?"

도요마사는 선뜻 머리를 저었다. 여기서 쓸데없는 의혹을 사서 히데요리의 의심을 부채질하면 그야말로 앞으로의 충성에 금이 가리라 생각했던 것이다.

"곤에몬은 다만 이름 모르는 상인에게서 넘겨받았고, 저 또한 야규에게 전해 달라고 답서를 부탁한 적도 없습니다. 그 일은 주군께서 곤에몬에게 물어보십시오."

"그래? 곤에몬이 편지부탁을 받았다. 즉 한쪽에서만 받았단 말이지?"

20살이 넘었지만 히데요리는 역시 소년다운 순진함을 아직 잃지 않고 있었다.

"그래? 좋아. 의심은 풀렸다, 도요마사."

히데요리는 빠르게 말하고 다시 목소리를 낮추었다.

"의심이 풀렸으니 다시 그대에게 묻겠다. 우리와 싸우기를 원하지 않는 오고쇼…… 그 오고쇼와 싸움을 시작하지 않으면 안 될 날이 언제쯤이라고 생각하나?"

도요마사는 거구를 내밀어오는 히데요리의 얼굴에서 어린 티를 역력히 느끼면서 대답했다.

"그 일은 부디 사나다 유키무라나 오노 하루나가에게 하문하시기를. 저는 다만 주군과 생모님의 신변경호가 임무니까요."

히데요리는 거리낌 없이 웃어젖혔다.

"하하하……그건 말하지 않아도 알고 있어. 알겠나, 도요마사? 유키무라의 의견은 유키무라의 의견, 그대의 의견은 그대의 의견으로서 들으려 하는 거다. 내가 직접 묻는데 무슨 사양이 필요한가? 생각하는 대로 말해 보라. 안 그렇소, 부인?"

그 말을 듣고 그때까지 인형처럼 앉아 있던 센히메가 비로소 조그만 소리로 입을 열었다.

"그래요, 질문하시는 데는 대답해 드리는 게 예의겠지요."

"그럼, 말씀드리겠습니다. 이미 쇼군께서 오미에 들어오셨다는 소식입니다. 그러므로 진을 치시면 2, 3일 안에 싸움이 벌어질 거라고 생각합니다."

"음, 그러면 앞으로 기껏해야 열흘 남았군."

"그렇습니다……."

"어떤가? 적편에서는 가타기리, 도도, 혼다 가운데 누가 맨 먼저 달려올 거라고 생각하나?"

"글쎄요, 그 세 사람은 선봉으로 나서지 않을 것으로 생각합니다."

"허, 어째서?"

"공을 다투어 선봉을 설 자는 서쪽 지방에서 달려오는 도요토미 가문의 옛 신하였던 영주들일 거라고 생각합니다."

"참으로 뜻밖이군! 어째서 그렇게 생각하는가?"

"첫째로 먼저 쳐들어오지 않으면 나중에 쇼군의 의심을 받을지도 모른다는 경계심이 있습니다. 둘째로, 이 사람들은 오고쇼가 주군과의 싸움을 싫어하고 있다는 것을 알지 못합니다."

그 말을 듣고 히데요리는 마치 남의 일처럼 가볍게 무릎을 쳤다.

"그래! 과연 그렇군. 그만하면 오고쇼의 뱃속을 알 만하다. 그렇다면 싸움은 서쪽에서 일어날 것인가?"

"그렇게 단정하지 마시고 다른 장수들의 의견을……."

"도요마사! 나는 다른 장수들은 그리 믿을 수가 없어."

"쉿, 주군께서 그런 말씀을 하시는 건……."

"괜찮아. 여기서만 들은 것으로 하고 흘려버리게. 솔직히 말해 나도 오고쇼나 쇼군에게 그리 적의가 없다. 오고쇼는 내가 에도 할아버지, 에도 할아버지 하며 어릴 때부터 무릎에 올라앉아 응석 부리던 분, 쇼군 역시 내 장인이시다. 싸움이란 참 이상한 것이지……."

"예, 더구나 승패가 한번 결정 나면 자손 대대로 원수가 되거나, 아니면 패자로서 예속을 강요당하지 않으면 안 됩니다. 그래서 제가 받드는 야규 신카게류는 싸우지 않는 검을 최고의 검으로 여깁니다."

"핫하하……싸우지 않는 검이 최고라…… 그렇게는 안 되지. 이제 와서 그럴 수가 있나. 나는 싸우겠다. 용감하게 싸워 보이겠다."

그것은 마치 전쟁을 유람처럼 생각하는 자의 말투였고 태도였다…….

솔직히 말해 도요마사가 본 우대신 히데요리는 우매하지 않았다. 두뇌의 움직임에 때로 이상한 예민함을 나타낼 때가 있었고 사물의 본질도 곧잘 꿰뚫어 보았다. 그러나 뭐니 뭐니 해도 지식의 범위가 좁았고 세속의 인정에도 어두웠다. 그의 생활은 여느 사람과 달랐고 더욱이 가까이할 수 있는 사람이 한정되어 있었다. 그렇게 되면 아무리 뛰어난 사람이라도 배우지 않은 일은 알지 못할 것이며, 접촉이 없는 것에 대한 이해를 기대할 수 없다.

히데요리는 글을 잘 썼고 노래도 읊었다. 무예에서는 활쏘기에 능했고 칼솜씨도 뛰어났다. 체격이 좋아 팔 힘은 있었지만 승마는 그리 좋아하지 않았다.

'승마를 잘했더라면…….'

도요마사는 그것이 못내 안타까웠다. 산야를 달리기 좋아한다면 젊은이는 젊음을 발산할 장소를 그곳에서 찾으려고 반드시 사냥을 나갈 것이다. 그러면 거기서 배우는 것은 결코 짐승과 새의 생태만이 아니다. 수행하는 자의 고난과 가는 곳곳의 민정에 흥미 느껴 저절로 지식이 넓어진다…….

가타기리 가쓰모토며 고이데 히데마사가 히데요리에게 승마를 권하지 않았던 것은 아마 지난날의 간파쿠 히데쓰구에게 질려서였을 거라고 도요마사는 생각했다. 다이코의 조카였던 히데쓰구는 수렵을 좋아하다 몸을 망쳤다. 끝내 히에이 산의 수렵금지 구역에서 살상을 하고, 오가는 길에서 여자사냥을 하기도 하고…….

그렇듯 살벌해져도 곤란하지만 성 밖을 거닐어 보지도 않고 성장하는 것 역시 곤란하다. 첫째, 이 성에서 만일의 일이 생길 경우 어떻게 히데요리를 구해낼 수 있단 말인가……? 말을 타는 것은 안 되고, 그렇다고 작은 배에 태웠다가 혹시 강물에 빠져도 수영을 못하니.

더구나 접근하는 자들은 늘 그의 앞에 무릎 꿇고 머리 숙인다. 어려서부터 내대신이니 우대신이니 하는, 무장에는 없는 관직과 다이코의 외아들이라는 평민의 손이 닿지 않는 데서 자란 몸이므로 어딘가 불구인 것 같은 특이한 인간으로 성장할 수밖에 없었다.

다만 부인 센히메와는 금슬이 퍽 좋았다. 그러나 거기에 여느 남녀 사이의 화목과는 좀 다른 점이 느껴지지 않는 것도 아니었다. 아마 이것도 어려서부터 부부가 될 것을 전제로 하여 함께 자란 환경 탓이리라. 히데요리는 묘하게 센히메를 의식하며 아내라기보다 받들어 주어야 되는 여동생 같은 기묘한 애정으로 대하는 것을 잘 알 수 있었다.

그날도 도요마사가 물러나려 할 때 히데요리는 이상한 말을 했다.

"도요마사, 앞으로도 가끔 그대를 만나고 싶다. 그대도 혹시 무슨 일이 있으면 센히메에게 넌지시 그 뜻을 말해 주게. 그대와 만날 때는 센히메도 참석하게 하고 싶으니까."

그것은 실로 도요마사의 마음에 걸리는 말이었다.

'혹시 히데요리는 나를 간토의 첩자로……?'

도요마사는 히데요리에게 한 점의 의혹이라도 품게 한다면 그 목적을 이룰 수 없는 미묘한 입장에 있었다.

그래서 그는 일부러 히데요리에게 되묻지 않았다.

"무슨 까닭에 작은마님에게 둘 사이의 말을 듣게 해야 합니까?"

되물어서 도리어 상대를 경계시키게 된다면 돌이킬 수 없는 실수가 된다.

도요마사는 분명 야규 무네노리의 간청에 따라 오사카성에 들어올 것을 결심했다. 그러나 그것은 간토 편에 가담한다든가, 첩자가 되려는 왜곡된 생각에서 출발한 것은 아니었다. 도요마사 자신의 눈으로 이번 싸움의 본질을 명확하게 꿰뚫어본 결과에 따른 결단이었다.

"이 싸움은 도요토미 가문과 도쿠가와 가문의 증오가 폭발한 싸움이 아니다. 따라서 그 소용돌이 속에 빠지려는 자는 야규 신카게 류의 긍지를 걸고 구원하지 않으면 안 된다."

그사이에 만일 한 점의 티라도 있다면 그것은 야규 무네노리가 잡은 신카게 류가 정당한가, 아니면 오쿠하라 도요마사의 그것이 옳은가 하는 끝없는 고집과 다툼이 될 뿐이었다.

그러나 지금 바로 히데요리에게 그런 것을 모두 이해시키기는 무리한 일이었다. 그리고 그 일은 사나다 유키무라에게도 분명하게 공언했고 히데요리에게도 넌지시 알려놓았다.

그는 조용히 히데요리의 말을 따르겠다고 대답하고 센히메의 내전을 물러났다.

그는 정원으로 드나드는 문을 나오면서 다시 생각했다.

'기묘한 애정의 얽힘……'

한쪽은 세상의 표리를 훤히 알고 있고, 더구나 작전과 용병에서 고금무쌍인 도쿠가와 이에야스라는 늙은 호랑이였다. 그 늙은 호랑이는 이 오사카성이라는 화려한 울 안에서 사육되는 어린 한 마리의 매를 그지없이 사랑하지만, 세상의 바람이 그 애정을 통하지 못하게 하고 있는 것이다.

'두 사람 사이를 가로막는 이 울은 대체 무엇일까……?'

울을 사이에 두고 한 마리의 늙은 호랑이와 한 마리의 매가 사랑하면서도 서로 잡아먹어야만 하는 운명에 놓여 비탄에 빠져 있다. 그 울을 부수고 두 사람의 정이 통하게 하려고 선택된 것이 우연히도 야규 신카게류의 정신이었다. 그리하여 야규 무네노리는 늙은 호랑이의 입장에서……즉 늙은 호랑이의 생애에 상처주지 않도록 도우려 하고, 오쿠하라 도요마사는 매의 입장을 전란의 희생물로 바칠 수 없다 하여 일어선 것이다.

생각해 보면 이것은 하나의 유맥(流脈)에 있어 참으로 큰 시련이라 할 수 있었다. 아마 야규 무네노리는 쇼군 히데타다의 말 옆에서 줄곧 그의 말고삐를 죄고 있을 게 틀림없다. 그렇게 되면 오쿠하라 도요마사도 지고 있을 수 없다.

'싸움은 이미 피할 수 없다……'

그렇다면 역시 일찌감치 히데요리에게 승마와 수영을 배워두게 해야 하지 않았을까……?

간토 군에는 싸우게 되더라도 지켜질 하나의 도의가 무사도로서 존재한다. 그것은 어떠한 난전이 되더라도 부녀자를 치지는 않는다는 것이다.

'요도 마님과 센히메 님의 구출에는 공격군도 반드시 협력할 것이다. 그러나……우대신이라면……?'

생각하면서 진막으로 돌아오니 조금 전에 히데요리와의 사이에 말이 나왔던 첩자 요네무라 곤에몬이 기다리고 있었다.

곤에몬은 그날도 도미 한 마리를 싸 들고 천연덕스럽게 와 있었다. 히데요리의 하사품을 전하러 온 것처럼 하고 또 무슨 정보를 가지고 왔음이 틀림없었다.

그는 이미 오쿠하라 도요마사의 병법가로서의 '고집'을 이해하고 있는 것 같았다. 아니, 어쩌면 첩보를 수집하는 자기 임무 수행 중에 이에야스의 본심이 싸움에 있는 게 아니고 싸움 없이 할 수 있는 화의에 있음을 냄새 맡았는지도 모른다.

짚으로 싼 도미를 말없이 도요마사의 무릎 옆에 놓고 나서 그는 빠르게 말했다.

"오쿠하라 님, 2, 3일 안에 싸움이 시작될 것 같군요. 이요 마쓰야마의 20만 석 성주인 가토 요시아키 님의 아들 아키나리(明成) 님이 뱃길로 아마가사키에서 간자키강을 거슬러 올라와 진을 쳤습니다. 군사는 600명쯤입니다."

"허, 그러나 거기서 조그만 싸움이 시작되었다고 이 성안에 금방 영향이 미치지는 않겠지."

곤에몬은 그 말에는 대답하지 않았다.

"드디어 도미도 사러 가기 힘들게 됐습니다. 그리고 오늘 이상한 말을 들었습니다."

"이상한 말……?"

"예, 이타쿠라 가쓰시게 님이 야마토의 도편수 나카이(中井)에게 밀사를 보냈는데, 아무래도 높은 망루……즉 그 위에 큰 대포를 장치하여 이 오사카성의 천수각을 겨냥하는……그런 망루를 세우는 일에 대해 무슨 상의가 있었던 것 같습니다."

"허, 이 성 천수각을 겨냥하여 대포를?"

"그것이 오고쇼의 명령인지, 아니면 쇼군의 명령인지 거기까지는 모르겠습니다."

그러고 나서 그는 담배쌈지를 꺼내 담뱃대를 뽑아 한 대 피워물었다.

"그에 대한 판단은 나리께 맡기기로 하고 우대신의 보호가 중요한 임무이므로 알려드립니다. 다른 한 가지는 니조 저택의 전령 조 노부시게(城信茂) 님이 사자로 가토 가문의 진, 그들과 다투고 있는 반슈 히메지 32만 석의 이케다 도시타카(池田利隆) 님의 간자키강의 진, 그리고 비젠 오카야마 38만 석의 이케다 다다쓰구

님의 진 등 세 군데의 진막을 돌고 있습니다. 경솔하게 진격해서는 안 된다, 명이 있을 때까지 앞지르는 것을 엄금한다는 내용으로 보아 싸움이 가까워진 것으로 보입니다."

"그래, 역시 앞지르는 것은 안 된다고……."

"아무래도 오고쇼의 뱃속을 모르겠습니다. 모른다고만 말씀드리면 판단은 나리께서 하실 테니 저는 이만 실례하겠습니다."

말하고 곤에몬은 문턱에서 탁탁 담뱃대를 털더니 그대로 일어나 가버렸다.

도요마사는 다시 부를까 하다가 그만두었다. 이요 마쓰야마의 가토 요시아키는 말할 것도 없이 도요토미 가문에서 뼈가 굵은 무장이다. 그 요시아키는 수비 장수라는 명분으로 에도에 남겨지고 그 아들 아키나리가 와서 진을 쳤다. 그렇게 되면 이케다 형제와 공을 다투어 마침내 간자키강 언저리에서 공격이 시작될 거라고 그는 보고 있는 듯하다.

'그래, 드디어 불이 붙는단 말이지…….'

도요마사는 망막 속에 아직 살아 있는 히데요리의 밝게 웃는 얼굴을 지우지 못하고 힘없이 고개를 흔들면서 스스로에게 말했다.

'어쨌든 천수각을 포격하다니, 간토 쪽에서는 무슨 생각을 하고 있는 것일까……?'

센히메(千姬) 지옥

센히메는 오쿠하라 도요마사가 물러갈 때까지 거의 입을 열지 않았다. 히데요리가 동의를 요청했을 때 다만 한마디 했을 뿐이었다.

"그것이 좋겠어요."

그밖에는 의견도 말하지 않고 질문도 하지 않았다.

19살이면 이미 여자가 꽃필 때……히데요리에게서 특별하게 자란 젊은이다운 패기가 눈에 띄듯 센히메는 완전히 변해 있었다. 이전의 순진무구한 태도 대신 조용한 아름다움이 배어 나오고 요즘은 거기에 신비한 기품이 더해졌다.

그러나 이 기품은 세상의 밝음과는 거리가 멀었다. 그 누구도 쉽사리 접근할 수 없는 무심(無心)이 깃든 싸늘한 그 눈동자는 언제나 허공을 쳐다보는 것처럼 보였다.

그러한 접근하기 어려운 차가움과 조용함이 어쩌면 히데요리의 감정을 압박하는지도 모른다. 요즘 히데요리는 단둘만 있으면 언제나 센히메의 비위를 맞추려는 듯한 기색이 역력했다.

"그대는 저 도요마사를 어떻게 생각하오? 나는 믿을 수 있다……고 생각하는데."

그런 말을 들어도 센히메는 여전히 남편에게로 시선을 돌리지 않았다. 결코 거부하고 있는 것은 아니다. 아니, 오히려 동서 사이의 험악한 분위기가 이 성에 그대로 옮겨지고 나서부터는 반대로 남편을 잃지 않으려 노력하고 있는 것 같았다.

"어째서 대답이 없소? 도요마사는 오고쇼가 늘 히데요리를 사랑하고 있다고 했는데 역시 그런 생각이 자꾸 들어."

"……."

"그대는 어떻게 느껴지오, 도요마사가?"

세 차례째나 물었을 때 비로소 센히메는 남편에게로 시선을 돌리고 희미하게 고개를 흔들어 보였다.

"저는 모르겠습니다."

"뭣이? 모르겠다면 믿을 수 없는 사나이라는 말인가?"

센히메는 또 고개를 저었다. 그것은 어디까지나 솔직한 센히메의 고백임이 틀림없었다. 센히메 주위에는 언제나 여자들뿐이어서 세상 남자들이 무슨 생각을 하며 무엇을 목표로 살아가는지 진지하게 생각하면 할수록 알 수가 없었던 것이다.

그러나 히데요리는 그렇게 받아들이지 않았다.

"그대는 무엇엔가 화내고 있는 것 같군. 무리도 아니야. 이 성에서는 누구나 입만 열면 간토의 험담을 하니 그대로서는 듣기 거북하겠지. 누구라도 할아버지를 욕하는 데 좋아할 사람은 없을 테니까."

그러자 센히메는 비로소 슬픈 듯 눈을 내리깔고 한숨을 내쉬었다. 내리깐 눈동자 속에 이슬이 가득 맺혀 있다.

"아니……울고 있군, 그대는?"

또다시 센히메는 천천히 고개를 저었다.

"저는 이제 오고쇼님도 쇼군님도 잘 기억나지 않아요."

"그, 그게 무슨 말이지."

"에도에서의 일이 마치 꿈처럼…… 그렇지만 저는 이 성의 사람도 아닌 것 같아요……."

그것 역시 티끌만큼도 거짓 없는 센히메의 실감임이 틀림없다.

그 말을 듣자 히데요리는 답답하다는 듯 혀를 찼다. 그 역시 자기들 사이는 아무리 끊으려야 끊을 수 없는 남매와 부부라는 이중의 애정으로 맺어져 있다고 확신하기 때문이다.

"또 시작이군……그것이 그대의 나쁜 버릇이야."

애정이란 실로 온갖 형태로 나타난다. 질투도 애정이라면 답답함도 애정, 때로는 증오도, 적의도, 저주도, 살의도 그 변형이 될 수 있다.

히데요리는 센히메를 사랑하므로 애써 위로하려는 것이었지만 그 애정이 순수하게 상대를 움직이지 못하니 답답하기만 했다. 아니, 그 답답함이 애정이라는 것쯤은 히데요리도 알고 있었다.

"그래? 그럼, 오늘은 내가 양보하기로 하지. 그러나 그대는 내 마음을 오해하면 안 돼…… 나는 그대의 괴롭고 불쾌한 감정을 잘 알고 있어. 그대는 외할아버지도 아버지도 잘 기억나지 않는다고 하는데 어쩌면 그럴지도 모르지. 이 성에 온 지 이미 11년……어릴 때 후시미에 있었고 에도에는 잠시밖에 있지 않았으니 이 성의 사람이라고 말하고 싶겠지."

센히메는 또 눈길을 돌리고 작은 소리로 대답했다.

"그래요."

진실을 어떻게 말로 옮겨야 할지 진지하게 생각하고 있는 눈동자였다. 그것을 오쿠하라 도요마사는 '말할 수 없이 기품어린 눈동자……'라고 보았지만, 히데요리에게는 그렇게 보이지 않았다. 히데요리에게는 아직 자신의 의사나 감정이 사물을 보는 견해를 비뚤어지게 만든 경험도 반성도 없었기 때문이다.

히데요리는 또 혀를 찼다.

"그렇더라도 대뜸 이 성의 사람도 아니다……라고 말해 버리면 안 되는 거야. 그대는 이제 이 성의 사람이고 이 히데요리의 아내가 아닌가?"

"네."

"네가 아니야. 그대에게 그런 쓸쓸함을 느끼지 않게 하려고 히데요리는 무척 마음 쓰고 있어. 어머님도 마찬가지야. 그대 앞에서는 간토 이야기를 하지 말라며 늘 그대를 생각하고 계셔."

"네."

"그런 걸 다 알고 있다는 건가?"

"그것은 잘 알……."

"그렇다면 울거나 불평 비슷한 말은 하지 마오. 그리고 히데요리가 묻는 말에 순순히 대답해 줘."

"네."

히데요리는 미간을 찡그리며 고개 저었다.

"그 네……라는 대답을 들으면 나는 체온 없는 인형과 이야기하고 있는 것 같은 답답함이 느껴져……아니, 이런 말은 그만두지. 어때, 기분을 돌리고 오쿠하라 도요마사를 어떻게 생각하는지 대답해 봐. 믿을 수 있는 자라고 생각하나, 아니면 믿을 수 없는 점이 있다고 생각하나?"

"모르겠어요."

센히메는 또 마찬가지로 머리를 흔들다가 당황하여 고쳐 말했다.

"모르는 것을 아는 듯 말씀드렸다가 히데요리 님의 판단을 그르치게 해서는 안 됩니다."

말하는 동시에 히데요리의 오른손이 뺨으로 날아왔다.

"그대에게는, 그대에게는 히데요리의 마음을 받아주려는 마음이 도무지 없어! 그렇게 되면 나는 이렇게 해서 내가 그대를 사랑한다는 것을 알려주는 수밖에 도리 없지."

또 한 대 철썩 뺨을 때려놓고 그대로 난폭하게 끌어안았다. 센히메는 그것에도 전혀 저항하지 않았다. 아직 해는 중천에 높이 떠 있었다. 전쟁을 눈앞에 둔 살기등등한 성안에는 곳곳에 갑옷차림 사람들이 우왕좌왕하고 있다. 그러한 본성 내전의 한 모퉁이에서 초조해진 성주와 그 부인은 정원을 향한 영창을 열어젖힌 채 사랑의 영위로 들어간다…… 그것은 보통 아닌 비정상적인 행동이었지만 그것이 비정상적인 행위임을 히데요리도 센히메도 과연 알고 있는 것인지……?

어쨌든 이 심상치 않은 기색을 알아차리고 옆방에 대기해 있던 교부쿄(刑部卿) 부인은 당황했다. 현재의 교부쿄 부인은 나이토 신주로의 어머니가 아니다. 신주로의 어머니가 병으로 물러난 뒤 에도에서 센히메를 따라온 오초보라는 시녀가 그 이름을 물려받았다. 아직 센히메보다 두 살 아래인 17살이지만 이런 부부행위가 비정상적이라는 것은 알고 있는 모양이다. 교부쿄 부인은 슬픈 듯 정원으로 향한 문을 밖에서 닫은 다음 문 앞에 웅크리고 앉아 지그시 눈을 감는다. 누가 거실에 가까이 오더라도 말하지 않으려는 몸가짐인지도 모른다.

교부쿄 부인은 이런 때 히데요리의 아이를 처음으로 낳았던 사카에 부인 오미쓰가 있어 주었으면 하고 간절하게 생각한다. 사카에라면 아마 히데요리에게 이런 난폭한 행위는 정상을 벗어난 일이라고 간언했을 게 틀림없다.

그런데 지금 내전에서는 아무도 이러한 일로 히데요리며 센히메에게 분명하게 바른말을 할 수 있는 자가 없다. 하물며 성주와 그 부인 사이의 일인 것이다.

처음에 교부쿄 부인은 놀라움과 수치로 가슴을 누르고 그 자리에 멈춰서고 말았다. 아니, 그전에는 깜짝 놀라 단도자루에 손을 대고 달려간 일조차 있었다.

'마님이 살해당한다……'

그런데 그것이 그리 두려워할 일은 아닌 듯했다…… 그런 일이 있은 뒤, 거친 걸음으로 내전에서 나가는 히데요리를 센히메는 언제나 옷매무새를 고치면서 아무 일도 없었던 것처럼 배웅했기 때문이었다.

지금 교부쿄 부인은 생각하고 있다.

'나쁜 버릇이 생기셨구나……'

서로 사랑하면서 순순히 말로 나타내지 못하고 다툰 뒤의 격정에 의지하여 그 속으로 끌려들어 간다…… 그렇게 생각하니 17살인 그녀 눈에는 차츰 센히메가 유혹하는 사람처럼 보였다. 일부러 히데요리를 애태워놓고 노하기를 기다린다…… 이것은 얼마나 슬픈 여인의 수단이란 말인가?

'역시 대감께서 나쁜 거야……'

히데요리는 사카에에게 손대고 난 뒤 다른 네 명의 여인을 사랑했다. 아들을 낳은 이세 출신 시녀는 센히메를 의식하여 멀리했지만 그밖에도 측실을 셋이나 두었다.

그러나 센히메는 질투 비슷한 말은 입에 담은 적 없었다.

'그것이 내부에 쌓여 저런 버릇이 생기셨다……'

오초보라 불리던 지난날부터 센히메의 충실한 시녀여야 한다고 자부하고 있던 교부쿄는 역시 히데요리가 나쁘다는 결론을 내리지 않고는 마음이 시원치 않았다……

오늘도 교부쿄는 눈을 감은 채 꼼짝하지 않고 태풍이 지나가기를 기다렸다.

그때 뜻밖에도 많은 사람들의 발소리가 들려왔다…… 한 사람의 발소리였다면 교부쿄는 눈을 뜨지 않았을 것이다. 눈을 감은 채 지금은 아무도 만나시지 않는다고 말하여 물리쳤으리라.

그런데 오늘은 그 발소리가 3명, 5명…… 아니, 7명으로도 들린다. 놀라 눈을 떴을 때 요도 마님의 높은 웃음소리가 사방에 울렸다.

"오초보, 뭘 그렇게 놀라나? 나다, 센히메 님에게 안내해라."

"······네, 지금······곧······."

그러나 교부쿄는 금방 일어날 수가 없었다. 너무나 뜻밖인 요도 마님의 방문에 당황했기 때문만은 아니었다. 교부쿄도 이미 나이 찬 여인이 되어 있다는 증거이리라.

"호호호······오초보가 발이 저린 모양이구나. 이것 참, 재미있는 광경이네. 괜찮아, 이마에 침을 바르고 일어서면 돼. 센히메 님, 센히메 님, 나야. 그냥 들어가마."

요도 부인은 말하면서 뒤따르는 쇼에이니 이하 시녀들을 돌아보았다.

"그대들은 문 앞에서 기다리도록 해요."

그리고는 그대로 교부쿄 부인 옆을 지나 서슴없이 문을 열어버렸다.

"아······."

요도 부인은 다시 얼른 문을 닫아버렸다. 그리고 나서 크게 어깨를 들썩이며 새빨개진 얼굴로 움츠리고 있는 교부쿄를 돌아보았다.

"이게 무슨 짓이냐, 오초보······? 대감께서 건너오셨다고 왜 말하지 않았느냐. 아니, 너 대감께······."

거기까지 말하고는 소리높이 웃고 나서 다시 한번 날카로운 목소리로 방안을 향해 불렀다.

"센히메 님!"

교부쿄 부인은 자신의 부끄러운 모습을 들킨 것처럼 어쩔 줄 몰라 했다.

'빨리 안에서 문을 열어주었으면 좋으련만.'

지금까지의 발소리나 부르는 목소리로 추측하건대 오늘의 요도 마님은 결코 기분 나쁘지 않았다. 그러나 그 기분이 몹시 변하기 쉽다는 것 또한 그녀는 잘 알고 있었다.

그러나 방안의 두 사람은 그러한 그녀 불안의 테두리 밖에서 사는 사람들이었다. 물론 일부러 시간을 끌고 있는 것은 아니리라. 그러나 옷매무새를 고치는 일까지 남의 손길이 가야 하는 사람들이다.

마침내 요도 마님도 거기에 생각이 미쳤다.

"오초보! 대감께 어미가 왔다고 여쭈어라. 그리고 향을 피워놓도록."

목소리는 아직 잔잔했다. 그러나 이런 묘한 입장에서 물러가지도 들어가지도 못하고 기다리게 된다면 누구라도 그리 기분 좋은 일은 아니다.

"……네, 그러면 실례하겠습니다."

교부쿄 부인이 허둥지둥 거실 안으로 사라졌을 때 요도 마님의 이마에 신경질적인 힘줄이 선명하게 솟아올랐다.

이윽고 문이 열렸다. 그리고 입구에 앉은 센히메가 인사했다.

"어서 오십시오."

그때 요도 마님의 시선은 윗자리에 있는 히데요리를 쏘는 듯 주시하고 있었다.

요도 마님과 센히메 사이는 시녀들이 늘 마음 써야 하는, 세상의 여느 시어머니와 며느리 같은 느낌은 없었다. 여기에도 11년이라는 세월이 가져온 끊을 수 없는 애정의 줄이 연결되어 있다.

자기 자식이라고는 히데요리 하나뿐……그런 요도 마님이 아무것도 모르는 여동생의 분신을 맞이한 지 11년이나 지났다. 지금에 와서는 어느 것이 내 자식인지 헤아리기 어려울 정도였다. 갓 데려왔던 무렵 다쓰 부인의 딸과는 전혀 다른 모습의 센히메로 성장했기 때문이다. 그러한 요도 마님의 평소 감정에 오늘의 센히메와 히데요리는 찬물을 끼얹었다.

'역시 센히메는 며느리였다…….'

어째서 그런 감정이 드는 것일까? 사내와 계집의 노골적인 모습을 보면 모든 동성이 적으로 보인다……는 여자다운 투기심이 아직도 요도 마님의 몸속 어딘가에 남아 있기 때문일까……?

요도 마님은 발아래 두 손을 짚고 있는 센히메를 무시하고 곧장 히데요리 앞에 섰다.

"우대신! 나는 그대가 촌각을 아끼며 밖에서 전투 지시를 하고 있는 줄 알았소."

히데요리는 그 말을 어떻게 받아들였는지 의아하다는 듯 물었다.

"어머님이 무슨 일로 여기에?"

이상하지 않느냐는 듯한 되물음이었다.

"이곳은 내가 오면 안 되는 곳이라는 말이오?"

"그렇지는 않지요. 다만 무슨 일인가 하고……."

"그대야말로 이런 시각에 왜 여기 왔소. 오늘 내일이라도 당장 전쟁이 벌어지지 않을까 하며 졸개 하인들까지 초조하게 전투준비를 하는 판인데 성의 주인 되는 대감이……."

차츰 신경질적인 목소리가 되었다. 그러나 요도 마님은 곧 문 앞에 나란히 꿇어엎드린 시녀들이 있다는 것을 깨달았다.

"대감, 드디어 전쟁이 시작되면 여자에게는 여자로서의 각오가 있어야 한다고 생각되잖소."

"물론……있어야겠지요."

"그렇다면 총대장으로서 이 성의 분위기를 알고 있겠지요?"

"총대장으로서……?"

"그래요. 이 전쟁의 적이 대체 누구라고 생각하시오. 쇼군은 마침내 후시미성에 입성했고 오고쇼는 니조 저택을 나온다고 하오. 그러니 그대도 싸움을 잊고 이런 곳에 틀어박혀 있기보다는 센히메가 누구의 딸인가쯤 한번 생각해 보는 게 좋을 거요."

"어머니! 그것은 지금 말씀하실 일이……."

"우대신! 그것이 그대의 잘못된 생각이오……센히메는 적 총대장의 손녀이면서 나에게는 조카딸이오."

"그러니 이런 장소에서는……."

"아니, 그렇지 않아요! 그러니……센히메의 신변이 걱정되어 일부러 찾아온 거요. 그대도 성안의 풍문은 듣고 있을 터. 만약 여기서 성안의 동태가 적에게 누설되면 우리 편이 불리하다고…… 지금 성안 사람들 경계의 눈은 모두 이 내전 한 모퉁이에 쏠리고 있어요. 이 자리에 이대로 있다가 센히메에게 만일의 일이라도 벌어진다면 어떻게 할 작정이오?"

마치 그게 요도 마님의 본심인 것처럼 쏟아붓듯 말하면서 히데요리 앞에 앉았다.

"그대에게도 센히메는 사랑스러운 아내일 테지. 그러나 사랑한다면 어째서 보호해 주지 못하오. 대낮에 이곳으로 건너오면 성안 무사들이 어떻게 여길 것인지 생각이나 해보셨소? ……센히메는 역시 수상쩍다, 주군을 불러들여 비밀을 알아내어 간토에 알릴 작정이 틀림없다…… 그렇지 않다면 이 전쟁통에 대낮부터……."

거기까지 말하고 요도 마님의 눈동자가 어느덧 새빨개졌다. 스스로의 말에 스스로 흥분하는 것이 이 나이 또래 여인의 공통점이다.

요도 마님이 이곳에 온 것은 분명 이런 때 이렇듯 언성을 높여 다투기 위해서가 아니었다. 성안에서는 지금 센히메가 도쿠가와 가문의 첩자이니 방심하지 말라는 소리가 여기저기서 일어나고 있었다.

전쟁을 하게 되면 반드시 이긴다고만은 장담할 수 없다. 때로 어떤 실수로 이편이 불리하게 되었을 때 센히메한테서 전략이 누설되었기 때문이라는 말을 듣게 된다면 센히메의 신상에 위해가 미칠 우려가 있다. 그래서 싸움이 시작되기 전에 센히메를 자신의 거처 가까이로 옮겨 보호하기 쉽도록 해두려는 게 요도 마님의 계획이었다.

그래도 여전히 센히메의 신변을 의심하는 자가 있다면 말해 준다.

"내가 엄중히 감시하고 있다. 의심가는 행동은 없다."

이모로서 당연히 두둔해 줄 구실이 되리라 싶어 어디까지나 혈육의 애정에서 찾아왔던 것이다…… 그런데 여기서 뜻밖의 시간에 히데요리를 발견했고, 그 히데요리한테서 왜 왔느냐고 힐난하는 말을 들었으니 그 계획에 커다란 감정의 물결이 일렁거렸다.

'나의 깊은 속을 모르고……'

그렇게 생각하자 눈물이 나오고 눈물은 감정의 물결을 더욱 부채질했다.

"센히메도 잘 들어요. 이번 전쟁은 다이코 전하의 공양 법요식을 중지시킨 간토의 무정한 처사에 대해 보복하는 전쟁이오. 전쟁에 대해 그대들은 아무것도 모르겠지…… 그러나 나와 그대 어머니는 너무나 잘 알고 있소. 여기서는 이유가 통하지 않지. 고집과 고집이 뒤엉켜 의심과 의심의 소용돌이가 적도 이쪽도 모두 지옥의 피 못에 빠뜨리는 거야…… 오다니 성도 그랬고…… 에치젠의 기타노쇼 낙성 때도 그랬어…… 그런 전쟁의 비참함을 알고도 남기 때문에 나는 그대를 데리러 왔어. 이 어미 곁에 있지 않으면 그대 몸에 어떤 불행이 닥칠지 몰라…… 아무래도 내 곁에 두고 보호해 줘야 하겠다 싶어 찾아왔더니…… 대낮부터 남편을 불러들여…… 그대는 대체 무슨 생각으로 일부러 의심을 살 원인을 만드는 건가?"

"어머님."

아마 센히메로서 이처럼 뜻밖의 일은 없었을 것이다. 센히메는 요도 부인과는 전혀 반대로 조용한 태도였다.

"제가 오시게 한 것이 아닙니다."

"뭐, 뭐라고? 그럼, 그대의 색향에 이끌려……이 성의 성주가 중요한 전쟁도 잊고 드나든다는 말이냐."

"글쎄요…… 그것은 저도 모르겠습니다."

"어머니!"

참다못해 히데요리가 어머니를 말렸다.

"말씀이 지나치시지 않습니까? 시녀들에 대한 체면도 있으니 그만하십시오."

히데요리는 어머니가 찾아온 뜻을 알 수 있었다. 그래서 우선 어머니를 달래놓고 이 자리를 빠져나갈 기회를 잡을 작정이었다.

"그처럼 심하게 말씀하시면 모처럼의 호의가 센히메에게 통하지 않을 테니 좀더 부드럽게 말씀하십시오."

그러나 이 경우 먼저 어머니를 책망한 것이 히데요리의 실수였다. 남자는 늘 보다 가까운 사람부터 먼저 꾸짖는……습관이 있다는 것을 요도 부인은 이미 오전에 잊어버린 여인이었다. 요도 마님은 자신이 눈물겨울 만큼 애틋한 사랑으로 센히메를 위해 일부러 찾아왔는데 그 마음도 헤아려주지 않고 단 하나밖에 없는 자기 자신 책망한다고 받아들였다. 그렇게 되면 완전히 고독한 입장이 되고 만다.

"이럴 수가……."

요도 마님의 두 눈에서 갑자기 눈물이 뿜어 오르듯 쏟아지기 시작했다.

"그대는 이 어미가 잘못했다는 거요?"

"당치도 않은 말씀입니다. 누가 잘하고 잘못했다는 이야기가 아닙니다."

"아니야, 그렇게 말했어. 분명히 말했어. 이 어미는 센히메도, 그대도 나에게는 무엇과도 바꿀 수 없는 소중한 사람으로 여겨 일부러 노신들과 상의해 센히메를 내 가까이에 두려고 여기저기 머리를 숙여가면서 마음 썼건만……."

"어머니!"

"불쌍한 어미의 마음은 손톱만큼도 통하지 않는 거요. 통하지 않는다면 하는 수 없지. 무슨 일이 일어나건 이 어미는 알 바 아니오."

"어머니!"

불러놓고 히데요리는 다시 한번 세차게 혀를 찼다. 혀는 찼지만, 흥분한 어머니를 다루는 것은 쉽지 않은 일임을 너무나 잘 알고 있었다. 그래서 거칠게 자리를 박차고 일어나버렸다.

"이 히데요리가 어찌 전쟁을 잊고 있겠습니까? 잊지 않았기 때문에 중요한 일을 보기 위해 온 것입니다. 그것을 일일이 어린애같이 간섭하시니 이젠 귀찮습니다!"

그것은 자신의 불만만 앞세운 참으로 이기적인 도피에 지나지 않았다. 즉 히데요리는 어머니의 감정을 감당할 수 없다고 미리 포기하고, 중요하기 짝이 없는 설득은 하지 않은 채 도망치는 결과가 되었다.

"기쿠마루, 따라와!"

히데요리는 유일하게 데리고 왔던 시동을 불러 마룻바닥을 삐걱거리며 가버렸다.

교부쿄 부인은 가슴을 죄며 그 뒤를 네댓 걸음 쫓아갔다.

'두렵다! 이 뒤의 복잡한 일이……'

그러나 이제 17살인 교부쿄로서는 여기서 무슨 말로 히데요리를 만류해야 할지 도무지 알 수 없었다.

교부쿄가 조심조심 문 앞으로 돌아옴과 동시에 요도 마님이 엎드려 신경질적인 목소리로 울기 시작했다. 교부쿄 부인은 등골이 오싹했다. 요도 마님의 시녀들은 이 울음소리에 익숙해져 있었다. 두 손을 짚고 있긴 하지만 그리 두려워하는 기색이 없고, 약속이나 한 듯 센히메 쪽으로 시선을 보내고 있었다.

센히메는 그러한 시선을 온몸에 받으면서 조용히 허공을 쳐다보았다. 그것은 그 자리의 분위기를 완전히 무시하는 새하얀 꽃으로 보였다. 센히메는 결코 히데요리를 원망하거나 요도 부인을 증오하는 마음은 없었다…… 어쩌면 왜 이렇듯 모두들의 선의가 이상하게 엇갈려가는지 그 원인을 알아내려 하고 있는지도 모른다……고 교부쿄 부인은 생각했다.

그러나 온몸을 내던지고 경련하듯 우는 요도 마님은 무서웠다. 곧 울음을 멈춘 뒤 아까보다 더한 폭풍이 일어나리라……

아니, 그 이상으로 기분 나쁜 것은 입구 쪽에 앉아 꼼짝하지 않고 센히메를 바라보는 쇼에이니, 오쿠라 부인, 우코 부인, 아에바 부인, 오기노, 오타마 등의 눈이었다. 그들 가운데 대체 누가 센히메에게 호의를 품고 있을까……? 모두들 요즘의 성안 분위기에 동요되어 악의적인 눈으로 보려는 사람들로만 느껴졌다.

"작은 마님은 에도의 첩자······."

교부쿄 부인은 생각했다.

'이 사람들이 언제나 엉뚱한 소문을 퍼뜨리고 있어······.'

이 사람들 눈에는 센히메가 몸부림치며 울고 있는 시어머니의 울음소리를 통쾌한 듯 듣고 있는 것으로 보일 게 틀림없었다.

울음소리가 뚝 그쳤다. 그러자 지금까지 센히메에게 쏠렸던 눈길이 일제히 요도 마님에게 집중되었다.

"이제부터 무슨 일이 일어날까······."

심술궂은 호기심과 기대에서 그러는 것이 아닐지?

울음을 그친 뒤 2, 3분 동안 말 없는 정적. 그리고 요도 마님이 얼굴을 들었을 때 뜻밖에도 그 목소리가 부드러워져 있었다.

"센히메, 아까 그대는 그대가 히데요리 님을 불러 모신 게 아니라고 했지?"

"네, 그렇게 말씀드렸습니다."

"그리고 히데요리 님은 전쟁을 잊고 있는 게 아니다, 중요한 일이 있어서 왔다고 말씀했고?"

"그랬······습니다."

"그 중요한 볼일······이라는 게 무엇이었는지 말해 봐요."

"네, 여기서 오쿠하라 도요마사라는 자와 만나기 위해서였습니다."

"호, 오쿠하라를······왜 밖에서 부르시지 않았을까? 왜 히데요리 님은 가신을 일부러 숨듯 하여 만나시는 걸까?"

"글쎄요······?"

"지금은 전쟁 중이오. 성안에서 사람 눈을 피하여 특별한 자와 은밀히 만나는 건 좋지 않다고 그대는 간언했소?"

"아닙니다. 미처 생각하지 못했습니다."

"생각하지 못했다······ 그럼, 다시 묻겠는데, 그 오쿠하라 도요마사와 히데요리 님이 무슨 이야기를 하던가? 자, 도요마사의 말부터 이 어미에게 들려줘요."

"······네."

센히메는 잠시 고개를 갸웃거린 뒤에 입을 열었다.

"오고쇼님은 대감을 공격할 마음이 없는 게 아닌가······하고 말했습니다."

"뭐, 오고쇼에게 싸울 뜻이 없다고……."

"예, 대감도 그렇게 생각하신다면서 에도 할아버지가 그립다고……."

센히메가 거기까지 말하자 요도 마님은 당황하여 '쉿!' 하며 자기 입술에 손가락을 갖다 댔다. 얼굴빛이 핼쑥했다.

요도 마님은 자기 입술에 손가락을 댄 채 빠른 말로 센히메의 말을 스스로 무마하려 했다.

"히데요리 님이 그런 말을 한 것은 무슨 생각이 있어서겠지. 그렇지! 그것은 오쿠하라 도요마사의 속셈을 탐지하기 위해서야. 안 그런가, 센히메도 그렇게 생각하겠지?"

힘주어 다짐하는 말에 센히메는 천천히 고개를 저었다.

"아닙니다. 그렇지 않습니다."

"뭣이? 아니라고……아닌긴 왜 아니야! 이 성의 운명을 걸고 전군을 지휘하시는 히데요리 님이 진심으로 그렇게 생각하실 리 없어!"

요도 마님의 목소리는 다시 아까의 높은 언성으로 되돌아갔다.

"그것은 본심이 아니야. 본심일 리 없어!"

그러자 센히메 역시 저항하지 않고 차갑고 맑은 목소리로 동의했다.

"저도 그렇게 생각합니다."

"뭐? 뭐라고 했지?"

"저도 그렇게 생각합니다. 그것은 이 센히메를 위로하려 하신 말씀……그런 말씀은 하지 않으시는 게 좋겠다고 저도 생각했습니다."

요도 마님은 눈을 크게 뜬 채 숨을 삼켰다. 센히메는 요도 마님에게 반항하려는 것은 아닌 듯하다. 그렇다면 대체 무슨 생각을 하고 있는 것일까?

"센히메."

"네."

"이 어미는 그대가 생각하는 것을 잘 모르겠어. 그대는 히데요리 님이 그대를 위로하려고 일부러 이곳에 오쿠하라 도요마사를 부른 것으로 생각하나?"

"네."

"뭣 때문에? 무엇 때문에 대감은 그대를 그렇게 위로해야만 하지?"

"오고쇼의 손녀……이기 때문이겠지요."

"아니! 그대는 무서운 말을 입에 올리는구나. 오고쇼의 손녀라면 적의 딸. 미워할망정 위로할 이유는 없을 텐데."

센히메는 또다시 천천히 고개를 저었다.

"하지만 저는 이제 간토에 대한 일은 모릅니다."

"그래서 애처로워 위로한다……."

"아닙니다."

"그러면 무슨 이야기인가?"

다시 언성이 높아지자 센히메는 천천히 입구 쪽에 늘어앉은 요도 마님의 시녀들에게로 시선을 옮겼다.

"어머님께 드릴 말씀이 있다. 모두들 옆방에 물러가 있거라."

"아……."

요도 마님은 눈을 크게 떴다. 센히메가 시어머니의 시녀들에게 이만큼 태연하고 침착하게 명령할 수 있는 어른이 되어 있을 줄이야…….

시녀들도 놀란 모양이었다.

"알겠습니다."

이곳 주인은 이 성의 안주인이기도 하다. 명령이니 물러가는 수밖에 없었다.

모두들 물러가자 센히메는 조용히 시어머니 쪽으로 돌아앉았다.

"히데요리 님은 어머님을 걱정하고 계시는 거라고 저는 느꼈습니다."

"뭣이, 나를?"

"네, 이곳으로 도요마사를 부른 것도 그 때문임이 틀림없습니다."

요도 마님은 자신의 귀를 의심했다. 다만 시녀들을 압도하여 물러가게 했을 뿐 아니라, 센히메의 말 속에는 요도 마님마저 압도할 것 같은 자신감의 뒷받침이 느껴졌다. 흥분할 때가 아니라고 끓어오르는 피를 필사적으로 억누르고 있는 요도 마님으로서는 믿음직하고 기특하며 놀랍기도 한 태도였다.

"그럼, 히데요리 님은 어미를 걱정하여……오쿠하라를 그대 앞으로 불렀단 말인가?"

센히메는 시선을 다시 허공으로 보내며 말했다.

"히데요리 님은……이번 싸움이 상당한 고전이 될 거라고 차츰 각오를 굳히고 계십니다."

"그대가……센히메가……그것을 어떻게 알지?"

"처음에는 다만 용감하게 싸우실 각오를 하셨습니다. 그러나 전쟁에는 승패가 있습니다."

"그렇다마다……그래서 히데요리 님은 요즘 두려워하고 있다는 건가?"

"아닙니다. 더욱 진지하게 생각하시게 되었으므로 만일의 경우까지 걱정하고 계십니다…… 그리고 가장 걱정스러운 일은 불리해졌을 때 어머님에 대한 일이라는 것을 저는 잘 알고 있습니다."

"어머나!"

요도 마님은 바로 조금 전 홧김에 센히메의 머리채를 잡지 않았던 것을 다행으로 생각했다.

"그래서……그래서 어떤 생각을 하셨지?"

"일부러 도요마사를 제 앞에 부르시어 오고쇼를 미워하지는 않지만 어쩔 수 없는 고집으로 싸운다, 그러니 만일의 경우 어머님을 부탁한다고……."

"잠깐!……잠깐 기다려, 센히메!…… 그대는 아까 그것은 그대를 위로하기 위해서였다고 말하지 않았는가. 그 말이 거짓이었다는 건가?"

"아닙니다."

센히메는 또 무엇인가 탐색하는 듯한 눈초리로 고개를 저었다.

"저를 위로하려는 마음이 4할, 어머님을 부탁하는 효심이 6할……."

"어머나!"

"그래서 저는 토라졌습니다. 반반씩이면 좋을 것을 하고…… 아니, 그것은 질투만이 아니었습니다. 일부러 저에게 두 분의 말씀을 듣도록 하시는 마음속에…… 센히메, 만일의 경우에는 어머님을 부탁한다……라는 마음씨가 역력히 보였습니다. 아니, 서운한 것은 아닙니다. 이 계획에 대한 깊은 마음속에는 제가 적의 핏줄이라는 차가운 거리감이 있습니다. 에도에 대해 이제 아무 기억조차 없는 저를!"

요도 마님은 더 이상 말이 나오지 않았다.

'그렇구나. 그런 서운함 때문에 토라져서, 그래서 히데요리 님이!'

비로소 이 젊은 부부에게도 그런 다툼이 있는가 하고 납득되었다.

"어머님, 제 몸에는 아버지의 피도 흐르지만 어머니의 피도 흐르고 있습니다. 더욱이 오사카밖에 모르는 이 몸을, 히데요리 님은 어째서 차별 두시는 건지? 저는 그것이……그것이 알고 싶습니다."

센히메는 갑자기 몸을 꺾고 울음을 터뜨렸다. 요도 마님은 자기가 어느새 센히메를 끌어안았는지조차 의식하지 못했다.

"그래, 울어라. 실컷 울어……."

깨닫고 보니 같은 말을 되풀이하면서 힘껏 두 팔을 어깨에서 가슴께로 돌리며……요도 마님 자신도 울고 있었다.

센히메에게 새삼 말하게 하지 않아도 두 사람 사이에는 같은 피가 흐르고 있었다. 요도 마님의 망막 속에서 사라지지 않는 어린 시절의 아사이 나가마사……그리고 잊으려 해도 잊을 수 없는 기타노쇼에서 헤어진 어머니 오이치 부인……센히메도 히데요리도 그 불행했던 두 사람의 슬픈 분신이 아니던가…… 그런 두 사람이 시대의 모진 풍파에 씻기면서 이 오사카성의 주인이 되고 그 아내가 되어 서로 얼싸안게 된 것이다…….

히데요리가 어머니를 걱정하는 심정도 잘 알 수 있었다. 에치젠의 기타노쇼 성이 함락된다는 것을 알았을 때 요도 마님은 어머니를 구하고 싶어 조그만 가슴을 얼마나 애태웠던가…….

히데요리가 지금 전쟁에 돌입하기에 앞서 지난날의 자차히메가 걱정했던 것처럼 그 어머니를 걱정하지 않을 리 없었다. 그런데 그 어머니를 센히메나 도요마사에게 넌지시 부탁했다면 센히메와의 정에는 상처가 갈 게 틀림없었다.

기타노쇼 성이 함락될 무렵 자차히메가 아무리 권해도 어머니가 성을 나가지 않았던 것은 남편을 따르려는 아내의 사랑에서였다. 지금 그 무렵의 조모가 가졌던 슬픔이 그 손녀 센히메에게 같은 형태로 찾아오고 있었다.

"그럼, 센히메는 오쿠하라에게 부탁해 이 어미를 구출하게 하고 그대는 히데요리 님과 함께 죽고 싶다…… 만일의 경우, 만일의 경우에는 그렇게 하고 싶다는 말이냐?"

센히메가 울음을 그치기를 기다렸다가 살며시 귓가에 속삭이자 센히메는 얼굴을 들고 또렷하게 대답했다.

"네."

"저는 줄곧 함께 자라난 히데요리 님과 헤어져 산다는 것은 꿈에도 생각할 수 없습니다. 헤어진다면 차라리 죽어버리겠습니다."

"알았다, 잘 알았다. 이 어미 역시 온갖 풍파를 겪으며 살아왔어. 그때는 이 어미도 혼자 살 생각은 하지 않겠다. 히데요리 님도 그대도 모두 사랑하는 내 자식이니 셋이서 꼭 껴안고……그렇게……함께 황천길을 가자."

말하고 나서 요도 마님은 마음을 가다듬었다.

"이게 무슨 짓이람! 전쟁도 시작하기 전에 불길한 눈물을…… 자, 이렇게 된 이상 모두 마음을 합쳐 히데요리 님을 도와 싸움에 이기도록 하자. 이기면 되는 일 아닌가."

"네."

"자, 눈물을 거둬요. 그 고운 얼굴이 보기 흉해지겠구나."

"네."

센히메로서는 티끌만큼도 거짓 없는 말이었다. 아마 그가 히데요리의 아내가 아니고 누이동생이었다 하더라도 이런 싸움에서 오빠를 버리고 살 마음은 조금도 없었을 것이다.

'오빠의 불행은 나의 불행…….'

이렇게 믿으며 주저 없이 함께 싸우리라.

그런데 그 감정 위에 부부애가 더 엉켜 있다…… 따라서 무슨 일이 있어도 구해야 한다는 오쿠하라 도요마사의 사명은 더욱 어려워지기만 했다.

간자키강(神崎川)의 선봉

전투가 시작된 것은 11월 6일 밤…… 오사카성 안에서는 센히메가 요도 마님의 내전으로 거처를 옮긴 날 새벽녘이었다.

이때 오사카 쪽의 배치가 이미 끝나 있었음은 말할 나위도 없다. 본성에서는 총대장 히데요리가 기치(旗幟)대장 고리 슈메노스케(郡主馬亮), 마표대장 쓰가와 사콘(津川左近), 시동대장 호소카와 요리노리(細川賴範)와 모리 모토타카(森元隆)를 거느리고 총병력 3000명으로 농성했다. 물론 이들이 직접 전투에 참가할 것이라고는 아무도 생각하지 않았다.

날씨가 점점 추워져 수영연습은 할 수 없었다. 그래서 히데요리는 오쿠하라 도요마사의 권유로 계속 승마연습만 하고 있다.

본성 안 야마사토 성곽의 수비는 근위무장 스즈키 겐에몬(鈴木源右衛門)과 히라이 기치에몬(平井吉右衛門) 및 쓰기에몬(次右衛門) 형제가 맡았고 쓰치바시(土橋)는 포교 30명과 포졸 50명으로 지키게 했다.

그 본성을 빙 둘러싸고 세워진 아랫성과 본성 사이에 해자가 있다. 그 해자 밖은 바깥성, 바깥성을 둘러싼 훨씬 넓고 깊은 해자에는 물이 넘실넘실 고여 있다.

그 아랫성 동쪽은 아사이 나가후사(淺井長房), 미우라 요시요(三浦義世) 이하 3000명이 다마쓰쿠리(玉造) 어귀에서 아오야(靑屋) 어귀 사이를 담당하고, 다시 아오야 어귀는 이나키 노리카즈(稻木敎量) 이하 2000명이 지키게 되었다.

이 언저리부터 적의 내습에 대비하는 자세가 한결 긴박감을 띠고 있다. 다마쓰쿠리 어귀나 아오야 어귀도 적의 침입은 절대 불가능……하다고 할 수 없기 때문이다. 그래서 유격대로 뽑힌 것이 기무라 시게나리(木村重成) 이하의, 이를테면 히데요리의 친위대라고 할 수 있는 젊은 정예무사 5000명이었다.

그리고 반대쪽인 서쪽 뒷문 어귀의 안뜰 수비장수는 아오키 가즈시게(青木一重) 이하 1000명.

뒷문 어귀의 북쪽은 마키시마 시게토시(槇島重利)의 1500명. 다시 그 서쪽에는 나시마 다다즈미(名島忠純)의 1300명, 모리 가쓰나가의 5000명, 하야미 가이의 4000명 순서로 배치되었다.

그리고 남쪽에는 센고쿠 무네나리, 조소카베 모리치카, 아카시 가몬, 유아사 마사히사(湯淺正壽), 이시카와 야스카쓰 등이 총병력 1만3000명으로 그 중앙을 지켰으며, 다마쓰쿠리 어귀 쪽으로 오다 요리나가(織田賴長)의 1300명이 배치되었다. 그밖에도 실질적인 총대장 오노 하루나가의 5000명과 고토 모토쓰구(後藤基次) 이하 3000명이 유격대로 배치되었다.

그리고 더욱 북쪽인 서북쪽 모퉁이에는 오노 하루후사의 5000명, 교바시(京橋) 어귀에는 후지노 한야(藤野半彌) 이하 3000명. 역시 안뜰에는 훗타 가쓰요시(堀田勝嘉)의 3000명, 수문에는 이토 나가자네(伊東長實) 이하 3000명……으로 철통같은 수비태세를 갖추었다.

이상으로 히데요리의 본진은 이른바 '난공불락'의 견고한 배치의 중심이 되었으며, 다시 그 둘레에 바깥성의 방비가 버티고 있었다.

바깥성은 서남쪽이 넓게 확 트여 저마다 시가지로 통하는 출입구가 있다.

우선 동쪽부터 모리무라(森村) 어귀, 야마토바시(大和橋) 어귀, 구로몬(黑門) 어귀, 히라노(平野) 어귀, 핫초메(八町目) 어귀, 다니마치(谷町) 어귀, 센야 다리(鱣谷橋), 안도지 다리(安堂寺橋), 규호지 다리(久寶寺橋), 노진 다리(農人橋), 혼마치 다리(本町橋), 시안 다리(思案橋), 히라노 다리(平野橋), 고라이 다리(高麗橋), 덴진 다리(天神橋), 덴마 다리(天滿橋), 교 다리(京橋)를 거쳐 동북쪽의 망루까지 모두 배치한다면 그야말로 다이코가 생각한 '난공불락'이 완성된다. 그러려면 3만이나 5만의 인원으로는 어림도 없었다. 그것은 천하인이 아니면 채울 수 없는 광대한 규모였다.

게는 제 몸에 맞는 구멍을 판다……는 속담이 진리라면, 오사카성이라는 거대한 성은 평범한 게에게는 지나치게 큰 구멍이었다. 다이코 같은 더없이 큰 게라면 모르지만 여느 인물로는 벌써 출입구의 방비에서부터 질릴 것이었다. 더구나 외관상으로는 이미 충분히 '난공불락'의 위용을 갖추어 야심가들의 꿈을 부채질한다…….

어쨌든 이때 성안의 인원은 대략 10만 명에 이르렀지만 통솔할 장수의 수는 터무니없이 모자랐다…… 그래서 별성에 배치된 병력 책임자의 반 이상은 아랫성을 함께 담당하지 않을 수 없었다. 오노 형제는 물론이고 아오키 가즈시게, 모리 가쓰나가, 아카시 가몬, 유아사 마사토시, 센고쿠 무네나리, 조소카베 모리치카, 고리 슈메노스케, 기무라 시게나리 등도 별성에서 저마다 몇 부대를 지휘하지 않으면 안 되는 형편이었다.

더구나 별성을 끝까지 지키려면, 당연히 성 밖의 요소요소에 또 하나의 울타리를 만들어두지 않으면 안 된다. 아마도 사나다 유키무라가 가장 고심한 것은 바로 이 점이었으리라.

그는 성 남쪽의 가장 중요한 요소에 '사나다성곽 전진기지'를 만들어 아들 다이스케와 이키 도카쓰(伊木遠雄) 이하 5000명을 이끌고 진두에 섰다.

성의 동북쪽 가모 성채에는 이다 사마노스케(飯田左馬助) 이하 300명, 이마후쿠 성채에는 야노 마사노리(矢野正倫) 이하 300명. 시기노(鴨野) 성채에는 이노우에 요리쓰구(井上賴次)와 오노 하루나가의 부하를 합해 2000명. 이 시기노 성채까지 하루나가가 지휘할 수 있을 리 없었으니, 이것은 척후나 감시초소라는 의미밖에 갖지 못했다.

서남쪽의 에다가사키(穢多崎) 성채에는 아카시 마사노부(明石全延) 이하 800명. 바쿠로가후치(博勞淵)의 성채에는 스스키다 하야토, 요네무라 로쿠베에(米村六兵衛), 히라코 사다아키(平子貞詮) 이하 700명. 센바(船場) 성채에는 오노 하루나가의 부하 400명.

서북쪽의 후나구라(船庫) 성채에는 오노 도켄 이하 800명. 후쿠시마(福島) 성채에는 고쿠라 유키하루(小倉行春)와 미야지마 가네오키(宮島兼興) 이하 2500명. 덴마 성채에는 오다 우라쿠 이하 1만 명…… 이렇게 적어나가니 10만 명쯤의 군사는 모두 어디론가 사라져버릴 것 같다.

더욱이 성 밖의 성채 지휘자가 그 이중진지 속의 아랫성 지휘를 겸하지 않으면 안 되므로, 실제적으로는 임시고용한 무리에게 저마다 멋대로 싸우라고 하는 것과 같았다.

이러한 방비의 약점이, 천군만마 사이를 오가며 다이코에게마저 한 번도 져본 적 없는 이에야스의 눈에 어떻게 비쳤을까? 야마구치 시게마사를 오사카성에 들여보내 히데요리를 암살하자고 진언한 도이 도시카쓰를 이에야스가 꾸짖으며 중지시킨 의미를 알 수 있으리라…… 그런 짓을 구태여 할 필요가 전혀 없을 만큼 '범 무서운 줄 모르는 하룻강아지'로 보였을 것이다.

11월 5일, 이에야스는 가타기리 가쓰모토를 니조 저택으로 불렀다.

"오사카성 공격을 시작하도록."

이렇게 명한 뒤 곧바로 조 노부시게도 불렀다. 그리고 완전히 반대인, 서둘러 공격해서는 안 된다는 밀명을 오사카성 서남쪽에 진출한 가토와 이케다 양군에 전했다.

가타기리 가쓰모토에게 오사카성을 공격하게 하고, 분발하여 간자키강까지 진군해 온 이요 마쓰야마 20만 석 영주 가토 요시아키의 맏아들 아키나리, 히메지 32만 석의 이케다 도시타카, 비젠 오카야마 38만 석의 이케다 다다쓰구 형제에게는 이렇게 명했다.

"오고쇼님 분부입니다…… 이 언저리는 오사카성에 가깝고 지리적인 조건도 좋지 않으니 이 강을 함부로 건너서는 안 된다, 적의 동정을 충분히 살피면서 다음 명령을 기다리도록."

한쪽에게는 공격하게 하고 한쪽에게는 공격하지 말라고 하는 모순된 명령을 내리는 점에서……이 전쟁에 대한 이에야스의 전략이 뜻밖에 얼굴을 내밀고 말았다.

이에야스는 아직 싸울 마음이 없었던 것이다…… 히데타다의 대군이 도착하기 전에 어떻게든 자기한테 오사카 편에서 제시해 오기를 바란 게 틀림없다.

"세상이 납득할 만한 화평조건을……."

이미 양군 모두 준비를 갖추고 대치상태에 들어가 있었다. 사기에 영향을 미치므로 입 밖에 내지 못했지만 그것이 이에야스의 바람이었던 것 같다.

그리고 일단 오사카성을 나왔다고는 하나 어쨌든 어제까지만 해도 그곳의 대들보였던 가쓰모토에게 그 기회를 주려고 북쪽에서 가장 가까운 위치로 그를 진출하게 한 것이 아니었을까. 그런데 가타기리 형제는 아무 손도 쓰려 하지 않는다.

어쩌면 정말로 히데요리를 미워하기 시작한 것인지도 모른다…… 아니, 실은 가타기리 형제도 팔짱 끼고 구경만 하고 있었던 것은 아니었다. 조코인 등과 연락하고 있었지만 도무지 열매를 맺을 기색이 보이지 않았다.

"이것이 마지막이다!"

그러한 심정으로 오사카에 쳐들어가도록 명했고 동시에 다른 진영의 군사에게는 아직 나서지 말라고 일부러 직접명령을 전하게 한 것이다.

그런데 이에야스가 조 노부시게를 보내 개전을 금지한 가토 가문 진영에서는, 실은 이때 이미 나카노시마 공략을 목표로 도강작전에 대한 회의를 진행하고 있었다.

나카노시마는 오사카성 서북쪽에 자리한 섬이다. 가토 군은 시코쿠에서 바다를 건너 아마가사키에 밀어닥쳤고 다시 진군하여 간자키강에서 나카노시마 건너편까지 진군하고 있었다.

여기까지 오자 나카노에 있는 오사카 쪽 군사들 모습이 똑똑히 보였다. 병력은 그럭저럭 1만 명쯤 될까? 그들이 감시선 30척을 강물에 띄우고 공격군을 엄중하게 감시하고 있었다.

이때 가토 군 병력은 고작 700명 남짓…… 그걸 알자 적은 일부러 배를 접근시켰다.

"용기 있거든 건너와 보라. 한 놈도 남기지 않고 짓밟아줄 테니."

가토 요시아키는 어려서부터 도요토미 가문에서 길러져 온 무장이었다. 상대가 욕설을 퍼부으며 일부러 도발해 오자 양군 사이에 차츰 살기가 드높아졌다.

해 질 무렵이 되어 서리를 머금은 밤안개가 수면을 덮기 시작하자, 감시선은 하류 쪽으로 모습을 감추고 건너편이 겨우 조용해졌다.

그때 척후를 나갔던 가가야마 고자에몬(加賀山小左衛門)이 돌아와 가토 아키나리에게 도강을 권했다.

"적은 우리들이 소병력이라고 얕보아 하류 쪽의 이케다 군에게로 감시선을 돌리고 병력도 그쪽으로 갔습니다. 강을 건너려면 지금이 기회입니다! 지금이야말로 저쪽으로 건너가 그곳에 진을 칠 절호의 기회라고 생각합니다."

그 말에 젊은 아키나리는 눈을 크게 떴다. 마음이 움직였다. 아키나리는 아버지 요시아키를 에도의 저택에 두고 있었다. 명분은 에도 수비장수지만 일종의 '볼모인 것을 아키나리는 잘 알고 있었다. 게다가 나이 비슷한 이케다 형제가 자기와 공을 다투는 위치에 나와 있지 않은가.

"좋다! 적이 앞쪽에서 이동했다면 하늘의 도우심이다. 곧바로 강을 건너라."

음력 11월 6일은 양력 12월 중순이 된다. 기슭의 웅덩이에는 벌써 얼음이 얼기 시작하는 계절이다. 기습하기에 안성맞춤이라고 생각했다.

그때 이에야스의 사자 노부시게를 응대하고 있던 노신 쓰쿠다 지로베에(佃治郎兵衛)가 얼굴빛이 달라져 나타났다.

"죄송하오나 방금 오고쇼님에게서 사자가 와서 당분간 명령 없이 공격해서는 안 된다, 적정을 잘 살피며 다음 명령을 기다리라는 분부이십니다."

"뭐, 오고쇼께서…… 그렇다면 염려할 것 없다. 오고쇼는 적의 병력이 우세하니 무리한 싸움을 해서 져서는 안 된다는 말씀이시겠지. 이기면 되잖나! 이겨만 봐. 그 적은 병력으로 이 추위에 잘 싸웠다고 칭찬해 주실 테니. 적이 강 건너에서 이동했다…… 이런 좋은 기회가 또 있겠나. 그리고 봐! 차츰 안개가 짙어진다. 오늘 밤 안으로 건너가 날이 새면 적을 깜짝 놀라게 해주는 거야."

그러나 흰 머리가 늘기 시작한 백전연마의 지로베에는 조용히 고개를 저으며 좀처럼 동의하지 않았다.

"주군께서는 용감하게 말씀하시지만 이 추위 속에 강을 건너는 일은 그리 만만치 않습니다. 저희들은 경험이 있지요. 만일 건너편까지 배로 건넌다고 하더라도 배를 댈 곳이 없으면 전군이 물에 빠진 생쥐 꼴로 상륙하게 됩니다. 만일 그때 적이 눈치챈다면 어떻게 되겠습니까? 손발이 얼어서 칼과 창을 마음껏 쓸 수 없을 겁니다."

"그때는 총구를 나란히 하여 원호사격하면 되지 않는가?"

"당치도 않은 말씀! 일부러 총을 쏘아대며 간다고 알리는 기습이 어디 있습니까? 게다가 이쪽은 700, 적은 1만…… 소총 수도 상대되지 않게 적습니다. 오고쇼 말씀대로 나중에 이케다 군과 함께 적의 병력을 이쪽저쪽으로 분산시켜 공격하는 게 효과적이니, 그때까지 자중하십시오."

"흠, 그러면 그대는 기습에 반대인가?"

"예, 만일의 경우 위험이 너무 큽니다."

듣고 보니 맞는 말이었다.

날이 밝아 강 건너편에 이쪽의 깃발이 나부낄 광경을 상상하면 통쾌했지만 물에 빠진 생쥐꼴로 손발이 언 아군이 서리 위에 나란히 쓰러져 있는 광경은 보기 좋은 게 아니었다.

"그럼, 이 기회를 놓쳐야 하나…… 어떤가, 고자에몬, 그대도 납득되나?"

아쉬운 듯 아키나리가 묻자 기습을 권한 고자에몬은 지로베에에게로 돌아섰다.

"실례입니다만 중신께서는 저희들 젊은 사람의 의견을 한 번 들어보시겠습니까?"

"그렇다면 고자에몬은 아직 단념하지 못하겠다는 건가?"

고자에몬은 튕기듯 대답했다.

"그렇습니다. 중신께서는 애당초 이번 전쟁을 가토 가문의 전쟁이라 생각하고 계십니까, 아니면 천하의 전쟁이라고 생각하십니까? 우선 그걸 여쭈어보고 싶습니다."

이 질문은 옛날 전국시대에는 없었던 무례한 질문이었다.

'요즈음 젊은이는 이론만 내세운단 말이야.'

지로베에는 쓴웃음 지으며 고자에몬에게 대답했다.

"말할 나위도 없이 천하를 위한 전쟁, 도쿠가와 가문의 전쟁이겠지. 이것은……"

"그 말씀을 들으니 오늘 밤 안으로 강을 건너야만 하겠습니다. 그래도 되겠습니까?"

"고자에몬, 그대는 아무래도 말하는 법을 모르는 것 같군. 어째서 그렇게 해야 하는지를 먼저 이야기하는 법이야."

"알겠습니다."

고자에몬은 상대에게 반감 같은 건 갖지 않은 기색으로 순순히 고개 숙이고 입을 열었다.

"중신께서 말씀하시는 대로 이것은 천하를 위한 전쟁입니다. 그러므로 히메지, 오카야마의 두 이케다 가문을 비롯하여 주고쿠, 시코쿠의 여러 군사들이 아시다시피 줄줄이 진 치고 있습니다."

"그래서……?"

"그 가운데 만일 어느 한쪽 군사가 먼저 강을 건너가면 어떻게 될까요? 건너편 나카노시마에서는 싸움이 시작됩니다."

"그럴 테지. 모두 싸우러 왔으니 그렇게 되어도 이상할 것 없지."

"바로 그 점입니다! 아군은 소수이므로 먼저 건너가 싸움을 벌이면 뒤의 여러 군사들이 뒤질세라 건너와 우리와 적을 나누어 맞게 됩니다만, 우리가 뒤처지면 어떻게 되겠습니까?"

"뭐, 뭐라고?"

"이케다 가문의 형제분 군세만 해도 8800…… 이들이 먼저 건너가 버리면 우리 가토 가문이 상대할 적은 이미 남아 있지 않습니다. 그래서 우리는 이쪽 강기슭에서 구경만 하고 있어야 합니다. 천하의 전쟁에 나와 전공을 다투는 사람들 틈에서 구경만 하고 있어도 될까요?"

기묘한 논리의 비약에 지로베에는 그만 신음을 냈다.

"음."

"중신님, 그리고 저희들 가문에는 또 하나 특별한 사정이 있습니다."

"허, 무슨 사정인가?"

"가토 가문은 도요토미 가문의 은혜를 입은 집안, 만일 구경만 하다가 전쟁이 끝나게 되면 반드시 가문이 위태로워질 것입니다."

"음."

"천하의 싸움은 도중에 기복은 있을지라도 끝에 반드시 이기는 싸움…… 이기는 싸움에 주저하며 구경만 하니 맨 먼저 건너가 주고쿠, 시코쿠의 여러 군대가 뒤따르게 한다…… 뒤따르게 하려면 우리가 먼저 건너가는 게 상책……이라고 생각합니다만, 어떻습니까?"

고자에몬이 거기까지 말하자 맨 먼저 무릎을 치며 감탄한 것은 가토 가문의 쌍기둥으로서 '쓰쿠다냐 가와무라냐' 하고 일컬어지는 중신 가와무라 곤시치로였다…….

"참으로 놀라운걸. 요즈음 젊은이하고는 함부로 말할 게 아니군. 과연 그래. 모두에게 싸움을 거들게 한다는 말이렷다."

전쟁이 벌어지면 인간은 언제나 상식의 테두리를 뛰쳐나가 사물을 생각하게 된다. 아무 원한도 없는 사람을 살육하는 문제에 몰두하지 않으면 안 되는 상황인 만큼 그러한 주장도 결코 무리가 아니다. 그러나 그러한 살육에도, 인간에게 그러한 기괴한 살의를 갖게 하기에 앞서 반드시 거쳐야 하는 하나의 통로가 있다. 그것은 그 살육이 보다 조건이 나은 삶을 스스로 목표로 하고 있다는 점이다.

고자에몬의 논리는 단적으로 그 계산에 들어맞는 것이었다. 막부에 밉게 보여 가토 가문이 사라지게 되면 모두의 생계까지 위태로워진다. 그것을 아는 만큼 주인인 요시아키를 볼모와 다름없이 에도에 남겨두고 모두들 이처럼 출전해 있는 것이다……

그런데 '싸움 구경'이나 하듯 뒷전에 처졌다가 엉뚱한 의심을 받게 된다면 출전한 의미가 도무지 없다. 고자에몬은 그것을 명백하게 찌르고 나온 것이다…… 구경꾼이 되겠는가, 아니면 맨 먼저 건너가 다른 군사들의 도움을 받아 이길 것인가……?

확실히 패배할 염려는 없는 싸움이다. 지로베에도 그런 계산을 모르는 인물은 아니었다. 곤시치로가 무릎 치며 고자에몬을 칭찬하자, 그 또한 그보다 더 감탄하는 태도로 고자에몬의 의견에 찬성했다.

"오, 그렇게까지 깊은 생각을 하고 있었나. 훌륭하다. 감탄했어! 그런 줄도 모르고 덮어놓고 반대한 것이 부끄럽군. 주군! 이렇게 되면 곧 도하 명령을 내리시는 게 좋겠습니다."

"좋다! 그럼, 안개가 가장 짙어졌을 때를 틈타 건너라. 손발이 얼지 않도록 충분히 주의해. 적이 나타나지 않는 한 함부로 몸을 적시지 말도록."

이리하여 가토 군은 이에야스의 의사를 무시하고 강을 건너게 되었다.

그리고 또 한쪽 이케다 형제의 진지에서는 이에야스의 사자 노부시게가 오카야마 38만 석 영주 이케다 다다쓰구의 진지에 먼저 나타났다.

이케다 다다쓰구와 히메지 32만 석 영주 이케다 도시타카는 모두 데루마사의 아들이다. 도시타카가 형이고 다다쓰구는 아우로 이 형제는 벌써 이곳으로 진을 옮기기 전부터 선봉이 되려고 다투고 있었다.

"오사카 공격에는 결코 상대를 앞지르지 말 것. 형제가 서로 연락하며 힘을 모아 싸우자."

이처럼 굳게 약속하고 출전했는데도 아마가사키에서 강가에 이르자 형 도시타카가 아우 다다쓰구를 앞질러 사에몬도노강(左衛門殿川)을 건너 간자키강까지 진출한 것이다. 아우 다다쓰구는 노발대발하여 이 역시 서둘러 사에몬도노강을 건너 형과 나란히 진을 쳤다.

"형님이 먼저 약속을 어겼소. 따라서 앞으로 그 약속은 없었던 것으로 생각하고 행동하겠으니 그리 아시도록."

나란히 진을 치고 형에게 곧 사자를 보내 알렸을 때 이에야스에게서 사자가 도착했다.

여기서도 노부시게는 엄격한 말투로 이에야스의 명령을 전했다.

"오고쇼님 분부입니다. 경솔하게 나가서는 안 됩니다. 병력을 강가에 머물게 하고 적정을 충분히 살피면서 다음 명령을 기다리도록."

다다쓰구의 진에는 다다쓰구와 중신 아라오 다지마(荒尾但馬)가 동석하고 있을 때 이에야스의 명령이 전해졌다. 여기에서도 이날 밤 안개 속에 독단적으로 전진할 것을 생각하던 참이라, 다다쓰구는 쓰디쓴 표정으로 잠자코 있었으나 다지마는 시치미떼고 승낙하며 말했다.

"알겠습니다. 이곳부터는 지리적 조건도 나쁘고 적이 대군이라 함부로 전진할 수 없습니다. 비록 강을 건너려 해도 물이 깊고 건너편에는 보시다시피 적이 병풍처럼 창을 세워 기다리고 있습니다. 섣불리 건널 수 없지요."

건너편 나카노시마를 지키고 있는 것은 오다 우라쿠의 군사 1만 남짓이었지만 다지마의 말이 그럴듯했으므로 사자인 노부시게는 그대로 가버렸다. 또 한 군데 다다쓰구의 형 이케다 도시타카의 진지에도 들러야 했기 때문이었다.

노부시게가 가버리자 다다쓰구는 다지마를 꾸짖었다.

"다지마, 그대는 나에게 말도 못 하게 하고 어째서 독단적으로 승낙했나? 무례하지 않으냐?"

"그렇긴 합니다만 주군께서는 말씀하실 입장이 아닙니다. 주군은 거절하실 작정이셨지요?"

"물론이지. 싸움에는 전기(戰機)라는 게 있어. 그걸 놓치면 선봉의 공을 형에게 뺏긴다."

"하하……."

"왜 웃느냐? 웃지 마라!"

"하하하하……주군은 정말 고지식한 분이시군요."

"뭐라고?"

"애당초 싸움터에 나와서 사자의 저런 말을 일일이 얌전하게 듣는다면 어떻게 앞지르거나 맨 먼저 쳐들어갈 수 있겠습니까? 그런 말은 그저 '예, 예' 하고 들어두면 되는 것입니다."

"그럼, 대답만 그렇게 할 생각이었단 말이냐?"

"그렇게 하지 않으면 사자가 돌아가지 않습니다. 지금쯤 형님 진지에서는 아마 도시타카 님 자신이 나서서 사자와 입씨름을 벌이고 계시겠지요. 그것이 우리에게는 다행입니다. 우리는 그 틈을 타서 강 건널 준비를 하는 겁니다."

"그럼, 그럴 생각으로……."

"적을 속이려면 먼저 한편부터…… 싸움은 저희들에게 맡기시고 큰 배에 타신 것처럼 마음 푹 놓고 계십시오."

가토 가문의 중신이나 이케다 가문의 중신이나 모두 전쟁터에 익숙한 자들이다. 어디까지나 전공 제일주의였다.

이리하여 아라오 다지마는 졸개들에게 명하여 가까운 민가에서 문짝을 모아와 큰 배가 아닌 뗏목을 만들어 자신이 소총대를 이끌고 맨 먼저 안개 낀 강으로 나갔다. 이미 한밤중인 새벽 2시가 지나 있었지만 굳이 은밀하게 행동하려 하지 않았다.

뗏목이 강 중간쯤에 이르자 일제히 강 건너편을 향해 사격을 개시했다.

"쏴라!"

안개 속에서 적이 허둥대는 시끄러운 소리가 들렸다.

"자, 지금이다, 쳐들어가라!"

제1진인 다지마는 건너편 기슭에서 6, 7미터쯤 되는 곳에 다가서자 맨 먼저 강물 속으로 뛰어들었다.

"봐라, 깊이가 가슴까지밖에 안 된다. 모두 뛰어들어 뗏목을 돌려보내라. 서너 번 건너면 될 거다."

두 팔을 들어 수심을 알리고 그 길로 칼을 빼들더니 적중으로 뛰어들었다.

나카노시마의 오다 우라쿠 군은 깜짝 놀랐다. 이 추운 밤에 기습해 올 줄 몰랐다기보다 여기서는 아직 양쪽 군사가 대치한 채 니조 저택의 이에야스와 무슨 교섭이 있을 거라고, 누가 퍼뜨린 것은 아니었지만 그렇게 믿고 있었기 때문이었다. 얄궂게도 공격하는 쪽에서는 이에야스에게 칭찬받으려 공을 다투고, 이에야스의 의사는 오히려 적군인 우라쿠 군에 모르는 사이에 침투한 결과가 되어 있었던 것이다…… 그런 데다 별안간 안개 속에서 일제사격을 받아 기가 꺾이는 판에 적이 차례차례 뗏목으로 건너왔으니 대응할 틈도 없었다.

"적은 대군이다, 방심하지 마라!"

"달아나지 말고 물리쳐라."

소리소리 외치며 뒤로 후퇴하자 이번에는 배후에서 함성이 올랐다.

가토 군 역시 이때 이케다 군에게 넋 잃고 있는 우라쿠 군의 배후에서 살그머니 나카노시마 땅을 밟고 있었다.

이렇게 되자 날이 밝기 전의 나카노시마는 차마 눈 뜨고 볼 수 없는 격전장으로 바뀌고 말았다…….

아니, 그보다 더욱 크게 술렁거리기 시작한 것은 나란히 진을 친 채 발이 묶여 있던 강 건너의 주고쿠, 시코쿠 군이었다.

"이게 대체 어떻게 된 일이냐?"

"누군가 앞질러 갔구나."

"좋다, 우리도 뒤져선 안 된다. 이쪽도 곧 건너갈 준비를 하라."

그중에서도 이케다 도시타카는 발을 동동 구르며 분통을 터뜨렸다.

"동생 녀석이 틀림없어. 기치가 보이지 않느냐, 기치가?"

기치는 보이지 않았으나 급히 사자를 보내 보니 동생의 진영은 벌써 텅텅 비어 있었다. 4200명의 군사가 모두 강을 건너간 것이다.

"에잇! 노부시게 놈에게 속았구나!"

도시타카는 동생 다다쓰구의 중신 다지마의 예측대로 이에야스의 사자로 온 노부시게를 몸소 응대했다.

"이제 와서 명령이 있을 때까지 진격해서는 안 된다는 것은 전쟁에 익숙한 오고쇼답지 않은 말씀이오. 그렇다면 차라리 출전명령을 내리지 마실 일이지. 여기까지 와서 적의 모습을 보고 용기백배해 있는 자들을 억누를 수는 없소. 그러니 강을 건너는 일은 기회를 봐서 할 것이니 우리에게 맡기시오."

그렇게 주장하자 드디어 노부시게도 화를 냈다.

"아니, 명령을 어떻게 아시는 것이오? 이 사람은 오고쇼의 사자로 이곳에 온 사람, 그렇다면 내 말은 곧 오고쇼의 명령인데 거역하실 작정이오!"

이런 강압적인 말을 듣자 도시타카는 할 말이 없었다. 시무룩하게 한 잔 들이키고 푹 잠이 들었을 때 뜻하지 않은 총격소리…… 벌떡 일어나 보니 그가 벌써 눈여겨보았던 민가의 문짝이란 문짝은 모두 동생에게 징발당하여 이 꼴이 되었으니 분해하는 것도 무리가 아니었다.

"일어나라! 두들겨 깨워 일으켜 강 건널 준비를 하라! 늦으면 용서하지 않겠다!"

그 무렵에는 벌써 강 안개가 뿌옇게 아침 먼동으로 바뀌어가고 있었다…….

전쟁에는 전략의 우열이 있고, 다시 전술의 잘잘못이 있다. 그런데 그 이상으로 직접적인 영향을 미치는 것은 사기이고, 승패에 대한 자신감이며, 싸움의 형세였다. 때로는 얼핏 우연으로 보이는 이 싸움의 형세에 의해 전쟁 자체가 한 마리의 산 짐승처럼 움직이고 미쳐 날뛴다.

그것이 이번의 선봉다툼이었다. 이날 강 안개가 짙고 특히 추위가 심하지 않았더라면 가토 아키나리 군은 강을 건널 엄두를 내지 못했을지도 모른다. 아니, 그런 날씨에 노부시게가 오지 않았더라면 그들은 중신 지로베에의 말에 순순히 따랐을 것이고, 전투개시가 좀 더 미루어졌을지도 모른다. 그런데 전투개시를 연기하라는 이에야스의 사자를 그들은 위로의 사자로 받아들여 그대로 강을 건널 배짱을 굳혔다.

그리하여 가토 군이 나가자 이미 다른 군에 대한 제지는 엄두도 낼 수 없게 되었다. 날뛰고 있는 경주말은 한 마리가 뛰어나가면 나머지도 모두 미친 듯이 달리기 시작하는 법이다. 더구나 이케다 형제는 이때 벌써 서로 경주를 시작하고 있었다. 그러는 가운데 노부시게가 와서 그들을 오히려 고삐 풀린 말로 만들어버리고 말았다.

"이 사자는 형의 진지에도 같은 말을 할 거야. 그렇다면 형을 앞지를 수 있는 것은 이때다."

그래서 두 진영에서는 약속이나 한 듯 나카노시마로 건너가 새벽이 되기 전에 온 섬에 격전의 불을 댕겼다.

7일 아침이 되었다.

바라보니 다다쓰구의 기치는 하류 쪽에서, 아키나리의 기치는 상류 쪽에서 아침 바람에 펄럭였다. 그런 가운데 양쪽에서 오다 우라쿠 군을 상대로 맹렬하게 공격을 퍼붓고 있는 게 아닌가. 이렇게 되면 도시타카가 아니라도 가만히 있을 수 없는 일이었다.

"속아 넘어갔구나, 뒤지지 마라."

맨 먼저 배를 저어나간 것은 도시타카와 진을 나란히 한 빗추 니와세(庭瀨), 3만9000석 영주 도가와 사토야스(戶川達安)였다.

그 뒤를 이어 사쿠슈(作州), 쓰야마(津山) 18만6000석의 모리 다다마사(森忠政)가 가토 군과 가까운 곳에서 강을 건너기 시작했다.

물론 도시타카 군도 날이 밝자 곧 강을 건너기 시작했고, 단바 후쿠치야마(福知山) 8만 석 영주 아리마 도요우지(有馬豊氏) 군은 벌써 나카노시마가 먼저 간 아군에게 점령될 것으로 판단하고 한 걸음 더 나아가 덴마 강기슭을 향해 상륙전을 개시했다.

이렇게 되면 가토 가문의 가가야마 고자에몬의 예상이 멋지게 들어맞은 것이 된다.

날이 밝자 나카노시마의 우라쿠 군은 크게 당황했다. 적군을 따로따로 떼어놓고 보면 우라쿠 군의 수가 압도적으로 많았지만, 이렇게 뒤이어 여러 영주들의 군사가 움직이면 그야말로 구름 같은 후속부대가 아닐 수 없다. 상류 쪽에서 필사적으로 공격해 오는 가토 군과 다지마를 선두에 세운 이케다 군 사이에 끼여 순식간에 패색이 짙어졌다. 가토, 이케다 양군만 격퇴하면 되는 게 아니라 강을 덮고 있는 부대는 모두 적이므로 무리도 아니었다.

엷은 햇살이 비치기 시작하고 서리 내린 새하얀 대지가 검게 젖을 무렵 우라쿠 군은 벌써 앞다투어 덴마 쪽으로 달아나기 시작했다. 황급히 덴마로 후퇴하면서 우라쿠는 다시금 이에야스에게 교묘하게 속았다고 생각했다.

그에게 이에야스로부터 직접 연락이 있었던 것은 아니었다. 그러나 이에야스는 싸우는 게 자못 귀찮은 듯 보였다. 귀찮은 듯 보인 것은 싸울 의사가 없다는 증거이며, 가타기리 형제를 북쪽의 제1진으로 내보낸 걸 보면 아직 교섭에 의한 해결을 바라고 있음이 틀림없다고 생각했다. 그렇게 생각한 우라쿠의 판단이 결코 잘못된 것은 아니었지만…….

그런데 이렇게 야습을, 더구나 뜻하지 않은 협공을 당하고 보니 말할 수 없이 울화가 치밀었다.

"그 늙은 너구리가 70살이 넘어서도 여전히 난폭한 시동 같은 기습을 감행하다니! 어지간히 싸움을 즐기는 늙은이야."

이렇게 말하는 우라쿠도 64살이나 되어 패군을 집합시켜 덴마로 진을 철수시켰을 때는 지칠 대로 지쳐 있었다. 거기에 뒤쫓는다……기보다, 거의 배를 잇대어 놓은 듯 아리마 도요우지의 군사 800명이 밀어닥쳤으니 허둥대는 아군을 성채에 넣고 버티게 하는 것이 고작이었다. 뒤돌아보니 벌써 나카노시마는 완전히 이케다 다다쓰구와 가토 아키나리의 깃발로 뒤덮여 있었다.

"게 누구 없느냐? 우라쿠는 속았다. 빨리 성안에 이 상황을 보고하라."

당황하게 되니 가까이 대기시켜 놓은 연락장수의 모습도 보이지 않았다. 그래서 얼굴도 잘 모르는 요시노 산시로(芳野三四郎)라는 젊은 무사에게 이름을 묻고는 그대로 달려가 보고하도록 명했다.

"쇼군이 후시미를 출발할 때까지는 싸움이 벌어지지 않는다……고 주장한 건 우라쿠의 잘못이다. 그 너구리 놈이 세키가하라 때와 마찬가지로 주고쿠, 시코쿠의 영주들을 충동질해 싸우게 했어. 그들을 먼저 성벽에 육박시키고 나서 슬슬 기어 나올 작정이었던 거야. 잘못 판단하여 미안하다고 오노 하루나가에게 전하라. 알겠나, 성 밖의 싸움은 벌써 끝장났어. 이 성채에 불을 지르는 것을 신호로 성문을 열라고 해…… 이제부터는 농성이라고 말해라."

인간의 지식이나 생각은 어째서 이렇듯 위태위태한 것일까?

우라쿠의 처음 판단은 옳았다. 그러나 기습당하자 그 판단이 완전히 빗나가고 말았다.

우라쿠가 만일 냉정했다면 여기서 공격군에게 사자를 보내 가타기리 형제 대신 이에야스와 마지막 교섭을 시도할 기회가 아직 있었을 게 틀림없다. 처음부터 우라쿠는 이 싸움을 강행하면 도요토미 가문의 멸망……이라는 것을 내다보고 굶주린 호랑이 같은 무사들의 전의를 어떻게 잠재울지 노력해 오지 않았던가.

그런데 과연 그럴 능력이 있는지 없는지도 의심스러운 젊은이를 중요한 전령으로 보낸 다음 땀을 뻘뻘 흘리면서 상륙해 온 아리마 군에 맞섰다. 물론 처음부터 이기리라고 생각하지 않은 싸움인지라 승세를 몰아 밀고 오는 공격군을 이길 리 없었다.

오노 하루나가의 얼굴도 모르는 전령무사가 성안에서 여기저기 진지를 헤매고 있는 동안 후쿠시마와 이케다의 성채에서 미야지마(宮島) 군이 무너져 도망쳐 오는 것을 보고 우라쿠는 명했다.

"성채에 불을 질러라!"

서둘러 성채에 불을 지른 뒤 패군을 이끌고 성안으로 도망쳐 들어가고 말았다.

"싸움은 이겨야 한다!"

그러나 낮이나 밤이나 싸움 속에서 살았고 마침내 평화시대를 열어 73살이 된 노장 이에야스에게는 그것이 결코 불변의 철칙은 아니었다.

"너무 이겨선 안 돼."

이에야스는 요즈음 이 말을 곧잘 입에 올리고 있었으나, 주고쿠, 시코쿠 군이 잠깐 동안에 덴마 강기슭까지 밀고 나가 오사카성과 강을 하나 둔 곳에 진을 쳤다는 말을 듣자 씁쓸한 얼굴로 혀를 찼다.

"너무 이겼어, 마사즈미."

이긴 편에서는 의기양양하여 연거푸 전공을 보고해 왔다.

"총공격은 언제쯤이 되겠습니까?"

혼다 마사즈미는 그저 싱글벙글 웃고 있었으나, 이에야스의 계산은 사실 이것으로 모두 어긋나버리고 말았다. 대치한 상태에서 설득한다면 피아간에 극단적인 증오를 불태우지 않고도 해결의 길이 열릴 것을, 일이 이미 여기에 이르면 이성이나 계산이 통하지 않는 세계가 나타난다.

그렇게 하지 않으려고 노부시게를 보냈었는데, 생각해 보니 그 인선이 잘못되었는지도 모른다…….

그 명령을 듣지 않은 영주들을 물론 꾸짖을 수는 있다. 그러나 이제 와서 꾸짖어 본들 무슨 소용 있겠는가? 앞지르기 공훈은 사실 공훈 여하에 따라 군율에 위배되지 않는다는 불문율이 있다.

"오고쇼님, 역시 표창장을 주셔야 한다고 생각합니다만."

이렇게 말하는 마사즈미에게 이에야스는 한동안 아무 대답도 하지 않았다. 물론 나카노시마를 단숨에 점령해 버린 주력부대인 이케다 다다쓰구에게 표창장을 주자는 것이다.

"마사즈미, 그대는 내 속마음을 모르는 것 같군."

이에야스가 '마사즈미 님' 하고 부를 때와 '마사즈미'라고 부를 때는 말하는 내용이 다르다. 마사즈미는 놀라며 물었다.

"무슨……실수라도 있었습니까?"

"아니다, 실수가 아니야. 실수라면……."

이에야스는 고쳐 생각한 듯 고개 저으며 말했다.

"그러나 배도 8할쯤 채우는 게 건강에 좋은 것같이 승리도 8할쯤으로 충분한 거야."

"승리도 8할……."

"알겠나. 너무 이기면 과식한 것과 마찬가지로 몸에 해로울지언정 약은 되지 않아. 그대도 이걸 잊지 말게."

그리고 덧붙였다.

"다다쓰구에게 표창장을 내려주어라."

그러나 마사즈미는 이때 이에야스가 자기의 성격을 꾸짖으려고 하는 말인 줄 눈치채지 못했다. 이에야스가 죽은 다음 정적(政敵)에 의해 오슈의 촌구석으로 쫓겨 가서야 비로소 그것을 깨달았다고 술회하고 있다…….

어쨌든 이에야스는 뒤쫓듯 상경해 온 덴카이 대사를 8일에 니조 저택에서 만날 때까지 자못 쓸쓸한 기색이었다.

이에야스가 다시 기운을 되찾아 이것저것 지시에 몰두하기 시작한 것은 덴카이를 만난 다음 날인 11월 9일부터였다.

그리고 이튿날인 10일 히데타다가 대군을 이끌고 후시미성에 도착하여 양군은 꼼짝없이 다음 행동으로 옮겨가야만 하는 최후의 선까지 내몰리게 되었다…….

부자(父子) 매

11월 8일에 상경해 온 기타인 덴카이와 이에야스 사이에 어떤 말이 오갔는지는 알 도리 없다.

다만 이에야스는 그다음 날부터 몹시 밝아졌다. 그의 의사와 반대로 싸움이 시작되어버린 나카노시마에서의 선봉다툼에 대한 우울증을 날려버리기에 충분한 계획이 섰기 때문일 것이다.

따라서 10일에 후시미성으로 들어간 히데타다를 11일에 니조 저택에서 만났을 때는 둘 사이에 몇 번인가 밝은 웃음소리가 났다.

"쇼군이 도착했으니 싸움을 연기할 수 없지. 그러면 모레 13일부터 드디어 오사카 공격을 시작하기로 할까?"

그렇게 말하자 이에야스의 고충을 반은 짐작하나 반은 모르고 있는 히데타다는 여전히 고지식하게 말했다.

"시일을 끌면 간토의 위신에 좋지 않습니다. 하루라도 빨리 함락시켜 버리는 게 좋겠습니다."

이에야스 또한 자기가 최근까지 어떻게 해서든 상대를 교섭자리로 끌어내려 노력하고 있었던 눈치를 조금도 보이지 않았다.

"내가 쇼군에게 서두르지 마라, 서두르지 말라 한 것은 도착과 동시에 싸울 수 있도록 군사를 지치지 않게 하기 위해서였는데, 어떤가, 모두 피로해 하지는 않던가?"

"예, 자주 주의 주셔서 도중에 투구뿐 아니라 갑옷도 벗고 행군했습니다."

"잘했다. 갑옷을 입고는 결코 오래 행군할 수 없지."

말하다 말고 이에야스는 무슨 생각이 났는지 소리 내 웃었다.

"무슨 우스운 일이라도 있었습니까?"

"오, 있었고말고. 거 왜 세키가하라 때 일인데 쇼군에게는 아직 이야기하지 않았지. 그때 내 군사 중에 에도 상인 긴로쿠(金六)라는 자가 있어 파발마와 인부감독을 시켰지. 그때 졸개들에게 모두 가벼운 차림으로 행군하도록 명했는데 긴로쿠만은 갑옷을 결코 벗으려 하지 않더란 말이야. 난처한 놈이라고 호소하는 자가 있었지만 나는 내버려 둬, 내버려 둬, 곧 알게 된다……고 웃었지."

"예……."

"그런데 요시다를 지나 오카자키에 이르렀을 무렵 길 옆 소나무 가지에 훌륭한 갑옷을 벗어버리고 간 자가 있었어. 하하하……그게 긴로쿠였지. 고집쟁이인 이에도 사람도 걸을 때마다 갑옷자락이 부딪쳐 무릎이 점점 아파오고 몸도 피곤하고 어깨는 굳으니 이제 갑옷을 입고는 한 걸음도 가지 못하겠습니다, 참으로 아깝지만 버리고 가겠습니다……하고 거의 우는 얼굴로 이야기하더군."

고지식한 히데타다는 이에야스가 웃는 만큼 우습지 않았다.

'대체 뭣 때문에 이런 말씀을……?'

그런 생각을 하다가 이윽고 그 뜻을 알게 되었다.

"13일에 전군 출동명령을 내리고 나는 15일에 니조 저택을 나가기로 하겠다. 나도 긴로쿠처럼 되어서는 안 되니 물론 평복차림으로 간다. 군졸에게도 갑옷을 입히지 않겠어. 경장(輕裝)이야. 그리고 기즈에서 나라를 거쳐 호류사를 돌아 셋쓰로 들어간 뒤 스미요시에 참배하고 나서 싸움터로 향한다. 쇼군도 되도록 가벼운 차림을 하는 게 좋아."

아무래도 이에야스는 아직도 속전속결로 결판내려는 쇼군 히데타다와는 다른 계획을 세우고 있는 모양이다.

"알겠습니다. 저도 가벼운 차림으로 가겠습니다."

대답은 그렇게 했으나 아버지의 생각을 알 수 없어 히데타다는 안타깝기만 했다.

이에야스는 의논한 대로 11월 15일 오전 8시에 니조 저택을 출발했다. 넓은 소매가 달린 가벼운 전투복 차림으로 말은 타지 않고 가마를 탔다. 이에야스는 뚱뚱했기 때문에 가마는 되도록 그물로 된 가벼운 것을 썼다. 그러니만큼 출진이라기보다 홀가분한 유람여행 같은 느낌이었다.

"이런 가마를 총으로 겨냥한다면 큰일이 아니겠습니까?"

가마 옆의 오쿠보 헤이스케가 염려했으나 이에야스는 각별히 신경 쓰는 것 같지 않았다.

"걱정하지 마라. 적의 주력은 성안에 있어. 내가 가는 쪽에는 없지 않느냐?"

그러고 보니 벌써 성문 가까이까지 주고쿠, 시코쿠 군이 바싹 다가가고 있는데 일부러 나라까지 돌아 스미요시로 나가는 것은 아무래도 이해할 수 없는 행동이었다…….

이리하여 그날 오후 2시에 기즈에 도착했다. 그곳 유지의 집에 깃발을 꽂고 더운물에 점심을 말아 먹은 뒤 오후 5시에 나라에 도착했다.

나라에서는 행정관 나카노보 히데마사의 저택에 들어 그날 밤 행군의 노고를 위로한다며 탈춤을 구경시켰다. 간제 소세쓰(觀世宗說)의 악극에 맞춰 엔메이 시로(延命四郎) 스님이 춤추었다고 한다.

"오고쇼님은 대체 무슨 생각을 하고 계시는 걸까?"

쇼군 히데타다는 이에야스와 같은 시간에 후시미성을 나와 벌써 히라노 진지에 닿았을 것이다. 그런데 유유히 나라로 돌아가 탈춤구경이라니……?

탈춤이 끝나자 이에야스는 나카노보 히데마사를 불러 말했다.

"아마도 이 언저리에 도편수 나카이 마사키요가 살고 있을 텐데, 불러주지 않겠나?"

나카노보 히데마사는 고개를 갸웃거리며 물었다.

"뭔가 새로이 공사라도 하시렵니까?"

"그렇다, 공사를 해야겠다. 그 일로 나카이의 의견을 듣고 싶어."

나카이가 불려오자 기분 좋아진 이에야스는 술을 권하며 물었다.

"그대는 대략 어느 정도 높이까지 탑을 쌓을 자신이 있나?"

"어느 정도 높이……라고 하시지만 탑에는 저마다 5층, 7층으로 나무를 짜맞추는 비법이 있는데요…….."

"그런가, 대불전을 건립할 수 있는 그대에게 어리석은 질문을 했군……."

이에야스는 가볍게 웃으며 사람들을 물러가게 했다. 실은 이에야스가 일부러 전쟁터와 먼 기즈에서 나라로 돌아온 것은 여기서 나카이 마사키요를 만나기 위해서였다.

나카이 마사키요는 쇼토쿠 태자 이후 4대 목수의 하나로 손꼽히는 유명한 목수였다. 그는 목수이면서도 조정에서 종4품 야마토노카미 관작을 받고 있었다. 물론 도요토미 가문에도 중용되어 오사카 사정에 밝았지만 이에야스가 그에게 주목한 것은 전혀 다른 목적에서였다.

마사키요와 단둘이 되자 이에야스는 묘한 말을 꺼냈다.

"어떤가, 마사키요? 그대는 도요토미 가문을 위해 법에 좀 어긋나는 살생을 할 생각이 없나?"

"저, 도요토미 가문을 위한 살생을……?"

나카이 마사키요는 고개를 갸웃거리며 되물었다.

"그렇지, 법도에 좀 어긋나는 탑을 세워주었으면 좋겠어."

나카이 마사키요는 한참 동안 지그시 이에야스를 바라보았다. 그는 이에야스가 무슨 말을 하려는지 잘 알고 있었다. 벌써 니조 저택에서 그에게로 사자가 와 있었기 때문이다.

"확인을 위해 여쭈어봅니다만 이 마사키요가 협력하면 피를 흘리지 않고 끝난다……는 오고쇼님의 생각에 지금도 변함없으십니까?"

"그 대답을 하지 않으면 맡지 못하겠다는 말인가."

잔잔한 말투였지만 이에야스의 표정은 엄숙했다.

"이 일은 쇼군에게도 비밀이야. 전쟁이란 사기가 무엇보다 중요한 것. 내게 싸울 의사가 없다……는 것을 알게 되면 그야말로 모든 계획이 뒤틀리게 된다. 그래서 그대의 질문에 그렇다……고 대답할 수 없는 거야."

나카이 마사키요는 또 잠시 동안 묵묵히 있었다.

이에야스가 그에게 요구하는 것은 간토 군이 오사카성을 포위하여 진을 쳤을 때 천수각에다 대포를 쏠 수 있는 위치로 높은 포좌를 만들어달라는 것이었다.

대포의 무게를 이에야스는 나카이 마사키요에게 아직 말하지 않았다. 그러나 홍모국에서 건너온 상당히 무거운 대포 같았다. 그러니 몇 관짜리 포탄을 쏘면 그 반동이 결코 작을 리 없고, 그 때문에 포좌가 무너질지도 모른다. 물론 한 번으로 포격이 끝난다고는 예상할 수 없기 때문에 나카이 마사키요로서는 섣불리 맡을 수 있는 일이 아니었다.

"공양을 위한 탑이라면 물론 안 된다고 할 수 없습니다만, 큰 은혜를 입은 도요토미 가문을 살생하기 위한 포대라면······."

"그건 거듭거듭 잘 알고 있다."

"겉으로는 살생을 위한 듯 보이지만 이 포대가 세워지는 것만으로 싸움이 끝날지도 몰라. 어쩌면 한 발도 쏘지 않아도 될지 모른단 말이야."

"그걸 보증해 주시겠습니까?"

이에야스는 고개를 저었다.

"결코 쏘지 않는다······며 만들면 포대가 포대가 되지 않을 것 아닌가? 그러니 어쩌면 쏠지도 몰라. 그렇게 되면 천수각에 있는 사람들 일부는 죽게 될 거야······ 그러나 그래도 만들 수밖에 없다고 나는 생각하고 있다."

"음."

나카이 마사키요는 또 무겁게 한숨을 내쉬었다.

"마사키요."

"······예."

"이제 도요토미 가문을 살릴 수 있는 방법은 단 한 가지뿐이야."

"······?"

"장수들로는 말이 안 되고 히데요리 자신도 어쩔 도리 없을 거야. 역시 화의를 청하여 성안을 통솔할 수 있는 사람은 요도 마님 단 한 사람뿐일세."

"그건······잘 알고 있습니다."

"이런 대포로 쏘아댄다면 도저히 이길 수 없다······고 요도 마님이 생각하게 만들면 화의가 이루어진다. 그것을 위한 포좌니까 굳이 살생을 위한 것······이라고만 할 수는 없는 일이지. 어떤가, 맡아줄 수 있겠나?"

이에야스는 한 번 더 조용히 말한 뒤 다짐을 두었다.

"알겠나, 쇼군도 모르는 일이야."

나카이 마사키요가 말없이 꿇어엎드린 것은 그로부터 2, 30초 뒤였다······.

나카이 마사키요는 되도록 거절하고 싶었다. 그러나 이에야스의 조용한 말 뒤에는 그것을 용납하지 않는 중량감이 있었다.

포대를 아주 높이 세우더라도 그것을 쏘는 게 목적은 아니다. 거기에 커다란 포구를 고정시켜 보임으로써 요도 마님에게 전의를 포기하도록 하는 것이 목적이라고 설득했기 때문이다.

'과연 대포를 장치하는 것만으로 요도 마님이 싸움을 단념할지 어떨지?'

만일 그것이 오히려 전의를 부채질하는 결과가 된다면 이 포대에서 발사되는 포탄으로 다이코의 자랑이었던 대천수각은 무참하게 날아가 버린다…… 아니, 건물만 파괴되는 것이 아니라 거기에 축적된 화약이며 무기와 함께 많은 인명 또한 잃게 되리라…….

'그렇게 잃어질 인명 속에 주군과 요도 마님도 들어 있다면 어떻게 될 것인가……'

나카이 마사키요는 마음속으로 이에야스가 두려워졌다.

대포가 '나라를 무너뜨리는 것'이라는 말은 들었지만 마사키요는 아직 그 위력을 직접 눈으로 본 일이 없었다.

마지못해 맡겠다는 뜻으로 절을 올린 다음 나카이 마사키요는 질린 듯이 덧붙였다.

"그것을 쏘면 아무리 견고한 성채도 한꺼번에 무너진다고 합니다만……되도록이면 쏘는 일 없이 이 싸움이 끝나기를 빌 뿐입니다."

이에야스도 한시름 놓으면서 고개를 끄덕였다.

"걱정 마라. 10중 8, 9는 쏘지 않고 끝날 것이다…… 왜냐하면 이에야스는 이 대포만 믿고 있는 게 아니거든. 그밖에도 두세 가지 손쓸 작정이야. 요도 마님이 모두를 설득하기 쉬운 방법을."

"부디……뜻대로 이루어지시기를."

"마사키요."

"……예."

"오사카성은 결코 난공불락이 아니다…… 사람이 만든 성은 인간의 생각과 마음에 따라 무너지고 만다……고 사람들이 생각하게 되면 거기서 이번 전쟁은 평화의 길로 나가게 되는 거야. 이에야스는 누구보다 빨리 전쟁이 끝나기를 바라고 있다. 날 믿고 준비하도록."

"알겠습니다."

"그럼, 잘……부탁한다."

나카이 마사키요가 물러가자 이에야스는 다시 나라 행정관 나카보 히데마사를 불러 이 여행에 수행한 스덴, 하야시 도슌, 고안 등 세 사람과 어울려 세상이야기를 나눈 뒤 잠자리에 들었다.

그다음 16일은 일어나 보니 비가 내리고 있었다.

이미 11월도 중순이 지났다. 늙은 몸에는 살에 스미도록 추운 진눈깨비였다.

"그리 서두를 것 없다. 비가 개면 떠나도록 하자."

이에야스는 설쳐대는 근위장수들을 달래어 출발을 오후 2시까지 늦춰 비가개고 나서 나라를 출발, 그날 밤은 호류사(法隆寺)의 아미타 암자에 묵었다.

어떻게든 결전시기를 늦추어 그동안 오사카 쪽의 냉정한 반성이 싹트기를 기대하는 답답할 만큼 기묘하게 '서두르지 않는 여행'이었다. 사실 스덴과 도슌은이에야스가 병이 난 것이 아닐까 염려했다……

쇼군 히데타다 쪽에서는, 간토의 위신을 보일 때라며 후시미성을 출발해 그날로 히라노에 도착하여 이에야스가 오기를 기다리고 있었으니 부자 사이의 생각차이는 감출 길이 없었다.

17일은 비가 깨끗이 개고 길이 마르기 시작했다.

이에야스가 아침 5시에 호류사를 출발한다고 하자, 사람들은 싸움터에 가까워졌다며 모두 일어나 갑옷을 입었다. 아직 투구는 쓰지 않았으나 스덴, 도슌, 고안 등 비전투원까지도 무장하고 나온 것을 보고 이에야스는 소리 내 웃었다.

"하하……내 근위대에도 훌륭한 승려무사가 셋이나 있었군그래."

이에야스는 아직 갑옷을 입지 않고 여전히 매의 깃무늬로 된 평복차림으로 야마토에서 가와치로 나갔다.

말끔히 개었던 하늘이 해 질 무렵부터 다시 구름이 끼더니 셋쓰에 도착했을 때는 폭우로 바뀌었다. 이에야스는 바로 스미요시 신사의 신관집에 가마를 대어묵기로 하고 그곳에서 히라노에 있는 쇼군에게 도착을 알렸다.

쇼군으로부터 곧 도이 도시카쓰가 문안한다는 명목으로 의논 차 말을 달려왔다. 도시카쓰는 초조해하고 있었다. 아니, 도시카쓰뿐만이 아니었다. 적을 눈앞에두면 누구라도 이에야스처럼 침착할 수 없었다.

"도중에 병환이라도 나셨는가 하고 쇼군께서 크게 염려하셨습니다."

도시카쓰가 앞으로 나왔을 때 이에야스는 신관을 상대로 한가롭게 세상이야기를 하면서 술잔을 기울이고 있었다.

"아니다, 염려는 고맙지만 이처럼 건강하니 안심하라고 말씀드려라."

그리고 이에야스는 다시 같은 말을 되풀이했다.

"서두르지 마라, 도시카쓰…… 서두르거나 너무 이겨서 좋은 싸움과 그렇지 못한 싸움이 있다. 그렇다 해서 너무 늦장부려 사기를 떨어뜨려서도 안 되는 건 물론이지만……그렇지, 쇼군에게 이렇게 전해다오. 내일은 일찍 덴노사의 자우스산에 나가서 선봉들이 싸우는 모습을 잘 봐두도록 하라고. 나도 내일은 아침 6시까지 자우스산에 도착할 예정이니."

"그러면 드디어 내일 진지에 도착하시는 겁니까?"

"그렇다. 거기서 오사카성을 바라보면서 작전회의를 열자. 모든 건 그 작전회의 다음이다."

"알겠습니다. 그럼, 곧 돌아가 그 뜻을 쇼군께 보고하겠습니다."

도이 도시카쓰가 돌아가자 이에야스는 밤 10시 전에 침소에 들었고, 말한 대로 다음 18일 새벽에 스미요시를 출발해 자우스산으로 향했다. 이날도 가마 옆에서 수행하는 정병 100기에게 갑옷을 입히지 않았다. 모두 화려한 옷차림이었고 그 자신도 평복차림이었다. 시중에는 적의 첩자들이 적잖게 깔려 있을 것이다. 그들의 눈에 이에야스는 대체 어떠한 인상을 주려는 것일까……?

기껏 매사냥이나 하는 차림이었으나 자우스산에 도착해 쇼군 히데타다와 그 측근들의 마중을 받자 그 길로 엄숙한 표정으로 작전회의 자리에 앉았다. 살기등등한 자우스산 진중에서 히데타다와 함께 작전회의 자리에 앉은 이에야스는 감개무량했다.

'내 생애에 이토록 이상한 전쟁이 있을 줄이야……?'

그가 어릴 때부터 보아온 싸움은 언제나 죽음과 마주한 피투성이의 격전이었다.

"죽이지 않으면 죽는다."

이런 각오라기보다 그 생사조차 도외시하고 맹렬히 분투하지 않을 수 없는 절박한 분위기 속에서의 싸움이었다.

그런데 이번에는 전혀 그 양상이 다르다. 아무리 생각해도 질 리 없는 이 싸움을 되도록이면 피하고 싶은 것이다. 아니, 피하기 위해서 실은 온갖 궁리를 거듭 해야 하는 기묘한 싸움으로 변해 있었다.

'모처럼의 평화를 고맙게 여기지 않고……'

실없는 불평을 억누르고 싸움은 해서 안 되는 일……이라는, 너무나 뻔한 눈앞 의 계산조차 못 하게 된 어린아이 같은 상태의 싸움이었다.

더구나 그 싸움에 히데타다도 그 근위장수들도 이제 완전히 감정의 불이 붙어 버렸다.

"여기는 보시는 바와 같이 오사카성 외곽에서 10리도 안 되는 거리입니다. 그 때문에 무쇠 방패는 이 사방을 이중으로 둘러싸고 있으니 마음 놓으시고."

히데타다가 말하며 걸상을 권했을 때 이에야스는 울고 싶은 느낌이었다. 아무 래도 그 신중한 경계는 도도 다카토라의 궁리인 것 같았다. 히데타다 옆에 대기 한 다카토라의 눈이 무섭게 이글거리고 있었다.

이에야스는 자리에 앉으며 물었다.

"저 방패 저편에 대기한 자들은 누구인가?"

"예, 만일의 경우에 대비하여 총포대 30명을 대기시켰습니다."

"총포대……거참, 경계가 튼튼하군."

이에야스는 우선 히데타다에게 앉도록 권하고 새삼 눈앞에 우뚝 솟아 있는 오사카성 천수각을 바라보았다. 천수각은 여전히 드높게 푸른 하늘을 가르며 솟아 그 속에서 죽은 다이코의 높은 목소리가 들려오는 듯한 착각을 일으키게 했다.

히데타다가 의기양양하게 말했다.

"여기서 바라보니 오사카성도 별스럽지 않은 작은 성으로 보입니다. 이런 작은 성 하나를 쉽사리 함락시키지 못한다면 간토의 위신에 관계됩니다. 전군의 사기 는 이미 적을 집어삼킬 정도이니 성 밖의 성채를 모조리 함락시키고 나서 하루빨 리 총공격으로 옮아가 대군으로 단숨에 짓밟아버리려 합니다."

이에야스는 그 말에 대답하는 대신 히데타다 옆에 있는 도시카쓰에게 말했다.

"생각보다 아군이 너무 앞으로 나가 있군."

"그럴까요? 아무튼 모두들 오랜만의 싸움이라 기세가 등등하니까요."

"그건 좋지만……적의 방비가 예상보다 튼튼한 듯하군. 나는 쇼군과 의견이 좀 달라."

히데타다가 상기된 목소리로 물었다.

"그러시다면?"

"물론 쇼군의 말에도 일리가 있지만 이것은 다이코가 있는 지혜를 다 짜내어 세운 성이야. 외곽을 돌파하더라도 해자가 넓고 물이 깊으며 석축이 높으니 내부 구조 또한 견고할 거야. 아무래도 장기전이 될 것 같군."

히데타다는 뜻밖이라는 듯이 기세를 돋구어 가로막았다.

"예, 장기전……? 아버지답지 않으신 말씀입니다. 이 엄동 계절에 장기전이 되면 상대에게 자신감을 줄 뿐 아니라 모처럼 불러일으킨 아군의 사기를 꺾게 됩니다. 쇠뿔은 단김에 빼야 한다고 생각합니다만."

"잠깐, 내가 말하는 장기전과 쇼군이 생각하는 장기전은 좀 다른 것 같군."

"말씀하십시오. 어떻게 다릅니까?"

"물론 얼마쯤 긴 장기전이라면 추위 때문에 지장있겠지. 그러나 이쪽도 느긋하게 자리 잡고 앉아 하나하나 맞서는 성을 쌓아 거기서 농성하면 계절쯤은 문제가 안 돼."

"그렇다면……이대로 팔짱 끼고?"

"팔짱 끼고 있는 게 아니야. 장기전을 각오하고 적의 성채에 맞설 성채를 쌓는다……면 아마 무척 바빠질 테지."

히데타다는 눈을 깜박이고 다시 무언가 반박하려다 얼른 입을 다물었다.

'뭔가 계획이 있으신가 보다……'

비로소 그렇게 눈치챘던 것이다.

"쇼군."

"예."

"세상이 태평스러워진다면 좀처럼 전쟁경험을 얻기 힘들 테지."

"그렇습니다."

"그렇다면 모처럼 모인 여러 나라의 군사들에게 전법에도 여러 가지가 있다는 걸 이번 기회에 가르쳐두는 거야."

"예……?"

"군법을 어기면서까지 급히 무너뜨려야 하는 싸움도 있지만 무리한 행동은 엄격하게 삼가며 한 사람이라도 손실을 줄여야 하는 싸움도 있다."

"예."

"이를테면 적은 손해로 끝날 싸움에 무리한 짓을 강요하여 사람을 죽인다면 하늘의 뜻에도 어긋나게 된다. 과연 훌륭한 지휘……라고 만인의 고개를 끄덕이게 해야만 대장군 그릇이 될 수 있는 것이다. 그래서 나는 이 싸움에 무리한 공격은 필요 없다고 보는 거야."

"……"

"그보다도 요소요소에 맞설 성채를 쌓고 거기서 성안과 밖의 교통을 차단하면 그것으로 해결될 싸움으로 본다. 그러므로 굳게 성을 포위시켜놓고, 그대도 일단 후시미로 돌아가 휴양이나 하는 게 좋아. 나도 가와치나 야마토 언저리에서 매사냥이나 할 생각이다."

이에야스는 말하고 나서 다시 한번 눈을 가늘게 뜨고 수많은 해자와 강줄기로 둘러싸인 오사카성을 바라보았다.

"아무리 길어도 여름까지는 못 버티겠지. 지금으로서는 우선 포위해 두고 정월을 맞이한다. 그게 좋겠어. 암, 그게 좋고말고."

그리고 히데타다를 돌아보았다.

히데타다는 눈이 휘둥그레진 채 입을 다물어버렸다. 아직도 아버지가 무슨 생각을 하고 있는지 잘 몰랐으나 마음속으로 퍽 불만스러웠다. 아버지의 말처럼 일일이 건너편에 성채를 쌓지 않으면 함락시킬 수 없는 완강한 적으로는 생각되지 않았다. 오히려 여기서 단숨에 총공격 명령을 내리면 이 해 안에 결말날 것으로 보였다.

'그런데 아버지는 그 일을 허락할 것 같지 않다……'

어쩌면 성안에서 누군가 항복해 오는 자가 있을지도 모른다……고 히데타다는 생각했다.

히데타다가 노골적으로 불만을 나타내는 표정으로 입을 다물어버리자 이에야스는 이번에는 혼다 마사노부에게 말을 걸었다.

"마사노부, 단숨에 함락시켜 버리는 게 간토의 위세를 보여주는 거라고 쇼군은 생각하는 것 같은데 그대는 어떻게 생각하나?"

"예……"

"나는 그렇게 보지 않는다. 여기서 격전을 벌여봐. 여기저기 불이 나고 많은 난민이 거리에 넘치게 된다. 파괴하기는 쉽지만 건설에는 막대한 경비가 든다. 전쟁에는 이겼지만 백성을 도탄에 허덕이게 한다면 위에 서는 자의 마음가짐으로서는 상책이 아니지. 대등한 싸움이라면 모르되 이건 시간이 흐르면 반드시 이길 싸움이야. 어떤가, 그대가 쇼군에게 장기전의 각오를 권해 주지 않겠나."

혼다 마사노부는 깜짝 놀랐다. 언제나 이에야스의 말을 거역하는 히데타다라면 몰라도 이는 듣기에 따라 실로 따끔한 야유였다. 아니나다를까 굳은 표정으로 히데타다가 얼굴을 들었다.

"아버님이 그렇게 생각하신다면 히데타다에게 무슨 이의가 있겠습니까. 다만 히데타다는 모두들 사기충천하여 금방이라도⋯⋯."

"잠깐, 쇼군."

"⋯⋯예!"

"여기는 작전회의 자리. 한 번 결정되면 그것으로 끝이야. 마사노부!"

"예."

"방금 들은 바와 같이 쇼군도 내 의견에 동의했다."

"예."

"그렇다면 장기전으로 결정되었으니 준비된 지도를 거기다 펴라. 그렇지, 그 다다미 위가 좋겠군. 요즈음 내가 눈이 점점 어두워져서 말이야."

두말 못 하게 결정을 선포하고 방패 옆에 깔린 6장쯤 되는 다다미 위로 올라갔다.

이렇게 되면 다른 사람도 반대할 수 없다. 히데타다도 일단 굳어진 표정을 풀고 다다미로 가까이 다가갔다.

"오, 이 그림지도는 커서 좋군. 아, 여기가 아군 제 1진인가⋯⋯."

이에야스는 성 주위를 두 겹 세 겹 에워싸고 있는 아군의 배치를 돋보기 너머로 자세히 들여다보고 하야시 도슌이 내미는 붓통을 받았다.

붓통에는 미리 준비한 주필(朱筆)이 들어 있었다.

"음, 오사카성도 꽤 견고하구먼."

이에야스는 혼잣말하며 도면에 붉은 점을 찍어나갔다. 물론 그곳에 성채를 구축하여 대치상태로 들어가라는 뜻이다. 그 표시가 셋, 다섯, 일곱 군데로 늘어가

자 견디다 못해 히데타다는 다시 다다미 옆에서 물러났다.

'무엇 때문에 그런 헛수고를……'

그렇게 생각하자 문득 머리에 한 가지 의혹이 솟아올랐다…….

'아버지는 어쩌면 내 기량에 만족지 못하셔서 일부러 반대하여 화풀이하시는 건 아닐까……?'

고지식한 히데타다로서는 한 번도 생각지 못한……아니, 생각해서는 안 될 것으로 여기고 있는 등골이 으스스한 불신이며 의혹이었다. 그러고 보니 이번 오사카 공격에서 아버지는 처음부터 태도가 이상했다.

물론 젊은 시절처럼 정면으로 꾸짖지는 않았다. 말씨는 어디까지나 정중했고 쇼군 쇼군 하고 부르며 모두들 앞에서 가문의 주인으로 극진히 대접해 주면서도 전략에 있어서는 히데타다의 의견을 거의 받아들이지 않았다.

히데타다의 생각으로는 여기서 쇼군의 위력을 천하의 영주들에게 엄격히 과시해 두는 게 마땅하리라고 생각하는데 이에야스는 그 반대였다. 출전길에도 사자를 보냈다 하면 으레 '서두르지 말'고 했고, 좀 분발할라치면 반드시 찬물을 끼얹었다.

아버지 말대로 이것은 결코 패배할 싸움은 아니다. 그러나 장기전을 벌이면 어디서 어떤 틈이나 혼란이 생기지 말라는 법도 없었고 거기를 찔리게 되면 그만큼 더 힘들게 된다.

영주 중에도 연내에 싸움을 끝내고 정월에는 영지로 돌아갔으면 하는 자들이 적지 않다.

'장기전으로 가면 겁쟁이로 생각하는 자들도 나올 텐데……'

그러나 이에야스에게 전혀 다른 속셈이 있다면 문제는 달라진다. 다름 아니라, 아버지가 혹시 자신의 기량에 실망을 느끼고 쇼군직을 동생 가운데 누군가에게 물려주려는 게 아닌가……하는 의혹이었다.

"아니, 그럴 리 없다."

그런 생각을 하는 건 아버지를 모독하는 일이라고 엄하게 자신을 억누르면서도 그것을 부정할 수 없는 불안이 있었다. 아버지는 엄격하다! 자기 자식이라도 실력 없는 자를 쇼군직에 앉혀둘 사람이 아니다……라고 생각하자 이번 오사카 사건은 히데타다의 큰 실정이 될지도 모른다는 느낌이 들었다.

오고쇼로서 늘 정치에 참견하기는 하나 도쿠가와 가문의 주인은 이미 자기이 며, 이에야스는 세이이타이쇼군이 아니다…… 그렇다면 이 사건을 일으킨 것은 쇼군 히데타다의 정치와 위신에 결함이 있었다는 책임론이 얼마든지 성립된다. 따라서 다다테루나 고로타마루를 세우고 히데타다에게 엄격하게 이 실정의 책임 을 지게 하는 것도 당연한 일이라는 느낌이 든다.

"쇼군, 어딜 보고 계시오?"

진막 안을 거닐던 히데타다는 깜짝 놀라 뒤돌아보았다.

이에야스는 벌써 안경을 벗고 있었다. 배치도에 붉은 점을 다 찍어넣은 모양이 었다.

"쇼군도 찬성했기 때문에 내가 성채를 지을 장소에 붉은 표시를 했소. 이걸 보 고 나서 의견을 듣고 싶소."

말끝에 힘을 주고 말을 이었다.

"아니, 지금 당장 의견을 말하는 건 무리일 테지. 여기 붉게 표시한 것이 맞세울 성채, 점선은 흙을 쌓아 올리는 것이고 짧은 선은 해자를 파는 것이다. 이렇게 대 진하고 있으면 정월에는 한가하게 지낼 수 있지. 그렇군, 나는 이제부터 다시 스미 요시로 돌아가 쉬고 있을 테니 쇼군의 계획도 넣어 결정되거든 보여주게. 마사노 부, 그대는 쇼군과 잘 협의하도록."

이에야스는 말하고 성큼 그림지도 곁을 떠났다. 흘끗 쳐다본 맞세울 성채의 붉 은 표시가 열 군데도 넘었다. 히데타다는 다시금 가슴이 뜨끔했다.

이에야스를 배웅한 뒤 히데타다는 그림지도를 들여다보았다. 도도 다카토라 와 혼다 마사노부도 이마를 맞대고 이에야스가 그려 넣은 붉은 표시를 보고 있 었다. 덴노산, 자우스산의 본진은 당연했으나 이마미야(今宮), 에다가사키(穢多崎), 덴포(傳法) 어귀, 야마토 가도, 모리구치(守口), 덴마…… 이렇듯 세밀하게 붉은 점 이 찍혀 있었다.

다카토라가 말했다.

"정말 조심성 많으신 분이야. 이 정도면 과연 안심하고 정월을 맞이할 수 있겠 어."

마사노부도 맞장구쳤다.

"그렇군요. 성안과의 출입을 끊으면 항복할 거라는 생각이신지도 모르겠습니다."

히데타다는 일부러 말없이 두 사람의 말을 듣고 있었다.

다카토라가 다시 부채꼭지로 붉은 표시를 더듬어가면서 물었다.

"엄격하게 봉쇄하면 과연 항복해 올까?"

"봉쇄……만으로는 항복하지 않겠지요."

"그렇다면 달리 무슨 궁리가 계시다고……마사노부 님은 보시오?"

"그렇지요. 오고쇼님은 나라에서 나카이 마사키요를 부르셨더군요."

"나카이 마사키요를……."

"그렇소. 아마 나카이 마사키요에게 분부하셔서 이 성채 안에 높은 망루를 세우실 생각이 아닐까 하는데."

"높은 망루를……?"

"그렇습니다. 그 위에 대포를 올려놓고 오사카성의 천수각을 향해 쏜다면 성안은 어떻게 될까요?"

"흠, 과연……."

"요도 마님은 여인이고 히데요리 님은 싸움을 모르는 분. 간담이 서늘해져 화의를 청해오리라……고 생각하시는 게 아닐까?"

거기까지 듣자 도도 다카토라는 무릎을 탁 쳤다.

"바로 그거요!"

"알겠습니까?"

"나카이 마사키요만이 아니야. 광부를 보내도록 고슈에 명하셨어."

"허, 그건 금시초문이로군. 그렇다면 공중에서는 대포, 해자 밑으로는 굴을 파는 건가?"

"실제 효과는 어떻든 그 굴에 화약을 쌓아 밑에서 성을 송두리째 날려버린다……면 틀림없이 놀라겠지. 그거야! 그게 틀림없어!"

히데타다는 가만히 주위를 둘러보았다.

그도 역시 그게 틀림없다고 생각했기 때문이다.

'그래, 그런 궁리가 있었구나…….'

그렇게 되면 성안에 그것을 알리는 방법은 얼마든지 있다. 첩자를 써도 되고 교고쿠 미망인을 보내 화의를 시도해도 된다.

히데타다는 실없는 일로 아버지를 의심했던 자신이 부끄러워 새삼스럽게 붉은 표시가 있는 곳과 천수각의 위치를 눈으로 재어보았다.

이리하여 히데타다가 덴마와 모리구치 사이에 붉은 점을 두 개 더 찍어 그것을 가지고 도이 도시카쓰와 함께 스미요시로 이에야스를 방문한 것은 다음날 19일 이었다.

이에야스는 평복차림 그대로 신관 저택의 한 방에서 다카토라를 맞아들였다.

"어떤가, 내 포진이 이해되던가?"

도시카쓰가 펼치는 그림지도를 들여다보며 이에야스는 싱글벙글 웃었다.

"허, 성채가 두 군데 늘었군."

도시카쓰가 히데타다를 대신해 입을 열었다.

"쇼군님은……오고쇼님이 포진하신 의미를 잘 납득하셨다고 말씀하셨습니다. 이 성채 가운데 가장 가까운 이 언저리에 대포를 고정시켜 적의 천수각을 겨냥한다, 그리고 광부들을 데려와 해자 밑으로 성 밑까지 굴을 판다…… 이를테면 아군의 인명을 조금도 손상시키지 않고 단숨에 성을 짓밟을 듯 위협하며 유유히 때를 기다린다…… 그렇게 되면 봄까지는 저절로 결말이 날 거라고 말씀하셨습니다……"

이에야스는 히데타다의 옆모습을 흘끔 보며 다시 웃었다.

"그래? 참으로 좋은 계획이군. 과연, 대포 포구로 천수각을 겨냥하고 밑에서 땅속으로 들어간단 말이지?"

"예, 허락하신다면 곧 그렇게 조치하려고 합니다."

"어떨까, 쇼군? 방금 도시카쓰가 한 말…… 아니, 그게 쇼군 자신의 계획인지도 모르지만."

이에야스는 엄숙한 표정으로 돌아가 히데타다에게 동의를 구했다.

히데타다는 희미하게 얼굴을 붉히고 있었다. 모든 것을 알고 있으면서도 자식을 세워주려 하는 늙은 아버지의 마음에 새삼 부끄러움을 느꼈다.

"예, 허락하시면 바로 나카이 마사키요에게 준비시킬까 합니다."

"그게 좋겠군. 다만 그 대포를 쏘지 않고 끝낼 수 있으면 좋겠어. 아무튼 다이코가 애써 세우신 성이니만큼."

"그건 저도 충분히 생각하고 있습니다. 준비가 되면 저쪽도 두려워서 생각을 달리 할 테니까요."

"그렇지. 한 방 정도는 좋을······지도 몰라. 한 발로 위력은 보이지만 두 발은 쏘지 않는다······는 마음가짐으로 임해야 해. 도시카쓰에게도 다른 생각은 없겠지."

"이의는 고사하고 이거야말로 천하인이 하실 일이라고 생각합니다."

"그래? 그러면 이것으로 결정됐다. 마사노부와 협의하여 곧 준비에 착수하도록."

이에야스는 선선히 말하며 히데타다에게 담배를 권했다.

히데타다는 가슴이 뭉클해져서 담배그릇을 황급히 아버지 앞으로 도로 밀었다.

'이런 아버지를 어째서 의심할 마음이 들었단 말인가······?'

아버지는 이미 자신의 체면이나 공명심에 구애되는 심경과는 먼 곳에 서 계시다. 아마도 그 말 한마디 행동 하나하나를 모두 유언으로 생각하시는 모양이다.

"그럼, 곧 돌아가 성채 쌓기에 힘쓰겠습니다."

"그래, 담배도 피우시지 않고 말인가?"

"예, 허락이 내리신 이상 준비는 빠를수록 좋다고 생각합니다."

"과연, 그렇다면 나도 그 일과 병행해 되도록 대포를 쏘지 않고 끝낼 수 있도록 돕기로 할까?"

"대포를 쏘지 않고 끝내도록······?"

"그래. 그러자면 금속세공사 고토 쇼자부로(後藤庄三郎)가 좋겠어. 쇼자부로는 성안에서 절대적인 신용을 얻고 있거든. 쇼자부로를 은밀히 나에게 보내 주도록 마사노부에게 연락해 주지 않겠나? 혼다 마사노부가 그의 거처를 잘 알고 있을 거야."

"예."

히데타다는 또 목이 메었다. 아버지는 전쟁준비뿐 아니라 벌써 화의 사자에 대한 인선까지 끝내고 있었던 모양이다······.

동요(動搖)

　사나다 유키무라가 말할 수 없는 후회에 빠지기 시작한 것은 덴마에 진을 쳤던 오다 우라쿠가 성안으로 철수해 오고 나서부터였다.

　농성은 처음부터 각오한 일이었다.

　'싸움은 이제부터다!'

　유키무라는 그렇게 생각했고 무사들의 사기도 그리 염려할 것 없다……고 여겼었다. 그런데 우라쿠가 성으로 후퇴한 뒤부터 마음에 걸리는 일이 잇달아 일어났다. 성안에서 성 밖으로 적정을 살피러 나간 자들이 오히려 가타기리 군이며 도도 군 속으로 자꾸만 사라져가는 것이었다. 적의 선봉을 탐색하러 간다……면 의심할 게 없다. 그러나 반대로 적의 입김이 닿은 자가 자유로이 아군 속에 출입하고 있다……고 해석할 수도 있었다.

　'분위기가 이상하게 돌아가는데……?'

　그렇게 생각하고 심복에게 다시 탐지시켜 보았더니 우라쿠는 그 무렵부터 줄곧 고토 쇼자부로와 연락하고 있다는 사실을 알게 되었다. 고토 쇼자부로는 가타기리 가쓰모토와 각별히 친숙한 사이다. 따라서 지금까지 가쓰모토의 진중에 마음대로 드나들고 있었을 것이다. 그런데 이번에 성안과도 연락을 갖게 되었다면 그들 사이에 무엇이 문제되고 있는지는 생각해 볼 필요조차 없었다.

　그러고 보면 오다 우라쿠에게는 처음부터 싸울 뜻이 없었는지도 모른다. 그는 가타기리 가쓰모토 이상으로 시국을 잘 내다보는 심술궂은 실리주의자다. 애초부터 승부가 되지 않는다······는 것을 알면서도 성안의 분위기를 누르기 어렵다고 보아 개전에 동의해 놓고 강화시기를 노리고 있었는지도 모른다.

"백문이 불여일견, 어쨌든 싸워보기나 하자. 그리고 못 당한다고 판단되면 깨끗이 항복하고 새출발하는 게 좋을 거야."

어쩌면 그런 계산으로 가쓰모토가 없는 성의 원로로서 가쓰모토와 가장 가까운 곳에 진을 쳤던 게 아니었을까······.

유키무라가 그런 생각을 하고 다시 살펴보니 오사카성 안의 분위기는 입성할 때와 딴판으로 바뀌어 있었다. 물밀 듯 밀려드는 도쿠가와 쪽의 군사는 거의 20만이나 되었다. 그와 반대로 도요토미 쪽에서 활동하던 지난날 은혜 입은 영주들의 반응이 거의 없었기 때문인지도 모른다.

옛연고가 있는 온 일본의 영주에게 히데요리와 요도 마님, 그리고 오노 하루나가와 오다 우라쿠의 이름으로 저마다 오사카 구원을 요청하는 의뢰장을 보냈으나 반응 있었던 것은 겨우 후쿠시마 마사노리와 모리 데루모토, 가토 기요마사의 아들 히로타다(廣忠)뿐이었다.

후쿠시마 마사노리는 군량미를 빌려달라는 요청을 받고 오사카에서 자유롭게 매매하는 형식으로 얼마쯤 협력하기는 했다. 그러나 그 자신은 에도에서 이렇게 알려왔다.

"요도 마님을 볼모로 내놓고 화의를 도모하는 게 옳다."

모리 데루모토는 가신 사노 미치요시(佐野道可)를 떠돌이무사로 위장해 입성시키고 쌀 1만석과 황금 500닢을 비밀리에 보내 주었을 뿐, 서약서는 에도 쪽에 제출했다.

가토 히로타다는 중신인 가토 미마사카(加藤美作)에게 큰 배 2척을 보내 협력하겠다고 했으나 아직 도착하지 않고 있다.

이상이 반응의 전부로 다테도, 우에스기도 모두 적이 되어 공격해 오고 있다.

처음에 기세등등하게 결전을 주장하던 사람들도 모두 입을 다물어버리고 현재 여전히 노기등등해 있는 이는 히데요리 하나뿐인, 참으로 이상한 분위기가 되어버렸다······.

히데요리는 처음에 거의 싸울 뜻이 없는 듯 보였다. 싸울 뜻이 있는 사람은 생모인 요도 마님이며 그 요도 마님을 부채질하는 사람은 오노 하루나가와 시녀들이라고 유키무라는 판단했다.

'히데요리에게 싸울 의사가 없다면 말이 안 된다……'

그래서 유키무라는 11월 끝 무렵에 아들 다이스케를 일부러 측근으로 들여보냈다. 그리하여 다이스케를 통해 기무라 시게나리, 호소카와 요리노리, 모리 모토타카 등의 측근들에게 히데요리를 설득케 했다.

젊은 히데요리의 마음이 차츰 움직여진 것은 12월 중순…… 그런데 이번에는 거꾸로 요도 마님과 시녀들의 전의가 무너지기 시작했다. 그들의 전의가 무너지기 시작한 것은 물론 오노 하루나가의 전의 상실이 영향을 주었기 때문이지만, 오다 우라쿠가 적과 내통하는 혐의가 짙고 주모자 격인 오노 하루나가가 표변해 버렸으니 싸움이 되지 않는다.

'참으로 난처하게 되었다……'

최소한 유키무라는 승패를 도외시하고 사람이 살아가는 세계에 전쟁은 영원히 사라지지 않는다는 신념을 관철하려고 입성했던 것인데, 그것이 실로 우스꽝스러운 탈선으로 전락하게 생겼다.

유키무라는 성 남쪽에 일부러 만든 외곽성(사나다성) 한 모퉁이에서 눈앞에 축성되어가는 적의 성채를 올려다보며 안절부절못했다. 쳐나가 한바탕 싸워보려고 해도 이에야스와 히데타다는 싸움터에 직접 모습을 드러내지 않았고 어마어마한 장기전 준비만 착착 진행되고 있었다.

유키무라는 참다못해 12월 20일 해 질 무렵 이키 시치로에몬에게 외곽성 수비를 맡기고 성안의 다마쓰쿠리 가까이에 있는 오노 하루나가의 본진을 은밀히 찾아갔다.

하루나가는 마침 방문객이 있어 잠시 기다리게 한 뒤 자기 처소에서 진막으로 나와 그를 만났다. 놀랍게도 그는 이때 평복차림이었다. 더구나 얼굴빛이 새파랗게 질리고 얇은 입술은 가늘게 떨고 있었다.

'무슨 일이 있었구나!'

유키무라는 직감했다. 어쩌면 여자 손님이 왔던 게 아닌가 하고 의심해 보기도 했다.

'만일 여자 손님……이었다면 누구였을까?'

설마 이 싸움판에 정사일 리는 없을 테고 그렇다면 요도 마님의 시녀인지, 아니면 조코인인지……?

"유키무라 님, 기다리시게 해서 죄송합니다. 실은……."

우선 걸상을 권한 뒤 하루나가는 두려운 듯 사방을 둘러보았다.

"생각지도 않았던 손님이어서……."

"누구시기에?"

유키무라는 묻지 않을 수 없었다. 어쨌든 하루나가의 얼굴빛을 변하게 할 만한 중요한 이야기를 하기 위해 누군가가 왔던 게 틀림없었다.

"실은……주군께서……."

"허, 주군께서……."

"주군은 차츰 농성을 답답하게 여기시고 오늘 한밤에 적의 성채를 총공격하라고 하셨습니다."

"뭐, 오늘 밤에……?"

"그렇습니다. 눈앞에 적이 성채를 쌓아 올리는 것을 그대로 보고만 있을 수 없다는 것이지요."

"그래서……귀하는 승낙하셨소?"

유키무라의 목소리가 저도 모르게 높아졌다. 무리가 아니라고 여기면서도 그 무모한 용기에 깜짝 놀랐던 것이다…….

"물론 거절……아니, 중지해 주시도록 말씀드렸습니다. 하지만 과연 들어 주실지 어떨지."

대답하는 하루나가를 윽박지르듯 유키무라는 물었다.

"그런데 대감의 사자로 대체 어느 분이 오셨던가요?"

"기무라 시게나리였습니다."

"허, 시게나리가…… 그럼, 시게나리도 그 출격에 동의하는 모양이군요."

하루나가는 몹시 난처한 표정으로 한숨을 내쉬면서 화톳불에 장작개비를 넣었다.

"실은 유키무라 님, 이번 전쟁은 올해 안으로 화의를 맺기로 내정되었습니다."

유키무라는 이상하게도 그리 놀라지 않았다. 벌써 온몸으로 그렇게 될 것을 직감하고 있었기 때문인지도 모른다. 그러나 선뜻 대꾸할 말이 없었다.

"오늘은 벌써 11월 20일, 이대로 가다가는 이 성에서 설을 맞이할 수 있을 것 같지 않다……고 하는 자가 나타나서 말이지요."

유키무라는 아직도 잠자코 있었다. 그런 말을 꺼낸 자들이 누구누구라는 것도 이미 짐작되는 일이었다.

"그러나 주군은 그것을 모르십니다. 전멸해도 하는 수 없다, 곧바로 치고 나가서 결전을 벌이라고, 젊은 혈기만 믿고 저렇게 말씀하시니."

"하루나가 님, 말씀 도중이지만 귀하는 이 해 안으로 화의가 성립……된다고 말씀하셨지요?"

"그렇습니다."

"이상하군요. 주군께서 결전을 분부하고 계시는데 화의를 누가 결정했다는 겁니까?"

하루나가는 섬뜩 하는 것 같았다. 그러나 곧바로 눈길을 화톳불로 옮기며 말했다.

"생모님이 말씀을 꺼내시고 우라쿠 님을 비롯하여 노신들 및 시녀들도 모두 찬성하고 있습니다."

유키무라는 조용히 되물었다.

"그렇다면 이번 싸움의 총대장은 생모님이셨다는 뜻이군요."

"유키무라 님, 비꼬지 마십시오. 생모님은 주군이 제일……결코 주군을 위하지 않을 분이 아닙니다. 더욱이 화의란 은밀히 적편의 의향도 살펴야 하는 일. 일일이 모두에게 의견을 물을 수 없지 않겠습니까?"

"그렇……기는 하지요."

"귀하처럼 충성스러운 분은 몰라도 모여든 무사들은 대부분 입신출세가 목적이지요. 화의 같은 일을 미리 알게 되면 우리는 어떻게 되는가 하고 그야말로 성안이 대혼란에 빠지게 됩니다, 그래서 부득이 비밀리에 추진해야지요."

"……"

"이해하시겠지요. 적은 보시는 바와 같이 우리 눈앞에 보란 듯 망루를 높이 쌓고 그 위에 마침내 대포까지 올려놓았소. 그뿐만이 아니지요. 정보에 의하면 가이, 이와미, 사도로부터 이즈에 걸쳐 광부들에게 동원령이 내렸다 합니다. 이를테면 대포로 이 성을 무너뜨리지 못할 때는 땅속으로 성 밑까지 굴을 파고 화약을 장전하여 단번에 폭파할 계획인 겁니다. 유키무라 님, 이건 역시 이길 수 있는 싸움이 아닌 것 같습니다."

유키무라는 그리 의외로 여기지도 않았지만 그렇다고 웃을 생각도, 나무라고 싶은 생각도 없었다.

'내가 오산한 것은 전략이 아니라 사람이었군……'

이렇게 생각하자 온몸에서 힘이 빠지고 말하기도 귀찮아졌다.

"실은 나도 화의에는 극력 반대했습니다. 그러나 고토 쇼자부로가 조코인에게 공작하고 조코인이 생모님을 움직인 그 연줄은 마침내 우리 힘으로 어찌할 수 없는 것이 되어버렸지요."

오노 하루나가는 유키무라가 말없이 가만히 있는 것을 보자 신들린 사람처럼 자신의 고충을 털어놓기 시작했다.

"애당초 우리는 도요토미 가문을 위해 궐기할 수밖에 없었던 자…… 그런데 주군 모자께서 성채와 함께 날라가 버리게 된다……고 말씀하시니 대꾸할 말도 없는 게 당연하지요…… 생모님은 말씀하셨습니다, 그대들은 고집과 체면에 얽매여 우리 모자를 그냥 죽게 만들 셈이냐고……안 돼 안 돼, 히데요리 님만 무사할 수 있다면 나는 에도에 볼모로 가도 좋다……고 말씀하셨습니다."

유키무라는 애써 자신의 감정을 억누르며 물었다.

"그런데 우라쿠 님 의견은?"

자신의 예상이 들어맞는지 여부를 조용히 알고 싶어서였다.

"물론 화의에 찬성……이라기보다 이렇게 될 줄 처음부터 알고 있어 개전을 미루도록 주의를 주었는데, 이제 모르겠다는 겁니다."

"가타기리 님에게서 무슨 연락은?"

"있었지요. 화의를 원한다면 내부에서 도와 오고쇼에게 주선하겠소, 오고쇼님은 그리 가혹한 처분을 내리지 않으실 거라고."

"그러면 확인을 위해 한 가지 더 여쭈어보겠소. 화의가 성립되면 올여름 이후 달려온 여러 무사들은 할 일이 없어지는데, 이들을 어떻게 하실 작정이오?"

지나가는 말인 듯 했지만 실은 그것이 문제의 핵심이었다. 60여만 석으로 10만이 넘는 가신과 그 가족들을 먹여살릴 수는 없는 노릇이다. 이에 대해 하루나가는 어떻게 생각하느냐는 야유 섞인 물음이었다.

하루나가의 표정이 일그러졌다. 세키가하라 이래의 옛 신하들만으로 다이코의 유산을 축내고 있는 도요토미 가문이다. 그런데 실은 200만 석 이상이나 되는 허위증서로 아군을 마구 끌어들였다.

유키무라는 중얼거리듯 말했다.

"내 생각으로는……약속대로 싸워서 졌다면 모르되 싸우지도 않고 화의를 맺는다……면 곱게 넘어가지 않을 거라고 생각되는데……."

"그 일은 나도 가장 마음 쓰고 있는 문제입니다."

"그렇겠지요."

"그래서 맨 먼저 그 문제를 거론했지요. 오로지 도요토미 가문을 위해 목숨을 바치려고 모인 사람들이니 이들에게는 자유롭게……즉 돌아가고 싶은 자는 돌아가고, 남기를 원하는 자는 남고, 간토에서는 이에 일체 간섭하지 말라고……."

"그렇다면 도요토미 가문은 옛날에 비해 몇 배가 되는 대가족이 되는 셈이군요."

"아니, 그렇게는 안 되겠지요. 겨우 옛 영지나 보존하는 터라 이들 모두가 허심탄회하게 나누어 살아가는 외에 다른 방법이 없겠지요."

그리고 하루나가는 갑자기 생각난 듯이 덧붙였다.

"그 일에 대해 귀하에게 부탁드릴 일이 있는데 들어주시겠습니까, 유키무라 님?"

유키무라는 반쯤 기막혀하면서도 정중히 고개 숙였다.

"뭡니까? 내가 할 수 있는 일이라면 힘이 되고 싶습니다만……."

유키무라는 자신이 뭐라 말하며 야유해도 하루나가에게는 통하지 않는다는 것을 깨달았다. 입신출세를 꿈꾸며 모여든 무사들이 싸움도 하지 않고 화의를 맺었다 해서, 속셈의 백 분의 일도 안 되는 몫으로 물러갈 거라고 생각하고 있다…… 그렇듯 단순한 상대라는 것을 안 이상 무슨 논의를 더 할 필요가 있겠는가?

'역시 내 생각은 틀리지 않았다…….'

비록 여기서 화의를 성립시킨다 해도 뾰족한 수가 없다. 이에야스가 혹시 너그럽게 영지를 유지하게 하거나 그만한 정도의 영지로 이동하게 해준다 해도 도요토미 가문 자체의 경제가 성립될 수 없지 않은가? 따라서 화의를 맺는다면 지나치게 많이 고용한 무사들의 처리를 맨 먼저 생각하고 실행이 가능한 방책을 확립해 두지 않으면 그 의미가 없다.

그런데 그 가장 큰 현안인 무사 문제를 어떻게 되겠지 하고 깊이 생각하는 기색도 없어 보였다. 요도 마님과 그 주위 사람들은 대포에 대한 공포심과 땅속으로 굴을 판다는 소문을 믿고 화의를 추진하려는 것뿐인 듯하다.

"귀하에 대한 부탁이란 다름 아니고 주군에 대한 설득을 맡아줄 수 없을까……하는 겁니다."

"음, 반대는 주군 한 분뿐이라고 하셨으니까."

"이 모든 게 오직 주군을 생각해서 하는 화의…… 그런데 주군의 측근에는 혈기왕성한 젊은이들이 많아 우리의 우려가 좀처럼 통하지 않습니다. 하루나가는 적을 두려워하고 있다는 욕설은 고사하고 내가 겁에 질려 마님까지 움직였다……고 나올 것이니 섣불리 입을 열 수 없습니다."

"하기는."

"그렇기는커녕 이 하루나가는 간토 편에서 만일 주모자를 처벌하라는 조건을 내걸 때는 저 혼자 책임지고 할복할 각오도 되어 있습니다……."

유키무라는 섬칫해 하루나가를 다시 바라보았다. 하루나가의 목소리가 야릇하게 높아진 듯싶더니 그 눈시울도 빨개져 있었다.

'울고 있구나……'

그렇다면 그로서는 이것이 최대한의 계산이고 성의이리라.

'과연 인생은 여러 가지……'

"하루나가 님."

"……예, 참으로 부끄러운 꼴을 보여드렸습니다."

"주군을 위하는 귀하의 심정은 잘 알겠습니다."

"그럼, 맡아주시겠습니까? 귀하의 말씀이라면 주군도 시게나리도 반드시 납득하실 겁니다."

"미안하지만 그 일만은."

"예? 그럼, 맡아주시지 않겠다고?"

"양해해 주십시오…… 나는 본디 거짓말을 못 하는 태생으로, 만일 주군이 이번 싸움의 전망을 물으시는 경우 화의가 좋겠다는 말씀은 드릴 수 없습니다."

"그렇다면 귀하는 화의에 반대란 말씀입니까?"

"하루나가 님, 이미 그럴 시기는 지났습니다. 싸워도 망하고 화의해도 망한다…… 그렇게 말씀드리면 주군은 더욱 결전을 주장하시겠지요. 그러니 그 일을 맡을 수 없다는 겁니다."

이렇게 말하는 유키무라도 눈시울이 뜨거워졌다. 사나다 유키무라가 만일 오산을 했다면 그것은 성안의 전의가 이처럼 허무한 각오 뒤에 불타오르는 감정……이라는 것을 몰랐다는 점이었다.

세키가하라 때는 어쨌든 인간을 똑바로 서게 하는 고집이 중심에 자리잡고 있었다. 이시다 미쓰나리와 그를 돕다 죽어간 장인 오타니 요시쓰구도 온갖 경우 온갖 국면에 대해 용의주도한 궁리를 거듭하고 그 위에 철저한 반골정신을 지니고 있었다.

"이에야스가 생각하는 치국의 방책만이 진리는 아니다……."

어쩌면 이것도 감정에서 나온 것이라 하더라도 거기에는 목숨을 아끼지 않는 잘 연마된 고집이 번뜩이고 있었다. 그러나 지금의 오사카성에서는 그것을 발견할 수 없다. 애매한 반항심 위에 제법 그럴듯한 타산만 쌓아 올리고 그 둘레에 그저 우글우글 모여 있는 느낌이었다.

만일 그렇다면 사나다 부자의 운명은 여기서 완전히 궁지에 몰린 느낌이었다. 사나다 유키무라만한 인물이 형 노부유키의 충고를 마다하고 숙부를 내쫓고 친구 마쓰쿠라 시게마사를 따돌리면서까지 입성한 것이다…….

"그럼, 귀하는 이 화의도 사실은 오고쇼의 책략이라고 보십니까?"

유키무라는 화톳불에서 얼굴을 돌린 채 말했다.

"하루나가 님, 오사카의 운명이 결정되었다고 한 것은 오고쇼의 탓이 아닙니다."

"무슨 말씀을! 그렇다면 귀하도 나를 비난하는 겁니까?"

유키무라는 천천히 고개를 저었다.

"물론 귀하의 탓이라고도 생각하지 않습니다. 굳이 말한다면 그것이 이 성의 운명이었다……고나 할까. 나는 주군께 화의를 권하지도 않겠지만 결코 도망가지도 않습니다."

"그러시다면……."

"아버지 마사유키의 유지를 지켜 주군과 운명을 함께 할 것입니다. 이 점만은 알아주십시오."

순간 하루나가는 얼빠진 표정이 되어 고개를 갸우뚱했다. 유키무라의 말뜻을 이해하지 못한 모양이다. 아니, 몰라도 좋다고 유키무라는 생각했다.

"그러면……그러면 주군께 화의를 권유하는 데는 누가 적임자일지…… 그 의견이라면 말씀해 주실 수 있겠지요, 유키무라 님?"

"그건 새삼스럽게 말씀드릴 필요도 없는 것. 하루나가 님 자신이나 생모님, 그 밖에는 없겠지요."

바로 그때였다. 급하게 갑옷자락 스치는 소리를 내면서 진막 안으로 뛰어든 자가 있었다. 하루나가의 바로 아랫동생 하루후사였다.

"형님! 큰일 났습니다!"

"뭐, 큰일이라고……?"

"동생 도켄이 선창에서 배를 저어나가 사카이로 달려가 민가에 불을 질렀습니다!"

"뭐라고, 민가에……?"

"형님의 결단에 불만 품고 대감의 뜻을 받들어 결전의 도화선에 불을 댕기겠다고 부하를 이끌고 큰소리치면서 나갔다고 합니다."

"뭣이, 도켄이……?"

하루나가의 얼굴이 다시 새파래졌다. 몹시 당황하여 몸이 그대로 화톳불 안으로 쓰러질 듯 기울어졌다.

유키무라는 냉정하게 오노 형제를 번갈아 보면서 무언가 꿈꾸는 듯한 느낌이 들었다.

'어째서 인생은 이토록 얄궂은 것일까……'

애초에 불길에 부채질한 하루나가나에게서는 어느덧 전의의 흔적도 찾을 길이 없다. 그런데 처음에는 무엇 때문에 싸워야 하나 하는 태도로 줄곧 고개를 갸웃거리던 젊은 도켄 쪽이 앞질러 공을 세우려고 조급해진 모양이다.

이 불은 어른들 야심에 의한 불장난이었다. 그런데 그 불이 모르는 사이 히데요리, 시게나리, 도켄 같은 젊은 나무에 옮겨붙어 지금은 이미 끄기 어려운 불길이 된 것이다.

'어쩌면 아들 다이스케에게도 불이 붙었는지 모르겠는걸.'

그렇게 생각한 순간 날카로운 하루나가의 목소리가 찢을 듯이 귓전을 때렸다.

"말려야 한다! 이제 와서 사카이를 불태우다니…… 대체 어떻게 하겠다는 거냐? 사카이 사람들의 반감을 사버리면 농성은커녕……양식보급……양식보급이 끊겨 굶어 죽을 게 아닌가?"

"그렇지만 이미 사카이에 불길이 올라 바닷바람을 타고 번지고 있는데요."

"뭐 번지고 있다고? 그건……그건……하루후사, 너도 어서 달려가라. 그렇군, 나도……실례!"

유키무라가 있는 것을 비로소 깨달은 듯 한마디 내던지고 그 길로 진막 밖으로 달려나갔다.

유키무라는 그래도 걸상에서 일어서려 하지 않았다.

'어른들 야심의 불놀이가 젊은이들을 불타오르게 만들어 일을 그르치고 있다……'

이는 결코 야유가 아니라 당연한 귀결인 모양이었다.

'그렇다, 내 집에도 다이스케라는 불이 있었지. 그 애는 어떤 모양으로 타오르기 시작하고 있을까……'

문득 그렇게 생각을 했을 때 갑자기 사람들이 떠드는 소리가 와 일어났다. 양쪽 모두 새로운 도화선이 된 뜻밖의 불길을 알게 된 모양이다.

유키무라는 천천히 일어나 불붙은 장작개비를 한쪽으로 모아놓고 진막 밖으로 나갔다. 밖에는 검은 사람그림자가 우왕좌왕하기 시작했고 그 너머에서 때때로 총소리 같은 것이 터지고 있었다. 어쩌면 성급한 자들이 공격군을 향해 쏘기 시작한 것인지도 모른다.

남쪽 하늘이 훤하게 밝아왔다. 유키무라는 조용히 손을 내밀어 바람의 방향을 살펴보았다. 여기서 느끼는 바람은 동북쪽……그렇다면 불이 오사카 시내를 삼켜버리는 일은 없을 것 같았다. 자, 이렇게 되면 자신의 진지로 돌아갈 것인가, 아니면 히데요리의 본진을 방문해야 하나?

그런 생각을 하고 있을 때 바로 남쪽 눈앞의 어둠이 번쩍하고 빨간 불을 토해냈다.

다음 순간……펑 하고 천지를 뒤흔드는 굉음이 들려왔다.

'쏘았구나! 대포를 쏘았어……'

와그르르 본성 천수각 언저리에서 무언가 무너지는 소리가 나며 디디고 있는 대지가 크게 흔들렸다. 유키무라는 꼼짝 않고 서 있었다. 한 달 이상 꾸물거리던 싸움이 드디어 폭발점에 돌입한 것일까……

잇따라 또 번쩍하고 오른편 어둠이 화염을 내뿜으며 천지를 뒤흔드는 제 2탄! 사카이의 불길을 화의의 결렬로 보고 도쿠가와 편에서 곧 포격을 시작한 것이리라. 우르르쾅 하는 이상한 탄환소리가 고막을 스치며 본성 망루 언저리에 명중했다.

이렇게 되면 이미 하찮은 인간들의 계산으로는 어찌할 수 없다……고 유키무라는 생각했다. 기세등등한 공격군은 해자 건너편에서 일제히 공격을 개시할 것이고 성안의 무사 부대도 때가 왔다며 응전할 게 틀림없다.

유키무라는 빠른 걸음으로 대여섯 걸음 자신의 진지가 있는 곳으로 옮기다가 또 우뚝 섰다. 귀를 찢는 명중음 뒤에 당연히 일어나야 할 성안의 함성은 없었고, 그대신 고막이 얼어붙는 듯한 정적이 사방의 공간을 이상한 냉기로 채웠다. 대포의 굉음이 한순간에 사람들 넋을 빼앗아 모든 소음을 봉쇄해 버린 것일까……?

'그렇지……있을 수 있는 일이다……'

유키무라는 더 이상 주저하지 않았다.

입성해 온 무사부대가 생전 처음 듣는 대포의 굉음에 투지를 송두리째 빼앗겼다면 어떻게 될까……?

걸음을 옮겨도 성안은 고요했다. 성 모퉁이 입구에도, 그 앞에도 화톳불이 탁탁 튀는 소리뿐 사람들의 움직임은 거의 없었다. 모두들 그대로 땅에 얼어붙은 검고 큰 서릿발처럼 보였다.

"실례! 사나다 유키무라, 주군을 뵈러 들어가겠다."

여느 때 같으면 그래도 반드시 창을 겨누며 몇 번이고 신분을 확인하는 자를 만났을 터인데 오늘 밤은 이름을 묻는 자마저 없었다.

'모두들 정신이 나갔군, 저 소리에……'

때때로 발밑에서 서리가 부서지고 자갈이 울었다. 그것을 뚜렷이 느낄 수 있을 만큼 무시무시한 고요가 사방에 깃들어 있었다.

유키무라가 예상하고 있던 제3탄은 좀처럼 발사되지 않았다.

"사나다 유키무라, 주군을 뵈러……"

성 모퉁이를 돌자 사방이 별안간 밝아졌다. 화톳불이 한결 많고 본성 큰 뜰에

즐비하게 선 깃발들이 희미한 밤바람에 흔들리고 있었다.

그 앞의 진막 안이 더욱 밝아 그쪽으로 시선을 던진 순간 유키무라는 괴상한 신음을 내며 우뚝 서버렸다. 그것은 실로 누구의 발이라도 멈추게 하지 않을 수 없는 기괴한 한 폭의 그림이었다.

그가 찾아온 히데요리가 그 그림 중앙에 버티고 서 있었다. 화려한 자개의 푸른 조개껍질이 번쩍이는 걸상에서 조금 떨어진 산뜻한 빛깔의 붉은 양탄자 위에 버티고 선 6척이 넘는 키의 히데요리가 빨간 무늬 갑옷을 입고 어깨, 허리, 무릎, 팔 할 것 없이 온몸을 부들부들 떨고 있다. 분노 때문인지 공포 때문인지 얼굴이 새파랗게 질려 있었다. 흩어진 한쪽 머리칼이 땀에 달라붙어 왼쪽 볼에 큰 그림자를 만들고 있었다.

아니, 그보다도 더욱 기괴한 것은 그 앞을 가로막고 서서 두 소매를 오쿠라 부인과 쇼에이니에게 붙들린 요도 마님의 모습이었다. 그것은 사람이라기보다 흥분할 대로 흥분한 화려하면서도 처절한 야차처럼 보였다. 등에 걸친 겉옷에 수놓은 잉어 눈의 황금과 새하얀 턱에 화톳불 빛이 비치고, 옷깃을 잡은 두 손이 마치 은비늘로 휘감고 있는 뱀처럼 부풀어 있었다.

그 요도 마님의 발밑에는 요즘 내내 함께 기거하고 있던 센히메가 끌려와 있었다. 아니, 끌려왔다기보다 실려 왔다고 하는 편이 좋을지 모른다. 센히메는 살아 있는 사람으로 보이지 않았다. 어느 사원의 난간에서 끌어내린 아름답게 채색된 조각상으로 보였다.

그들과 조금 떨어져 걸상에 앉은 오다 우라쿠가 씁쓸한 표정으로 이 쪽을 바라보고 있었다. 그만은 분명 자신의 기질을 드러내놓고 있다. 아마도 그 대포 소리에 넋이 빠져 뛰쳐나온 요도 마님과 히데요리 사이에 격렬한 말씨름이 있었던 게 틀림없었다. 그것을 우라쿠가 또 야유조로 나무랐을지도 모른다. 그는 아직도 혀를 차고 있었다.

"사나다 유키무라, 주군을 뵈러 왔습니다."

"오, 사나다 님이오?"

대답한 것은 히데요리가 아니고 우라쿠였다.

"보시는 바와 같이 본진은 기무라 시게나리가 근위무사들을 지휘하여 지키고 있고 주군께서도 무사하시니 안심하시오. 또한 대포는 위협용이라 피해가 아주

적소…… 고약한 자들이 성 밖으로 빠져나가 지금 불을 놓았소. 그러니 공격군이 당황하여 화의를 맺을 뜻이 있는지 없는지 대포알로 물어온 것뿐이오. 무사들이 소란을 피우지 않도록 충분히 조심해 주기 바라오.”

유키무라는 뭔가 말하려다 말고 다시 생각을 가다듬었다. 화의에 대해 그는 아직 한마디도 히데요리의 명령을 듣지 못했다. 그러나 지금 그것을 따져 물어본들 무엇하랴. 그렇지 않아도 모자가 심하게 다툰 뒤인데.

우라쿠가 또 혀를 찼다.

“바보 같은 소리지. 적과 내통해 대포를 쏘게 한 것이 이 우라쿠일 거라고 여자들이 말하고 있어. 그러자 그걸 믿고 나를 베어버리라는 얼빠진 자가 나타났다지 뭔가. 오, 벨 테면 베지 그래. 이 우라쿠는 너무 오래 살아서 스스로 자신을 주체하지 못하고 있으니, 베어준다면 얼마나 좋을까?”

그러자 또 구르듯 화톳불 빛 속으로 뛰어든 자가 있었다.

“보고드립니다.”

그러나 히데요리는 여전히 부들부들 떨며 서 있기만 했다.

“후지노 한야(藤野半彌)로군. 응전은 안 된다고 하신 주군의 명령, 무사들에게 잘 전했는가?”

다시 우라쿠가 입을 열었을 때 느닷없이 히데요리가 고함질렀다.

“누가, 누가 응전하지 말랬나? 난……난……도켄을 죽이지 마라, 도켄을 뒤따르라고 했다. 그건 안 된다……고 말씀하신 건 어머니야.”

아직 젊은 후지노 한야는 얼굴을 일그러뜨리면서 조소했다.

“주군, 그 명령이라면 거두어주십시오. 주군의 명령을 전했다 해도 무사들은 움직인다는 건 생각지도 못했을 겁니다. 대포 소리를 듣고 모두 주저앉아버렸으니까요.”

“뭐……뭐라고?”

“유감이지만 우라쿠 님이 보신 바대로 떠돌이무사들은 입신출세가 목적, 입신하려면 이겨야 합니다. 그런데 이기는 건 꿈도 꾸지 못할 일. 천수각에 박힌 대포알이 기둥을 꺾고 처마가 기울어 여자들이 7, 8명 다쳤다……는 이야기만 듣고도 넋을 잃어 아무도 공격해 나가려는 자가 없습니다. 모두 물을 끼얹은 듯 조용해져서 못 본 척 못 들은 척하고 있습니다.”

근위무사인 후지노 한야는 성안의 사기에 어지간히 분통이 터진 모양인지 못할 소리까지 하며 이를 갈았다.

요도 마님이 입을 열었다. 찢어질 듯 신경질적인 목소리였다.

"그것 보시오. 조코인의 말은 거짓이 아니었어. 오고쇼는 아무쪼록 화의를 이루려는 의견이지만 쇼군이 강경하게 반대하고 있다지 않아요? 센히메 따위는 자식으로 생각하지 않는다, 벌써 버린 것이니 예정대로 대포로 처부숴라, 그리고 지하로부터도 공격하라고 야단이라더군. 그것에 구실을 준 셈이지."

"가만히 계십시오!"

히데요리는 6척이 넘는 큰 몸집을 흔들면서 발을 동동 굴렀다.

"어머니가 이 성의 총대장입니까? 싸움은 이 히데요리가 지휘합니다. 한야!"

"예."

"한 번 더, 이번에는 7인조나 직속무사들에게 전하고 오너라! 하늘이 차츰 붉어진다. 그 불이 꺼지기 전에 일제히 성문을 열어 공격해 나가라고. 이건 총대장 히데요리의 명령이다."

"안 돼!"

또다시 요도 마님이 어깨를 들썩이며 소리쳤다.

"적은 30만이야. 그들이 모두 입구에서 총을 겨누어 기다리고 있어. 그런데 2만, 3만의 직속무장들이 쳐나간들 어찌 되겠나? 그야말로 하룻밤에 전멸이지."

"전멸을 두려워해서야 싸움이 되겠습니까?"

히데요리는 성큼성큼 어머니 곁으로 다가가 별안간 주먹을 쳐들었다.

"나는 처음부터 아버지가 지은 이 성을 내 무덤으로 삼을 생각이었소. 여자 따위가 입을 놀리는 건 필요 없어요. 더 이상 입을 놀리면 어머니라 해도 용서하지 않겠소."

"오, 재미있군. 히데요리 님이 주먹을 휘둘렀다. 모두들 봐라. 히데요리 님이 흥분해서 이 어미를 때린단다. 자, 때려봐, 이 어미를 때려보란 말이야."

그야말로 눈 뜨고 볼 수 없을 정도로 흥분하여 온몸으로 히데요리에게 부딪치더니 그대로 소리 내 울며 쓰러졌다.

기세등등하던 히데요리도 주먹을 쳐든 채 멍하니 서 있었다.

두 시녀가 약속이나 한 것처럼 좌우에서 울부짖는 요도 마님을 붙들더니 역시 격렬하게 울기 시작했다.

그때 유키무라의 갑옷을 가만히 잡아당기는 자가 있었다. 요도 마님과 센히메를 따라온 오쿠하라 도요마사였다.

"사나다 님, 여긴 저희들이 있으니 진지로 돌아가시기를."

유키무라는 뒤돌아보며 고개를 끄덕였다.

센히메는 아직도 무표정하게 허공을 바라보았고 우라쿠는 상을 찌푸린 채 코털을 뽑고 있었다.

"실례."

유키무라는 뻣뻣이 서 있는 히데요리에게 절하고 서둘러 그곳을 떠났다.

본성에서 나가자 유키무라는 도요마사의 말대로 사나다성이라고 불리는 핫초메(八町目) 어귀와 구로몬(黑門) 어귀 사이에 있는 자신의 진막을 향해 서둘러 걸어갔다. 본성인 히데요리의 본진으로 갈 때와 달리 이번에는 발걸음이 빨랐다. 짐작컨대 홧김에 내뱉은 경솔한 발언이겠지만 방금 들은 히데요리의 말이 묘하게 생생하게 고막에 되살아났다.

"나는 처음부터 아버지가 지은 이 성을 내 무덤으로 삼을 생각이었소!"

어쩐지 눈물이 나올 것 같고, 그렇게 만든 책임의 반은 자신에게 있음을 느꼈다.

지난 한 달 동안 여러 번의 작은 싸움이 있었다. 그것은 보기에 따라 일본의 영주들이 그 왕성한 사기를 이에야스 부자에게 보여주기 위해 저마다 용감한 싸움솜씨를 과시했다 해도 좋았다.

성안의 무사들도 잘 싸웠다. 언젠가는 농성……이라고 예정된 싸움이었으므로 전멸을 각오한 결전까지는 이르지 않았으나 저마다 실력을 보이기 위해서 훌륭한 솜씨를 발휘했다.

그러나 공격군은 30만이라고 자칭하는 대군으로 불어났고 유키무라가 냉정하게 계산해도 20만 가까이 되는 게 분명했다. 그들이 첩첩이 성벽을 에워싸자 예정대로 모두 성안에 농성하고 보니 사기가 뚜렷이 떨어지기 시작했다. 어느 쪽을 보아도 그 거칠었던 전국을 살아남은 이름난 영주들의 기치 물결이었으니 무리도 아니었다.

유키무라 자신도 동쪽의 모리무라(森村)에서 나카하마(中濱) 방면으로 포진한 조카 사나다 노부요시(眞田信吉)의 기치와 우에스기 가게카쓰의 진지를 바라보았을 때 가슴이 아팠다.

마쓰야(松屋) 어귀를 보면 다테 마사무네와 마사무네의 아들 히데무네(秀宗)의 기치가 물결쳤고, 남서쪽에는 모리 히데나리 군이 후쿠시마 마사카쓰와 나란히 포진하고 있었다.

시마즈 군 3만은 아직 도착하지 않았으나 세키가하라 때 한편이었던 천하의 용맹한 영주들이 지금 저마다 적이 되어 쇼군 히데타다의 명령대로 움직이고 있는 것이다. 제아무리 호방한 무장이라 할지라도 날마다 이런 광경을 보고 있으면 풀 죽는 것도 무리가 아니었다.

한쪽은 이미 농성해 버렸으니 병력을 증가시킬 방도가 없고 나날이 막대한 군량미가 소모되어 가는 것을 보고만 있을 뿐…… 반대로 공격군은 온 일본 땅에서 아직 얼마든지 더 동원할 수 있는 자유로운 입장으로 대치하고 있었다.

유키무라의 진중에서조차 이런 속삭임이 일기 시작했다.

"이건 계산을 잘못한 거야. 매서운 한겨울이니 적은 추위로 못 견딜 것이다…… 라고 생각했던 일이 반대가 되었어. 이런 형편이면 봄이 오기 전에 성안의 장작이 바닥날 것 같군."

오사카 쪽 총병력은 옛 신하들 2만5000명에 새로 입성한 무사부대를 합해 12만이라고는 하나 실제 숫자는 9만6000명쯤……그래도 10만 가까운 인원수가 먹어치우는 군량미는 광장했다.

유키무라는 빠른 걸음으로 본성 구역 밖으로 나가 그곳에 기다리게 해둔 말을 타고 해자 밖으로 나갔다.

'히데요리 님이 죽을 작정이라면……'

그 사실이 지금의 유키무라로서는 단 하나의 뚜렷한 자기편인 것 같아 말 등에 무섭게 채찍을 후려쳤다.

사나다성 구역으로 돌아오니 이곳의 긴장은 본성 해자 안쪽과는 비교도 되지 않았다.

바로 눈앞의 고바시 마을(小橋村)에 마에다 도시쓰네의 1만2000명이 화톳불 수를 늘리고 대치해 있었다. 그 왼쪽인 미즈노 마을(水野村)에는 한 걸음 떨어진 형태로 도쿠가와 히데타다의 본진이 바라보였다.

마에다 군 옆의 후루타 시게하루(古田重治) 군은 사실 사나다 군과 비밀리에 내통하고 있었다. 만일 사나다 군이 쳐 나올 경우 남몰래 길을 열어 이에야스의 본진으로 통과시켜 주겠다는 은밀한 양해가 있었다.

그러나 그 오른쪽에 이이 나오타카(井伊直孝), 마쓰다이라 다다나오(松平忠直), 도도 다카토라, 다테 마사무네, 다테 히데무네가 나란히 포진하여 자우스산에 있는 이에야스 본진의 전위를 이루어 함부로 공격하는 것은 생각지도 못할 일이고 따라서 내통하고 있는 후루타 시게하루가 오히려 감시인들 사이에 고립되어 있는 형편이었다.

사나다성 망루에서는 이에야스의 본진을 늘 볼 수 있어 오늘 밤도 화톳불이 불어난 것을 잘 알 수 있었다. 아마 사카이의 방화를 보고 사자와 보고자들이 사방으로 뛰어가고 사방에서 모여들었을 것이다. 다만 그 불그림자가 그리 살기를 느끼게 하지 않는 것은 그 너머 화재의 불길이 차츰 하늘을 불태우며 무서우리만치 귀기(鬼氣)가 더해 갔기 때문일 것이다.

'이토록 거센 불길이라면 사카이 거리는 흔적도 없이 사라질 것이다……'

그렇긴 해도 어째서 사카이에 불을 질렀을까. 사카이 시민들은 이로써 단번에 도요토미 가문에 등을 돌릴 것이다. 집을 태우고 가산을 잃게 된 상인들의 원한이 얼마나 깊을지 무사들은 상상할 수도 없으리라.

여기서 도요토미 가문이 이기려고 한다면, 오사카에서 사카이에 걸친 상인들과 이해를 함께 하여 성 안팎에서 마음을 합쳐 싸우는 길밖에 없었다. 그런데 아무래도 젊음의 탈선이 제 손으로 그것을 단절시켜 버린 모양이다.

'밖이 폐허가 되면 좋아하는 것은 공격군뿐……그 정도의 판단도 못 한단 말인가……'

그런데 대포가 두 발만으로 포성을 거둔 것은 무엇 때문일까? 오다 우라쿠의 말대로 강화의 각오를 촉구하기 위한 협박으로 충분히 그 목적을 이루었다고 판단한 것일까……?

히데요리와 맞서던 요도 마님의 야차 같은 모습을 유키무라가 다시금 생각하고 있을 때 그의 등 뒤에서 이키 시치로에몬의 목소리가 들려왔다.

"아룁니다."

"오, 또 무슨 일이 벌어졌나?"

유키무라가 천천히 돌아보자 그곳에 이키 시치로에몬이 데려온 듯한 한 평민이 한쪽 다리를 꿇고 손을 짚고 있는 게 보였다. 말할 것도 없이 상인으로 변장한 첩자일 것이다.

"저는 사카이 사람으로 고베에(幸兵衛)라고 합니다. 수상한 자는 아닙니다."

유키무라는 주의깊게 한 걸음 물러나 질문을 던졌다.

"그대가 그렇게 말하니 믿겠다. 그런데 볼일이란?"

상대의 차림새에서 이가와 고가의 닌자를 연상케 하는 동물적인 투지와 호흡이 느껴졌기 때문이었다.

이키 시치로에몬이 낮은 목소리로 재촉했다.

"자, 그대가 얻은 정보를 그대로 대장님께 말씀드려."

고베에라고 한 사나이는 얼마쯤 말더듬이인 모양이었다. 첫소리를 토해내듯 힘주어 말했다.

"화의를 맺기로 결정되었습니다! 그, 그래서 마음 놓고 있는데 불을 질렀습니다."

그 뒤를 시치로에몬이 가볍게 이었다.

"사카이 상인들은 전화의 파급이 두려워 전부터 싸움 진행을 자세히 탐색하고 있었답니다. 그렇지?"

".......예, 그렇습니다."

"성안에서는 오다 우라쿠 님에 의해 화의 의논이 일어났다고 말했지?"

"예, 그러나 히데요리 님은 그것을 믿지 않고 오고쇼님 쪽에서 나온 거라고 반대하셨지요…… 우라쿠 님은 요도 마님을 동원하셨는데……그 순서를 자세히 살펴두었습니다."

상대가 가끔 더듬으면서 거기까지 말하자 이키 시치로에몬이 그 뒤를 이어받아 더 이상 고베에에게 말을 시키지 않았다.

"우라쿠 님은 이 싸움을 더 이상 계속하면 도요토미 가문뿐 아니라 이 지역의 번영마저 뿌리뽑게 될 것이다. 그보다 지금은 화의를 맺고 잠시 형편을 살피는 게 현명한 일…… 그도 그럴 것이 오고쇼는 사람들 앞에서는 건강한 듯 행동하시지만 사실 몹시 지쳐 있다, 나이도 벌써 74살이 되려 하니 일단 슨푸로 물러가시면 다시 일어나지 못하리라, 오고쇼가 돌아가신다면 영주들 생각도 완전히 바뀐다, 그때까지 기다리는 게 현명하다고……말했다고 했지?"

"……예, 그것을 히데요리 님은 듣지 않으셨지만 요도 마님께서는……."

"그랬지. 그래서 요도 마님은 고토 쇼자부로를 보내 오고쇼에게 은밀히 그 뜻을 전했다…… 아무튼 히데요리 님 신변의 안전만 보장된다면 화의를 맺어도 좋다고……."

"그, 그, 그렇습니다."

"그 말을 듣고 오고쇼도 움직이기 시작하셨다, 곧 혼다 마사즈미에게 명을 내려 니조 저택에 있는 아차 부인과 함께 두 사람이 교고쿠 다다타카의 진지에 가서 다다타카로 하여금 오사카성에서 어머니 조코인을 불러내게 했다……."

시치로에몬은 거기서 눈을 반쯤 감았다.

"그리하여 조코인과 아차 부인 사이에 먼저 말이 오갔고 이어 거기에 오노 하루나가가 가담했다, 말하자면 우리가 모르는 곳에서 화의가 진행……아마 하루 이틀 사이에는 결정될 예정이라고 사카이 사람들이 안심하며 방어하는 손길을 등한히 하고 있을 때 이 괴상한 불이 났다…… 그래서 히데요리 님과 젊은 무사들을 선동하여 화의에 반대하도록 한 장본인은 사나다 유키무라……이리라고 여겨 이곳에 왔다는 말이지?"

"말씀대로입니다."

상대는 또다시 달려드는 듯한 눈이 되었다.

유키무라는 눈앞이 캄캄해지는 것 같았다. 히데요리에게 항전을 권한 것은 유키무라가 아니었다. 그러나 만일 유키무라에게 의논해 왔더라면 분명 그렇게 했을 것이다.

이키 시치로에몬은 다시 조용히 입을 열었다.

"저는 허락도 없이 이 자와 거래했습니다. 이 자의 목숨을 이대로 살려주시기 바랍니다."

유키무라는 말없이 다시 한번 하늘을 올려다보았다. 안개가 깔린 탓인지 불빛 그림자가 크게 머리 위에 뒤덮였다. 그것은 말할 수 없이 아름다운 분홍빛 여명을 연상시키며 펼쳐져 있었다.

여성진(女性陣)

결국 유키무라는 지금 오사카성 안에서 완전히 이단자로 몰려 있었다.

"화의 문제로 사나다와 의논해도 별수 없다……"

유키무라는 얼마나 심각하게 생각을 거듭한 끝에 입성했던가…… 그들은 그 것까지는 깊이 알지 못할 것이다. 그러면서도 그가 화의에 동의하지 않는다는 사실만은 무언중에 느끼고 있었던 모양이다.

사실 의논이 있었다면 유키무라는 분명 반대했을 것이다. 이에야스가 늙었으니 머지않아 죽을 거라는 생각은 어린아이들의 계산이었다. 젊은 히데요리가 언제 대포의 먹이가 될지 모르고 히데타다가 유탄에 맞지 않으리라는 법도 없다. 전쟁이란 그러한 상식이나 일상의 계산을 초월한 데 있는 것이다.

그렇다고 해서 지금 경우 유키무라가 대체 무엇을 할 수 있을 것인가? 이 사나다 성채에서 마에다 군 1만2000명의 측면을 빠져나가 히데타다의 본진으로 쳐들어갈 것인가…… 그렇지 않으면 묵묵히 화의가 성립되는 과정을 지켜볼 것인가…… 앞 것을 택한다면 아마 히데타다의 본진에 도달했을 무렵 전멸할 테고, 뒤 것을 택한다면 그가 입성한 뜻은 영원히 안개 속으로 사라져버리리라……

웃으며 사카이의 자객 고베에를 돌려보내고 유키무라는 그날 밤이 새도록 망설였다.

새벽녘이 되자 사카이의 불길은 가라앉았다. 날이 새고 보니 어느덧 몇 줄기의 희미한 연기로 바뀌었고 멀리 보이는 자우스산에서 덴노사에 이르는 적진의 깃발 물결은 어제 그대로였다.

어젯밤의 대포는 아무래도 마에다의 진지에서 쏜 것인 듯 에치젠의 마쓰다이라 다다나오의 진과 마에다 도시쓰네의 진에서 가장 활발한 기운이 느껴졌다.

"어때, 총공격하는 기척은 없는가?"

총공격이라면 화의가 깨진 것이고, 그 기척이 없다면 지난밤의 싸움에서 히데요리가 마침내 어머니에게 진 셈이 된다. 그보다 유키무라는 화의가 이루어질 거라고 직감하고 있었다. 그래서 아들 다이스케가 들어오자 그대로 임시숙소로 돌아가 잠시 잠을 잤다.

날이 새고 나서 자는 것이 습관이 되어 사방의 소음은 아무렇지도 않았다. 3시간쯤 푹 자고 일어나니, 다시 정보를 수집해 온 이키 시치로에몬이 그가 일어나기를 기다리고 있었다.

"히데요리 님에게서 출두하라는 사자가 곧 올 것입니다. 화의하기로 결정한 모양이니까요."

이키 시치로에몬은 일부러 유키무라의 얼굴을 보지 않으려고 외면하며 졸개가 날라온 도시락 뚜껑을 열었다.

유키무라는 가만히 걸상에 걸터앉아 먼저 보리차를 한 모금 마시고 젓가락을 들었다.

"오늘 회의가 끝난 뒤 우라쿠 님과 오노 님의 아들 두 사람을 볼모로 자우스산에 보내기로 했습니다."

"거기까지 벌써 정해졌나?"

"예, 어젯밤 교고쿠 다다타카 님 진막에서 조코인 님이 아차 부인과 교섭하던 중에 그 소동이 일어나……요도 마님이 격노하셨답니다."

"화의 조건을 조코인과 아차 부인이……."

"많이 변했습니다. 요즘에는 여인들이 강해졌습니다."

유키무라는 잠시 젓가락을 놓고 먼 곳을 바라보는 눈길이 되었다가 곧바로 그 눈길을 다시 도시락으로 떨구었다.

"그래, 여자들이……."

유키무라는 이 싸움을 '사나이의 고집'에 걸고 있었다. 그런데 그것이 평화를 바라는 여인들의 움직임으로 깨끗이 해결된 형태가 되었다.

'이에야스는 무서운 사람⋯⋯.'

저만한 대군을 마음먹은 대로 흥분시키고 조종하면서 그 이면에서 남자를 움직이는 여자의 존재를 잊지 않고 있었다.

'여자와 싸움은 인연 없는 것⋯⋯.'

어느덧 그렇게 생각하게 된 것이 큰 실책이었다.

그러고 보니 와타나베 구라노스케에게는 쇼에이니라는 어머니가 있고, 오노 하루나가에게는 오쿠라 부인이라는 어머니가 있었다. 그 두 시녀가 요도 마님을 움직이고 나아가 조코인이며 아차 부인 같은 재녀들이 한결같이 평화를 바란다⋯⋯면 그것은 작은 힘이 아니다.

이에야스는 그것을 알고 있었는데, 유키무라는 간과했다.

유키무라의 어머니는 다이나곤인 이마데가와 하루스에(今出川晴秀)의 딸로 만일 지금 살아 있다면 아들이며 손주를 살리기 위해 결코 팔짱만 끼고 있지 않으리라. 그러한 어머니의 애정을 이용하여 아차 부인에게 교섭시키는 이에야스의 상식을 초월한 착안은 도대체 간계라고 할 것인가, 혜안(慧眼)이라고 할 것인가⋯⋯?

아차 부인은 다다테루의 생모인 자아 부인이 아니다. 고슈 무사 이이다 히사에몬(飯田久右衛門)의 딸로 아명이 스와였던 재녀이다. 덴가쿠 골짜기에서 전사한 이마가와 요시모토의 가신 가미오 히사무네(神尾久宗)의 아내로 과부가 된 것을 고슈 공격 때 이에야스가 발견하여 측실로 삼은 여인이었다.

뒷날 히데타다의 딸 도후쿠몬인(東福門院)이 입궐할 때 어머니 대신 궁중에 들어가 종1품을 하사받은 여인이었으니 이에야스의 인선에는 틀림이 없었다 해도 좋으리라.

태연한 모습으로 도시락을 들면서 이키 시치로에몬이 다시 말을 이었다.

"아차 부인은 조코인과 함께 은밀하게 성안에 들어와 요도 마님을 만났답니다. 그때 요도 마님은 스스로 볼모가 되려 했으나 히데요리 님이 그것을 허락하지 않으셨습니다. 일부러 오고쇼께서 출진하였으므로 그 체면을 세워드리기 위해 아랫성 별성을 헐겠다고 자청했다 합니다."

"뭐! 아랫성과 별성을 헌다고⋯⋯?"

"예, 그리고 요도 마님 대신 오노 하루나가와 오다 우라쿠 님의 아드님을 볼모로 내놓는답니다."

"음."

"성안의 장졸들은 아무도 처벌하지 않을 것…… 그 일만은 들어달라고 청원했습니다. 물론 오고쇼는 좋다고 대답했습니다. 그리고 20일 안에 중신들에게 발표한 뒤, 다시 서약서를 교환한다……고 결정된 뒤 주군의 마음이 변하신 모양으로."

그리고 나서 시치로에몬은 불쑥 덧붙였다.

"아랫성과 별성을 파괴한다……면 이 바깥성과 바깥 해자도 모두 없어지는 셈이지요."

유키무라는 고개를 번쩍 들어 시치로에몬의 얼굴을 뚫어지게 쏘아보았다.

"싸운다면 지금이다……라는 말이지?"

"아니, 화의가 성립된 뒤에는 싸우지 못한다……고 말씀드리는 것입니다."

"그래. 아랫성과 별성을 파괴하겠다고 주군 쪽에서 자청했단 말인가……."

다시 유키무라의 가슴에 절망의 바람이 차갑게 스쳐갔다. 히데요리와 요도 마님이 아랫성과 별성을 헐겠다고 자청한 의미는 충분히 알 수 있었다. 히데요리의 생명을 보장하고, 영지를 그대로 인정하며 가신을 처벌하지 않는다……는 조건을 그대로 받아들인다면 도요토미 가문 쪽에서도 앞으로 결코 도쿠가와 가문에 반기를 드는 일은 없을 것……이라는 증거를 보여줘야 한다고 여겨 간청했을 게 틀림없었다. 그것은 궁지에 몰린 불리한 입장에서 히데요리를 구하고 도요토미 가문의 존속을 도모하기 위해 매우 당연한 일처럼 생각되면서도 결코 그대로 끝날 수 없는 큰 오산을 내포하고 있었다.

'역시 여자들 생각이다…….'

아랫성과 별성을 헐어버림으로써 항전수단을 영원히 포기한 오사카 쪽이 옛 영지 60만 석을 그대로 보장받는다고 해도 10만이나 되는 신구(新舊) 가신들 가족을 어떻게 부양할 수 있을 것인가…… 한 가족 앞에 6석…… 아니, 본성만 남는다고 해도 이 큰 성의 비용은 40만 석을 내려가지 않을 터이다. 그러니 그 나머지를 고스란히 나눠준다 해도 양식의 반도 안 된다.

"되지도 않는 의논을 하시는군."

유키무라는 다시 젓가락을 움직이기 시작했다.

"그러나 벌써 그것으로 화의는 대강 결정된 모양입니다."

"물론 간토에서는 두말 없이 그 조건을 받아들였겠지?"

"간토 내부에도 두 가지 생각이 있는 것 같다고 저는 여깁니다."

"두 가지 생각……?"

"예, 한 파는 말할 나위도 없이 손뼉 치며 좋아할 겁니다. 이로써 오사카는 자멸의 길을 열었다고."

"또 한 파의 생각은……?"

"그렇다면 모여든 무사들 가운데에서 얼마나 자발적으로 물러가줄 것인가, 그것을 보고 나서 새로이 영지이동을 청하여 아무래도 도요토미 가문의 이름만은 남도록 해주어야 한다고."

"음, 그건 아마 오고쇼의 생각일 테지."

시치로에몬은 그 말에는 대답하지 않고 말했다.

"주군도 충분히 각오하셔서 오늘 회의에 임하시기 바랍니다…… 깨끗이 해산하시든가, 아니면……."

"아니면 달리 방법이 있는가?"

"아, 말이 지나쳤군요. 공연한 잔소리를 용서하시기 바랍니다."

유키무라는 더 이상 아무 말도 하지 않았다. 그대로 도시락을 다 먹고 임시진막 밖으로 나갔다.

밖에는 서릿발이 가득하고 아침 햇살이 눈부시게 사방을 비추고 있었다.

'겨우 이 정도의 싸움이었던가…….'

그렇게 생각하자, 문득 그리움이 솟구쳐올라 손을 이마에 대고 란마강(爛間川) 건너편 사나다 형제의 진막 쪽을 바라보았다. 형의 두 아들이 거기서 사다케 요시노부(佐竹義宣)와 함께 굳게 진을 지키고 있다.

"눈부셔서 잘 보이지 않는군."

불쑥 중얼거리며 쓸쓸하게 웃었다. 처음부터 형과 자기를 적과 적으로 구별해두어 어느 쪽이 이기든 내 손자만은 남겨놓는다……는 구상을 하고 죽은 아버지 마사유키의 얼굴이 떠올랐던 것이다.

그때 아들 다이스케가 얼굴에 홍조를 띠고 나타났다. 성안에서 호출이 있는 모양이다.

"아버지, 모시러 나왔습니다."

다이스케는 무슨 생각에서인지 여느 때보다 동작이 활기차 보였다.

"주군께서 저에게 말석에 앉으라는 말씀이 있었습니다. 아마도 간토 쪽에서 화의신청이 있었던 모양입니다."

"그래, 그러면 가자."

"함께 가겠습니다."

다이스케는 탄력 있는 목소리로 대답하고 끌어오게 한 말에 올라타자 아버지 옆으로 말머리를 나란히 하며 다가왔다.

"저는 아버지께서 지난 4일의 싸움 때 저와 동갑인 마쓰다이라 님의 동생 나오마사(直政) 님을 훌륭하다고 칭찬하시며 죽이지 않으신 뜻을 이제야 알았습니다."

유키무라는 희미하게 웃을 뿐 그대로 말을 몰았다.

그것은 몇 번인가 거듭된 공격군에 응전했을 때의 일로 14살인 마쓰다이라 나오마사가 고전 속에서 한 발자국도 물러나지 않고 선두에 서서 지휘하며 소리쳤다.

"이놈들 부끄러운 줄 알아라!"

그 용맹스러운 모습을 보고 창으로 찌르려는 자기편을 제지하며 유키무라는 '히노마루(日丸)' 지휘부채를 던져주었다.

"과연 오고쇼의 손자, 훌륭한 무사로다. 유키무라, 이것을 선사하오."

그리고 물러났던 때의 일을 말하는 것이었다.

"싸움에는 화의도 있다…… 아니, 그보다 난전 속에서도 상대를 아껴주는 여유를 가지는……그것이 참된 무사지요."

유키무라는 그 말에도 대답하지 않았다. 유키무라가 그때 나오마사를 치지 않았던 것은 마음 한구석에 다이스케와 형의 아들들이 있었고 싸움의 무참함이 문득 마음에 스며들었기 때문이었다.

"아버지께서는 이번의 강화를 조건에 따라서는 찬성하시겠습니까?"

"다이스케."

"예."

"그것은 모두 주군이 결정하시는 거다. 주군께서 결정하신 이상 아무 말도 하지 마라. 그것도 참된 무사의 마음가짐이다."

"물론입니다. 주군은 생각했던 것보다 훨씬 용감한 분이십니다. 그분의 결정이라면 기꺼이……."

유키무라가 본성에 도착했을 때 장수들은 이미 거의 대부분 다다미를 들어낸 접견실에 모여 있었다.

유키무라는 다이스케를 데리고 멍석 위를 지나 신발을 신은 채 복도를 걸어가면서 남몰래 마음속으로 한 가지를 빌고 있었다. 그것은 오늘의 좌석에 요도 마님을 비롯한 여인들이 모습을 나타내지 않았으면……하는 것이었다.

남자들끼리라면 비통한 한마디로 끝날 것도 여인들이 있으면 감정적이 되기 쉽다. 더구나 여인들의 계산에는 '신구 가신들의 처벌은 없을 것'이라는 생각밖에 들어 있지 않다. 거기다 만일 모여든 무사들의 불안이며 의문이 얽혀들기 시작하면 어떤 분란이 일어날지 모르기 때문이었다.

'아…….'

큰 접견실에 발을 들여놓자마자 유키무라는 저도 모르게 탄식했다. 아직 정면에 히데요리의 모습은 보이지 않았다. 그러나 센히메와 시녀들을 거느린 요도 마님이 상단 왼쪽에 새파란 표정으로 얼어붙은 듯이 앉아 있지 않은가…….

소집된 무장들은 본성, 아랫성, 별성의 수비대장 외에 성 밖에 울을 친 11명의 무사대장, 그리고 군기대장, 마표대장, 시동 우두머리, 근위무사의 순서로 오른쪽에 줄지어 앉았고 왼쪽에는 고토 마타베에가 관리하는 10명의 평의원 우두머리들이 앉아 있었다.

얼마 뒤 히데요리가 모습을 보일 상단의 정면에는 오노 하루나가와 오다 우라쿠가 앉았고 그 옆에 빈자리가 있었다.

하루나가가 말했다.

"사나다 님, 이리로."

우라쿠는 오늘도 여전히 모인 장수들의 얼굴은 쳐다보지도 않고 무슨 신기한 것이라도 보는 눈초리로 천장에 그려진 꽃그림을 하나하나 뜯어보고 있었다.

유키무라는 다이스케와 떨어져 정해진 자리에 앉자, 우선 모인 사람들의 얼굴빛을 살폈다. 센고쿠 무네나리, 아카시 가몬, 유아사 마사히사(湯淺正壽), 조소카베 모리치카, 모리 가쓰나가, 하야미 모리히사……등 모두 미리 의논이라도 한 듯 얼굴빛이 좋지 않았다.

'잠을 못 잔 탓이겠지…….'

그런데 어느 얼굴에도 각별한 노여움의 빛이 없는 게 이상했다. 어쩌면 이 자리에 임하기까지 저마다 사태를 검토하고 반은 체념하며 나온 것인지도 모른다.

'그랬으면 좋으련만…….'

이미 요도 마님이 히데요리를 움직여 일은 결정되어 있었다. 그렇게 되고 난 뒤 적 앞에서 추하게 다투어보았자 득이 될 리 없다. 일단은 화해하여 상대가 진지를 철수한 뒤에 생각한다…… 그밖에 방법이 없다…… 그렇게 생각하고 다시 시선을 상단의 요도 마님과 센히메에게 옮겼을 때 히데요리의 참석을 알리는 소리가 들려왔다.

마님은 그 소리에 놀란 듯 앉음새를 고쳤으나 센히메는 허탈한 모습으로 무릎 위의 손가락에 눈길을 떨구고 있었다.

히데요리는 기무라 시게나리와 근위무사 스즈키 마사요시(鈴木正祥), 히라이 야스요시(平井保能), 히라이 야스노부(平井保延) 네 사람을 거느리고 무장한 모습 그대로 마련된 자리에 책상다리하고 앉았다. 이 다섯 사람의 얼굴빛도 역시 긴장되어 모두를 얼굴에 연지를 바른 듯 홍조를 띠고 있다.

앉자마자 히데요리는 말했다.

"모두들 수고 많소."

아니, 그렇게 말해 놓고 말이 막혀 눈을 질끈 감았다. 감긴 두 눈에서 눈물이 스며나와 곧 반짝이며 볼을 타고 흘러내렸다.

좌중은 물을 끼얹은 듯 조용했다. 히데요리의 입에서 나올 다음 말을 놓치지 않으려고…… 그러나 그들이 들은 것은 말이 아닌 격렬한 오열뿐이었다.

기무라 시게나리가 히데요리 뒤에서 한 걸음 앞으로 나앉았다.

"주군을 대신해 말씀드리겠소. 모두들 잘 싸워주셨소. 잊지 않겠소. 그러나 생각한 바 있어 우선 일단 화의를 맺기로 결정했소. 모두들 그렇게 아시오."

아마 회의형식을 피하고 두말 못 하게 명령으로 대신할 셈인 모양이었다.

갑자기 히데요리의 입이 움직였다.

"분하다! 그러나……오고쇼는 연세가 많으시니…… 지금은 일단 진지를 해산시켜 뒷날을 도모하는 게 상책이라고 생각한다. 모두들 이 히데요리를 저버리지 말기를……."

유키무라는 저도 모르게 신음했다. 결코 용장의 말이 아니었다. 그러나 이것은 아무 수치심도 가식도 없는 묘한 박력으로 모든 사람의 가슴에 파고들었다…….

'진실은 강한 것이다…….'

그렇다면 여러 장수들도 일단은 납득해 주리라…… 유키무라가 그런 생각을 했을 때, 사태가 뜻밖의 방향으로 빗나가기 시작했다.

"분하다!"

다시 한번 흥분된 목소리로 격렬하게 부르짖자 히데요리는 자신의 감정을 억누를 수 없게 된 것 같았다. 굳어버린 듯 앉아 있는 요도 마님 쪽을 향해 갑자기 몸을 돌렸다.

"어머니! 이제 됐습니까? 이것이……어머니께서 원하시는 평화……어머니께서 원하시는 강화라는 것입니다…… 이 분함……이 굴욕……."

유키무라도 당황했지만 오노 하루나가는 더욱 놀란 모양이었다. 불현듯 허우적거리며 두 손을 들어 제지하기 시작했다.

"주군!"

그러나 그것은 오히려 히데요리의 감정을 더욱 부채질한 결과가 되었다.

히데요리는 몸을 비틀며 하루나가를 꾸짖었다.

"하루나가는 닥쳐라! 나는……나는……모든 사람과 함께 죽고 싶었다! 그러나……그 일은 허락되지 않았어. 난 약해……어머니를……어머니를 이길 수가 없었다. 이해해다오."

그것은 이미 완전히 이성의 줄이 끊어진 벌거벗은 히데요리의 모습…… 히데요리는 목놓아 울기 시작했다.

'어찌 저렇듯 곧이곧대로…….'

진실의 피력에도 한계가 있는 것을……하고 유키무라가 생각했을 때 가장 염려하고 있던 여인의 발언이 시작되었다. 요도 마님의 목소리는 이상하리만큼 끈끈하게 모든 사람들의 머리 위로 흘러나갔다.

"주군께서 하실 말씀은 그뿐이오? 모두들 잘 들었겠지요. 주군께서 말씀하신 대로 이 화의를 진행시킨 것은 나요."

아마 체통을 잃은 아들을 변호해 주고 싶은 어머니의 심정이었으리라. 그렇기로서니 그즈음의 여인으로서는 너무 지나친 발언이었다.

"주군은 정에 약한 분이오. 그러므로 여러분들을 위해 죽겠다고 하셨소. 그러나 그것은 사랑하는 여러분을 오히려 배신하는 행위가 될 거요. 여러분이 이 성에 들어와 싸워준 것은 주군을 다이코 전하의 아들로서 훌륭하게 살리기 위해서였소…… 그렇지 않소?"

말하는 동안 눈에 핏발이 서고 언성은 더욱 높아졌다.

"그런 여러분의 뜻을 잊고 죽음을 서두르는 것은 부당하기에 이 어미가 화의를 도모했소…… 알겠어요? 여러분들 잘 기억해 주오…… 주군은 간토 쪽에 한 조각의 인정도 없다고 우기시오. 그러나 나는 그렇게 생각하지 않소. 아니, 내 눈이 만약 틀렸다면……그때는 이 어미가 맨 먼저 적대하여 죽겠으니 지금은 화의를 맺어주시오."

이것은 히데요리 이상으로 솔직한 어머니의 계산이요, 어머니의 감정이었다.

"간토에서 영지이동은 시키지 않는다고 하오. 나를 볼모로 요구하지도 않겠다고 하오. 영지도 깎지 않고 가신은 모두 무사하리라 하오. 거기다 이처럼 센히메도 이 성에 맡고 있으니 여러분은 이의를 말하지 마시오…… 아니, 내 눈에 잘못됨이 있어 이 화의가 우리 편의 손해……임이 드러날 경우에는 맨 먼저 나부터 베시오. 나인들 어찌 고집도 없고 자부심도 없는 여자이겠소……."

유키무라는 듣고 있기가 괴로워졌다.

요도 마님에게는 추호도 거짓이 없었다. 어머니로서 자식의 생명을 구하고 싶은 일념으로 암사자처럼 분발하고 있다. 그러나 그것은 어디까지나 암사자 자신의 계산이지 이곳에 모인 사람들의 계산은 아니었다.

여기 모인 사람들이 지금 생각하고 있는 것이 과연 '히데요리 한 사람의 안전'뿐인 것일까?

그렇지 않다는 것을 히데요리는 직감하고 있었다. 그리고 그에 부응할 수 없는 자신에게 스스로 죽음을 부과하려는 것이다.

'대체 누가 옳은가…….'

이렇게 생각했을 때 분발한 암사자는 더욱 탈선해 가고 있었다.

"나도 오고쇼의 마음쯤은 잘 알고 있소. 내가 살아 있는 한 결코 오사카를 소홀히 할 수 없는 이유도 있지요. 지금은 나를 믿어주오. 알겠소, 쇼군의 부인은 내 동생, 센히메도 있고 그 동생도 있잖소……?"

유키무라는 우라쿠의 소매를 가만히 끌어당겼다. 이런 경우 이처럼 어지러워진 무대에 막을 내리게 할 수 있는 것은 우라쿠 말고는 없다. 오노 하루나가는 요도 마님에게 꼼짝 못 하는 사내다.

우라쿠는 그때까지 눈을 감고 듣고 있다가 얼른 알아차리고 말을 걸었다.

"마님, 이제 그만하시지요."

"뭐, 뭐라고요?"

"모두에게 명령이 전달되었습니다. 주군께서도 들어가시지요. 오쿠라 부인은 마님을 안내해 드리시오."

그러고 나서 한층 언성을 높였다.

"여러분들도 화의결정에 대해 모두들 잘 알았을 줄 아오. 따라서 지금부터 조인한 뒤 저마다 진지철수를 어떻게 하는가, 적에게 틈을 주지 않기 위해서도 충분히 조심하여 철수해야 하니 그 의논을 시작합시다. 주군께서는 우선……"

그 눈짓에 따라 기무라 시게나리 이하 근위무사들이 먼저 일어나 히데요리에게 재촉했다.

히데요리는 어느덧 울음을 그치고 있었다. 태풍이 지나간 뒤의 냉랭함과 망연함을 온몸에 나타내 보이며 천천히 일어났다.

이어서 오쿠라 부인이 요도 마님과 센히메를 재촉했다.

"그럼, 잘 부탁하오."

요도 마님은 아직 흥분이 가시지 않는 눈길로 모두를 둘러보며 다짐을 두고 나갔다……

갑자기 우라쿠가 유키무라의 귓가에서 콧방귀를 뀌었다.

"흥. 묘한 막간극이었어."

그러나 유키무라는 그렇게 생각하지 않았다. 막간극이기는커녕 이것이 진정한 인생의 모습인 것이다……이 인생 속에서 무엇을 파악하고 어디를 고쳐나가야 하느냐……는 것이 변함없는 인간의 무한한 투쟁이라고 생각했다.

갑자기 좌중에서 와글와글 사사로운 이야기가 이어졌다. 과연 이 자리에는 대장격인 자들만 모여 있어 꼴사나운 입씨름은 벌어지지 않았지만 억눌렸던 감정의 둑이 터져버린 것 같았다. 논쟁으로 번지지 않는 것은 저마다의 타산적인 주판을 아직 자세히 튕겨볼 겨를이 없었기 때문이기도 했다.

'이틀쯤 지나야 시끄러워지리라……'

그때는 누가 어떻게 모든 사람을 납득시킬 것인가.

오노 하루나가가 제정신이 돌아온 듯 상단을 배경으로 정원을 향해 고쳐 앉았다.

"여러분과 상의할 일이 있습니다."

하루나가의 이야기는 화의성립까지의 간단한 경과보고와 그동안에 나온 갖가지 조건에 관해서였다. 처음에 히데요리는 영지이동도 좋다고 자청했다. 될 수 있으면 난카이도(南海道)의 두 지역을 갖고 싶다는 말을 했다고도 한다. 그러나 이에야스는 난카이도는 너무 멀다, 소중한 친척이니 아와(安房), 가즈사(上總) 두 곳을 주겠으니 어떤가 대답했다고. 그러나 그것은 하루나가도 히데요리도 찬성할 수 없었다. 에도에 가까운 아와, 가즈사에서는 만일의 경우 옴짝달싹 못 하게 된다……고 필요 없는 소리마저 했다. 에도 가까이는 싫다고 말한 것은 묻지도 않았는데 상대에 대한 불신을 드러낸 게 된다. 그것을 과연 하루나가는 깨닫고 있는지, 어떤지?

그 결과 이대로 오사카에 머물기로 하고, 서약서에는 쓰지 않았으나 노령인 이에야스가 일부러 출진한 얼굴을 세워주기 위해 오사카성의 해자를 메우고 성의 구조를 축소시키겠다고 자청하여 교섭이 성립되었다.

1. 이번에 농성한 여러 무사들에 대해 이의를 제기하지 않는다.
1. 히데요리의 녹봉은 종전대로 한다.
1. 요도 부인은 에도에 가지 않아도 좋은 것으로 한다.
1. 오사카성을 인도하면 어느 곳이든 바라는 대로 바꾸어준다.
1. 히데요리의 신상에 대해서는 결코 표리가 없어야 한다.

그런 결정을 하고 오는 22일과 23일 사이 서약서에 혈판(血判)을 찍을 예정이라고 했다.

그러자 마지막까지 아무 의견도 내놓지 못한 고토 마타베에가 참을 수 없는 듯 입을 열었다.

"하루나가 님 말씀을 듣고 보니 이 교섭은 굉장히 어려운 일이었다고 짐작됩니다만 대체 누가 하셨습니까?"

하루나가는 오히려 자랑스러운 듯이 말했다.

"그것은……교고쿠 다다타카 님의 어머님인 조코인 님의 큰 수고가 있었습니다."

"허, 그러면 이렇듯 대장부들이 잔뜩 있으면서도 남자들은 전혀 쓸모없었던 모양이군요."

"예, 조코인 님이 다행히 성안에 계셨기 때문에 청을 드려 적진에서 아차 부인을 초대했고 그 자리에서 마지막 타협이 이루어졌습니다."

"그렇다면 그 여인들 옆에 남자는 한 사람도 없었소……?"

"아니오, 마님과 조코인 외에 주군과 나와 우라쿠 님이 입회했습니다."

"그럼, 간토 쪽에서는 아차 부인 혼자……?"

"아닙니다, 혼다 마사즈미 한 분이 보좌하러 왔습니다."

그 말을 듣자 마타베에는 씁쓸하게 웃으며 천천히 좌중을 둘러보았다.

"그렇다면 이건 하루나가 님과 우라쿠 님이 주군께 권해서, 혼다 마사즈미를 일부러 성으로 불러들여 절충했다……고 해석해도 좋겠군요. 그 자리에 여자분들도 있었다…… 뭐, 그렇다면 더 드릴 말씀이 없소. 도마 위의 잉어는 움직이지 않는 법이니."

유키무라는 섬뜩했다. 이 야유 속에는 기약도 없이 이번 일에 가담한 무사들의 불평이 생생하게 표현되어 있었다.

유키무라는 갑자기 등골이 으스스해졌다. 결국 하루나가에게는 무사들을 모두 설득시킬 힘이 없는 것 같았다. 아니, 그것을 기대하는 게 오히려 무리였다.

'히데요리 한 사람도 설득하지 못해 사람들이 지켜보는 가운데 어머니에게 대들게 만든 사람……'

그런 생각을 하자 유키무라의 불안은 더욱 크게 부풀어 올랐다.

'이 화의가 과연 잘 수습될까?'

지금은 일단 화의를 맺어 떠나는 자는 가게 버려두고 다시 군사를 일으킨다……고 한다면 일단은 화의의 뜻도 살아난다. 그러나 그들의 호구지책에 대한 보장이 없다는 것을 곧 알게 된 무사들이 소란피우게 된다면 그런 책략도 수포로 돌아가리라.

'아니다……'

유키무라는 처음부터 교섭에 관계한 혼다 마사즈미의 존재가 꺼림칙해졌다. 어쩌면 무사들의 폭발을 계산한 뒤에 화의한 것이 아닐까? 만일 그렇다면 도요토미 가문의 요구쯤은 무조건 승낙해도 되리라.

머지않아 무사들이 옛 영지만으로는 먹고 살 수 없다는 걸 알고 떠들어대기 시작한다…… 그 무렵을 노려 단숨에 성을 짓밟아버린다…… 아니, 이에야스에게는 그런 생각이 없다 하더라도 마사즈미에게 그런 계산이 없다고 어떻게 장담할 수 있겠는가.

"내일 22일 간토 쪽에서는 주군과 마님의 서약서 확인자로서 오차 부인과 이타쿠라 시게마사(枚倉重昌 ; ^{가쓰시게}의아들)가 오고쇼의 사자로, 또 쇼군의 사자로서 아베 마사쓰구 님이 오시오. 이것은 이쪽에서 제출하는 서약서인데 주군의 특별한 배려로 여러분께 보여드리겠소."

그리고 소리높이 그것을 읽어내려갔다.

1. 히데요리는 오고쇼에게 앞으로 반역하는 마음을 품지 않을 것임.
1. 전후 처리에 대하여 의견이 구구할 때는 곧 오고쇼에게 물어서 처리할 것임.
1. 모든 일을 종전대로 할 것임.

이번에는 유키무라가 저도 모르게 성급하게 물었다.

"그것뿐이오?"

"그렇소. 본디 자식처럼 여기시는 주군이니, 여러 가지 의논이 있다면 결코 나쁘지 않게 돕겠다고 하셨소. 이 서약서도 말하자면 많은 가신들 앞에서 형식을 갖추자는 정도의 것……으로 나는 보고 있소."

유키무라는 곧바로 하루나가의 말꼬리를 잡아 힐책할 마음은 없었다.

'그만큼 믿을 수 있는 이에야스라면 어째서 주군께 권하여 군사를 일으키게 했는가……'

유키무라는 모두들 아직도 절반은 망연한 느낌으로 물러나려 할 때 일부러 모든 사람을 불러세웠다.

"여러분께 한마디 주의 말씀 드릴 게 있소."

"뭣입니까?"

"화의가 성립되었다고는 하나 아무튼 적은 대군이오. 만일 통첩이 누락되거나 하여 공격해 오는 적이 있을 수도 있소. 따라서 오늘 내일은 여느 때보다 한층 더 경계를 엄중히 해주기 바라오."

"알겠습니다."

"알았소."

그리고 사람들이 물러나는 것을 전송하고 큰 현관까지 나갔다가 또 멈추어섰다. 무언가 한 가지 중요한 일을 잊고 있는 것 같아 불안했다.

'사나다 유키무라만 한 사나이가 이대로 팔짱 끼고만 있어도 될까……?'

적어도 유키무라는 세상의 흔한 출세를 노려 구도야마를 내려온 것은 아니었다. 출세나 영달을 위해서라면 형 노부유키나 마쓰쿠라 시게마사의 권유대로 이에야스에게 충성하면 좋았을 것이다. 그런데 형의 말도, 숙부의 체면도, 친구의 호의도 짓밟으며 입성한 것은 대체 무엇 때문이었을까……?

그날 진막으로 돌아가자 유키무라는 전보다 더욱 엄격한 감시를 계속하도록 명령내리고 혼자가 되었다.

아들 다이스케는 큰 접견실에서 아버지가 거의 발언다운 발언을 하지 않았던 게 불만인 듯 감시를 명령하자 나가면서 들으라는 듯 부하를 꾸짖었다.

"아직 싸움은 끝나지 않았단 말이야."

혼자가 되자 유키무라는 다시 한번 처음부터 이 싸움이 지닌 의미와 화의에 이르기까지의 과정에 대해 조용히 검토했다.

'이건 결코 히데요리의 뜻이 아니다. 그런데도 장차 이대로 끝날 수 없는 화의를 맺게 된다…….'

적어도 막부에 대해 반기를 들고 대군을 출동시켜 싸웠다. 이에야스가 아무리 관대하고 또 히데요리를 사랑한다 해도, 포섭한 수많은 무사들이 앞으로 자립할 수 있도록 녹봉을 늘려줄 리가 없었다.

그렇다면 만일 이에야스에게 도와줄 뜻이 있다 하더라도 도요토미 가문은 내포된 경제면의 모순으로 붕괴하지 않을 수 없다. 전란시대라면 인근 마을을 약탈하여 살아남을 수도 있으나 이에야스가 견고한 질서의 울타리를 친 지금은 힘만 믿고서는 한 치의 땅도 침범할 수 없다.

'어찌 되었건 도요토미 가문은 이것으로 끝장이다……'

이렇게 결론 내리면 남는 문제는 둘로 압축된다. 하나는 모든 고집과 명예를 버리고 다이코 핏줄의 존속을 도모해 나가느냐, 아니면 궁지에 몰릴 때를 기다려 옥쇄하느냐?

생각에 잠겨 있는 유키무라에게 서약서 교환 소식이 들어온 것은 그날 해질 무렵이었다.

이날 기무라 시게나리가 이에야스의 자우스산 본진에 서약서 감시역으로 갔다가 이에야스의 혈판을 다시 찍게 한 것처럼 흔히 전해지고 있으나, 기무라 시게나리가 심부름한 것은 히데타다의 본진 쪽이며 이에야스에게는 우라쿠와 하루나가의 사자가 갔다.

서약서 교환이 끝났다고 전해 온 이키 시치로에몬은 유키무라를 망루로 데리고 가 차분한 목소리로 말했다.

"보십시오, 오늘은 공격군이 조용합니다. 모두들 입으로는 용감한 말을 지껄이지만 싸움에 지친 것 같군요. 어느 진막에서나 오늘은 마음 놓고 밥 짓는 연기를 올리고 있습니다."

유키무라는 말없이 고개를 끄덕이며 석양에 반짝이는 강물로부터 거리 쪽으로 천천히 시선을 옮겼다.

"그리고 보니 강물 위의 수많은 군선들이 훨씬 줄어들었군."

"예, 오고쇼는 어제 화의조건이 갖춰지자 서약서 교환을 기다리지 않고 도착한 채 배 안에 머물고 있던 사쓰마, 부젠, 지쿠젠, 히고 등의 군사들에게 상륙하여 포진할 필요가 없다, 서둘러 철수하라고 명령내려 복귀시켰습니다."

그 말을 듣자 유키무라의 눈이 갑자기 빛을 뿜기 시작했다.

"참으로 가볍게 보인 거지요…… 우리는 아직 이렇듯 경계를 풀지 않고 있는데, 오고쇼는 일부러 먼 곳에서 온 사쓰마의 강병(强兵)들까지 돌려보내 버렸습니다…… 물론 개중에는 욕하는 자들도 있었습니다. 상륙시키면 군비며 상을 내려야 하니 그것이 아까워서 그런다고."

이키 시치로에몬은 아직 유키무라의 표정 변화를 눈치채지 못했다. 유키무라의 눈은 이때부터 더욱 무섭게 인광을 발했다.

"음."

"이제 슬슬 경계를 풀까요? 군사들은 어제부터 거의 잠을 못 잤습니다."

시치로에몬의 말에 유키무라는 대답도 하지 않고 소리높이 아들을 불러대면서 망루 끝으로 나갔다.

"다이스케! 다이스케 없느냐?"

"예, 다이스케, 여기 있습니다."

"본진으로 급히 가서 기무라 시게나리를 불러내 이렇게 말해라. 비밀히 아버지가 의논할 게 있으니 주군 곁에서 말고 귀하의 진중에서 만나고 싶다……고 정중히 전해라. 알겠나, 아버지가 곧 시게나리 님 진중으로 간다고."

그렇게 말한 뒤 비로소 시치로에몬을 돌아보았다.

"경계를 풀어서는 안 돼. 갑자기 풀면 피로가 일시에 몰려온다. 그렇군, 교대로 쉬게 하면서 오늘 밤에 대비해라. 오늘 밤이 중요하다."

시치로에몬이 깜짝 놀라 물었다.

"그러면 군선을 철수시킨 것은 뭔가 계책이 있어서라고……."

유키무라는 대답 대신 오만하게 고개를 끄덕이고 그대로 망루에서 뛰어 내려갔다.

뭔가 새로운 생각에 부딪힌 모양이다. 진막 안으로 달려들어 가자 그의 자랑인 전투복을 갑옷 위에 걸치고 바로 밖으로 나가 말을 준비하라고 명했다.

이키 시치로에몬은 범접할 수 없는 긴박한 투지를 느끼고 자기도 뒤따라 망루를 내려오면서 유키무라에게 말을 걸 수도 없었다.

"뒤를 부탁한다."

유키무라는 그대로 말을 몰아 본진으로 달려갔다.

본진의 기무라 시게나리 진막에서는 이미 다이스케의 연락으로 화톳불 옆에 걸상을 준비해 놓고, 사자로 히데타다 진에 다녀온 복장 그대로 시게나리가 유키무라를 기다리고 있었다.

이미 사방은 어둑어둑해 불빛이 차츰 붉은색을 더하고 있었다.

"중요한 볼일로 서두르신다고 하셔서 주군 옆에서 몰래 빠져나왔습니다."

유키무라는 보기 드물게 흥분한 모습으로 여느 때와 같은 격식 갖춘 인사도 하지 않았다.

"시게나리 님, 귀하에게만 의논할 일이 있소."

"무엇입니까, 새삼스럽게……?"

"귀하, 이 유키무라가 죽어달라고 하면 승낙하시겠소?"

기무라 시게나리의 아래턱이 동그스름한 단정한 얼굴이 순식간에 긴장했다.

"다름 아닌 사나다 님의 말씀……그것이 도요토미 가문을 위하고……주군을 위한 일……이라고 납득된다면 마다하지 않겠습니다."

"그 말을 듣고 안심했소. 시게나리 님, 오늘 밤이오! 오늘 밤이 도요토미 가문의 운명을 결정하는 마지막 날이오."

유키무라는 이상하게 흥분한 기색으로 수수께끼 같은 한마디를 던진 뒤 잠시 동안 거친 호흡을 계속했다. 그러한 유키무라를 본 적이 없었으므로 젊은 시게나리 역시 굳어버린 듯이 다음 말을 기다렸다.

"지금까지는……."

유키무라의 목소리는 착 가라앉아 있었다.

"여성들의 눈물 작전에 져서 사나이 본디의 자세를 잊고 있었소."

"호!"

"사나이의 세계는 비정한 것이오, 시게나리 님!"

"예, 비정하고 엄격하지요."

"여성들은 낳고 키우기 위해 살아왔지만 사나이들은 서로 죽이면서 살아왔소. 이건 앞으로도 계속 변하지 않을 거요…… 우리는 아직 싸워야 하오! 그걸 잊고 있었소."

시게나리의 눈이 찢어질 듯 크게 뜨여졌다.

"그렇다면……사나다 님은 제가 오늘 사자로 갔던 화의나 서약서는 여인들의 뜻에서 나온 것이므로 인정할 수 없다는 말씀입니까?"

"그렇소! 우리가 이길 수 있는 것은 오늘 밤뿐이오."

유키무라는 가까스로 목소리를 가다듬었다.

"시게나리 님도 눈치채셨겠지요. 오고쇼는 오늘의 서약서 교환이 무사히 끝날 것으로 보고 어젯밤부터 사쓰마, 부젠, 지쿠젠, 히고 등의 군선에 철수를 명령했소……."

"사실……그 이야기를 듣고 주군께서도 이제 오고쇼에게 싸울 뜻이 없었구나 하고 안도하고 계십니다."

"그 주군의 이야기는 일단 제쳐놓읍시다."

유키무라는 다시 시선을 똑바로 시게나리에게 향했다.

"그뿐만이 아니오. 공격군 진중에서도 화의를 기뻐하며 어디를 바라보나 조심성없이 밥짓는 연기로 가득하오."

"……."

"아마 오늘 저녁에는 술도 나올 테지, 어느 진중에나."

"그렇다면……그렇다면 사나다 님은?"

"우선 들으시오. 사람의 육체에는 한계가 있소. 요 2, 3일 공격군도 거의 잠자지 못했을 거요. 그런데 오랜만에 배부르게 먹고 마신……다음 잠들어버리면 시체나 마찬가지지."

기무라 시게나리는 괴로운 듯 시선을 다른 곳으로 돌렸다. 그도 벌써 유키무라가 무슨 생각을 하는지 상상할 수 있었다.

'야습하자는 것이구나…….'

그러나 지금 얼마 안 되는 동지들을 규합하여 오늘 밤 싸움에 이긴들 어떻게 된단 말인가?

유키무라는 다시 언성을 높였다.

"나는 병력 1만 명이 필요하오!"

아마도 거절하지 못하게 할 셈인 것이리라.

"내가 가담해 주기를 바라는 이는 기무라 시게나리, 와타나베 구라노스케, 아카시 가몬이오."

"그러나 그 1만 명으로는 마에다 도시쓰네의 1만2000명에도……."

유키무라는 튕겨내듯 가로막았다.

"기습이오! 군사를 둘로 나누어 잠든 여러 군세를 가로질러 기습할 곳은 단 두 군데! 한편은 자우스산, 한편은 오카야마(岡山). 그리하여 오고쇼와 쇼군을 포로로 잡아 돌아오는 거요. 이것밖에는 기사회생할 길이 없소. 아니, 그것도 모두들 무장을 풀고 죽은 듯 잠들어주는 오늘 저녁 말고는 결코 바랄 수 없는 일이지."

시게나리는 너무 엄청난 말에 순식간에 머릿속이 텅 비어버렸다.

'무서운 생각을 하는 분이군!'

시게나리는 생각했다. 그 공포의 바로 이면에서 어떤 공감과 대담무쌍한 착상에 대한 놀라움이 한 덩어리가 되어 시게나리의 젊음의 종을 마구 두들겼다.

'그래! 이건 불가능한 일이 아니야!'

"시게나리 님, 귀하는 이 유키무라의 생각을 알 것이오. 오늘의 화의에 무슨 뜻이 있단 말이오? 그것은 도요토미 가문의 멸망을 겨우 두세 달 연기시킬 뿐……이렇게 될 줄 알았다면 처음부터 싸울 필요가 없었던 거요."

유키무라는 다시 열심히 설득하기 시작했다.

"유감이지만 그 화의 속에 담긴 우리 쪽의 희망은 모두 거꾸로요…… 오고쇼가 연로하여 곧 죽을 것이라고 계산하고 있지만, 천만의 말씀. 오고쇼가 세상 떠나면 쇼군 측근 직할무사들이 이제 됐다며 서약서를 찢어버리고 역습해 올 것은 불을 보듯 자명한 일. 그뿐만이 아니오. 그 전에 지금은 한 덩어리가 되어 있는 우리 편 가운데에서 새로 포섭한 무사들과 옛가신들이 피로 피를 씻는 싸움을 벌일 거요…… 모두들 나누어 가질 봉록의 여유가 없다……는 것은 이미 도요토미 가문에 평화는 있을 수 없다는 꿈……이란 말이오. 이건 틀림없는 계산이오! 없는 꿈을 좇아 귀하도 일부러 오늘 오카야마로 나가 쇼군의 혈판을 확인하고 돌아오셨소…… 그래서 되겠소, 시게나리 님?"

시게나리의 몸이 부들부들 떨리기 시작했다.

"그렇다면……사나다 님은 오늘 밤 야습을 단행하여 실패하면 죽을 각오입니까?"

"두세 달 뒤의 꼴사나운 죽음이 싫을 뿐."

"음."

"시게나리 님! 내게는 이길 자신도 8할까지는 있소. 무장을 해제하고 잠들어 있는 마에다 군과 난부(南部) 군 사이를 살며시 빠져나가 오카야마 진을 먼저 습격하는 거요. 쇼군을 생포하면 그것만으로도 벌써 이 싸움은 결코 지는 일이 없을 거요. 그리고 그 후방의 샤리지 마을(舍利寺村)에서 하야시데라 마을(林寺村)을 돌아 오고쇼의 본진을 배후에서 습격하여 그 역시 사로잡고, 그 무렵에는 별동대를 핫초메 길목의 이이 군에 달려들게 하는 거요."

"……"

"그리하여 이이 군의 눈을 돌려놓고 마에다 군 왼쪽에 있는 후루타 시게하루의 진을 돌파하여 성안으로 철수합니다. 후루타 시게하루는 반드시 우리를 통과시킬 거요. 그리고 나서 두 사람을 생포했다고 화살을 쏘아 알리면 싸움은 끝나는 거지."

시게나리의 더욱 전율했다.

'이건 결코 무모하지 않다…….'

아니, 무모하기는커녕 그렇게 된다면 오늘 낮의 서약서 교환마저 무서우리만큼 정확한 모략으로 되살아난다. 일부러 혈판을 확인하러 가고, 새로운 적군은 배에서 내리기도 전에 철수하게 하며, 싸움이 끝났다고 무장을 해제시켜 잠재운다…… 본디 싸움에서는 남이 생각지 못하는 기괴한 방법을 쓰는 법이다. 이기기만 하면 충분하지 않은가…….

그러나 시게나리로서는 젊음에서 오는 격정 외에 또 하나, 같은 젊음에서 오는 결백이 있었다. 시게나리는 그의 입으로 오늘 쇼군 히데타다에게 분명히 말하고 온 것이 있다. 이 화의성립 인사로 내일 이에야스와 히데타다가 자우스산의 본진에서 합류할 때 오다 우라쿠, 오노 하루나가, 요도 마님 등이 사례로 보내는 예복과 7인조 대장들이 칼 닦는 종이를 선사하고 싶어 하니 접견을 허락해 달라고…… 히데타다는 물론 기꺼이 허락했는데 그것이 모두 거짓말이 된다.

쇼군 히데타다는 기무라 시게나리의 사자 역할 수행 태도에 사사건건 감탄하고 있었다. 패전의 사자이면서도 전혀 위축됨 없이 훌륭하게 주군의 명령을 더럽히지 않으니 참으로 무사답다고, 말수 적은 히데타다로서는 드물게 좋은 기분으로 칭찬했다. 그러나 이 모든 게 야습을 위한 모략……이 되면 대체 어떻게 될 것인가……?

유키무라는 다그치듯 물었다.

"시게나리 님! 이 유키무라의 작전에 어딘가 오산이 있을까요? 싸움이란 언제나 삶과 죽음을 가르는 도박. 승산 7할로 보았을 때는 반드시 이기는 게 싸움이오. 아무쪼록 결단 내리시고 비밀리라도 좋으니 우선 대감의 재가를 얻어주시오."

"뭐, 대감의 재가를?"

"물론이오. 주군의 재가 없이는 폭동…… 폭동이 되어서야 오고쇼, 쇼군 두 분을 포로로 잡는다 한들 떳떳하게 교섭할 수 없지요. 부탁이오, 귀하가 우선 대감께 말씀드려 주오. 물론 작전에 대해서는 내가 상세히 설명하지요."

시게나리는 크게 한숨을 내쉬었다. 그는 지금까지 유키무라가 히데요리의 허락을 얻어서 싸우려 한다고는 생각하지 않았던 것이다.

'그래……그랬구나.'

시게나리의 젊은 결백성은 이로써 하나의 올가미에서 풀려났다. 그는 이미 한 몸을 히데요리에게 완전히 바쳤다……고 믿는 데 삶의 초점을 두고 있었던 것이다.

"알겠습니다!"

시게나리는 목소리에 힘주어 대답했다.

"주군이 허락한다면 그건 주군의 명령, 나도 기꺼이 동의하겠소."

"고맙소! 그러나 적에게 누설되어서는 큰일이니 반드시 주군께 직접."

"알겠습니다."

두 사람은 함께 진막 밖으로 나가 해자 너머 적정을 둘러보았다.

사방은 캄캄한 밤, 때때로 하늘에 별이 흐른다. 벌써 덴마강 너머의 가토, 나카가와, 이케다 등의 진중은 저녁식사가 끝난 모양인지 화톳불 가에 감시병만 얼마쯤 남겨놓고 어젯밤과는 딴판으로 정적에 싸여 있었다.

"정말 거의 무장을 풀고 있군요."

시게나리는 새삼 유키무라의 용의주도함에 놀랐다.

"어쨌든 무서운 분이군요, 사나다 님은."

"아니, 나뿐만이 아니오. 사람이란 때로 미련하고 때로 정직하고 때로는 무서운 마물이오."

"이 모두가 도요토미 가문을 위한 일! 그럼, 일단 옆 해자로부터 다니마치(谷町) 길목, 핫초메 길목의 적정을 살핀 뒤 은밀히 주군께 말씀드립시다. 주군은 무릎을 치며 기뻐하실 것입니다."

두 사람은 어둠 속으로 말을 몰아 바깥과 안 해자를 한 바퀴 돌고 본성으로 들어갔다. 본성의 서원과 전각에는 벌써 다다미가 깔려 있었다. 서약서를 받으러 왔던 간토 쪽의 아차 부인과 이타쿠라 시게마사, 아베 마사쓰구 등에게 보이기 위해서였다.

두 사람은 큰 뜰 울타리 문에 말을 매고 우선 시게나리 혼자 먼저 히데요리의 거실로 향했다. 시게나리가 의중을 확인한 뒤 다시 유키무라를 안내하려는 것이었다.

혼자 큰뜰에 남은 유키무라는 경비졸개가 피운 화톳불로 다가갔다. 그때였다, 성안에서 오랫동안 듣지 못한 작은 북소리가 새어 나온 것은…… 시게나리가 부르러 나올 것에 대비하여 짚신 끈을 풀면서 유키무라의 눈길이 비로소 부드러워졌다. 얼마 동안 듣지 못했던 작은 북소리의 청아한 음색이 메마른 가슴에 촉촉이 스며드는 것 같았다.

그러나……다음 순간 흠칫 놀란 유키무라는 화톳불 곁을 떠났다.

'또 여성들에게 패배한 게 아닐까…….'

그런 불안이 돌풍처럼 가슴을 때렸다. 유키무라는 낮에 모였던 장수들에게도 자기 별성의 장졸들에게도 경계를 풀지 말도록 거듭거듭 주의를 주었다. 그러나 요도 마님과 그를 둘러싼 여성들에게는 접근할 틈이 없었다.

'그 여인들이 혹시…….'

유키무라는 더 이상 시게나리를 기다리고 있을 수 없었다. 성큼성큼 큰 현관으로 걸어 들어가다가 이번에는 분명하게 소리 내 갑옷 허리통 부분을 쳤다.

"아뿔싸!"

작은 북소리가 흘러나오는 곳은 틀림없이 히데요리의 거실 언저리…… 그렇다면 거기서는 이미 무장을 풀고 얼마 동안 멀리했던 주연이 벌어지고 있는 게 아닐까…….

유키무라는 어떻게 복도로 뛰어 올라갔는지도 몰랐다. 중간까지는 아마 짚신도 신은 채였는지 모른다. 희미한 장명등 불빛 속을 달려가면서 숙직병사에게 두 번이나 신분확인을 당했다.

"사나다 유키무라요."

그때마다 자신의 이름을 대면서도 상대가 놀라 뭔가 묻는 말은 거의 귀에 들어오지 않았다. 어쨌든 침착한 군사로서 모두에게 신뢰받는 유키무라였으니 숙직자들이 무슨 일이 일어났는가 하고 놀라는 것도 무리가 아니었다.

긴 복도를 단숨에 달려가 그곳에서만 환히 불빛이 흘러나오는 대서원 앞까지 오자 유키무라는 쓰러지듯 그 자리에 주저앉아버렸다…… 그의 눈에 한꺼번에 들어온 실내의 광경은 그가 상상했던 것보다 훨씬 화려하고 훨씬 절망적이었다.

즐비하게 늘어선 한 근짜리 촛불, 그 사이에 흩어져 있는 남녀와 붉은 술잔…… 작은 북을 치고 있는 것은 니이 부인이었고 그 윗자리에 오쿠라 부인, 쇼에이니,

아에바 부인, 조코인, 요도 마님이 나란히 앉아 있었다.

아니, 그보다 더욱 유키무라를 절망으로 몰아넣은 것은 그 요도 마님 옆에서 이미 술에 만취해 버린 히데요리의 모습이었다. 양쪽에 두 사람의 측실을 끼고 금방이라도 쓰러질 듯 윗몸이 흔들리고 있는 히데요리의 눈은 몽롱하니 빛을 잃은 채 가까스로 앉아 있는 위태로운 자세였다.

그 왼쪽에 여전히 무표정한 센히메.

그 히데요리와 센히메 앞에는 똑같이 앞머리를 기른 소년을 끌어 안 듯하여 두 여인이 울부짖고 있었다. 그 여성이 누구인지 유키무라는 한눈에 알았다. 한 사람은 오노 하루나가의 아내, 또 한 사람은 오다 우라쿠의 소실이 분명했다. 그들은 아마 내일 볼모로 간토에 보내는 우라쿠의 아들 히사나가(尙長)와 하루나가의 아들 하루노리(治德)와의 이별을 슬퍼하고 있는 게 틀림없었다.

기무라 시게나리는 이들 두 쌍의 모자 뒤에서 어떻게 할지 난감한 얼굴로 앉아 있었다…….

"그만 울어!"

갑자기 히데요리가 측실들의 손을 뿌리치며 팔걸이를 두드렸다. 이미 그는 무장을 풀고 지나치게 뚱뚱한 몸이 흰 비단옷 속에서 비어져 나올 것 같은 어지러운 차림새로 술에 취해 있었다.

"간토에 간다고 죽는 건 아니다. 그보다도 모두들 죽기 싫다…… 싸움이 무섭다 해서 화의를 맺고 살려주었어. 울 것 없다, 울기는 왜 울어."

"……예, 용서하십시오."

"참으로 미련한 꼴을 보여드렸습니다."

히데요리가 또 소리쳤다.

"북을 치워라! 알겠나, 여자들에게 거듭 일러둔다. 히데요리는 오고쇼에 대해 앞으로 반란의 야심을 품지 않는다…… 너희들이 만일 히데요리의 말을 듣지 않으면 바로 오고쇼님께 고하겠다. 히데요리는 무슨 일이든 그 에도 할아버지와 의논한다. 의논하고말고. 하겠다고…… 신명님께 맹세하고 혈판을 찍었단 말이야."

요도 마님이 참다못해 입을 열었다.

"주군! 모두가 주군의 무사함을 바랐기 때문에 화의를 원한 거지요."

"그래요…… 그 덕분에 전쟁이 끝났지. 와하하하……마셔라! 기쁘지 않으냐? 모두 마시고 또 마시고……진탕 마셔라."

"그래요. 자, 두 사람 다 이제 웃도록 해요. 무슨 걱정이 있겠어? 주군께 청을 드려 히사나가와 하루노리는 저마다 헌상품을 준비하여 가져가게 해주마. 저쪽에 도착한 뒤에도 서러운 일이 없도록."

"황송합니다."

"자, 어미의 마음은 잘 알겠으나 눈물을 닦고 주군이 내리시는 잔을 받도록 해요. 주군, 자식과 헤어지는 어머니의 마음은 여자가 아니면 알 수 없는 것…… 꾸짖지 말아 주십시오."

"오, 꾸짖기는. 자, 마셔라!"

잔을 들이밀자 북을 놓은 나이 부인이 부지런히 그것을 두 사람에게 건네주었다. 그러자 또다시 약속이라도 한 듯 좌중에서 코를 훌쩍거리는 소리가 넘쳐난다…….

그러고 보니 요도 마님도, 오쿠라 부인도, 쇼에이니도 우쿄 부인도 모두 이 화의에 아들의 생명을 걸고 싸운 어머니들이었다…… 그런 만큼 그 감회가 각별하리라…….

"용서해다오. 울지 말라고 하며 내가 먼저 울어버렸으니……."

요도 마님은 말꼬리를 떨면서 눈시울을 눌렀다.

"그대로 싸움을 계속했더라면 오늘 밤쯤 나라를 무너뜨린다는 대포로 나도 없고 너도 없는 주검의 산……그런데 이렇듯 주군의 무사하신 얼굴을 볼 수 있게 되었어."

"고마운 일입니다. 그렇지요, 쇼에이니 님?"

"정말 꿈 같은 기분입니다."

기무라 시게나리는 자기 어머니인 우쿄 부인의 옆모습을 훔쳐보면서 슬며시 자리를 떴다.

그 순간 히데요리가 몸을 내밀며 말했다.

"시게나리! 도망가지 마라, 그대도 마셔라! 그대 어머니도 저렇듯 기뻐하고 있는데……그렇지! 춤이나 한바탕 추어라. 그대의 춤을 구경하자. 좋아, 작은 북을 두드려라. 두드려라, 두드려. 시게나리는 오늘의 대공신이다. 쇼군이 히데요리는 좋은 가신을 두었다고 부러워하더란다."

아직 아무도 장지문 밖의 유키무라를 눈치채지 못한 모양이었다. 유키무라는 견디다 못해 뒷걸음질 쳐 장지문 뒤로 몸을 뺐다.

몹시 난처해하는 시게나리의 표정이 자기 일처럼 안타까웠다.

"자, 여자들, 이 잔을 시게나리에게 주어라. 너희들은 모두 시게나리에게 편지질 하려고 했지? 왓하하하……그 시게나리가 화의를 축하하는 의미로 지금부터 한 바탕 춤을 보여주겠단다. 모두 소리 내 장단을 맞춰봐."

유키무라는 슬그머니 일어났다. 이번에는 또 어떻게 일어났고 어떻게 긴 복도를 걸어갔는지……정신을 차리고 보니 다시 머리 위에 별이 반짝이는 대현관 앞 광장으로 돌아와 망연히 서 있었다.

"화톳불을 끄지 마라."

선 채 잠들어버린 줄도 모르는 경비병에게 불쑥 말을 걸었을 때 유키무라는 매서운 추위로 몸이 얼어붙는 것 같았다.

"어떠냐, 적진은 모두 조용한가?"

경비병은 장작을 아무렇게나 불 속에 던져넣으면서 내뱉듯 말했다.

"불빛이 거의 보이지 않습니다. 자우스산과 오카야마의 본진 외에는."

"그래, 자우스산과 오카야마는 잠도 자지 않나?"

유키무라는 걸상에 걸터앉자 온몸을 휩싸는 피로를 느끼며 잇따라 한숨을 내쉬었다.

기무라 시게나리가 이상하게 흥분한 모습으로 돌아온 것은 그로부터 30분 쯤 뒤였다.

"사나다 님! 살생 간파쿠(히데쓰구)를 섬기다가 묘신 사에서 할복한 아버님 시게코레의 슬픈 생애를 이제야 확실히 알게 되었습니다."

"무사란 못 해먹을 노릇……이라는 말이오, 시게나리 님?"

시게나리는 이상한 흥분으로 언성을 높였다.

"주군 허락이 없다면 오늘 밤의 계획은 이대로 포기하시렵니까?"

"그 말은……."

"우리 두 사람이 적어도 한바탕 적을 혼내주고 깨끗이……."

유키무라는 황급히 손을 저어 가로막았다.

"시게나리 님!"

"예."

"이미 늦었소. 졌어요……."

"아니, 결코 지지 않았소! 죽음을 두려워하지 않는 자에게 무슨 패배가 있겠소?"

유키무라는 다시 한번 답답한 듯이 목과 손을 함께 흔들었다.

"그 싸움이 아니오. 적에게 진 게 아니오. 여자들이라는 복병에게 진 거요."

"여자들이라는 복병에게……?"

유키무라는 천천히 고개를 끄덕였다. 여태껏 싸움에 대해 조금은 알고 있다고 자부해 온 유키무라였으나 그것은 아무래도 그 절반뿐이었던 모양이다.

"유키무라 님은 기가 꺾이신 모양이군요."

"기가 꺾인 게 아니오, 적을 몰랐던 거요…… 이 세상의 싸움은, 실은 여자와 남자의 영원한 싸움인지도 모르겠소. 낳자, 늘리자, 땅을 채우자……는 여자와 죽이자, 사냥하자, 뺏자고 혈안이 되어 허우적거리는 남자의 싸움 말이오…… 부끄러운 일이나 나는 그걸 몰랐소. 모르고서야 싸움이 되지 않지……."

말끝이 구슬픈 흐느낌으로 바뀌었다……는 걸 알고 시게나리는 혀를 찼다. 그리고 거친 걸음으로 화톳불 언저리를 빙빙 돌기 시작했다.

다테(伊達)의 살얼음

오사카 쪽의 마지막 반격은 끝내 실현되지 못한 채 끝났다…… 22일과 23일의
서약서 교환이 양쪽에 의해 승인되고 이로써 경사스러운 화의가 성립되었다.

그리고 24일에는 오다 우라쿠와 오노 하루나가로부터 저마다 평화회복을 축
하하는 의미로 이에야스에게 의복 헌상이 있었다. 이때 그 사자를 따라 우라쿠
의 아들 나오나가, 하루나가의 아들 하루노리 두 볼모도 인계되었다.

이 화평을 누구보다 기뻐한 요도 마님은 따로 이에야스에게 솜이 두둑하게 든
침구 한 벌을 보냈다. 노령으로 진중에서 몹시 추웠을 거라는 여인다운 위로가
깃든 선물로, 이 일은 시녀들 사이에서 얼마쯤 물의를 일으켰다. 여인 쪽에서 침
구를 선물한다는 것은 혼례 때 그 이불로 함께 동침해 달라는 무언의 뜻이 들어
있다. 이런 때 그런 선물을 한다는 것은 생각할 문제가 아니냐는 여인다운 배려
에서였다. 요도 마님은 그러한 사실을 알지 못하고 이에야스의 호의에 진심으로
감사를 나타내기 위해서는 그것이 가장 어울리는 선물이라고 생각했다……

화평을 기뻐한 것은 물론 여인들뿐만이 아니었다. 도요토미의 은혜를 입은 영
주들에게 모두 궐기문을 보냈으나 이미 통용되지 않는 휴짓조각이 되었으니 7인
조 또한 마음속으로 여인들보다 더 안도하고 있었다. 그리하여 각 대장들은 큰
칼과 칼 닦는 종이를 헌납한다는 명분으로 이에야스의 본진에 가서 화의성립 축
하인사를 했다.

그 인사를 받고 난 뒤 이에야스는 눈을 가늘게 뜨고 모두에게 말했다.

"기쁜 일이다. 화의가 성립된 이상 지금까지 있었던 일은 물에 씻어 보내고, 히데요리를 위해 두고두고 충성을 다해다오."

그 말에 하야미 가이와 마노 요리카네는 눈시울이 벌게져 얼굴도 들지 못했다.

그리고 같은 날 오후가 되자 이번에는 간토에 가담했던 영주들이 잇따라 축하 인사를 하러 왔다. 그 가운데는 가타기리 가쓰모토와 그 동생 사다타카도 섞여 있었는데, 가쓰모토는 형제를 대표하여 새삼스럽게 청했다.

"오늘부터 저희들 형제를 도쿠가와 가문의 가신 대열에 넣어주시기를."

이에야스는 허락하지 않았다.

"가쓰모토, 그것은 인정을 저버리는 일. 도요토미 가문에 대한 그대의 충성은 신불이 잘 알고 계시지. 지금 그대로도 좋아. 도요토미 가문에 연고가 있는 영주로 말이야…… 새삼스럽게 내 가신……이 되면 우대신이 외로워질 거야. 당분간은 지금 그대로……."

이에야스는 그날 안으로 이이 나오타카에게 후시미성 수비임무를 그만두고 사와 산성으로 복귀하도록 명하고, 이케다 다다카쓰(池田忠雄)와 하치스카 노리시게(峰須賀至鎭) 등의 전공을 포상한 뒤 마침내 오사카성의 포위를 풀라고 명령 내렸다.

모든 장수들은 이에야스의 실력을 새삼스럽게 깨닫고 저마다 기뻐하며 진막을 철수하기 시작했다.

다만 그 가운데 다테 마사무네만이 애꾸눈을 번뜩이며 지그시 무언가 생각하고 있었다. 실인즉 이러한 형태로 다시 평화가 찾아오게 되면 그의 입장이 무척 위태로워지기 때문이었다…….

사나다 유키무라의 입성은, 말하자면 아버지 마사유키와 함께 생각을 거듭한 끝에 이에야스의 세계관과 인생관의 차이를 분명히 하기 위한 고집에서였다.

그러나 다테 마사무네의 생각은 그렇듯 순수한 것이 아니었다. 그는 친히 가신들에게까지 예수교 포교를 강요하며 자신도 진실한 신자처럼 보이기 위해 펠리페 3세로부터 로마 교황에 이르기까지 하세쿠라 쓰네나가를 사자로 보내 큰 도박을 시도했다…….

이에야스와 히데타다의 포진에 혼란이라도 있었다면 그는 언제든 표변할 위험천만한 흉기를 가슴에 품고 있었다. 물론 그는 히데요리의 명을 받들고 일어날

자들이 좀 더 있을 거라는 속셈도 했을 것이다. 그러나 그것은 이에야스의 인정과 히데타다의 고지식하고 견실한 포진에 의해 끝내 수포로 돌아가고 말았다. 그뿐인가, 마사무네 역시 간과하고 있었던 여인들의 모성애를 이용하여 멋진 솜씨로 화의를 맺었던 것이다.

"참으로 훌륭한 맹수 조련사다!"

언제나 책략의 눈으로 세상을 보는 외눈박이 용에게는, 그것 역시 이에야스의 교묘하기 짝이 없는 술수로밖에 보이지 않았다. 더구나 이처럼 뛰어난 지략을 숨긴 채 이에야스가 지그시 자기를 바라보고 있다……고 생각하니 그의 입장이 몹시 위태롭게 여겨졌다.

그는 이 싸움이 되도록 오래 끌어 도쿠가와 쪽 진영 안에 내분이 일어나기를 은근히 기대하고 있었다. 그렇게 된다면 다시 예수교 신도들을 봉기시킬 기회도 있을 것이고, 그 사이에 하세쿠라나 소텔로에게서 펠리페 3세의 원군이 올 것인지 여부에 대한 정보도 얻을 수 있을 거라고 계산하고 있었다.

물론 장군 히데타다에게 실책이 있다면 그때는 자신의 사위인 마쓰다이라 다다테루를……하는 포석도 신중히 생각했으며, 이러한 것들 모두가 기대에 어긋날 경우도 생각해 두고 있었다.

'어쨌든 이에야스는 방심할 수 없는 맹수 조련사……'

그는 25일 오후, 차례로 이에야스의 본진을 찾아와 가축처럼 복종하고 돌아가는 영주들을 보는 동안 속이 뒤집히는 듯한 불쾌감에 사로잡혔다.

"마사무네 님, 안색이 좋지 않은 것 같은데 이제 물러가 쉬시오"

이에야스가 말했을 때 그는 온몸이 오싹하게 땀에 젖은 것을 느꼈다.

'이것도 꿰뚫어 보고 있는가……?'

그런 느낌이 들었지만 그대로 물러설 마사무네가 아니고, 또 물러갈 때도 아닌 것 같은 위기의식도 있었다.

"아닙니다, 한 사람 한 사람의 인사를 듣고 있는 동안 생각나는 점이 있어서 그만……."

마사무네가 그렇게 말하며 이에야스 앞에서 물러났을 때는 이미 촛대에 불이 켜져 있었다.

임시 진막이면서도 이 본진은 그대로 거주할 수 있는 구조였다.

이에야스의 거실에서 나오자 마사무네는 물러나는 대신 마룻바닥을 울리면서 혼다 마사즈미의 대기실로 들어갔다.

"마사즈미 님, 그대에게만 의논해 둘 일이 있소. 중요한 일이오! 잠시 사람을 물리쳐줄 수 없겠소?"

침울한 표정으로 두말 못 하게 마사즈미 앞에 앉았다.

마사무네는 이번의 화의성립에 혼다 마사즈미가 어떤 불만을 가졌으며 쇼군 히데타다가 무슨 생각을 하고 있는지 손바닥 들여다보듯 훤히 알고 있었다.

마사즈미가 측근을 물리치자 마사무네는 그 애꾸눈으로 마사즈미를 똑바로 쏘아보았다.

"마사즈미 님은 이 화의를 어떻게 보시오?"

나무라는 듯한 언성이었다. 마사즈미는 어리둥절해 하면서 말했다.

"마사무네 님은 화의조건에 불만이라도 있으십니까?"

"사실 그렇소. 이번 화의는 보다 큰 소란을 뒷날로 마루는 것일 뿐……이라고 마사무네가 단언하더라고 오고쇼와 쇼군에게 말씀드려 주시오."

"호, 마사무네 님이 그렇게 단언하신다고……."

마사무네는 말을 이었다.

"오고쇼는 굳이 기록해 둘 필요가 없다고 하시면서 요도 마님 쪽에서 자청한 성 외곽에서부터 아랫성, 별성의 철거를 흘려들으셨소. 물론 이에 대해서는 마사즈미 님의 생각도 있을 테니. 그 생각을 듣고 나서 내 생각을 말하겠소. 첫째가 는 성 외곽은 성을 둘러싼 해자라고 생각되는데 이걸 마사즈미 님은 어떻게 보시오?"

과격한 말투의 질문을 받자 마사즈미는 황급히 두세 번 눈을 깜박거렸다.

"물론 모두 메워버릴 생각입니다."

그 말이 끝나기도 전에 외눈박이 용은 몸을 내밀어 벽에 걸려 있는 배진도(配陣圖)에 부채 끝을 갖다 댔다.

"그렇다면 무슨 이유로 영주들의 철수를 중지시키지 않는 거요? 이 드넓은 바깥 해자를 얼마 안 되는 인부와 직속무장들로 다 메울 수 있을 것 같소? 나는……."

마사무네는 다시 어깨를 으쓱거리면서 고쳐앉았다.

"오고쇼의 측근에는 귀하가 있고 안도 나오쓰구와 나루세 마사나리도 있소. 이 세 사람을 당대의 지혜자라고 믿기에 나는 오고쇼에게 아무 말 하지 않았소. 이번 화의는 전국에서 모여든 무사들의 취기가 깨는 순간에 깨어지는 살얼음 같은 거요. 그런 것을 믿고 백년대계를 그르친다면 어떻게 되겠소? 지금 영주들에게 진지 철수를 허락하는 건 천부당만부당한 일, 빨리 그대 이름으로 중지시켜야 하오."

마사즈미는 빙긋이 웃었다. 그 역시 마사무네가 말하지 않더라도 얼마쯤 지혜가 있는 인간으로 자부하고 있었다.

"그래서……마사무네 님은 어떻게 하라는 겁니까?"

"말할 것도 없지. 그들이 술에서 깨어나기 전에 이이, 하치스카, 마에다, 이케다와 두 마쓰다이라에게 저마다 인부를 내게 하여 곧바로 성 파괴작업을 시작해야 하오."

혼다 마사즈미는 하하하……하고 소리 내 웃었다.

"과연 마사무네 님의 착안에 놀랐습니다. 그 일 같으면 제가 벌써……."

한순간이었으나 마사무네의 애꾸눈이 야릇한 공포를 띠며 빛났다. 실은 여기까지는 마사무네의 '탐색'이었던 것이다.

'그래, 역시 빈틈없는 사나이로군…….'

"그렇다면 다음 총공격은 언제요? 물론 오고쇼의 승낙도 얻어두었겠지요. 그러나 이번 싸움은 쉽지 않을 거요. 무사들이 모두 궁지에 몰려 있으니 말이오."

마사무네의 태도는 부드러운 협박으로 바뀌었다. 마사무네의 생각은 어떻게 하면 이에야스와 히데타다, 그리고 빈틈없는 측근들의 의혹을 봉쇄해 버리느냐는 것이었다. 그러므로 필요 이상 강경론을 주장하여 다테 군은 결코 희생을 마다하지 않는다는 인상을 주지 않으면 안 된다. 어쨌든 다음 총공격은 언제쯤인가 하는 질문은 마사즈미를 적잖이 놀라게 했다.

"그렇다면 마사무네 님은 이 화평이 며칠 안 되어 깨어질 거라고 보십니까?"

"며칠……이고뭐고 이건 화평이라고 할 수 없소. 결국 바깥 해자에서부터 성 외곽까지 헐어버릴 기회를 포착했다……고 봐야 하는 것. 이것을 헐기 시작하면 당장 무사들이 먼저 떠들어대기 시작하겠지요…… 그때 영주들이 모두 영지로 돌아가 버리고 없으면 다시 출동해야 하지 않겠소? 더구나 그때는 메웠던 해자를 다시 파헤치고 파괴된 망루를 새로 세운 뒤일지도 모르오. 마사즈미 님, 공연한 소리가 아니니, 내 의견에 과연 영주들이 찬성하는지 어떤지, 곧 본진 별실에서 회의를 해보시오. 그리고 그 결과를 오고쇼에게 말씀드리시오. 오고쇼도 모두들 찬성이라면 허락하실지도 모르오."

"음."

마사즈미는 생각했다. 마사무네의 말대로, 지금 영주들을 오사카성 가까운 곳에 체류시키고 해자를 모두 메우기 시작할 때 상대가 소란피우기 시작하면 그대로 쳐버린다……는 것은 확실히 낭비가 적은 수단인 듯했다.

"그럼……본진에 소집할 영주들은 누구누구를?"

"도도 다카토라, 이이 나오타카, 마쓰다이라 다다나오, 마에다 도시쓰네, 그리고 마쓰다이라 다다아키, 이케다 다다카쓰, 혼다 다다마사, 이시카와 다다아키(石川忠昭), 미즈노 가쓰나리, 나가이 나오키요……등이 좋겠지요. 모두 이 화평에 불만인 자들이오."

"좋습니다. 마사무네 님도 물론 함께 자리하셔서 오고쇼님께 조언해 주시겠지요?"

"물론이오. 나는 어떻게 하면 도쿠가와의 천하를 평안하게 할까 밤낮없이 그일만 생각하는 사람, 그 정도의 수고를 마다할 리 있겠소?"

이리하여 결국 모두들 다시 한번 자우스산의 본진에 모여 의논한 뒤 그 결론을 가지고 이에야스에게 '의견상신'이라는 형식을 밟기로 했다.

이에야스는 그때 잠자코 모두들의 의견을 들었다. 한 사람씩 말할 때마다 더욱 격렬하게 이 화평은 무사 문제가 근본적으로 전혀 해결되어 있지 않아 오래갈 리 없다고 극론(極論)을 폈다.

"오고쇼님께서 아무리 너그러우시다 해도 반란을 일으켰다며 녹봉을 더 주실수는 없겠지요. 그렇게 되면 오늘의 소동을 내일로 연기하는 것밖에 되지 않습니다."

젊은 마쓰다이라 다다아키가 얼굴을 붉히며 주장하자 마사무네가 무거운 말투로 토론의 결론을 내렸다.

"실로 그렇습니다."

그러자 그때까지 마치 찬성할 것 같은 표정으로 고개를 끄덕이며 듣고 있던 이에야스가 갑자기 얼굴을 상기시키며 외치듯 말했다.

"그대들 말은 모두 틀렸어! 불의를 행한 자는 반드시 천벌을 받는다!"

모두들 깜짝 놀라 서로 얼굴을 마주 바라보았다. 이렇듯 격앙된 발언은 최근의 이에야스에게서 보기 드문 일이었기 때문이었다.

이에야스의 엄숙하고 단호한 말을 듣고 마사무네는 마음속으로 낭패를 느끼면서 고개 숙였다.

'아뿔싸!'

그러나 후회하지는 않았다. 상대의 깊은 생각을 미처 헤아리지 못한 데 대해 새삼 사과함으로써 자신의 충성심만은 나타낼 수 있다고 여겼다.

"참으로 뜻밖의 꾸중을 듣게 되었군요. 제 생각에 부족함이 있다면 설명해 주시기 바랍니다."

이에야스는 마사무네를 쳐다보지 않았다. 마사즈미를 노려보고 다다나오를 노려본 다음 다다카쓰, 다다아키, 도시쓰네 등의 젊은 얼굴에 날카로운 시선을 던지면서 어깨로 거친 숨을 내뱉고 있었다.

"그대들 주장은 틀렸어. 불의를 행하는 자는 반드시 천벌을 받는다. 이것은 움직일 수 없는 진실이다. 특히 젊은 사람들은 이 일을 가슴에 새겨두었다가 뒷날의 처세를 그르치지 않도록 해야 한다."

처음만큼 말투가 격렬하지는 않았으나 마음속의 흥분이 호흡을 어지럽히는 것을 잘 알 수 있었다.

"알겠나? 아시카가 요시아키를 물리친 노부나가는 얼마 뒤 미쓰히데에게 살해되었다. 또 난폭하다며 아버지를 이마가와 가문으로 쫓아내고 유폐시킨 다케다 신겐은 뜻밖의 죽임을 당했다. 다이코의 일도 잘 생각해 보라. 다이코와 이 이에야스가 단 한 번 싸운 고마키 싸움의 원인이 무엇이었던가? 다이코가 노부나가의 자손들을 멸망시키려 했기 때문이 아닌가? 이시다 미쓰나리도 마찬가지. 자신의 노여움으로 어린 주군을 속여 세키가하라의 난을 꾸몄다가 죽게 되었지. 모두 그 마음에 불의가 있었기 때문이다. 불교의 선인선과(善因善果) 악인악과(惡因惡果)의 이치는 언제나 인간세계를 통찰하는 흔들림 없는 이치로 인식해야 해."

말하는 동안 이에야스의 눈 가장자리가 차츰 붉게 물들어갔다.

젊은 사람들은 온몸을 굳힌 채 귀 기울이고 있었다. 물론 겉으로는 마사무네도 같은 자세였다. 그러나 받아들이는 그 자세는 반드시 그들과 같다고 할 수 없었다.

분명 감탄은 하고 있었다.

'잘한다! 정말 교활하기 이를 데 없는 설교로군.'

그러나 그것은 상대와 자신 사이에 냉정한 선을 그은 감탄이었다.

이에야스는 차츰 호흡을 가라앉히면서 말을 이었다.

"나는……다이코와의 옛정을 생각해 화의를 맺었다. 이것은 의리를 아는 자의 신불에 대한 증명이었다. 지금 도요토미 가문을 멸망시키는 것은 매우 쉬운 일이지만 그래서는 나의 불의가 된다. 신불이 허락하지 않는 개인의 뜻은 이에야스의 뜻이 아니다…… 이것을 잘 이해해 주기 바란다. 힘만 믿고 오직 이기기만 하는 건 결코 진정한 승리가 아니니까. 알아들었으면 두 번 다시 그런 말을 하지 마라."

거기까지 말한 다음 다시 생각난 듯 덧붙였다.

"이번 화의는 히데요리에게 한 번 더……한 번 더……마지막 반성의 기회를 베푸는 데 있다. 그래도 히데요리가 깨닫지 못하고 제 쪽에서 모두들의 노고를 잊고 불의를 행한다면 스스로 멸망해 갈 뿐…… 불의란 그와 같이 엄숙한 하늘의 도리야……."

그때 느닷없이 누군가가 외치듯 말했다.

"잘 알겠습니다!"

아마도 마에다 도시쓰네인 것 같았다.

마사무네는 속이 타면서도 크게 감탄했다.

'참으로 불세출의 노회한 영웅이다!'

그는 아직도 70여 살이 되어 죽음을 앞둔 노인, 인생의 마지막 길에서 순수한 상태로 돌아간 모습이 이해되지 않았다. 그만큼 그의 야망과 생명력은 아직 왕성하게 현실의 투쟁 속에서 불타고 있었던 것이다.

'결코 방심할 수 없겠는걸…….'

그래서 그는 곧 다음 의견을 말했다.

"하신 말씀을 하나하나 마음에 새겼습니다. 천하의 일은 힘으로는 결코 안 된다, 덕으로 다스려야……한다는 자비가 넘치는 말씀으로 들었습니다. 그러나 지금 한 가지 다급한 일이 있습니다. 그것은 약속대로 성의 해자를 모두 메울 인부에 대한 일입니다만, 제가 조사한 바에 의하면 아랫성 해자는 깊이가 3칸에서 4칸 이상이 되고 넓이는 보시는 바와 같이 50칸에서 70칸이나 됩니다. 이것을 평탄하게 만들려면 축대 위의 흙으로는 모자라 상당수의 인부가 필요한데 그것을 어느 영주에게 명하시겠습니까? 저희 부자가 멀리 무쓰에서 모처럼 나왔으니 아무쪼록 그 일을 저희에게 분부해 주시기를⋯⋯."

마사무네가 거기까지 말하자 이에야스는 가볍게 손을 들어 제지했다.

"그 일은 이미 정해 놓았소. 누구든지 녹봉에 따라 인부를 차출하도록 말이오."

그리고 마사즈미에게 시선을 옮기며 말했다.

"마사즈미 님, 그것을 영주들에게 설명하도록."

마사무네는 여기서도 뜨끔했다. 마사무네는 아들 히데무네와 함께 1만 군사를 거느리고 마쓰야 길목을 지키고 있었다. 따라서 뒤에 남아 앞으로의 오사카 동향을 봐두려는 생각이 당연히 마음속에 있었다. 어쩌면 그는 지금 일단 영주들이 영지로 철수한 뒤 다테 군 1만을 이끌고 성안으로 들어가 승산이 있다고 보이면 새로이 예수교도들에게 호소해 보는 도박을 할 생각이 있었는지도 모른다.

그러나 이에야스는 그런 일에도 세심한 계산과 준비를 하고 있었다.

이에야스의 명령으로 마사즈미가 준비되어 있던 인원 할당표를 들고 왔다.

"실은 내일 아침 오고쇼님께서 이 본진을 떠나 니조 저택으로 돌아가십니다. 이 명령은 27일 니조 저택에서 발령할 예정이었지만 말씀에 의해 지금 알려 드리겠습니다."

그리고 읽어내려갔다.

3만 석 이상 5만 석 이하 30명.
5만 석 이상 7만 석 이하 50명.
7만 석 이상 10만 석 이하 100명.
10만 석 이상 15만 석 이하 200명.
15만 석 이상 20만 석 이하 400명.
20만 석 이상 25만 석 이하 800명.
25만 석 이상 30만 석 이하 1500명.
10만 석 이상 50만 석 이하 2000명.

50만 석 이상 백만 석 이하 3000명.

듣고 있는 동안 이 자리에서의 마사무네의 투지는 차츰 사라져갔다. 여기서는 다만 얼마만 한 충성심으로 막부를 위해 일하려 하는지 보여주고 물러가야 한다고 생각했다. 그렇게 할 수밖에 없을 만큼 이에야스의 생각에는 조금도 빈틈이 없었다…….

그리하여 이에야스는 26일에 니조 저택으로 철수했고, 그 무렵에는 해자 매립 공사감독도 결정되었다. 마쓰다이라 다다아키, 혼다 다다마사, 혼다 야스노리 세 사람이었다.

그런데 인부를 낼 필요가 없다고 한 3만 석 이하 영주들로부터 이 세 사람에게 잇따라 탄원서가 밀려들었다. 물론 작은 영주들은 이번 출진으로 비용이 많이 들었으니 부담이 크리라 여겨 부역을 과하지 않았는데 그래서는 '불공평'하다는 것이었다. 그래서 새로이 1만 석 이상 3만 석까지의 영주들에게도 저마다 20명씩 차출하도록 명령이 추가되었다.

이 해자 매립에 대한 사람들의 생각은 저마다 달랐다. 영주들은 직접 칼을 휘둘러 싸운 직후였으므로 다만 격렬한 적의만으로 승리의 공사에 꼭 가담하겠다는 자가 많았다. 그리고 다음은 도쿠가와 가문 대대로 내려오는 가신들의 계산이었다. 그들은 모두 이번 이에야스의 조치가 너무 미온적이라고 심한 불만을 품고 있었다.

상대에게 이에야스의 인정이나 도의가 통할 것 같으면 세키가하라 때 살려준 은혜를 잊고 이번 같은 일을 꾸밀 리 없다. 세키가하라 싸움은 말하자면 도요토미와 도쿠가와와의 옛 관계를 깨끗이 하여 서로 벌거숭이로 무력 대 무력으로 대결하여 약자가 쓰러지고 강자가 천하를 뺏은 것이다. 여기에 대해서는 조금도 의심할 여지가 없다. 그런데도 이에야스는 일부러 그 유자에게 은혜를 베풀어 영원히 존속하게 한다는 미온적인 자비심으로 대했다. 이 때문에 세상사람들에게 도쿠가와 가문은 역시 도요토미 가문의 신하라는 착각을 일으키게 하는 형편이 되었다. 대체 도쿠가와 가문이 언제 얼마나 은혜를 입었단 말인가……? 괴로움 당한 기억은 태산처럼 많으나 사랑받고 보호받은 기억은 털끝만치도 없었다. 요컨대 이에야스와 히데요리 두 사람이 저마다 쌓아두었던 실력 차이가 오늘을 만든 것이다. 따라서 지금껏 히데요리를 동정하는 이에야스의 자비심은 보기 드문 일로 감탄하나, 그 때문에 오사카성에 대해서나 세상에 대해 구애될 것은 추호도 없다고 생각했다.

"더 이상 반역 따위의 터무니없는 꿈을 꾸지 못하도록 철저하게 쳐부숴 알려주어야 해."

이것이 도쿠가와 대대로 내려오는 가신들, 이에야스와 히데타다 측근들의 사고방식이었다.

그러나 마사무네의 생각은 더욱 복잡했다. 그는 마음속으로 오사카성은 되도록 그냥 두고 싶었다. 그가 멀리 유럽에서부터 로마에 이르기까지 파견한 밀사에게서 과연 어떠한 놀라운 반향을 얻게 될지, 그때까지 어떻게 해서든 이곳에 하나의 큰 지뢰를 묻어둔 채 기다리고 싶었던 것이다……

물론 거기에는 그다운 꿈이 있다. 그것은 머지않아 죽게 될 이에야스의 죽음의 시기도 포함하여 일본과 스페인의 연합군 앞에 쇼군 히데타다가 항복하고 책임지며 물러날 때의 모습이었다.

그때의 새 쇼군은 사위인 다다테루, 그리고 오고쇼는 말할 것도 없이 외눈박이 용인 마사무네.

이상 세 가지 예상외에 이에야스의 생각이 따로 있었다. 말하자면 네 가지 생각…… 그렇듯 착잡한 가운데 마사무네는 어쩌면 가장 위험한 입장에 몰릴 듯한 상황이 된 것이다……

이에야스가 니조 저택으로 철수함과 동시에, 당연한 일이지만 살기가 감도는 가운데 바깥 해자의 매립이 시작되었다. 정월을 눈앞에 두고 있었기 때문에 동원된 하급무사며 인부들의 빠른 귀가를 바라는 염원도 곁들여져 맹렬한 속도로 진행되었다. 눈 깜짝할 사이에 성문 밖 초소가 파헤쳐지고 흙담과 망루가 지상에서 자취를 감추었다. 요도강에서 물을 끌어들이는 어귀에는 찬바람 속에서 삿가리개 하나만 걸친 인부들이 노호와 같은 소리를 지르면서 둑을 쌓아 올리고 있었다.

마사무네는 오랜만에 투구를 벗어 던지고 전투복만 걸친 모습으로 삿갓을 쓰고 그가 맡은 마쓰야 길목의 매립작업을 바라보고 있었다.

가득히 떼지어 있던 물새들은 이미 자취를 감추어버렸다. 그들은 지상의 인간들이 하는 변덕스러운 술수 따위는 알 리가 없고, 다만 터전에서 쫓겨나 당황하고 있으리라.

이 매립의 결과가 자기들을 내쫓는 것임을 눈치채지 못하고 성안의 무사와 무장들은 태평스럽게 술잔치를 계속하고 있었다.

'이것은 도무지 쓸데없는 짓이다…….'

물새들에게는 그래도 태양과 먹이가 따라다니겠지만, 무사들에게는 과연 쌀 뒤주와 햇살이 따라다녀 줄 것인지…….

'인간들은 참으로 쓸데없는 짓을 하고 있다…….'

마사무네는 언젠가 그를 오다와라의 이치야성(一夜城)에 불러놓고 터무니없이 대포를 쏘아대며 위협하던 히데요시의 얼굴을 떠올리자 '―바보 놈!' 하고 고함쳐주고 싶었다. 아니, 바보 놈은 히데요시 하나만이 아닌 것 같았다.

'실은 나도 그 가운데 하나다…….'

만일 이 성이 깨끗이 파괴되고 무사들도 모조리 흩어지든가 전사한 뒤, 그때가 되어서야 마사무네가 보낸 밀사들이 그 해괴한 소텔로며 비스카이노 같은 스페인 사람이라도 싣고 건들건들 사카이로 돌아온다면 대체 어떻게 될 것인가……?

"맞습니다. 여기에 옛날 다이코가 축성했던 큰 성이 있었습니다."

그의 눈으로 보면 세키가하라 난을 일으킨 이시다 미쓰나리도, 오쿠보 나가야스도, 이번의 오노 하루나가도 모두 처치 곤란한 어릿광대처럼 보였다.

그런데 이번에는 아무래도 남의 일이 되지만은 않을 것 같았다.

'대체 그 배는 지금 어디쯤 달리고 있을까……?'

그 생각만 해도 등골이 서늘해졌다. 만일 일이 실패할 때는 두 번 다시 일본으로 돌아오지 마라……고 하세쿠라 쓰네나가에게 엄명을 내렸어야 했는데 그러지 못했다.

쓰네나가가 의기양양해서 돌아온다. 그러나 원조는 겨우 군함 한 척…… 그럴 경우에는 마사무네의 손으로 대뜸 격침시켜야 하는데, 막상 그렇게 된다면 상대는 처치하기 힘든 배다…… 바람에 따라 어디로 들어올지 전혀 알 수 없다……그렇다면 온 일본 땅의 해변에 감시병을 세워 두어야 하리라.

'못 할 노릇이로군…….'

마사무네는 자꾸자꾸 매몰되어 가는 해자 끝에 멈추어 선 채 자기가 서 있는 땅도 그대로 녹아서 꺼져버릴 것 같은 불안을 느끼며 가만히 수면을 보고 있었다…….

무리에서 벗어난 들오리가 퍼덕퍼덕 그의 어깨 위를 스쳐 매몰되지 않은 수면에 내려앉았다.

"마사무네 님……역시 마사무네 님이셨군."

마사무네는 흠칫 놀라 뒤돌아보았다. 그곳에 서 있는 것은 전립(戰笠)차림으로 싱글벙글 웃고 있는 야규 무네노리였다.

마사무네는 다시금 간담이 서늘해지는 충격을 받았다. 그 무렵 야규 무네노리는 이미 무술사범만이 아님을 마사무네는 잘 알고 있었다. 쇼군 히데타다의 무술사범이라는 명분으로 실제로는 히데타다 이상으로 이에야스에 가까운 위치에 있었으며, 여러 영주들의 세세한 동향에 눈을 번뜩이는 감찰역 같은 입장에 있다는 것을…….

"오, 야규 무네노리 님 아닌가."

"예, 마사무네 님께서는 무슨 걱정거리라도 계십니까? 얼굴빛이 좋지 않으십니다만."

마사무네는 웃었다.

"하하……나이 탓인지도 모르지. 나도 며칠 안 있으면 49살이오. 인생 50살에 가까워지니 체력이 쇠하는 게 느껴져. 추위가 몸에 스며드는군."

야규 무네노리는 여전히 미소를 머금은 채 말했다.

"저는 또 마사무네 님께서는 좀 더 먼 곳으로 생각을 보내고 계신 모양이라…… 잠시 인사를 삼가고 있었지요."

"호, 그러면 내가 고향을 그리워하고 있는 것으로 보았소?"

"아니, 좀 더 먼 곳을……."

말하며 무네노리는 두어 걸음 다가왔다.

"9월에 쓰키우라를 떠난 야심의 큰 배, 지금쯤 스페인이라던가 하는 유럽에 도착해 있을까요?"

갑자기 날카로운 칼날 같은 말이었다. 마사무네의 윗몸이 자칫하면 앞으로 쓰러질 뻔했다.

"아, 그 일 말이오?"

"예, 그때 배 만드는 일을 도와드린 무카이 쇼겐 님을 조금 전 강어귀에서 만나고 왔습니다. 무카이 님 의견은 지금쯤 스페인에 도착한 사자들이 펠리페 대왕을 배알하고 대접받고 있을 무렵이 아닐까…… 소텔로며 비스카이노의 예정은 그랬다고 말하더군요."

너무나 날카롭게 급소를 찔리는 바람에 애석하게도 마사무네는 바로 대답할 수가 없었다.

"그……그……그렇게 되었다면 재미있겠는걸."

그는 가까스로 대답하고 허튼 웃음을 웃었다. 웃으면서, 이 칼날을 어떻게 피하면 좋을지 딱할 정도로 당황하고 있었다.

"야규 님, 사람이란 큰 꿈을 갖고 싶어 하는 법이오."

"맞습니다."

"나는 이번 싸움으로 정말 맥이 풀렸소. 이제야말로 일본은 아래위가 한마음이 되어 세계를 향해 대경륜(大經綸)을 펴나갈 때…… 그런데 이런 일로 서로 싸우며 기뻐하기도 하고 울기도 하는군. 그러고 보니 하세쿠라 쓰네나가는 분명 지금쯤 펠리페 3세를 만나고 있을지도 모르지."

"마사무네 님."

"왜 그러시오, 무네노리 님."

"그렇다면 마사무네 님의 예수교 개종은 웅도를 위한 방편……입니까?"

무네노리는 태연히 말하며 또 싱글벙글 웃었다. 마사무네의 가슴속에서 강한 투지가 용솟음쳤다.

마사무네는 자신의 가슴을 두드렸다.

"물론이지! 소텔로나 비스카이노를 이용하여 펠리페 대왕뿐 아니라 로마 교황까지 움직이고 오라고, 하세쿠라 쓰네나가에게만은 내 본심을 털어놓았지. 죽은 다이코는 이 성에서 명나라 정복밖에 생각지 못했으나 나는 이 성을 공격하며 유럽 대륙까지 송두리째 집어삼키는 꿈을 꾸고 있었다…… 하하하……이렇게 말하면 호언장담 같지만 그런 꿈으로 이 추위를 물리치는 것도 좋은 일 아니겠소?"

"그렇습니다."

무네노리는 조금도 반대하지 않았다. 마이동풍……이 처음부터 그가 마음속에 그리고 있는 오늘의 야유인 모양이었다.

"정말 그렇긴 합니다만 마사무네 님도 죄 많으신 분이군요."

"아니, 뭐, 실없는 허풍쟁이라고 머지않아 나도 다이코처럼 웃음거리가 되는 게 고작일지 모르지요."

"일본에는……."

무네노리는 허리춤에서 담배쌈지를 꺼내 찬바람 속에서 맛있게 피우기 시작했다.

"중을 속이면 7대에 이르도록 저주받는다……는 말이 있습니다. 그런데 마사무네 님은 예수교의 대본산, 로마 교황인가 하는 자까지 속이려 드니 얼마나 오랫동안 저주받게 될지 모르지 않습니까?"

"야규 님."

"예."

"나는 귀하에게 부탁하고 싶은 게 있었소."

"무엇입니까? 제가 할 수 있는 일이라면 들어드리겠습니다만."

"어떻소, 그대 일족 가운데에서 한 사람, 나에게 무술사범을 천거해 주지 않겠소?"

"호, 저의 일족 가운데에서?"

"그렇소. 물론 가신들에게 병법을 가르쳐주는 게 첫째 목적이지만 그것이 모두는 아니오. 실은 우리 영지 안 사정을 늘 엄격히 감시해 주었으면 하는데."

이번에는 야규 무네노리의 눈이 번뜩였다.

'과연 마사무네, 벌써 눈치챘구나…….'

무네노리는 그제야 온화하게 담뱃대를 챙겨 넣으며 말했다.

"영내의 감시라면, 뭔가 마음에 걸리는 일이라도 있습니까?"

마사무네는 그제야 자세를 가다듬었다.

"바로 그 일이오. 방금 한 저주이야기인데…… 나는 어디까지나 일본을 위하고, 도쿠가와 가문의 번창을 위해 생각한 가짜 신자…… 그러나 가신 중에는 그것을 진심인 줄 알고 외곬으로 믿는 신자가 나올지도 모르지."

"그러니 그것을 병법사범의 눈으로 알아내라는 말씀입니까?"

"신앙의 진위에 대한 일이므로 여느 사람의 눈으로는 분간되지 않을 거요. 그러나 병법을 통한 사제관계라면 다르겠지. 이 일에 대해 한 번 특별히 생각해 주실 수 없을까?”

그렇게 말한 뒤 마사무네는 삿갓을 잡으며 절했다.

“그럼, 이만……하마터면 내일의 인원할당에 관한 하명을 잊을 뻔했군.”

그리고는 적에게 등을 돌리는 느낌으로 성큼성큼 진막을 향해 걸어갔다.

‘이거, 더욱 마음 놓을 수 없게 되었는걸……’

야규 무네노리마저 마사무네의 신변에 눈을 번뜩이고 있다…….

그나마 태연한 대화 속에 들어 있던 갖가지 야유를 모아본다면, 그가 하세쿠라 쓰네나가에게 어떤 희망을 청탁해 스페인에 보냈는지 어렴풋이 눈치챈 말투였다.

‘그래……그렇다면 더욱 조심해야지.’

마사무네는 그러나 야규 일족 가운데에서 누군가 내 가문의 무술사범으로……하면서 위태한 대목에서 연막을 펴긴 했으나, 이것은 진지하게 생각해 보지 않으면 안 될 문제였다. 만일 이 사실을 이에야스나 히데타다도 벌써 알고 있으며……알면서 가만히 있는 거라면 어떻게 하나?

‘마사무네 따위가 무엇을 할 수 있겠나……’

이에야스는 어쩌면 그렇게 생각하며 태연히 있는지도 모르지만 히데타다에게 그러한 배짱이 있으리라고는 여겨지지 않았다.

그렇다면 히데타다는 마사무네의 신변을 지그시 감시하고 있을 게 틀림없다.

‘어디 두고 보자. 꼼짝 못 하게 마사무네의 꼬리를 잡을 테니까.’

그렇게 생각한 순간, 마사무네는 물이 고여 얼어붙은 살얼음을 빠작빠작 밟아 깨면서 걸음을 멈추었다.

‘그렇다. 야규 무네노리는 그러한 히데타다의 지시에 의해 나를 감시하고 있다……’

다시 마사무네의 얼굴에서 찬바람이 핏기를 앗아갔다. 그렇지 않아도 호탕한 기질인 동생 다다테루의 장인으로서 히데타다는 감정상으로 왠지 마사무네를 거북하게 생각하고 있음이 틀림없다. 그것이 어떤 시점에서 어떤 사건으로 의혹을 느끼기 시작했다면, 놀라운 방향으로 확대되어 가리라.

‘그런가……’

살며시 삿갓에 손을 대고 뒤돌아보니 무네노리가 버드나무 밑에 선 채 아직도 이쪽을 바라보고 있지 않은가…….

다테 마사무네는 빙긋이 한쪽 볼에 웃음을 띠며 그대로 성큼성큼 조금 전의 그 해자 끝으로 돌아갔다.

무네노리도 다가왔다. 여전히 싱글벙글 밝은 미소를 머금고 있었다.

"뭔가 잊으신 것이라도?"

마사무네는 그 말에는 대꾸하지 않고 말했다.

"쇼군에게 그대가 은밀히 말씀드려 주었으면 하는 일이 있소."

"호, 뭣입니까?"

"이 소동, 조금이라도 빨리 매듭짓는 것이 도쿠가와 가문의 백년대계를 위해 좋을 거요."

"조금이라도 빨리……."

"그렇소. 이를 위해 마사무네는 히데요리 님 측근에게 빨리 영지이동을 자청하도록 연줄을 찾아 여러모로 권하겠다……고만 말씀드려 주시오. 그렇게 하면 굵은 데는 짜버리시겠지, 현명하신 쇼군님이니. 그것만으로 충분히 짐작하실 거요…… 그럼, 잘 부탁하겠소."

그리고 다시 바람처럼 몸을 돌렸다.

이번에는 무네노리도 흠칫 놀란 모양이었다.

사건을 빨리 매듭짓는다……는 것은 말할 나위도 없이 도요토미 가문을 정리하라는 말…… 그 최선봉이 다테 마사무네…… 그렇게 생각하도록 하기 위한 세심한 그의 준비였다.

이상(理想)과 타성(惰性)

오사카성 외곽의 파괴와 성 안팎 해자 매립이 성안에서 문제 되기 시작한 것은 정월에 들어서였다.

매립감독은 마쓰다이라 다다아키를 선두로 혼다 다다카쓰의 아들 다다마사, 그리고 혼다의 분가인 야스노리 등으로 순전히 대 이어 내려온 도쿠가와 가신들뿐이었으니 그들이 얼마만 한 적의와 반감으로 일했는지 짐작할 수 있으리라.

거기다 이에야스의 심복으로 일컬어지는 실력자 혼다 마사즈미, 나루세 마사나리, 안도 나오쓰구 등 세 사람이 음으로 양으로 그들을 뒤에서 선동하고 있었다. 이 세 사람도 이에야스의 '하늘을 상대한다'는 식의 사고방식을 속으로 못마땅해하고 있었다.

"사람들이 모두 오고쇼처럼 득도한 부처님이라면 모르지만 오사카에 모인 무리들은 이리 중의 이리들이다……."

그 이리떼가 화의성립 축하술에 취해 있는 동안 서둘러 메울 곳은 메워버려야지……하는 것이 그들의 솔직한 기분이었다.

사실 화의성립 전후부터 이들 무사들의 사기는 도쿠가와 역대 가신들 눈으로 보기에 우스울 만큼 꺾여 있었다.

사나다 유키무라와 고토 마타베에 등은 열심히 히데요리의 엉덩이를 때려대며 항전하려 했으나, 그 대포 공격을 받고부터 성안의 대세는 완전히 전의를 잃은 것같이 보였다.

'어차피 화의는 맺어진다……'

이렇게 느꼈기 때문이리라.

그렇게 되자, 그들은 우스꽝스러울 정도로 맹목적인 호인 티를 드러내 보였다.

화의가 성립되면 당연히 다음에 오는 것은 그들의 해고다. 그러나 그들은 그에 앞서 받은 몇 푼의 수당을 품에 넣고 오랜만에 성 밖으로 나가 놀고 싶어 하는 것 같았다.

"농성하는 동안 쌓인 긴장을 푼다!"

말하자면 오합지졸의 처량한 신세가 노골적으로 나타난 것이었다.

화의가 성립된다면 굳이 싸워서 하나뿐인 목숨을 잃을 필요가 없다. 그보다는 빨리 수당을 받아 활개 치며 성 밖 공기를 마시고 싶은 것이다. 본디 답답하게 주군을 섬기는 신분에서 해방되어 속 편한 떠돌이 생활에 젖어 있던 사람들이다. 한 번 정신이 해이해지기 시작하면 대번에 사려분별이 없어지는 자들이었다.

이러한 그들에게 성안에서는 술을 내린 뒤 저마다 얼마쯤 수당금을 지급했다. 그들은 앞다투어 외출했다. 그 때문에 세모의 오사카는 때아닌 호황을 맞이했다. 무분별한 사람의 기분전환은 당연히 술과 여자를 찾을 수밖에 없었기 때문이다.

매립공사 감독을 비롯한 마사즈미, 마사나리, 나오쓰구 등은 그러한 심리의 틈을 보기좋게 찔렀다.

"먹고 마시던 무사들이 실컷 놀다가 돌아오면 해자와 별성은 이미 사라지고 없을 거야."

그렇게 되면 그들도 이 성을 단념할 테고, 그것이 인원 정리 구실도 되어 실질적으로 오사카를 위하는 일이 된다……는 말을 주고받으면서 맹렬하게 공사를 진행시켰다. 무사들의 얼마 안 되는 수당은 유흥비로 금방 바닥이 드러난다. 주머닛돈이 떨어지면 술도 깨고 계산도 생기게 된다.

'아니? 뭔가 이상한데……'

그들이 고개를 갸우뚱거리기 시작했을 때 오사카성은 이미 완전히 발가벗겨져 있었다.

"이게 대체 어떻게 된 거야? 강화 때의 약속은 바깥 해자만 메우기로 하지 않았는가?"

맨 먼저 입을 연 것은 센고쿠 무네나리의 가신 이노우에 아무개였다고 한다.

"정말, 이러면 약속이 틀리는데. 해자를 모두 메워버리면 만일의 경우 싸울 수 없어. 싸우지 못하면 우리도 책임을 다할 수 없지 않나."

이노우에 아무개의 입에서 그 말이 센고쿠 무네나리의 귀로 들어가고 무네나리에게서 오노 하루나가에게 전달된 것이 처음이었다.

"하루나가 님은 바쁘셔서 알지 못하시겠지요. 간토 쪽에서는 해자를 모두 메운다며 바깥 해자를 깨끗이 메워버렸고, 안쪽 해자도 메우려 하는 모양인데 알고 계십니까?"

아마 그것은 28일 아침의 일인 듯했다.

물론 하루나가가 그것을 모를 리 없다. 그러나 그는 놀라는 척하며, 마쓰다이라 다다아키 등 세 감독에게 사자를 보내 알아보게 했다.

사자는 이때 이세 가메야마(龜山) 5만 석 성주인 마쓰다이라 다다아키에게 물었다.

"화의 때 약속은 외곽의 바깥 해자라고만 들었는데 안쪽 해자까지 메우는 겁니까?"

그러자 다다아키는 같은 감독인 이세 구와나(桑名) 10만 석 혼다 다다마사를 찾아가 그의 입을 통해 대답을 얻었다.

"이건 오고쇼의 명령입니다. 오고쇼는 모든 해자라고 약속했다는데, 모든 해자란 말할 것도 없이 안팎의 해자를 뜻하니 안과 밖을 구별할 일이 아니지요."

아마도 다다마사와 다다아키는 그동안 또 한 사람의 감독인 미카와 오카자키 5만 석 혼다 야스노리와 마사즈미와도 연락한 뒤에 대답한 것으로 보인다. 그 대답을 듣고 오노 하루나가는 2, 3일 동안 침묵을 지켰다.

그사이에도 공사는 빠르게 진척되어 이번에는 아카시 가몬, 고토 마타베에, 모리 가쓰나가, 이코마 마사즈미(生駒正純) 등으로부터 잇따라 불평이 일기 시작했다…… 그도 그럴 것이 하루나가가 이 외곽 파괴와 하자 매립을 자청한 것은, 실은 요도 마님의 생각에 의한 오사카의 제안이었다는 사실을 무사들에게 알리지 않았기 때문이었다.

이윽고 하루나가는 3명의 감독관이 아닌 혼다 마사즈미에게로 직접 두 번째 사자를 보냈다. 말하자면 무사들의 압력에 못 이겨 가만히 있을 수 없게 되었던 것이리라.

그때는 아마 정월이 지났을 터이고 마사즈미는 냉정한 대답을 했을 것이다. 그는 이 성곽 파괴에 대해 처음부터 강경론자였으며 구두로 이 약속을 한 당사자였다. 그런데 오노 하루나가의 사자에게 전한 회답은 그것과 전혀 달랐다.

하루나가는 불안으로 동요하기 시작한 무사들에게 그제야 말했다.

"혼다 마사즈미는 이렇게 말했소. 감독들이 명령을 잘못 알아들은 것 같으니 곧 중지하도록 조치하겠다고."

그리고 무사들이 동요하고 있는 사실을 요도 마님에게 알리고, 마님을 통해 안쪽 해자의 매립을 중지시키려 했다.

그러나 그 정도의 일로, 기세가 올라 있는 간토 쪽의 공사가 중지될 리 없었다. 사태는 차츰 험악해져서 해자 매립과 정비례하여 양자의 틈이 더욱 벌어져갔다……

게다가 그즈음 잇따라 성안의 무사들을 격분시키는 소문이 두 가지 퍼졌다.

그 하나는, 어차피 오사카 쪽에는 십몇만의 무사들을 부양할 능력이 없으니 이렇게 해자를 묻어주는 것은 간토의 자비일 거라는, 무사들로서는 실로 가슴 아픈 소문이었다. 처음부터 떠돌이무사들을 끌어안은 채로는 유지해 나가지 못한다……는 것을 알고 있으면서 맺은 화의이다. 조금이라도 빨리 무사들에게 이제 싸움은 없다는 사실을 해자 매립으로 확실히 알려주는 것이 도요토미 가문을 위해서도 좋다……는 의미가 되니 그들이 동요하는 것도 무리가 아니었다.

또 하나는 무사들의 동요를 더욱 크게 하는 악의에 찬 소문이었다. 그것은 바로 이번 화의를 맺게 된 원인은 무사들의 전의가 상실된 데 있다는 것이었다. 그들은 도요토미 가문의 재정이 좀 더 풍부할 줄 알고 모여들었다. 그러나 잇따른 대불전의 부흥과 사찰재건 등으로 벌써 금광의 황금이 바닥났다……는 걸 알고 완전히 싸울 뜻을 잃어 사나다 유키무라와 고토 마타베 등이 21일 밤 마지막 야습을 감행하려 했을 때는 아무도 앞장서려고 한 자가 없었다. 그래서 할 수 없이 히데요리 모자가 화의를 맺은 것이라고.

그 풍문의 어떤 부분은 진실이었으므로 패전의 책임을 무사들에게 전가시키려 하는 이 소문은, 분해하고 있던 옛 가신들과 도요토미 가문을 지지하는 상인들 사이에 순식간에 퍼져나갔다.

조금만 더 냉정히 생각하면 이 두 가지 소문의 출처를 충분히 의심할 수 있는 일이었다. 그러나 그 가운데 하나가 다테 가문 인부들 입에서, 또 하나는 도도 가문 인부들 입에서 퍼져 나왔다는 데까지 조사해 보려는 사람은 아무도 없었다.

마침내 정월 초 이 파괴를 자청한 장본인 요도 마님이 혼다 마사즈미에게 공사를 중지해 줄 것을 탄원했다. 진실을 알지 못하는 무사들이 차츰 불온한 양상을 드러낼 위험이 보였기 때문이다.

"히데요리 모자가 이에야스에게 속은 거다."

"그렇다, 오고쇼와 쇼군은 처음부터 속일 작정이었던 게 틀림없다. 그렇다면 앉아서 구차한 죽음을 기다릴 때가 아니지."

그리하여 마사즈미와도 안면 있는 오타마(阿玉) 부인이라는 아름다운 시녀가 세 감독의 사무실로 마사즈미를 찾아가게 되었다.

이 오타마 부인의 파견이 과연 요도 마님이나 하루나가의 진지한 의사를 가지고 간 것인지, 아니면 떠돌이무사들을 무마하기 위한 미봉책이었는지 지금으로서는 알 수 없다.

다만 오타마 부인은 그 이름처럼 구슬같이 아름다운 성안에서 으뜸가는 미인이었다. 요도 마님도 그것을 인정하고, 자신이 만일 에도에 볼모로 가지 않을 수 없게 될 때는 오타마를 데리고 가서 이에야스가 요구하면 대신 침실에 들여보낼 셈이었다고도 전해지고 있다.

그 오타마 부인이 매립공사 중지 교섭차 감독 사무실에 온다는 말을 듣고 혼다 마사즈미 이하의 강경파들은 기뻐하기도 하고 놀라기도 했다. 그때 큰 정문 앞 사무실에는 세 감독 외에 당자인 마사즈미와 나루세 마사나리, 안도 나오쓰구 두 사람도 마침 와 있었다.

세 감독은 고개를 갸우뚱하며 아무 말도 하지 않았으나, 지금부터 오사카 으뜸가는 미인을 맞이하려 하는 마사즈미를 나루세 마사나리가 정면으로 놀려댔다.

"마사즈미 님은 오사카성에 가셨을 때 그 오타마라는 여인에게 은근하게 말을 걸었다던데, 기억이 없소?"

나루세 마사나리는 그즈음 가신이면서도 시모우사 구리하라(栗原) 3만 4000석 외에 오와리의 고로타마루와 이누야마 성을 맡고 있는 중신이었다. 그래서 아무 거리낌 없이 마사즈미에게 농담했는데, 마사즈미는 난처한 표정으로 고개를 저었다.

"여자들이 하는 생각이란 정말 곤란하단 말이야."

"왜, 속으로는 아주 좋으면서."

"농담 마시오. 아무튼 나는 중요한 볼일도 있어 니조 저택으로 물러가겠으니 뒷일은 두 분께 잘 부탁하오."

마사즈미는 진지한 표정이었다.

그즈음 이렇듯 소문난 미녀들은 대개 이른바 '선물용'으로 고용되어 있었다. 따라서 요도 마님이 오타마 부인을 아직 젊은 마사즈미에게 탄원차 보낸다는 것은, 청원하는 일에 힘써주면 이 여인을 드리겠다……는 뜻이 된다.

그것을 알고 마사나리도 마사즈미를 놀린 것인데, 마사즈미는 농담하고 있을 형편이 못되었다. 이에야스가 사사건건 진지하게 설교하는 이번 사건이었다. 거기다 또 한 가지, 마사즈미는 여인 문제로 이에야스에게 눈총받고 있었다. 이에야스의 측실 가운데 하나인 오우메(梅) 부인과 남몰래 서로 마음을 두고 있다고 해서 이런 말을 들었다.

"내가 죽거든 그대에게 오우메를 주겠다. 사이좋게 살아라."

그때부터 이에야스는 오우메 부인을 멀리했다. 이 오우메 부인은 아오키 가즈노리(青木一矩)의 딸로 렌게인(蓮華院)이라고 불리며 실제로 뒷날 마사즈미에게 재가했다…….

이같이 '선약'이 되어 있는데 지금 요도 마님의 '선물'을 뇌물로 받았다가는 큰일이라고 겁을 집어먹은 모양이었다.

"하하……마사즈미 님은 정말 여인공포증에 걸린 모양이군."

오타마 부인이 도착할 시간이 되자 마사즈미는 서둘러 니조 저택으로 떠나버렸다.

"이렇게 되면 우리 둘이서 사자를 응대해야겠군."

안도 나오쓰구가 난처한 표정으로 묻자, 나루세 마사나리가 시원하게 말했다.

"내가 맡을 테니 안심하오. 이건 도저히 요도 마님 한 사람의 지혜가 아니오. 오노 하루나가의 인선이었을 테지. 버릇이 되겠어! 책임을 맡은 몸으로 천하의 대사를 어떻게 생각하는 건지, 원."

그러고 있는데 당사자인 오타마 부인이 수행자 네 사람을 데리고 본성 성문을 열고 나온다는 전갈이 왔다.

"좋소, 내가 쫓아버릴 테니 안도 님은 모르는 척하며 인부들 감독이나 하고 계시오."

마사나리는 속으로 화가 나 있었다. 요도 마님에 대해서가 아니었다. 사사건건 미봉책만 쓰려는 하루나가의 인간성에 대한 참을 수 없는 분노였다.

'이런 마당에 미인계라니 무슨 생각을 하고 있는 거야……'

문제는 무사들을 어떻게 설득하고 이해시켜 물러가게 하는가이다. 오사카 쪽에는 이미 간토를 상대로 싸울 무력도 없고, 그대로 무사들을 부양할 능력도 없었다. 따라서 해자가 메워지는 게 문제가 아니었다. 도요토미 가문이 어떻게 자립할 수 있는가 하는 큰 갈림길에 서 있는 것이 아닌가…… 그러한 자신들의 입장과 책임도 분별하지 못하고 무사들을 무마하기 위해 일부러 미녀를 골라 보란 듯이 이용한다…….

나루세 마사나리는 생각했다.

'이쯤에서 하루나가를 각성시키지 않으면 오고쇼가 가련해서 안 돼!'

시동이 소리쳤다.

"사자 도착이오."

문 밖으로 나가 인부들에게 작업할당표를 건네주면서 마사나리가 큰소리로 되물었다.

"무슨 일인가? 바빠서 말이야, 사무실 안에는 아무도 없다. 누가 누구에게 무슨 볼일로?"

"예, 성의 요도 마님으로부터 혼다 마사즈미 님에게 사자가 왔습니다."

"혼다 님에게……? 안됐지만, 혼다 마사즈미 님은 볼일이 있어 니조 저택에 가시고 여기에 없소."

그리고 나서 오타마 부인 앞으로 가까이 다가가 머리에서 발끝까지 쓰다듬듯이 훑어보았다.

"오, 그대가 성안에서 으뜸가는 미인이라는 오타마 님이오?"

과연 비할 데 없는 미모였다. 나이는 21살이나 22살쯤? 통통한 뺨, 눈꼬리가 긴 눈, 둥근 턱…….

"코와 입은 과연 천하일품이로군. 오타마 님, 나루세 마사나리, 오늘 마침 이 자리에 있어 뜻밖의 미인의 모습을 보고 극락에 오른 기분이오. 마사즈미 님이 계셨더라면 기막힌 봄꽃이 왔다고 아주 기뻐했을 텐데."

오타마는 얼굴이 새빨개졌다. 찬사를 받은 봄꽃의 입 가장자리가 보일 듯 말 듯 경련을 일으키고 있었다.

"나루세 마사나리 님……이신가요?"

"그렇소, 나루세 마사나리라는 무사요."

"귀하라도 좋습니다. 마님의 말씀을……."

그 말이 채 끝나기 전에 마사나리는 히죽히죽 웃으며 상대의 말을 가로막았다.

"그렇게는 안 되지요, 오타마 님. 아무 데나 있는 꽃이면 몰라도, 백화가 만발한 오사카성 안에서 천하에 이름난 모란꽃이오. 마사즈미 님을 지명하여 보내신 꽃을 어찌 내가 손가락 하나라도 까딱할 수 있겠소."

그리고 큰소리로 모두들을 불렀다.

"여보게들, 오늘은 천하에 둘도 없는 좋은 기회다. 빌고 싶어도 빌 수 없는 비밀 불상을 길에서 만난 거다. 모두들 그 복을 누리도록 해라. 바로 이분이다. 오사카성 안에서 으뜸가는 미인 오타마 부인이란 말이다."

믿을 거라고는 미모밖에 없는 젊은 처녀와 다테 마사무네도 인정하는 이에야스의 심복은 솜씨며 지혜며 경험이 너무 다르다. 찬사를 듣고 우뚝 서버린 오타마 부인 주변에 벌써 10겹 20겹으로 거친 인부들이 모여들었다.

"오, 이분이 오타마 님……."

"정말 미인인걸!"

"이런 여자 하고라면……그렇지?……."

아무튼 상대는 멀리 고향에서 떠나온 사나이들. 칭찬의 말이 그대로 듣기에도 민망한 음탕한 말로 이어지는 것은 예나 지금이나 다를 게 없었다.

보다못해 안도 나오쓰구가 말했다.

"자, 이제 어지간히들 하고 일이나 해. 우리는 한시 빨리 일을 끝내고 고향에 돌아가 설을 맞이해야 할 몸이야. 일을 서둘러, 일을."

마사나리가 뒤를 이었다.

"그렇지! 오타마 님, 고맙소. 아까 말씀드린 대로 마사즈미 님은 교토에 계시니 요도 마님에게 그렇게 보고하시오. 그리고 오노 하루나가 님에게도 이렇게 전해주시오. 모두들 오타마 님 모습을 직접 보고, 좋은 이야깃거리가 생겨 원기백배,

이 정도면 작업이 뜻밖으로 빨리 진척될 것이라고. 자, 모두 부지런히 부지런히……
다들 처자식이 고향에서 기다리고 있어."

오타마 부인은 자기 주변에서 사방으로 흩어지는 인부들과 무사들의 모습을
몸을 굳힌 채 바라보고 있었다. 어쨌든 상대인 마사즈미가 없으니 어찌할 도리가
없었다. 더구나 나루세 마사나리와 안도 나오쓰구도 말을 붙일 수 있는 범위에서
멀어지고, 사방에는 마구 짓밟은 매립용 흙더미와 서리의 찬 기운만이 남아 있을
뿐이었다.

"돌아가야겠어요."

"이대로 돌아가도 될까요?"

"그럼, 어쩌겠어요? 마사즈미 님이 계시지 않는데."

아마 오타마 부인은 울고 싶었으리라. 아니, 어쩌면 그 무렵부터 정말 화가 나
기 시작했는지도 모른다.

아무튼 이 일은 거기서 끝나지 않았다. 이때 과연 요도 마님이 이것을 자신에
대한 큰 모욕으로 알았는지 어떤지……?

하루나가가 이로써 더욱 무사들의 엄한 힐문을 당하게 된 것만은 사실이었다.
무사들은 이 오타마 부인 일로 더욱 격분했다.

"그것 봐!"

"처음부터 간토에서는 속일 셈…… 그 꼬리를 나루세와 안도가 확실하게 보여
준 거야."

"그렇지, 모두 하루나가 님의 담판이 미적지근해서 그런 거지."

하루나가의 입장은 시시각각 미묘해져 갔다. 처음에는 어떻든 사태수습이 목
적이었는데, 이 무렵부터 진퇴양난의 책임문제로 치달았다. 바깥 해자라는 약속
을 모든 해자로 바꿔 닥치는 대로 메우게 해서 주군의 가문을 위태롭게 하는 겁
쟁이—

그런 말을 듣게 되자, 현지 감독관이며 나루세들이 상대해 주지 않는 것을 알
므로 그는 마침내 교토까지 가야 할 형편이었다. 그는 오타마 부인을 데리고 자
신이 다시 한번 직접 교토로 갔다. 지금까지의 사정을, 이번에는 쇼군의 원로로
파견되어 있는 혼다 마사노부에게 직접 호소하여 좋은 지혜를 빌려야겠다는 궁
여지책이었다.

이때 마사노부는 쇼군 히데타다보다 한 걸음 앞서 후시미성으로 철수해 있었다. 이에야스는 니조 저택에서 새해를 맞이했는데, 쇼군 히데타다는 영주들의 진지 철수가 완전히 끝날 때까지 오카야마의 진막을 거두어서는 안 된다며 움직이지 않았다. 그래서 70살이 넘은 혼다 마사노부만 먼저 후시미성에 돌아와 있었던 것이다.

그 후시미성으로 오노 하루나가는 오타마 부인을 데리고 갔다. 오타마 부인은 요도 마님의 사자, 그리고 오사카의 집정 오노 하루나가가 따라왔다고 하면 혼다 마사노부도 정중히 맞아줄 것으로 생각했다.

그런데 마사노부는 그렇게 생각하지 않았다. 마침 후시미성에 와 있던 미즈노 다다모토가 두 사람의 도착을 알리러 가자 마사노부는 정월에 귀향하는 사람들의 논공행상 초안을 들여다보면서 단번에 머리를 흔들었다.

"굳이 만날 필요 없는 일이야. 하루나가 님도 이것저것 뒤처리가 바쁘겠지. 그렇군, 이렇게 말해 다오. '아무래도 아들 마사즈미가 미련해 오고쇼님 명령을 잘못 들은 모양입니다. 그러니 내가 다시 직접 오고쇼에게 말씀드려 보지요. 그러나 지금은 내가 감기에 걸려 누워 있으니 일어나면 니조 저택으로 가겠습니다'라고 말일세."

시치미뗀 표정으로 말하더니 마사노부는 이내 안경을 다시 이마에서 내렸다. 미즈노 다다모토는 마사노부가 너무나 담담하여 웃으며 되묻지 않을 수 없었다.

"만나지도 않고 상대의 용건을 아실 수 있습니까?"

그러자 마사노부는 안경을 다시 이마로 밀어 올리며 싱긋 웃었다.

"하루나가 님은 적어도 오사카를 맡고 있는 분이 아닌가? 설마 이제 와서 진심으로 해자 매립을 중지시킬 뜻은 없을 거야. 감기, 감기라고 하면 알아들을걸세."

다다모토는 쓴웃음을 머금으며 기다리고 있는 하루나가와 오타마 부인에게 그 말을 전했다.

그때부터 하루나가의 얼굴이 이상하게 굳어지기 시작했다. 감기가 나으면 오고쇼에게 호소해 보겠다는 것은 이 자리를 피하기 위한 구실에 지나지 않는다.

'나를 상대하지 않을 모양이다……'

사람의 감정은 미묘한 곳에서 궤도를 빗나가기 쉽다. 하루나가는 처음부터 상대가 매립공사를 중지할 것으로는 생각하지 않았다. 그러나 무언가 좋은 지혜쯤은 빌려주리라 믿고 있었다.

그런데 마사노부는 오사카성을 맡은 중신이니만큼 당연히 하루나가의 마음 속에 계획이 서 있을 것으로 생각했다. 사람은 저마다의 입장에 따라 생각을 정해 놓았더라도 실제로 움직여 보이지 않으면 남을 설득할 수 없는 경우가 있다. 마사노부는 하루나가가 들고 일어난 무사들에게 당황해서 자기도 마지막까지 중지해 달라고 노력은 했다……는 형식을 갖추기 위해 온 것으로 보았던 것이다. 그렇지 않고서야 인형이나 다름없는 오타마 부인을 일부러 보란 듯이 데리고 올 리 없다고 생각했다.

하지만 상대해 주지 않는 것을 알자 하루나가는 순간 언성을 높였다.

"아까는 감기라고 하지 않았소. 이건 분명한 문전축객…… 공사중지는 안 된다는 뜻이겠지요."

미즈노 다다모토는 조용히 웃었다. 그도 역시 하루나가가 진심으로 화를 낸 것으로는 받아들이지 않았다. 이 여자 앞에서 마사노부와 얼마나 강경하게 담판했는지 보여주고 무사들 앞에서 말하게 할 모양……이라고 해석했다.

"이런, 노여워하시게 해서 죄송합니다. 결코 그런 일은 없습니다. 혼다 님께서는 나이가 많으신 데다 감기 기운이 있어 오카야마 진지에서 주군보다 먼저 이 성으로 철수하신 것입니다…… 걱정 마십시오. 낫게 되면 서둘러 니조 저택으로 가서 뜻을 받들 것입니다."

그 말을 듣자 하루나가는 더 이상 말할 수가 없었다.

'상대해 주지 않는다…….'

그런 불만이, 어느새 자기도 속고 있는 것 같은 이상한 감정으로 발전했다.

"그렇소? 나는 혼다 님께서 좀 더 진지하게 오사카 일을 생각해 주실 줄 알았소만……."

"어찌 생각이 없으시겠습니까? 생각하시므로 아들이 어리석어서……라는 말씀까지 하신 것입니다. 아무튼 하루나가 님도 수고가 이만저만 아니시군요."

그 뒤에 점심상이 나왔다. 그러나 하루나가와 오타마 부인은 수저를 들 생각도 하지 않았다. 먹을 여유도 없었다. 두 차례에 걸쳐 사자로 갔다가 무시당한 오타마 부인은 새파랗게 질려 몸을 떨고 있었다.

두 사람은 후시미 성문을 나올 때까지 거의 말이 없었다. 견딜 수 없는 감정이 점점 분노가 되고 그 분노는 야릇하게도 그대로 상대에 대한 적의로 바뀌었다.

나루터에 이르러 가마에서 내려서자 눈에 핏발이 선 오타마 부인이 말했다.

"정말 교묘하게 속아왔군요. 이 억울함을 마님께 잘 말씀드려야겠어요."

하루나가는 차마 그 말에 맞장구치지는 않았으나 표정이 무섭도록 절박했다.

"오타마 님, 이대로는 돌아갈 수 없소."

"무슨 말씀입니까? 한 번 더 돌아가 담판하시렵니까?"

하늘은 눈이 내릴 것처럼 잔뜩 흐려지고 물새가 두세 마리 배 주위를 맴돌고 있었다. 하루나가는 가만히 그것을 눈으로 좇으며 소리치듯 말했다.

"다시 가마를! 혼다 마사노부가 병중이라면 교토를 다스리는 이타쿠라 님을 만나야지. 이타쿠라 가쓰시게 님을 찾아가 담판하자. 행정장관 저택까지 서둘러 다오."

오타마 부인은 얼어붙은 듯한 표정으로 고개를 끄덕였다. 젊은 부인은 처음부터 무사들과 마찬가지로 도쿠가와 쪽의 처사가 가혹하다고 원망하고 있었다.

두 사람 앞에 다시 가마가 놓였다.

'좋아, 가쓰시게 앞에서는 더 이상 저자세로 나갈 필요가 없다. 그냥 내버려 두면 무사들이 폭동을 일으킬 것이라고 분명히 말해야겠어.'

하루나가는 역시 진정한 무사라고 할 수 없었다. 그 폭동을 사실은 도쿠가와의 측근들이 벼르고 있다는 것을 눈치채지 못했다.

가마는 하늘이 낮게 드리워진 거리를 나는 듯이 달려 니조 호리카와에 있는 행정장관 저택을 향해 달렸다…….

이타쿠라 가쓰시게는 시동부대의 일원으로 히데타다를 따라 출진한 아들 시게무네와 해자 매립 진행상황에 대해 이야기하고 있던 중이었다.

그때 오노 하루나가가 요도 마님의 사자 오타마 부인과 함께 왔다는 전갈을 받고 저도 모르게 시게무네와 얼굴을 마주 보았다.

"온 모양이군, 여기도."

마침 오타마 부인이 나루세 마사나리에게 쫓겨난 이야기를 한 뒤였으므로 가쓰시게는 이맛살을 찌푸리며 한숨을 내쉬었다.

"요도 마님이 설마 진심으로 해자 매립을 중지시킬 생각은 아니겠지. 그렇다고는 해도 일이 복잡해지는구나."

"아버님, 감기드셨다고 하는 게 좋을 것 같습니다."

"음."

"제가 만나 무슨 용건인지 들어보는 편이……."

그러나 가쓰시게는 신중하게 생각했다.

"그렇게는 안 되지. 오타마 부인인가 하는 여자야 어떻든 하루나가 님은 오사카 쪽의 책임자…… 만나자. 어쩌면 성안에 무언가 예기치 못한 일이 생긴 건지도 모른다."

그리하여 의복을 바로 하고 두 사람이 기다리는 객실로 갔다.

객실에서는 내놓은 화로에 손도 대지 않고 하루나가가 어깨에 잔뜩 힘을 주고 앉아 있었다. 어떻게 된 영문인지 오타마의 모습은 보이지 않았다.

"이런 이런, 하루나가 님, 뜻밖의 방문이구려…… 그런데 듣기로는 두 분이라고 하던데……."

"그렇소. 요도 마님의 시녀 오타마 부인을 동행하고 왔지만 생각해 보니 나설 자리가 아닌 것 같아서 별실을 빌려 기다리게 해두었습니다."

"호, 다른 사람이 동석하면 안 되는 밀담이란 말입니까?"

"아닙니다, 오타마 님은 실은 이타쿠라 님에게 보내는 사자가 아니었소. 요도 마님이 혼다 마사노부에게 파견하신 사자……그래서 자리를 피해 달라고 한 것입니다."

가쓰시게는 이상한 생각이 들었다.

"세밀하게 마음 쓰셨군요…… 내게 온 사자가 아닌 사람과 이야기하는 것은 사실 우습지요. 그런데 저를 일부러 찾아오신 건……?"

"이타쿠라 님, 이 하루나가가 실은 혼다 마사노부 님에게 문전에서 깨끗이 쫓겨났습니다."

아직도 그 일을 뱃속에서 정리하지 못한 듯한 말투였다.

"감기로 누워 있어 면회할 수 없다고 시동 미즈노 다다모토 님을 내보냈는데, 그 전에 안내 맡은 자를 통해 그렇지 않다는 것을 알고 있었소. 감기는 무슨 감기, 원기왕성하게 집무 중이었는데 말이오."

"그래요? 그래서 제게 마사노부 님께 말씀을 전해 달라는 것입니까? 좋습니다, 전하지요. 말씀하십시오."

그러나 하루나가는 아직 용건으로 들어가지 않았다.

"마사노부 님은 물론 쇼군님께 파견된 이를테면 정치고문…… 그러나 나도 히데요리 님의 승인으로 오사카성의 노신직을 맡고 있는 몸입니다. 그런데도 꾀병으로 내쫓다니 너무 지나친……."

가쓰시게는 손을 들어 가로막았다.

"알겠습니다. 지나친 무례……라고 마사노부 님에게 전하면 되겠지요?"

가쓰시게도 역시 하루나가의 이번 대응에 답답함을 느끼고 있었다.

오사카성의 운명을 짊어진 자가, 엉뚱한 사자를 동반해 교토 행정장관 저택에 나타나 이렇듯 푸념을 늘어놓다니…… 지금은 그럴 때가 아니었다. 그래서 세게 한 방 먹인 것인데, 하루나가는 그것을 어떻게 받아들였는지 몸을 앞으로 내밀었다.

"그렇소! 이 하루나가의 괴로운 입장을 생각하신다면 어떻든 만나서 이야기를 들어보는 정도의 아량은 있어도 좋지 않겠소……? 그런데 언제든 감기가 나으면 오고쇼님께 말씀드리겠다니 실정은 그리 호락호락하지 않소. 내가 이렇듯 냉랭한 대접을 받고 돌아왔다고 보고하면 무사들이 그날 안으로 폭발할지도 모르는 형편입니다."

가쓰시게는 눈을 번뜩이며 앉은 자세를 고쳤다.

"이건, 그냥 들어넘길 수 없는 일! 그렇다면 곧 그 일을 쇼군님에게 말씀드려 다시 성을 포위하지 않으면 큰일 날 거라는 말씀인가요?"

"아니……아니, 그건……."

"그렇다면 어떻게 하라는 겁니까? 마사노부에게 무례한 일이 있었다는 건 잘 알았소. 그러나 무사들이 소동을 일으킨다……고 한다면 이건 마사노부의 책임이 아니라 오사카성의 노신인 하루나가 님 책임이겠지요."

엄격하게 결론 내려놓고 가쓰시게는 다시 부드러운 목소리로 돌아갔다.

"하루나가 님, 그렇다면 무사들이 귀하의 명령을 따라주지 않아 난처하다, 그냥 두면 소동이 나겠으니 무슨 좋은 생각이 없을까……해서 마사노부 님을 찾으신 거군요."

"사, 사실 그, 그렇소."

"그렇다면 마사노부 님께서 실례를 한 것은 둘째문제가 아니겠소?"

하루나가는 얼굴이 새빨개졌다. 자신의 푸념을 나무란다……는 것은 잘 알 수 있었으나, 그 때문에 날카로워진 감정이 금방 사라지는 건 아니었다.

'여기서도 나만 책망하는구나…….'

그 불만이 부끄러움과 함께 마음속에 견딜 수 없는 소용돌이를 일으켰다.

"이타쿠라 님에게 말씀드리고 싶은 것은 다름 아니라, 아무리 화의가 이루어졌다고 하나 이번의 해자 매립은 너무 성급해 그냥 보고만 있을 수 없습니다. 성안에는 흥분한 무사들이 가득한데……얼마쯤 적당히 하는 게 좋지 않겠습니까?"

가쓰시게는 낙심한 듯 탄식했다.

"호……그러면 하루나가 님은 해자 매립을 연기하라는 말씀을 하러 오셨소?"

"그렇소! 그렇지 않으면 무사들이 가만히 있지 않소. 사정을 좀 헤아려 달라고…….'

"하루나가 님."

"예."

"그럼, 언제까지 연기하면 성안의 무사들이 성에서 물러나겠소? 그 예정은 서 있겠지요?"

"이런, 무슨 말씀을!"

하루나가는 다시 어깨를 추켜세우며 반격을 시작했다.

"그 일에 대해 이런 말 저런 말을 들을 이유가 없습니다. 이번 서약서 제 1조에 농성한 무사에 대해서는 간토에서 아무 이의도 제기하지 않겠다고 분명 명시되어 있다는 걸 잊지 않으셨겠지요."

이타쿠라 가쓰시게는 노엽다기보다 울고 싶어졌다. 처음에는 마사노부에게 홀대당해 화난 거라고 얼마쯤 동정했지만 지금의 한마디로 그것도 깨끗이 사라져버렸다.

'이런 인물에게 오사카성이 그 운명을 맡겼단 말인가.'

세상에 큰 비극이 일어날 때는 반드시 우스꽝스러운 광대 같은 인간이 실력 이상의 지위에 앉아 허우적거리는 법이다. 적어도 이에야스와 그를 둘러싼 사람들 사이에는 평화의 기초를 튼튼히 쌓겠다는 이상이 있다. 그런데 하루나가 쪽에는 그런 것이 전혀 없었다. 이상한 정세가 비극을 향해 가속도로 굴러가고 있는 것처럼 보였다.

가쓰시게는 어느 날까지만 연기해 준다면 그동안 어떤 방법으로 무사들을 납득시킬지 하는 정도의 생각은 하루나가가 가지고 왔을 거라고 여겼다. 그래서 그 전망을 물어보았는데 하루나가는 전혀 엉뚱한 이론으로 역습해 온 것이다.

"하루나가 님, 그러면 서약서대로 아까 한 말은 취소하지요…… 하지만 나는 귀하의 입장에 서서 오사카를 생각할 때 못 견디게 걱정되는 일이 두 가지 있소…… 그 하나는 지금 오사카의 65만7400석의 총 녹봉으로 입성해 있는 무사들을 그대로 모두 포섭할 경우 옛 신하와 새 신하에게 어떻게 녹을 배당할 것인지. 아시겠소, 그들을 모을 때는 이길지도 모른다는 꿈이 있었소. 그러니 한 사람이 50만 석, 60만 석이라도 받을 속셈이 있었을 게 틀림없소. 그들에게 60만 석을 나눠주면 과연 모두들 받아들일 것인지…… 이것이 첫 번째 걱정. 그리고 두 번째 걱정은 아무래도 나눠가질 수 없다는 걸 알았을 경우 그들을 어떻게 해산시키느냐는 것이오. 이 경우의 수단은 나머지 금은을 모두 나눠주며 우리의 오산이었다고 사과하는 수밖에 없겠지요. 아니, 이건 쓸데없는 설교…… 귀하에게는 그런 계획이 잘 서 있으므로 서약서 일에 대해 입을 놀리지 말라고 나무라신 거겠지요. 가쓰시게, 다시 한번 아까 한 말은 취소하겠소."

가쓰시게는 불쾌감을 누르고 정중히 고개를 숙였다. 그리고 참으로 그다운 고지식한 태도로 하루나가에게 마지막 우정을 선사했다.

"그럼, 해자 매립을 연기하는 문제에 대해……만일 오고쇼와 담판하실 작정이라면 담판 전에 우선 감사의 말씀을 한 번 하십시오. 이번의 싸움 시작을 오고쇼가 억지로 겨울까지 연기시켜 준 데 대해서입니다. 아시겠습니까? ……쇼군이며 직할무사들의 생각대로 따뜻한 초가을부터 싸움을 시작했더라면 65만 7400석은 한 톨도 건지지 못했을 겁니다. 그렇게 되었으면 히데요리 님도 가련해지고, 백성들도 도탄에 빠져 고생……한다며 일부러 추수가 끝나기를 기다리신 심정…… 그 심정도 모르신다면 교섭은 잘되지 않으리다. 아니, 이것도 역시 쓸데없는 설교일까요?"

하루나가는 역시 놀란 모양이었다. 그러나 과연 가쓰시게의 성의가 그대로 그의 영혼을 위로해 주었는지, 어떤지…….

아무튼 그는 입술을 깨물며 가쓰시게를 지그시 쏘아보고 있었다.

이승의 시련

겐나(元和) 원년(1615)은 7월 13일에 이르러 연호가 바뀌었으니, 그해 정월은 아직 게이초 20년으로 불리고 있었다.

이에야스는 오랜만에 전투복을 벗고 그 게이초 20년 정월을 니조 저택에서 맞이했다.

어쨌든 그의 소원 가운데 하나는 이루어졌다. 안도의 한숨을 내쉬어도 될 만하건만 가슴속에는 맑고 흐린 두 가지의 형언하기 어려운 응어리가 아직 남아 있었다.

'이럴 리가 없는데……'

지난해 가을 그가 슨푸를 떠날 때 기원을 드리면서 여행한 기억이 생생하다.

"다음해 정월까지만 생명을 유지시켜 주소서!"

정월까지만 목숨을 유지시켜 준다면 이 오사카 문제를 전화위복의 좋은 교재로 삼아 인간 본연의 자세와 평화의 고마움, 새로운 막부 제도의 철저함을 명쾌하게 보여주리라고 자부했다. 그래서 끝까지 오사카가 자포자기에 빠지지 않도록 늘 어느 구석에 교섭의 '창'을 열어놓고 그곳으로 시세를 살피게 하면서 반성을 촉구하는 형태를 취해왔다.

그 결과 대략 그의 뜻대로 이루어졌다. 화평은 이루어졌고 자신도 이렇듯 전투복을 벗어 던졌다.

그러나 이런 결과를 천하의 영주들과, 히데요리를 비롯한 무사들이 과연 납득했을 것인가……하는 데 생각이 미치자 결코 그렇다고 단언할 수 없었다.

이에야스가 취한 조치에 누구보다 불만을 느끼는 사람은 쇼군 히데타다인 모양이었다. 아니, 히데타다의 불만을 눈치챌 수 있을 정도면 측근들도 모두 그의 조치를 미온적인 것으로 생각할 게 틀림없었다. 또 다른 한편으로 히데요리는 어땠을까 하는 점을 생각할 때 더욱 견딜 수 없었다.

전쟁의 무의미함을 충분히 깨달았으리라 여기고 이에야스는 기회를 놓칠세라 화의맺은 것인데, 아무래도 그렇지 않은 듯했다.

'히데요리는 패전했다고 여긴다…….'

승패의 관점으로 볼 때 이에야스의 입장에서는 무어라 형언하기 어려운 서글픈 늙은이의 비애를 느끼지 않을 수 없었다.

'내가 그 어린애 같은 히데요리를 상대로 어찌 싸움을 할 수 있단 말인가.'

히데요리를 비롯하여 태평한 세상밖에 모르고 자란 젊은이들에게, 유품을 분배해 주는 듯한 심정으로 적지 않은 국비를 들여 친절하게 교육을 시켰다고 생각하고 있는 터가 아닌가……

그러므로 히데요리가 정말로 이 '전쟁놀이'에서 무언가 배웠다면 먼저 아버지 다이코가 남기고 간 금고를 모두 털어 모여든 무사들에게 자신이 못난 것을 사죄하고 전별금(餞別金)을 주어 해산시켜야만 했다. 그리되면 해자가 모조리 메워져 평범한 성이 되어버린 태평시대에 어울리는 오사카성은 다시금 괴상한 야심가들이 꿈을 불태우는 대상이 더 이상 될 수 없고, 그 사실이 결정적인 게 될 때 비로소 오사카성은 새로운 공경 히데요리를 중심으로 한 도요토미 가문의 저택으로 존속해도 아무 상관없는 것이 된다.

그런데 히데요리는 그러지 않고 마사즈미, 나오쓰구, 마사나리 등에게 이것저것 구구한 사정을 늘어놓아 점점 역대 신하들의 반감을 사고 있는 모양이었다.

'내 마음이 통하지 않는 세상이 되었단 말인가…….'

이것은 지난 1년 동안 몇 번이나 병으로 쓰러질 뻔했던 이에야스에게 더할 수 없는 쓸쓸함이요 안타까움이며 고통이었다.

'히데타다도 히데요리도 내 본심을 끝내 이해하지 못한다…….'

물론 그런 안타깝고 무거운 짐에 새삼 짓눌려 자기 자신을 잊을 이에야스는 아니었다. 그러나 그토록 생각에 생각을 거듭하여 맺은 화평이, 다테 마사무네나도도 다카토라가 예감하듯 오로지 휴전의 의미밖에 없다면 쓴웃음만으로는 넘어갈 수 없는 사정이 된다.

'분명 신불이 나에게 이승에서의 마지막 시련을 주시려는 것이리라⋯⋯.'

이렇게 받아들인 이에야스는 다시 그 의미를 두 가지로 나누어 생각했다. 그 하나는 인간의 생애에 '완전함'은 없다는 것이었다. 그 완전함은 또한 완전한 '선(善)'이라고 생각해도 좋겠다. 이에야스가 그것을 너무나 탐내므로 높은 곳에서 가르쳐주시는 것으로 받아들였다.

"그것은 이루어질 수 없는 것"

그리고 다른 하나는, 이번 일을 자신의 실패로 생각하여 한층 더 엄하고 날카롭게 반성해 보라는 뜻으로 받아들이는 것이었다.

"그 정도의 생각으로 일이 이루어지는 게 아니다. 다시 한번 차근차근 생각해 보아라."

그러려면 이에야스는 앞으로도 한두 해 더 살아야 하고, 그 한두 해 동안 철저하게 생각에 생각을 거듭하면서 일하라는 명령을 받은 셈이 된다.

니조 저택으로 돌아간 이에야스는 곧잘 말했다.

"교토의 겨울은 춥구나. 너무 추워⋯⋯."

그때 이미 이에야스는 결심하고 있었다. 이번 일을 완벽하기를 탐내지 말라는 교훈으로 받아들이든, 연구를 거듭하라는 교훈으로 받아들이든, 지금의 소용돌이 속에서 일단 몸을 멀리하라는 것이라고 생각했다. 그래서 정월을 맞이하기 전부터, 조정에 신년하례를 올리고 그 답례의 칙사가 오면 3일에는 니조 저택을 출발하여 슨푸로 돌아가기로 작정했다.

앞서도 이야기했듯 히데타다에게는 미리 말해 두었다.

"교토의 겨울은 너무 춥다. 정월이 되면 곧 따뜻한 동쪽으로 가겠다."

히데타다도 물론 반대할 리 없었다. 그는 지금 이에야스와는 다른 생각으로 오사카성의 아랫성과 별성의 파괴를 독려하는 중이었다. 아버지가 없는 편이 그와 감독관들이 더 일하기 좋을지 모른다⋯⋯는 것을 아는 만큼 이에야스로서는 말할 수 없이 서글프기도 했지만⋯⋯

'어쩌면, 히데요리 역시 내가 있기 때문에 하고 싶은 말도 못한다고 한탄하고 있을지 모르겠는걸⋯⋯.'

하여간 이에야스의 의지가 양쪽에 모두 순순히 통하지 않은 것은 사실이며, 그것은 커다란 실패라고도 할 수 있었다. 이럴 때는 우선 이 소용돌이 속에서 벗어나, 누가 뭐라고 말해올지 조용히 기다려 보는 게 좋다.

개인의 지혜와 사고에는 한계가 있다. 진정한 지혜자는 남이 하는 말을 여러모로 들어보고 그 가운데 좋은 것을 이용하는 사람이다.

'그러므로 진정한 지혜자에게는 지혜의 막힘이 없는 법이다……'

씁쓸하게 웃으면서 이런 생각을 품고 이에야스는 게이초 20년(1615), 74살의 설날을 니조 저택에서 맞이했다.

"1년의 계획은 원단(元旦)에 세워야 한다."

이에야스는 습관과 가풍을 남들보다 존중했다. 물론 이유 없는 허례나 허식을 갖추기 위해 낭비하는 따위의 불합리성은 그의 성격이 용서치 않았다. 철저하게 무의미한 것을 싫어하는 합리주의자였지만, 일단 그 유서(由緖)를 인정하고 수용한 집안의 관습은 집요할 만큼 변경을 허락하지 않았다.

섣달 그믐날, 그는 설날에 궁중에 헌상할 학을 직접 준비해 놓았다. 그리고 교토의 모든 절간에서 일제히 치는 백팔번뇌의 제야의 종소리에 조용히 귀 기울이면서 잠자리에 들었다.

아마 종소리가 울리는 동안, 다시 한번 소용돌이 속에서 벗어나 슨푸로 출발하는 자기 자신에 대하여 비판해 보았으리라. 그렇게 되면 당연히 '인간의 수명'에 대해 생각이 미치게 된다.

'지난해에도 두 번이나 죽을 고비를 넘겼다……'

앞으로 또 한 해를 무사히 넘길 수 있을지……? 그러나 이 문제는 아미타불에게 생사를 맡긴 그이므로 자신의 생각 밖의 일이었다. 문제는 죽을 때까지 하루하루를 어떻게 충실한 '성심(誠心)'으로 메워나가는가 하는 점이었다.

그는 새벽 5시에 일어나 세수하면서 도쿠가와 가문의 전통인 토끼고기 떡국이 잘 준비되고 있는지 물었다.

"그것은 우리 조상이 고향인 조슈 도쿠가와(得川)의 땅을 버리고 부자가 여러 지방을 방황할 때, 신슈의 어떤 집에서 대접받고 살아났다는 내력이 있는 음식이야. 가난을 잊지 않고, 은혜를 잊지 않고, 그리고 충분히 체력을 배양할 수 있는 맛있는 음식이지. 먼 뒷날까지도 소중하게 계속 지켜나가도록 해라."

아버지를 따라 곁에 와 있는 13살짜리 조후쿠마루에게 특별히 이런 말을 해주며 사방에 배례할 준비를 시작했다. 조후쿠마루가 아버지는 왜 궁중에 학을 헌상하면서 자기 집에서는 토끼를 쓸까 하고 의아하게 여기기 시작한 것을 깨달았기 때문이리라.

사방배례를 끝내 불전으로 온 뒤 조후쿠마루가 물었다.

"그러면 그 선조님들께서도 부자분이 함께 고생하셨습니까?"

"그렇다. 너와 나처럼. 눈보라가 휘몰아치는 추운 섣달 그믐날 시나노의 산속에 서였다. 꽁꽁 얼어서 찾아 들어간 집에서 뜨거운 토끼고기 떡국을 대접받은 거지. 그 조상이 없었다면 우리도 이 세상에 태어나지 못했다. 다 아미타불의 은덕이자……"

조후쿠마루는 무슨 생각을 했는지 음……하고 감탄의 신음을 크게 냈다. 아마, 그때도 부자 동반, 그리고 지금 자신들도 부자 동반……인 것에 소년다운 감회를 느낀 게 분명했다.

고위층 무사들이 궁중에 새해축하 인사를 올리는 것은 3일이므로 설날에는 학만 헌상하고……3일에 오자와 모토이에(大澤基宿)가 신년하례를 아뢰러 갈 예정이었다.

이렇듯 신년하례상을 받고 있을 때부터 영주들과 승려들이 잇따라 큰 방으로 몰려들었고, 그들의 이름이 일일이 거실로 아뢰어졌다.

그러는 동안 이에야스가 전혀 생각지도 못했던 자가 나타났다.

"전 내대신 도요토미 히데요리 님의 사자 이토 나가쓰구 님이 오사카에서 신년축하차 도착하셨습니다."

이에야스는 저도 모르게 젓가락을 놓았다.

"뭐, 우대신에게서 새해축하 사자가?"

순간적으로 설날답게 활짝 갠 표정이었다.

이 세상에서 두 번 다시 맞을 수 있을 것 같지 않은 설날이었다. 교토를 떠나기에 앞서 가장 마음에 걸렸던 히데요리로부터 사자가 왔다…… 더욱이 설날 이른 아침에 이미 니조 저택에 도착했으니 히데요리는 아마 어젯밤부터 마음에 두고 오사카에서 출발시켰을 게 분명했다.

"그래……우대신에게서 새해축하 사자가 왔다고? ……아마 큰 방에는 사람들이 가득 차 있을 테니…… 어서 상을 치우고 이리 들게 하여라."

이에야스는 얼른 말하고, 함께 상을 받고 있던 조후쿠마루를 돌아보았다.

"조후쿠는 함께 있어도 좋다. 그러나 이 아비의 칼을 드는 시동으로서다."

"알겠습니다."

아버지가 좋아하시는 게 무엇보다 기뻐 조후쿠마루는 손뼉 쳐 근시를 불렀다. 그는 아버지보다 먼저 젓가락을 놓고 불룩한 배를 쓰다듬고 있었다.

"그럼, 곧 준비하겠습니다."

그는 상을 물리도록 이른 다음 일어나 절하고 시동에게서 장식이 달린 긴 칼을 받아들었다. 긴 칼은 오늘 명절용 황금장식…… 그 칼을 받들고 절도있게 아버지 뒤로 시립하러 가는 조후쿠마루는 화려하고 활기찬 동작 덕분에 더욱 우아해 보였다.

그때 역시 예복을 갖춰 입은 이토 나가쓰구가 안내되어 왔다. 그는 히데요리의 근시 중에서 기무라 시게나리와 함께 미장부로 손꼽히는 늠름한 용모의 젊은이였다. 그가 들어오자 동시에 그 자리에 있던 남녀 10여 명이 일제히 양옆으로 나뉘어 꿇어엎드렸다. 우대신 히데요리의 사자를 맞이하는 예를 취한 것이다.

"오, 먼 길에 수고 많았다. 자, 가까이 오너라."

그러나 이토 나가쓰구는 적지않이 긴장하여 이에야스 앞으로 나오려 하지 않았다.

"우대신 히데요리의 대리로 이토 나가쓰구, 삼가 신년하례를 올립니다."

이에야스는 이때 문득 어떤 불안에 부딪혔다. 이런 의문이 솟아난 것이다.

'이 자는 혹시 새해축하라는 핑계로 해자를 메우는 데 대해 뭔가 하소연하러 온 것이 아닐까……?'

만일 어떤 하소연을 하러 왔다면 오늘은 명절이니 듣지 않겠……다는 기색을 은연중에 풍기면서 말을 건넸다.

"오, 수고했다. 우대신도 그 뒤 여전하시겠지? 특별히 경하스러운 올 설날 마님께서는 감기나 안 드셨는가?"

"예, 주군께서도 마님께서도 매우 건안하시오니 안심하십시오."

상대는 여전히 몸과 표정을 굳힌 채 점점 긴장된 목소리로 말을 이었다.

"저에게 주군께서 오고쇼님께 특별히 아뢰라는 분부가 있었습니다."

"허—특별히? 들어보자, 큰 소리로 말하여라. 내가 요즈음 귀가 잘 들리지 않아서……."

역시 다른 말이 있다는……것을 듣고 이에야스는 실망했다.

아버지의 기쁨이 실망으로 바뀐 것을 깨달을 사이도 없이 칼드는 시동의 소임으로 동석을 허락받은 조후쿠마루는, 사자와 마치 긴장된 자세를 경쟁하려는 듯 눈을 빛내며 두 사람을 지켜보고 있었다.

이에야스가 오른 귓바퀴를 손으로 모으듯 하고 몸을 내밀자, 상대는 갑자기 몸을 엎드렸다.

"말씀하신 대로 아뢰겠습니다."

"오, 그래. 큰 소리로 말해라."

"예, 오고쇼님께서 이대로 슨푸로 돌아가신다면 히데요리, 평생의 한이 될 것……이라고 말씀하셨습니다."

"뭐, 히데요리 님의 평생 한이 된다? 그게 대체 무슨 말인가……?"

"예, 오늘날까지 미숙하여 오고쇼의 자애를 미처 깨닫지 못했다……어리석었다……고 하셨습니다."

"뭐……뭐……뭐라고! 우대신 자신이 그렇게 말했단 말인가?"

"예……예, 히데요리의 미숙함을 제발 용서해주십사고…… 정월 첫 무렵 슨푸로 돌아가신다는 말씀을 듣고 그 전에 이 말씀만은 드리지 않으면 양심의 짐을 벗을 길이 없다, 쓸데없는 말은 덧붙이지 말고 내가 말한 대로 오고쇼께 아뢰어라, 오직 이 한마디를 아뢰기 위해 그대를 급히 파견하는 것이다……라고 하시며 눈시울이 벌겋게 되어서 말씀하셨습니다."

이에야스는 순간 멍해졌다. 자신이 품었던 사소한 의혹을 부끄럽게 생각해서라기보다 히데요리의 기특한 말이, 갑자기 먼 옛날……자기 아들 노부야스가 오하마(大濱)에서 역시 잘못을 빌려 왔을 때의 모습을 상기시켰기 때문이다.

'젊은이들은 어쩌면 이렇듯 답답할까? 만일 반년 전에 그것을 깨달아 주었던들……아무 문제도 없었을 텐데…….'

"그래, 그런 말씀을 하셨단 말인가?"

"또 있습니다. 금년 정월에는 센히메 님과 함께 전에는 맛본 적 없는 편안한 봄을 맞이할 것이니 마음 푹 놓으시라고……."

"음······."

"이 모든 것이 오고쇼님의 자비, 히데요리는 오고쇼님의 말씀이라면 아와나 가 즈사는 물론이고 땅끝까지라도 기꺼이 옮기겠다고 하셨습니다."

"뭣이, 그러면 영지이동에 대한 일도······?"

말하다 말고 이에야스는 황급히 입을 다물었다. 옆에는 듣는 귀가 많았다. 상대가 순순히 영지이동을 받아들일 마음이 되었다······면 아직 늦지 않다. 자기 아들 노부야스가 자신의 젊음과 무분별을 깨달았을 때는 이미 노부나가의 함정에 빠진 뒤여서 옴짝달싹할 수 없었지만, 히데요리는 아직 그 지경까지는······ 아니, 나는 노부나가가 아니다! 나는 우대신과 센히메의······.

이에야스는 갑자기 눈앞이 뿌옇게 흐려졌다. 가슴이 왈칵 뜨거워지면서 눈물이 샘솟듯 시야를 가렸다.

"그래. 그런 말을 하던가······ 알았다, 이에야스는 74살까지 살아온 기쁨을 올 설날에 비로소 맛보았다······ 참으로 참으로 기쁜 설이다······ 이 좋은 새봄을 음미하면서 3일에 교토를 떠나 슨푸로 돌아가겠다. 부디 건강하게, 그리고 내가 살아 있는 동안 아들이 태어났다는 소식을 부디 듣게 해달라더라고······전해 다오. 그 소식을 기다리고 있겠다고······."

여기까지 말하자 눈물이 흐르는 것을 깨닫고 급히 술상준비를 명했다.

히데요리의 새해인사를 받고 나서 큰 방에 나타난 설날의 이에야스는 모두들의 눈이 휘둥그레질 만큼 기분 좋았다.

그리고 젊은 사람들에게 농담처럼 우스울 만큼 심각하게 말했다.

"내년에도 내가 여기서 이렇게 그대들의 세배를 받을 수 있을 거라고는 생각하지 마라. 시간은 언제나 멈추지 않고 흘러간다. 가는 자, 오는 자가 늘 교체되는 법이다. 그러니 하루하루를 경건하고 소중하게 살아가도록 하자."

그리고는 설날의 관습인 새해 술잔을 차례차례 내렸다.

개중에는 못 들은 척하는 젊은이도 있었지만 눈물을 머금는 자도 있었다. 뒤경우는 아마 이에야스가 이미 '죽을 때'를 깨닫고 하는 전별의 말로 받아들인 게 분명했다.

이렇듯 초하룻날에 100명 가까운 사람들의 새해인사를 받은 이에야스는 초이틀에 뜻밖에도 새해축하 칙사를 맞이했다. 칙사뿐 아니라 조정의 사자도 함께 왔다.

조정에서도 이에야스가 3일에 니조 저택을 떠나 동쪽으로 돌아갈 예정임을 알았으리라. 3일에 오사와 모토이에를 입궐시키려 했었는데 순서가 거꾸로 되고 말았다.

이에야스는 송구스러운 듯 두 사자를 맞이했다.

'이번 화의의 중요성을 우대신뿐 아니라 황실에서도 잘 이해해 주신 것이다…….'

그것은 이에야스에게 더없는 감격이었으며 생애를 장식할 만한 대만족이었다.

칙사는 다이나곤인 히로하시 가네카쓰(廣橋兼滕), 역시 다이나곤인 산조니시 사네에다(三條西實條) 두 사람이었고, 조정의 사자는 아키시노 다이히쓰(秋篠大弼)였다.

'오, 역시 신불은 꿰뚫어 보고 계시다…….'

천하의 태평을 기쁨으로 맞이한 것은 교토와 오사카 시민들뿐만이 아니었다. 이에야스가 미처 생각지 못했던 궁정 구석구석까지 그 기쁨이 스며들고 있던 것이다.

칙사가 돌아간 뒤에도 이에야스는 뭔가 아직 중요한 일을 잊어버린 듯 마음이 가라앉지 않았다. 태어남도 죽음도 안중에 없는 것은 달인의 심경이고, 죽어버린 뒤에는 살아 있는 사람의 세계에 낄 수 없는 게 사실이었다. 내가 사라지기 전에……내 모습을 남들이 볼 수 있는 동안에……해야 할 중요한 일을 잊고 있는 것은 아닌지……? 그것은 뜻밖에 칙사를 맞은 이에야스의 기쁨에 응하려는 양심의 몸부림인 모양이었다.

이에야스가 무릎을 친 뒤, 마쓰다이라 고안(松平康安)과 미즈노 구마나가(小野公長), 그리고 슨푸에서 데려온 경비대장 마쓰다이라 가쓰타카 세 사람을 부른 것은 2일 저녁때였다.

"그대들을 부른 것은 다름 아니라, 내일 3일 나는 오자와 모토이에를 입궐시켜 신년하례를 올리고 곧 이곳을 떠난다. 내일 묵을 곳은 오미의 제제(膳所)가 될 것이다."

그때 마쓰다이라 고안은 가는 도중의 호위임무를 하명받을 줄 알았다.

"그 일에 대해서는 염려 마십시오. 가시는 길목은 이미 충분히……."

그러자 이에야스는 즐거운 듯 웃었다.

"누가 가는 길목을 걱정하느냐? 내가 교토를 출발하기 전에 그대들 세 사람은 야마토의 고리야마로 곧 부하들을 데리고 출발하여라."

"저, 야마토의 고리야마에……무슨 소동의 조짐이라도 있습니까?"

이에야스의 목구멍 안에서 다시 나직한 웃음소리가 새 나왔다.

"그대들은……젊은이들치고는 꽤 야무지구나. 그 점을 알고 고리야마로 보내는 것인데, 어떤가? 왜 파견하는지 알겠느냐?"

이에야스는 눈을 가늘게 뜨고 차를 마셨다.

마쓰다이라 고안은 어깨를 으쓱하면서 가쓰타카와 구마나가를 바라보았지만, 두 사람 다 고개를 갸우뚱한 채 아무 말이 없었다. 기슈에서 야마토에 걸쳐 농민들의 소동이 없는 것은 아니었다. 그러나 지금은 가라앉았고 다른 소동이 일어났다는 소문은 듣지 못했다.

이에야스는 다시 즐거운 듯 말을 계속했다.

"모르는 모양이군…… 지금 오사카에서는 해자를 메우거나 성곽을 파괴하고 있을 텐데……."

"예."

"파괴하기만 한다면 큰 의미로 볼 때 손해일 뿐이야. 파괴하는 것은 언제나 더 큰 것을 건설하기 위해……서가 아니면 안 돼. 이런 이치를 알아듣겠나?"

"그, 그야……물론. 알아듣겠습니다."

고안이 대답했지만 결코 이해한 것 같은 표정은 아니었다. 지금의 오사카성을 부수고 그 이상의 것을 세운다……고 해석하기 때문이었으리라.

"나는 늘 더 좋은 것을 세우기 위해……낡은 잘못을 바로잡기 위해……고심하고 있다. 실은 이런 내 마음이 우대신에게 통한 모양이야. 그러므로 우대신은 일부러 사자를 파견하면서 오사카성에 대해서는 일언반구도 하지 않은 것이다. 그러니 나도 생각을 좀 해야 할 것 아니겠느냐?"

"지당하신……."

"내가 오사카성의 해자를 메우게 한 것은 천하를 위한 일……그런데 그것을 잘 이해해 준다면 이번에는 우대신 자신을 위해 생각해 주지 않으면 안 돼."

고안이 몸을 내밀 듯하며 되물었다.

"하오면 저 야마토의 고리야마로⋯⋯우대신을 옮기려고 하십니까?"

"그렇다, 우대신은 이동을 거부하지 않을 결심이 섰다⋯⋯ 그래서 그대들을 고리야마로 파견하는 거야. 고안은 공경으로서의 우대신의 거성에 어울리도록 백성들의 안온한 기풍을 조성하여 민심의 융화를 도모할 것!"

"예."

"구마나가는 불온한 무사들의 책동이나 소동이 일어나지 않도록 무력을 엄히 과시하여 경비에 임할 것."

"예."

"그리고 가쓰타카는 성 개조를 위한 설계를 맡아 어느 정도 크기의 성이 어울리는지, 또 그만한 성을 짓기 위해 비용은 얼마나 들지, 세세히 계산하여 슨푸로 보고할 것. 물론 나라 행정관과 잘 의논하여 야마토 지역의 수확고가 겉보기와 실수입에서 얼마나 차이 나는지도 잘 조사할 것. 아무튼 현재 오사카의 녹만큼 확보해 주어야 한다."

"잘 알겠습니다."

세 사람은 다시금 서로 얼굴을 마주 바라보았다. 이에야스가 무슨 생각을 하고 있는지 겨우 알아차렸기 때문이다.

"파괴하는 의미를 상대가 깨달았다면 그에 맞먹는 것을 세워줘야만 하리라. 세 사람은 그 기초작업을 하러 가는 것이다. 백성을 다스리는 데는 온정으로, 무(武)는 엄격하게, 그리고 계산은 치밀하게 하여라."

이에야스는 그 뒤에도 계속하여 세 사람에게 자세히 지시하고, 다음날 3일에 예정대로 니조 저택을 출발하여 슨푸로 향했다.

슨푸로 돌아가는 이에야스의 수행원은 출진할 때와 거의 똑같은 인물들이었다.

이에야스는 하야시 도슌을 가마 가까이 불러 가끔 《논어》에 있는 글귀의 의미를 물으며 여행을 계속했다.

시야에 들어오는 길 양쪽의 풍경은 싸늘한 바람에 스치는 추운 겨울 풍경이었지만 봐도 봐도 싫증 나지 않고 이상한 감동으로 마음에 남았다.

'이것이 마지막 여행이 되리라⋯⋯'

이러한 감개가 가슴속에 들어 있기 때문일 것이다. 갑자기 다도에서의 '일기일회(一期一會)라는 말이 생각나기도 하고 생모 덴즈인의 얼굴이 눈앞에 떠오르기도 했다.

'이제야 겨우 나도 당당하게 어머님 앞에 나갈 수 있을 것 같다.'

3일 밤은 예정대로 제제에 머물고 4일에는 배를 이용하여 야바세(矢橋)를 향해 호수를 건넜다.

호수 위의 추위는 유별났지만, 바람막이로 친 장막 사이로 히에이의 산들을 우러러보니, 다시 눈물이 솟을 것 같은 감회를 느꼈다.

노부나가와 약속하고 처음으로 상경했을 때의 일이 바로 어제처럼 눈앞에 떠올랐다. 그때는 섣불리 웃지도 못할 만큼 주위가 험악하기 이를 데 없는 폭민 폭도의 세계였는데…….

배가 야바세에 닿으니, 양쪽에 온통 꿇어엎드린 농부와 어부들의 가족들로 가득했다.

'모두들 평화를 기뻐하는 것이다…….'

그러고 보니 보이는 얼굴 얼굴마다, 모두 옛날처럼 흉한 상이 아니라 첫눈에 '양민'임을 알아볼 수 있는 인상으로 바뀌어 있었다.

'변하지 않은 것은 산의 모습뿐인가…….'

그날은 야바세에서 미나쿠치로 나가 하룻밤 묵었다.

다음날 5일은 이세의 가메야마에서 숙박.

6일은 구와나.

7일, 8일 이틀은 그 황금 용마루가 찬연한 위풍을 자랑하는 나고야성에 머물렀다.

그 나고야성에서, 교토를 떠난 뒤 처음으로 후시미성에 남아 있는 히데타다의 사자로부터 오사카성 매립공사 상황을 보고받았다. 사자의 보고에 의하면 매립공사는 예정대로 진행되고 무사들 소동도 대단치 않으며, 쇼군 히데타다도 20일이 지나면 후시미성과 니조 저택을 수비장수에게 맡기고 개선할 예정이라고 했다.

이에야스는 이 보고로 만족했다. 고로타마루에게 앞날의 주의사항 등을 일러준 뒤 9일에 출발하여 오카자키에 도착했다.

오카자키에서의 감개 또한 컸다. 그곳은 아버지의 모습만이 아니라 조모, 어머니, 고모 등 끝없는 추억의 실타래가 엉켜 있는 곳이지만 이에야스가 그곳에서 고생을 거듭하던 무렵의 혈육이며 친척은 이제 한 사람도 남아 있지 않았다.

'세월이란 참 불가사의한 것이다.'

인간의 좋은 생각도 나쁜 생각도, 좋은 재주도 나쁜 재주도 모두 함께 휩쓸며 흘러간다…… 머지않아 자기도 그 '과거'의 무리 속에 끼게 되리라는 생각이 들자 도저히 하루 이틀 머물고 훌쩍 떠날 수 없었다. 아버지의 묘소가 있는 다이주사를 참배하고, 옛날과 지금의 경작지 넓이를 비교해 보고, 지금 이 성의 성주가 되어 있는 혼다 야스노리(本多康紀)의 가족과 여러 가지 회고담을 나누기도 하는 동안 열흘이나 흘러버렸다.

'내가 태어난 곳이 반드시 내가 죽을 장소는 아니다……'

자신은 조상과 다른 곳에 잠들게 되리라……고 생각하자, 애석하기 짝이 없었다.

너무 지체하면 히데타다와 함께 철수하게 될 것 같아 이에야스는 19일에 단호하게 오카자키를 떠났다. 그러자 마치 뒤따라온 듯 히데요리의 사자가 다시 나타났다.

늘그막의 이에야스가 충족감에 젖어 지낸 이른바 행복한 나날들은 히데요리의 사자를 맞이한 이해 초하루부터 그가 29일 하마마쓰에 도착했다가 다시 도토우미의 나카이즈미(中泉)에 닿을 때까지의 30일 동안이었다. 그중에서도 오카자키를 출발한 얼마 뒤 뒤쫓아온 히데요리의 사자를 대면했을 때가 그 '절정'이었다고 할 수 있다.

히데요리의 사자는 이번에도 이토 나가쓰구였다. 나가쓰구가 말을 몰아 이에야스의 행렬을 뒤쫓아오자, 이에야스는 그대로 미카와의 기라 저택에 들어가 대면하고 하루 묵기로 했다.

이때도 매립공사에 대해 무언가 말썽이 일어난 게 아닌가 하고 문득 생각했다.

그런데 이번의 사자도 노체가 건안하시느냐는 따뜻한 위로의 여로 문안이었다. 더구나 나가쓰구의 뒤를 이어 전달된 옷궤에서 솜을 두둑이 넣은 명주옷이 세 벌이나 나왔다. 그 한 벌은 히데요리가 고른 오동잎 무늬 천을 센히메가 손수 바느질한 것이었다.

그것을 보고 이에야스는 눈물을 주르르 흘렸다. 이에야스는 몇 번이고 감탄하면서 말했다.

"고맙다……고마워…… 이제 에도의 이 할아버지도 마음 놓고 죽을 수 있게 되었다. 아무 미련도 없다……고 우대신께 말씀드려라. 아니, 센히메에게도 내가…… 내가……이렇게 기뻐하며 울더라고 전해 다오."

그것은 천군만마 사이를 질주해 온 맹장도 아니고, 일본의 문을 연 영걸도 아니며, 오로지 평범하고 어진 한 노인의 순수한 기쁨이었다.

이토 나가쓰구도 함께 울었다. 그는 이에야스만 한 인물이 이처럼……마치 어린아이같이 기뻐하리라고는 생각지 못했던 것 같다.

그날 밤 이에야스는 나가쓰구와 함께 잔을 나누며 수고를 위로한 뒤 다음날 20일이 되자 문득 생각을 바꿨다. 여기서 히데타다를 기다릴까 하고 생각한 것이다. 히데요리와 센히메가 이처럼 갸륵한 마음을 가지고 있는 것을 히데타다에게 아직 알리지 않았다.

'역시 말해 두었어야 했는데…….'

그러나 이에야스는 23일에 기라를 떠나 27일에 요시다성으로 들어갔다. 기라는 쇼군 히데타다를 기다릴 장소가 아니라고 생각했던 것이다.

한편 히데타다는 24일에 후시미성에서 니조 저택으로 들어가, 그곳에서 여러 공경의 인사를 받고 군령을 갖추어 귀로에 접어들었다. 히데타다 쪽에서도 이에야스에게 이야기하고 싶은 것이 많았다. 그래서 도이 도시카쓰를 한발 앞서 떠나보냈다. 특별히 이에야스에게 아뢸 일이 있었기 때문이다.

실은 매립공사가 아직 히데타다의 생각처럼 완료되어 있지 않았다. 그래서 남은 일을 마사즈미와 노부시게 두 사람에게 특별히 당부하고 자신은 급히 아버지의 뒤를 따랐다.

이미 영주들은 대부분 군사를 이끌고 영지로 돌아갔다. 그러자 수비가 허술해진 것을 틈타 오사카성 안의 무사들이 다시 불온한 동요를 보이기 시작했다…… 는 히데타다의 견해는 이에야스와 완전히 반대였다.

히데타다는 화의성립 뒤, 히데요리의 심경이 크게 달라진 것을 모르고 있었다. 반대로 히데요리와 그 측근의 젊은이들이 가장 강경하게 주전론을 주장하며 화의에 반대한다고 보고받고 있었다.

무사 중에서는 사나다 유키무라와 고토 마타베에. 따라서 화평 뒤의 불온한 움직임도 당연히 이 두 선에서 일어나는 책동이 진원지를 이루고 있다고 판단했다. 이러한 판단을 기준으로 보면, 이에야스의 조치는 모두 미적지근한 게 되고 만다.

히데타다는 이에야스가 노망했다고는 결코 생각지 않았다. 그렇듯 미적지근하게 다루는 원인 중에는 사랑하는 손녀 센히메에 대한 한없는 외곬다운 사랑이 스며 있는 것 같아 견딜 수 없었다. 손자는 자식보다 귀엽다고 한다. 그러나 그런 일로 천하의 다스림이 좌우되어서는 결코 안 된다.

그것은 히데타다만의 생각이 아니었다. 이에야스 자신도 입만 열면 그런 말을 했고, 히데타다 또한 그것을 위해 엄하게 자제해 왔다.

'센히메 때문에 아버지 생애의 마지막 오점을 남겨서는 안 된다……'

이것이 고지식한 효자 히데타다의 거짓 없는 심정이었으리라.

히데타다가 한발 앞서 출발시킨 도시카쓰가 이에야스를 뒤따라가 은밀히 면회를 청한 것은 이에야스가 하마마쓰를 출발하려고 하던 1월 25일이었다.

이에야스는 하마마쓰에서 겨우 20리 남짓한 나카이즈미의 절에 들어가 그곳에서 도이 도시카쓰를 대면했다. 나카이즈미는 미쓰케(見付) 남쪽에 있으며 그 옛날 도토우미의 중심지였다. 이곳에 이에야스가 전각을 세운 것은 덴쇼 6년(1578)의 일로, 하마마쓰성에 머무를 무렵에 가끔 와서 쉬거나 사냥했던 곳이었다. 그 전각이 지금은 주센사(中泉寺)라는 절이 되어 사람들은 흔히 고텐바(御殿場)라고 불렀다.

이에야스는 기분 좋게 그 절로 들어가 부랴부랴 도시카쓰를 불러들이고 자기가 먼저 사람들을 물리쳤다.

"도시카쓰, 실은 내가 그대에게 부탁하여 쇼군에게 전할 말이 있다."

이 말을 듣자 도시카쓰는 황급히 눈을 내리깔았다. 아무래도 이에야스가 하려는 말을 짐작하는 모양이었다.

"다름 아니라 우대신이 일부러 여로를 문안하는 사자를 보냈다. 그 사자를 기라에서 만났는데, 그때의 선물이 무엇이었는지 알겠느냐?"

"글쎄……무엇인지……?"

"옷이야. 그것도 예사 옷이 아니라 우대신이 직접 고르고 센히메가 손수 바느질한 명주 솜옷이다. 나중에 그대에게도 보여주겠다."

도시카쓰는 괴로운 듯 말했다.

"그 일에 대해 중요한 말씀을 아뢰려고 합니다."

"뭐? 그 일에 대해……?"

"예, 쇼군께서 우대신 마님께 자결을 권유하고 계십니다. 그러니 그 명주옷은 전별의 명주옷……이 될지도 모릅니다."

결심한 듯 말하고는 다시 황급히 시선을 내리깔았다. 아무래도 속세란 잠시도 아무 풍파 없이 잠잠하게 있을 수 없는 곳인 모양이다. 이에야스는 팔걸이 쪽으로 몸을 확 기울이다가 황급히 자세를 고쳐앉았다. 방금 들은 말의 의미가 너무나 뜻밖의 중대한 의미를 담고 있는지라 순간 말이 나오지 않았다.

"도시카쓰……."

"예, 놀라시는 게 당연하지만 사실입니다. 쇼군께서 오초보를 통해 자결을 권유하셨습니다. 아직 대답은 듣지 못했습니다만……사실은, 사실은……."

여기까지 말하자 이에야스는 눈앞으로 날아온 나비나 거미라도 때려서 떨어뜨리듯 커다란 몸짓으로 허공을 쳤다.

"그런데! 그대는 왜 그것을 막지 않았나?"

"간언을 드렸습니다만 듣지 않으셨습니다."

"못난 녀석 같으니!"

"예?"

"센히메는……이제야 비로소 이 세상에서 여자다운 행복을 맛보고 있는 중이야."

"저도 그렇게 생각합니다."

"우대신이……우대신이…… 잘 들어라, 도시카쓰, 젊을 때는 누구나 젊은 혈기에 못 이겨 탈선하는 것…… 그러나 나이를 먹을수록 차츰 수그러지는 한낱 혈기에 지나지 않는다. 그럴 때마다 벌한다면 어떻게 되겠느냐? 우대신의 혈기는 가라앉았어! 내가 잘 꿰뚫어 보고 있다. 이럴 때 나에게 상의도 없이 센히메에게 자결…… 쇼군은 대체 정신이 있는가, 없는가!"

호통으로 말을 끝내고 이에야스는 갑자기 입을 다물고 말았다. 예사로운 일로 그런 지시를 할 히데타다가 아니라……는 걸 깨달은 것이다. 아니, 그보다 센히메는 히데타다에게 한없이 측은하고 사랑스러운 딸……이라고 반성한 것이었다.

'그 사랑하는 딸에게 어째서 자결을 권하지 않으면 안 되었을까……?'

그 이유도 묻지 않고 그저 꾸짖기만 해서 될 일이 아니었다.

두 사람 사이에 한동안 거북한 침묵이 흘렀다.

"도시카쓰."

"예."

"그러면 쇼군은 무슨 일이 있어도 오사카를 쳐야 한다고 생각하시는가?"

"예, 그곳에 천하의 치안을 해치는 종기가 모여 있으니, 고름을 짜내지 않으면 태평한 세상이 굳건해질 수 없다고 전망하고 계십니다."

"그래……그래서 무엇보다 가련한 센히메가 성안에 있으면 과감하게 공격할 수 없다고 본 모양이로군."

"황송하오나 그 이상의 깊은 생각이 있으시다고 믿습니다."

"그 이상이라니? 대체 뭐냐?"

"오고쇼님은 센히메 님을 사랑하시므로……상의드려도 허락하지 않으신다, 그러니 말씀드리지 않는 게 진정한 효도라고 생각하신 줄 믿습니다."

"모자란다!"

"예……?"

"그것만으로는 생각이 모자라! 그대가 참다운 충신이라면 그럴 때야말로 간언을 드려야지. 그런데 대체 그게 무슨 실수냐!……모자란다. 도시카쓰, 생각이 모자라……."

이에야스는 눈앞이 캄캄해졌다. 요즘 거의 한 달 동안 이에야스가 꾼 꿈이 너무나 달콤했던 만큼 받은 타격도 컸다.

이에야스는 무사 문제에 대해 히데타다처럼 예민하게 생각하지 않았다. 그는 영지이동이 모든 문제를 해결하는 실마리가 된다고 보았다. 그곳은 다이코가 천하를 호령하던 오사카성이기 때문에 무사들의 꿈도 부풀어 있다. 그러나 야마토의 고리야마로 옮긴다면 사정은 완전히 달라진다.

물론 히데요리도 남은 재물을 깨끗이 분배할 것이고 그에 따라 앞으로의 가계에 일정한 계획도 선다. 그리고 무공 있고 의리 있는 자를 이에야스의 조언에 따라 다시 영주로 받아들인다면, 약 3분의 1은 쓸 만한 사람들이었다. 그리고 또 3분의 1은, 체면상 성을 버리고 사라질 자들이라고 본다면 도요토미 가문의 짐이 되는 자는 3분의 1…… 그들은 도사(土佐)나 사쓰마처럼 둔전병(屯田兵) 제도를 택해 개간에 종사시키면 새로운 농경부대를 얻은 게 되어 도요토미 가문의 재정에 오히려 여유가 생길지도 모른다…… 전국인(戰國人)의 기질 속에는 설득과 인도하는 방법에 따라 기골이 늠름하고 믿음직스러운 기개가 다분히 남아 있었다.

이러한 이에야스의 계산은 모르고 도시카쓰는 말을 이었다.

"쇼군이 저에게 오고쇼님 뒤를 따르게 한 것은, 실은 이대로는 오사카를 진정시킬 수 없다는 전망을 말씀드리라는 내명을 내리셨기 때문입니다. 무엇보다도 지금 오사카에는 오고쇼님이 화의를 맺으신 진정한 의미를 이해하는 자가 없습니다. 아니, 그 의미는 이해해도 그것을 성안의 무사들에게 철저히 알려 그들이 납득하도록 만들 인물이 없습니다. 그러므로 소동이 자꾸 커질 뿐…… 무사들은 이미 성 아랫거리에서 교토에 걸쳐 다시 동지들을 규합하려 출몰하고 있는 형편입니다."

이에야스는 힘없이 고개를 끄덕이며 탄식했다.

"쇼군께서는 그렇게 보는가……?"

"예, 그들 대부분은 해자를 매립하고 성곽을 파괴한 데 대한 노여운 감정은 있어도, 그렇게 됨으로써 싸움을 할 수 없게 되었다……는 걸 깨달을 만큼 분별 있는 자는 거의 없고, 분노가 시키는 대로 폭동을 일으키려는 기색이 짙으므로 마님도 우대신도 센히메 님도 모두 볼모로 성안의 한 곳에 감금할지 모른다…… 그리고 부인을 교섭의 미끼로 삼아 공격군에게 이것저것 난제를 걸어올 것이 뻔하다고 보고 계십니다. 아니……당장 어떤 자는, 사람이 성이고 사람이 해자라고 한 다케다 신겐의 말을 인용하여, 이제부터는 센히메 님이 해자 대신이다, 한낱 해자라면 메울 수 있어도 센히메 님은 메울 수 없을 거라는 방자한 말을 하는 자도 있다고 합니다…… 그래서 쇼군께서도 눈물을 머금고 오초보 님을 통해 연락하신 것이라고 믿습니다."

이에야스는 멍한 표정으로 허공을 응시하고 있었다. 너무 엄청난 일이라 아무생각도 할 수 없는 노인의 표정이었다. 도시카쓰는 그것을 서글프게 느끼기보다 그동안에 해야 할 말을 해치워야 한다는 진지한 표정이었다.

"그것은 쇼군만의 생각이 아닙니다. 오사카성에 상대할 만한 인물이 없다고 나루세, 안도, 혼다 부자, 그리고 이타쿠라 부자까지 모두 똑같은 의견입니다…… 정말 난처하게 됐습니다."

이에야스는 이 말을 들은 한참 뒤 도시카쓰를 물러가게 했다.

장군이 센히메에게 자결을 권할 만큼 절박한 공기가 되어 있을 줄은 꿈에도 몰랐다. 도시카쓰는, 그렇게 하지 않으면 요도 마님과 히데요리도 센히메와 함께 성안에 유폐될 거라고 판단하고 있는 듯한 말투였다.

아직 해가 많이 남아 있었다. 도토우미의 햇볕은 교토의 추위와는 비교도 되지 않을 정도여서 남쪽으로 면한 장지문 가득 포근한 햇볕이 내리쬐었다. 장지문을 열면 매화를 구경할 수 있을 것 같았지만 지금은 꽃구경이 문제가 아니었다.

'어떻든 센히메를 죽여서는 안 된다⋯⋯.'

이에야스는 야릇한 눈빛으로 팔걸이에 얹은 오른손 손톱을 의치(義齒)로 깨물고 있었다. 아마 스스로는 의식하지 못하는 사이⋯⋯ 이번에는 중얼중얼 혼잣말을 하기 시작했다.

"이게 무슨 변인가⋯⋯ 아직도 시련이 남아 있다니⋯⋯ 우대신이 모처럼 내 마음을 알아주었는데 이번에는 쇼군이⋯⋯."

그러나 히데타다도 도시카쓰도 결코 경솔하게 생각하는 인물들이 아니다. 그 도시카쓰가 나루세도, 안도도, 이타쿠라 부자도, 모두 히데타다와 같은 생각이라고 분명 단언하고 있다⋯⋯ 물론 그것에 거짓이나 술수가 있을 거라고는 생각되지 않으니 이에야스가 자신의 뜻을 밀어붙이면 무리가 생긴다.

이에야스는 사실은 히데타다와 도시카쓰를 꾸짖고 싶은 심정이었다. 나루세도, 안도도, 이타쿠라도 마찬가지였다. 지금 오사카성 안에 인물이 없다⋯⋯는 것은 이미 오래전부터 잘 알고 있는 사실이다. 왜 오노 하루나가를 불러 알아듣도록 설득하려고 하지 않는가⋯⋯? 굳이 그러지 않는 것은 역시 그들의 가슴속에 오사카에 대한 증오가 깊이 뿌리박혀 있기 때문이리라⋯⋯.

"내가 그토록 누누이 설명한 싸움인데도⋯⋯."

그렇다, 다시 한번 설득해야 한다. 아니, 두 번이고 세 번이고 설득하지 않으면 안 된다. 내가 눈을 감기 전에 이러한 시련이 주어지는 것은 역시 신불의 뜻이며, 그것은 곧 어려움과 맞서 싸우라는 암시가 아니고 무엇인가?

"나는 이곳에서 쇼군이 오기를 기다리겠다."

야규 무네노리가 쇼군을 모시고 올 것이 틀림없다. 그 무네노리를 곧장 오사카로 돌려보내 우선 센히메의 자결을 저지하고, 그 뒤 무사들을 진정시킬 방법을 의논하는 것이다……

이러한 생각을 겨우 정리한 그날 저녁, 이번에는 쇼군 히데타다의 행렬을 앞질러 마사즈미가 말을 몰아 나카이즈미에 도착했다. 물론 마사즈미도 도중에 히데타다와 만나 무엇인가 의논하고 온 것이 분명했다.

목덜미에 땀이 흠뻑 밴 말을 산문께에 매어놓고 마사즈미는 곧장 이에야스가 있는 객전으로 달려왔다. 도시카쓰가 먼저 온 것을 알았다면 혹시 도시카쓰부터 만나보았을지 모르지만 마사즈미는 그 사실을 몰랐다.

이에야스 앞으로 나가자, 마사즈미는 숨이 턱에 닿는 소리로 다가앉았다.

"오고쇼님! 역시 오고쇼님 말씀대로 되었습니다."

"뭐! 내가 말한 대로……?"

이에야스는 부디 길보이기를 빌면서 가슴을 두근거리며 물었다.

"예."

마사즈미는 고개를 크게 끄덕인 뒤 우선 이마의 땀부터 씻었다.

"오고쇼님은 오사카 쪽이, 이 은혜를 잊어버리고 불의를 행하면 스스로 멸망할 뿐…… 하늘은 결코 불의를 편들지 않는다……고 우리에게 말씀하셨습니다."

"그, 그런데 그것이 어쨌단 말이냐?"

"드디어 오사카에서 은혜를 잊어버리고 불의를 저지르기 시작했습니다."

이에야스는 낙담하여 얼굴을 찌푸렸다.

"마사즈미, 그대도 그 말을 하러 뒤쫓아왔는가?"

"예, 오고쇼님께서도 아시는 오바타 가게노리(小幡景憲)를 교토에 살게 했더니, 드디어 그에게 유혹의 손길이 뻗쳤습니다."

"뭐, 유혹?……누가?"

마사즈미는 서슬이 시퍼렇게 대답했다.

"오사카성 안에서입니다. 무사들은 더 많은 동지들을 규합하여 드디어 농성으로 들어가 다시 한번 반기를 들기로 결의한 모양입니다."

"……"

"새로 무사들을 시중에서 끌어모으기 시작했을 뿐 아니라, 메워진 해자를 도로 파고, 파괴된 성루를 세우기 위해 대불전을 건립하고 남은 목재를 가지러 교토에 왔습니다. 물론 그 지시를 내린 것은 꼼짝 못 하고 무사들에게 조종당한 오노 하루나가…… 그들은 드디어 음흉한 꼬리를 드러냈습니다. 이타쿠라 님과 상의하여 우선 이러한 사실을 오고쇼님께 상세히 아뢰기 위해 급히 뒤쫓아왔습니다."

이것은 또 얼마나 귀찮은 두 번째 화살인가. 이에야스는 다시 입을 꽉 다문 채 할 말을 잊고 말았다.

"물론 사방에 매복시켜 놓은 무사는 오바타 가게노리만이 아닙니다. 스미요시에 살게 한 구마노(熊野)의 신구 유키토모(新宮行朝)와 사카이에 있던 요시무라 곤에몬(吉村權右衛門)에게도 유혹의 손길이 뻗쳤습니다. 강 언저리의 상인들에게 목재 매매금지령을 내렸기 때문에 일부러 대불전의 남은 목재를 가지러 보낸 것이고, 어쩌면 이미 메워버린 해자를 다시 파기 시작했는지도 모릅니다."

"마사즈미!"

"예."

"그, 그러한 사실을 우대신은 알고 있는가?"

마사즈미는 선뜻 고개를 저었다.

"아마 모르고 계실 것입니다."

"그럼, 우대신의 명령이 아니란 말이지?"

"황송하오나 이미 우대신님께서는 허수아비 같은 존재……."

"닥쳐라!"

"예……."

"이번 모반……이번의 반기는 대체 무엇 때문인가? 도요토미 가문의 몰락을 볼 수 없어 모인 것이 그 참뜻이 아닌가!"

마사즈미는 얼굴이 시뻘게져서 불길 같은 기세로 말했다.

"황송하오나 저는 사실 그대로를 말씀드리고 있는 것입니다. 그보다도, 그런 참뜻은 벌써 오래전에 어디론가 날라가 버렸습니다. 그래서 스스로 멸망하는 불의라고 말씀드린 것입니다. 하여간 이대로 내버려 두면 불길이 너무 커질 터인즉, 곧 이리로 오실 쇼군과 잘 의논하시기를 간절히 부탁드립니다."

길고 긴 자기 생애의 마지막을 장식하는 즐거운 여행……이라고 생각했던 것이 단번에 소리 내며 와르르 무너져버렸다.

"그러면 쇼군도 이곳에 들른다더냐?"

"예, 사태가 이렇게 된 이상 잠시도 머뭇거릴 수 없다고 하시며, 도중에 영주들에게 군령을 내리는 것도 위신상 좋지 않으니 오고쇼님과 의논하신 뒤 에도로 급히 가셔서 다시 군대를 낼 생각이신 듯했습니다."

마사즈미의 대답은 확신에 찬 듯했고 조금도 거리낌이 없었다. 히데타다를 비롯한 그들의 생각이 이미 무사들의 소요는 토벌해야 한다고 결정내린 증거라고 보아도 무방했다.

"마사즈미……"

"예."

"그대는 어디서 쇼군을 만났나?"

"요시다에서 뵈었습니다. 그러므로 내일 한낮이 좀 지나면 이곳에 도착하실 것입니다. 쇼군께서는 오고쇼님을 뵙고 자세히 보고드린 뒤 이곳에 머무르지 않고 곧장 에도로 가실 것으로 보였습니다. 아무튼 서두르지 않으면 마님도 우대신도 무사들에 의해 성안에 유폐당할 우려가 있습니다."

"하나 더 묻겠는데, 그대 아버지 마사노부는 이번 일에 대해 대체 어떤 생각을 가지고 있더냐?"

"예……이번에야말로 오고쇼님의 통찰력에 놀랐다…… 오사카를 멸망시키는 것은 틀림없이 오사카 자신…… 결코 막부도 아니고 영주들 군대도 아니다…… 오고쇼님께서는 참을 수 없는 일을 꾹 참으시면서 이때를 지그시 기다리신 듯하다. 이 교훈은 결코 잊지 않으리라……고."

이에야스는 황급히 손을 저으며 말을 막았다.

"그만!"

마사노부는 역시 마사노부…… 그는 유례없는 모신(謀臣)이었지만 이에야스의 마음을 속속들이 알지는 못했다.

"그래……마사노부까지 그렇게 생각한다면 다카토라도 마찬가지겠지. 모두들 이렇게 되리라는 것을 내가 예상했고, 또 이렇게 되기를 바라고 있었다고 한단 말이지……."

이 이에야스의 말은 반은 맞고 반은 완전히 빗나간 것이었다. 왜냐하면 마사노부며 다카토라 등의 노신은 실은 이에야스의 뱃속을 훤히 꿰뚫어 보고 있었다. 아니, 또 한 사람 다테 마사무네도 꿰뚫어 보고 있었을 것이다. 그리고 그러한 이에야스의 조치가 불만스러워 이번 일에 군말 없이 오사카를 토벌하는 방향으로 끌고 가려는 게 분명했다.

"알았다, 물러가 쉬어라. 그래, 쇼군은 이곳에 들러 곧장 에도로 갈 작정이란 말이지…… 참 그렇군, 별실에 도이 도시카쓰가 쉬고 있을 테니 그대도 만나보도록 해라."

이에야스는 다시금 온몸의 힘이 빠지고 눈앞이 어찔어찔해지는 것 같았다. 갑자기 등줄기가 으스스해지는 것은 체력이 쇠약해져 감기가 엄습했기 때문으로 여겨졌다. 이에야스는 부르르 몸을 떨고 자세를 바로 했다. 이런 때 배꼽 아래 단전의 힘을 빼면 그대로 병석에 눕게 된다.

'이에야스여……정신 차려라. 이런 것이 인생이라면 결코 져선 안 된다.'

이에야스는 스스로를 격려하며 숨을 크게 들이마셨다.

몽마(夢魔)

벌거숭이처럼 되어버린 오사카성으로 대불전 공사 때 쓰고 남은 목재가 교토에서 잇따라 날라져 온 것은 히데타다가 에도를 향해 출발한 바로 뒤인 1월 끝무렵부터 2월 첫 무렵에 걸쳐서였다. 그 목재는 지금 시민들에게 빤히 바라보이는 안해자를 메운 지대에 쌓였고 곧 도끼 소리가 나기 시작했다. 시민들 사이에 당연히 엉뚱한 소문이 번졌다.

"쇼군이 에도로 돌아간 것은 싸움이 끝나서가 아닌 모양이야. 실은 해자를 메워놓고 다시 대군을 내어 공격할 작정으로 급히 돌아가셨다는 거야."

물론 이런 소문을 부정하는 자도 없지 않았으나, 한 번 일기 시작한 소문의 불꽃은 이내 교토와 오사카 거리를 휩쓸었다.

"들었는가? 에도에서 다시 대군이 쳐들어온다는 소문……."

"그러면 이번은 전과 다르겠지. 오사카도 교토도 잿더미가 될 거라고……하던데 사실일까?"

"거짓말은 아니겠지. 그 증거로 저렇듯 성에서 성채 재건 작업을 시작한 게 아니겠어?"

개중에는 일부러 목재를 쌓아놓은 곳까지 가서 나무를 다듬는 목수와 인부들에게 물어보는 자까지 있었다.

뿐만 아니라 2월 중간 무렵이 되자 가재도구가 불에 타지 않도록 교토에서 친척들을 찾아 도시 밖으로 피난하는 자까지 나타났다.

"이젠 미룰 수 없다. 에도의 선봉이 하코네(箱根) 저쪽에 집결해 있는 모양이다."

그러나 이러한 소문은 성안의 히데요리며 요도 마님 귀에는 들어가지 않았다. 아니, 들어가지 않도록 오노 형제가 필사적으로 가로막고 있었다.

하루나가와 하루후사는 무사들과 강경파에게 조종당해 대불전의 남은 목재를 가지러 보내기도 하고 시중에 흩어진 무사들을 불러들이기도 했지만 싸울 생각은 털끝만큼도 없었다.

"주군께서는 영지를 이동하실 각오이시다. 그러나 이 말을 입 밖에 내면 생명이 위태해질 것이다. 정말 딱한 노릇이야."

딱하다, 딱하다……고 하면서 오노 형제는 가타기리 형제만 한 결단도 의견도 가지지 못했다. 가쓰모토는 어떻게든 60여만 석의 현재 신분으로 도요토미 가문의 존속을 꾀할 것……이라는 소극적이지만 목적이 있었다. 그런데 오노 하루나가에게는 그 가쓰모토와 총애를 다투는 출세욕만 있을 뿐, 본디부터 포부 같은 것은 없었다.

그 하루나가가 가쓰모토를 몰아내 버렸다. 그리고 현재로서 분명한 사실은, 요도 마님과 히데요리가 완전히 이에야스에게 마음을 열고, 이에야스가 시키는 대로 할 작정이라는 것이었다. 이런 사정을 알므로 더 이상 이에야스를 적대하려는 생각은 할 수 없는 하루나가였다. 따라서 지금 오노 형제가 난처해하는 일은 '무사들의 처치'이지만, 인간은 곤경에 놓이면 자기가 무엇 때문에 곤란해하는지조차 깨닫지 못할 만큼 혼돈에 빠져버리는 모양이다.

"난처하게 됐군. 지금 어떻게 하지 않으면 마님이며 대감과 무사들이 정면충돌하게 될지도 모른다."

그럴 때 오노 형제가 상상도 하지 못했던 센히메의 자결미수 사건이 갑자기 터졌다.

센히메는 화의가 이루어진 연말 무렵부터 다시 요도 마님 곁을 떠나 본성의 자기 거처로 돌아와 있었다. 그때부터 피부에 윤기가 돌기 시작했고 잊어버린 것으로 여겨졌던 웃음까지 주위사람들에게 보이기 시작했다.

그 센히메가 2월 18일 한낮이 지난 뒤, 모쿠지키 대사가 만든 대일여래상(大日如來像)이 안치된 불당에 들어가 자결하려 한 것이다.

그 불당은 전에 요도 마님이 사용하던 방으로, 그곳에 대일여래상을 안치한 것도 요도 마님이었다.

요도 마님은 그날 다이코 전하의 기일이 지난 뒤 문득 대일여래상이 떠오른 듯 오노 형제의 어머니인 오쿠라 부인에게 공양물을 들려서 보냈다.

"나 대신 갔다 와다오."

오쿠라 부인은 우선 센히메의 거실로 찾아갔다. 그러나 센히메가 그곳에 없으므로 그냥 시녀에게 공양물을 들려 불당으로 갔다가 거기서 막 자결하려는 센히메를 발견했다.

오쿠라 부인의 시녀가 구르듯 대기실로 달려온 것은 그 직후로, 그날 오노 형제는 일단 메워버린 안쪽 해자를 다시 팔 것인가 어쩔 것인가에 대해 잠꼬대 비슷한 협의를 거듭하고 있었다.

"큰일 났습니다. 어서 내전의 불당으로 와주세요…… 네……어머님이신 오쿠라 부인께서 부르셔요."

단숨에 말하는 소리를 들었을 때, 형제는 둘 다 어머니 오쿠라 부인이 쓰러진 것으로 생각했다.

말없이 일어나 긴 복도를 건너가면서 물었다.

"용태는 어떠하시냐?"

그러나 만족할 만한 대답을 들을 수 없었다.

들을 수 없는 것이 당연했다. 시녀 자신도 정신이 나가 뭐가 뭔지 알지 못했기 때문이다.

"어머님! 무슨 일이십니까?"

하루나가를 선두로 급히 미닫이 안으로 몰려 들어가다가 비로소 형제는 얼어붙은 듯 그 자리에 멈춰 섰다.

쓰러져 있을 것이라고 생각한 어머니 오쿠라 부인이 센히메의 오른쪽 손목을 꽉 쥐고 주위를 경계하는 듯 긴박한 표정으로 그들을 맞이했다.

"우선 말이 안 나도록……마님 귀에 들어가면 안 돼요."

센히메는 새하얀 명주옷을 입고 무릎을 단단히 동여매고 있었다. 불전에 바쳐진 촛불과 코를 찌르는 향내…… 무릎 앞에 내던져져 있는 두 겹의 자루 속에서 빼꼼히 머리를 내민 비수의 하얀 칼집…… 그것만 보아도 여기서 무슨 일이 일어났는지, 아니, 일어나려 했는지 충분히 알아차릴 수 있는 광경이었다.

"하루나가, 이것은 자루 속에 잘 간직해 둬."

어머니는 왼손에 쥐고 있던 9치 5푼짜리 칼을 가볍게 하루나가 쪽으로 던졌다.

센히메는 오른쪽 손목을 오쿠라 부인에게 잡힌 채 방심한 듯 허공을 응시하고 있었고, 그 옆에는 어릴 때부터 센히메를 모셔온 오초보인 교부쿄 부인이 엎드려 울고 있었다.

번연히 알면서도 하루나가는 이렇게 물을 도리밖에 없었다.

"이게……대체 어떻게 된 일입니까, 어머님?"

오쿠라 부인은 하루나가의 물음에는 대답하지 않고 울고 있는 교부쿄 부인 앞의 다다미를 두드렸다.

"울기만 하면 어쩌겠다는 거냐? 마님께서 아무 말씀이 없으셨더라도 네가 몰랐을 리 없다. 무슨 까닭이 있어 이런 일을 만류하지 않았어?"

그러나 교부쿄 부인은 어깨를 들썩이면서 울기만 할 뿐이었다.

"오초보는 여느 시녀가 아니야. 작은마님이 출가하실 때부터 생사를 함께 하도록 뽑혀서 따라온 여무사(女武士)…… 그런 그대가 작은마님이 자결하시려는 것을 무슨 이유로 모른 척했는지 그 까닭을 들어보자."

다시 한번 추궁하듯 말하고 나서 다시 하루나가와 하루후사를 돌아보았다.

"이 일에 대해서는 내가 밝힐 테니 주군과 마님께는 절대로 비밀을 지키도록…… 누가 오면 큰일이니 내가 질문하는 동안 잘 감시해다오."

하루나가는 심각하게 고개를 끄덕이고 하루후사에게 눈짓으로 신호를 보냈다.

하루후사는 얼른 알아차리고 시녀에게 복도를 지키도록 하고 자기는 입구 가까이에서 대기했다.

"자, 그냥 넘어갈 수 없는 일이야. 그렇잖아도 세상에 헛소문이 나돌고 있어…… 에도에서 너에게 무리한 밀명이라도 내렸느냐?"

"……."

"너도 알다시피 주군과 마님께서 지금은 완전히 마음을 푸셨고 부부 사이도 화목하실 뿐 아니라 모자 사이의 정도 더없이 좋다…… 대체 무엇 때문에 자결하시려 했느냐?"

오쿠라 부인은 도저히 이해할 수 없다는 표정으로, 달래듯 목소리를 부드럽게 바꿨다.

"알겠지? 네 입장은 미묘하다. 네가 순순히 말하지 않으면 우리 모자는 어쩔 수 없이 주군과 마님께 이 사실을 아뢰어야 한다. 그리되면 무사히 넘어가지 못하리라…… 그러나 아직은 아무도 모른다!"

그러나 교부쿄 부인은 소리죽여 울 뿐 입을 열려고 하지 않았다. 무리도 아니었다. 센히메보다 나이 어린 시녀였으나…….

오쿠라 부인은 질문의 화살을 센히메에게로 돌릴 수밖에 없었다.

"그럼, 작은마님께 여쭈어보겠습니다. 작은마님, 보시다시피 마님의 시녀는 입이 무겁습니다. 그렇다고 우리 모자가 이대로 여기서 물러설 수도 없습니다. 일이 나기 전에 발견할 수 있었던 것은 돌아가신 다이코님의 인도…… 아니, 대일여래의 은덕인지도 모릅니다. 하오니 부디 사정을 말씀해 주십시오……."

그러자 센히메는 희미하게 고개 저으면서 나지막하게 말했다.

"묻지 말아요. 왠지 그냥 불쑥 죽고 싶었을 뿐이야."

듣고 있는 동안 하루나가는 짜증 나기 시작했다. 어머니의 질문도 미적지근하지만 교부쿄 부인의 고집에도 화가 났다.

"그대가 말하지 않으면 내가 말하겠다. 도저히 살아 있을 수 없도록 에도에서 무리한 명령을 내린 거야. 그렇지? 우리가 그만한 것도 모를 줄 아는가, 교부쿄 부인!"

하루나가는 교부쿄 부인을 꾸짖은 것이었는데 그 말은 오히려 센히메에게 큰 충격을 주었다. 그 증거로 일단 입을 열었던 센히메의 얼굴이 다시 새파랗게 질리면서 눈이 허공에 못 박혔다.

이렇게 된 이상 하루나가도 물러설 수 없다는 생각이 들었다. 다시 입을 열려는 어머니를 제지하고 안타까운 듯 더 가까이 다가앉았다.

"나는 시녀에게 묻는 중입니다. 생각해 보아라. 표면상 화의는 성립되었지만 서로 불신감을 씻지 못한 채, 세상에서는 다시 싸움이 벌어질 거라고 두려워하고 있다…… 이러할 때 마님께서 자결하신다면 어떤 사태가 벌어질 것 같으냐? 간토에서는 물론 그렇게 생각하지 않을 것이다. 누군가가 작은마님을 살해했다……고 오해라도 한다면 오늘날까지 우리가 쌓아온 고심은 모두 물거품으로 돌아간다. 아무리 어리다 해도 그만한 것을 깨닫지 못할 그대는 아닐 것이다. 아니면 결코 말해선 안 된다고 누가 지시라도 했느냐?"

"아니……아니에요……."

교부쿄 부인은 갑자기 숨 가쁘게 말하면서 고개를 들었다.

"제가 나빴습니다…… 말리지 못하고 함께 따라 죽으려고만 생각했습니다……
이 교부쿄가 나빴습니다……."

"뭐? 말리지 않고?"

"……예, 마님께서는 요즈음 이런 행복이 줄곧 계속될 수 있을까……하시며 두
려워하고 계셨습니다…… 지금의 이 행복을 고스란히 안은 채 죽고 싶다……는
말씀을 하셨는데 저도 그만 생각 없이 그런 마음이 들어서 말리지 않았습니다만,
그 일이 더없는 불충이라는 것을 깨달았습니다. 용서해주세요!"

"닥쳐라!"

"예……."

"지금의 행복을 안고…… 그러한 어린애 속임수 같은 변명을 이 하루나가가 믿
을 것 같으냐?"

다시금 날카롭게 다그치자 교부쿄 부인의 얼굴빛이 핼쑥해졌다.

"그것 봐! 여기에는 깊은 사정이 있을 것이다. 자, 숨기지 말고 모든 걸 말해보아
라."

하루나가가 다그쳤다. 야무지다고는 하지만 한낱 소녀, 날카롭게 추궁하면 반
드시 무슨 말인가 들을 수 있을 거라고 생각한 것이다. 그런데 그 계산도 보기 좋
게 빗나가고 말았다.

"그럼, 저를 못 믿으시겠습니까……?"

떨면서 중얼거린 교부쿄는 그대로 고개를 푹 숙이고 하염없이 흐느껴 울기 시
작했다.

'믿지 못하는데 무슨 말을 하란 말인가…….'

이런 태도로, 그러나 그 속에 서린 한층 더 깊은 그늘을 엿보게 하는 듯한 완
강한 거부였다.

하루나가는 애가 탔다. 오쿠라 부인도, 하루나가도 주인뻘인 센히메를 추궁할
수는 없는 노릇이었다. 그래서 시녀를 추궁했는데 실은 센히메보다 교부쿄가 훨
씬 더 고집 센 것 같았다…….

그렇게 되자 오노 모자는 우선 내전을 지키는 오쿠하라 도요마사에게 센히메

를 감시하도록 부탁하고 물러날 수밖에 없었다.

'뭔가 있다…… 뭔가 있지만 그것을 알아낼 수가 없어……'

또 한 가지 불쾌한 짐을 짊어지게 된 하루나가는 짜증을 누르며 대기실로 돌아갔다.

그러자 곧 요도 마님이 찾는다는 전갈이 왔다. 때가 때인 만큼, 하루나가는 어머니가 센히메의 일을 요도 마님에게 말씀드린 게 분명하다고 생각했다.

'이게 무슨 일이람! 그토록 비밀을 지켜달라고 당부했는데……'

지금 요도 마님의 질문을 받는다고 해도 하루나가로서는 대답할 말이 없다. 아무튼 얼마 동안 시간을 둔 뒤, 다시 교부쿄 부인의 자백을 받아내야 한다…… 그렇지 않으면 요도 마님의 추궁을 받아넘길 수 없지 않은가…….

혀를 차면서 요도 마님의 거실로 가보니 용건은 그것이 아닌 듯했다.

"하루나가, 좀 더 가까이……"

요도 마님은 유쾌한 표정으로 차려내 온 상을 치우게 하고 있는 참이었다.

"방금 히데요리 님이 다녀가셨어."

"주군께서 오셨습니까?"

"응, 여러 가지로 세상이야기를 주고받았는데, 지금 성안에서는 밥을 지을 쌀이 모자라 난처한 모양이더군……"

밝은 표정으로 말하자 하루나가는 저도 모르게 미간을 찡그렸다.

"워낙 인원이 많은지라……"

"그래서 말인데…… 어떨까, 내가 슨푸의 오고쇼님에게 부탁드려 볼까 하는데."

하루나가는 황급히 다시 요도 마님을 바라보았다.

'농담하시는 것 같지 않다……'

"무슨……무슨……대체 무슨 부탁을 하신단 말씀입니까?"

"오고쇼님은 난처한 일이 있으면 자신에게 상의하라고 내게도 히데요리 님에게도 누누이 말씀하셨어. 싸움이 끝난 뒤 양식이 모자라는 것은 상례. 사정을 말하고 부탁해 볼까 하는데 어떨까?"

하루나가는 아연실색했다. 아무 보고도 하지 않은 자신의 죄를 반성하기보다 화가 치밀었다.

'어찌 이런 말을……'

부탁을 들어주기는커녕 그가 손에 넣은 정보에 의하면 이에야스와 히데타다는 무리하게 해자를 메운 뒤 군사를 돌려서 공격할 속셈인 듯했다.

"왜 그러지? 내가 부탁한다면 만일 거절당하더라도 말썽은 일어나지 않을 거야. 오쿠라와 쇼에이니와도 의논했는데, 계절도 봄이 되었으니 여행이 힘들지도 않을 것이고……."

"마님!"

하루나가는 정체 모를 감정의 충동으로 입을 열었다.

"마님께서는 오고쇼님이 지금……그런 부탁을 들어주시리라고 생각하십니까?"

"그러니 거절당하더라도……."

"거절은 고사하고 섣불리 사자를 파견하면 이번에야말로 무사히 돌아올 수 없을 것입니다."

말해 버리고 나서 스스로도 깜짝 놀랐다. 이것은 순서를 너무 건너뛰었다. 아직 요도 마님은 이에야스가 손바닥 안에서 데굴데굴 굴리고 있는 구슬이었다.

아니나 다를까, 요도 마님은 그냥 들어넘기지 않았다.

"참으로 뜻밖의 말을 듣겠군. 어째서 내 사자가 무사히 돌아오지 못한다는 거지? 그대도 역시 오고쇼의 화의가 우리 모자를 속이는 수법……이라는 소문을 믿는 건가?"

의견이 대립할 때 요도 마님의 말은 이상한 독기를 내뿜는다.

하루나가는 귀까지 화끈 달아올랐다.

"이런 말씀은 드리지 않아야 했습니다만……."

말하고 나서 하루나가는 다시 후회했다.

'이것은 정말 입 밖에 내서는 안 될 말인 것을…….'

하지만 그런 망설임과 달리, 역시 한번 말을 꺼낸 이상 결코 물러서지 않는 고집을 지닌 요도 마님의 기질이 떠올랐다.

'그렇다! 말할 바에는 지금 이 기회에…….'

아직 말하지 않은 모든 일을 털어놓고 가슴에 답답하게 들어앉아 있던 것을 깨끗이 쓸어내리고 싶은……충동에 사로잡혔다.

"마님께서 생각하시듯 간토 쪽의 생각은 그리 만만치 않습니다. 당장 오늘도 작은마님께서 그 일로 자결하려 하셨습니다."

"뭐……뭐! 센히메가 자결을?"

요도 마님은 깜짝 놀라 목소리를 낮췄다.

"그, 그게 정말인가?"

"이 하루나가 왜 거짓말을 아뢰겠습니까? 물론 증인도 있습니다."

일단 말을 꺼내자 하루나가는 스스로 자신의 감정을 억누를 수가 없었다. 먼 뒷날을 생각하기보다 당장 요도 마님을 설득하고 싶은 마음은, 이 역시 작은 아집의 노출이었다.

그런 의미에서 그의 발언은 그야말로 커다란 메아리를 불러일으켰다. 요도 마님의 표정이 순식간에 굳어버리고 입술의 핏기까지 사라져버렸다. 타는 듯한 눈으로 좌중을 둘러보며 말했다.

"모두들 물러가 있거라. 하루나가 님에게 물어볼 말이 있다."

요도 마님의 이마에 핏줄이 파리하게 솟아올랐다.

"참, 오쿠라와 쇼에이니는 남아 있거라. 다른 사람들은 어서 물러가라는 데도!"

모두들 황급히 자리에서 일어났다.

요도 마님은 입술을 바들바들 떨면서 물러가기를 기다렸다가—하루나가 쪽으로 앉으며 기분 나쁠 만큼 침착한 목소리로 불렀다.

"하루나가 님, 그대는 가끔 내가 이해하지 못할 말을 곧잘 하는군. 그대는 나와 대감이 간토와 사이좋게 지내려 하는 게 못마땅한 모양이지? 자, 어디 들어볼까? 센히메가 뭘 어떻게 했다고?"

"자결하려 하셨다고……분명히 말씀드리지 않았습니까?"

하루나가는 평소에 총애를 받는 만만함을 드러내 보였다. 이렇게 되는 것이 잠자리를 같이해 온 남녀의 당연한 과정인지도 모른다.

"무엇 때문에, 언제, 어디서…… 그 이야기를 하지 않은 이상, 분명이라는 말은 쓰지 마!"

"그러면 말씀드리지요. 장소는 대일여래상 앞, 시각은 한 시간쯤 전…… 그것을 발견하고 만류한 것은 저의 어머님, 오쿠라 부인입니다."

요도 마님은 날카롭게 소리쳤다.

"아직 불충분해! 센히메가 왜 자결하려고 했는지 그 이야기를 하지 않으면 나는 그대를 의심할 뿐. 그대는 내가 간토와 사이좋게 지내려는 것을 못마땅하게 여기고 있어."

"무슨 말씀을!"

하루나가는 발끈하여 다가앉았다. 이미 그것은 분별 있는 의견교환이 아니라 세상에 흔한 사랑싸움으로 바뀌어가고 있었다. 사랑싸움에는 본디 논리적인 이유 같은 것이 있을 리 없다. 감정의 표피를 건드리는 사사건건에 모조리 반발하여 그 속에서 애정과 예속을 확인하려 하는 데 지나지 않는다.

"근거 없는 말로 에도와의 사이를 일부러 갈라놓는다……는 말을 듣고는 저도 이대로 물러날 수 없습니다. 마님께서는 대체 웬만한 일에 작은마님이 자결하실 거라고 생각하십니까?"

"닥쳐! 그것을……그것을 묻고 있는 거야. 왜 센히메가 자결하려 했지?"

"그것은 간토로부터……주군이든 마님이든……아니, 어쩌면 두 분 모두 살해하라는 명령을 받았기 때문이겠지요."

"뭐? 뭐라고?"

"그렇지 않으면 무엇 때문에 자결을……아시겠습니까? 마님, 마님께서도 아시다시피 요즈음 주군과 작은 마님 사이는 남들이 부러워할 만큼 다정한 사이……그런데 간토에서는 그것을 모릅니다. 처음부터 속셈이 있어서 들여보낸 첩자이므로 당장 명령만 내리면 독을 타거나……칼로 찌를 줄 생각하고 무리한 명령을 내린 것입니다."

요도 마님은 그것이 하루나가의 상상에 의한 항변이라고는 꿈에도 생각지 못하고 간장이 갈가리 찢기는 듯한 심정으로 들었다.

"그러나 이미 작은마님의 마음은 변하신 뒤였습니다…… 주군은 이 세상에서 단 한 사람 사랑하는 지아비, 마님은 다정한 시어머님…… 그래서 번민하다 못해 스스로 목숨을 끊는 길을 택하신 겁니다…… 생각할수록 작은마님의 입장은 참으로 측은……"

요도 마님이 소리치며 말을 막았다.

"잠깐! 그 명령이 사실이라는 것을…… 그대는 어떻게 알았는가? 나는 이해할 수 없어. 그 오고쇼와 쇼군이……"

"그 이해하실 수 없는 일이 일어났습니다…… 그래서 지금 이 시점에서는 깊이 생각해 보아야 한다고 말씀드리는 것입니다."

"아니……믿을 수 없어. 이를테면 센히메에게 그 명령을 전한 자가 있다 하더라도, 그건 쇼군이나 오고쇼의 뜻은 결코 아닐 거야. 그대 같은……그대와 똑같은 저쪽 가신이 생각해 낸 간계임이 틀림없어."

"저와 같은……?"

"그렇지, 요즈음 툭하면 주군과 나를 업신여기며 사사건건 몰래 무슨 일을 꾀하고 있어. 그런 자가 간토에도 있겠지. 그렇지! 분명 도이 도시카쓰나 혼다 마사노부의 음흉한 계책임이 틀림없어."

요도 마님의 비약이 엉뚱한 곳에서 하루나가의 마음을 날카롭게 찔렀다. 하루나가는 입을 다물었다.

'어쩌면 그럴지도 모른다……'

문득 그런 생각이 들자 싸늘한 반성의 바람이 마음 한구석을 스치고 지나갔다.

'그렇지…… 이것은 센히메가 한 말도 아니고 교부쿄 부인이 한 말도 아니며 실은 나의 상상이 아니던가.'

이렇게 생각하자 도저히 언쟁을 더 계속할 수 없었다. 하루나가의 이마에서 식은땀이 흘렀다.

'일이 야릇하게 돌아가고 말았는걸…… 역시 해서는 안 될 말이었다.'

그러나 일단 말해 버린 이상 이대로 끝날 것 같지는 않았다. 하루나가는 당황했다.

"마님!"

힘있게 부른 뒤 요도 마님의 관심을 다른 곳으로 돌리려고 애썼다.

"듣고 보니 역시 저의 잘못…… 작은마님을 궁지로 몰아넣은 것은 쇼군이나 오고쇼가 아닌 모신(謀臣)들일지도 모릅니다."

"그럴 거야. 틀림없이 그럴 거야! 부모의 마음을 자식은 모른다고 하지 않는가? 다쓰 마님으로부터도 가끔 그런 말을 들은 적 있어. 두 가문의 부하들이 팽팽히 맞서서……일부러 일을 만들고 있는 거야."

"마님!"

"알아들었는가? ……하지만 그렇다고 센히메가 그런……."

"좋은 생각이 있습니다!"

"좋은 생각……?"

"작은마님께는 비밀로 해주십시오. 그리고……조금 전에 마님께서 말씀하신 사자를 슨푸로 보내는 것입니다."

하루나가는 궁여지책으로 황급히 이마의 땀을 훔치며 다가앉아 말을 계속했다.

"표면상 용건은 쌀을 빌린다는 것으로 해도 괜찮습니다…… 지난해의 싸움으로 백성들의 곤궁함이 이만저만 아니니…… 이번에 좀 도와주십사고 청한다면 적어도 오고쇼의 속셈을 엿볼 수 있을 것입니다. 이건 정말 명안! 마님 말씀이 맞습니다."

하루나가는 역시 총신이었다. 어떤 경우에 어떻게 하면 요도 마님의 기분을 돌이킬 수 있을까 하는 그 수법이 부지불식간에 몸에 배어 있었다. 뿐만 아니라 그 또한 사자가 어떤 대답을 가지고 돌아올지 궁금했다.

상대가 자기 주장에 꺾인 것을 안 요도 마님의 목소리는 금방 부드러워졌다.

"그것 봐, 거절당한다 해도 히데요리 님 체면이 깎이지는 않으리라."

"그렇습니다. 과연 명안입니다. 마님의 사자……이니 그 속에 교고쿠 가문의 미망인, 조코인 님도 끼워넣으시면 어떻겠습니까?"

"그렇지! 조코인도 함께 가는 게 좋겠군. 아니, 같이 가는 게 아니라 조코인을 정사로 삼아야지. 그리고 조코인에게 오쿠라와 쇼에이니, 그리고 안면 있는 니이 부인을 딸려 보내지. 어떤가? 그래서 오고쇼가 뭐라고 대답하시는지 들어보는 거야…… 나는 결코 매정하게 거절하지 않으시리라고 여기지만, 그건 곧 알게 될 일."

"황송합니다."

하루나가는 겨우 마음 놓았다. 자신의 실언이 수습된 것보다도 사자 파견에 동의하여, 날뛰고 있는 무사들을 제재할 구실로 삼을 생각이었다.

"마님께서 다시 한번 오고쇼의 속셈을 떠보기 위해 마지막 사자를 파견하셨다…… 우선 그 사자가 돌아오기를 기다리자."

그것이 괴로움에서 잠시 벗어나는 일시적인 방편……이라는 것을 정견(定見)이 없는 하루나가는 깨닫지 못했다. 물에 빠진 자는 지푸라기라도 거머잡는 법…… 하루나가는 목소리를 낮춰 다짐을 두었다.

"마님께서는 작은마님 사건을 한동안 모르는 척해 주시기 바랍니다."

수라(修羅)의 봄

일이란 때로 전혀 뜻밖의 방향으로 발전해 간다.

하루나가는 처음에 요도 마님이 사자를 파견하겠다고 한 말이 우습다기보다는 오히려 딱한 응석으로 여겨졌다. 그런데 잠시 다투는 동안 상황이 완전히 바뀌어버렸다. 다시 한번 이에야스의 속셈을 떠보는 게 이 시점에서 아주 중대한 일처럼 생각된 것이다. 센히메가 자결하려던 이유를 확실히 파악하지 못한 것이 물론 원인이었지만, 그렇다 해도 참으로 줏대 없는 일이 아닐 수 없었다.

오사카 쪽에서는 곧 슨푸성으로 사자를 파견하기로 결정하고 그 인선이 시작되었다. 요도 마님의 사자만으로는 마음 놓이지 않았다. 히데요리의 사자로서 누군가 강력한 자를 파견하여, 그로 하여금 해자를 메운 소행을 강하게 힐문하고 대답 여하에 따라 지난겨울의 화의를 당당히 파기하겠다는 선언을 하게 하자는 것이 마타베에와 조소카베 모리치카의 강경론이었다. 사나다 유키무라와 기무라 시게나리는 별다른 의견을 말하지 않았다. 그들은 이미 히데요리가 지난날의 히데요리가 아님을 잘 알고 있었기 때문이다.

이 회의에서 센히메의 자결미수 사건은 엄중하게 숨겨졌고, 히데요리도 아직 그 일을 눈치채지 못한 것 같았다.

물론 이 사자의 파견에 있어서도 요도 마님의 생각과 하루나가의 생각에는 큰 차이가 있었다. 요도 마님은 이쪽에서 사리를 분명히 가려 사정하면 이에야스가 반드시 매정하게 뿌리치지 않으리라는 기대가 있었고, 하루나가에게는 그런 기대가 없었다.

'아무튼 사자 파견으로 무사들을 억눌러 놓고, 그동안에 사태를 호전시킬 길을 찾아야지.'

이러한 초조함이 주로 마음을 차지하고 있었다.

히데요리의 사자로 아오키 가즈시게(靑木一重)가 선출되었다. 가즈시게는 이에야스의 문안차 파견하는 형식을 취하여 이렇게 묻게 했다.

"교토와 오사카는 요즘 간토 대군이 밀려올 거라는 풍문으로 들끓고 있습니다. 이러한 민심의 불안을 없애기 위해 어떻게 하는 게 좋겠습니까?"

그리고 이에야스의 대답에서 그 속셈을 헤아려보라고 하루나가는 누누이 당부했다.

요도 마님의 사자들은 무사들의 험악한 분위기에 대해 모르고 있었다. 모두들 요도 마님과 같은 안이한 기대를 품고, 새봄의 여행이라도 즐기는 듯한 기분인 것 같았다. 지난번 사자로 갔을 때 그녀들은 다다테루의 생모 자아 부인으로부터 정성어린 환대를 받았다. 그런데 이번에는 요도 마님의 친동생으로 화의 때 활약했던 조코인이 끼어 있었다. 그러므로 이에야스가 결코 냉대할 리 없다고 믿는 게 틀림없었다.

아오키 가즈시게는 비단 10필과 매를 앉힐 때 쓰는 금을 입힌 횟대 10개를 선물로 가지고 3월 5일 배를 타고 오사카를 떠났다. 뒤이어 6일에 요도 마님의 사자들이 가마를 나란히 육로로 오사카를 출발했다. 맨 앞에는 교고쿠 가문 미망인 조코인, 이어서 니이 부인, 오쿠라 부인, 쇼에이니의 순서로 떠났다. 이들 행렬을 본 오사카 시민들은 고개를 갸웃거렸다.

"아마 싸움은 벌어지지 않을 모양이야. 부인네들이 저렇듯 한가한 여행을 떠나는 걸 보니."

그 정도로 부인들의 얼굴은 모두 밝은 표정이었다. 이번에도 오사카에서 온 사자들은 도쿠간사에 들어가 그곳에서 이에야스에게 도착을 알렸다.

아오키 가즈시게는 3월 12일에, 조코인들은 같은 달 14일에 도착했다. 이에야스는 그들을 따로따로 만나지 않고 3월 15일에 슨푸성에서 함께 만나기로 했다.

저번에는 가쓰모토와 시녀들을 따로 만났는데 그러한 배려가 아무 효과도 거두지 못했다. 부인들은 책임 없는 이들로 여겨 위로하고, 가쓰모토에게는 성을 맡은 중신으로서의 엄하게 책임을 추궁했으나 오히려 양자 간의 판단을 그르쳐 분규만 일으키는 원인이 되었기 때문이다.

조코인들은 도착한 다음 날 접견하게 되어 이번에도 기분 나쁘지 않았다. 그러나 12일에 도착하여 15일까지 기다려야 했던 가즈시게는 여간 걱정되지 않았다. 자기가 온 목적이 교토 행정장관 쪽으로 새어나가, 슨푸에서 어떻게 다룰지에 대해 협의하고 있는 게 아닐까 하는 의혹을 품지 않을 수 없었던 것이다.

이런 의혹도 전혀 근거 없는 것은 아니었다. 그즈음 교토와 슨푸, 슨푸와 에도 사이에는 온갖 정보를 가지고 오가는 사자와 첩자의 발걸음이 빈번했기 때문이다. 사실 가즈시게와 전후하여 이에야스에게 교토 행정장관 이타쿠라 가쓰시게로부터 중대한 보고가 날아들었다.

이타쿠라가 후시미 성주대리 마쓰다이라 사다카쓰와 상의하여 오사카 쪽이 무사들을 모집할 때 정체를 숨기고 지원시킨 오바타 가게노리로부터 이러한 보고가 있었다.

"오사카성 안의 반란은 이미 저지할 수 있는 상태가 아닙니다."

가게노리는 고슈류(甲州流)의 군사학자(軍事學者)였다. 근래에 들어 그다지 전의를 불태우지 않는 사나다 유키무라 이상으로 그 능력에 대한 기대를 받으며 성으로 들어가 있었다. 그러한 가게노리의 보고가 이타쿠라를 통해 가즈시게의 도쿠간사 도착과 전후하여 이에야스에게 전해졌다.

이타쿠라의 보고서는 말할 것도 없이 이에야스를 더욱 낙담시키는 내용뿐이었다. 장문(長文)의 밀서에서 그 요지를 간단히 추려보면 다음과 같았다.

1. 오노 하루나가가 대불전을 재건하고 남은 막대한 목재를 오사카성으로 날라오게 했다.
1. 그 목재로 성 외곽의 담과 방책 등의 건설을 서두르고 있다.
1. 긴키 일대에서 식량을 사 모으고 있다.
1. 지난해보다 무사 모집 규모가 더 크며, 일단 성을 떠났던 사람들이 잇따라 다시 들어오고 있다.

더구나 그런 상황으로 미루어 싸움을 피할 수 없게 되었다고 성안에 있는 고슈류 군사(軍師) 오바타 가게노리가 판단 내렸으므로, 이에야스가 반대할 여지는 완전히 봉쇄당한 것이나 마찬가지였다.

그렇지 않아도 쇼군 히데타다가 센히메를 버릴 각오를 했다는 사실에 이에야스는 무겁게 짓눌려 있었다. 그러므로 15일, 이에야스가 오사카의 사자를 대면했을 때 국면 타개책은 단 하나, '영지이동'의 빠른 실현이 가능한지 어떠한지에 달려 있었다……

이에야스는 아오키 가즈시게가 가지고 온 선물에 대해 설명할 때까지 아리송한 표정을 짓고 앉아 있기만 했다. 무언가 깊이 생각하는 것 같기도 하고 무심한 것 같기도 했다. 지극히 건강한 것인지, 아니면 앉아 있는 게 괴로운지 그것조차 구별하기 힘들었다.

가즈시게가 목록을 다 보고하자 이에야스는 나지막한 목소리로 그 실물을 보고 싶다고 말했다. 그리고 금빛 그림을 입힌 훌륭한 매 횃대를 보더니 여자들을 보며 천진스러운 표정으로 말했다.

"이것을 가지고 다시 한번 다나카로 매사냥을 나가보고 싶구나."

가즈시게는 왠지 모르게 온몸의 긴장이 풀리는 것을 느꼈다.

'완전히 늙으셨구나……'

머리카락이 거의 없었고, 눈썹도 있는지 없는지 알 수 없을 정도로 희미했다. 마치 성별조차 분간할 수 없는, 통통하게 살찐 어린아이 하나가 하얀 비단 솜옷을 입고 편안히 앉아 있는 것처럼 보였다.

"앞으로는 날씨도 따뜻해질 터이니……"

아오키 가즈시게가 입을 열자 이에야스는 귀에 손을 대고 엉뚱한 질문을 했다.

"오는 도중 꽃이 볼 만했지?"

"예."

"우대신도 센히메도 여전하신가?"

"예, 화목하게 잘 지내시고 계십니다."

그러자 고개를 크게 끄덕이며 시녀들에게 눈길을 돌렸다.

"마님께서도 여전하시겠지?"

이런 상태이니 이에야스는 앞으로 도저히 출진하지 못할 거라고 가즈시게는 생각했다. 언제나 옆에서 눈을 번뜩이며 모시던 혼다 마사즈미도 오늘은 보이지 않았다. 사자들을 맞이한 자아 부인과 측실들과 시녀들뿐이라 시대의 흐름에서 완전히 벗어난 은둔자 같은 느낌이었다.

그것은 가즈시게보다 조코인들이 더 강하게 느꼈다.

"여전하신 존안을 뵈어……."

조코인은 틀에 박힌 인사를 올린 뒤 그 인사가 너무 빈말로 느껴져 황급히 오쿠라 부인과 서로 얼굴을 마주 보았을 정도였다.

"오, 수고롭게 이렇게 여럿이 함께 왔군. 모두들 여전하니 반갑다. 그런데 마님께서 무슨 특별한 말씀이라도 하셔서 이렇게들 왔는가?"

"예, 올겨울 추위가 대단히 매서우므로 우선 문안을 드리고, 청을 하나 드리라고 하셔서……."

"음……마님께서 나에게 무슨 청인고?"

"실은……."

조코인은 여기서 당연히 긴장해야 하는 데도 반대로 이상하게 허전한 마음이 앞섰다.

'이미 실권이 완전히 에도로 넘어가, 이에야스는 힘이 될 수 없는 게 아닐까……?'

이런 생각이 문득 들었다.

"실은……잘 아시다시피 지난해의 병란(兵亂)으로 셋쓰, 가와치 두 지방의 논이 황폐하여 공납이 거의 없습니다. 그래서 성안에서는 장병들을 먹이기에 식량이 부족한 형편이라…… 저희에게 가서 오고쇼님께 사정하여 도움을 청하라고 하여 왔습니다."

이에야스는 이때도 귀에 손을 대고 듣는 척은 했다. 그러나 다 듣고 나서 표정에 아무 변화가 없었다. 그래서 조코인은 목소리를 높여 다시 한번 똑같은 말을 되풀이했다. 아마 이에야스에게는 그들의 청이 불쾌하고 교활한 꾀로 비쳤을 것이다. 그들이 도착하기 전에 이타쿠라의 보고가 먼저 와 있었기 때문이었다.

그 가운데 한 항목이 오사카에서는 긴키 일대에서 줄곧 군량미를 사들인다고 하지 않았던가? 그 군량미를 이에야스에게 매달려 충족시키려 한다면……너무 속이 빤히 들여다보이는 술책이라고밖에 볼 수 없었다.

조코인이 다시 한번 한마디 한마디 힘주어 말했다.

"……병란으로 셋쓰, 가와치 두 지방의 논이 황폐하여……."

이렇게 되풀이하자 이에야스는 가즈시게 쪽으로 흘끗 눈길을 돌렸다. 그리고 조코인의 말이 끝나기를 기다렸다가 가즈시게에게 물었다.

"이것은 우대신의 청인가? 아니면 마님의 청인가?"

가즈시게는 당황했다. 그는 그 일에 대해 대답할 마음의 준비가 없었던 것이다.

"주군께서는 그라……."

"그래……그렇단 말이지?"

이에야스는 이때도 무표정하게 두어 번 고개를 끄덕이고 여인들의 얼굴을 둘러보았다.

"나는 곧 나고야에 갈 작정이다."

"뭐……뭐라고 말씀하셨습니까?"

"나는 곧 나고야에 가야 한단 말이다."

"나고야로 말씀입니까?"

"그렇다니까. 움직일 수 있을 때 고로타마루를 장가들이고 싶어서다. 혼사, 혼사 때문에 가는 거야."

그러고 나서 이에야스는 옆에 있는 자아 부인에게 물었다.

"그 애 이름이 뭐였지? 생각이 영 안나는군…… 이름이……."

"아사노 가문 선대 유키나가 님의 따님으로 하루(春)라는 규수입니다."

"아, 그렇지, 그래. 오하루(於春)였어! 하하하……봄이다. 봄이 오면 따뜻해지지…… 이렇게 기억해 두려고 했는데, 오하나(於花)였는지 오우메(於梅)였는지 알쏭달쏭해지고 말았어. 그 애가 몇 살이라더라?"

"예, 13살이 되었다고 합니다."

"고로타마루는 16살이 되었지. 그래, 세 살 차이였어……."

그런 다음 이에야스는 고로타마루의 사부였던 히라이와 시치노스케가 죽을 때 망령이 들었다는 둥, 고로타마루가 고집쟁이라 배필은 얌전한 성격이 좋다는 둥 완전히 화제를 돌려버리고 말았다.

그러자 조코인보다 오쿠라 부인이 더 애타기 시작했다. 오쿠라 부인은 요도 마님의 내명을 깊이 새기고 있었기 때문이었다.

"오고쇼님께 아뢰겠습니다."

"음, 무슨 일인가?"

"조금 전 조코인께서 말씀드린 청은 어떻게 하실 생각이신지……?"

"오……아직 그 대답을 하지 않았던가?"

"예, 아직 듣지 못했습니다만……."

"듣지 못했다니! 그 대답을 했다고 생각했는데…… 나는 곧 나고야로 간다. 마침 잘 됐어. 그대들이 한발 앞서 나고야로 가서 고로타마루의 혼사에 대해 여러 가지로 도와줄 수 없겠나? 간토의 여자들은 혼사에 대한 예절이 영 어두워 그대들이 보살펴준다면 마음 든든할 텐데……."

시녀들은 엉겁결에 서로 얼굴을 마주 보았다.

이에야스의 말이 너무나 엉뚱한 방향으로 흘러가 버렸기 때문에 가즈시게는 다시금 긴장했다.

'이분은 대체 무슨 생각을 하고 계시는 것일까?'

그러나 조코인이 다가앉으며 걱정 마시라는 듯 웃으면서 받아들였다.

"그 일에 대해서는 염려 마십시오. 저희들이 기꺼이 도와드리겠습니다. 나고야는 돌아가는 길목에 있고, 더구나 아사노 가문 따님이라면 생소한 사이도 아닙니다. 그렇지요, 오쿠라 님?"

"네……네."

"그러니 그 일은 염려 마시고, 마님의 청을 잘 부탁드립니다."

이에야스는 비로소 여러 사람에게 웃음을 보였다.

"그럼, 이야기는 끝났군. 나는 혼례를 치르면 교토에도 가보고, 또 셋쓰와 가와치 지방도 시찰한 뒤 정령(政令)을 내거나 하여 절대로 사람들을 굶기지는 않을 테니까. 그럼, 나고야에서 기다려주겠나?"

사자들은 다시금 서로 마주 보았다. 예상하고 있었지만 이에야스는 결코 자신들의 청을 거절하는 것은 아닌 모양이었다. 적의는커녕, 마치 일가친척 같은 정을 보이면서 고로타마루의 혼례를 보살펴 달라…… 그러면 그 뒤에 결코 굶게 버려두지 않으리라……고 하지 않는가.

이에야스가 말했다.

"자, 이제 됐느냐? 잘 됐어. 자아, 이제 그대의 손님들과는 이야기가 끝났다. 별실에서 후히 대접하여라. 계절에 맞는 진미를 준비해서……."

"그럼……잘 부탁드립니다."

4명의 여자들은 서로 고개를 끄덕이다가 일제히 두 손을 짚고 절을 올렸다. 아오키 가즈시게도 얼른 시녀들을 따라 절했다.

그 순간 이에야스는 가볍게 못 박았다.

"우대신의 사자는 좀 기다리게."

그리고 그녀들을 배웅했다.

아오키 가즈시게가 등줄기가 오싹 얼어버리는 듯한 느낌에 휩싸인 것은, 여자들이 사라진 방안에서 이에야스와 눈길이 딱 마주쳤을 때였다. 그것은 그때까지 보였던 어린아이 같은 망아(忘我)의 눈이 아니라 당장에라도 먹이를 낚아채려고 날아오르려는 매처럼 날카롭게 번쩍이는 눈이었다.

"가즈시게."

"예!"

"여자들과의 볼일은 끝났다. 자, 사나이와 사나이의 용건을 들어보자."

"예……."

"툭하면 마님이며 아녀자들을 이용하는 건 오사카의 나쁜 버릇이다. 지난번에는 가쓰모토가 똑같은 수법을 썼기 때문에 나는 따로따로 만났었다. 여자들은 나무라 보았자 별수 없을 것 같아서 말이야. 그런데 그 결과가 좋지 않았어. 그래서 오늘은 사나이가 여자들을 어떻게 다루는지 그대에게 분명하게 보여준 것이다. 그대는 사나이야. 더구나 우대신의 사자다. 이 중요한 시기에 그저 문안차 온 것은 아니겠지. 우대신에게서 어떤 밀명이 있었는가? 아니면, 그대들 중신끼리 무슨 결정이라도 내렸는가? 간토의 바람은 거칠다. 자, 마음을 단단히 먹고 말해 보아라."

그리고 이에야스는 팔걸이를 껴안듯 하며 입을 한일자로 굳게 다물었다.

가즈시게는 황급히 자세를 바로 했다.

'참으로 무서운 노인이다!'

조금 전까지는 자신의 날개로 날아오르지도 못할 것처럼 보이던 이에야스였다. 그런데 갑자기 이쪽을 압도하는 맹금(猛禽)으로 바뀌었다.

'그렇다면 나도 질 수 없다!'

가즈시게는 투지가 끓어올라 힘찬 어조로 대꾸했다.

"그 말씀, 감사하게 생각합니다. 이번에 온 사자의 용건이 주군 명이라는 것은 표면상의 명분입니다."

"흠, 그렇다면 중신들의 사자로구나."

"그렇습니다. 지금 교토와 오사카에는 당장이라도 간토 대군이 밀려올 것이라는 소문이 파다합니다."

"그래서……?"

"오노 하루나가 님이 저에게 내린 명령은, 오고쇼님을 직접 뵙고 이러한 인심의 불안과 동요를 없애려면 어찌해야 하는지 그 방안을 여쭈어보라는 것이었습니다."

"뭐?……그렇다면 하루나가는 민심을 진정시킬 방법을 모른단 말이냐?"

"그렇습니다! 오사카에서 아무리 노력해도 간토 쪽에서 약속을 지키지 않고 다짜고짜 해자를 전부 메워버리는 무리를 강행하시면 불안을 진정시킬 수 없다, 이 점에 대해 오고쇼님 의중을 잘 들어오라고……."

가즈시게는 오히려 상대를 강하게 비난하는 것 같은 말투였다.

하루나가의 명령은 이처럼 과격한 게 아니고 고개 숙이며 이에야스의 속셈을 살펴보라는 것이었다.

"민심의 불안을 해소시키려면 어떻게 해야 하겠습니까?"

그러니 이것은 분명한 탈선이었다.

이에야스는 갑자기 목소리를 낮췄다.

"가즈시게, 잘 말했다."

"예……?"

"이제 사정을 대략 알았다. 그러면 그대의 질문에 순서 있게 대답하겠다. 하루나가는 해자를 메운 것이 내 의사가 아니라……고 착각하는 모양인데, 그 조치는 모두 이 이에야스의 의사, 우선 이 점을 확실하게 알아두어라."

"하오면……그것은!"

"그렇다…… 나는 무슨 일이 있어도 도요토미 가문을 존속시키고 싶다. 그 뜻을 살리려면 그 성 자체가 커다란 방해물이야. 난공불락이라는 소문이 나 있는 성이기 때문이지."

"……."

"알아듣겠느냐? 황금에 집착하는 자는 황금 때문에 목숨을 잃는다. 옷에 집착하는 여자는 옷 때문에 불의를 저지른다……도요토미 가문이 영원히 존속되기를 바란다면 그 성에 집착해서는 안 된다."

"……."

"지금 말한 것이 첫 번째 대답이고, 다음으로 넘어가 볼까? 지금 민심의 불안과 동요를 진정시킬 길이 없다고 했으렷다! 민심의 불안과 동요는 결코 해자 탓이 아니야. 그것을 불만스럽게 여겨 떠들어대는 자는 따로 있어. 그것을 보면 간토에서 모른 척하지 않으리라는……생각에 동요하는 거지. 알아듣겠나?"

이렇게 말한 이에야스는 조금 전의 날카로운 눈빛을 숨긴 채 지그시 가즈시게의 반응을 살폈다.

가즈시게는 아직도 끓어오르는 감정을 억누르지 못하고 있었다. 일단 핼쑥해졌던 얼굴이 다시 타오르고 있는 것이 그 증거였다.

'결코 방심할 수 없는 늙은 너구리…….'

이번에는 나를 구워삶으려 한다. 이런 생각으로 상대하니 이에야스의 말은 너무나 제멋대로이고 아전인수(我田引水)격인 논의의 왜곡으로밖에 여겨지지 않았다.

아니, 그 이상으로 도요토미 가문은 이미 난공불락의 오사카성에 살 자격이 없다고 하는 말이 용서할 수 없는 모욕처럼 느껴졌다. 여자는 옷에 집착하여 불의를 행한다……고 한 것은 요도 마님에 대해 한 말일까? 그러고 보니 요즘의 오사카성은 요도 마님의 옷……이라는 느낌이 없지도 않았다. 히데요리는 겨울싸움에서 화의한 이래 안타까울 정도로 소극적이 되었고, 반대로 요도 마님은 완전히 기세등등하여 사사건건 참견하는 잔소리꾼이 되었다.

"하오면 오고쇼님은 처음부터 해자를 메울 속셈이셨다. 그리고 만일 사람들이 소란피우기 시작하면 아예 그 숨통을 끊어버릴 생각이셨다……는 게 되는군요."

이에야스는 깜짝 놀랐다. 동시에 화가 나고 실망도 되었다.

"가즈시게, 그대는 겁 없이 함부로 말하는구나."

"예, 처음부터 목숨 버릴 각오를 했습니다."

"목숨 문제가 아니야. 불안한 민심을 진정시키는 데는 한 가지 방도가 있다……는 이야기지."

"성을 완전히 파괴해 버리는 것 말입니까?"

이에야스는 혀를 찼다.

"성을 파괴한다…… 그것도 하나의 수단이겠지. 해자도 없고 성도 없으면 싸울 수 없을 테니 사람들이 공연히 걱정할 필요 없지."

여기까지 말한 이에야스는 쓴웃음을 지을 수밖에 없었다.

"그러나 성과 함께 도요토미 가문까지 궤멸시킨다면 아무 의미 없는 일이다…… 나는 성은 없애되 도요토미 가문은 없애지 말자는 거야. 어떠냐? 그대는 이런 점을 생각해 본 일이 있느냐?"

가즈시게는 반발하듯 대답했다.

"없습니다!"

그는 일단 이에야스만 한 인물을 물고 늘어진 이상, 미적지근한 타협 따윈 결코 안 된다고 생각했다.

'우리에게도 고집이 있고, 근성이 있다. 목숨을 돌보지 않고 덤비면 무엇이 두려우랴.'

이때부터 두 사람 사이에는 아무리 애써도 줄일 수 없는 거리가 생기고 말았다.

가즈시게는 눈을 부릅뜨고 말했다.

"오고쇼님 말씀을 그대로 하루나가 님에게 전하겠습니다. 해자는 고사하고, 오고쇼님께서는 처음부터 성까지 궤멸시킬 작정이셨다고……."

정신차리고 보니 이에야스는 전처럼 멍한 노인의 얼굴이 되어 가즈시게의 말은 듣고 있지 않았다.

이에야스는 따분한 듯 옆에 있는 시녀에게 분부했다.

"나가이 나오카쓰를 불러 오사카에서 온 사자를 대접한 뒤 돌려보내라고 하여라."

이상스럽게도 가즈시게는 자기가 완전히 승리한 것처럼 기세등등하게 눈썹을 곤두세우고 있었다.

이에야스는 나오카쓰를 불러 가즈시게를 그에게 맡기면서, 환영연에서 사자에게 선물로 주는 칼 한 자루도 아까운 생각이 들었다.

'더 이상 싸움을 피할 도리가 없다!'

이런 실감이 마음을 묵직하게 눌러 말하기도 귀찮았다.

실제로 이에야스에게 다시금 출진을 결심하게 한 것은 이날 15일부터 2, 3일 동안 사이였던 것 같다.

가즈시게가 물러가자 설상가상으로 이타쿠라의 급보가 곧 다시 날아들었다. 그 보고에 의하면 교토에 번지고 있는 유언비어를 그냥 내버려 둘 수 없다는 것이었다. 지금까지는 간토에서 대군이 올 거라는 소문이었지만 이번에는 그 반대가 되었다고 한다…… 오사카의 군사들이 당장이라도 교토에 침입하여 방화할 것이라고 떠들어대는 모양이다. 이타쿠라는 그것을 극력 부인하며 인심을 진정시키려 했지만 한 번 퍼진 유언비어의 물결은 들불처럼 번져 공포를 느낀 사람들이 구라마, 아타고 등의 산으로 피신하고, 만일을 생각하여 공경이며 귀족에게 재산을 맡기는 자들이 잇따르고 있다는 것이다.

이에야스는 얼마간 과장된 것이라고 생각했다. 이타쿠라도, 쇼군 히데타다와 같은 생각을 하고 있다.

'어떻게 해서든 나를 움직이려고 하는 것이다……'

그런데 그다음 날, 이번에는 이타쿠라의 아들 이타쿠라 시게마사가 말을 몰고 새파랗게 질려 달려왔다.

그때 이미 오사카에서 온 여인들은 만족스럽게 나고야로 출발했고 아오키 가즈시게도 도쿠간사를 나서는 참이었다.

이타쿠라 시게마사는 이에야스를 보자마자 대뜸 말했다.

"오고쇼님, 망설이시다가는 천추의 한이 되실 겁니다. 오사카 공격의 결단은 어떻든 교토 수비에 대해서만은 지금 곧 결정해 주시지 않으면 안 되게 되었습니다. 그것도 어지간한 인물로는 안 된다, 혼다 다다마사 님께서 강병을 거느리고 곧 상경하도록 부탁드리라는 아버님의 말씀이셨습니다."

그때 이에야스는 큰소리로 시게마사를 꾸짖었다.

"서두르지 마라, 시게마사! 전기(戰機)는 누구보다도 내가 잘 알고 있다. 필요하다면 혼다든 사카이든 도도든 이이든 기회를 놓치지 않도록 파견하겠지만 보고하는 데는 순서가 있는 법, 왜 혼다 군이 필요한 것이냐?"

질문을 받고 시게마사는 얼굴이 벌게졌다.

"황송합니다. 오사카 쪽에서 니조 저택과 후시미성을 습격하여 교토 시가를 불사르려 할 뿐 아니라, 황실을 자기네 편으로 만들기 위해 궁정을 에워싸고 위협하려는 계획……이라는 정보를 제공한 자가 있습니다."

"뭐? 궁정까지 싸움에 끌어들이려 한다고?"

이 말에는 이에야스도 숨을 삼키지 않을 수 없었다. 그리고 자기 앞에서 분연히 목숨을 버릴 각오라고 말하던 아오키 가즈시게의 얼굴이 곧 머리에 떠올랐다.

'그래, 그런 분위기가……됐을지도 모르지.'

이에야스는 연거푸 탄식할 뿐 한참 동안 아무 말도 하지 못했다.

다음다음 날, 이번에는 에도에서 도이 도시카쓰가 역시 새파랗게 질려 달려왔다…….

악령

'싸움이 얼마나 두려운지 모르는 자만큼 다루기 힘든 것도 없다……'

이에야스가 어떨 도리 없이 재출진을 각오했을 때, 다시 교토에서 급박한 사태를 알려온 자가 두 사람 있었다. 한 사람은 다테 마사무네, 다른 한 사람은 오사카성에서 탈출한 노부나가의 아들 오다 쓰네마사였다.

모두들 처음에는 무사들이 선동했지만, 그 선동의 불길이 아무래도 도요토미 가문의 옛 신하들에게까지 옮겨붙었다는 한결같은 보고였다. 실제로 싸움터를 달리며 싸움의 무모함을 깨달아 아는 자는 점점 줄어들었다. 남은 자들은 갈 곳 없는 무사들의 입장과 자신들의 입장 차이를 분별할 냉정을 잃고 있었다. 그리고 앞장서는 젊은이들은 저마다 이렇게 주장하게 되었다고 한다.

"여의치 못하면 성을 베개 삼아 전사하자."

이런 사태에 대해 오다 쓰네마사는 말했다.

"저는 도요토미 가문의 주인뻘 되는 집안 핏줄, 돌아가신 다이코와의 인연을 생각하여 도요토미 가문의 존속을 위해 노력한다면 모르되, 성을 베개 삼아 죽겠다는 자들의 뒤치다꺼리를 해야 할 의리는 없습니다."

다테 마사무네는 그 이상으로 냉정하게 말했다.

"오고쇼와 다이코의 인간적인 차이가 뚜렷이 드러난 것입니다. 무능한 다이코의 가신들…… 그 성은 무능한 자들이 차지해도 좋은 성이 아닙니다."

이에야스는 이 두 가지 보고에 한결같이 화가 치밀었다. 불쾌했다. 그러나 이제 와서 그 말을 해보았자 대체 무슨 소용 있단 말인가.

갈 곳 없는 점에서는 오다 쓰네마사도 오사카성에 들어 있는 무사들과 다를 바 없다. 그래서 비어 있는 오쿠보 나가야스의 저택을 주어 슨푸에서 살게 했다. 이에야스는 기뻐하며 인사 올리는 쓰네마사의 모습을 보고 있는 사이 옛날의 이마가와 우지자네의 모습을 떠올리지 않을 수 없었다. 자기를 괴롭힐 대로 괴롭히면서 이용했던 이마가와 요시모토의 아들도, 그리고 맏아들 노부야스를 할복하게 한 오다 노부나가의 아들도 결국 자신이 보살펴 줄 운명이 되었으니…….

'이상한 적선을 하고 있군.'

그러나 그런 선의가 인간이 신불에게 보답하는 가장 중요한 조건인 것 같았다.

'다이코는 그리 적선을 하지 않았었는데.'

그래도 나는 히데요리를 버리지는 않는다.

'우지자네와 쓰네마사도 도와준 내가 어찌 다이코의 아들을 버려둘 수 있으랴.'

이에야스는 불심과 치세의 칼날의 틈바구니에서 괴로워하면서 3월 18일, 에도에서 온 도시카쓰에게 확실하게 재출진 허가를 내리고, 곧 스루가의 가고가하나(加護鼻)에서 대포를 만들도록 명령내렸다.

혼다 다다마사에게 교토 수비 명령을 내린 것은 그 전날인 17일—이리하여 이에야스가 고로타마루의 혼례에 참석한다는 명분으로 막내아들 쓰루치요를 수비대장으로 서성에 남긴 채 그의 형 조후쿠마루를 거느리고 슨푸를 떠난 것은 4월 4일. 이 출발이 재출진의 첫걸음임은 두말할 나위도 없었다. 이리하여 마침내 동쪽과 서쪽의 불행한 싸움은 피할 수 없게 되었다.

오사카성 안에서 사자들이 돌아오기를 기다리는 요도 마님과 이미 싸울 뜻을 잃은 히데요리는 대체 무엇을 하고 있을까……?

시녀들이 보낸 서신이 요도 마님에게 도착한 것은 이에야스가 슨푸를 출발하기 전이었다. 그 서신은, 이에야스가 고로타마루의 혼례를 마치고 상경하여 도요토미 가문의 가신이며 백성들을 결코 굶주리지 않게 하겠다……는 반가운 내용이었다.

요도 마님은 우선 센히메에게 그것을 보여준 뒤 하루나가를 불러 자랑스럽게 내보였다.

"내가 잘못 생각하지 않았지? 오고쇼는 싸울 생각이 추호도 없어."

서신을 내보이자 하루나가는 험악한 표정으로 고개를 저었다.

"여자들이 또 멋지게 속아 넘어간 것입니다."

"무슨 소리냐? 그럼, 그대에게는 다른 소식이 왔단 말인가?"

"황송하오나 아오키 가즈시게가 여자들에 뒤이어 나고야로 가서 그곳에 머물고 있습니다."

"아오키 가즈시게가?"

"예, 가즈시게로부터 온 서신이 여기 있으니 보십시오…… 단 이것은 결코 누설하지 마시도록……."

요도 마님은 쏩쏩한 웃음을 지으며 하루나가가 내미는 서한을 받아들었다.

"그러면 그대는 가즈시게에게 나고야에서 사정을 염탐하도록 명령했단 말인가?"

"예, 아니……이해할 수 없는 점이 있다면서 가즈시게가 나고야에 머물겠다고 연락해 왔습니다. 아무래도 혼례식에 참가한다는 핑계로 출진할 눈치, 이미 구와나와 이세의 군사들은 밀령을 받고 행동을 개시한 모양입니다."

요도 마님은 여전히 미소 띤 채 가즈시게의 서한을 읽어내려갔다.

그러다가 그 표정이 야릇하게 굳어버린 것은, 오사카성 안에 배반자가 있다는 구절을 읽었을 때였다. 다름 아닌 오다 쓰네마사와 오다 우라쿠 부자라고 분명히 쓰여 있었다. 오다 쓰네마사와는 나고야로 가는 도중 엇갈렸다. 그리고 쓰네마사는 이에야스에게 뭔가 정보를 팔고 곧장 슨푸에서 저택을 하사받아 자리잡았다. 이뿐이라면 놀라지 않았겠지만, 나고야에 와보니 나고야의 중신 다케고시 마사노부와 오다 우라쿠 사이에 계속 무슨 정보가 교환되고 있었다. 싸움이 시작되면 우라쿠 부자도 성에서 나가 이에야스의 품 안으로 뛰어들 것이 틀림없다.

그 서신은 이렇게 맺어져 있었다.

"그래서 저도 우라쿠 부자와 같은 마음을 품은 것처럼 꾸며 정확한 정보를 얻을 때까지 시녀들과 함께 이곳에 머물고 싶으니, 지시내려 주시기 바랍니다."

요도 마님은 다 읽고 나서 연거푸 세게 혀를 찼다.

"이 가즈시게의 서한을 그대는 어떻게 생각하오, 하루나가?"

"어떻게 생각하느냐고요? ……무슨 수상한 점이라도 있습니까?"

"수상하지, 수상하고말고. 이것은 가즈시게가 나고야의 중신들에게 조종당해 그대의 속셈을 떠보려고 쓴 거야…… 이 자야말로 배반자가 아닌가!"

요도 마님의 공격을 받고 하루나가는 미간을 찡그렸다.

"그러면 마님께서는 우라쿠 님만은 결코 그럴 리 없다고 믿으십니까?"

요도 마님은 야무지게 되받았다.

"우라쿠만이 아니오! 사람이란 마음을 어떻게 먹느냐에 따라 악마도 되고 뱀도 되는 거지. 그대가 우라쿠를 의심하면 우라쿠도 그대를 의심해…… 나는 그런 의심에 아주 질려버렸어."

오노 하루나가 역시 강하게 반발했다.

"황송하오나…… 질렸다느니, 싫다느니 한다고 될 일이 아닙니다. 문제는 더욱 절박합니다. 저는 시녀들을 슨푸로 파견한 일을 후회하고 있습니다."

"왜? 시녀들은 나의 사자, 그런데 그대가 이러쿵저러쿵 참견할 셈인가?"

"마님! 흥분하지 마시고 제 이야기를 들어주십시오. 시녀들은 이 서한에 있는 대로 오고쇼에게 홀딱 넘어가 즐겁게 혼례를 돕고 있습니다."

"그것이 나쁘다는 말인가?"

"나쁘고 좋은 문제가 아닙니다. 나고야성 혼례는 표면상 이유이고 혼례식만 끝나면 곧 오고쇼와 함께 출진할 작정입니다…… 극단적으로 말해, 그 혼례가 바로 오사카를 공격할 준비……라고 보지 않으시는지요?"

"무슨 소리인가? 나고야의 혼례식이 오사카를 공격할 준비라니?"

"예, 다시 오사카를 공격하려면 기슈의 아사노 가문은 간토 쪽의 소중한 동지…… 그러므로 선대의 따님을 나고야에 볼모로 잡아놓고, 그 오빠 나가아키라(長晟)를 꼼짝못하게 묶어놓을 작정이라고 봐도 전혀 허황된 상상이라고 할 수 없습니다."

요도 마님은 깜짝 놀라 입을 다물었다. 이미 잊고 있었던 '볼모'라는 말이 다시금 기분 나쁘게 기억 속에서 고개를 들기 시작한 모양이었다.

"지난번에 말씀드린 센히메 님의 자결…… 그 사건도 여러 가지로 해석할 수 있지 않을까요? 간토와 대감 사이에 끼어 괴로움을 견디다 못해 각오한 것이라고…… 또 그런 게 아니라고도 볼 수 있습니다."

"아니라고도?"

"예, 간토에서 화의라고 속여 성의 방비를 파괴하고, 그 뒤 오사카를 멸망시킬 속셈……이라는 걸 깨달으신 것만으로도 자결의 원인이 될 수 있지 않겠습니까?"

여기까지 말하고 하루나가는 살짝 무릎을 쳤다.

"아 참, 우라쿠에 대한 이야기를 하던 중이었지요? 이렇게 해보시면 어떻겠습니까? 성안의 무사들은 요즘 쌀도 돈도 없어 몹시 곤란을 겪고 있습니다. 마님의 특별한 지시라며 금은을 조금씩 나눠주시면 어떻겠습니까?"

"모두들 그토록 곤란 겪고 있나?"

하루나가는 온화하게, 그러나 몹시 야유조로 말했다.

"예, 그리고 또 하나…… 이 금은 분배의 결과가 어떻게 되는지 보고 싶습니다. 저는 그 돈을 군자금으로 보고 오다 우라쿠가 맨 먼저 성에서 사라질 거라고 생각합니다만, 과연 어떻게 될까요……?"

요도 마님은 한참 동안 하루나가가 한 말의 의미를 이해할 수 없는 듯한 태도였다. 무사들이 곤궁에 빠져 있으니 나머지 금은을 나눠준다는 일은 이해되나, 그렇게 되면 왜 우라쿠가 성을 나간다는 것일까……?

"이해 못 하시겠습니까? 우라쿠 부자는 이미 간토와 내통하고 있다……고 저는 보고 있습니다. 그러므로 여기서 군자금을 분배한다면 싸울 결심을 한 줄로 판단하여 성을 버릴 것이다…… 즉 우라쿠 부자가 성을 버린다면, 오고쇼의 화의가 실은 모략이었다는 증거라고 단정해도 좋을 거라고 생각합니다만."

요도 마님은 그래도 그냥 허공만 쏘아본 채 생각에 잠겨 있었다.

"그럼, 우라쿠 님은 이미 오사카를 버렸다고 보오?"

"아니, 오고쇼의 모략에 넘어간 거라고 봅니다."

"그럼, 한 가지 묻겠소. 만일……싸움을 시작하더라도 우라쿠 님이 움직이지 않을 때 그대는 어떻게 사죄하겠소?"

"그때는……."

하루나가는 흰 부채를 배에 대고 희미하게 웃었다. 실은 하루나가 자신 요즘 심한 불면증에 걸려 할 수만 있으면 깨끗이 할복하고 싶은 심정이었다.

"아니……목숨을 걸겠단 말이오?"

"그렇습니다."

"알겠소! 알겠어. 그럼, 오고쇼의 도움을 기다리지 않고 금은을 얼마씩 나눠주기로 하지…… 하지만 그것은 히데요리 님의 금은이야! 내가 곧 부탁하여 주선할 테니 그대도 약속을 잊지 말도록."

"충분히 새겨두고 있겠습니다."

이것 역시 정상적인 의논의 테두리를 벗어나고 있었다.

잠자리를 같이한 남녀란 어쩌면 이토록 치어(痴語)와 이성을 쉽사리 혼동해 버리는 것일까?

하루나가가 물러가자 요도 마님은 부랴부랴 히데요리에게로 갔다. 그리고 금은 지급에 대한 결정에 앞서 그 자리에서 센히메에게 자결 미수에 대한 일을 추궁했다.

그때 이미 센히메는 추궁받으면 어떻게 대답할지 마음의 준비가 되어 있었던 듯, 히데요리가 깜짝 놀랄 만큼 침착하게 대답했다.

"어차피 남자들 세상입니다. 아녀자에게 주어진 자유는 사랑하는 분을 위해 죽는 것뿐……이라는 생각에서 성급한 짓을 저지르려 했습니다. 용서해주십시오."

이 말을 듣자 요도 마님은 미친 듯이 울기 시작했다.

"옳은 말이다, 옳은 말이야…… 용서해라, 너야말로 진정 내 며느리다."

여자로서 짊어져야 할 똑같은 숙명이 요도 마님의 가슴에 그대로 통한 모양이었다.

그런데 그 이상으로 불길한 사건이 잇따라 터졌다.

금은을 분배받은 무사들이 드디어 싸움이 시작될 거라고 사기를 돋우고 있을 때, 하루나가의 예언대로 오다 우라쿠 부자의 모습이 증발하듯 성에서 사라져버린 것이다. 4월 8일 석가탄신일 오후였다. 우라쿠 부자는 이날, 교토의 소켄사로 가서 불공을 드리겠다며 성에서 빠져나갔다 한다.

하루나가의 동생 하루후사는 그것을 알았으나 모른 척했다. 노신 중에도 의아한 눈길로 전송한 자가 몇 명 있었던 모양이었다. 전에 이미 오다 쓰네마사가 달아난 일이 있는지라 수상히 여긴 자가 있었다 해도 이상할 것 없었다.

요도 마님에게 우라쿠의 집이 텅텅 비었다고 보고한 것은 오타마 부인이었다. 오타마 부인은 9일 아침, 우라쿠로부터 부탁받은 비단보자기를 만들어 전하러 갔다. 그런데 문이 닫힌 채였고 집 안에 인기척이 없었다. 옆집 하인에게 물어보니, 우라쿠의 하인들은 7일 저녁때 모두 해고되어 물러갔다고 했다.

오타마 부인에게서 그 보고를 들은 요도 마님은 얼굴빛이 확 달라졌다. 요도 마님은 그것이 하루나가의 농간이 아닐까 하고 생각했다.

"하루나가를 불러라. 하루나가가 여태 그 사실을 모를 리 없다."

그러나 하루나가는 시녀가 부르러 갈 것도 없이 새파랗게 질린 얼굴로 제 발로 찾아왔다. 하루나가의 이마에 비지땀이 방울방울 번뜩이고 있었다.

"아룁니다. 지금 도카이로 보냈던 첩자가 다나카에서 오고쇼를 만나, 오고쇼의 엄명이라는 것을 가지고 왔습니다."

우라쿠에 대한 이야기가 아니므로 요도 마님은 황급히 물었다.

"뭣이? 오고쇼의? 그……오고쇼를 만났다는 게……대체 누구냐?"

"예, 저쪽의 눈에 드러나면 사자를 가장하고, 들키지 않으면 그냥 정탐을 계속하고 오라고 제가 파견했던 요네무라 곤에몬(米村權右衛門)이라는 자입니다."

"곤에몬이 오고쇼를 만나고 왔단 말이지?"

"예……슨푸를 떠난 오고쇼의 호위병에게 들킨 줄 알고 사자라고 하며 다나카에서 접견을…… 그때 오고쇼는 거친 목소리로, 너의 상전 오노 하루나가는 무엇을 하고 있느냐? 히데요리 님을 곧 고리야마로 옮겨라, 그렇게 하지 않으면 싸움이다! 이렇게 호통치셨다 합니다."

"무엇이? 히데요리 님을 곧……."

"마님! 이제 싸움은 피할 수 없습니다. 긴키는 물론 이미 서쪽의 여러 나라와 영주들에게도 출진명령이 내렸습니다. 지금으로서는 아오키 가즈시게 이하 시녀들은 그대로 나고야에 잡혀 있게 될 것입니다. 5일과 6일에 걸쳐 이세, 미노, 오와리, 미카와의 영주들이 일제히 도바(鳥羽), 후시미를 향해 움직이기 시작했다고 합니다…… 요네무라 곤에몬의 보고이니 틀림없을 것입니다."

요도 마님이 이때 정말 어찌할 수 없는 혼란 속에 빠져들었다.

'하루나가는 아직 우라쿠가 사라진 것을 모르고 있다…….'

"하루나가 님, 설마……그 오고쇼의 말에……."

"틀림없습니다. 잘못 들었을 리 있겠습니까? 역시 오고쇼는 처음부터 우리를 속일 작정이었던 겁니다."

요도 마님은 이때 비로소 우라쿠에 대한 이야기를 꺼냈다.

"그럼, 우라쿠 님도 그것을 알고 마침내 우리를 버렸단 말인가?"

"옛! 우라쿠 님이?"

하루나가의 경악은 마치 헤엄치는 듯 허우적대는 동작으로 나타났다. 그는 순식간에 땀에 흥건히 젖어 세차게 혀를 찼다.

"그럼, 역시 적에게로 돌아섰단 말입니까?"

하루나가는 이제 자신의 말을 음미해 보려고도 하지 않았다. 그가 냉정한 지휘자였다면 가타기리 가쓰모토나 오다 우라쿠를 단순한 배반자라고 부르기를 삼갔으리라. 가쓰모토와 우라쿠는 결코 적이 아니다. 단지 싸움의 결과를 훤히 내다보므로 주전론자의 주류에 낄 수 없는 의견대립자에 불과했던 것이다. 대체 하루나가, 가쓰모토, 우라쿠 가운데 누가 더 도요토미 가문의 진정한 충신일까?

"모든 것을 얻느냐? 아니면 옥쇄냐?"

이 말은 용감하게 들리지만, 그야말로 생각이 모자라는 어린아이의 큰소리에 불과하다.

하루나가의 말을 듣고 요도 마님의 얼굴에서도 순식간에 핏기가 가셨다. 요도 마님 역시 배반당했다는 감정에 사로잡혔으리라.

하루나가는 요도 마님의 감정에 부채질했다.

"정말 큰일 났습니다. 우라쿠 부자가 나고야로 달려가면 이쪽의 사정이 모조리 드러나고 맙니다……우리가 선수 쳐 싸움을 걸어야 합니다."

"자……잠깐만, 하루나가 님."

"이런 지경이 되었는데도 마님께서는 여전히 말리시겠습니까?"

"잠깐만……오늘은 9일……머지않아 오고쇼께서 나고야로 오셔서 내 사자들을 만날 거요. 그 속에 조코인도 있잖소? 이틀쯤 더 기다려 봅시다."

이런 경우의 요도 마님으로서는 좀처럼 듣기 힘든 냉정한 말투였다. 숙부 우라쿠에게는 '배반당했다'고 느꼈을망정, 아직 이에야스며 조코인이며 다쓰 등이 모두 자기를 등졌다고 생각하기는 싫었기 때문이리라.

이 요도 마님의 배려는 받아들여지는 듯했으나 이내 보기좋게 무시당했다. 왜냐하면 하루나가는 요도 마님 앞에서는 입술을 깨물고 고개를 끄덕였으나, 물러가자 곧 군사회의를 열었기 때문이다.

'마님도 주군도 믿을 수 없다.'

하루나가의 생각은 겨울싸움이 있기 전부터 바람결 속의 갈대처럼 이리저리 흔들렸다. 야심은커녕, 오른쪽으로 밀리고 왼쪽으로 쏠릴 뿐 똑바로 선 모습이라고는 조금도 찾아볼 수 없었다. 고작 마음을 굳게 먹을 때는 승리의 확신이 아니라 요행에 거는 기대…… 그리고 마음이 약해질 때는 죽음을 생각하고 있었다.

그 하루나가가 오늘은 중신 요네무라의 보고와 우라쿠의 도주로 흥분해 버렸다. 만약 좀 더 냉정했더라면 개전을 생각하기 전에 누군가에게 명하여 우라쿠의 뒤를 쫓아가게 했으리라. 그리하여 단칼에 베어버렸으면 성안의 상황이 새어나가지 않았을 터인데 그럴 만한 결단도 용기도 없었다.

그 바람 속의 갈대가 드디어 대담무쌍한 생각을 했다. 즉 요도 마님과 히데요리가 개전을 주저한다면 성안 어딘가에 감금하지 않으면 안 된다! '드디어 그때가 왔다!'고 그야말로 겁쟁이 같은 계산을 하고 만 것이다.

하루나가가 이 엄청난 결심을 한 데에는 물론 커다란 원인이 있었다. 즉 그는 내심 좌우로 동요하면서 이미 2월 끝 무렵부터 다시 벌어질 싸움에 대비하여 동생 하루후사와 도켄에게 본격적인 전쟁준비를 하도록 허락하고 있었던 것이다.

오다 우라쿠가 이에야스에게 가면 그 사실이 탄로되고 만다. 만일 이에야스가 이 사실을 알게 되면 이에야스 부자가 자기를 용서할 리 없다는…… 제 그림자에 겁먹고 내린 판단임이 분명했다.

요도 마님 앞에서 물러 나오자 하루나가는 그 길로 곧장 동생 하루후사의 진막으로 가서 장수들을 불러모았다. 오노 하루나가, 하루후사, 도켄, 기무라 시게나리, 사나다 유키무라, 모리 가쓰나가, 고토 마타베에, 조소카베 모리치카, 아카시 가몬 등 주요인물 9명이 모인 자리에서 우선 오다 우라쿠 부자의 도주와 도카이의 사정이 절박해진 일을 알릴 생각이었다.

그때는 이미 얼마쯤의 금은이 '군자금'이라는 명목으로 여러 부대에 지급된 뒤였다. 그러므로 모여든 장수들은 하루나가보다 더욱 전기가 무르익었음을 느끼고 있었다.

"오늘은 그야말로 뜻밖의 말씀을 해야겠소."

하루나가가 침통한 표정으로 말을 시작하자 하루후사와 도켄이 이구동성으로 입을 열었다.

"우라쿠 부자 놈이 배반했소."

그러나 장수들은 그리 놀라는 것 같지 않았다. 이미 모두들 알고 있는 일 같았다.

사나다 유키무라는 온화한 눈길로 기무라 시게나리를 돌아보았다.

"두 분께서는 그렇게 말씀하시지만, 배반했다……고 단정하는 것은 성급한 생각입니다. 물러갔다든가 도주했다는 게 옳지 않을까요? 갈 곳이 있는 사람은 물러가도 괴로울 것 없겠지요…… 그러나 우리는 물러가고 싶어도 갈 곳이 없소. 그렇지 않소, 시게나리 님?"

순간 모두들의 눈이 빛났다. 그중에서도 고토 마타베에는 그 소리가 몹시 귀에 거슬리는 듯 말했다.

"사나다 님, 무슨 말씀이오? 오로지 한결같은 의리로 도요토미 가문을 위해 목숨을 바치려는 우리를 갈 곳 없는 무사 신세라고 비웃으시는 거요?"

사나다는 미소지으며 고개를 저었다.

"결코 그렇지 않소. 이 성에서 나가면 지금 일본에서 갈 곳이라고는 도쿠가와 님 천하밖에 없소. 그러므로 이 성에 있는 사람들은 도쿠가와 님과 내통할 마음이 없는 분들……이라는 뜻으로 받아들여 주시기 바라오."

"그렇지……그러면 떠나는 자는 다른 마음이 있는 자란 말이로군."

"그러나 갈 곳 없는 자……라는 반성도 또한 중요한 것. 이 반성에서 출발하지 않으면 결속이 이루어지지 않습니다. 제가 생각건대 세키가하라 결전 때 멸족되거나 감봉된 가문이 90 남짓, 그 뒤 대가 끊어진 가문이 30 몇 가문, 이것을 합치면 1000만 석에 가깝고 무사 수는 그럭저럭 30만 명이나 됩니다."

하루나가는 유키무라가 무슨 말을 하는가 싶어 눈을 크게 뜨고 다가앉았다.

"그 30만 명 가운데 일부는 농사일로 돌아갔지만 다시 영주에게 고용된 자를 약 반이라고 볼 때 나머지는 거의 15만 명, 그 15만 명이 거의 모두 이 오사카성에 모여 있소. 겨울싸움 때 도쿠가와 님에게 도전한 자와 그 부하들…… 그러니 이들은 자진하여 갈 곳을 버린 자라고 보아도 무방하겠지요."

유키무라는 여전히 온화한 말투와 눈빛이었지만 이야기의 내용은 사람들 저마다의 심장 속으로 날카롭게 파고들었다.

오노 형제는 서로 마주 보면서 고개를 끄덕였다.

"사나다 님 말씀이 과연 맞소."

유키무라는 같은 어조로 말을 계속했다.

"성안에 남아 있는 사람…… 즉 이미 갈 곳을 잃은 사람 수를, 이 유키무라가 다시 자세히 헤아려보았습니다."

고토 마타베에가 부엉이 같은 소리를 냈다.

"허……."

"기마무사 1만 3000, 보병 6만 8000, 그리고 그 밖에 잡병 5만 2000과 시녀들 약 1만……합계 14만 3000……입니다."

"음……꽤 되는군……."

"이 인원수가 지난 겨울싸움 이래 이 성에서 목숨을 이어가고 있는 자들이오. 이들을 양성하려면 하루 한 사람 앞에 한 되꼴로 식량과 잡비를 충족시킨다고 하더라도 한 사람의 소비량은 한 해에 3섬 6말. 이 양을 15만 명에게 배급하려면 연간 52만 석. 도요토미 가문의 녹봉 65만 석 가운데 반은 농민이 차지한다고 보면 32만 5000석이니 약 20만 석이 부족합니다. 이런 엄연한 현실에서 이 성에 모인 사람들은 갈 곳을 잃었을 뿐 아니라 살아갈 길도 없다는, 그야말로 냉혹한 답이 나옵니다."

모두들 다시 서로 얼굴을 마주 보면서 조용해졌다.

"그러므로 지난 겨울싸움 때 꼭 이겨야만 했던 것입니다. 이기지 못하는 이상, 이미 일가는 파산…… 오다 우라쿠 님은 생각하기에 따라 도요토미 가문의 충신인지도 모릅니다."

유키무라는 대담하기 짝이 없는 말을 하고, 하루나가에게로 흘끗 시선을 보냈다. 하루나가는 다시 얼굴이 새파랗게 질려 있었다.

유키무라는 내뱉듯 말을 이었다.

"우라쿠 님께서……나는 도요토미 가문을 멸망시키는 인간은 되고 싶지 않다, 빨리 물러나 조금이라도 주군 모자분의 어깨에 걸린 짐을 가볍게 해주고 싶다…… 모두들 물러난다면 도요토미 가문은 어쨌든 무사히 남게 되리라……고 계산하셨다 해서 덮어놓고 비난해서는 안 된다고 생각합니다."

참지 못하겠다는 듯 가쓰나가가 입을 열었다.

"유키무라 님! 그러면……귀하께서는 물러가고 싶은 자는 앞으로도 눈치 볼 필요 없이 물러가라…… 그것은 결코 불충이 아니라는 겁니까?"

유키무라는 거침없이 응했다.

"갈 곳이 있는 자에 한해서요. 도쿠가와 님 천하에서 살아갈 재주가 있는 분…… 갈 곳이 있는 분…… 이런 분이 물러가 주지 않으면 결속될 수 없습니다. 갈 곳 없는 자, 살아갈 길 없는 자만이 모든 것을 걸고 결전하는…… 그런 시기가 바로 지금 찾아왔다는 말씀을 드리고 싶은 겁니다."

여기까지 말하자, 갑자기 기무라 시게나리가 두 손을 짚고 오열하기 시작했다.

"용서해 주시오, 사나다 님. 이 시게나리는 잘못 생각했습니다. 저는……주군……주군……께 우리와 함께 생명을 버려달라고 진언드리겠습니다."

하루나가의 어깨가 꿈틀하고 크게 물결쳤다. 그는 히데요리와 시게나리 사이에 무슨 말이 오가는지 전혀 알지 못했다. 하루나가는 이 자리에서 히데요리 모자의 감금을 여러 사람들에게서 동의받기 위해 말을 꺼낼 기회만 노리고 있었다.

유키무라는 가볍게 받았다.

"그렇습니다…… 그 길밖에 없겠지요. 주군께서도 15만 명의……갈 곳 없는 자, 살길 없는 자들을 모르는 척 버리지는 않으실 것입니다."

이 자리에서 가장 기세등등했던 오노 도켄이 유키무라의 진의를 알고 마치 부르짖듯 신음했다.

"음, 그런 각오였군요."

유키무라와 도켄은 분명 인생을 보는 눈에 크게 차이가 있을 것이다. 유키무라는 절망의 맨 밑바닥까지 샅샅이 들여다본 뒤에 단결해야만, 만에 하나밖에 없는 가능성의 문이 열릴지도 모른다고 말하고 싶었으리라. 그것을 젊은 도켄은 단순한 비장감으로 받아들였다. 그것이 젊음의 특권이니 나무랄 수 없는 일이었다.

도켄은 어깨를 으쓱거리며 좌중을 한 바퀴 둘러보았다.

"그렇게 하기로 결정되면, 저도 주군께 결단을 촉구할 한 가지 방법이 있습니다. 다름 아니라 곧 결사대를 모집하여 우선 야마토에 잠입해 고리야마의 마을과 성을 불살라버리는 겁니다. 주군께서 요즘 망설이시는 원인 중에는 분명 고리야마 성도 있습니다. 고리야마로의 영지이동을 승낙하면 무사히 넘어가지 않을까 하는 환상을 품고 계시는 겁니다. 우선 그 환상부터 없애는 게 급선무입니다."

하루후사가 맞장구쳤다.

"좋은 생각이오! 고리야마로 간다 해도 역시 사나다 님 말씀대로 우리에게는 살길이 없는 겁니다."

하루후사의 이 한마디는 이상한 감동으로 사람들 마음을 움직였다.

조소카베 모리치카가 감탄하듯 맞장구쳤다.

"나도 이제야 눈을 떴소! 불석신명(不惜身命 ; 생명을 아끼지 않으리라), 불석신명!"

그러자 고토 마타베에도 호쾌한 웃음으로 호응했다.

"사나다 님은 정말 짓궂은 분이오. 우라쿠 님도 충신이라고 하셨을 때는 등줄기가 다 오싹하더이다."

"정말 그렇소. 우리 모두 갈 곳 없는 자라고 말씀하셨을 때는 화가 치밀었지."

역시 모두들 단순했다. 자신만은 타산과 생활 때문에 움직이는 게 아니다……라고 생각하고 싶은 마음에서 모든 일을 외곬으로 보았던 것이다. 사실 유키무라의 말대로, 이제 갈 곳이 없어 이곳을 떠나지 않는……아니, 떠나지 못하는 자가 대부분이었지만 의식적으로 그 생각을 피했던 것이다.

"음, 이렇게 된 이상 고랴야마를 불사르는 동시에 우선 세타 언저리로 쳐들어가 간토 군이 교토로 들어오는 것을 막아야 하오."

"그게 좋겠습니다. 어찌 도쿠가와에게 항복할 수 있겠소. 세타나 우지에서 간토 군을 막고, 니조 저택과 후시미성을 함락시켜 발판을 없애버려야 하오."

"아무튼 하루나가 님을 중심으로 곧 7인조 대장들과 영주들을 모아 한 자리에서 군사회의를 열도록 합시다. 선수를 치는 쪽이 유리한 법."

"좋소. 그리고 하루빨리 주군께 싸움터를 순시하시게 하면 사기가 오를 것이오."

유키무라는 이런 회의를 어떤 심정으로 듣고 있는 것인지 여유 있게 앉은 채, 아직 눈물 자국이 마르지 않은 시게나리의 옆얼굴을 조용한 눈길로 바라보고 있었다. 어쩌면 이제 자신의 목적은 충분히 달성되었다고 만족하고 있을지도 모른다.

'죽음을 각오한 군사는 강하다……'

회의가 일단 휴식으로 들어가자 기무라 시게나리는 자리에서 일어났다. 7인조 및 영주들과 함께 다시 군사회의를 열기 전에 히데요리에게 상황을 보고하러 간 것이 분명했다.

히데요리에게는 아직 '성을 베개 삼아' 죽을 결의가 되어 있지 않았다. 그도 겨울싸움 때는 누구보다 격렬하게 젊은 혈기를 드러내 보였으나, 어느덧 그 젊은 혈가가 요도 마님과 조코인의 '모성(母性)'에 주저앉고 만 것이다. 그리고 일단 화의를 맺자 그 투지가 모조리 사라지고 끝없이 넓은 회의의 바다를 헤매기 시작한 것 같았다.

'주군을 움직일 수 있는 것은 기무라 시게나리……'

유키무라는 이렇게 여기고, 궁지에 몰린 막다른 오사카의 모습을 일부러 노골적으로 드러내 보였다. 그러면 시게나리가 가만히 있지 않을 거라고 여겼고, 걸핏하면 망설이는 여러 장수들도 결심을 굳힐 거라고 꿰뚫어 보았다.

'어쨌든 이대로 있을 수는 없다……'

이미 화의를 성립시킨 이상 간토에서 하는 대로 무조건 따를 수밖에 없었다.

'도요토미 가문은 소중하다!'

이것이 목적의 모두라면 털끝만큼도 불만스러운 태도를 보여서는 안 된다. 그런데 그런 점까지 깊이 생각하고 맺은 화의가 아니었다. 당장 불리하므로 쓸데없는 고집과 모략들이 뒤범벅된 상태에서 질질 끄는 동안 이에야스가 죽으리라……고 생각하여 맺은 구멍투성이 화의였다. 이러한 미봉책 화의를, 호전적(好戰的)인 무신(武神)의 악령이 그냥 내버려 둘 리 없었다.

"여기에 싸움을 붙일 빈틈이 있구나!"

악령들은 환호성 지르며 야심, 사욕, 공포, 고집 등에 겁화(劫火)를 지르고 돌아다녔다. 이렇게 되니 유키무라는 서글프기도 하고 우습기도 했다.

'봐라, 싸움이란 그리 쉽사리 없어지는 게 아니지 않는가.'

그러나 지금 그러한 야유를 즐길 마음은 없었다.

가쓰모토가 사라진 뒤 오직 한 사람 식견이 있었던 우라쿠……그 우라쿠도 성을 버렸다. 그러니 밀려오는 간토 군 앞에 오사카는 목 없는 몸뚱이를 드러내고 그대로 유린당하는 결과가 되리라. 아니, 그렇게 되는 길을 스스로 택해 걸어온 하루나가는 지금 무서운 짐에 눌려 유키무라 앞에 새파랗게 질린 얼굴을 드러내고 있지 않은가?

하루후사와 도켄이 7인조와 영주들과 여러 장수들을 부르러 자리에서 일어서자, 유키무라는 한 가지 더 하루나가의 각오를 다짐해 둘 일이 있음을 깨달았다.

"하루나가 님, 하루후사 님도 그렇고, 도켄 님도 그렇고, 젊은 분들은 부러울 만큼 사기가 왕성하군요."

"정말, 그렇소."

"기무라 시게나리 님이 틀림없이 주군을 설득하고 돌아오겠지만, 마님은 어떨까요."

하루나가는 새삼 요도 마님의 모습을 망막 속에 그리는 듯한 표정을 지었다.

"그건······그건 이 하루나가에게 맡겨주오."

유키무라는 무슨 생각을 했는지 천천히 고개를 끄덕이다가 다시 강하게 가로저었다.

"안 됩니다! 마님을 잃는 일은······어떠한 경우에도······."

유키무라의 말을 듣고 하루나가는 놀라서 반발했다.

"무슨 말씀이오! 누······누가 마님을 없앤다는······무서운 말을 할 수 있겠소?"

유키무라는 다시 고개를 저으면서 쓸쓸하게 웃었다. 하루나가는 저도 모르게 본심을 내비친 셈이었다.

"아니, 누가 없앤다······고 하셨다고 그랬소? 승패는 병가지상사. 아무리 우리 쪽이 불리하게 되더라도 마님께서 자결이나 전사하시도록 해서는 안 된다고 말씀드렸을 뿐인데."

"그······그렇다면······."

"새삼 말씀드릴 것도 없지만 마님만이 아니오. 아무리 용감하게 진두에 서실망정 주군 역시 마찬가지입니다. 결코 전사하게 해서는 안 되오. 그렇지 않소, 여러분?"

유키무라는 말꼬리에 잔뜩 힘을 넣으며 좌중을 둘러보았다.

"두 분과 작은마님까지 저승으로 모시고 간다면 우리의 무사도를 욕보이는 게 되오. 그러잖아도 몰리고 몰리다 갈 곳 없게 된 자들의 반항······으로 보이기 쉬운 상황이니······."

하루나가는 당황하여 유키무라의 시선을 피했다. 유키무라는 이런 다짐을 둔 뒤 다시 입을 다물었다.

하루나가 말고는 모두 맹장으로서 천하에 그 고집으로 이름난 사람들이었다. 그런 만큼 유키무라의 말을 일일이 설명할 필요가 없었다.

"지당한 말씀. 우리는 의(義)를 위해 가담한 것이니까."

"도요토미 가문의 혈통을 소중히 모신다! 이것을 무시한다면 어찌 의로운 싸움이라 할 수 있겠소?"

생각하면 이 역시 공허하기 짝이 없는 말이었지만 여기서 이렇게 다짐 두지 않으면, 혼란을 틈타 히데요리나 요도 마님의 목을 베어 적 쪽으로 도주할 자가 나타날지도 몰랐다.

하루나가도 가슴을 펴고 고개를 끄덕였다.

"여러분의 충성, 결코 잊지 않겠소."

그때 7인조들이 긴장된 표정으로 나타나기 시작했다. 마노 요리카네, 이토 나가쓰구, 아오키 노부나리, 고리 요시쓰라 등에 이어 기무라 시게나리가 다시 들어오자 다다미 16장이 깔린 하루후사의 큰 방은 마루까지 사람들로 가득 들어찼다.

시게나리는 돌아오자 스스로 사람들 틈을 비집고 상좌로 갔다.

"여러분께 말씀드리겠소. 주군께서는 이번 오다 우라쿠 부자의 도주에 대해 여간 분개하지 않으시며, 이 역시 간토가 유혹한 게 틀림없다, 가증스러운 것은 간토…… 이대로 버려둘 수 없다, 곧 군사회의를 여시겠다고 하셨습니다."

"그럼, 주군께서?"

말하며 윗몸을 일으키는 하루나가를 유키무라가 손으로 제지했다.

"그러니 곧 본성 큰 방으로 모이시기를. 물론 주군께서도 참석하실 것이오. 모두 서둘러 주시오……"

유키무라는 정중하게 두 손을 짚었다. 그는 시게나리와 시선이 마주치자 알 듯 모를 듯 눈짓을 주고받으며 고개를 끄덕였다.

아무래도 이제 결정 난 것 같았다. 호전적인 악령들은 이 거대한 성에 꽉 들어차 분명 손을 흔들고 발을 구르며 마구 웃고 춤추리라.

그러나 그 저주스러운 악령의 난무를 자기 눈으로 똑똑히 본 사람이 과연 몇이나 있었을까……?

어리석은 집념

다시는 지나갈 일이 없으리라 여겨 일일이 작별인사를 하면서 지나온 도카이도였다. 그런데 두 달도 못 되어 다시 되돌아오게 된 이에야스는 나고야성에 입성할 때까지 기분이 몹시 언짢았다.

4월 10일 오후였다.

성 지붕의 황금 용마루 장식은 그날도 찬연히 하늘을 위압했고, 젊은 성주의 혼례를 눈앞에 둔 사람들 얼굴은 모두 밝기만 했다.

만약 오사카 문제만 없었다면 이에야스도 기꺼이 환한 얼굴로 사람들에게 말을 걸었을 것이다.

"먼 길 오시느라 수고 많으셨습니다."

큰 현관에서 다케고시 마사노부를 거느린 고로타마루가 인사 올렸으나 이에야스는 가볍게 고개를 끄덕였을 뿐 웃지도 않았다. 고로타마루를 뒤따라 나왔던 오사카의 여인들은 서로 얼굴을 마주 보았다.

"오, 도와주고 있었군, 애썼다."

이 정도의 위로는 당연히 들을 거라고 예상하고 있었기 때문이리라.

"역시 연세가 많으셔서 지치신 거야."

서운해할 것 없다는 듯이 조코인이 말하자, 쇼에이니와 오쿠라 부인도 고개를 끄덕였다. 단 한 사람 니이 부인만이 불안한 표정으로 고개를 갸웃거리며 조심스럽게 가즈시게에게 물었다.

"어쩌면……상서롭지 못한 일이 있는 게 아닐까요?"

가즈시게는 아무 말이 없었다. 그는 이미 자신들이 과연 오사카성으로 돌아갈 수 있을지 어떨지조차 의심하고 있었다. 이미 5일에 다카토라 군 5000명이 이가의 우에노를 출발하여 우지강과 가쓰라강에 배치되었고, 또 이이 나오타카도 요도 성 경비를 명령받고 6일에 히코네를 떠났을 것이다.

오가키성의 이시카와 다다후사(石川忠總)에게도 곧 상경하여 쇼류사(昌隆寺)로 가서 이타쿠라와 함께 도성의 치안 확보에 임하도록 파발마가 보내졌다. 이리되 었으니 가즈시게는 하루나가와 섣불리 연락도 할 수 없게 되고 말았다. 그도 여 인들처럼 처음부터 이에야스를 철석같이 믿고 이 성에 남은 것처럼 가장할 도리 밖에 없었다.

'그건 그렇고, 우라쿠 부자는 어떻게 하고 있을까……'

오사카성에서 탈출했지만 도중에 누가 억류하고 있는 것은 아닐까?

이에야스의 뒤를 따라 서원으로 들어가는 고로타마루와 다케고시 마사노 부의 뒷모습을 배웅하면서 가즈시게는 여인들을 재촉하여 내전 대기실로 들어 갔다.

"곧 무슨 말씀이 있겠지. 우선 거실로 들어갑시다."

30분도 채 되기 전에 이에야스의 시동이 부르러 왔다.

"역시 잊고 계시지는 않으셨어. 정말 병이 아니시면 좋겠는데……"

여인들은 가즈시게를 재촉하여 서둘러 이에야스 앞으로 나갔다.

이에야스의 거실에는 고로타마루와 다케고시 마사노부 외에 나가이 나오카쓰 가 시무룩한 얼굴로 앉아 있었다.

"오, 왔구나……"

이에야스는 힘없는 소리로 말했지만 웃음을 지어 보였다.

"난처한 일이야. 우라쿠가, 오사카의 우라쿠 부자가 드디어 성을 버렸다는군."

탄식 같기도 하고 자포자기적인 체념 같기도 한 낮고 쉰 목소리였다.

조코인이 맨 먼저 다가앉았다.

"예? 우라쿠 님이……무……무슨 까닭으로?"

이에야스는 그 질문에는 곧 대답하지 않았다. 날라온 찻잔을 받아들더니 뚱 뚱한 몸집으로 한참 동안 그것을 쏘아보고 있었다.

"우라쿠는 그대의 외숙부⋯⋯."

"외숙부님이 어째서 성을⋯⋯."

"싸움이 싫어서라더군. 지금 여행 중인 모양이야. 12, 3일쯤에는 이곳에 도착하겠지⋯⋯나는 꾸짖어줄 생각이야."

조코인이 황급히 불렀다.

"오고쇼님, 분명히 말씀해 주세요. 외숙부님께서 싸움이 싫다고 하신 말씀은 무슨 의미인가요?"

이에야스는 가즈시게를 흘끗 바라보았다.

"오사카에서 모두들 싸울 작정이라는 말이겠지."

"아니, 그럴 리 없습니다. 마님께서도 대감께서도⋯⋯."

"잠깐! 이 일은 결코 그대들만의 불행이 아니야. 싸움이 벌어지면, 이 이에야스도 다시 싸움터를 달려야만 해. 알겠는가? 사흘이나 닷새 동안에 끝난다면 몰라⋯⋯그러나 오래 끌게 되면 이번에야말로 살아서는 도카이도로 돌아올 수 없을 거야. 적의 손에 죽지 않더라도 천수(天壽)라는 게 있으니까."

이에야스는 여기서 다시 한번 웃으려 했으나 잘되지 않았다.

"그대들은 잘 알고 있을 것이다. 쇼군은 겨울싸움 이래, 오사카를 힘으로⋯⋯대하겠다는 의견⋯⋯ 그것을 내가 여러모로 견제해 왔다. 그런데도 오사카에서는 나에게 전혀 협력하지 않는군. 다시 무사들을 모으고, 메워버린 해자를 다시 파고⋯⋯그리고 끝내 히데요리 님도 요도 마님도 다시 싸울 결심을 하셨다⋯⋯고 우라쿠는 본 모양이야. 그렇지 않으면 성을 버릴 리 없지."

"어머나⋯⋯!"

"이렇게 된 이상, 나도 그대들에게 더 이상 숨길 필요가 없지. 실은 반드시 이렇게 될 거라고 생각하여 쇼군은 이미 싸울 준비를 끝냈어⋯⋯ 그러나 나는 아직 단념하지 않았다."

가즈시게의 어깨가 움찔 움직였다. 이에야스의 이상하게 강한 어미(語尾)는 무엇을 뜻하는 것일까? 그것이 궁금했다.

"가즈시게도 잘 들어둬. 단념하지 않는 것은 단 한 가지 믿는 게 있기 때문이야. 군사들이 성을 포위할 때까지 단 한 사람이라도 좋아! 진정으로 도요토미 가문을 위하는 사람이 나타나 히데요리 님에게 한동안 오사카를 떠나라, 오사카를

떠나 야마토의 고리야마로 옮겨 쇼군의 오해를 풀어주도록 하라……고 권하는
자가 나서야 하는 거지."

"……."

"그러면 내가 뒷날 반드시 히데요리 님을 오사카로 돌려보낼 것이다…… 문제
는 진정으로 도요토미 가문을 생각하는 사람이 하나라도 있는가…… 이 점에
오사카의 운명이 걸리게 되었어."

"그러면, 그러면 저희들에게 이대로 오사카로 돌아가 히데요리 님께 그 간언을
드리라는……말씀이신가요?"

"조코인, 그래만 준다면 구원받는 것은 히데요리 님이나 요도 마님뿐만이 아니
야. 나도……그리고 돌아가신 다이코도 구원받는 거지. 후세사람들의 비웃음을
사지 않아도 되니까……."

이렇게 말하는 이에야스의 눈이 순식간에 눈물로 흥건히 젖었다.

가즈시게는 이에야스를 지그시 쏘아보았다.

'이분이 슨푸에서 나를 꾸짖은 그분이란 말인가…….'

가즈시게는 오늘날까지 이에야스에게 이렇듯 연약한 눈물이 있으리라고는 상
상도 하지 못했다.

'이것이 만일 이 분의 진심이라면…….'

이렇게 생각만 해도 심장이 얼어붙는 것 같았다. 만약 그렇다면……자기가 하
루나가에게 보낸 지금까지의 보고는 모조리 잘못된 셈이다.

'그럴 리 없다! 오사카를 치려는 것은 히데타다였고, 이에야스는 히데요리
편……그런 일은 있을 수 없어…….'

그때 이에야스가 또 뜻밖의 말을 꺼냈다.

"나는 어떤 일이 있어도 우대신과 요도 마님을 구하겠다. 이것이 나의 집념이
야!"

이번에는 여인들이 가즈시게 이상으로 깜짝 놀랐다.

"별안간 이런 말을 해서 이해되지 않겠지. 하지만 내가 살아온 길, 나의 생애를
생각하면 이해할 수 있을 거야. 나는 싸웠다! 몇십 번이고…… 아니, 앞으로도 싸
울 것이다. 그러나 나의 적은 여자나 아이들이 아니야. 아무것도 모르는 여자와
아이들을 갑자기 엄습하는 싸움…… 그 싸움이야말로 내가 가장 용서할 수 없

는 적이야."

가즈시게는 눈을 크게 뜨고 저도 모르게 다가앉았고, 여인들은 숨을 죽인 채 눈도 깜박이지 않았다.

"알겠는가? 싸움으로 자신의 이득을 취하려는 자에게 싸움만큼 손해 되는 것은 없어…… 이 점을 철저히 깨닫게 하여 싸움의 뿌리를 뽑아버리는 게 나의 소원이었어. 그런 만큼 남보다 훨씬 더 잘 참아왔다고 생각해. 남보다 몇 배 더 지그시 인내하기 위해 노력을 기울였다고 생각하지…… 그리고 이런 점이 아마도 신불의 뜻에 맞아서겠지. 이렇게 다이코가 가고 없는 천하를 맡게 되었다. 나는 내 처자를 살해당한 일은 있을지언정 인연으로 만난 이마가와, 오다, 다케다 같은 자들의 핏줄이며 친척들을 죽게 한 일은 없었다…… 그러한 내가 고희(古稀)가 훨씬 넘는 수명의 혜택을 입고 감사하면서 아미타불에게 가려고 할 때, 어디가 잘못되었는지 다시 싸움터로 나서야 하다니…… 화나서 견딜 수 없어!"

이에야스의 얼굴이 눈물로 보기 흉하게 젖어 경련했다.

"알겠나? 내가 화내는 것은 결코 신불에게가 아니야. 아니, 다른 사람에 대해서도 아니지. 이렇듯 비참한 늘그막을 맞아야만 하는 나의 방심에 화나는 거야…… 나는 결코 죽게 내버려 두지 않을 거야! 우대신과 요도 마님을 죽게 해서 될 말인가! 지금 두 사람을 죽게 한다면 이마가와 우지자네를 돕고, 오다 쓰네마사를 용서한 내 고집, 내 집념이 어떻게 되겠는가? 이에야스는……이에야스는……아녀자를 적으로 하여 싸우는 비겁한 자는 결코 될 수 없다."

"오고쇼님!"

갑자기 조코인이 외치듯 부르며 두 손을 짚었다.

"말씀해 주세요! 이 몸이 할 수 있는 일을…… 무슨 일이든 말씀해 주세요!"

그 말이 끝나기도 전에 가즈시게는 목을 떨면서 흐느끼기 시작했다. 이에야스가 깜짝 놀라 입을 다물 만큼 그 오열은 갑작스럽고 격렬했다.

가즈시게의 오열은 한참 동안 계속되었다.

'무엇 때문에 이렇듯 울음이 나오는 것일까?'

울면서 가즈시게는 문득 자기 자신을 뿌리쳤다. 뿌리치고 보니 정체 모를 애절함이 더욱 가슴 가득 차올랐다. 이에야스는 방금 자기로서는 상상도 해본 적 없는 이상한 탄식을 했다.

"고희가 훨씬 넘는 수명의 혜택을 입고 감사하면서 아미타불에게 가려고 할 때, 어디가 잘못되었는지 다시 싸움터로 나서야 하다니……."

이렇게 말한 뒤, 이같이 비참한 늘그막에 화난다며 번민하고 탄식했다. 이에야스 같은 사람에게 이러한 불만이 있을 줄 상상도 해보지 못한 가즈시게였다.

'그런가……역시 오고쇼도 우리와 같은 인간이었던가……!'

이렇게 생각한 순간 가즈시게는 한층 더 격렬한 오열의 포로가 되었다.

'살아 있는 자는 모두 이런 업고(業苦)에서 헤어나지 못한다…….'

그것은 절망도 분노도 아닌 끝없는 비애였다.

울 만큼 울고 나서 가즈시게는 두 손을 짚었다.

"청이 있습니다. 저도 여인들과 함께 급히 오사카로 돌아가고 싶습니다."

이에야스는 고개를 끄덕였다.

"그대는 히데요리 님에게 나의 고집을 아뢸 작정이구나."

"……예, 조코인 님도 틀림없이 야마토로 옮기시도록 간언드릴 것입니다. 저도 그 간언에 힘을 보태고 싶습니다."

"그래……그렇게 해주겠는가?"

그리고는 몸을 앞으로 내밀 듯하면서 이에야스는 가로막았다.

"그러나 좀 더 기다려 봐. 내일모레쯤 우라쿠 부자가 나타날 것이다. 그대도 그들을 만나보는 게 좋을 거야. 그들이 뭐라고 할 것인지…… 생각에 참고가 될 테니."

"우라쿠 님을……."

"그래, 만나보도록 해. 우라쿠 님이 성을 버린 직접적인 원인이 무엇인지 내가 만나기 전에 만나서 물어보는 게 좋겠지. 안 그런가, 조코안?"

"예, 그렇게 하는 것이 좋겠어요. 그러면 저희들은 외숙부께서 오시면 곧바로 출발할 수 있도록 준비하겠습니다."

여인들이 물러가자 이에야스는 가즈시게에게 다시 한번 다짐 두었다.

"알겠느냐? 한동안만 오사카성을 비워주면 내가 반드시 수리하여 영접하는 사자를 보낼 테니까."

"예."

"7인조 가운데 신변을 경호할 젊은이들이 있겠지? 그들에게 엄중하게 호위하게 하여 고리야마의 성에 들어간 뒤 근신하는 거야…… 알겠느냐? 쇼군이 포위하기 전에 하지 않으면 효과가 없다. 엉뚱한 짓만 하지 않으면 뒤는 내가 맡겠다.”

가즈시게가 잘 알아듣고 물러나자, 이에야스는 팔걸이에 기댄 채 한동안 멍하니 허공을 쏘아보았다.

“마치 내가 배반자같이 되었구나. 그렇지 않으냐, 나오카쓰?”

나오카쓰는 말없이 고개만 조금 갸웃거렸다. 천하를 다루는 데 사사로운 정은 금물……누구나 납득할 수 있는 방법으로 말썽 없게 하라고 입만 열면 히데타다에게 타이르던 이에야스였다. 그 이에야스가 한편으로는 쇼군의 뜻을 받아들여 교토 언저리로 잇따라 군사를 집결시키면서, 뒤로는 히데요리를 도우려 애쓰는 것이다.

‘과연 이러한 일이 용납될 것인가?’

그것이 이에야스가 하는 일이 아니라면 분명 커다란 배반이리라. 생각하기에 따라서는 ‘모반’이라고 극단적으로 단정할 수도 있는 일이었다.

“나오카쓰, 이 일은 결코 입 밖에 내지 마라.”

이렇게 말할 때 이에야스의 표정은 분명 하늘을 두려워하는 소심한 노인의 얼굴이었다.

다음날인 11일 저녁때 오다 우라쿠가 아들 히사나가(尙長)를 데리고 나고야에 닿아 은밀히 다케고시 마사노부의 저택에 들어가 가즈시게를 만났다.

‘우라쿠가 가즈시게에게 뭐라고 했을까?’

이에야스의 마음 한구석에 이런 생각이 있었으나 12일의 혼례도 있고 하여 물어볼 틈이 없었다. 그리고 혼례가 끝난 13일이 되어 우라쿠를 만났을 때 가즈시게와 시녀들은 이미 나고야를 떠나고 없었다.

이에야스 앞으로 나오자 우라쿠는 여전히 야유조로 자기 쪽에서 먼저 말을 꺼냈다.

“아오키 가즈시게와 11일 밤에 만났습니다. 글을 읽을 수 있는 훌륭한 두 눈을 가졌으면서 세상을 전혀 못 보는 눈뜬장님이라는 말이 있습니다만, 가즈시게도 장님입니다.”

그때 이에야스 옆에는 오구리 다다마사, 오쿠야마 시게나리(奧山重成), 조 노부나리 등이 대기해 있었다. 우라쿠는 이미 이에야스의 출진이 눈앞에 닥쳤다고 판단하여 필요 이상 불끈해 있는 것 같았다.

"그래? 가즈시게는 장님이라서 세상을 못 본단 말이지?"

"그렇습니다. 쓸데없는 싸움에 말려들기만 할 터이므로 교토, 오사카 방면으로 돌아가지 말라고 했더니, 쓸데없는 싸움이라면 왜 말리지 않느냐며 대들었습니다. 놈은 아직도 이번 싸움을 중지시킬 수 있다고 생각하는 모양입니다."

이에야스는 가볍게 고개를 끄덕였다.

"그러면 이제 싸움을 피할 길 없다……고 보고 그대는 성을 나왔단 말이군?"

우라쿠는 얼굴을 찌푸리고 혀를 찼다.

"그렇습니다. 인간이란 구태여 죽음을 재촉하지 않더라도 누구나 평등하게 천수를 다하면 죽음을 맞이한다, 싸움터에서 죽으려는 생각은 이미 낡은 생각이다, 지금은 요 위에서 죽는 법을 생각해야 할 태평한 시대라고 말해주었습니다만 놈에게는 도무지 통하지 않았습니다."

이에야스는 우라쿠의 독설에 말려들지 않으려고 애썼다.

"가즈시게는 아무래도 좋아. 우대신은 어떤가, 그도 죽음을 재촉하고 있나?"

"젊을 때는 생명의 소중함을 모르는 법이지요……"

"요도 마님은? 마님은 올해 49살이 되시지? 그 정도면 나이도 들 만큼 들었는데."

그러자 우라쿠는 입술을 일그러뜨리며 눈가에 문득 쓸쓸한 그늘을 지었다.

"마님은 미치광이입니다. 어리석은 미치광이라고나 할까…… 결코 행복해질 수 없는……가련한 여자지요."

이에야스는 우라쿠가 좀 얄밉기까지 했다. 만나면 얄미웠지만 이에야스는 그를 좋아하고 있었다. 형 노부나가의 살벌한 성격이 동생 우라쿠에게 독설의 형태로 계승되고 있었다. 두 사람 다 신경이 날카롭고 섬세하지만 형은 긴 칼, 동생은 단검을 상기시킨다.

"우라쿠, 그대는 왜 그 가련한 분을 버릴 작정을 했는가? 미치광이……라 해도 한낱 여자, 외숙부인 그대만이라도 왜 곁에 있어 주려고 하지 않는 건가?"

우라쿠는 얼굴을 찌푸리며 웃었다.

"오고쇼도 잔인한 말씀을 하시는군요. 그 곁에 있으면 죽어야 합니다. 이 오다 우라쿠는 죽기 싫어 이렇게 온 것입니다. 잘 아시면서 물으시다니……하하하."

"우라쿠."

"왜 그러십니까?"

"그대는 오사카의 요도 마님을 어리석은 미치광이라고 했겠다?"

"분명 그렇게 말씀드렸습니다."

"그 까닭을 듣고 싶군. 나는 이해할 수가 없어."

진지한 질문에 우라쿠는 고개를 저었다.

"점점 더 잔인해지시는군요. 그분은 만나는 사람마다 모두 반합니다. 아무도 못 말리실 분입니다."

"허! 그 콧대 높은 요도 마님이 말이지?"

"우선 다이코에게 반하고, 그리고 오고쇼에게 반하고, 지금은 어리석은 바보에 게 반해 사랑에 빠져 있습니다."

이에야스는 어처구니없는 듯 눈을 껌벅거렸다.

"아니, 반하는 것뿐이라면 구제받을 수 있겠지만, 본디 미치광이라 반한 상대가 뜻대로 안 되면 마치 미친 사자처럼 되지요…… 이런 점에서 결코 행복해질 수 없 는 그 여자의 숙명입니다."

"음."

"어리석은 사람이 반하는 버릇을 가졌으니, 상대가 버리지 않으면 손을 끊지도 못합니다. 그런데 지금은 그리 현명하지 못한 상대…… 그와 손을 끊을 수 있을 지 어떨지…… 만일 끊을 수 있다고 보았다면, 이 우라쿠, 단념하고 이곳으로 오 지 않았을 겁니다. 깨끗이 손을 끊게 하고 우대신과 함께 오사카성을 물러나게 했겠지요. 그러나 그렇게 될 수 없다고 본 이상 내가 물러날 도리밖에 없었습니다. 오고쇼 앞이지만 여자의 운명을 결정하는 것은 사나이인 듯합니다."

이에야스는 외면하며 반은 흘려듣는 태도였다. 우라쿠의 말 뒤에 숨은 야유를 너무나 잘 이해할 수 있었기 때문이었다.

"만약 오고쇼께서 억지로라도 그 분을 옆에 두고 사랑하셨더라면 이렇게는 되 지 않았을 텐데……."

이러한 원망을 늘어놓고 있는 모양이다. 그러고 보면 분명히 요도 마님은 '미친 사람'이었다. 요도 마님이 여느 여자였다면 이에야스도 굳이 피하려 하지 않았을 것이다. 그런데 상대는 다이코의 미망인이고, 히데요리의 어머니이다. ……다이코

때와 마찬가지로 콧대를 세우고 간섭한다면 사나이의 일에 방해된다…… 그것은 타산이면서도 타산이 아니었다. 역시 어느 구석에선가 이에야스는 요도 마님의 성격을 두려워하고 있었던 모양이었다.

그 성격을 '미쳤다'고 우라쿠는 표현했다. 그리고 그 '미친' 성격이 지금은 끊을 수 없는 여인의 애정으로 하루나가에게 얽매여 있다……고 우라쿠는 말하고 있는 게 분명했다.

"그래, 남자와 여자란 그런 것인가?"

이에야스는 문득 쓰키야마 부인의 모습을 눈앞에 그려보고 황급히 자세를 고쳐앉았다.

"요도 마님에 대해서는 이제 알겠다. 그럼, 우대신은 어떤가? 우대신도 성을 나갈 결단을 내리지 못할 거라고 보았는가?"

우라쿠는 그때 서글픈 눈빛을 지었다.

"그것도 오고쇼께서는 잘 알고 있을 터…… 만나는 남자마다 반해서 안달하고 다투는 과부의 아들이…… 그러한 과부의 비위만 맞추려는 여인네들 밑에서 자랐으니……."

여기까지 말하고 우라쿠는 고개를 흔들었다.

"유감스럽지만 이 우라쿠가 돌보지 않은 게 아니라, 한 번도 신뢰를 받아본 적이 없습니다. 도요토미 가문의 운명은 가타기리 형제를 추방했을 때 이미 결정된 듯합니다."

이에야스는 조바심 났지만 우라쿠를 나무랄 수 없었다.

'이 자는 역시 세상을 볼 줄 안다…….'

만약 이에야스라면 가타기리 형제가 성에서 나가기 전에 요도 마님과 히데요리를 가르쳐 일깨워 주었겠지만, 우라쿠에게 그 일을 바라는 것은 무리였다. 도요토미 가문에서 우라쿠의 위치는 중신도 행정관도 아니다. 바른말 잘 하는 한 사람의 식객에 지나지 않았던 것이다.

"그러면 그대는 지금 오사카를 움직이는 것은 히데요리며 요도 마님이 아니고, 요도 마님의 정부인 하루나가…… 그 하루나가가 이번 싸움의 상대라고 보는 모양이로군?"

우라쿠는 다시금 비꼬듯 입술을 일그러뜨리고 냉소했다.

"그럴 리가요…… 상대는 식견도 없는 하루나가와 우유부단하게 이어진 채 갈 곳을 잃어버리고 궁지로 몰린 이리떼들…… 그들이 무슨 짓을 저지를지 모르므로 이렇게 도망쳐 온 것입니다."

이에야스의 목소리가 갑자기 날카로워졌다.

"우라쿠! 그대는 제 한 몸도 위험해서 있을 수 없는 오사카성에 요도 마님과 우대신을 남겨놓고 도망쳐 버린 매정한 자……라는 오명을 쓰게 되는 것을 각오하고 있단 말이지?"

우라쿠는 단호히 부정했다.

"무슨 말씀을! 그런 게 아니라 그 이리들 가운데 어떤 자는 이렇게 생각하고, 어떤 자는 이러이러한 점을 노리고 있다고 오고쇼에게 자세히 말씀드려 소란을 하루빨리 진정시키는 게 천하를 위한 길이라고 생각했기 때문에 박차고 나온 것입니다."

"음, 그렇다면 싸움은 이미 피할 수 없단 말이지?"

"오고쇼께서는 일부러 문을 열어 피할 길을 제시하셨습니다. 그러나 하루나가는 그 문으로 떠돌이무사들을 내보내지 않고 거꾸로 오고쇼의 손을 물게 만들었습니다…… 오고쇼 말씀대로 이 싸움의 상대를 하루나가……로 생각하고 대하시면 큰일 날 것입니다. 궁지에 몰린 쥐는 고양이를 문다고 합니다만, 오사카의 쥐들은 이미 쥐가 아니라 고양이…… 아니, 죽음을 각오한 이리 떼로 둔갑했습니다. 오고쇼께서는 그것을 모르십니다!"

여기까지 말하고 우라쿠는 눈을 부릅떴다.

이에야스는 섬뜩했다. 그 눈빛이 지난날의 노부나가와 너무도 흡사했다.

"분명하게 말씀드리겠습니다. 지금과 같은 마음으로 출진하시면 오고쇼께서는 살아서 개선하실 수 없을 것입니다. 도요토미 가문을 존속시키려 하시다가 천하의 태평을 잃을지도 모르는 어리석음을 범하고 계십니다. 아무래도 간언하지 않을 수 없다는 생각에, 오다 우라쿠 일생일대의 용기를 내어 달려온 것입니다."

이에야스는 아연하여 우라쿠의 깊게 주름진 얼굴을 마주 바라보았다.

'꾸짖을 작정이던 내가 오히려 야단맞았군…….'

도요토미 가문의 존속을 바라다가 천하의 태평을 잃는다……니, 이 얼마나 뼈 아픈 채찍인가! 이에야스는 신음했다.

"음."

그렇게 신음하고 있는 동안 형언할 수 없는 분노가 끓어올라 온몸을 감쌌다.

"우라쿠, 지나친 큰소리야!"

우라쿠는 날카로운 눈매로 웃었다.

"하하. 그렇게 나오셔야지. 화나시면 어서 우리 부자의 목을 치시오!"

"이제 배짱부리는가?"

"그렇소. 우라쿠쯤 되는 인간이 일부러 오사카성을 버리고 왔는데도 고작 요도 마님이나 우대신을 저버리고 온 매정한 자……라는 눈으로밖에 보지 않는 오고쇼……죽는 것이 낫지요. 뭘 믿고 살맛이 나겠소?"

이에야스의 얼굴이 시뻘게졌다.

"닥쳐라! 누가 그대 같은 자를 벨까! 싸움에 있어서는 그대 같은 자의 지시를 받을 내가 아니다! 큰소리치지 말라고 꾸짖었을 뿐이야."

"하하……그런 꾸중은 처음부터 들을 각오가 되어 있었소. 그러나 궁지에 몰려 목숨을 버릴 각오가 된 이리떼는 얌전한 사냥꾼에게 만만히 잡히는 짐승이 아닙니다. 또 세상에는 기린이 늙으면 당나귀만도 못하다는 속담이 있고, 두 토끼를 쫓는 자는 한 토끼도 얻지 못한다는 비유도 있습니다. 도쿠가와 이에야스라는, 천하를 잡은 무장은 싸움에도 강했지만 인정 역시 두터웠다……는 칭찬이 탐나 사냥터에서 이리 떼에게 물려 죽는다는 건 우스운 이야기입니다. 아니, 그렇게 되지는 않겠지요. 그렇게 되면 그야말로 천하의 큰일…… 이 우라쿠도 인간입니다."

"잘도 지껄이는군!"

"지껄이지 않을 수 있겠소? 최후라고 결심한 이상 가슴속의 말을 다 털어놓겠소. 우라쿠도 인간, 변변치 못한 조카딸도 귀하고 그 조카딸이 낳은 아이도 귀합니다. 그러나 지금 천하에 난이 일어난다면 내 형님이신 노부나가뿐 아니라 다이코의 평생 업적도 모두 물거품…… 일의 대소를 생각하여 눈물을 머금고 성을 버리고 이리로 달려온 것인데…… 수모를 당한 채 입을 다물고 있을 수는 없소!"

여기까지 말하고 우라쿠는 한동안 입을 다물었다. 이에야스의 얼굴빛이 붉은 물감을 부은 듯 빨간빛에서 연자주색 흙빛으로 변했기 때문이다.

"이만큼 말씀드린 이상 이제 미련은 없소. 오고쇼는 너무 늙어서 결단이 모자란다……고 무례한 말씀을 드린 오다 우라쿠……마음대로 하시오!"

이에야스는 오른손 엄지손톱을 깨물기 시작했다.

"이놈을 끌어내라!"

입 밖으로 튀어나오려는 이 말을 뱃속으로 도로 밀어 넣으려는 노력이었다.

"우라쿠……그대는 여전히 교활해."

"예……."

"이렇게 말해도 이에야스는 노하지 않는다……는 계산이 그 거만한 코언저리에 역력히 보인다. 그대도, 우대신의 생모도…… 그렇지? 어떻게 해볼 도리 없는 미치광이들이다!"

우라쿠는 한참 동안 잠자코 이에야스를 마주 보았다. 이에야스가 솟구치는 분노를 지그시 억누르면서 폭발하지 않으려……애쓰는 노력을 꿰뚫어 보지 못할 우라쿠가 아니었다.

'할 말은 다 했다…….'

아니, 필요 이상의 독설을 내뱉었다.

'이젠 충분해. 이쯤하고 나도 예의를 차려야 한다.'

"황송합니다."

불쑥 말하고 우라쿠는 머리를 가볍게 숙였다.

"말씀대로 우라쿠는 오고쇼에게 어리광부리고 있습니다. 인내심이 강하신 기질을 잘 알고 독설을 내뱉었습니다. 여기까지는 노하지 않으시리라는 계산을 늘 마음 한구석으로 하고 있었습니다."

"그, 그것을 분명히 알았는가?"

"알므로 새삼 말씀드리는 겁니다. 오사카성 안의 이리들에게 갈 곳이 없다는 공통된 사정은 있지만, 의견의 통일은 없습니다. 대략 세 파로 나뉘어 의견이 분분한 것으로 알고 있습니다."

"말해 보라. 그 가운데 한 파는?"

"사나다 유키무라와 기무라 시게나리 일파. 이들이 가장 사납고 기개 있는 자들로 고토 마타베에도 마찬가지입니다. 또 한 파는 하루나가와 7인조들…… 그리고 그 밑에 하루나가의 동생 하루후사와 도켄…… 이 하루후사와 도켄 같은 생각 없는 산돼지들이 실질적으로 갈 곳 없는 이리떼들을 가장 교묘히 움직이고 있습니다. 이 무리는 우선 오고쇼께서 우대신을 옮기시려는 야마토의 고리야마를 먼저 습격해 기슈 군과의 연락을 끊고, 그곳 토호 무사들을 설득하여 싸우려 할 게 틀림없습니다."

우라쿠는 겨우 야유를 즐기는 본성을 거두고 진지하게 말하는 자세가 되었다. 이에야스는 안도의 한숨을 내쉬었다.

'분노는 역시 적이야……'

마음속으로 중얼거리고 열심히 고개를 끄덕였다.

"물론 우대신 직속부대는 성 밖으로 나와 싸우지 않을 것입니다. 그들을 성안에 두지 않으면 나와서 싸우는 자들의 불안이 가시지 않을 겁니다. 그러므로 우지나 세타로 나와서 싸우는 자들이 있다면 그 지휘를 사나다 유키무라가 맡겠지요. 그들이 교토, 후시미성을 점령하면 싸움은 반드시 오래갈 것입니다."

이에야스는 우라쿠의 진지한 모습에 문득 웃음이 나올 뻔했다. 하는 말마다 모두 이에야스가 이미 생각하고 있는 것들뿐…… 그런데 그것을 알려야 한다는 생각에서 달려온 우라쿠의 괴로운 마음을 이해할 수 있었다.

"요도 마님은 아직 단호한 결심을 못 하고 있습니다. 그러나 이것은 하루나가가 결심을 못 했기 때문에 망설이는 데 불과하니, 하루나가가 결심만 하면 가냘픈 여자인지라 그의 뜻대로 조종당할 겁니다. 우대신도 마찬가지…… 언젠가는 오고쇼를 불구대천의 원수처럼 여기고 죽을 각오를 할 것입니다. 만약 그렇게 되지 않는다면 이리들이 등 뒤에서 활과 총으로 노리는 방법도 있겠지요."

이에야스는 손을 들어 가로막았다.

"알았다! 우라쿠가 하는 말은 모두 과녁을 꿰뚫고 있어. 그렇지, 서둘러야 해. 여봐라, 우라쿠가 쉴 수 있게 모시고 나가도록……"

분부하고 힘있게 자세를 바로 했다. 싸움을 피할 수 없게 된 이상, 아직까지는 노쇠한 모습을 남에게 보일 이에야스가 아니었다. 우라쿠가 물러가자 이에야스는 팔걸이에 기댄 채 묵묵히 생각에 잠겼다. 전략상으로 특별한 의견은 없었지만, 우라쿠가 말한 오사카성 안의 파벌과 감정의 흐름에 하나하나 고개가 끄덕여졌다.

'그래, 역시 요도 마님은 믿을 수 없다는 말이지.'

이미 50살이 다 된 여인, 그러한 여인이 마지막 정열을 불태우며 안긴 사나이 앞에서 무력해진다 해도 이상할 것은 없었다. 그리고 어머니가 그런 약점을 가진 여인인 이상, 히데요리 또한 머지않아 우라쿠가 생각하는 구렁으로 떨어질 도리밖에 없으리라.

'대체……남은 구조의 길은 어디에 있는가……'

따지고 보면 모두 자신이 생각하지 않은 일은 하나도 없었다. 이럴 경우를 생각해 야규 무네노리에게 명하여 이미 두 사람의 신변에 오쿠하라 도요마사를 들여보냈다. 그러나 겨울싸움이 화의를 맺은 지금, 과연 도요마사가 그때처럼 긴장을 유지하고 있을지…….

이에야스는 그때까지 옆에서 모시고 있던 오구리 다다마사에게 물었다.

"다다마사, 지금 야규 무네노리는 어디 있느냐?"

다다마사는 곧 대답했다.

"무네노리는 쇼군을 모시고 지금 에도성을 출발할 준비 중입니다."

"그러냐……그러면 쇼군의 신변호위라는 중요한 소임이 있으니 부를 수도 없구나."

"무슨 특별한 명이라도……."

"다다마사!"

"예."

"지금의 오사카성에서 찔러야 할 급소는 하루나가인 것 같다."

"찔러야 할 급소 말입니까?"

"그렇다."

이에야스는 흘끗 날카로운 눈매를 지으면서 고개를 끄덕였다.

"요도 마님이나 우대신을 구하기 위해서는 직접 하루나가와 부딪치는 게 상책인 것 같아."

"오고쇼께서 직접 오노 하루나가에게?"

"그래, 하루나가는 우유부단한 사내다. 무슨 일이 있어도 요도 마님과 우대신이 죽게 만들어서는 안 된다, 반드시 구출할 수 있도록 만반의 준비를 하라고 그에게 명하는 거야."

다다마사는 눈을 깜빡거리면서 고개를 갸우뚱했다. 오노 하루나가는 자기네편도 아니고 간토의 가신도 아니다. 지금은 적군의 총수라고 할 수 있다. 그러한상대에게 명을 내리다니 깜짝 놀라는 것도 당연했다.

"황송하오나 오노 하루나가는 적이라고 생각합니다만……."

이에야스는 목소리를 높였다.

"적도 우리 편도 없다! 나는 이에야스야, 알겠느냐? 이에야스가 명하는데 무엇을 망설이고 꺼리겠느냐. 자, 누가 사자로 알맞을까?"

이에야스는 여기서 다시금 생각하는 표정을 짓다가 무릎을 쳤다.

"옳지! 센히메의 시녀가 좋겠다! 다다마사, 그대가 급히 교토로 달려가 거 왜 혼아미 고에쓰라는 노인 있지? 그를 성안으로 들여보내 오초보에게…… 그리고 오초보로부터 하루나가에게, 이에야스의 엄명이라며 전하도록 하라."

이에야스는 아직 자신의 신념을 털끝만큼도 버리려 하지 않았다.

오구리 다다마사는 그날 안으로 나고야를 떠나 교토로 향했다.

이에야스의 나고야 출발은 다음다음 날인 15일로 결정되고, 13일에는 아사노 요시나가의 딸과 결혼한 고로타마루도 아버지와 전후하여 군사들을 이끌고 출발하게 되었다.

이미 싸울 시기는 무르익었다. 우물쭈물하다가는 니조 저택이며 후시미성과 요도성이 적의 수중에 떨어질 위험성이 생겼다…….

이에야스는 14일 도사의 야마노우치 다다요시(山內忠義)와 시카노(鹿野)의 가메이 고레노리(龜井玆矩)에게 곧 출진하도록 지령 내리고 15일 나고야를 떠났다.

그날 밤은 구와나(桑名)에 묵고…… 다음 날인 16일에 가메야마에 도착했다. 교토 행정장관 이타쿠라 가쓰시게가 그곳으로 말을 몰고 왔다.

가쓰시게는 못마땅한 듯 혀를 찼다.

"하루나가 놈이 드디어 상당한 액수의 군비를 나눠주기 시작했습니다. 화의가 맺어졌을 때 그 돈을 나눠주었더라면 떠돌이무사들이 저마다 자기의 장래를 생각해 성을 빠져나갔을 텐데…… 정말 답답한 사내입니다."

그러나 이에야스는 그 말에 맞장구치려 하지 않았다.

"어떨까? 이제는 돈을 품 안에 넣고 도망칠 자가 나타나지 않을까?"

"떠날 수 있는 형편이 못됩니다. 아니, 떠날 거라고 걱정하여 하루나가 놈이 독전대(督戰隊)를 만들었다고 합니다. 하는 짓이 모두 거꾸로……."

"뭐……독전대를……."

"그래서 가즈시게와 여인들이 교토에 도착하더라도 당분간 성으로 들어가지 못할 것 같습니다만."

"음……."

"모두들 오고쇼와 내통한 듯한 혐의가 있다……는 말이 성안에 퍼진 것 같습니다. 즉 오다 쓰네마사도, 우라쿠도 모두 간토와 내통하지 않았나? 그들뿐만이 아니다, 겨울싸움 때 화의와 관계있었던 사람들은 모두 수상하다…… 모두들 오사카성을 발가벗기고 유유히 함락시키려는 오고쇼의 음모를 돕는 사람들이라고……."

이에야스는 이제 얼굴빛도 달라지지 않았다.

"흠, 그러냐. 그럼, 요도 마님도 드디어 싸울 결심을 했다는 말이지?"

"예, 아무래도 오고쇼에게 속은 것 같다, 이 원한을 뼈에 사무치도록 갚아 주리라……고 마치 야차처럼 되었다고 합니다."

이에야스는 문득 우라쿠의 말을 떠올리고 황급히 고개를 저었다.

'또 쓰키야마가 나타났구나!'

인간이 유령이 되리라고는 생각지 않았으나 원망의 일념이 시키는 대로 움직이는 똑같은 인간들이 계속 나타나는 것인지도 모른다. 사랑하려 하면서도 사랑할 수 없는…… 아니, 사랑과 증오가 뒤엉켜 뭐가 뭔지 모르는 채 야릇한 모습으로 윤회의 수레바퀴를 돌리는 것이다.

"수고했다. 자, 이제 싸움이다. 어서 돌아가거라. 그러나 내가 도착할 때까지 개전해서는 안 된다고 일러라."

이에야스는 17일에 미나쿠치에, 그리고 18일에는 다시 볼 수 없을 것이라고 생각했던 니조 저택으로 들어갔다.

맞아들이는 오구리 다다마사에게 혼아미 고에쓰와 연락했는지 물어 연락된 것을 알고는, 에도를 떠나 여행을 계속하고 있는 쇼군 히데타다가 도착하기를 조용히 기다렸다.

지은이
야마오카 소하치(山岡莊八)

그린이
기노시타 지카이(木下二介)

옮긴이
박재희(청춘사도대학교 일문학 전공) 김문운(니혼대학교 일문학 전공)
김영수(와세다대학교 일문학 전공) 문호(게이오대학교 일문학 전공)
유정(조치대학교 일문학 전공) 추영현(서울대학교 사회학 전공)
허문순(경남대학교 불교학 전공) 김인영(숙명여자대학교 미술학 전공)

도쿠가와 이에야스
대망 11
야마오카 소하치 지음/책임편집 박재희 추영현 김인영
1판 1쇄/1970. 4. 1
2판 1쇄/2005. 4. 1
2판 21쇄/2024. 1. 1
발행인 고윤주
발행처 동서문화사
창업 1956. 12. 12. 등록 16-3799
서울 중구 마른내로 144 동서빌딩 3층
☎ 546-0331~2 Fax. 545-0331
www.dongsuhbook.com
잘못된 책은 구입하신 곳에서 바꾸어드립니다.
*
사업자등록번호 211-87-75330
ISBN 978-89-497-0314-5 04830
ISBN 978-89-497-0291-9 (세트)

葛飾北齋畫